"福建优秀文学70年精选"丛书编委会

（按姓氏笔画排序）

王光明（首都师范大学教授、博士生导师）

石华鹏（《福建文学》副主编）

伍明春（福建师范大学教授、硕士生导师）

刘小新（福建社会科学院副院长、研究员）

刘晓闽（《中篇小说选刊》编辑部主任）

孙绍振（福建师范大学教授、博士生导师）

李朝全（中国作协创作研究部副主任、研究员）

陈晓明（北京大学中文系主任、教授、博士生导师）

陈毅达（福建省文联党组成员、书记处书记、副主席，福建省作协主席）

林　彬（海峡出版发行集团党委委员、副总经理）

林　滨（海峡文艺出版社副社长、副总编辑）

林玉平（海峡文艺出版社社长、总编辑）

南　帆（全国政协社会和法制委员会副主任、福建社会科学院院长、福建省文联主席）

袁勇麟（福建师范大学教授、博士生导师）

黄发有（山东大学教授、博士生导师）

谢　冕（北京大学教授、博士生导师）

谢有顺（中山大学教授、博士生导师）

# 福建优秀文学 70 年精选

## 短篇小说卷

"福建优秀文学70年精选"丛书编委会 编

石华鹏 选编

海峡出版发行集团 | 海峡文艺出版社

图书在版编目(CIP)数据

福建优秀文学 70 年精选.短篇小说卷/"福建优秀文学 70 年精选"丛书编委会编;石华鹏选编.—福州:海峡文艺出版社,2020.1(2021.3 重印)
ISBN 978-7-5550-2175-9

Ⅰ.①福… Ⅱ.①福…②石… Ⅲ.①中国文学－当代文学－作品综合集－福建②短篇小说－小说集－中国－当代 Ⅳ.①I218.57

中国版本图书馆 CIP 数据核字(2020)第 005846 号

福建优秀文学 70 年精选·短篇小说卷

"福建优秀文学 70 年精选"丛书编委会　编
石华鹏　选编

| | |
|---|---|
| 责任编辑 | 林　颖 |
| 出版发行 | 海峡文艺出版社 |
| 经　　销 | 福建新华发行(集团)有限责任公司 |
| 社　　址 | 福州市东水路 76 号 14 层 |
| 发 行 部 | 0591—87536797 |
| 印　　刷 | 福建新华联合印务集团有限公司 |
| 厂　　址 | 福州市晋安区后屿路 6 号 |
| 开　　本 | 720 毫米×1020 毫米　1/16 |
| 字　　数 | 566 千字 |
| 印　　张 | 40 |
| 版　　次 | 2020 年 1 月第 1 版 |
| 印　　次 | 2021 年 3 月第 2 次印刷 |
| 书　　号 | ISBN 978-7-5550-2175-9 |
| 定　　价 | 140.00 元 |

如发现印装质量问题,请寄承印厂调换

# 出版说明

为庆祝中华人民共和国成立70周年，集中展示福建文学发展70年的丰硕成果，我社特组织编辑出版"福建优秀文学70年精选"丛书。

福建人杰地灵，70年来名家名作不断涌现。丛书包括中篇小说卷、短篇小说卷、诗歌卷、散文卷、文学评论卷五种，汇集不同代际作家的优秀作品；入选作品弘扬主旋律，体现多样化，思想性、艺术性俱佳。

文艺是一代代薪火相传的事业，需要不断积累总结。丛书借鉴我社已出版的"福建文学40年"丛书、"福建文学创作50年选"丛书、"福建文艺创作60年选"丛书等选本，兼顾各历史阶段选本的延续性，特别注意突出展现广大文艺工作者记录新时代、书写新时代、讴歌新时代的优秀作品。各卷的编选原则和特点在当卷的编选后记中加以说明。

希望本丛书能全面、客观反映福建文学创作的面貌与水平，成为社会各界读者了解和认识福建文学发展的一扇窗口，成为留存后人的一份精神财富。

海峡文艺出版社<br>
2019年12月

# 目 录

| | | |
|---|---|---|
| 1 | 黄汉汉 | 姚鼎生 |
| 16 | 我的大姐 | 何 飞 |
| 20 | 武夷山上的白蝴蝶 | 马 宁 |
| 29 | 老许的棉袄 | 吴瑞骋 |
| 35 | 小镇的墟天 | 张贤华 |
| 51 | 《易经》专家 | 曾毓秋 |
| 66 | 九十八级台阶上的尼姑 | 郭碧良 |
| 81 | 围 堰 | 季 仲 |
| 98 | 山 精 | 张冬青 |
| 118 | 山水呼啸 | 叶志坚 |
| 138 | 瓷 鱼 | 林丹娅 |
| 150 | 魔 湖 | 李海音 |
| 165 | 月 亏 | 庐 弓 |
| 176 | 三色玫瑰 | 陈毅达 |
| 198 | 被占领的卢西娜 | 北 村 |
| 210 | 雷余的诅咒 | 萧春雷 |
| 225 | 官 司 | 杨金远 |
| 241 | 雨把烟打湿了 | 须一瓜 |
| 266 | 马康和马康 | 青 黄 |

| | | |
|---|---|---|
| 282 | 右肋下 | 赖妙宽 |
| 295 | 幸福的晚餐 | 何葆国 |
| 306 | 手机不在服务区 | 邱贵平 |
| 323 | 我投了你一票 | 施晓宇 |
| 336 | 掰手腕 | 林朝晖 |
| 342 | 挖呀挖地洞 | 胡增官 |
| 357 | 周三郎 | 何 也 |
| 371 | 母亲的绿丝带 | 阎欣宁 |
| 380 | 第三人称 | 余岱宗 |
| 394 | 逃脱术 | 施 伟 |
| 410 | 骚扰电话 | 吕纯晖 |
| 428 | 前面是五凤派出所 | 林那北 |
| 449 | 马桶 | 张遂涛 |
| 466 | 鄞江谣 | 练建安 |
| 482 | 上汤子 | 杨少衡 |
| 496 | 国欢寺 | 黎 晗 |
| 517 | 纸农场 | 李迎春 |
| 536 | 我相 | 杨静南 |
| 548 | 我们的故事 | 鸿 琳 |
| 565 | 亲爱的父亲 | 颜全飚 |
| 577 | 饺子 | 李师江 |
| 592 | 被判处死刑的鸭子 | 林筱聆 |
| 606 | 回形针 | 张漫青 |
| 624 | 传彩笔 | 陈春成 |

634　选编后记

# 黄 汉 汉

◎ 姚鼎生

一

西山乡有两个自然村,由一条清溪作界线,溪东为东山村,溪西为西山村。两村人来往靠渡船摆渡。溪两边都长着许多松树、杉树、茶油树,随着地势起伏,伸展上去,到山的尽头,紧接了天的边缘。郁郁葱葱的林木之间,也夹杂着一块块梯田,田中间有几座古式的矮房子,看起来东一家,西一家,零零散散。还有的房子在山僻处,给山遮住了,给树遮住了,但每当天气晴好的时候,透出炊烟来,却能告诉人们:那里是有人家的。

西山村的黄汉汉,年纪虽然才二十五岁,看他的面貌,苍老得使你不相信他是三十五岁以下的人。可讲起话来,简单、直率,不留余地,和小孩子一般,又不像个成年人。他祖父当年欠下本乡财主老爷黄大肚两担地租,利转本,本转利,几年光景,连本带利滚成十多担。他祖父还不起,就年年到黄大肚家打长工顶利钱,整整过了十年,他祖父熬死了,还是欠下十多担谷子。父债子还,黄汉汉的父亲才十五岁,又去当长工顶利息,直到咽气时候,钱债还没有偿清。那年,黄汉汉已十八岁。母亲对他说:"两代人都死在这利钱上,你不能再往死人坑里跳。逃荒去吧!有本事时候回来接我。"

妈妈瘦得只剩下一把骨头,讲话也没力气。

黄汉汉怕自己走了，财主不放过他母亲，不忍心离开。母亲生气了，说："何必两个人同在一块遭殃，你离开此地或许能发祥。要是不去，我就上吊。"

黄汉汉只好含着泪，忍痛与母亲离别了。别人逃荒，还挑一担破被子、破锅、破衣服。他呢？两手空空，沿途要饭。

他走后，财主把他母亲赶出乡，占了他的破房子做牛栏。

黄汉汉到闽北，投到一户财主家当长工。穷人逃到天边海角，也逃不出穷命运，不管到哪里同样受罪，没有好时光。他日夜思念母亲，不知她生活怎么过。他拼死拼活地劳动，并没有盈余。想到日子久了，欠家乡地主的钱债越拖越大，更加发愁了。他常常愤慨地说："老天爷，为什么世上有这许多不平事情？为什么不让我和母亲团圆？"

他在闽北受了七年罪，这一天，满天乌云散了，解放军来到了闽北，受苦人出头了。黄汉汉欢喜得说不出话，心想：穷人真有这日子，莫非自己在做梦？

共产党派工作组来乡里，领导农民起来减租反霸。黄汉汉光杆一条，没顾虑，带头参加农会，还当了农会小组长。不久，得到家乡解放的消息，他一夜睡不合眼，翻来覆去，天一亮，就辞别大家，到城里等船。等了两天，终于查到有条同乡的民船要开回去，他就搭上了。归心似箭，路上帮船家划桨、撑篙，但路途却很远，在水上过了十天才到达家乡。

在西山村的破庙里，他找到了妈妈。

妈妈这些年提着篮子到处要饭，最近才回到村里。妈妈完全苍老了，头发雪白，皱纹满面，伛偻了，身材比以前更瘦更小了。穿的衣服补得分不出哪一块是新的，哪一块是旧的。他又喜又难过，噗的一声跪在妈妈跟前，"母亲，你的不孝孩子回来了！"

妈妈也高兴得落泪。要不是共产党来了，恐怕永远不能相聚了，哪有今天的团圆。母子说到动情处，又热辣辣地流下泪来。

财主黄大肚早不在世了，他的儿子黄田生继承他掌管业产。黄田生年近四十，肚里有点墨水，衙门里有他的朋友，山上的土匪们与他称兄道弟，在这一带横行霸道，无人敢逆他。谁不顺他的意，就叫土匪把你割了头，死了也没人替你申冤，比他爸爸还狠三分。

此地虽然解放了，但山上还有土匪，他们与国民党溃军合成一股，还有三四十人，时常出没乡间，杀人放火。黄田生与他们勾勾搭搭，仍然在乡中称王称霸，农民们心里顾虑很大。黄田生见黄汉汉回来，便来找他，又拉拢又威胁地说："你欠我家的债，算起来该有成百担了。看来，你也没有带回这许多钱财。我们好歹是本家，这笔债，眼下就暂不提了……"

黄汉汉心里恨透了这吸血虫，可现在这里还是黄田生的势力范围，不能硬砸硬，当然他不领这地主的情，说："高利贷的借款，人民政府有规定，该怎么办，就怎么办！"

黄田生见他大模大样的样子，就沉下脸来，"要记住，你是软房人，在这里没你讲话的地位。西山乡比不得别地方，别想依靠共产党的势头。拳在头上，佛在西天，共产党没法救你。服服帖帖地听你爷的话，你爷不亏待你，若存心与我作对，就当心你的性命！"

黄汉汉气得脑子发疼，狠狠地盯着对方，心想：你横行不了几时，你也要看看，今天是谁的天下了！

狗腿们拥着黄田生走了，七嘴八舌地说："不值得与这样人生气！""他敢作怪，就叫他头壳搬家。"

黄汉汉牙齿咬得格格响。

经这一场较量，黄汉汉引起了全村农民的注意。人们私下说，他一回来，就敢与财主顶架，一定在外边听到什么新道理，共产党与人民政府给他壮了胆。于是，穷兄弟们夜里偷偷地来到破庙，找黄汉汉谈心，了解外边的情况。

## 二

不久，区中队开到西山村来剿匪。

土匪闻风而逃，不知去向，一个也没抓到。这时，上面派人来西山乡组织农会，老百姓见土匪没消灭，还提心吊胆的，不少人不敢参加农会，更不敢当农民代表。

派到西山村的是区农会主席老云，北方来的干部，大块头，黑黑的皮肤，样子像个打粗人。黄田生客客气气地要请他到大房子去住，他不去。给他派来好饭好菜，他不领情。偏偏到破庙里，与黄汉汉同吃同住，白天还与黄汉汉一起上山去砍柴。黄汉汉见他肩厚膀宽，柴刀在他手里如挥扇子那样不费力，就说："看你也像惯打粗的。"

老云笑说："不瞒你，我也是打长工出身的。"

黄汉汉见他与自己一样受过苦，感到倍加亲切。老云乘机对他讲翻身的道理，汉汉越听越高兴，说："财主能打倒，深仇大恨能雪报，叫我上刀山下火海都干。"

老云让他去串联穷苦农民，在庙里开个会。老云做宣传，大家又喜又怕，喜的是共产党为他们撑腰，领导他们闹翻身，怕的是土匪回来了又变天。会上，众人推黄汉汉当农民代表。黄汉汉想，到现在，只有豁出去了，既然大家选了我，我就要替大家办事。

区中队又有了新的剿匪任务，开到别的地方。老云也暂时离开西山村。武装队伍走了，工作组走了，农民心里罩上愁云，情绪一下子冷下来了。

一天，一个农民慌慌张张地跑来对黄汉汉说，他在山上劳动，看到一队土匪快进村来，要黄汉汉马上逃避。

土匪进了村，到处抓农民，抓来抓去，就是没抓到农民代表黄汉汉，他躲到邻乡去了。土匪头子对农民们威胁说："谁敢再与共产党接近，就全家杀绝！"

抓去的人受了一阵拷打，又被勒了款，才被放回来。

躲在邻乡的黄汉汉，几天后听说土匪已离开西山村，夜里悄悄地回到村里，一路上平平静静，到了破庙，才喘口气，外边忽然狗叫了。

妈妈心慌地说:"你快藏起来!天地,保佑我的儿子呀!"

接着两个农民跑进来,对他说:"你上当了,土匪哪里是全部开走,只走了一部分,张扬出去说全跑了,就是要我们的人上钩的。"

黄汉汉没想到自己中了土匪的圈套。

一个农民对黄汉汉的母亲说:"老人家,你要装作无事一样,不要让他们看出破绽。"

狗越叫越厉害。两个农民前脚才走,四个土匪后脚就到了。

黄汉汉钻到门外一堆稻草丛里,他手里握着柴刀,拿定主意,如果给敌人发现了,就拼个死活。

土匪用枪顶在汉汉妈妈胸前,喝道:"黄汉汉在哪里?交出来!不交,先枪毙你!"

"他没有回来。"黄汉汉娘没有惊慌。

"站开!"那土匪一个枪托打在她的腹部,老人家倒下去。土匪们跨过她的身子进去搜查。

这时,又有五个土匪抓来了汉汉邻居的几个农民。"不讲,通通杀了!"

邻居们明知黄汉汉已回来,都说:"我们没看到他。""他没回来,就是杀了我们也抓不着他的。"

一个农民给土匪打倒,枪托如雨点般落在他身上。那农民还是说:"黄汉汉没回来,打我有什么用?"说完,晕过去了。

这帮土匪方才在喝酒取乐,没有放哨,也没有探查,不知道黄汉汉是否真的回来,不过按头目的计策办事,认为黄汉汉应该会回村里的,才出来搜查。他们在破庙里搜了几遍,又见农民们异口同声说黄汉汉没有回来,也以为黄汉汉还在外乡。过了一会儿,他们就走了。

躲在稻草丛中的黄汉汉,外边发生的情况全看在眼里,好几次要冲出来,但还是忍住了。心里说:"要不是母亲和众人舍着命保护我,今晚我早落到土匪手里了。"

风起得好大，雨也来了，一阵紧过一阵。黄汉汉回到破庙里，妈妈说："你快跑呀，还留下来做什么？"

黄汉汉说："你伤了。"

"你走呀！我会自己料理。"

黄汉汉走了。他料定这风雨之夜，土匪不会到别的地方去，何不向区政府报信？他冒雨来到岸边，见渡船在对岸，如果喊叫船夫摇船过来，风雨这样大，既听不见，给人家知道了反而不妙。他顾不得十二月的寒冷，在岸边的杉木堆上找出一根杉木，自己脱了外衣，跳下水，抱着杉木游向对岸。恰好风势也吹向对岸，很快就到了岸边。

上了岸，黄汉汉使劲地往前跑去。西山村到区政府有三十里，他这晚不知怎的，只一个多钟头就赶到了。区政府得到报告，马上通知驻军，随黄汉汉出发。

风雨仍然很大。鸡叫二遍，队伍已悄悄进入西山村，分两路把土匪住的地方包围了。

匪徒们起初不知觉，等到外边喊："缴枪不杀！"才晓得已被包围，只得乖乖地缴了枪。

不费一颗子弹，抓住了九个土匪。

黄汉汉受了寒，劳累过度，病倒了。

## 三

黄汉汉病了，政府派人慰问他，又发给他一笔医病的救济款，邻居们为他请医生，送柴送菜，他心里有说不出的感激。他知道自己并不孤立，有许多人站在他的背后，有共产党和人民政府做他的靠山，决心更大了。

财主黄田生见军队住下来，土匪连连失败，坐立不安，吃不下，睡不着，一下子丢了膘。

这时候，来了一个工作组同志老郑。老郑并不老，才二十出头，学生出身，能写会说，读过几本理论书，讲起话来是一套一套的。来到村里，需要什么材料,就派人去叫农民来他房里,拿出本子,一边发问,一边记。大家见到他把话记下来,不懂得是什么意思,不放心,都尽量回避他,免得给录去"口供"。

黄田生看出眉目来了,就活动了一些人,常到老郑那里,主动地找他谈话,汇报村里"情况"。老郑认为自己是共产党派来的工作组人员,代表党和政府,靠拢他的人,也就是靠拢、拥护、热爱党和政府的人。他把这些人当成了积极分子。农民们见他信任这些人,更不敢接近老郑了。

黄田生他们暗中威胁群众,散布谣言,说:"共产党不长久,山上还有国民党军队(指土匪),台湾来了消息,不久就要反攻。"弄得人心惶惶。

农会组织扩充了,西山村又选出了几个农民代表。有个叫黄田智的,是黄田生的堂弟,黄田生在背后给他弄些手脚,居然也当了代表。

黄田智认得一肚子文字,替黄田生管账收租,他进入农会,又当上代表,老实的农民们在农会里就不开口了。

黄田生、黄田智在一起嘀嘀咕咕一个晚上,第二天,田智去找老郑说,他的同房群众防匪的三支步枪、五百发子弹,和黄田生的两支坏手枪、六颗手榴弹,一起交给政府。老郑收下这些武器后,更加赏识黄田智,以为他能干、积极,对共产党一片忠诚,越发对他信任了。黄田智在老郑面前,八面玲珑,百说百是,老郑自然欢喜。

黄汉汉在病中,见黄田智选上代表,心里好不焦急。农民们在他床前说,黄田生家里还存着大批武器,让田智交出的几支破枪,不过迷惑工作组而已。黄汉汉如何受得了。他带病找老郑去,要把村里内幕对他全抖出来。谁知老郑不在,空跑一趟。

第二天,他又找老郑,碰着了。老郑说,"你讲人家私存武器,人家早交来了。"听到黄汉汉讲他看错了人,上当受骗,大大伤害了他的尊严,一肚子不高兴。

"他们不止这些武器。黄田生把好的武器交给了土匪,家里还存着不少。"

黄汉汉说，"黄田智这个人信不得。"

老郑说："你的话我都记下来。需要了解了解。"

果然，老郑去了解了。他找到的人几乎都是黄田智的同伙，光说黄田智好话，全讲黄汉汉坏话。什么黄汉汉带军队回来抓土匪，私自搜了土匪的钱包，拿走了金戒指和金钱。什么黄汉汉是个懒汉，装病躺在床上，老拿政府的救济金。什么在解放前，黄汉汉在乡里就是大无赖，后来被大家赶走。什么黄汉汉过去强奸过一个过路妇女，害得那女人投崖自杀了。什么田智是个正经的老实的种田人呀，他不会做假呀……老郑开头还只是半信半疑，后来见左右的人都这样说，也就信以为真了，叹气说："唉，如果不听群众的话，几乎把坏人当成了好人，差点坏了大事。"

全乡农民代表开会时候，黄汉汉没得到通知。打听明白，才知道自己的代表被取消了，不禁十分动气，赶到农会来，找到老郑，问："郑同志，你凭什么革我的代表？"

"你不配当代表，这是农会决定的。为什么，你自己心里了然。"老郑说，"群众对你有意见。"

"请你到群众中了解一下，到底是群众的意见，还是黄田生的意见？如果是大家的意见，我没话说，要是黄田生的意见，那就不行。"

"我早了解了，看透了你的骨子。"老郑说完掉头就走。

黄汉汉拉着他说："这事以后再讲。黄田生私存武器通匪的事，你也不处理了？耽搁时间，要坏事的。"

"从你口里出来的话，我可要分析分析。"老郑甩掉衣袖走开了。

黄汉汉浑身发颤，最后叹气走了。财主黄田生知道了这件事，洋洋得意，半路上拦住黄汉汉，说："黄汉汉，劝你还是死了这条心。我们再坏也是本家，手指往里曲嘛。你不亏待我，我也不至于亏待你，互相照看，一道平安过日子。如果和我过不去，我这一房人不会放松你的。你是穷人，在共产党面前，可以讲响亮话，要晓得与我同房的也有很多穷人，他们在共产党面前讲话也同样有分量。何况你只一个人。就是共产党在这里,你也赢不了我。事情不是明摆着的吗?为人要瞻前顾后,给自己留条路,不要把事情做绝了。"

黄汉汉恨不得揍他一顿:"你这地主,死还以为在睡。反动时代,你靠钱财势力压倒我;现在,你又靠房头强,勾结土匪,利用狗腿田智来欺压我。告诉你,今天是穷人的天下,这些都没有用,穷人不会上你的当。你的同房穷人也有眼睛,不会被骗到底。"他想到在闽北时工作组对他讲过的,老云也对他讲过的:天下农民是一家,团结起来就会把地主打倒,把旧世界砸烂。他相信这话,也希望它变成现实,改变穷人的命运。

黄田生嘿嘿嘿地笑着:"再说一回,我们是本家。"

黄汉汉说:"你在收租逼债时,为什么不说本家?叫土匪来抓我时,为什么不讲本家?"

## 四

群众听说黄汉汉被革去代表,愤愤不平,跑来看望他。黄汉汉一提起这事,不免火上心头,也顾不得什么地说:"想不到老郑也和田智一路人,处处袒护地主……"

这话由田智加油添醋地传到老郑耳朵里,刺激得老郑又急又愤,立即叫通讯员把黄汉汉传来。

老郑脸孔通红,对黄汉汉吼道:"你为什么到处破坏工作组的威信?有话不当面讲,背后讲我这个工作组比土匪还坏,贪污,包庇地主,什么坏事都敢干……"

黄汉汉不想解释哪些是他讲过的,哪些是误传的,不客气地回答,"当面讲,你不会听。你是袒护地主,这个讲话,不过分。"

黄田智在一旁厉声地说:"你还不好好向郑同志认错,敢胡说!"

老郑说:"念你愚蠢无知,没有教养,这次不办你的罪,今后不准乱来了。你的过去,我很了解,用不着装模作样了。"

黄汉汉气直了眼睛。"我过去怎么样？当长工，受剥削。你重用的田智是地主的狗腿子，替地主卖力，你……"

黄田智对老郑说："郑同志，你看这流氓血口喷人。我在黄田生家当过长工，是雇农。再说，黄田生也不过是富农，把我与地主讲成一块，简直在诬陷好人。"

老郑大声地对黄汉汉说："黄田智在西山村干了不少事情，没有一个人讲他不好，你不能好好帮助他就算了，反挟嫌破坏，居心太毒了！"

黄汉汉说："老郑，你讲哪些人讲他好？现在他们在利用宗派关系……"

老郑不待他讲完，就打断他的话，"这个村子，在工作组指导下，一切都上了轨道，农民已经发动起来，十分团结，并没有宗派斗争。如果有，也就是你黄汉汉在攻击，在捣乱。这里情况，我了如指掌。够了，够了，不许再诬赖好同志。你的过去问题，将来会清算的。"

黄汉汉急得讲不出话，只说："你老郑了解，你老郑了解，你老郑了解得最透彻！"

老郑见对方话里带刺，气得口角挤出唾沫，"你想搬弄是非，搞离间？如果你是好人，人家为何都反对你？"

"人家反对？人家是谁？田生？田智？我相信共产党宗旨，要斗倒地主，他们当然要反对。"

老郑斥责说："别放肆了。再一次告诉你，不许胡闹了。走！"

"我反对你这样做。"

"反对我？"老郑暴跳如雷，"我是共产党派来的工作组成员，执行共产党政策。反对我，不是反对我个人，是反对共产党，反对共产党的政策，就是反动。哼，还自称什么长工出身，对共产党充满了敌意。"声音很响，很大，眼里冒火。

黄汉汉没有给慑服，说："老云讲过，人民政府让受苦人讲话。你包庇地主狗腿，不像共产党干部。"

老郑翻动大眼珠，脸孔像烧熟的肉那么烫，头顶冒着热气，拍着案子说：

"给我滚出去，滚出去！"

黄汉汉急得讲不出话，气愤地走了。

黄田智趁机对老郑说："这样人的农会会籍也要开除！"

老郑说："敌视共产党的人，不能留在会里。"

黄汉汉名字从会员册上勾去了。

老郑感触深重地说："老云再三对我推荐黄汉汉。老云偏听偏信，缺乏了解。这也难怪呀，对一个人的了解，需要有过程呀！我该向区里原原本本汇报。"

黄汉汉回到家里，如被雷轰呆了，半天讲不出一句话，倒在床上，想睡又睡不着，想哭又没有泪，他心情坏透了，病加重了，饭也吃不下了。他要找老云去，又不知老云在哪里。四肢软绵绵，也走不动。

最后，他请本村学校教员偷偷地为他写一封信，又偷偷地托人送到区上。

## 五

黄田智掌揽了农会大权，村里的坏人都吸收进农会，穷苦农民受排挤，他们在农会中反而没地位了。

老云重新来到西山村。

老郑自负地对他说："形势大好，贫农雇农发动起来了。"

老云问："乡里许多谣言从哪来的？追查过吗？"

老郑不解地说："什么谣言？"

"你在这里没听到，我们在区里倒听到了。"

"区上听到什么？"老郑疑惑地问。

老云严肃地说："同志，到群众里听听，或许就能听见。把人叫到你房子里来，人家自然不敢讲了。"

老云要带他去找黄汉汉。

老郑说："老云同志，你怎么还与这种人来往？他的情况，我不是向区委汇报了？即使他在剿匪中立过一点功，不究他以前的罪，也算人民政府宽待他了。何必再去看望他呢？这样做，群众会有意见的呀！"

老云说："意见是难免的。要看是谁的意见。"

不管老郑乐意不乐意，老云硬拉着他走了。

他们在路上逢到许多农民，众人都亲切地向老云打招呼。但见到老郑在旁，又不便向老云讲心里话，可又怕错过向他反映情况的机会，与老云寒暄着，跟着他向黄汉汉家走来。

黄汉汉躺在床上，看到老云，脸上露出喜色，霍地坐了起来，拉住对方的手说："老云，你来了，来了！如今村里是田智他们当道，弄得乱七八糟，你要整一整！"

老云说："我就为这事来的。信看到了。"他对跟进破庙的农民们说："你们有话也尽管讲，讲到什么人也不用顾虑。"

黄汉汉说："黄田智是地主、土匪打进来的暗探。"

众人见黄汉汉开了头，也不顾忌了，不管得罪不得罪老郑，七嘴八舌地讲开了："这人在农会里，农会就成了地主狗腿的农会。""他一伙人在农会里，财主、土匪就知道我们的内情。"……

老郑全身发热，心里说："难道，难道黄田智真的是这样人？"

黄汉汉说："老云，土匪没除尽，大家心里还不安呀！"

老云说："上面指示，土匪不消灭，部队不下山。这里的农会不组织好，我这个区农会主席也不离开西山乡。"

这一说，众人心上的石头落地了。

晚上，农民们集拢在黄汉汉住的破庙里开会。田智带了几个人也来参加，站岗的农民不让他们进来。

黄田智说："怪了，农会开会，代表不能参加？"说着便闯进来。

老云看到他们进入会场，冷冷地问田智："农会代表，我问你，种过几天田？"

"自幼种田,老雇农,哪个不知?"

黄汉汉说:"我只晓得你给地主收租,打人,绑人,什么时候种过田?大家见过他种田吗?"

场上有几个人应道:"没见过。"

老云说:"不种田的农民代表,你代表什么人?这里不许再来了。滚出去!"

黄田智他们红着脸搭讪着退出来。

地主的耳目被赶出了农会,农民顾虑少了,一些原来不敢发言的人也开始发言了:

"我和田生、田智同房,受他们的欺负深得很。田生占了我油茶林二亩……"

"这家伙也霸占了我五斗三升田。"

"谁不知道他心黑,就担心打蛇不死,回头咬一口。"

许多人想到山上还有土匪,财主势力还在,仍保持沉默,在观望。

会议才结束,黄汉汉就请求老云和剿匪部队的队长,立即抄黄田生的家。老云和队长立即同意。黄汉汉带病领路,在黄田生的地窖里搜出长枪十多支,子弹一千多发。当场抓住正在密室里碰头的黄田生、黄田智和土匪联络员。

这一胜利使得全村欢腾了,黄汉汉的病也一下子好了。

老郑如梦初醒,悔恨不已,羞愧难当,对老云说:"我重用坏人,打击了黄汉汉,丧失立场……"

老云说:"你下来时候,上级交代要走群众路线,与贫雇农交朋友。你呢,忘了这一点。区里指示,要你回去。到了区上,总结经验教训。人难免会犯错误的,改了就好。"

老郑背着行李回去了。

黄汉汉给他送行,说:"郑同志,你要再来。"

老郑难过、羞惭地说:"我对不起你,对不起大家。"

黄汉汉说:"我恨财主、反动派。有他没我,有我没他。对自己人不该记仇记恨,你也是被骗的,能明白过来,实心实意为大家做事,我们还是一家人。"

他一直送老郑到了溪边。

没想到一个没有文化的农民,会这样识大体,是非分明,爱憎分明,对阶级敌人不留情,对自己人这样宽厚这样亲切。老郑感动得很,握住黄汉汉的手,好久不放。

一个月后,山上土匪消灭了。

西山村、东山村群众联合起来开会斗争恶霸地主黄田生。横行一世的财主,在农民面前屈膝了。众人争着上台诉苦。黄田生逼死几条人命,血债累累,政府根据群众要求,判处田生极刑。

土改开始了。老郑作为工作组成员,又到了西山村。黄汉汉日日夜夜都在忙,开会呀,没收地主财产呀,分配土地、房子、耕牛呀,没有一点空闲,常常好几天没睡觉,他瘦下来了,声音也沙哑了。可是,再劳累他脸上也带笑容,心情比任何时候都好。

黄汉汉家分到四亩平洋田,四亩山田,三百多斤粮食,两个房间。他把四亩平洋田换给一个因剿匪牺牲的民兵的家属。他说:"斗争地主是大家的力量,应该把好田分给为大家出力最多的人家,这也是大家的心意。"

他不光图自己,不为自己争好田好地,村里男女对他加倍欢喜,加倍器重了。

开翻身大会那天,众人要黄汉汉讲话。

他走到台前,大家见他下巴刚刮过,头上戴着新制的民兵帽子,脸上充满快活的笑意。虽然那么消瘦,却显得比平时年轻多了,像个不到三十岁的后生了。

他用了很大气力,拉开喉咙,讲了几句话。可是台下人只见他嘴巴张动,听不到声音,不禁大笑起来。

站在台上的老郑，看到这样子，就走近黄汉汉身边说："我替你传话，你对我讲来！"说着，耳朵凑近黄汉汉嘴巴。

黄汉汉不好意思地用沙哑嗓子回答："这不好，不好！"

"你不是说我们是自己人吗？还客气什么？"

"谢谢你了。"

过一会儿，老郑朝着台下群众，放大嗓子说："黄汉汉同志说，为了两担租子，我祖父、父亲当了一辈子长工，还没清。现在我翻身了，大家也翻身了，土地回家了。今后，种田人不再受财主压迫、剥削了。我们像个人了，不是牛马了！"

台下掌声立刻像炒豆般响了起来。

1950年除夕

（原载《福建日报》1950年）

---

**作者简介**

姚鼎生，笔名"乡村"等。1929年出生，福建闽清人，高中毕业。1949年任农会文书，1950年起，先后任教师、编辑、福建省文联专业作家。1989年退休。中国作家协会会员。作品有《在极左的狂风中》《为民请命的邓子恢》（合作，为执笔者）、《闽江的孩子》（获全国城市报纸连载一等奖）。出版有长篇小说《土地诗篇》《黄毛丫头》，中短篇小说集《百万富翁总管》《儒林野史》，纪实文学《曲折前半生》《铁汉魏金水》等。1993年被国务院授予突出贡献证书，享受政府特殊津贴。

## 我 的 大 姐

◎ 何　飞

天刚黑，我就沿着海堤，跑到鱼塘边，把我们家那十只灰母鸭赶上岸，吆喝着走回家来。

"你看见慧贞没有？"娘坐在灶口烧火，问我。

"没有。"

"死丫头，一天除了吃三顿，脚就不落屋，屋里啥事都不管。"娘揉着给火熏红的眼睛，又朝我唠叨起来，"去，天都黑了，去把她叫回来。"

"我不去。"我说着，生气地用力关上鸭笼门，"人家下午在开团会。"

"开啥团会？尽是会！快去叫，十二三岁的人了，死懒！"娘三步并做两步地跑了过来，瞪大眼睛，威胁地挥起手，做出要打我的样子，"你去不？快去！"

"讨厌！"我说着，唯恐她会打下来，慌忙跑了出去。

"你看见我大姐没有？"我逢人便问着，跑到乡政府、渔会、渔民图书馆，跑到……没有。到处都没有。我焦急起来。林子里亮起了灯光，我顺着海滩，穿过一片芦苇，走到悬岩上。

"大姐！大姐！"我叫着，四下望着，忽然，在一块悬岩的阴影里，我看见一个人影动了一下。我慌忙跑过去，可不是大姐！她蜷着身子，用手蒙着脸，海风吹竖起她的头发，她看见我，慌忙擤了下鼻涕，把手里的一封信塞进衣兜里。

"我到处找你，"我说，"天黑了，娘叫你回去。"

"还早了嘛，"大姐眨了眨细细的、眼角往上翘的眼睛，看了看天，露出脸颊上的大酒窝,"回去吧,我刚才补完帆篷,坐在这里凉快一下。"

"你骗人!"我望着大姐湿润的红红的眼睛,做出什么都明白了的神气,翘着嘴说,"你在这儿哭!"

"谁说的!"大姐板起脸,问我。"你看见的?你敢乱说!当心我不理你就是的。"一边说,大姐一边又擦了擦眼睛。

"哎呀,野人回来了!"大姐一进屋娘就叫了起来。"整天在村子里跑,姑娘家也不怕人笑,你有空跟人家跑腿,为啥不在家跟我做点针线?"

大姐不做声,也不看娘一眼,只是垂着眼皮,铁青着脸,坐在屋角里。

"又怎么了?又挨人骂了?"娘心疼地望了大姐一眼,摸索着点亮灯,顺手拿起针线篮子,"叫你不要出去疯嘛,你不听,工作做不好上头干部批评,下面群众骂,白出了力还受气!"

"娘!"大姐打断了娘的话,抬起头,怔了一下说,"我要跟你说一件事。今天下午我收到德炎一封信,他叫我跟他解除婚约。"

"解除婚约!"娘直直地望着大姐,隔了好半天,才自言自语地说着,"为什么?这是怎么说?"

"德炎病得厉害,他说……"大姐咬了咬下嘴唇,眉毛跳动了一下,"他的两条腿已经开刀锯断了。"

"腿锯断了!"娘叫了起来,手里拿的针猛地扎进指甲里,嘴唇不住地哆嗦着,眼泪簌簌地滚了下来。

凉的海风呼地吹开房门,冲进屋里,灯花爆跳了一下。

"怎么样,我叫他不要参加志愿军吧,在乡里啥事不好干啊,你们不听,要自作主张,还说我是旧头脑。"娘的脸颊痉挛着,不住地擤着鼻涕,痛苦地,哽咽地说,"这下完了,好好的汉子成了残废。"

"娘,"大姐叫着,黑黑胖胖的脸白得像张纸,眼角往上翘的、细细的眼睛放着异样的光,一字一板地说:"我想过了,我决定后天一早动身,去北京跟他结婚。"

"结婚?"娘浑身一震,好像看什么稀奇的东西似的,直盯盯地望着大姐。"你晓得北京在哪?腿都锯断了,你还想去北京结婚?你这一辈子不想过了?"

"我要去，北京在天边我也要找去，他要人照顾。"大姐撩起披在额上的一绺头发，往脑后一甩，坚定地说，"他残废也是为了抗美援朝，我爱他，再苦我也不怕。"

"是哦，翅膀才硬你就想飞！"娘睁大泪花花的眼，尖声叫了起来，"是我不疼他？在村里你们闹自由，订婚，我没有说过半句话，残废怪哪个？你还要去！你不要想我拿一个盘费！"

"就是残废了我才要赶去，讨饭也要讨去。除了他我谁也不嫁！"大姐用炫耀的口气说着，抿紧嘴，脸一下子红了起来。

"我没有你会说，眼不见、心不烦，我不闭眼睛你不要想出这门槛，要走你先把我弄死！"娘一下子丢掉针线篮子，冲进内房，"我命苦哟！你不要急，我这就上吊，眼一闭随你嫁哪个我都看不见，我这就死！"跟着就是一片拍床打凳的、又哭又叫的咒骂声，直到天亮。

我不知道第二天是怎么过去的，大姐还是吃了饭就往外跑，忙着补帆篷、开会、上民校，还叫了好多乡干部来劝娘。娘是啥话也不听，只是又哭又闹，逢人就说，"你看养闺女有什么意思呀，说跑就要跑，你把心挖出来劝，她连一滴眼泪都不掉。你们帮我拉一把吧，我是快死的人了……"到了晚上，娘看见大姐不声不响地理着东西，知道哭闹都没有用，就轻声地哀求说："慧贞，听娘的话，北京多远呀，你跑去嫁个残废有啥好日子过哦，娘再跟你介绍个好的，好好给你办份嫁妆，就在屋里吧，啊？"

"不。娘，爱人不可以随便丢一个又找一个的。"大姐坚定地、平静地说。"一想到他为抗美援朝受了伤，我就更心疼他。你不要难过，等他伤口好了，我们就回来，回乡里来工作。"为了安慰娘，大姐还一边说一边笑。

这天晚上，我没有跟大姐说话。我脸朝床里，背着她睡。我恨她，她不肯留下来。我舍不得她走啊！她的心肠多硬！快天亮的时候，忽然，我给一阵抽噎声惊醒。

"大姐！"我轻声叫。

大姐不做声，闷声哭着，一把抱住我。

"你要走……"我哭了起来。

"快别哭！"大姐一把堵住我的嘴，止住了泪，假装生气地低叱着，"把娘吵醒了又叫她难过！"

就这样，天刚亮，娘牵着我，把大姐送出了村。宽阔的公路上静悄悄的，海上的天空浮起一片鲜红的朝霞，在碧蓝的海水上撒下一片红光。娘红肿着眼睛，蓬松着头发，人好像一下子瘦了许多。走到了马车棚跟前，娘摸出一布包钱，递给大姐，也不说一句话。

"我走了，娘！"大姐黑黑胖胖的脸上又露出了大酒窝，眯着眼角往上翘的细细的眼睛，不自然地笑着说，"我到了县里再换汽车，你回去吧！"

"……"娘点点头，不做声，隔了半晌："留你留不住……你看到对的就去做吧，多留神，到了来信……"说着，娘眼圈一红，又掉下泪来。

"我知道。"大姐说着，笑着望望娘，望望我，跟着像有人在追赶她似的，猛地扭过头，跳上马车。

我心爱的大姐走了。我看见她头也没有回一下，马车在晨风中沿着公路飞快地跑去……

1955 年 2 月

（原载《文艺学习》1955 年第 3 期）

---

**作者简介**

何飞，浙江诸暨人。上海立人中学毕业。1949 年起历任中共福安地委文工队队员、福安地委宣传部干事、福建省文联创作员、福建人民出版社文艺编辑、《热风》文学月刊编辑、福建省文学院副院长。中国作家协会会员。1947 年在上海《大公报》发表处女作短篇小说《爱》。出版有短篇小说集《我的大姐》《奇怪的婚礼》；中、长篇小说《月是故乡明》《宝贝女儿》《梨树下的梦》《伤别》《难忘初衷》；散文集《风雨行踪》。长篇小说《红观音》获福建省优秀文学作品奖一等奖。

## 武夷山上的白蝴蝶

◎ 马　宁

太阳升上来了,高空蓝得透明,但武夷山的群峰,却绕着一片片的飞云,仿佛大海里的一群翠岛绿屿,浮沉在金色的波光里。

这时,青年卫生员李华从树丛里走了出来,沿着新辟的便道,懒散地一步一步地向喧嚣的峡谷工地走去。她的两只大黑枣似的眼睛,茫然地凝视着路边的松林。停留在林荫里的迷雾挡住了她的视线,仿佛不让她展开眉头看得更远些。路仿佛越来越窄,越走越陡,她背着的那只救急袋也似乎越来越重,细小的身材被压得几乎透不过气来。鹅卵脸这时涨得通红,仿佛要崩裂开了。

好容易,她爬上了山腰。道路平坦了,她才深沉地舒了一口气。一阵薄雾轻飘飘地绕过她的身旁,峡谷来风,吹起她头上的蝴蝶结,仿佛要乘风飞去。她往常碰上这样的景致,口里定会轻轻地哼起她自己的歌儿来:

　　云儿在我的头上飞飘,
　　雾儿在我的身旁逍遥,
　　花儿开在我的心头,
　　幸福挂在我的眉梢。

　　"武夷山上的白蝴蝶",
　　多么美妙的称呼啊!

我是个光荣的卫生员，

骄傲地歌唱在武夷山巅。

可是，今天李华却无心歌唱了。眼见峡谷工地展开在她面前，她的心绪就更加不宁，举步也更觉沉重了。昨晚，她从工地邮递员手里，接到她表兄的一封来信。她表兄竟向她提出了最后一次要求，要她赶春节回福州结婚。他在信中写道："结了婚，我就有理由请求组织把你留在福州工作；你再也不必在那落后的山区过那原始人似的生活了……"

"真无聊，他怎么说出这样的话来？"

李华感到一阵羞愧，心头窒息似的难受。岭后传来的开山机的"突突"声，钻得她的心房扑通扑通地跳个不住；咕噜咕噜地飞奔在轻便轨道上的斗车，仿佛正从她的背脊上开过去。她奔上岭头，倚着棵古松的躯干坐下来。

李华从小爱她表兄，他们同住在福州城里的一条街上。一九五三年秋季，她在助产护士职业学校毕业的时候，在省级机关里当科员的表兄，就曾劝她请求留在福州工作，但她却随着全体同学在服务志愿书里填上"服从组织分配"。当她被分配到永安专区工作的时候，她表兄曾经大发议论，说她是"公式化概念化的'可怜的角色'"。"永安地区是个顶落后的山区，那里一出门就是深山野林，百里不见人烟；那里的老百姓经常同老虎走在一条路上——你的身材这样小，还不够它一口呢！"她表兄还这样有声有色地说道。

然而，青年人的自尊心和少女的矜持，却使李华违背了她表兄的意愿。她那时虽才十七周岁，却不露声色地接受了组织分配。不过，李华倒不给她表兄难堪，陪他上照相馆合拍了纪念相片，表示她心眼中只有他；她还同意一年后请调回福州结婚……到了永安，她给分配到丛山中的一个小县城里当助产士。那里既看不到半里公路，也没有能行船的小河。打开窗户只见万里丛山，古木参天；绕过城门，尽是羊肠小径，悬崖陡壁。每当她到远近山村去接生的时候，总是提心吊胆，生怕葬身虎腹，或者跌落深谷。所以情绪一直是在不安中，但望挨过一年，待机请调。

修筑鹰厦铁路的消息鼓舞了山城居民，也震撼了李华的心灵。火车果真能飞过武夷山吗？她几乎不敢深信。可是，开进山城的铁道兵消除了她的疑虑，整千整万的民工出动了。"山城要突破封锁了，再不是老虎逞凶的世界了。"李华立即想到这个问题。"山城离天安门也就不远了。"青年人的好胜心又一次鼓舞了李华，她到支前办公室填了支前志愿书。在盛大的欢送会上，她戴着光荣花出发了。新的生活引诱着她。被削平的奇岩怪石上她曾流连忘返，隧道工程曾无数次地诱惑着她，她在绿荫如锁的原始森林里，欣赏过美丽的金黄色飞狐，还曾在青竹丛中给那奇妙的竹节虫迷住了心眼。最使李华感到身心愉快的是人们对她的亲切和尊敬。铁道兵战士更是欢迎她。有一回，李华偶然拿条纱布，在修齐的短发上扎了个蝴蝶结，爱开玩笑的开山机手小贵州，看见她迎着他们走来，就指着她高声叫道："看啦，一只武夷山上的白蝴蝶呐！"

从此，人们不是亲切地叫她"卫生员"，便是带着赞扬的口吻喊她"我们的白蝴蝶"。这个称呼对她无异是一个很高的奖赏。悬崖上，峡谷里，人们只见她口里哼着谁也听不清的歌儿，蹦上蹦下，真像一只蝴蝶似的在工地上飞来飘去。不久，她在工地上参加了共青团，一连几次要求她表兄推延了婚期。

"福州市几乎每天都在发生重大的变化。西湖公园里新筑了个动物园——不要怕，这里的虎豹是专供欣赏的，并不吃人！百货公司更是内外一新，我看中了一种比翼双飞的杭绸被面，只等你回来作最后的决定。各大剧场正在争演出色的歌剧。"她表兄这次来信写道。

真的，李华是不会忘记的。她跟表兄一道看戏的情景，是最亲切的回忆。李华有时喜欢胡乱地唱几句，多半是从喜欢的歌剧学来的。

"在城市里工作，能使你的精神愉快，思想高尚……"

"思想高尚！这是什么意思呢？"李华想起她表兄这次信中的意思，真有些茫然了，"我在福州的时候，不过是好奇贪玩；可是现在我却学会思想了，我已能独立工作了。我还是在工地入团的哩！"

她觉得她表兄这次来信是更露骨地表达了他自己。"两年来，他写的尽是这些生活小事；他不谈学习也不谈政治。"李华想道，"可是，我却觉得生活别有天地，不像他说的那么简单无聊……"

"祖国到处都需要青年，难道在城市工作不是一样？你再不回来结婚，我可不能等待了。"李华又有些不相信这是她表兄说的话。她掏出他的来信，再次看了一遍。"最后告诉你一件暂时保密的消息：靠我这几年来的百事唯谨，体上谅下，我将被提升当科长了。我已向本机关党支部提出入党申请。这意味着我俩的前途……"

李华蓦地跳起来，忙把信纸塞进袋里。雾已消散，峡谷里的热闹情况一目了然。她举步跑向喧嚣的峡谷，峡谷那面的悬崖上有人喊道："看啦！我们的白蝴蝶飞来了！"

天空星光灿烂，峡谷灯光迷蒙，工地里人影幢幢，紧张夜班开始多时了。

李华仍留在工地上。分队政治指导员张志诚叫她等他，她也正想找他谈谈自己的心事。经过一天的考虑，她仍然自信是真心爱她表兄的。他们从小在一起，表兄大她几岁，说什么也比她懂得多些。她心地洁白无瑕，觉得什么事都是安排好的，再不能爱第二个人。她准备请假回去结婚，婚后仍回工地。

张志诚正在工地的那一边向民工做着鼓动工作。李华只得待在那里等着他。张志诚给李华的印象是不坏的：他能亲入现场，拿背脊背大石头上斗车，自然民工们再也不会偷懒了；他手里的大喇叭筒和他的高嗓子配合得更好，虽然他的声音早已有些嘶哑，但他的报告材料却总是生动的、新鲜的。李华对他那以身作则、吃苦耐劳精神，敬佩得五体投地。他还是她的入团介绍人。

李华忙了一天，加上思想沉重，实在有些劳累了；而张志诚魁梧的身体，却仿佛是灵活的鼓风机，越叫越响，她只好躲进路旁的一架破斗车，坐下等他。张志诚打锣似的话声从对面岩壁回旋过来，很清晰地钻进她的耳膜里。

"……三小队民工林文风同志，贫农出身，阶级觉悟高，工作一向积极，正为着争取入党创造条件。这次，他又接到未婚妻催他回去结婚的信，他又一次地拒绝了，这算是第四次了。"

李华心里一怔，听觉更灵敏，瞌睡虫早给撵走了。"他是说那个不爱说话的小伙子，人家叫他'小老头'的。"

"……'没有修好鹰厦路，我发誓不回家结婚。'你看，说得多么干脆，多么有力量！他真是我们青年人的好榜样……"

李华的心绪给张志诚的鼓动报告打乱了。他再说什么半句也听不进去了。

李华记得张志诚这么说过好几次，"我们是海防前哨的骄傲儿女，全国同胞都瞪着眼望着我们。"

李华知道，受张志诚这种宣传影响的人是不少的，谁拿家事为理由提出请假，常会给人戴上"没有爱国主义热情"的帽子。李华两次推延婚期，多少受了这种议论影响。虽然民工大队部的林政委曾批评过这种议论是不合时宜的。"男大当婚，女大当嫁。青年人想结婚，是生活要求，绝不是什么思想问题。"

现在她表兄已经决定婚期在今年春节，她觉得是没有理由拒绝他的。

"卫生员！"

李华忙从斗车里站起身。因为屈膝坐得久了，她的腿部麻痹，一站起身便突然跌了一跤，扑在碎石堆上。

张志诚魁梧的身影闪现在她身旁。

"卫生员，怎么搞的。"张志诚问，"闹情绪吗？"

"不，没有什么。"李华站起身来，不好意思地拍拍掌心。这里灯光微弱，她知道他看不清她的脸孔，不会看出她有过什么心事的。不过，碎石片却刺得她的掌心热辣辣地难受。好在救急袋里的药瓶没有碰坏，她倒安心了。他们沿着轻便轨道向尽头的小松林走去。

"政委收到福州来的一封信。"

"什么？！"李华因为心不在焉，没有听清楚。

"你的表兄怀疑你。"张志诚开门见山地提了个头。

"我不明白——这是说的什么……"

李华回过头来,用探询的眼光盯住他,显然他是打算猜测她的心事的。李华只得转过身来,仍然背着他。她听见张志诚拿指头弹着手里的喇叭筒。

"你许久不给他写信吗?"

"不,常写。"

"爱他吗?"

"没有说过不爱……"

"可是,他怀疑你——你什么事引起他的怀疑?"

"不,我不知道。"李华说道,"要求调我回去结婚吗?"

"怎么,你竟想结婚?!"

"不,我猜……"

"你猜错了。他是来调查你的品行,你在工地上爱了谁?"

"真的?!"

"信还留在政委那里,一字不假。"张志诚说,"不过,这人倒也很怪,难道那么大的福州找不到爱人,偏偏要在我们工地上找对象?真是个怪事!"

"请你不要说下去了,一切我都明白。"

李华掩着脸孔跑开。张志诚眼见她跑向下首的小松林,顿着脚道:"生活改善,人就更想享乐。为什么他们有时间来搞这恋爱的玩意儿,真他妈的怪事多着……"

李华跑到山脚下,就撑着棵小松树,咬着松叶,嘤嘤地暗泣。苦涩的松油,使她的神经更加敏锐,她表兄这次来信中的每句话,又都闪现在她的脑际。

"他为什么要怀疑我,他有什么理由怀疑我!?"

李华忽然觉得,表兄是在羞辱她了。"他不了解我!"李华吐出了一口松汁水,觉得喉咙又辣又苦。"他为什么不信任我?写信调查我?"

一阵山风从峡谷吹来,她听见斗车从轨道上奔来的笨重的声音,开山机的吼声，仿佛又正在背后招呼她。

"表兄竟怀疑我爱上别人！"她揪着心头叫屈。"他还拿老眼光看人。难道女孩子只配陪人家上戏院看戏；只配谈情说爱，不懂得其他？"

李华有些愤然。忽又觉得她表兄并不是真正爱她，他不过是拿城市生活、地位来诱惑她罢了。"……靠我几年来的百事唯谨，体上谅下，我将提升当科长了。这意味着我俩的前途……"李华的眼睛发火，心头爆炸了。"我是他的附属品呢！"

"我当初为什么进职业学校，难道不是为着学一技术，为着自己的前途，为祖国服务？"李华从暗黑的山脚跑开，她回工地上去。她熟悉这里的一切。工地生活、人的温暖对她是个青春的诱惑。

"你再不回来结婚，我可不能等待了。"李华突又想起这句话，气得脑壳发胀，"难道这是对爱人说的话吗？"她跑回峡谷去，工地上的热烈情景顿使她的眼睛里充满光辉。"到底我是为什么爱上表兄的？"

她忽然怀疑自己了。忙忙碌碌的人群，轰动的声响却又使她有些茫然。"也许张指导员还没有回去，碰到他说什么呢？"

李华折返身，顺着轻便轨道边沿，一步重一步轻地踯躅着。"好像有什么东西隔着我们了。"她想，"他这样的怀疑我，到底是什么意思呢？"

"请假回去结婚，大队部准会批准的。可是，"李华自问道，"结了婚又怎么呢？表兄说不能等待，那么，我不回去，他就准备找别人了吗？"

李华这么一想，脑壳更觉沉重，头快抬不起来。"到底他爱我什么呢？"

李华的自尊心遭受打击了。响在她背后的尖锐的哨子声，她竟完全听不进去。直至一部斗车轰隆一声在她背后翻倒的时候，她才猛然惊醒，跳开了两步，几乎绊倒了。

不一刻，李华一切了然了。开山机手小贵州为着避免碰伤她，急忙煞车出了事故。人们挤拢了来，把小贵州从石渣里救了出来。他的膝盖骨受了压伤，血从擦破的皮肤里渗了出来。李华急忙跪在他身旁，给他的创口涂擦碘酒。他却爽朗地笑道："还好，没有把你头上的蝴蝶轧死。"

"看你还说笑！不痛吗？"

人们开始责备小贵州，说他下班早该休息，又不惯开斗车，出事故还耽误了民工的出车率。小贵州却笑着指责他们道："算了。还站着骂人！"

人们扶起斗车，七手八脚地抢着上石渣。李华给小贵州包扎好了，他还使性子要自己走回山上的营地去。李华气他道："蝴蝶又不会吃人，送你回去吧。我也早该下班了。"

在路上，小贵州问李华："我拼命吹哨子，你为什么听不到？"

"你让斗车冲过来，我不就知道了。"李华说完，不觉苦笑起来。"说实在话，民工出渣跟得上你们，你何必下了班还去帮他们？"

"我这人就是爱动，爱干新鲜活儿。不瞒你说，我爱人还比我强。"

"你爱人在哪儿？"

"村里全面合作化了，劳动力抽得开，她准备来工地找新鲜活干呢！"

小贵州说完，豪爽地笑出了声。

李华忙问："你们从小相好吗？"

"哪有这样的事。我们是在互助合作的时候搞上关系的。我们都爱搞新鲜活，她强过我，我也不认输。"

"所以你来当铁道兵吗？"

"不，来当铁道兵服从分配。干上这活儿，就爱上了。你没有听我们的王震司令说过：我们还要把铁道修到天山、昆仑山上去。你见过没有？"

"你偏爱开玩笑。"

"说实在话，谁也不曾见过。那里原是神仙修道的所在，怕只有孙悟空真正到过。"小贵州停下步来，一股劲儿昂头望，"那一定比这武夷山还要高，还要美，啧啧！"

李华也昂起头来。只见一轮明月挂在高空，泻下万丈光波银浪来；武夷山的群峰仿佛都咧开笑口，朝着她发上的白蝴蝶发出"啧啧"的赞叹声。

"表兄也许还不懂得什么叫作生活呢！"李华的喉咙嘟哝着，"也许，张指导员也是不懂得生活的吧？"

1956年5月

（原载《热风》1956年6月号，后收录于《马宁选集》，海峡文艺出版社1991年6月第1版）

**作者简介**

马宁，原名黄震村。1909年出生，福建龙岩人。1927年毕业于上海大学中文系。曾参加左联。1931年赴南洋，任马来亚普罗文学艺术联盟主席，反帝大同盟宣传部部长，总工会秘书及马共中央宣传委员。1938年在新四军政治部主编《抗敌报》，在中国桂林、广州、香港、新加坡从事革命文学创作与反帝反殖斗争。1949年后历任《福建农民报》主编，福建省文教部文化处处长，省文联主任、副主席。福建省第一、第二、第三届人大代表，福建省第四、第五届政协委员。1927年开始发表作品。1949年加入中国作家协会。著有《马宁选集》，中长篇小说《处女地》《铁恋》《香岛烟云》《扬子江摇篮曲》《将军向后转》《香港小姐奇婚记》《无名英雄传》，散文集《南洋风雨》，短篇小说集《落户的喜剧》等。

# 老许的棉袄

◎ 吴瑞骋

只要在月亮河边住久了的人，都很熟悉一种笑声，这笑声山回水荡：呵呵呵……人们都知道这是发自那个豁达开朗、乐观豪爽而又富于抱负的人的胸中。每当人们听到这种笑声，便觉着分外亲切，不由得要站起来向旁边的人投过会意的眼光，轻轻地说一声："来了。"

但是，刚到月亮河边乍听到这种笑声而又初见到他的人，便很觉得惊异。因为，他，乡党委书记老许，并不是个彪形大汉、丈二金刚，也并不年轻力壮、血气方刚。他，已经上了年纪，两个门牙都掉了，说起话来总要夹杂着"弗"音。脸面清癯，时常挂着一种诙谐的笑意。而那矮小的身段却老穿着一件过分宽大的棉袄。

关于老许的棉袄，月亮河边的人印象都很深刻。这是一件旧军装棉袄，本来的色泽已经褪尽了，而且，打了不少补丁。每年深秋时分，大家都穿上棉袄的时候，老许也就把这件棉袄穿上。或是进太阳山里访贫，或是到月亮河边查田，或是去县城开会，或是到葫芦坳去串门户。直到春末夏初，老许这才把棉袄脱下来，拆拆洗洗，放在箱里。这样年复一年，岁上添岁。世道一变再变，日子越过越红。好多过去光脊梁、穿破麻袋衣的贫苦农民，多数都穿上了崭新的大棉袄。可是，老许仍旧穿着那一件补丁的旧军棉袄。

这是怎么的啊？老许的棉袄，开始引起人们普遍地注意了。难道说，他一年三百六十五日，年年辛苦日日忙，不能穿得漂亮一些吗？有些比较精灵的人便猜测起来：老许这么珍视这件旧军棉袄，也许它有一些来历吧？

的确，这件旧军棉袄的来历并不平常。那是当年"闹红"的时候，那些个心里向往着光明的人用千针万线牵扯着希望，针针线线地缝了出来，支前送给解放军穿的。也不知道曾经有多少战士穿过它，它的里面也不知已经印上了几多斑斑血印。土地改革的那年冬天，老许去县里参加农民协会代表会议，县政府一位首长，见他穿着单衣，便把这件军装棉袄披在他冷得抖索着的身上。从那时候起，老许便开始有了它。

老许老是穿着这件旧军棉袄，除了它的不平常的来历，还有另一个原因。这个原因，不是三言两语能说得清楚的。那需要把不久前老许怎么穿上新的棉袄的故事说出来。

很早很早的时候，老许的妻子林春娟就想给老许做一件新的棉袄。她找老许商量这桩心事，老许总是摇摇头笑着说："早呀！乡政府里面谁穿上新棉袄？弗（不）都是一个样！"他拍了拍身上的旧棉袄说："穿上这一个，没有弗合时宜的呀！"听这话，林春娟只是睁着眼睛没得说的了。她的心事无形中跟着扩大了，为乡政府的干部们做新棉袄的事奔忙起来。过了些日子，那些个解放前穷得衣衫打结的干部们都穿了新棉袄的时候，林春娟便又跟老许商量起这件事来。不料老许还是摇着头说："弗忙！我们这河岗村人，还有人没得穿上新棉袄哩，我这一件弗很好的？"老伴叹息一下也没得说的了，于是，她盼望着他们河岗村日子越闹越火红，亲手参加了改变村子穷面貌的各项工作。等到大家都盖上新房子穿上新棉袄的时候，林春娟才又兴冲冲地跟老许商量起做新棉袄的事来。可是，老许仍旧摇摇头说："先弗忙！先弗忙！"接着，他屈起一个个手指头说："我们公社的浮洲、堤南、葫芦坳……还都是穷队哩！那儿老是治弗断灾情，到现在好些人不还光着膀子干活，衣衫打起结子。草铺门板卧薪尝胆呀！喏，瞧瞧我这件棉袄，又弗太……呵呵呵……"林春娟听了他一连的弗，便叹了口气说："那，你可是永远不想穿上新棉袄的了？"

"怎么不想？"老许眯起一只眼睛，用另一只眼睛狡猾地瞄了林春娟一眼，一字一板地说："有那么一天！"接着他告诉她哪里正要修筑防洪堤，哪里正要进行改土，哪个大队在大建猪场鸭时……接着，很诙谐的笑意就爬到脸上来，"现在，先弗忙。"见这么着，林春娟虽然又没有得说了，眼睛却睁得大大的，而且闪闪有光。过后，她也格外忙起来，一有空，就出去跑一跑那老许常跑的地方。浮洲呀，堤南呀，葫芦坳呀……

二十世纪六十年代的第三个秋天，那是年成最好的岁月，老百姓的温饱好像都解决了，国庆时男女老少都穿上了新衣裳，红红绿绿簇簇一新。老许终于默许春娟给他做一件了。新衣缝成的那天，她怎么也按捺不住兴奋，通山道的角门老是让她"咿呀""咿呀"地开出开进，依在门柱上朝山道里望呀望呀，像初嫁娘盼新郎归来似的，拿着新衣比了又比，看了又看。直到听到嘀哈哈的笑声了，才自言自语地说："唉，总算成全了一桩心事。"

老许一回家，带着一种喜气盈盈而又有些神秘的眼色，像有了喜的新媳妇向丈夫告密一样，轻声低语地告诉林春娟哪一家养的母猪生了几个猪仔、哪个社员自留地的瓜架长了几个大南瓜、哪个队的养鸡场每天平均能收几个蛋……他的眼睛闪着一种惊喜的光，不停地高声说："大好形势，形势大好！"接着，他拍拍林春娟的肩膀，用手在眼前一挥，示意一望无际的庄稼，然后一字一顿地说："只要老天不捣蛋，年年丰收弗成问题！"

这时候，林春娟再也按捺不住了。她等不及他再仔细地告诉她些什么，便侧起脸说："行了，你想说的我全知道！全知道了！喂，瞧瞧这个！"

"这……"老许一把接过老伴递过来的新棉袄，会心地笑了。

"穿一穿看，合适吗？"春娟说。

"好！"老许激动地穿上了这件新棉袄走到正壁上挂着的那面大镜前，这大镜正好照见了他的上半身。他盯着大镜瞅呀瞅的，仿佛在镜子里看到了金黄的一片稻田。他微微合起了眼睛，满耳听见："来，过磅的。李存木今年下半年共挣工分五百六十七分，该分得增产粮，谷子二百八十三斤。""瞧，两个工分一斤增产粮。嘿嘿!""卖余粮去哟!""同志。要什么?""西卡一丈六尺,棉花一斤半!""做棉袄的?""说对啦!"……

"怎么样?"林春娟站在老许旁边问道。

老许没有回答。

"合适么?"

老许依然闭住双眼,不知所问。

"哎呀,你怎么啦?"林春娟推了老许一下。老许这才吃惊地睁开眼睛来。不知是对妻子表示歉意,还是刚才的幻觉,使得他冲着镜子呵呵大笑。过了一会儿,他又由衷地冲镜子响响地喊了几声:"好!好!好!"也不知是对妻子的精工巧手的褒奖,还是对自己想象中的景象的赞美。在林春娟听来,自然是指新棉袄说的,因而也特别来劲。收拾桌子、安排吃饭……做什么事都乒乒乓乓的,轻松、干净、利落……

老许看在眼里,喜在心里,他把新旧两件棉袄挂在一起。然后,坐在靠壁的凳子上,面对着棉袄悠然地吸着烟,低着眉眼想什么。老伴问:"怎么了?"

老许讷讷地说:"公社通知,今晚可能有大风暴。"

"抗灾工作布置下去了?"

老许点着头。

起先,林春娟一声不吭,一边洗碗筷擦桌子,一边津津有味地跟他谈起来做这新棉袄的经过。她竭力给他说明,这个事已经不只是她个人关心的事了。整个公社有好多好多的人都来给她提过意见。有的硬帮着去剪蓝卡布和买棉花,有的硬帮着去弄来针车。他们三番五次硬是催呀催的,她这才把新棉袄给缝起来……

等她把手里的活儿做完,老许呢,不知什么时候已经打起了瞌睡。林春娟摇了他几下,都没有能把他闹醒。林春娟把他扶到床上去时,他也是迷迷糊糊的。他太累了呀!

可是,过了一个钟点的时间,老许忽然蓦地从床上跳起来。

"干什么哟?"林春娟吃惊地问。

老许定一定神,侧着头说:"不是来了暴风雨吗?"

"哪里?"

老许又一定神,觉出果然没有,于是,身子向后一仰依旧躺下入睡了。

后半夜时分,老许真的听见了暴风雨在敲打着窗户,证实了天气预报的准确性。他匆忙地赤着双脚到壁间衣架上抓起一件棉袄匆匆穿上,开了角门冒着暴风雨去了。

五天以后,林春娟去浮洲参加抗洪回家,正逢着老许也开了角门进来,他身上只穿着一件卫生衣,冷得他直打颤。

春娟惊愕了。"新棉袄呢?出事啦?"

原来,前天晚上扑向月亮河河堤的洪峰刚刚退去。一连坚持几昼夜护堤的人们,便都睡倒了。党委书记老许在这时候,虽然也极度疲劳,然而,浮洲、堤南、葫芦坳……上千亩庄稼全悬在他心上。他担心意料以外的事。就在当天晚上,他在查堤的时候发现有个獾洞被水钻通了,并且,已经开始漏水。情急之下,便猛脱下那件新棉袄包起沙土堵在漏洞之间……

听老许把情形说出,林春娟心上总算咕隆咚地落下一块石头。

"这么说,河堤上没出事?"她拿来那件旧军棉袄披在老许身上。

"没出事!"

"这确实?"

"确实!"

"瞧瞧,"春娟拍老许身上的旧军棉袄,说,"这又老又红的旧同事,还得劳它的驾,再陪你去县城开一趟会啦!"她笑了,老许也笑了。

那天,老许又穿着这件旧军棉袄进城去开会,县委书记老洪就是当年拿这旧军棉袄披在老许身上的首长。他们一见面拉起手天南地北地扯起来。但当县委书记询知了有关老许的棉袄的故事时,不禁纵声大笑起来。

会后,县委书记派人给老许送来一件崭新的棉袄,同时要回了那件旧军棉袄。老许穿了新棉袄,很诙谐的笑意就又爬到他的脸上来了:"弗是呢?这是一个新阶段,新任务呀!"

老许的棉袄的故事就到这里。当然,月亮河边的人们心目中的老许,除了一件棉袄的故事以外,别的故事更要多得多,不过,这只好到下回再说了。

(原载《热风》1964 年 1 月号)

---

**作者简介**

吴瑞骋,1938 年出生。1960 年加入中国作家协会福建分会。1958 年开始发表作品,已出版小说集《月亮河边》,散文集《海品》,纪实文学集《西桥梦痕》,诗集《南苑草》等。现为中国作家协会会员、泉州诗词学会副会长、泉州老年书画学会书法分会副会长。

# 小镇的墟天

◎ 张贤华

## 一

莒口，人称它是镇子，却是名不副实，充其量只有三两百户人家，扳起指头也能一一数得出来。镇中有一条青石板铺地的小街，两旁巴掌大的店铺，大抵都经历了半个多世纪的风霜雨雪。或是泥墙剥落，或是门面残缺，给人一种古老而又冷清的印象。

冷清虽则冷清，逢上旧历三、六、九墟天，方圆大几十里的山里人，挑着各式山货，络绎不绝地四面八方涌来，这里便另是一番景象了：熙熙攘攘，摩肩接踵，滚滚的人流几乎要把狭小的街道挤破。松脂、油烟和炸粿的香味，叮叮当当的碗碟声，在热情地招徕着四方顾客。但是，最有诱惑力的去处，莫过于街道尽头那间三丈见方的小小茶摊了。

今天初三，恰是墟天。天气分外晴朗，遮天蔽日的雾气渐渐收起，初升的红日便把朦胧的金光，抹在收罢晚稻、漾着涟漪的水田上，抹在悬挂着一串串小灯笼似的野柿树林中，抹在静悄悄的寒冷的大地上。

茶摊的主人德贵伯虽已七十挨边，手脚甚是灵活，不出一袋烟工夫，便把桌椅板凳收拾好，抱起大捆松柴去灶间烧水泡茶。今年风调雨顺年景好，四乡丰收的农产山货都要汇集到这里来。手头宽绰的社员归去时节，少不得要在这里歇歇脚，喝碗喷香的水仙茶，顺便打听点小道新闻。眼下正是小小茶摊一年中黄金般的日子。德贵伯抬脚跨出店门，见空荡荡的墟场上，出现一个赶早墟的女人，约莫五十出头，脸膛黑红，腰身滚圆，胸脯隆起，粗壮得犹如男子一般。她弯弯的扁担挑着两大袋薯干，一面撩起衣襟揩汗，一面东张西望地寻觅着合适的地盘。德贵伯咧开掉光牙齿的瘪嘴，高声笑问：

"那不是阿兴嫂么？"

女人没有理会他。大凡来赶早墟的人，都图手里的货快脱手，又能卖上好价钱。这一带买薯干的，多半是大山里下来的山民，他们卖罢笋干、土纸、野味之类的山货，便换了薯干归去。因此，阿兴嫂的薯担理应摆在山民们的回头路边。她的薯干质量平常，更要放在最前头，免得货比货，让人比了下去。经过再三斟酌，她终于选定钉着"杂粮类"木牌的电线杆旁，轻轻放下担子。这时，她又听见德贵伯高声招呼她：

"阿兴嫂，莫叫钱多压断梁啊！"

"你讲鬼话，你家钱多才压断梁！"她回头猛啐一口，放肆地咯咯大笑。

德贵伯继续热情地说："你看，山雀子才出窝，一时三刻不会有人来，你先进屋来歇息，喝口早茶吧。"

"我天生的劳碌命，没有那福分！"阿兴嫂拢了拢灰白的头发，笑骂道，"你好狠心，我的薯干还没脱手，你就盯住我的口袋打主意啦！"

德贵伯被她逗得高兴，嘿嘿笑个不止。这个平素一文钱在手心里也要捏出水来的女人，在他记忆之中，从来没有踏进这间茶摊的门槛。这怪她不得，日子过得太艰难，一钱不当两钱用行吗？

阿兴嫂十八岁那年从外乡嫁到莒口镇，才五载光景，年纪轻轻便守了寡。那些年月，一个妇道人家，肩上挂着大小三张嘴，手不闲脚不停，省吃俭用，也只能勉强打发日子。当然，她的美德归美德，缺点也是众所周知。她从耳闻目睹中认定：古往今来"狗屎好吃，寡妇难当"，更何况自己小家小户，无有靠山，孤儿寡母要在莒口镇体面地生活下去，非得手有一双、嘴有一张，否则早晚会被人当马骑。开初,她吵架时还讲究分寸,注意影响,待到后来胆子大得赛似虎,一旦好戏唱开场,什么谱也没有了。乡里人背地送她个绰号:"秋辣椒"。慢说左邻右舍怕她三分,即便大队干部见了也得绕道走开。

此刻,德贵伯待要打听一下行情,见她伸长晒得油光闪亮的脖颈,双眼死盯住远处通向墟场的小道,晓得她一心等待着顾客,无意跟自己攀谈。他刚回头走了两步,听得阿兴嫂压低嗓音唤他:

"死鬼,转来,转来!"

德贵伯被她鬼祟的神态弄懵了,放下松柴,抖掉身上的松皮,不紧不慢地走过去。阿兴嫂一把将他拽到跟前,嘴巴贴近他的耳边,没头没脑地问:

"你听讲没有,要丢豆豆啦!"

"什么?"德贵伯眨巴眨巴眼睛反问。

"草包!"女人失望地摆摆手,粗指头几乎戳着他的鼻尖,"又要往碗里丢豆豆,挑大队长了。"

"噢,"德贵伯回过味来,淡淡一笑,蛮有把握地纠正说,"从前这叫民主,后来叫大选,往后又叫……"天晓得,他肚里有几多货色,听来也是半瓶子醋。

"你少咬文嚼字!青菜豆腐,豆腐青菜,一回事!"阿兴嫂不耐烦地打断他说,"你这里人来客往,有的是千里眼、顺风耳,这等大事也不扯长耳朵打听打听!"

德贵伯晓得她正在兴致头上,容不得自己开口,只好耐着性子听下去。

"你掂量掂量,那个缺德的还会当大队长么?"她向周围扫了一眼,见没旁人,话头一转,单刀直入地提出问题。

为人厚道的德贵伯心头扑通一跳,半天不敢透出气来。他好歹在莒口镇生活了大半辈子,除土改反霸中,跳上台去控诉过地主罪行外,不曾跟人红过一回脸。现时,要他公然评论全镇赫赫有名的人物,真叫他为难又为难。

"你当哑巴啦?"阿兴嫂拍着巴掌,连珠炮似的又响开了:"他女人早已放出口风,打断腿骨也不当大队长了。你相信她的话么?信不得,万万信不得,她是吃人饭说鬼话,心里才想呢。这回,我横下心来,是亲老子也要拉他下马!"

"嘿嘿,嘿嘿。"德贵伯哭笑不得。

阿兴嫂也不在意,叉着腰,比划着说:

"你怕人心不齐,扳不倒大山?莫怕,如今上级发下话来,众人的事众人做主,不能一人说了算,大小菩萨一般高啦!隔壁斜土大队硬把大队长拉下了马,这是人家亲眼看见,说得有眼有鼻的!"

德贵伯听她越说越离谱,唯恐日后一身是嘴也难分辩,正要找个理由告辞,忽见墟场那头闪出两个人影,慌忙"嘘"一声,制止她说下去:

"莫声,他来了!"

阿兴嫂猛回头,一看,顿时黑下脸来,挽起袖子,摆开架势,肚里狠狠骂了一句:

"来来来,是龙是虫,今天见高低!"

## 二

在晨雾消退的乡间小道上,在冬日凛冽的寒风中,大队长李木河肩挑两袋薯干,踏着地上挂满露珠的野草,快步如飞地直奔墟场而来。他瘦小的女人打起飞脚,踩着他的脚印,呼哧呼哧喘着粗气说:

"公社王书记会来赶墟么?"

他两道浓眉跳了跳,没有回话。

"你就死了这条心!"女人抹一抹长满雀斑的鼻梁上的细汗,小跑两步撵上男人,说,"你回头找王书记,高低要他抬抬手,再也莫叫你当队长。这差事,名分不大闲气多,世上只有千年百姓,没有百岁官……"

李木河心事重重地耸起眉头,步子越发加快了。

"木河,我有一句说一句,说重了也是为你好。"女人见他脸色难看,额骨的青筋蚯蚓似的暴起,口气顿时软下来。自从传说大队干部要改选,她几次三番跟男人磨嘴皮,好歹要他打退堂鼓,偏偏他是钢钎撬不开口,挤不出半句话来。停了停,她不见男人作声,又说:"镇里能人多得很,少了你溪水不会落三尺,田里禾苗照打苞,哪个想当的叫他去……"

李木河听不下去,侧过头来瞪她一眼:

"你这张鸭母嘴,光会呱呱叫!"

"你莫嫌弃我,千斤担子我挑了大半辈子,如今再也担不动了。"身子单薄的女人委屈地长叹一声,微微闭上双目,两颗晶莹的泪珠簌簌地往下淌。"你好好想一想,刚土改那几年,你百来斤的担子一口气能挑大几十里,左邻右舍和和气气,见面总是满脸笑。可是,后来你一当上干部,连自己的年庚八字都忘了。白天胸前吊只哨子,肩头扛把鸟铳,吹哨子是叫人家出工,拿鸟铳是自己进山打猎,多少年来没有摸过锄头柄!还有那些没完没了的会,批这个斗那个,连三岁孩子见你都会吓得尿湿裤头!"

李木河听得耳烧面热,长叹口气。这两年,镇里推行联产责任制,他胸前的口哨一旦失去作用,便惊讶地发现人们总是向他投来愤懑的目光。开初,他为此感到恼火,尔后渐渐悟出内中的缘由,想起往日种种不是,懊悔万分,终于决定撒手不干。现在,他不能不把话向女人说明了。

"莫走,"女人脸色骤然阴暗下来,扯住他的袖子说,"我们回去哟。"

李木河愣愣地望着她。

"你看,冤家对头,"女人朝前指了指,"我们惹不起总躲得开!"

李木河顺着她的手势看去,果见阿兴嫂身着蓝布衫,大模大样地叉开双腿,站在钉着"杂粮类"木牌的电线杆旁,放肆地用挑衅和敌视的目光盯住他。倘若倒过去几年,遇到这般场合,他非大动肝火不可。现在,他真有些为难了。

据懂得内情的人们评说,阿兴嫂六分怕他,他有四分怕阿兴嫂。这话不无根据。有一年,不晓得哪里刮来一股"割尾巴"风,一下子吹遍全县。自留树、开荒地,砍的砍,收的收,闹得四乡不安生。怪就怪在年年夺得"流动红旗"的莒口镇,这回反倒风平浪静,按兵不动。火暴性子的李木河,当初在公社书记面前拍过胸膛、打过保票,一时急得像热锅上的蚂蚁,连夜挨家挨户通知开大会。他在台上喊破喉咙,却无人登台表态。他见不是路,把手一劈,干脆下道死命令:"明天起,通通归集体,任何人不准上开荒地!"

第二天一大早,东边天角上露出一片玫瑰色,他就胸挂口哨,肩扛鸟铳,亲自到村前村后巡视去了。他决心保持大队长的绝对权威,毫不含糊地做到"令行禁止"。待他簇新的帆布胶鞋被露水湿透,依然未见开荒地上有出工的人。他绷得铁板似的脸慢慢松弛开来,厚嘴唇边露出得意的笑纹。他真想放开喉咙唱支山歌。年轻时节,他迷人的歌喉曾经博得几多妹子的欢心。遗憾的是,大队长断断唱不得山歌。

突然,他的脸色发紫了,身子像被钉子钉住似的站着。一座破败祠堂后面的坡地上,光天化日之下,竟然有人不把他的禁令放在眼里,正在开荒地上收番薯。此人便是大名鼎鼎的"秋辣椒"阿兴嫂。这个女人不单开荒地多,且是惹不起的人物,乡里人睁大双眼盯着她,打算照着葫芦画瓢。扳不倒大树掏不了窝。这场较量在所难免了。

"你,你胆大包天,还有章法没有?"李木河怒气冲冲,走上前去,先发制人。

敢过急水滩,就不怕浪千丈。阿兴嫂精明绝顶,肚子里早有划算,立时拉长脸,高高挽起袖子,一阵风似的迎上去,故意高声喊叫,想招来四周的社员,在大庭广众下叫他丢人现眼。她巴掌拍得噼啪响:

"大队长,我可没多吃少做,更没有脚不沾土就拿工分,全靠气力吃饭呀!"

"你……"听她话里带刺,李木河气得嘴唇发抖。

"薯吃地,地吃露,露吃天,我吃天吃地没吃别人的,天理良心过得去,你野猫子过家管错门啦!"她说得激动,唾沫星子飞溅。

"我管定了!"李木河两眼鼓得像小灯笼,断然宣布,"你搞资本主义!"

"资本主义?"那年头,乡里人对这个名词最敏感,最忌讳。阿兴嫂几乎气破了肚皮,一连冷笑几声,"打鬼也要看庙门。你也不看看我这双手磨掉几层皮？浇了几多汗水？天底下只有不出力气的东家财主，哪有脸朝黄土背朝天的资本主义？"

李木河是拿锄头柄长大的，肚里文墨不多，历来现买现卖，听一句说一句，如今被她抢白一番，搜肠刮肚也没话回答了。他毕竟见过世面，颇有临危不惧的气概，果断地分开众人，动手要将薯担挑走。阿兴嫂挺起鼓鼓的胸脯，一个箭步扑上前，死死抓住扁担，双脚跺得地皮都颤抖：

"你敢！这是我一家三口的生活钱，你明打明在我心头剜肉！姓李的，你叫我不过初一，我也不让你过十五！"

李木河正是火气头上，一时性起，夺过扁担，挑起薯担就走。阿兴嫂毫不示弱，冷不防一头朝他撞去，把李木河撞得跟跄倒退几步，差点跌个四脚朝天。慌乱中，李木河抓起鸟铳吓唬她，不料扣动扳机，轰然一声巨响，弹砂从她头顶呼啸而去，吓得女人直打哆嗦，两腿发软，一屁股坐在地上，哇地大哭起来。

这声枪响，填平了莒口镇开荒地上的沟沟壑壑，却出现了一道难以愈合的人们心上的裂痕……

此时此地，李木河赤着脚板站在被露水打湿的小路上，进退两难。女人红着眼睛，苦苦相劝：

"瞧她那神色，不会放过你的，莫去了。"

"她不是老虎，能一口吞掉我？"李木河天生的犟脾气，经她一说反倒打定主意，头也不回地大步走向墟场。

女人望着他远去的背影，深深叹口气，含着两泡眼泪，转身上供销社去了。

### 三

阿兴嫂简直不敢相信，这个年年吃返销粮的角色，而今已有余粮出手，还亲自挑到墟场来卖。她一阵惊异之后，见李木河肩上弯弯的扁担一上一下地晃动，有节奏的响声越来越近，又不免紧张起来，忙将担子往前挪了挪，占着最有利的地盘。当李木河的薯担轻轻放在后面时,她扭脸凝视着远处潮水般涌来的人群,心中好似伏天喝冰水一般舒服:堂堂的李木河,如今跟她平起平坐。她悄悄地笑了。

李木河看在眼里,也不见怪,凡事总有个先来后到哟。近来,他一直想找阿兴嫂谈谈,在"割尾巴"的事上认个错,好把心头的死结解开,总也没有合适的机会。

转眼间,日头升到墟边的野柿树梢头,浓雾散尽后的蓝天,几片白云犹如轻絮舒卷浮游。风从山谷里吹来,扬起阵阵尘土和落叶,在低空盘旋飞舞。看样子,约莫九十点钟光景。四方来的社员在混合着山歌、嬉笑、吆喝的嘈杂声中,聚集到墟场上了。

李木河拣来几块碎砖,架起扁担当凳坐,顺便也给阿兴嫂搬了几块,笑笑说:

"早呐,性急吃不得热汤糊,坐坐哟!"

阿兴嫂表面上眼盯着来往的人群,耳朵却高高竖起,没有放过身边任何动静。她回过头来,目光在他脸上打了个转,火气立时消退三分。雷公难打笑脸人。她硬着头皮坐下了。

"你也卖薯干?"李木河想打破难堪的局面,没话找话说。

提起番薯,阿兴嫂想起往事,两眼冒火,待要发作,又见他从前冷冰冰的脸上有了笑容。细细看时,他的口哨不见了,帆布胶鞋变成沾满泥巴的黑脚板,浑身散发出汗水和泥土的气息。阿兴嫂的火气又消退几分,忙将冲到舌尖的咒语咽下去。少停,她记起乡里人说过,李木河今年引进的薯种产量高、质量好,今天倒了八辈子霉,偏偏和他碰到一块,一比自己会比下去的,不由得又沉下脸来。

李木河摸出白铁皮烟盒,卷支喇叭烟,"呸呸"猛抽几口,抬头发现担子前面站着一个头戴草帽、一身城里装束的中年人,两眼骨碌碌地在薯袋上打转,口不露齿地笑问:

"今年的新货？"

李木河从对方一身风尘和浓重的外乡口音，断定是远路来的。他还没开口，阿兴嫂满脸堆笑地抢先发话了：

"你眼力好，猜对了，是新上市的，你亲眼看看哟！"

中年人拉开袋口翻了翻，摇头说：

"新货倒是新货，只是货色差些。"

"你白眼黑珠不识货！"女人像针戳似的一蹦跳起，噼噼啪啪拍着巴掌，尖声分辩道："你莫挑三剔四，出了莒口镇，打起灯笼也找不到这般好的……"

"你开个价吧。"中年人说。

"实打实说，十二块钱一担，天公地道！"阿兴嫂挺起胸脯，毫不含糊地答言。

"一分钱一分货，"中年人拍拍手上的薯粉，"满打满算，八块钱就到顶啦！"

"八块钱？是你姑奶奶的也买不来！"女人被他深深激怒，右手叉着水桶般的粗腰，左手用力往下一劈，断然拒绝："十二块钱，少一分也拉倒，我宁可倒进大河里喂鱼虾！"

中年人是惯跑码头的角色，自然不会跟她计较，转身翻了翻李木河的薯袋，满意地笑笑，问个价钱，便扬长而去。

"死鬼，回来，回来！"眼看生意做不成，阿兴嫂发了急，探出半个身子，连连招手道，"漫天要价，就地还钱，你好歹也开个口嘛。"

"莫叫，"李木河不慌不忙地说，"让他去吧。"

"你懂什么，过了这个村没有这个店！"阿兴嫂不满地白他一眼。

李木河从容地笑道："你喊破喉咙也白费，他是行家，不摸透行情不下手，回头少不了还要来的。"

阿兴嫂不再言语。她侧脸瞟了李木河的麻袋一眼，他的薯干果真又大又白，不禁眼红起来。李木河猜出了她的心思，有意挑开话头：

"今年收了不少吧？"

"唔。"

"有大几十担？"

"天上地下，我能跟你比？"阿兴嫂尖刻地冷笑道，"我可是一家三张口，做事一双手！"

"嫂子，"李木河轻轻弹了一下烟灰，口气和缓地说，"人家都说，你吃亏就吃在老薯种上。"

"千人千口，他讲他的，我种我的。"女人私下动了心，嘴巴却半点不饶人。

"现今种田不能再抱着老章程，要讲究科学！"李木河自从去年在县农科所学习回来，开口闭口离不开"科学"二字，"眼下时兴三〇号薯种，一亩田能多收大几百斤。"

"其实，我早……"阿兴嫂话才出口，便没有了下文。

说话间，中年人又慢悠悠地踱步走来，在他们跟前站定。这回，他没有翻动薯袋，摘下草帽垫在碎砖上，挨近李木河坐下，随手递过一支过滤嘴"牡丹"香烟。李木河晃了晃夹在指缝里的喇叭烟，含笑地谢绝了。

"你倒是个实心人。"那人也不勉强，将烟卷夹在耳边，重重地拍一下李木河的肩头说道，"大哥，今年收成不错吧？"

"托共产党的福，又搞大包干，又是风调雨顺，"阿兴嫂不甘寂寞，更不愿错过良机，再次抢先回话，"家家粮食都堆成小山高！"

"实话，实话。"中年人连连点头说，"自古谷贱伤农。如今薯干新上市，还卖得起价钱，迟脱手不如早脱手，早脱手不如快脱手……"

阿兴嫂听出他话里的意思，咯咯笑着打断他说：

"你莫滑头，人嘴两张皮，颠来倒去都是理。我是直肠子人，你开门见山说个价唦。"

"对，爽爽快快说。"李木河在一旁帮腔。

中年人伸长鹭鸶颈，凑到她脸前，喷出一股浓重的烟味：

"价钱是活的，好商量，你再开个价。"

阿兴嫂拢了拢被风吹乱的头发，认认真真地说："价钱是死的，一文不能少！"这个女人肚里有功夫，一旦发现情况发生微妙变化，口气马上变得斩钉截铁了。

"九块钱一担。"中年人看着她说。

"不卖！"她的话硬得牛牯也踩不烂，"九块钱买得到，我甘愿叫你三声老叔公！"

"急水还有回头浪嘛。"经过一番枯燥无味的讨价还价，中年人做出了让步。"十块钱，要多，这笔生意就拉倒！"他站起身，拍拍衣衫要走。

阿兴嫂心一跳，待要叫住他，李木河已经插嘴说话：

"依我看，十一块钱，两不亏！"

她见李木河开口相帮，又不动声色了。米糠里榨不出三两油，她能够罢休么？

中年人搔搔头皮，无奈地苦笑笑。"真是人心难填，好好好，依了你，十一块钱。"他转脸问李木河："大哥，你也说个价哟。"

"按货论价，"李木河胸有成竹地说，"同样十一块钱。"

中年人和阿兴嫂都惊得发呆了。李木河笑笑，解释道：

"她的薯小粉多，我的薯大粉不多，所以只能一般价钱。"

中年人听罢，拍着李木河的肩头，大声笑道：

"行行，都依你，我不还价了。这回，你们交好运，豆腐卖了肉价钱。"

"瞎讲，今天算你的造化，便宜了你。"顿了顿，阿兴嫂又问，"你要买多少？"

"路有车，河有船，有多少要多少。"中年人口气不小。

"我家十担八担是有的。"阿兴嫂满口应承，正像浸在蜜水里一般甜。

李木河坐在一旁，一口接一口地抽烟，听到这里，插嘴问：

"你是远道来的？"

"唔，唔。"

"要运到哪里去？"

"不远。"

"你有证明？"

"有，有……"中年人装模作样地摸了摸口袋，嘻嘻笑道："糟了，没有带来。反正一手交钱一手交货，两相情愿，别的你就莫管了。"

"带不带一个样。"阿兴嫂不敢冷淡他，生怕到手的肉掉到人家锅里。她回过来埋怨李木河说："你呀，拿着财神爷往外推，你不卖我卖！"

李木河踩熄烟头，吐口唾沫，站起身来，拍拍中年人瘦骨嶙峋的肩头说："老弟，你看错人打错算盘啦！你家若是缺粮少米的，别说十一块钱，即便十块九块，我也不和你计较，你若是拿去转手倒卖，昧心钱再多我分文不取！"

阿兴嫂怔了半天，仔细回味一番，感到句句在理，不觉满面通红，猛一拍腿，跟着回绝他：

"走走走，算我倒了八辈子霉，生意拉倒啦！"

"好心遭雷打，你们错怪人……"那人心虚，不敢多言，露出一副哭笑不得的样子，自讨没趣地走了。

新薯干是热门货，没过多久就脱了手。李木河肚皮早已饿得贴脊梁，匆匆收起麻袋挂在扁担头，打算上供销社找到女人一同转去。阿兴嫂突然一把拽住他，说：

"莫走，我还有话跟你说哩。"

李木河心往下一沉，眉头打了结：好戏就要开场了。

四

日头照得大地暖洋洋，仿佛初春天气一般。时已过午，家家户户烟囱上升起一缕淡蓝色炊烟。赶墟的人们多半没有离去，饮食摊上叮当的碗碟瓢勺声响得格外起劲，热情地召唤着饥肠辘辘的人们。

阿兴嫂头也不回地一脚踏进茶摊，但见满屋子都是人，仅有的几张茶桌早已客满，独有屋角那张断腿的方桌空着。她也不嫌弃，径直走了过去。

由于他们意外的出现，小小茶摊热烈欢乐的气氛，顿时变得紧张严峻起来。

德贵伯提着水壶从灶间出来，和他们打个照面，吓得咧开瘪嘴半天合不拢。停了许久，才苦笑两声说：

"贵客，贵客，什么风吹来的？"

"东南西北风！"阿兴嫂正眼都没看他一下，将手中的麻袋、扁担，横七竖八地放在桌上。"你没拜过孔夫子就少装斯文，叫人笑掉大牙！难道你茶摊的门槛高，我们进不来？"

"笑话，笑话，只怕请也请不动啊。"

德贵伯偷偷看了李木河一眼，见他脸色非同寻常，料定吉少凶多，暗暗捏了一把冷汗。"阿兴嫂，要泡茶么？"

"废话！"女人不讲客套，拉来方凳，独自坐定。

李木河屁股刚落凳，她寻根究底地发话了：

"你刚才开价时讲的是真心话？"

李木河点头答道：

"真人面前不讲假话。我这些薯干也是老薯种长的，和你的不相上下。"

"原来这样。"阿兴嫂不禁扑哧笑了，"你吹破天，到头来还是老薯种。"

李木河补充道：

"新薯种我舍不得卖。"

"噢，"阿兴嫂打个顿，默了默神，接着追问道，"我是肚里存不住话的人，你刚才说新薯种叫……"

"叫三〇号。"李木河说。

"哪里能买到？"女人盘问。

"难,这是热门货。"李木河明白她话里的意思,"你也想种么?"

好强的女人输理不输嘴:

"我才没当回事,只是顺便问问。"

"你要,来年找我,包在我身上!"李木河爽爽快快地拍了拍胸膛,"嫂子,不瞒你说,新薯种我留着,是想育些好苗分给众人种。"

"这话当真?"阿兴嫂眼睛一亮,拍着他的手背说,"这就对路了。当队长的替众人办事,就要有这副热心肠。木河哥,一言为定,我就靠着你这棵大树啦!"

德贵伯提心吊胆地走来,看见这般情景,心上一块石头落了地,赶紧凑上前去打趣道:

"阿兴嫂,你说了半天,原来是把我当猴耍啦。"

"死鬼!"阿兴嫂扑哧笑出声来,指着他的鼻子骂道,"你是想叫我们唱戏给你看?"

德贵伯咧开瘪嘴,开心地嘿嘿笑个不止。

客人们也跟着爆发出一阵哗笑。莒口镇上好心的人们,都为他们的和解,感到由衷的高兴。热烈开朗的笑声,使这小小的茶摊,又充满了欢乐、喜庆。

笑声过后,阿兴嫂给他斟满一碗香气扑鼻的水仙茶,低声探问:

"听说又要丢豆豆选大队长啦?"

李木河坦然地点点头。

"听说你要打退堂鼓?"心直口快的女人不懂得拐弯抹角。

李木河点头默认了。

"你疯啦!"阿兴嫂像被火烫了似的跳起来,高声责问,"莒口镇就你身价高?难道要八人大轿抬你出来?"

"嫂子,你说到哪里去了!"李木河从容地喝口茶,放下茶碗,心情沉重地说,"我是……"

"莫讲了,哪里摔下,哪里爬起,从前的事一笔勾销,我们妇道人家肚里也能走马行船!"阿兴嫂摆摆手,制止他说下去。"再说,一个巴掌拍不响,我也有不是,不能一瓢脏水全往你身上倒!"

李木河听得心头热烘烘,泪花在眼眶里直打转。想起当干部整整二十八个春秋,不曾听过几句这般贴心的话。为了掩饰激动的心情,他颤抖的双手捧起茶碗,咕咚咕咚连喝几口,抹抹嘴角,一字一板地说:

"不行,全镇大几百口人,我担当不起……"

"你少来这一套!"阿兴嫂打岔说,"人心换人心。像你今天这个样子,我就真心实意推举你!"

"……"李木河胸中像揣着一团火炭,喉咙哽住了,说不出话来……

小小茶摊里又爆发出一阵快活的笑声。

阿兴嫂刚撩起衣襟抹掉眼角的泪花,转脸瞥见李木河的女人站在门外,探头探脑地朝里张望,接着打个闪便不见了。她三步并作两步追赶出去,把李木河的女人跌跌撞撞拖到桌边,双手按在方凳上坐定,说:

"嫂子,我又不是老虎,你怎么跑得比兔子还快?"

"你……"对方不自在地笑笑,困惑地望着她。

"多亏你枕边风吹得好!"阿兴嫂手搭在对方肩上,露出两排整齐洁白的牙齿,咯咯笑道,"我们的木河哥换了个人啦!"

李木河的女人垂下头,低声说:

"臭蛋孵不出仔。他能改好,谢天谢地,我半夜做梦也会笑醒!"

"你把他看扁了。这回,我的豆豆就丢在他碗里。"阿兴嫂亲姐妹般地拉着她的手说,"嫂子,只有一层,我还不放心呢。"

"你说啊。"李木河的女人抬起头问。

"嫂子,"阿兴嫂贴着她的耳边,悄声细语地半开玩笑说,"你莫把他绑在身边不放啊!"

"你不怕烂舌头!"女人脸皮子薄,立时飞红了脸,把头埋到了胸前,"他走他的道,我过我的桥,我才懒得操那份闲心。"乡间女人大抵都是糍粑心,几句好话便能叫她满肚子怨气烟消云散。

"好好，有你这句话我就放心了。"阿兴嫂看见偏西的日头把斑斑驳驳的树影，透过窗口投落地上，晓得时光不早，忙起身招呼德贵伯收茶钱。李木河急忙拦阻她道：

"不行，决计不能叫你破财。"

"一家人莫讲两家话。"阿兴嫂推开李木河说，"你要是眼里还有我这个嫂子，这个东我就做定了！"

德贵伯见他们争得难分难解，伸手分开他们，咧开瘪嘴嘿嘿笑着说："我德贵哥也不缺这点茶水钱，断断不会收你们的。从前大家的光景越过越艰难。如今家和日子旺，我比捡到金娃娃还高兴！"说着，说着，他鼻子一酸，眼圈儿也红了。

好心的客人们也都含笑点头称是。

墟场热闹非凡，滚滚的人流几乎要把狭小的街道挤破，欢声笑语久久地在小镇上空回荡不息……

（原载《人民文学》1982年2月号，《新华文摘》转载，后由安徽电视台拍成电视剧）

---

**作者简介**

张贤华，1931年出生，江西赣州人。担任过福建省文联党组副书记、副主席及福建省作家协会主席。中国作家协会会员。著有长篇小说《雾锁登天岭》《欲海沉浮》，短篇小说集《杜鹃花开的时候》《炊烟升起的地方》，中篇小说集《爱在天涯》，散文集《异域风情》和长篇报告文学《风暴》等。短篇小说《小镇的墟天》1982年获福建省优秀小说一等奖，报告文学《风暴》获2001年全国优秀畅销书奖。

# 《易经》专家

◎ 曾毓秋

这条"半边街"上，从街头看到街尾，只消一眼扫过。就是蛤蟆一跃，也能横跳过街的。但却终日不见太阳，只有午时三刻，太阳当顶，才能从那"一线天"似的屋瓦缝中，射进一线阳光。新来一个人，只用在街上走一圈，就会连祖宗三代都给当地人查得清清楚楚。平时，就连阉猪的笛声也能引来一大圈人。因此，难怪这桩稀罕事，把整条"半边街"上的锅头碗盏都震动起来了。用当时的流行语说：这是一条"爆炸新闻"。

一位大学教授来校当小学教师的"助教"！

不！还够不上"助教"，只是一名临时助手，好比是麻将牌中的"听用"一般。不过，对我们这帮"下放人"来说，新闻并不新，因为这比蹲"牛栏"，已是天大的福分了。但我一听到这位教授的名字"杜经也"，却感到一阵痛楚的震动，勾起了汪洋潮来般的复杂情怀。我耳边立即响起了那抑扬顿挫而又文质彬彬的乡音："其文如剥芭蕉，如抽茧丝……"他是我的老师，他的下放，是荒谬而又理所当然。他虽然年龄已可列入"老弱病残"之列，但仍然"在劫难逃"。他当过我中学时期的语文教师，不！那时还叫国文教师。是从附近大学到我们中学来兼课的。虽然我至今对易经的全部知识，只有八个字："孔子读易，韦编三绝"。但他却用对中国古典文学由衷的热爱，使我略窥中国古典文学的堂奥。还强使我这鲁迅、茅盾、巴金、曹禺的热心读者，用文言文"之乎者也"地做了三年作文。这样我和这位有"长者之风"的老师,就不可避免地产生了矛盾。因为,当时既不是"五四"时代,也不是二十世纪三十年代,已经是解放战争时期了。而他居然在讲台上,郑重其事地、抑扬顿挫地声明:"诸君如用白话文作文,我是不看,也不批的。因为'的了吗呢',我读不懂。"说完,对我们深深一点头,像是浅浅一鞠躬,他是彬彬有礼的,但也是认真执拗的。我的第一次白话文作文送上去,他原文送还,一字不改,一文不批。

年轻人大多气盛。我立即在他任教大学的墙报上,托朋友发了篇我的杂文,题目就叫《略论"的了吗呢"于文言为必要》。连题目也是自以为得意的刁钻古怪,尖刺是对准他的。可是毫不生效,因为他向来是不看墙报,平素是足不出户,"皓首穷经"的。大学生们送他一个外号,叫"足不出户斋主人"。

但从内心说,我又对他抱着几分敬意。他称得上是个谦谦君子。他的模样很难形容,亮晶晶宽广的前额,显示出执着的"迂"。细长的丹凤眼配上笔直的鼻梁,有一种凛然而不可犯的尊严气概,而从老花眼镜下射出的目光却极为温蔼。他瘦小的身躯,身着一件质朴而又整洁的灰布长衫,颇像一位三家村的私塾老师。但神态安详,有一种明如秋水的安静气象,而这种气象似乎有放射性,使我们这些惯于舞手抡脚的毛头小伙子在他面前也不知不觉会安静许多。虽然他声音从不提高,却有一种抑扬顿挫的调子,想来是长期诵读古文养成的不自觉的习惯。他对中国古典文学的热爱是达到了入迷的程度的。他的专业《易经》,对我们是隔着一堵高墙的神秘世界。但每逢我想起我青少年时期的学习生活时,耳旁就会响起他抑扬顿挫的声音,"其文如剥芭蕉,如抽茧丝……"

他上课时,我们中间有交头接耳的,有拉开抽屉津津有味地看小说的,有搞小动作的。而他却都视若无睹,微仰着头,半闭着眼,像刚喝了三两家乡酒,走入了自己独特的世界,那是我们进不去的。"……戎马不如归马逸,千家今有百家存……乱离之世的乱离之音。当今之日,何尝不是如此……"他睁开丹凤眼,仿佛刚刚看清了我们一副冥顽不化的样相,微嗔道,"诸君啊,你们要细细体会杜老的胸中块垒笔底波澜……这比那种白话文,"他鄙夷地一笑,

"'枯坐在斗室中的我,是多么寂寞呀!'……高出不可以道里计了。"

满堂响起哗笑声,但并不难堪,也许反而带揶揄。因为他老先生讽刺的是"五四"时期的白话文体。而当时,解放战争已经震动着中国大地。报刊上发表的文艺作品,包括我们的习作,已经和他讽刺的文体"相差不可以道里计"了。而他老先生,却还在一本正经地加以抨击。但他的课,我还是听得很有味儿的,不是从他的讲解中,而是从他的饱含深情的吟诵中,为我打开了中国古典文学的画廊,听出了他深沉的感慨。我忽然想到,我的老师,这位"足不出户斋主人",也许并非"心如枯井"的。

他那时四十出头,还只是大学讲师,听说正在精研一门冷僻的学问《易经》。我找了一本翻翻,比我当时正在死记硬背的英语课本还难懂。这对我们这群未成年的中学生来说,宛如一座苔痕斑斑的古建筑,神秘而不可理解。这是一座历史云雾掩映中的石塔,他爬了多高呢?又从塔上看到了什么呢?我们既不理解,也无门可入。

但围绕着他本人的也有一团神秘的云雾,仿佛他有未卜先知之术。我的同学中,有个叫杜子明的,是他远房侄子。杜子明告诉过我不少似真似幻的故事。他说:易经就是卜卦。而且,杜老先生卜得非常灵。从他的卦上,是可以从命运之神的手指缝中偷看到未来的踪迹的。杜子明说,"小时候和我阿爹来到省城,一来就给表兄拖去看夜戏了。我怕阿爹不肯,不敢对他说。阿爹以为我走丢了,非常着急。我叔叔卜了一卦。根据《易经》推算一阵,从从容容地说,少安毋躁。明晚八时半,你到省立图书馆门口等候,必能找着。第二天,我和我表兄兴兴头头地去看戏时,路过省立图书馆,一把就被我阿爹揪住了衣领。"

这事是真是假,尚需考证。我当时已读过几本《大众哲学》之类的唯物论入门书。杜子明虽说得活灵活现,我是不大相信的。有一次,到了教员休息室,我向杜老师问起《周易》是一部何等样书?他恬然微笑,从眼镜下射出温蔼的光,对我和气地说:"这是古文典籍,你还年轻,不宜太早过问!"

我当时和几个喜爱新文艺的朋友，组织了一个名为《五月花》的墙报社。对杜老师，从文艺观点到政治观点，都是非议的。私下叫他"四十年代的孔乙己"，但又怀着异样的尊敬之情。因为他作为大学讲师来教我们这群中学生，作风是谨严的认真的，而且从不训斥，对学生甚至是彬彬有礼的。我当时是排球队队员。有一回，为赶一场球赛，下课铃一响，我就窜了出去，顺手啪地把课室门关了。可是，他那抑扬顿挫的温和的声音，把我像拴了根线似的牵了回来，照样温和地对我说："下次出门，关门要轻一点。"然后深深地点头，深得就像浅浅地鞠躬，示意我可以走了。

有一回，我们正在上自习。忽见他一反通常从容的步伐，急匆匆地走回来。我们中学离大学，不过五里地，他总是步行而去，又步行而来的。他走急了，透了几口长气，掏出白手绢揩去密密的汗珠子，然后用他那一贯抑扬顿挫的声音，对我们表示歉意，"刚才讲解庄子《秋水篇》，有一句话解释错了。我回去查了郭象注。应该这么解释……"

他从来这么认真，为一句话，严格说，是一个词汇的解释，竟来回跑了十里地。

但，尊重固然尊重，矛盾却不可避免地发生。因为学生运动的火烧到了我们学校。我为《五月花》墙报写了篇文章，表现了一个年轻人对国民党反动派应有的义愤和火气。这事惹恼了学校的军训教官，一个面色苍白如纸，身披"黄马褂"的角色。他全身笔挺地读完了这篇文章，两眼发直，伸出手来，两把就把墙报撕了。

上课钟响了，我才从排球场上回来，满头大汗地窜入课堂，便听得满堂低低笑声，同学们都斜着眼睛望着我笑。杜老师端端正正地站在讲台中央，抑扬顿挫地说："……孟夫子有言：'我善养吾浩然之气。'你们年轻人毛病在于气盛。气盛则心必急，心急则行必乱。像你们墙报上那篇白话文，就失之于气盛。不知是我哪位高足弟子的大作，其中语病不少……"低笑转为哄堂大笑了。同学们没把我推出来，我也没有自告奋勇地站出去。只是一边听杜老师的高论，一边起草反驳文章的腹稿。下午就抛出去了。题目是《答当代孔圣人》。文章写得很调皮，很尖刻。我边写边忍不住笑出声来。这是我的得意之笔。我想，杜老师如看了，一定也会忍俊不禁，把我这"高足弟子"引以为自豪吧？但那尖刺，也许会伤了老先生的心，我也就顾不得许多了。

我紧张地等着老师对文章的反应，但毫无动静。倒是杜子明拉我上街走走，也许是来做说客的吧？我怀着三分戒心，随他走上了中学与大学之间的小街，这时已是万家灯火了。榕树荫下有个有名的夜市，都是些摆地摊的，卖什么的都有，那时还不兴拉电灯，只是点着蜡烛，遍地是摇晃的小火苗。正走着，他忽然拉我一把，别过头去，快走几步，像要躲过什么人。我惊异地问他，他不做声，直走到灯黑处，才掉头把嘴一努，"你看，那地摊！"我顺着他眼光一看，地摊上摆着一叠线装书，烛光映出了一个愁楚的中年妇人的脸。她像是来自农村，有一种质朴的泥土气息。弯弯的眉毛下，一对和蔼然而深邃的眼睛。鬓边微有几痕白发。不知怎的，她那静静地若有所待的神情深深打动了我。子明凑在我耳边轻声说：这就是杜师母。我不由一震，同时涌起了一阵莫名的悲哀之情。想起了当时学生运动中的大幅标语："教授教授，越教越瘦。"这些书一定是杜老师的心爱之物罢。不到十分困难，书生是不会卖书的。按理说，杜老师是应该和我们有共同语言的，为什么竟隔着一层墙呢？我想到屠格涅夫的《父与子》。那么说，这是两代人之间永恒的冲突吗？我后悔我笔下那些尖刻的语言，心乱了。

杜子明拽我一把，警告我，不要看表面平静无事，学校方面似有行动。他还说，今晚大约要开紧急会议，决定追查。约我爬上我们常爬的那株大榕树上去，探听虚实。因为那株大榕树，刚好长在会议室后面。可以偷听，虽然是居高临下。

事关我的命运，我当然去了。

从绿荫掩映中，可以看到会场一角。主持会议的是一身纺绸褂裤、潇洒飘逸的校长，据说他曾当过一任县长，这时是满面庄严之色了。发言的是那位浑身绷得发条一样紧张的军训教官："……这些顽劣学生，不敬师长，不守法纪，这次竟然冒犯到我们敬爱的杜老夫子！真他妈的！"他忽然冒出一句国骂，"不严加追究，这批小子不造反了吗？"

沉静中只听得咳嗽声。校长慢吞吞地发言了。他温文尔雅，胸有成竹地说，"杜老是我们好不容易礼聘来的。以下犯上，决不容许。说不定还有背景。杜老！有人说作者是你班上学生，你批改了多年作文，应该识得那笔迹……"

我心头一跳，几乎从榕树上滑落下来。我一时失策，是自己抄写的。杜老师已批改了我两年作文，又是那么认真，毫无疑问，他会识得我的笔迹的。更深的沉静使喝茶的声音也听得见了。从我的角度又偏偏看不见杜老师，不知道他是什么表情，要说什么话。我竖起耳朵，等待着我的名字的出现。

一个安静斯文、抑扬顿挫的声音响起了，"教不严，师之过。其实，把我比作孔圣人，倒是抬举了我，我实在当不起。子在川上曰：逝者如斯，不舍昼夜。时间长了，年岁大了，毛躁之气，就会少几分的。我看，不必追究了罢！"

又是一阵深沉的静默。谁也没想到，杜老师会这么回答。我明白，校长，军训教官更有兴趣的是"背景"，凭良心说，我当时也确没有什么背景。"足不出户斋主人"显然不了解他们的用意。校长虽是一位有来头的人物，杜老师却也是有声名的名流，这位官场上混过来的校长，是会权衡得失的，好久才深沉而又潇洒地一笑："杜老如此心胸旷达，佩服佩服！恭敬不如从命，这事就此了结了罢！"

我们《五月花》几个同学经过年长的同学指点，明白这是"放长线，钓大鱼"之计，于是暂停活动。但杜老师那有所为和有所不为的正直形象却深深打在心里了。

解放后，他仍留在大学教书，而且成为名教授了。我在一家报社当记者，见面机会不多，但却时常听见关于他的"趣闻"。有人听了大笑，我却肃然地低下头来，这毕竟是我们的杜老师。

他回到生育他的家乡，恰逢下雨，他上门去拜访他的启蒙老师。那位老人听说成为名教授的弟子来访,很是感动,走出门来,冒雨相迎。微雨把老人的白发湿得亮晶晶。我们的杜老师一见,就在泥泞的地上跪了下去……

在发展高级知识分子入党时,组织上找他谈话。但他不参加,他说:"身体发肤,受之父母。我还有老母在堂,不能把自己全交给党。"他说得诚挚。因此,也就没参加组织。

但他在《周易》研究上,却日渐有名,而且影响到了国外。他每日凌晨即起,屏神静气打完太极拳后,就开始做他的学问,直到八点。这段时间,神圣不可侵犯,谁叫也不应。仍然是个"足不出户斋主人"。

这么一位老先生,自然是"文革"中的最好的靶子之一了。下放到这"山远地自偏"的所在来,不让他无限期住"牛棚",让他当上了"单人校"教师助教,也算得上照顾"老弱病残"了。

他上课的那天,轰动了整条"半边街"。我也从十五里外我下放的地方赶去了。

几年不见,又经劫难。但这些都似乎像流水一样,流过杜老身旁。时间的利凿似乎啃他不动,头发也白得不多。依然是恬静的眼神,从容的举止,闲云野鹤一般自如的神态,抑扬顿挫的声音。也许和在大学讲台上一样,没有多大差别。

这"单人校"是乡间土地庙改建的,几张斑驳的柏木长条桌,十几条高低不同的嗓门,放出了各式各样的音调,一齐轰鸣。一个个手里提着一只只竹篾火笼,这就是山村的"暖气"。

一个个冻得通红通红的小脸蛋,亮晶晶的稚气的眼睛。有的还带着鼻涕的痕迹。但空气是肃静的,地下也打扫得十分干净。这是山里人对知识一点尊重的表示。他们不管你是否住过"牛棚",头上戴了多少帽子。他们尊重大城市学堂来的老师。何况,听说这位老师还有未卜先知之术。

杜老还是穿着他最爱穿的灰色衣服,不过当年是长衫,现在是制服罢了。但这灰色在他身上,并不使人感到灰溜溜,而是恬静淡雅。

他,站立在那儿,凝重庄肃,仿佛面对严肃的学术讲座,抑扬顿挫地说:"……我的普通话发音不准。刚才有个音读得不对。我走出去几里地,才想起来,转回来纠正,是我大意了。现在大家跟着我念……"他一本正经地拖长了声音,一次又一次地朗读。小学生们不知不觉地严肃起来,一次又一次地歌吟。他们发音有些不准,听来也许有点好笑,但我的眼眶不禁润湿了。

我去他居处看他。那是一间古老的木头架子撑着的东倒西歪屋。南方山地的房屋,窗户小而少,黑洞洞的,大白天也像黄昏。但到处可以感到杜师母那贤惠的手拂过,使这古老厝也有了光辉。板壁全用报纸糊过,使得光线似乎明朗了一点。山区柴炭便易,炉火熊熊,满室生春。红炭火映照着壁上一幅横幅梅花,枝干横斜,健劲有力,灼灼红花,十分精神,有破壁而出之势。一副对联,是杜老的好友,一位杰出书法家的手笔。笔势飞动,似乎每一画都力透纸背。我惊讶的是,为什么经历了"破四旧",仍然保留下来。上联是:铁肩担道义。下联是:妙手著文章。好在是山村,无人来探究其中含义上纲上线。门外倒真有一株老梅,扭铜铸铁似的枝干,斗雪并开着朵朵红梅。流丹焕彩,红艳艳的。地下像婴儿那样新鲜的无人触动的白雪上,是两行鲜明的足迹,一行是杜师母的,一行是杜老的。

杜老在梅花下迎接我,意态安然,我在他面颜上找"劫难"的烙印,却找不到。想起关于他在"批斗"中,还坚持作气功的传闻,不由苦笑。杜老把我拉到矮檐下晒太阳,看雪景。雪里梅花经太阳一烘,吐出芬芳来。杜老告诉我,这里地名叫画眉岗。除了画眉鸣叫,泉水叮咚,没有别的声音。他微喟一声:"山中岁月,海上心情。"我陡然悟到,这位恬静的老知识分子,心灵深处,也许有火花在迸射罢!他眯细了眼,望着雪上足迹,好久好久没说话。

杜师母踏雪而来,为我们捧出炉火,端来热茶,殷勤留客。师母本是农村里来的,她和杜老师的结合,打下了那个时代的烙印。"父母之命,媒妁之言",她身上有一种混含着泥土气的贤淑风度。来到农村,尽管身处逆境,却如鱼得水一般自在。不论到哪儿,都为杜老安排得温暖和妥帖。她忙忙碌碌,春雪上留下了行行足迹,无端地使我想起了"雪泥鸿爪"的典故。从他们身上,我看到了我们中国知识分子那种甘于清贫而又乐天知命的生活情趣。至于这到底是长处还是短处,我可说不清楚。

师母端上菜来,虽是山蔬野味,倒也清爽可口,她撩起围裙揩手,嘴里不住地谦让:"做得不好,随便吃,随便吃!"酒过三巡,我胸中那股潜藏着的不平之气,油然而生,提出了一个我从来没提出过的要求,请杜老卜上一卦,指点迷津。但杜老庄容答道:"你是我的学生,又是唯物主义者,还是不卜的好!"

我说:"杜老!我从来没请教过您:《周易》到底是一本什么样的书?"

他半侧着脸,凝重而亲切地说:"三言两语,难以说清。这是部中国古代的哲学书,也许就够了!"

我说:"老百姓说,能预测未来,可是真的?"

"就为这,把我批个没完没了。"他浅浅抿了一口,低低吟道:"亦余心之所善兮,虽九死其犹未悔!"

他沉思半晌,忽然庄容地说,"你的大势,不必瞒你说,我真占了一卦,得三,是小畜卦,'密云不雨','与脱辐,夫妻反目','血去惕出无咎'。"

我听不懂,问他怎样解释。他却举起筷子,指点着一碗清香的野菜说:"请,请!知道吗?这就是蕨!是伯夷叔齐在首阳山上吃过的呢!"我夹了一大筷子。微苦中有一种春天的清香,十分爽口。它又嫩又脆,用滚水烫过,加上姜醋,真是别有风味。

窗外飘着飞雪,室内温暖如春。他一手提着小酒杯,悠然自得地低吟道:"晚来天欲雪,能饮一杯无?"窗外一阵清脆的踏雪声。杜师母来了,一手端菜,一边笑嗔道:"你呀你,除了占卦,就是酸不溜丢的几句话。好在是你学生,换个人不笑掉大牙才怪!这酒刚又热过再喝上两杯吧!"说得我们一阵好笑。师母本来识字不多,跟这大知识分子生活了半辈子,话都听熟了。

但我们在一起的时刻也并非总是这样情趣盎然的日子,也有叫人心酸的时候。在大会战"人造平原"的时候,他这"老弱病残"也作为劳动力出阵了。那是雪化为雨的日子,土地吸化了雪水,变得比胶还黏,比玻璃板还滑,而且,像磁石那般富有吸力,没有一个不东倒西歪的,连我都提心吊胆。但是一个熟悉的老人的身影,却突然映入眼帘。那是杜老!他又瘦又小的身影,挺拔地在泥泞中前进。他既不要人扶,也从未摔过跤。一步一步,踏得很稳,走得很扎实。连老乡们都说:"这老人会气功!"

我望着他在雨雪交加中走着的身影,久久不能把眼光离开。忽然,我感到还有一双关心的眼光在盯着杜老。回头一望,是站在高处的杜师母。雨夹着雪,风比刀子还利。她的花白额发都粘在脸上了,可她像一点也没觉得。她的眼光像有磁力,紧盯着杜老的身影。每一步她都像用眼光在扶着他。

我忽然想到,也许正因为有这温暖的关心的眼光扶持,杜老才没摔跤吧?甚至连身子都没歪一歪。我说不出我是什么感觉。我只感到,好像有一把无形的刀子,慢慢地在我心上绞着。

但忽然交了"好运",他和我。"批林批孔"后,接着是"评法批儒",不知为什么,又要从"历史垃圾堆"中捡点垃圾出来使用了。这位深山静居的老头儿被捡了回来,因为评注一本法家著作,用得着他。而我也有幸,躬逢盛举,作为记者。

我内心是充满矛盾的,因为那些年代是攥紧拳头叫人猜谜的年代,我似乎从"小道消息"中能猜着几分,又似乎什么都不知晓。为此老担心,不知他被推进浊浪,充当什么角色。正反两方,都够他受,但他若无其事,处之泰然。我不知道,是他天真的"迂"劲,使他毫无所知呢?还是他已到了"从心所欲不逾矩"的境界呢?我猜不透。

人数不多,只有二三十人,大多是一些下放抽回来的大知识分子。本身仿佛在长期大批判中,批得还没回过神来。说话小心谨慎,只怕不符合精神,偏离"上头精神",又是"云山雾浪",没有参悟禅机的本领,极难领会。按照那些惯例,总有找话茬儿的。有个边远山区的中学教师,大约也是个不识时务的

"迂夫子",居然考证出孔夫子和柳下跖不是同时人,不可能见面,想对一个权威杂志上的名文,作个"纠正"。这是足以引起弥天大祸的,而且可能会株连到许多人。这一颗定时炸弹的引线,就要由这家著作评注小组来点燃了。我是局外人,心头是雪亮的。而老先生们蒙在鼓里,尤其是杜老,还十分认真地在图书馆封存的旧籍中翻检,很当一回事呢!

就在盘马弯弓故不发之时,在全体会议上,杜老发言了。依旧是一本正经,抑扬顿挫,像他在课堂上讲课一般无二:"这个看法是我的。作者是我的学生,难为他还记得,事隔多年了。这人做学问是谨严的。做学问嘛,不严谨怎么成?据王先谦说:《庄子》之书,有三种语言,里头一种,按今天的话说,叫作寓言。柳下跖见孔子,是寓言。寓言怎么可以当真呢?做学问要根据事实嘛!清人讲究训诂之学,这在今日还是用得着的。"

他这番严谨的学术性发言,说得满座皆惊,一个也开口不得。我是坐立不安。杜老啊杜老,您老不是自个儿往枪口上撞吗?

沉默了许久,没人说话。这沉默像水凝成冰,土结成石块,仿佛从中要逼出点什么来,但终究没人讲话。这是暴风雨前的沉寂吧?我想。

我在惴惴不安中期待。但也许是杜老师真能预测未来吧!平安无事,没人作声。

可是,杜老师兴头来了。他的发言中甚至涉及了那位"评法批儒"的名家,说他做学问"态度不严谨"。他的思绪一来,势头是止不住的。一个坐在他身旁的好心人,不住扯他的衣角。他这才天真地莫明其妙地停了下来:"我发言超过时间了吗?对不住,对不住!"他微微做了个抱拳姿势,像从前那样,深深一点头,很像是浅浅一鞠躬。

我发现全场无形中都松了口气,就像一根弦松弛下来,本来是绷得紧紧的。

杜老师何以能从"地雷阵"中自在穿行而过,安然无事,我当时是大惑不解的。事隔多年,方才参悟过来:因为参与其事的,大半是些"读书人",对杜老的刚直有一种由衷的敬意，这是一。对"运动"之类，因为自己深受其苦，有一种深刻的厌倦感，因此心照不宣，当作谁也没听懂，又化险为夷了。至于杜老，是凭他的周易神卦，参透了此点的，还是中国知识分子之间，有一种深深的默契感呢？这对我又是个未知数了。

历史老人又淡然自若地翻过一页，在他，只是一个毫不费力的手势，在千百万普通人可是天旋地转的大事。到我们再联系上时，杜老又成了大学讲台上的名教授，而且，声誉及于国外了。但同时又听到了一个不幸的消息：他多年伴侣，我们的杜师母离开了他。一喜一忧，同时并集，不知老人家可受得了？因此，我很想见他一面。

这是个春雪天，但有微弱的阳光一明一暗。到他那深巷之中的院落，寂静深沉，少有人迹。雪在玉兰花树叶片上越积越厚，沙沙落了下来。

门上贴着一张小纸条："主人外出，贺生敬谢。"我不由责备自己的疏忽了，怎么连这都忘了。但一想，也许是"足不出户斋主人"在故弄玄虚吧？仗着自己是多年"老学生"，径自推门而入，直上书房。果真是空无人迹，只有迭得高高的书籍，厚积盈尺的手稿。一线阳光射在只靠清水过活的水仙花上，就像主人生活一样简单朴素。然而，这里虽然清雅，却总似乎缺一件东西。我捉摸半天，才省悟过来，缺乏一对贤淑勤快的手的痕迹。师母过世了。

壁上一张宣纸横幅，流利的行草，大约是杜老师在狂喜的心情写下的，所以一改他平素凝重端庄的笔致。横幅写的是杜甫那首可以击中千百载人心弦的著名的诗。这是第二次了，杜老师第一次写它，是在抗日战争胜利，日本投降的那天："剑外忽传收蓟北，初闻涕泪满衣裳。却看妻子愁何在，漫卷诗书喜欲狂。白日放歌须纵酒，青春做伴好还乡。却从巴峡穿巫峡，便下襄阳向洛阳。"我站在横幅之前，感到了杜老师那种大江东去的不可抑制的豪情。这首被梁启超称为"千古第一快诗"的狂喜诗句，是怎么驱使着杜老的笔触如入无人之境，纵横驰骋的呢？

书桌上还留着一幅雪白的宣纸，墨迹未干。我当是杜老师的生日抒怀呢。

他不以诗名，但偶然兴至，也会来上这么一两首的。走过去一看，原来是苏东坡的《江城子》："十年生死两茫茫。不思量，自难忘。千里孤坟，无处话凄凉。纵使相逢应不识，尘满面，鬓如霜。夜来幽梦忽还乡。小轩窗，正梳妆。相顾无言，惟有泪千行。料得年年肠断处，明月夜，短松冈。"字字行行，我感到了老人家咽泣人心的眼泪。

小小书斋之中，有狂喜和伤悲两种情怀在穿插延滋。我站在小窗前，久久无语。望那纷纷扬扬的雪，悄悄落在叶片上、落在庭院里，像铺上了一层羊毛毯。然而，没有脚印。

我想起，听说，老夫妇俩舍命保存下来的宋版书，是杜老师看得比生命还贵重的。然而，为了抢救师母，买贵重药品，他出卖了。是自己卖的，不像抗日战争时期，是杜师母摆地摊卖的。听说，在杜师母弥留之际，他执着杜师母的手，吐露了和他平素端严稳重全然相反的语言："今生已过矣！愿结再生缘。"他忘了杜师母是农村出身，听不懂这文雅的语言。但也许又是我错了，杜师母即使听不懂那每个字的意义，但从音调上一定也全听懂了。而且，领会得很深很深。

我望着那扬花一样纷飞的瑞雪，静悄悄地，但越下越密。雪，新鲜得就像初生的婴儿，没有人类触摸过的痕迹。我眼前幻化出了我在山区雪地看到过的足迹，是一行，是两行？是杜老师的，是师母的？还是两老的？我可真说不清。一定神，眼前的小园仍是一片纯洁的白色，哪有什么足迹？

杜老师上哪儿去了呢？也许是心灵的默契，也许是桌上那苏词的启迪。我直觉地感到，他一定是上后山最高处去了。那儿，不但有缕缕的松林，松林深处，师母的墓在那儿，而且隐约可见我们下放地区的群峰。杜老一定在那儿远望。

我于是直往后山最高峰处攀登，望着那绿得发黑的松林处走去。我心中展现出了一幅鲜明的远景，一个神态庄肃的长者，披一件灰布棉衣，屹立在扬花飞旋的雪花之中，萧然远望，望着那无涯的雪原，望着那远天风雪迷蒙处。是期待雪原上再出现那永不可能出现的足迹吗？是看透了此生与永生之间无可逾越的界限吗？还是又通过《周易》神数，测出了那不可知的未来呢？

可是，渺无人影。我心目中的图景不曾出现。

转过山坳，绿得发黑的松树林中，是一处深山小庙，据说是晋代建筑。慕名而来的人很不少。庙内一株茂如华盖的重阳古木下，一大群人拥簇着，不知道是看古迹，还是出了什么事儿。还没走到，我就听到了吐字分明、抑扬顿挫的声音："……王子犯法，庶民同罪，古之明训。此事如不秉公执法，我是人民代表，职责所在，定要写出提案，在人代会上，逢人便讲……"

声音是杜老师无疑，但腔调又和他平素的从容自若相异。地上摔烂了一架照相机。空气中有一种尖锐的对立的气氛。只有杜老的声音，听得非常分明，清朗而沉着，代表着一种浩然正气。

我很快就弄清楚了是怎么回事。几个大有来头，衣着时髦的青年男女，在菩萨殿前卜卦，被一位记者摄下镜头。他们把记者推倒在地，相机当场砸烂。政法部门的人赶到，他们亮出身份，因此，僵住了。

而我们的杜老师，此时，几十年"养气之功"却毁于一旦，或用杜老师家乡话形容："一根虾米须，坏了五百年道行。"养气运神，都不能控制，使他动了真怒。而平常不发怒的人，一旦迸发，就会产生一种锐不可当的力量。

我和杜老师走出人阵。我说："杜老师，今天是您生日，该回去了吧！"

他怡然一笑："我就是为逃生日避上山的。弟子不少，要都为我老头子忙一天，岂不误了他们正事！"他抬头看天，"天色还早，我们且踏雪寻春，权当过生日吧！"

这时，梅花已谢，早春雪下着，春在何处呢？但我想到书桌上那条幅，为杜老有这样的心境高兴。

天色已逐渐向晚，但有雪光映照，路径还分明可辨。杜老静默无声地走了一阵，忽然说："今天是七十生日。孔子曰：七十而从心所欲不逾距。人生或许真有顿悟的境界罢！王国维所说的第三境界——蓦然回首，那人却在灯火阑珊处。我正有件事找你商量,你看!"他珍重地掏出了一张纸。我展开一看,是杜老师的端严工整的楷书:入党申请书。

血液顿时在我周身奔涌起来。我不知该说什么好。四十年间事,一下涌来眼前。耳边又响起杜老那抑扬顿挫的声音:"高堂老母谢世,老伴已不在人间,此身无牵无挂,可以毫无保留地交给党了!"

这时,我忽然看到道旁一种令人惊异的奇景:一树桃花,在风雪之中开得灼灼耀人眼目。开得那样整齐,那样精神。一想就明白了:南方十月小阳春,桃树常会开花的,但又碰上了春季。但它这时已不以风雪为意了,依然迎春斗雪盛开着。

暮色深了,我们才觅踪下山,到了杜老师的小庭门前,只见不是一双,而是许多双足迹,把春雪踏成春水。楼上灯烛明亮,人影绰绰,热闹着呢。

这么说,杜老师的"逃生日"又落空了。

可是,我又想到了足迹,雪地上的足迹!中国知识分子的足迹!

(原载《当代》1985年第2期)

**作者简介**

曾毓秋,1930年出生,汉族,四川隆昌人。1949年在上海参加南下服务团,历任《闽东报》记者、编辑,宁德地区文化局副局长,福建电视台副台长,主任记者。1948年开始发表作品。著有小说《被烈火灼伤过的人们》,短篇小说集《三月清明》,散文集《海洋·山岳·人》等。《被烈火灼伤过的人们》获1981年福建省优秀作品奖。

## 九十八级台阶上的尼姑

◎ 郭碧良

盘桓曲折的石径把楚含眉不断引向罗浮山高处。山越高，林越密，石径也越斜。山风大了，气温低了。她虽走得急，也终于感到了凉意，下意识地把敞开的领口和袖口扣紧，加快了脚步，想着：快了，就剩下九十八级台阶了。

九十三、九十四、九十五……三阶并一步，啊，到了！

立定。凝望。嘴角露出微笑，眼里却落下泪来。

是的，传说没有错：这原本确实不是庵而是寺。看吧，眼前就有一个半圆形的放生池。池中无水，盛长芦草，四周石栏依然完整。绕过池子，沿着一条两脚宽的小路向前走，迈上高大的土台，展现在眼前的是一大片残垣断壁。残是残矣，楚含眉却从这盛大的残迹中辨认出了它昔日的雄伟与繁荣：木鱼声声，钟鼓齐鸣，香火不断，香客如流。殿堂上，大佛宁静而飘逸，那微笑，有不可言说的深意，那神情，充满了洞悉哲理的智慧。楚含眉沉溺在她的幻境中了。也不知过了多久，神魂才收拢到现实中来。木鱼声消失了，耳畔涓涓泉吟；香火烟风吹散了，眼前云气弥漫。她朝前走去，就在她要穿过那颓然残存的大门时，无意一抬头，顷刻间，门楣上三个隶体大红字"真面目"赫然扑入眼帘。在这个地方，在这个松柏老、蒿草深、丛林暗的深山里，佛门题字，似乎在向每一个踏进此门者暗示空门的真谛，又似乎在向人们诉说着人世间的沧桑。一股神秘的力量攫住了楚含眉，她双手合十，向残寺深深施了一礼。

她认定,从此她皈依佛门了。

一归老尼从山下回来,发现门口石凳上有一红皮本子,立即想到:有人来过了。

掀开来,扉页上写着:"星流水逝无言处,投笔相从此为家。"

"阿弥陀佛"!

一归老尼几乎每看一段就要念一声"阿弥陀佛"。出家人一声"阿弥陀佛",有时表示赞叹,有时表示惋惜,有时表示怜悯。

不妨摘录几段看看:

> 我还只是经历生命的早晨,那炎热得令人发狂的中午,那黯淡得令人悲伤的黄昏,那没有光的夜晚,都还等着我去经历呢。路漫漫。
>
> 男人的不幸,多由于政治;女人的不幸,多由于婚姻。
>
> 愿长一翼飞去,化一浮云漂游,无知无觉,无争无求,无恨无爱。

看到最后,老尼已经明白来人是怎样的一个人,为何而来!这天晚上,一盏孤灯,一缕青烟和低缓的木鱼声,直伴老尼到天明。老尼的心,好久没像今天这么激动和不安……

"啊,她怎么啦!"楚含眉第二次上山,来到一归老尼门口,看见床上老人病势很重。一个六十多岁的老妇人坐在床边伤心垂泪。楚含眉在门边略一踌躇,就决然跨进门去,站在床前,凝望床上的一归老尼。

"你是——"老妇人十分诧异,不知这姑娘是从哪儿冒出来的。

"你是——"楚含眉也纳闷得很,按她的想法,尼姑身边除了尼姑,不应也不会有别的什么人。

老尼的目光落在楚含眉的身上脸上,看着看着,低叹道:"你还是来了。"

楚含眉叫了声:"师父。"不知怎的,泪水忍不住哗哗掉下。

"阿弥陀佛。"

四目相对，都在心底验证自己心目中的形象。

躺在楚含眉眼底的老人，脸上皱纹纵横，目深陷，嘴微瘪，只有颧骨高高耸着。头发剃得精光，宽大的额愈发突出。从被子隆起的形状，可以猜想出她身躯的瘦弱细小。要不是知道这儿是个尼姑庵，要不是知道她是这儿唯一一个尼姑，人们十有八九把她当成干瘪的老头子的。

站在老尼的床前，是个二十出头的姑娘。中等个，黑黑的，瘦瘦的。眼不大，鼻不高，目光深沉，也透着温顺，上唇有些厚，嘴角不太明显地噘起，隐藏着倔气。她不是个美人，也不是个凡人。老尼动了一下嘴皮，凄楚地笑了：她正是这个样子。

"师父，她是——"老妇人从她们目光交流中，觉得她们像是素不相识又像早已是故交那样，忍不住发问。

老尼指指枕下。

"噢，它是你的？"老妇人有些怀疑。她上山几天了，仔细读过这个本子。按她的看法，文如其人，本子的主人应当如笔记本的文笔那样清雅秀丽动人。而眼前这个，可是个俗气的乡下姑娘！

"侍净，没有错，就是她。细致的感情，深沉的思想，往往和粗俗的外形在一起。"老尼说完话，力气不支，闭上眼一动不动，仿佛死去一般。

楚含眉没想到老尼知人知面如此，不由兴奋起来，大声说："上一次，我上山来，师父不在。我在门前石凳上坐了很久，也想了很多，就拿出这个本子写了几句话。谁想就把本子忘在这了。我还以为丢在路上了呢。"楚含眉接过本子，仍旧放在老尼枕下，"师父，我是随您出家来的，收下我吧。"

"出家为何？"老尼双目未睁，口中问道。

"苦海无边，空门是岸。"这是一句现成话，是她从什么书上看来的。

"何为空门？"

这个难不倒楚含眉。她没研究过佛学，不知"空门"二字何解。不过她有能力按她的经验来理解，答道："无思无为之处称为空门。"

"有脑岂能不思,有体岂能不为?"

"有脑虽思但不思,有体能为但不为。"

"善哉!然而你现在之'不思''不为',仍是你之所思所为。"

楚含眉一时无词。

"空——门,不——空,空——门——不——空。"老尼反复喃喃。

楚含眉肃立不动。她想反问:既然不空,您何必在此?但她忍住了,不忍心责问一个病重的八十老人。

"师父。"门外一个男人喊。

老尼身边的老妇人赶忙迎出去。

"喏,需要的东西都买来了。师父好些了吗?"男人问。

楚含眉十分纳闷:这里怎么有男人呢?

第二天,老妇人要下山回家了。一归老尼不住地叮咛:"叫她一定来,一定来啊!"老妇人不住回答她:来的,信上讲,最近她有二十天补休。

一归老尼的病出人意料地好转起来,能吃一小碗粥,能下地颤巍巍的给门口的观音莲花浇水。楚含眉是个勤快的人,砍柴,种菜,给老尼缝缝洗洗,有空就翻阅老尼的经书。有时,等老尼睡下,偷偷敲几下木鱼——捶着玩的。老尼没说收她做徒弟,也没撵她走。

和老尼相处三天了。三天里,老尼没问过一句什么。楚含眉问她,她也不回答,只用凹陷的眼睛慈祥地看看她。楚含眉看得出来,老尼最爱三种物和三件事。三种物是经书、木鱼和观音莲花;三件事是翻弄经书、敲木鱼和给观音莲花浇水。

世间有各种各样的花,想必见到观音莲花的人不会多,楚含眉也是第一次见到。这花奇异非常:株高三尺许,叶大如蒲,银绿色。如此之大一株植物,只开一朵花,色如白玉,花瓣有掌大,全部向上拢起,奇就奇在花冠不是完整的圆形,有四分之一的缺口,拢成龛形。花蕊也是白玉色,单支,有食指粗长,看上去,恰如观音亭亭玉立在玉龛中,妙不可言。整支花逸出一种清雅、宁静的神韵，难怪叫观音莲！楚含眉只看上两眼，就把它爱得不得了。

第四天夜里，睡梦中，楚含眉被一阵急促响亮的木鱼声惊醒。她有些诧异，往日的木鱼声可是轻轻的缓缓的啊。她睁开眼，就着昏弱的灯光从侧面仔细瞧着老尼。一归老尼端坐如磐，半边脸在灯光里，半边脸在阴影里，只能看清她的脑顶和突出的颧骨。要不是她的右手一上一下敲动木鱼，楚含眉真会把她当成一具木乃伊。可怜的老人！

"你过来。"老尼忽然发话。

楚含眉下床来到老尼身边："师父，你知道我醒了？"

"你还睡着。"

楚含眉挺担心，师父是不是糊涂了。

"你从何处来？"

楚含眉不知老尼问此何用，别不是要把自己送下山吧。她不敢贸然回答，迟疑了一会儿，忽然心中一动，记起《红楼梦》中一句禅语，便脱口而出："来处来。"真是一语相关，既不暴露自己的来处，又有佛门弟子风度。

"嗯，有父母吗？"

"有的。但他们嫌弃我。"

"因何？"

"我是他们的第五个女儿。他们要的是儿子。"

"有情人吗？"

"有。有过，现在没有。"

"因何？"

楚含眉隐约觉得，师父是在考察她，既然自己是投她而来，就得以诚相见，不回避任何问题，于是说："他另有所爱了。"

"当今女人可以下科场。"

"下过，分数到线，榜上无名。"

"因何？"

"不知道。"

"佛是谁?"

"悉达多。"楚含眉暗自庆幸:多亏自己乱翻了几下经书,不然,谁知道佛是谁?

"信?"

"……"这下楚含眉发愁了。早在她读高中二年级时,就从哲学上推翻了佛,她力图回答得真诚而圆满。这会儿,真诚就不能圆满,圆满就不能真诚。怎么办?沉默了许久,她才说:"信,也不信。"

"笃笃",只有木鱼声。

"不信,因为它只是偶像;信,是因为我现在需要偶像。"楚含眉大着胆补充。

"阿弥陀佛。"

楚含眉想起自己虽有父母,却少有严父慈母之爱;虽有爱情,却毫无希望;虽有才学,却没有出路。几年来,她遇到不顺心的事太多了。她伤心,她愤怒,她又无可奈何。正当她想避世而又无处归隐时,听人讲起罗浮山上有个老尼残寺,就上山来了。

"你愿意听我讲个故事吗?"老尼的语气与刚才不同,温和、亲切。

"师父,你讲吧。"

"七十年前,有个私塾先生带着妻子女儿出远门,搬到离家很远的一个小城去居住。半路上,他们遇到土匪抢劫,先生夫妇死于土匪刀下,女儿有幸逃脱。这女孩子当时十三岁,身无分文,举目无亲。女孩子到处流浪,不久,来到长江边上。江上有一只来往于沿岸几个小镇间的小船,船上住着一对夫妇,他们膝下无儿,就收留了这个女孩子。孩子从小跟父母认得一些字,会算数,也长得清秀聪明,并且很勤快,干爹干娘看来都喜欢她,给她取名叫阿捡,意思是捡来的。干爹是外地来的,四十多岁,比干娘小十来岁,他们是半年前凑合在一起过的。船是他们的住屋、货仓、运输工具,是他们的命根子。这样过了几个月。有一天,干娘有事离船上了岸,干爹就把船越摇越远了。他说,当初就是看上这船才让那老太婆招赘的。当他把阿捡抓进他的怀里时，小女孩才知道自己又遭了殃。他不再是干爹，是撕扯人肉的狼。他还是麻风病毒病人。可怜女孩子既无前途，又无退路，跟着再不是干爹的干爹过了起来，麻风病毒很快传到她的身上。几个月后，她也被抛弃在岸上。她到处流浪，受尽人间的屈辱苦辛。有一天，她在一棵树下挖了个深坑，在树上挂了个绳套，然后爬上树去，把头伸进绳套里。她只能死，还必须埋葬自己。"

听到这里，楚含眉骇然瞪大眼睛叫了出来："世上还有这样悲惨的事！"

"该她命大，一个老和尚救了她，又为她治好了病。她觉得僧比人好，就落发出了家，取名罗侍仙，在罗浮山的妙池庵里修行。老和尚是罗浮山上灵会寺的方丈，妙池庵和灵会寺只隔了一座山头，侍仙常常向老方丈请教。老方丈给她讲经，还教了她一些医术。后来老方丈圆寂了，传经给侍仙……"

还没讲完，老尼紧闭双目，一动不动，泥塑一般。楚含眉等了又等，等了好久，以为师父累了，就说："师父，您累了，休息吧。"

老尼睁开眼睛，看了看楚含眉，又说了下去。

"侍仙按老方丈生前指示，来到灵会寺残墟，继守藏经，不断渔鼓之声，不绝灵会香火。一同来寺的还有侍净小尼。侍净是两年前落发的，才十四岁，拜侍仙为师。师徒二人，除了念经就是捡柴种菜，有时外出行医化缘。春秋易度，十年过去。一日里，侍仙上山采药，回寺不见侍净，只见木鱼下压住一纸，上书'去也'二字。去也！何处寻觅？佛曰：使人愚蔽者，爱与欲也。人不可信，僧不可信！天高地阔，混沌泥尘。万物蒙蔽，唯佛通灵。从此以后，侍仙改名一归，归兮一兮归于空，归于无，空就是一切，一切就是空无。"

老尼一番激动过去，又沉寂不语了。这一次，楚含眉不敢叫她，木然地陪着。一老一少两个女人，像两具死尸。灯光摇曳，膨胀的影子在墙上忽闪忽闪的，倒像两个活的幽灵。楚含眉不堪这种沉闷压抑，试学老尼的样子，垂下眼皮，闭目合掌。直到一阵木鱼声响，才把她从似睡非睡中唤醒。

"含眉。"老尼叫着姑娘的名字。

"师父。"

"我说到哪啦？"

"您说——对了，您说空就是一切，一切归于空无。"

"一切就是一切，岂能归于空无！"老尼反驳起楚含眉来。

楚含眉瞪大眼：奇怪，这不是刚才师父自己说的吗？不过，她没嚷出声来。

"十一年过去，山下来了母女俩。那母亲就是侍净，孩子有四岁了，病得很厉害，又瘦又小，脸色枯黄，是侍净背上山来的，孩子自己连站也站不住了。侍净跪在一归跟前，恳求原谅她十一年前的离弃和对佛的背叛。她说她的女儿病了很久，到处求医就是治不好，眼看孩子保不住，她想到这是佛对她的惩戒，就送孩子上山修行，也许会好的。见死怎能不救？一归收下孩子，取名音莲。阿弥陀佛，孩子果然慢慢好了起来。一归教她认字、读经、辨认草药，孩子很乖，很聪明，一学就会。她的母亲一年里来几次，送些钱粮，看看孩子。孩子十二岁时，来了两个政府干部，说现在解放了，孩子是国家接班人，不能再做小尼姑。侍净就把孩子带走了。"

老尼喃喃不止，声音越来越轻，两眼却越睁越大，映出两朵油灯光在眼珠里跳荡。噢，那是希望的光还是痛苦的光？楚含眉觉得，那儿聚集了两股热血在沸腾，是生命在企盼，也在挣扎。

一直到天亮，老尼没再说什么。楚含眉明白了，老尼说的是她自己的事，她在回首往事，在察看她的脚迹，想告诉楚含眉一点什么，但还没有点题。

中午时分，随着一声清亮的"师父"声，一个风韵翩翩的女学者（哦，楚含眉一眼认定来人是学者）跨进门，丢下手提包，双手合十，朝老尼深深行了一礼，又连着亲亲密密地叫了几声"师父"。

老尼脸上纵横交错的皱纹一下向四处绽开来——笑了——楚含眉非常清楚地看出老尼笑了。

"你就是那个说什么有脑虽思但不思,有体能为但不为的家伙吗?"女学者朝向楚含眉,一边就去拉她的手。

在这样一个四十多岁的,烫着头发、戴着眼镜、身穿浅咖啡西服,毫不客气又亲切热情的女学者面前,楚含眉不知如何是好。

"等会儿再找你算账。"女学者放开手,扶老尼坐下,打开包,拿出一大堆吃的来,光水果就有十几斤,亏她提得上山来。

老尼目不转睛看着女学者的一举一动,说:"我知道你会来的。"

"我也知道你知道我会来的。"好不拗口的话!简直是调皮。尔后又补了一句,"妈告诉你我最近调休嘛。"

"从家里来?"

"当然,不然我怎么知道这里有一个聪明的傻瓜呢?"

楚含眉受不住这热情、干脆的责备,不由低下头来。看来,这人就是上次来的老妇人的女儿了。

女学者给老尼把脉,听诊了一番,拿出一些药丸让老尼吃了,又安顿老尼上床休息。然后去厨房弄些吃的,再洗刷了一番,收拾得精精神神的,就来拉楚含眉的手说:"小妹妹,到外面走走好吗?"

出了寺门,她一边走一边说:"我带你去一个好地方。"

不一会儿,走进了一片森林。好一个松林啦——松树疏密有致,大小均匀,少有枝杈。树身笔直,直得简直就像是模子铸出来一般。地上铺满黑黄的松针,厚得像针毡。

"这么密!还这么直!"两人穿行其间,楚含眉不住赞叹。

"林密树直,没听说过吗?"女学者说。

"对啦,植物都有向光性,为了光,大家就挤在一块,拼命往上长。不过,还应该有内部因素,种的因素。"楚含眉解释并补充了女学者关于"林密树直"的小小学说。

"不错,凭这一点,你就应该去研究植物学。"女学者由衷夸奖起来,"而不是神学。"

楚含眉默默无言,倾听轻微的流水声。

"快到了。"女学者说。

"我叫楚含眉,你呢?"

"我叫音莲,姓秦。"

真没想到,她就是音莲!那么,上次来的老妇就是侍净了。楚含眉不禁再一次仔细打量起身边的人:高高的个,皮肤细腻白皙,体态丰盈,一点也找不出老尼说的"枯黄瘦小"的踪影。椭圆形的脸搭上一对大眼睛,仅此,就使她的脸部生辉。眼角略有皱纹,透着一种成熟的温存和坦然。眼神活跃,放射着智慧和热情。这一切,哪儿带有八年佛门弟子的气质?难道是那一头乌黑浓密的卷发,掩盖了她的过去?

"你是医生?"楚含眉只能问这个。

"教师。培养医生的教师。"

"医学院的?"

"嗯。"

"叫你秦老师啰。"

"好吧。那么,当学生的可得听老师的话啰!"

"错的也听?"

"瞧,这不收费的老师还不好当呢!"秦音莲笑了,"不过,常常有这种情况:当学生不愿听话时,总是说老师的话是错的。"

"好一口清潭!"楚含眉撇下话题,欢叫起来,奔向水潭了。

果然一口好潭。松林间,一道清流款款穿行而过,自然的造化,就在这儿形成一汪半亩大方潭。水清如许,游鱼可见。潭边石块嶙峋,给水的清秀平添了几分粗犷,与英武挺拔的松林一起产生出一片刚柔相济的情调。

两人并肩立在潭边,好久,才互相会心一笑,在潭边石块上坐下来。

"不走了?"秦音莲问。

"难道还有比这更好的?"楚含眉认定这儿就是秦音莲说的"好地方"。

"确实没有了,小妹妹。"秦音莲十分温爱地笑着回答,又问:"喂,你打算在这儿待多久呢?说心里话。"

一句话,又勾起楚含眉满腔愁绪,愁绪如潮,她眼圈红了红,低下头来。

秦音莲注视了好久,才轻轻说:"你父母会着急的。"

"父母?哼!"楚含眉想起他们重男轻女的种种行为,愤怒地说。最使她伤心的是烧了她的书包不叫她上学。他们说"给女孩读书是把肥水流入别人家的田里"。他们不仅思想古老而且感情贫乏。"让他们急去吧!再说,他们不会急的。"楚含眉咬咬牙说。

"难道就没有一个知你疼你的朋友吗?"

她想起曾经与她山盟海誓的小伙子,心更冷了:"如果山盟海誓都没有用,世上还有什么朋友?"

"难道世上再没有值得牵挂的?"

"牵挂而又无可奈何,不如不去牵挂。"她想起很多很多往事。

"那么,你真信佛?"

她气冲冲了:"人活着,总得信点什么!"

秦音莲也有点气了,大声说:"佛是什么东西?牟子解之为:'佛乃道德之元祖,神明之宗绪,恍惚变化,分身散体,或有或亡,能小能大,能圆能方,能老能少,在污不染,欲行则飞,坐则扬光……'佛的教义是破除'身见''我执',达到'无为''无我'……你信?他是生命的实在?是虚无缥缈的谎言?若说他是生命的实在,那么,生命是什么?是蛋白质、氨基酸……是细胞,是骨髓,是肌肉,是血……是一个个器官的有机整体!而佛,撩起他的圣袍,圣袍下是什么?人才是万物之灵,这种灵不是虚无,首先,它是生命!我的小妹妹。"

楚含眉听呆了。嘴微微张开,眼瞪得直直的。她真想不到这个医学讲师如此精通佛教。她似懂非懂,重复说:"是的,无为!无我!"

秦音莲忽然话锋一转:"那么,无为和无我正是各种失败主义、逃避主义的怯懦情绪和自卑自贱的奴才精神!"

楚含眉垂下了头,"咚",一颗石子投进水里代替她作了无法回答的回答。

"你来到世上,你本身就是人世的一个结构片段上的一个分子,你更多的只有责任。每个人都尽点责任,都吃点苦,那我们的世界就得到一点改善。我今年四十五岁了,小时候当过尼姑,后来上了学,小学、中学、大学,成了医生和教师,找到了爱人,生了儿女,人世间哺育了我,我也为人世间承担责任。人世间给了我很多欢乐,也给了我很多痛苦。'文革'的狂涛,同样冲击了我的家庭。丈夫不堪忍受'反动学术权威的孝子贤孙'的境遇而自尽,五岁不到的儿子因我被关押而失踪,至今还没找到,不知生死。"

楚含眉被震动了。她怎么也想不到,这样一个开朗活跃、乐观热情的中年女人原来承受着这么深重的灾难。

"我并不是在向你展览我的痛苦。我只是想问你,我苦不苦?我也去自杀吗?或者也上山剃度出家吗?放下手术刀吗?你不知道,我的手术刀解除了多少人的病痛!小楚,你说,难道我应该放弃?应该逃避?不!不要回避,要正视。痛苦,也是生活的激素,是人生健全的表现。跟没有快乐便没有人生一样,没有痛苦的人生别说不存在,就算存在,也是片面的、麻木的人生!"

楚含眉不知怎么说好,只知道重复"无为""无我"。

秦音莲笑了,"咚",也把一颗石子投进水里。"再说,小楚,你真的相信,一个人能做到万念皆空吗?"

"我想,要做,总能做到的。"

"我认为我母亲侍净偷偷离开一归还俗,就能说明问题,也更可取。"

"一归老师父不也做到了吗?"

秦音莲思索了好一会儿才说:"我不知道她的过去,但我常想,一个人如此,一定有特殊的经历。"

"她没告诉过你?"

"告诉什么?"秦音莲奇怪地瞧着楚含眉。

楚含眉想起昨夜老尼叙述的一切,心想好怪:一个人,可以把自己的经历对自己亲近的人保守终生,却会对一个刚刚相识的人尽情吐露。

一归老尼不行了,看来油将尽,灯将灭。秦音莲已悄悄为她准备一些后事,比如缝制衣服、察看坟地等。

老尼并无痛苦,她只是显得很不安,不断眨眼、扭头。只有当秦音莲坐在她身边,她才能安静,或者入眠。秦音莲常常把手放在她的肩上、头上,轻轻地摩挲着,宛如手下不是一个老人、长者而是一个幼婴。楚含眉每次看到这情景,都被感动。老尼注视着秦音莲的神情,使楚含眉一次又一次地想起那天晚上老尼讲到小音莲离去时的眼中的那两朵熠熠火花。每逢此时,便有一种感觉轻轻撞击她的心扉,她幽闭的心似乎就要开启一条缝了。

这天上午九时左右,秦音莲端着药进老尼房时,发现老尼已经溘然长逝。她刚才还在老尼身边,离开不过十几分钟,无法知道老尼是在十几分的哪一分哪一秒的时刻与世长辞的。秦音莲叫了一声:"师父!"又高喊了一声"小楚",门外正搓洗衣服的楚含眉闻声不对,赶快跑进来。看到秦音莲正跪下来,向老尼双手合十,也就跟着跪了下来,双手合十,注视着木然的老尼。死亡,使肌肉遽然收缩,老尼脸上的皱纹越发显得纵横交错。

秦音莲站起来,想给老尼整理一下姿势。拉开被子,看见老尼胸口放着一卷纸和楚含眉的那个红皮笔记本,双手交叉着压在纸卷和本子上。

展开纸卷,只见上面写着:身后三件事,一、经典和药书献给国家。二、观音莲花移植坟头。三、音莲女喊我一声"妈妈",再喊我一声"外婆"。秦音莲丢下纸卷,放声哭了起来:"师父!妈妈!外婆!您怎么不早说呢?您听不见了啊!"楚含眉也哭了,这是一个与生命永别的悲哭。

进来两个男子汉,默立床前,双手合十,向老尼致礼。

秦音莲叫着他们的名字:"山虎,明仔,你们怎么来啦?"

他们说,他们给老尼送柴送菜来,没想到老师父升天了。

楚含眉想到上山第一天门外的男人,就问:"前些天是你们来送东西?"

"前些天毛牯来过。"

秦音莲说:"附近有个村子,村里人轮流送米送菜照顾师父的生活。"

"政府每个月发给师父生活费,我们只不过跑跑腿,动点力气。"两个男人说,"我们回村,叫些人来,让师父入土安息吧。"

楚含眉呆了!出家人受着国家百姓的救济,这算什么!这个真理太简单了——人不可能脱离人群而生存!简单得让她头晕目眩。

两个男人走后,秦音莲就给老人净身换衣。楚含眉指着纸卷说:"这是师父的遗嘱了。"

秦音莲说:"当然是。不知什么时候写下的。前两条没说的,属于身后事,第三条,师父应该早说才是,我现在就是叫她千声万声,她也听不见了。"

"你从小跟她,她很疼你。"

"是的。师父有恩于我,没有她的精心照料和治理,我早死了。而我对于她,也有很大影响,母亲当年接我下山时,我就知道师父和我有了感情上的联结。她不能没有我。一个人,一个女人,不管她的经历如何,不管她的信仰如何,她究竟是个人,是个女人。终生未嫁,没做过母亲,生活便残缺不全,任何信仰也不能弥补。我唤醒了她的母性。我的亲生母亲所能够给我的爱,她都有胜之无不及。从年龄上来说,她又可以做我的外婆。参加工作以前,每个寒暑假,我都在她身边度过。她爱我,她不能没有我。但是,她没有勇气说穿,只能在死后公开她心的这一角,让我喊她一声'妈妈',一声'外婆'……"

楚含眉心有所悟,取过遗书细看,只见上面还有这样一段话:"在佛六十又八载,阅尽人间与西天。舍真求无难求无,到头终觉人世真。谢天地山川,谢百家百姓,谢人民政府。人胜于佛。"想起来了,清楚了!那天夜晚老尼所叙述的漫长岁月的一切,楚含眉自己觉得无力整理概括出来的,现在老尼自己概括出来了。师父啊师父,你的一生,从"人"出发,在佛国里长途跋涉,最终还是回到"人"的出发点上,你做的是一个"零"的人生旅行啊!楚含眉放声大哭了,哭得哀哀切切,肝肠寸断。她哭,哭一归老尼,哭她自己。她好不沮丧啊!再也没有什么比信念的破灭更伤心的了。上山七天,老尼对音莲的依依之情,接受国家抚恤金和村人帮助的现实,以及秦音莲的劝说,撼动了她的心。但她顽强对抗着,心想不管怎么说能守住佛门自始至终,便是佛的胜利。可现在,一归老尼不是白纸黑字,一清二楚把她自己也否定了吗?只要你是人,只要你活着,你就离不开人群,离不开社会。社会是你的容体,而你必须为社会尽责。这就是人生,这就是人世,这才是真面目!

楚含眉下山了。

在她的红皮本子上有一段一归老尼的赠言。赠言是:释迦牟尼拷问弟子,"一滴水怎样才能不干涸?"答曰:"把它放到大海中去。"释迦牟尼与弟子的问话,似乎显示了佛的圣明,一归老尼的用心也确乎良苦可赞,但是,无论佛还是尼,都不能真正知道,是什么使楚含眉大彻大悟回心转意的。

她下山了,沿着九十八级台阶下山了。

(原载《星火》1985年第3期,《小说选刊》1985年第6期选载,收录《中国女作家作品集》)

---

**作者简介**

郭碧良,女,1948年生,福建永春县人,种过田,打过工,教过书,退休前供职于《福建文学》杂志社。1985年始写作,发表小说、散文、纪实文学近百万字。作品获福建省作家协会第三、第四、第六、第七、第十三届优秀作品奖,散文集《命运的倾诉》("人生三昧"丛书)获第八届全国优秀图书奖,纪实文学《石狮大报告》获福建省政府首届百花文艺奖。

# 围　堰

◎ 季　仲

**梁斯群看见暴风雨中的围堰，像纸墙一样摇晃起来。**

　　午夜之后，雨下得更大了，打在工棚的油毛毡上，噼啪作响。江风也愈加强劲凛冽，在沙滩上疾驰呼啸。不住颤抖的树林，时伏时仰的茅草，前推后拥的江涛，在这风雨声中加入自己的呐喊，哀号，咆哮，山野间充满了各种可怖的音响，像一个千军万马厮杀格斗的战场。这时候，无须用眼瞧，光凭听觉，也能毫不迟疑地做出判断：枫溪渡水电站工程正陷入千钧一发的险境。

　　总指挥梁斯群站在指挥部办公室窗前，望着洪流冲击着的围堰，像指挥员来到前沿阵地观察敌人的火力部署一样，心里难免有些紧张。借着工地上朦胧的灯光，他能看见围堰下的浪花，贪婪地舐着快被淹没的矶石。偶尔，有一两根漂木箭似射到围堰上，发出惊心动魄的巨响声，碎木片飞上好远好远的河岸。隆隆的雷声，一会儿由远而近滚来，一会儿又由近而远奔去。当闪电倏然一亮撕破黑夜的时候，他看见上游两岸原本秀丽多姿的山峰，全变得黑黢黢的，十分狰狞可怕。一条黑黝黝的巨龙，从那深邃的峡谷中钻出来，带着惊天动地的喧嚣，冲向曲尺形的围堰。恍惚间，他忽然觉得围堰像大风吹动的纸墙一样簌簌颤抖起来。他心里一惊，飞快抓起对讲机喊道：

　　"喂，水文监测组，这会儿雨量多少？"

"135毫米。"对讲机传来清晰的回答。

"水位？"

"285.3。"

"围堰各段情况？"

"平安无事。"

"哦！"梁斯群长长吐了口气，再看那围堰，果然纹丝不动。他已经一昼夜没有合眼，万分难熬的渴睡劲，像许多小虫子从每一个关节缝隙中钻出来，很快蔓延全身。他多想躺下伸个懒腰呀！可是不能，只要屁股一沾板凳，也许就能坐着睡死的。他强迫自己站着，点了支烟，在办公室里踱来踱去，时不时望一下江中的围堰。他总觉得，那一个接一个猛扑过来的浪头，不是撞击在混凝土堰矶上，而是撞击在他心头上。

梁斯群是一位经验丰富的老工程师，前不久才提到领导岗位上。人家都说他这个总指挥是个倒霉官，一上任就来啃硬骨头。这枫溪渡水电站建在南方某省的深山峡谷中，生活艰苦、任务艰巨自不消说，最倒霉的是碰上和他作对的老天爷。往年，这里的雨季都在清明之后，而今年刚过惊蛰就淅淅沥沥下个不停。一周下来，枫溪水位不断上涨，眼看逼近围堰高度。现在，正在围堰下面施工的水电站大坝基础浇筑工程，面临着两种抉择：要么，提前撤退，确保人员和机械的安全。但这不仅意味着工期要耽误半年，上千工人要窝工两三个月，而且在重新浇筑大坝基础时，光排干积水、清理工作面和绑扎脚手架，就得花费上千万元。要么，继续在围堰下加紧施工，抢在洪峰到达之前浇筑好大坝基础，这样既能按期发电，又节约工程开支。但是，让百多名工人在洪水威胁着的围堰下施工，那就等于把他们的性命交给了龙王爷。

两条路任择其一，非此即彼，第三条路是没有的。

昨天下午，工程指挥部召开紧急会议，几个头头吵翻了天，以二比二的阵势形成僵局，八只眼睛便焦灼地对准了他这个总指挥。梁斯群临危不乱，一声不吭，只顾埋头查阅种种数据：

围堰高度、厚度和混凝土强度，枫溪上游近百年的水文资料。同时，在大脑中进行快速运算。

梁斯群脑门微秃，天庭很高，额角像树杈似的一直延伸到头顶。在陌生人看来，这脑瓜实在没有超乎常人之处，但在南方水电工程局，可是人人皆知的一台活的电子计算器。无论遇到多么复杂的数字，梁斯群都不用算盘不用笔，只见他眼睛眨巴眨巴，嘴里嗫嗫嚅嚅，片刻工夫就拿出得数，和计算器一样算得准确无误。

当工程处4位头头的8只眼睛瞪着梁斯群时，他那台活的电子计算器的开关打开了，线路接通了，各种数码闪电一般显现。嘿，真像罗贯中笔下的诸葛亮那么神，他掐指一算，就胸有成竹地宣布："我们的围堰挡得住12354个流量，现在枫溪洪水看来势头很猛，实际上还不到11000个流量。据气象台天气预报，今晚过后就慢慢转晴。我看，我们是没有理由匆忙撤退的。"

经过一番争论，大家都同意梁斯群意见，决定选择第二条路，只有党委书记赵德伦稍有保留，但态度也不甚坚决。他吞吞吐吐地说："梁总，这事关系重大，是不是向工程局请示汇报一下？"

"当然要汇报请示的。"梁斯群说。"可现在时间紧迫，局领导离我们200多里，能替我们拿主意，负责任吗？"

"可也是。"赵德伦似乎已经放弃自己的意见，但想了一会儿又说，"不过，我看，还是请示一下为好。你们先行动，我马上赶到局里去一趟，党员嘛，这点组织观念还是要的。你说呢？"

梁斯群还能再说什么？他也是党员，一向尊重上级党委。

"你们可要多多注意安全，千万别出事呀！"赵德伦钻进吉普车时，还没忘记探出头来十分关切地叮咛一句。

此刻，赵德伦那胖胖的菩萨脸就浮现在梁斯群眼前。老赵长期做人的工作，和各种各样的人打交道，磨炼出一副多好的脾性呀！即使泰山崩于前，后院起了火，也休想叫他发愁发急到能吃三碗饭而只吃两碗半。

"唉，我这辈子，就是在太上老君的八卦炉里修炼九九八十一天，怕也修炼不成老赵这分德行了。"梁斯群自我解嘲地想着，突然听到门外传来一个熟悉的声音：

"围堰，没出事吧？"

梁斯群的妻子，一个年过四十的中年妇女，出现在门外。她身穿一件海蓝色的塑料雨衣，下摆哗哗淌着雨水；脚下一双长筒胶鞋，沾满了烂唧唧的黄泥。

梁斯群愣了一下，有点生气地扬起两撇浓眉："你怎么来啦？你不知道，我有命令，所有女工、家属，都不准到警戒线以内来。"

方琼当然知道，为了情况紧急时能迅速撤退，梁斯群的确下过这道命令。但她牵挂着一天一夜没回家的丈夫，还是找了个借口到工地来了。她有些得意地笑着："我不是女工，不是家属，是工程处的医生。"她边说边脱下水淋淋的雨衣，挂在墙壁的铁钉上。

梁斯群这才看见妻子斜挎着红十字医药箱，口气便温和了些："工地平安无事，没有一个受伤的，用不着你这个大医生。"

"没有受伤的，也没有饿肚子的吗？"

方琼从医药箱里掏出一个铝制饭盒。掀开盖子，热气腾腾的白米饭上铺着一片小葱焖豆腐和玉兰片炒肉丝。这是梁斯群平日爱吃的可口小菜。他脸上露出一丝疲倦的笑容。

方琼看着丈夫狼吞虎咽，心里有点儿酸楚。唉，还不上五十的人哪，就两鬓如霜，眼窝深陷，长条脸清癯瘦削，额头、眼角、鼻翼和唇边都刻上线条清晰的皱纹。她的声音有点喑哑了："斯群，你知道吗？今晚家属们都没有睡。"

"是吗？"梁斯群放下手中的筷子，瞧着妻子的眼睛。这双眼睛，要在平日，是清亮而妩媚的。现在，却蒙着一层黯淡的愁云。

方琼走到窗前，指着远处说："你看看家属区那些窗口吧！"

梁斯群朝左岸山坡望去，那一排排干打垒矮平房上，每一扇窗口都透出昏黄的灯光。他心里不觉一沉。窗口，是亲人们的眼睛呀！亲人们常常倚窗而立，目送丈夫、孩子走向工地，迎候他们平安归来。平日，这些眼睛亲切而温柔；今晚，这些眼睛被夜雨濡湿了，朦朦胧胧的，蕴涵着多少焦灼多少愁？

"没事，瞎操心！"梁斯群掩饰心情的沉重，故意把话说得轻描淡写。

"瞎操心？你听听这雨声，看看这江水！"方琼瞅着神色疲惫的丈夫，忧心忡忡地劝说道："斯群，你何必担这份风险？洪水涨到这个地步，停止施工，天经地义，上级不会责怪你，法院不会审判你……"

"我的良心会谴责我，一辈子谴责我。"梁斯群激动起来，嗓门提高了。"你也知道，明年国庆，省委就要我们开机发电。"他从办公桌抽屉里拿出一大沓信件电报。"你看看，有多少眼睛盯着枫溪渡水电站！"

方琼翻阅着那些信件电报。发来函电的是南方许多正在兴建的工厂企业——有些还是中外合资的大企业。其中，斯群的一位老同学，南方维尼龙纺织厂厂长的来信十分风趣地写道："敝厂投产，仰仗仁兄，万事俱备，只欠东风——电！电！电！"

方琼深情地瞅了瞅丈夫。她知道，丈夫的心联系着密密麻麻的电网和电路，联系着千千万万马达、车床和齿轮，联系着无数向现代化迈进的城市和乡村。她无可奈何地叹了口气，默默地收拾饭盒，穿上雨衣，走了。

梁斯群目送着妻子那小小的海蓝色的身影，渐渐融进烟雨蒙蒙的夜里，又转过身，警惕地注视着洪流中的围堰。

**周立平看见洪水漫过围堰，吓得尿了一裤子。围堰在洪流中矗立着，安然无恙。**

围堰下，是一条切断了流水的旧河床。在这里，开挖工忙了半年，用潜孔钻、炸药、掘进机和推土机开掘出一块 20 多米深的低洼地，未来水电站的巍巍大坝将从这里升起。现在，在这块足有 5 个篮球场大小的工作面上，正在浇筑大坝基础。10 多辆载重汽车穿梭来往，2 台大门车挥动长长的起重臂，把装满混凝土的吊罐拎来拎去。百余名工人分散在各种岗位上，有的冲水，有的清基，有的浇灌，有的平仓，有的震捣，有的绑扎脚手架……10多种机械同时开动，一齐吼叫，紧张气氛不亚于一场激烈的战斗。连绵不断的春雨，像受到这气氛的鼓舞似的，愈下愈来劲，啪啪啦啦，在刚刚平整的仓面上砸出许多小麻点。

往日，浇筑施工累归累，苦归苦，工人们在干活的空当，还有闲心吹吹口哨，哼哼小调，聊聊家常。今天却不同，除了机器吼叫，锹铲叮当，人们似乎都哑了。昨晚上工前，指挥部传下命令：工人们干活时要保持高度警惕，一听到警报拉响，不是围堰决口，就是洪水过堰，大家要有秩序地迅速撤退。人人明白，今晚是虎口拔牙，龙嘴掏珠，小命儿拴在一根细麻绳上。

今晚工地的总领班是浇捣队副队长谷金宝，一个50多岁的干瘦的小老头。他穿一件宽大的帆布雨衣，头戴藤条安全帽。嘴里衔个铜哨子，双手拿着红绿指挥旗，站在高高的岩石上，像个富有经验的交通警察，把进进出出的车辆和来来往往的工人，指挥得井然有序，忙而不乱。

谷金宝有个外号叫"马总"。但他既不姓马，也不是总工程师或总指挥。20世纪60年代初，他是家喻户晓的省劳模。他不仅不怕苦，不怕累，在工地上走路总要背个小挎包，两眼盯着地面，把那些被人丢失的蚂蟥钉、螺钉和螺帽，当作珍宝拾起来。他每年交给国家的废铁都以吨计。为了表彰他这种"蚂蟥钉"精神，人们就送他一个雅号叫"马总"。久了，他的本名除写在劳工册上，几乎被人忘记。早些年人们叫他马总，那是出于真诚的尊敬。这些年，他渐渐老了，干瘦的身子佝偻得厉害，外形上更像一枚蚂蟥钉。再则，随着价值法则日渐渗透各个领域，"蚂蟥钉"精神大大贬值。人们再叫他"马总"，有些酸不吱吱的声调里，就多少带点讥笑意味。有一回，浇捣队队长周立平拦住他的去路笑眯眯问道：

"喂，马总，今天又拣了多少蚂蟥钉？"

"不多，不多，才十来斤。"马总认认真真回答。

"哟，可让你拣了个大便宜！"周立平拖长声调揶揄说。

"为什么?"马总莫名其妙。

"你算算看,一斤废铁才值 5 分钱。你一天拣的蚂蟥钉也不过五六角钱,就让你拣了个省劳模,你还不合算?"

马总气得说不出话,狠狠地盯了对方一眼,径自走自己的路。

周立平是个 30 多岁的剽悍小伙子,要力气有力气,要技术有技术,在经营管理上又有一套花花点子。而作为他的副手的马总老是跟不上趟,常和他磕磕碰碰。因此,他就常常嘲弄马总,挖苦马总,想把马总气走撵走。但马总似乎慢慢麻木了,不计较,不气恼,我行我素。每天下工,他还是弯腰屈背走路,渐渐昏花的眼睛微眯着,全神贯注地在地下寻找,寻找,像在寻找一种被人失落、遗忘的无价之宝。

除了周立平,年轻人对马总也大都"敬鬼神而远之"。只有一些和他年岁相仿的老师傅愿意和他搭伙干活,要不,他真会成为光杆司令。

然而,今晚的马总仿佛又回到他的青春时代,全不像五十大几的老头。他那弯曲的躯干挺直了,混浊的眼珠放光了,行动敏捷得惊人,嗓门大得吓人,脾气凶得怵人。他红旗一举,载重卡车戛然停住,不敢再前进一步;他绿旗一挥,大门车铁臂高高升起,一秒钟也不敢停留。所有汽车、门车和百多号工人服服帖帖听他调遣,俨然一个前线三军总司令。

今晚降为班组带班的队长周立平,这会儿站在脚手架下避风躲雨,嘴里叼着一支烟,冷冷地瞧着马总威风凛凛的劲头,心里很不服气。他不明白,近年来被人当做嘲笑对象的老家伙,怎么眨眼间又赢得了大家的信赖。细细思量,也许栽就栽在昨天的动员会上。昨天傍晚,指挥部下达任务后,浇捣队立即召开班组长和党团员动员会。周立平讲明情况,就开门见山地说:"大家都知道,今晚的活,是玩命的。没有重赏,哪有勇夫?我主张,今晚参加打夜班的,奖大曲两瓶,'前门'两包,'大团结'两张。怎么样?愿干的快报名。"谁知,他这些年玩得烂熟的"新方法"忽然失了灵。全场鸦雀无声,不是低头抽烟,就是抬头眺望滔滔江水，仿佛在掂量为了那笔重奖值不值得去冒一次险。他正想往上加码，马总颤巍巍地站起来了，说："论功行赏，当然要的。可这会儿提到奖金，实在……实在不好意思。"老头子还真有点自惭自愧，说话结结巴巴的。"难、难道八路军在打日本鬼子的时候，也能对战士们说，你们冲吧，杀吧，打完了仗给多少多少奖金。"工人们哄地一下笑起来。老家伙看出讲话效果不坏，嗓门一下提高八度："同志们，我们不能拖枫溪工程后腿。担点风险怕啥呀，有种的，就跟我站出来！"哗啦一声，几十个老工人站出来，又哗啦一声，一大片小伙子站出来，连那些平日最瞧不起他的老油子都报了名。马总挑挑拣拣，点了百来名精兵强将。梁斯群不知什么时候走进会场来的，和马总紧紧握手，当场委任他为当晚工地的总领班……

周立平抽完一支烟，看看表，才下半夜两点半。妈呀，这时间真难熬。雨倒是小了，风却不停不歇，从袖筒、裤管、衣领甚至扣子眼中钻进来，钻进来，冷飕飕的，把全身的热气都刮跑了，冻得他像在冰箱里冰了半个世纪的冰冻鱼。他忽然想起队部工棚里还藏着一瓶洋河大曲。匆匆瞟了一下他带领的那个浇捣班，工人们正在仓面上忙活，震捣器嘟嘟震响，水泥浆满天飞溅，谁也没有工夫朝他这边看。机不可失！他把帆布雨衣裹了裹，下了脚手架，悄悄往队部工棚走去。

浇捣队队部设在右岸山坡。从工地到队部必须穿过围堰。周立平跌跌撞撞地爬上陡坡，跨上围堰，往黑沉沉的江面一望，妈呀，只见一排排黑浪像张牙舞爪的魔鬼扑过来，扑过来。他一阵晕眩，差点栽下河去。昨晚上班时，他看见江水离堰顶还有一米多，现时快要平堰了。他战战兢兢往前走，忽然，听得哗啦一声，一个巨浪砸在堰矶上，溅了他一身水花，高筒胶鞋立即灌满了水。他大吃一惊，赶忙回头，顺着陡坡连滑带滚，奔回工地，大声叫道：

"快撤呀，洪水过堰啦！快撤呀，洪水过堰啦！"

工地上虽然喧闹嘈杂，对洪水信息却十分敏感。眨眼间，一切机械都停止

转动,有些工人开始往陡坡上爬去。但马总比谁都行动利索,三步两步就登上陡坡,拦住惊慌失措的人们:

"站住,站住!没有指挥部命令,谁也不准走!"

"洪水过堰了,你还不让撤!出人命,你要坐牢!"周立平的嗓门比马总还大。

"没有通知,没有警报,你怎知道洪水过堰?"马总脸色铁青,样子好吓人。

"我刚从围堰下来,亲眼看到的。"周立平说。

人们骚动起来。马总拿起对讲机,和梁总通了话,然后大声对大家说:"梁总刚刚到江边察看过的,水位离堰顶还有30公分。他要大家尽管放心,继续干活。"

"鬼!我刚从围堰上下来的。瞧,我裤子都被洪水浸湿了。"周立平惊魂未定,脸像纸一样白。

马总说:"是被蹿起的浪花打湿的吧,实际水位没有那么高。"

大家仰起头,望了望陡坡上头的围堰,好端端地立着,半天也没什么动静,心也就慢慢落到实处。一个小伙子大声说:"周队长,你大概是吓得尿了一裤子吧!大家闻闻,好臭好臭的尿骚味!"

一阵哗然大笑,把工地上的紧张气氛冲得烟消云散。这时,梁斯群带着几个小伙子给大家送来姜汤、老酒和热腾腾、香喷喷的小笼包。工人们吃饱喝足,又热热火火干起来。

吃过夜点,梁斯群就留在工地。马总撑他。他说:"指挥部有人值班,我不走了。"他有意要将周立平的军,说:"小周,我们一起干,你看怎样?要喂鱼一起喂鱼,要下海一起下海!"

周立平灰白的脸倏地变红了,也不答话,回到他带领的浇捣班,拎起一台震捣器,嘟嘟嘟地干起来。

**围堰冲开一个大口子，仍像铜墙铁壁矗立着。**

拂晓时分，风停雨止，铁锅似的天穹，在东边掀开一溜口子，漏下一片灰蒙蒙的曙光。两架大门车拎起最后两罐混凝土料浆，浇灌在坝基的仓面上。接着，几十台震捣器嘟嘟轰鸣起来。梁斯群拿起铁铲，把仓面上一个碾压得不够平整的死角抹平，然后直起身来，瞧瞧一个晚上升高了一百五十公分的坝基，看看岿然不动的围堰，再望望渐渐泛白即将转晴的天色，不由舒舒坦坦地松了一口气。

他踏上水电战线已超过四分之一世纪，献给祖国十颗明珠——十个水电站。他和其他水电建设者一样，忽儿东，忽儿西，忽儿南，忽儿北，到处流浪，不断迁徙，至今没有一个"窝"，被称为新中国的"吉卜赛人"。哪一座繁华的城市离得开电？但把星星、月亮、太阳、光明献给城市的人，长年倚山而宿，傍水而眠。他和工人一样住帐篷、茅房、干打垒小矮屋，自得其乐，其乐陶陶。当巍巍大坝升起的时候，当水电站开始送电的时候，当他看到城市乡村华灯闪烁的时候，当他听到工厂矿山机器轰鸣的时候，当他的想象力也像电子运动一样自由飞翔，巡视着年轻情侣坐在电视机前，中年主妇打开了洗衣机，电热褥子给老人们驱走寒夜带来温暖，电动"飞机"载着孩子们在空中盘旋飞翔的时候，他觉得生命也像他创造的明珠一样闪闪发光。他那被山谷的风和江边的雾镌刻在黧黑的脸颊上的皱纹，便慢慢舒展开来，漾开一抹浅浅的笑。

震捣工把最后一块坝基仓面平整好了。工人们开始拧着湿透了的衣袖，倒干胶鞋中的积水，用高压水管冲洗各种工具。熹微的曙色和昏黄的灯光融汇在一起，洒落在一张张疲惫不堪的脸庞上。他们连说话的力气都没有了，但一双双眼睛都在说着同一句话："嘿，伙计，这道龙门关算是闯过来了！"

然而，光荣的"吉卜赛人"，你们未免高兴得太早。

在马总下达收工令的前一分钟，水文监测组通过对讲机向梁斯群报告了一个非常意外又万分可怕的消息：刚才溪头水库打来电话说，枫溪上游虽然雨停了，但沿溪两岸有几个村庄突然山洪暴发。溪头水库已达最大蓄水量，如不开闸放水，溪头电站将顷刻淹没。10分钟后，他们就要打开一、二号弧形闸，枫溪将猛增1500立方流量，通知枫溪渡水电站工程指挥部做好一切应急准备……

梁斯群愣住了，脸色煞白，跌坐在一块岩石上，一动不动，像一座石刻雕像。

工人们全惊呆了，百余双眼睛盯着梁斯群，默默无语，像一群姿态各异的青石组雕。

这雨后工地的黎明安静极了。围堰上头传来江涛拍岸的响声，此刻像通过扩音器放大了许多倍，造成一种兵临城下的恐怖气氛。人们望着城垣一般的围堰，好像看到洪水漫过堰顶，挂起一道长长的瀑布，然后飞流直下，一泻千里的可怕景象。他们这大半年的辛劳，国家几十亿投资，眨眼间都将付之东流。

梁斯群沉默着。有片刻工夫，他脑中几乎是一片空白，什么也想不起来了。忽然，他看见许许多多眼睛——焦虑的眼睛，热切的眼睛，充满希望的眼睛，顿时获得了力量，终于从极度恐惧中挣脱出来。他的双手慢吞吞地伸向衣袋、裤袋，一无所获。工人们一家伙扔给他四五支烟，他点了一根过滤嘴"良友"，又石雕一样一动不动地坐着。人们大气也不敢出，谁都知道他又在开动那台活的电子计算器。这一瞬间，许多老工人想起了好久好久以前的一个小故事。那是1958年的秋天，梁斯群刚跨出水电学院大门，迈进南方水电工程局。一天，技术处在政治学习时，念了报上一条消息：《水稻放卫星，亩产一万斤》。梁斯群马上说这是吹牛。有人问他何以见得。他连想也没想，顺口念了一连串算式：亩产万斤的水稻，需要多少种子？这么多种子长出的秧苗，密到何等程度？需要多少水分、肥料、光照？……最后，他说，这亩水稻只能收割13565斤稻草，而休想收获1斤稻子。为此，他被当作"白旗"拔了2天，下放班组劳动 2 年。但他脑子的灵光和为人的胆识,也就深深为人所钦佩。

这会儿,100 多双信赖的眼睛注视着梁斯群,江风和江涛的喧嚣忽然藏匿了。只见他大口大口地吸着烟,眼睛不停地眨巴着,嘴里念咒似的嗫嗫嚅嚅。时间几乎凝固了,仿佛挨过了一个世纪。其实,只一会儿工夫,梁斯群终于站起来。他站得极慢极慢,仿佛肩起一座大山,顶起一座闸门。当他高大瘦削的身子完全挺直的时候,一个十分艰难复杂的思索过程已臻完成。他把只抽了四分之一的"良友"往地上狠狠一掼,斩钉截铁地说:

"同志们,上游溪头水库开闸放水,严重威胁我们的围堰和坝基。我算了一下,上游猛增 1500 立方流量,刚好漫过我们的围堰。以流速每秒 20 米计算,最大洪峰 45 分钟就到达枫溪渡。"工人们惊得目瞪口呆,可梁斯群居然还轻蔑地笑了一下。"同志们,不必惊慌!洪水对我们的挑战还算留有余地。有这 45 分钟,我们还来得及做最后努力,再来一次背水一战,和大洪峰拼个输赢。我命令:一、所有机械马上撤出工地;二、所有病弱人员马上转移到安全地带;三、挑选 200 名青壮工人和八十辆卡车立即开赴围堰。注意听好了——我们必须在 40 分钟内把围堰加高五十公分。"

工人们不约而同地看了看表,立马开始行动。

这严峻时刻,可看出经过长期摔打的"吉卜赛人"真是一群硬汉子。前后不上 10 分钟,所有机械工具已撤上河岸,200 多号人争先恐后涌上围堰。沿江两岸,堆满了装着碎石的麻包,那是早准备好的。有的扛,有的抬,人人都拿出百米赛跑似的速度来回奔走。曲尺形围堰的平顶在慢慢升高。当整条围堰升高 50 厘米的时候,果然望见远远的溪流上出现一排白色浪头,像排成横列的拿破仑军队,气势汹汹扑过来,眨眼间便到了跟前。席卷着泥沙、泡沫和枯枝败叶的洪流,奔腾着,咆哮着,像棕黄色的马群,被围堰圈住堵住,仍不甘就范,在宽阔的溪面上奔突回旋。

有人卷起袖子看了看表,无限惊诧地叫起来:"我的妈呀,洪峰到达这里,果然是45分钟。"

但是，正当人们惊魂甫定的时候，围堰中段有一袋碎石麻包，被一个强大的浪头悄悄地啃啮着，拱动着，终于被一家伙推下高高的围堰。围堰突然撕开一个大口子，一道小瀑布悬挂在围堰上。人们又慌乱起来，抬着碎石麻包扑上决口。然而，决口上的水流过于急湍，一个碎石麻包扔下去，像小木片似的摇晃几下，马上就被洪流卷下围堰。

决口在迅速扩大！

瀑布在迅速加宽！

刚刚浇筑的坝基危在眉睫！

人们束手无策。心，快从胸口蹦出来。

梁斯群把几个头头召集到一块紧急磋商，也一筹莫展。

在这千钧一发之际，人们看到一个背部微驼，身子佝偻的小老头，一手提着帆布雨衣下摆，飞快奔上围堰，一边大声喊道：

"有种的，跟我上！"

这一声呐喊，压过喧嚣的涛声，把人们吸引住。这就是近些年来曾被人们当作揶揄、嘲笑对象的马总吗？他跳到洪水中去了，双手紧紧抓住围堰内壁的矶石，半个身子没入水中，半个身子矗立水面，像一枚蚂蟥钉牢牢钉在那里，凶猛的洪水竟无奈何他。决口一角水势骤然减弱。随即，七八个小伙子跃入水中。他们手挽着手，筑成一道人墙，硬把凶猛的洪水震慑住。

浇捣队长周立平看到这惊心动魄的情景，立时挣脱一秒钟前还紧攫着他的恐惧，狮吼虎啸般大叫一声："快扛麻包呀！"他独自扛起一袋200多斤的碎石麻包，奔上围堰，投放在决口的急流中。

决口合龙了，围堰加固了，恶龙锁住了，狂怒暴戾的洪流安静下来。但是，当下水的工人们爬上围堰的时候，马总抓住矶石的双手慢慢松开，身子往下一坠，不见影了。水面上留下一个大漩涡和一串小气泡，像一个可怕的惊叹号。

风雨洪水年年见，建电站哪能没有围堰。

工程处医院门口的草坪上，站着百多个刚收工归来的工人，静候着抢救马总的消息。工人们把他从水底捞起来时，他已呛饱溪水，不省人事。

这些站着、蹲着和坐在砖头石板上的工人，神情沮丧，衣服透湿，在春寒料峭的晨风中瑟瑟颤抖。梁斯群几次动员他们回家歇憩，谁也不肯走。有些人闷闷抽烟，有些人欷歔抹泪，满脸笼罩着悲伤和痛悔。

一会儿，得到消息的家属们也奔涌而至。马总老伴老远就号啕大哭，要闯进紧紧关闭着的医院大门，被几个大嫂子死死拖住，便蹲在一旁呜咽抽泣。好邋遢的婆娘哟，穿着宽大的男人大棉袄，长长的男人工装裤，鲶鱼头男人力士鞋，要不凭她一头散乱的头发，简直认不出她是个女人。

神秘莫测的医院大门里面，一间小小的急诊室里，正采取措施抢救马总。穿上白大褂的主任医生方琼，是这一阵地的指挥官。她命令护士准备药物针剂，命令周立平快快生个火盆，命令丈夫梁斯群看严大门，把一切无关人员统统轰走。

马总平静地躺在一张钢丝床上。皱纹纵横的脸呈乌紫色，眼睛紧闭着，嘴巴半禽半闭，因为缺牙过半，两颊深深塌陷，沾满水珠的头发，几乎全白了。一双长满老茧的大手，瘦骨嶙峋，大概是他死死钳住围堰矾石时受了伤，有几片指甲翻裂开，淌着细细的血丝。这个像陀螺一样整天在工地上转的老工人，有他不觉多，缺他不觉少，过去是没有人会注意他的年纪的。现在，梁斯群看见他这副精力耗尽的模样，才想起他确是老了。我不是命令要把40岁以上的工人撤下围堰工地吗？他是从哪冒出来的？梁斯群心里酸酸的，掏出手帕，轻轻地拭擦着他头发上、脸颊上的泥痕和水珠。

周立平端来一盆木炭火，手术室里显得暖和起来。方大夫命令护士给冻僵的马总脱去帆布雨衣,解开湿淋淋的工装工裤,准备给他注射强心针和做人工呼吸。但是,当马总的外衣外裤解开之后,室内所有的人全惊呆了。马总穿的什么衣服呀?棉袄是带方格子洋布的,毛衣是深红而且编花的,连内衣内裤都花花绿绿,全是妇女装束。方琼拿听诊器的手停在空中,人们大眼瞪小眼,如坠五里云雾。

还算周立平了解他的副手,恍然大悟地说:"该死!该死!我怎么就没想到呢?马总虽然是个八级老师傅,可老婆是农业户,三个孩子都在上学,家里日子够紧巴的。除了公家发的工装,他很少添置新衣服。这几天不断下雨,他又打了好几个连班,一身泥一身水的,换下衣服,用火烤也来不及干,只好穿他老伴的衣服来上班。难怪,他身上那件雨衣怎么也不肯脱……唉,我怎么没想到?该死,真该死……"他痛悔不已,热泪滂沱,用拳头擂自己的胸脯,几乎快疯了。

"方琼,你一定要救活他!"梁斯群急切哀求妻子,眼泪扑簌簌掉下来。

这种气氛和情绪对抢救工作是极不相宜的。方琼挥挥手,把梁斯群、周立平"请"出去,急诊室大门严严实实关起来。

梁斯群和工人们在医院门口候了一会儿,一辆吉普车驶到草坪上,戛然停住。身材魁梧、理着平头的党委书记赵德伦跨下车来。见这里聚着这么多人,还以为正在召开什么现场会,奔到梁斯群跟前,紧紧握着他的手说:"梁总,你辛苦了!"赵德伦转身向着工人们,提高了声音:

"同志们,辛苦了,你们打了一个漂亮仗,昨晚,我漏夜赶到工程局向上级请示汇报,局长和局党委都非常赞赏我们的方案。我给大家带来局党委的敬意和问候!"

赵德伦洪亮的声音,在草坪上空嗡嗡回响,他做了大半辈子政工工作,深谙讲话艺术,说到这里来了个急刹车。据他多年做报告的经验,他知道这短暂的停顿应当留给听众鼓掌。可是今天却不同寻常,工人们沾满泥浆的脸上毫无表情，有些人眼里似乎射出寒森森的冷光。赵德伦很机敏，马上发现自己穿着虽然朴素却干干净净的衣服出现在这种场面，实在不是时候。

梁斯群为了帮助老赵摆脱这种窘境，对他表现出应有的敬重，轻声向他汇报："真糟糕，加高围堰的时候，马总掉到水里去，现在正在抢救。"

"啊呀，有没有危险？"

"老方抢救了半天，还听不见心跳。"

"啊呀！我就怕出事，就怕出事，偏偏出了事。"

梁斯群把头埋得低低的，准备挨批。幸好，这时方琼走了出来，欣喜地向大家报告：

"马总活过来了！"

工人们不敢相信这是真的，愣了半天也没吭声。方琼把话重复一遍，人们才发出一阵狂呼乱叫：

"真的？这家伙，命大！"

"马总，马总，真有种呀！"

"他是蚂蟥钉嘛，淹得死吗？"

"……"

有些人敲着铁铲铁锹，有些人把安全帽抛向高空。只有马总的老伴哭了，不，那是带笑的哭，带哭的笑。她扑到方琼跟前，说着千恩万谢的话。一股像山洪暴发一般的激情，表明工人们离不开那位被人嘲笑过的老头。

大家向方琼央求着：能不能允许他们进急诊室去看一眼马总。

方琼只同意马总老伴进入急诊室，对其他人一概拒之门外。

"方医生，我，能不能，特殊照顾照顾？"周立平不知什么时候赶回家去，抱来一大包自己穿过的衣服，显然是要送给马总的。他忽然变得十分谦卑起来，说话轻轻的，怯怯的。

梁斯群欣然笑了。他和妻子耳语几句，方琼才特许周立平进入急诊室。

马总死而复生了，工人们也随即恢复正常知觉，感到饥饿、寒冷和疲劳，便陆续往家属区走去。

梁斯群望着那长长的队伍，眼睛潮湿而模糊了。他忽然觉得，这也是我们的围堰呀！狂风、暴雨、山洪、急浪，常常都会遇到的，无论建设什么样的水电站，怎能没有铜墙铁壁一般的围堰？

在春雨洗涤过的清晨，他伫立在江岸，久久地凝望着江涛拍击着的围堰。

（原载《福建文学》1985年第6期，《小说月报》1985年第9期选载，入选《1985年全国短篇小说佳作集》）

---

**作者简介**

季仲，1936年出生，福建浦城人。大学毕业后供职于福建省文联。著有散文集《红嘴相思鸟》，短篇小说集《胭脂雨》，长篇小说《沿江吉普赛人》《女子监狱纪事》《非常年代的非常爱情》等。若干作品入选各种选刊选本并多次获奖。

# 山　精

◎ 张冬青

## 一

老人一口气爬上两丈多高的树身，歇着，脚膝头打过弯来，两腿盘绞在树上，有股醇醇的香气袭来，带着几分辛辣。他蜂仔交尾般翕动了几下鼻翼，长长地嘘了口气。

头顶的嫩枝上，有花快开苞了，拳头般大的骨朵鹅黄嫩白，倒卵形的叶片还未长齐，团团簇生着，早晨的阳光从树顶筛下来，隐约可见叶脉里有东西在缓缓地流动。

这棵厚朴树是老了，亭亭如盖，高十数丈，合抱粗；树皮皱巴巴的，椭圆形的皮孔大而显著，背阴的一面爬满苍灰色的苔藓。老人记得，还在他年轻的时候，这棵厚朴树就立在这高高的岗坎子上。那时节，这四围是一片杂木林，长满黄栲、苦槠、毛栗仔，间杂有几株野生的厚朴树。当年，老人就是看上了这片谷地，才和耕山队砍去杂木，烧荒炼山，种下这一大片厚朴林的。老人留下这棵守山的厚朴树，心里藏有一个隐秘的念头，他一直没想对人说出。

老人眯起眼，透过叶隙望出去，只见满坡葱郁，远远近近，星星点点的花骨朵在水嫩的叶片掩映下闪闪烁烁。这地方叫灯盏墩，整个山势像个倾斜的大灯盏。厚朴林子是沿着灯盏的缓坡呈东西走向漫坡衍生的。灯盏的对面，隔道深深的大山谷，有座陡峭的山峰，叫风洞尖。风洞尖下有条曲曲弯弯的古驿道；驿道是由大大小小的卵石铺成的；灯盏下端的杂木林子里，依稀可见个小灰点，那是老人住的杉皮盖顶的小泥屋。

谁也不知老人叫甚名字，人家都叫他塅牯仔。他自小是在这塅里长大的。自打有了这片厚朴林子，他就脚步金贵，难得挪开灯盏半步。

前年上，风洞尖下的大队改了村；耕山队散了伙，田地、山林一忽隆分下户。唯有这片厚朴林子，村委会去不得手：砍剥了卖，树不到年成，糟践了；分下去嘛，一户摊不到几根，由不得各自零剥，抛荒了一片山。这晚，村委们正围着火炉为此事磨牙，门咣啷一声响，刮进一股子酒气，塅牯仔紫着脸瞅了屋里人一转，然后用脚跟踩熄了篾火，说："高高手，高高手，侬侪冇生过团不知×痛！灯盏塅的厚朴嫩着嘞！"众人面面相觑，不得言语。塅牯仔又发了话："这山厚朴是倨带大的因，能嫁不能嫁就不有倨一句话，哎！"支书老水根，和塅牯仔是至交，当年一起在耕山队烧荒种厚朴。他站起来，朝这老伙计瘦得凸起的肩胛骨上狠狠揍了一拳。"好个老塅仔，冲侬点着篾火走十几里山路，就得罚侬再看几年山！"

塅牯仔就这么又看上了厚朴山。

塅牯仔有个儿子叫朴生，前两年参军复员，在县医药公司，当了副经理。朴生常亲自下乡跑供销，每月几次趁便回山来看老子，都大包小包地提拎着，让山下风洞村人羡慕得目珠仁翻白。

父子见面，儿子常对老子说："爷，侬真真是，七老八十的，还一个人待在灯盏壳里做甚？"

"嗯奈！"老子只从鼻孔里哼出来。

"二回上山，倨带两雷管，把侬这破厝炸了去，看侬还不下山！"儿子说。

"敢，倨一铳煨死侬！"老子瞪圆了眼睛。

只一会儿，父子俩又哈哈笑着，就着两只青花碗筛起酒来……

老人这么想着，不由得把脸贴在树干上蹭了蹭，有麻酥酥的感觉漾开，那网络般的脸上沾着点点粉屑。他用手抹了抹,粉屑窸窸窣窣地往下掉。这脸快成一张老树皮了,真这么快就老了吗?他觉得小腿肚子硬邦邦的还蛮载劲,周身都是气力。他还要在这厚朴山上守个十年、二十年。他相信能守出那东西,那盈盈寸厚,乌膏般捏得出油,银亮亮蓝幽幽发毫光……啧啧,那时候,人们就会称慕他墩牯仔;那样,他死去就可以闭上眼睛了。老人有几分得意,噘起嘴,冲着风洞尖"呜呜"地吹出声来。凝结在对面峰尖上的云块涌动了,一阵风吹进林子,吹得厚朴叶飒飒作响。都说风洞尖峰顶有个穿山洞,洞里有个风婆子,只要听到"呜呜"的唤声,她就会游荡出来。

头顶飘过来一团白云,云朵罩下来一大片影子;影子不断变幻着,缓慢地滑过厚朴林,仿佛太阳底下有只巨鸟的翅膀在扇动。那阴影的部分显得幽深,阳光照得着的地方愈发明亮;阳光和阴影之间的树冠上,看得到袅袅的烟雾盘旋上升,渐渐地溶化到云彩上头。老人相信,那氤氲也一定会是香的。那香气会随着云彩,飘出灯盏墩,飘到大山外头老远老远的地方。那山外头满世界的人会知道这溢着香气的云彩是从灯盏墩飘出来的吗?会知道灯盏墩里有一大片厚朴林,还有一个看厚朴林子的老墩仔吗?

老人硬朗朗地伸直脖子,"呜呜呜"地大声喊了起来。

## 二

"昂昂昂",树下的黑狗乌塌不耐烦地叫。墩牯仔踮起脚,小心摘下头前那两朵快开的花苞,轻轻放在身前的围兜里。这才搂紧树身,一脚脚蹭下树来。树脑上靠着管乌亮的火铳。

树底下不远,有一处黄土崖壁,崖壁下是一洼大坟穴。坟穴刚铲劈过不久,中间有一大堆烧得乌焦的纸灰;坟壁两边用铲下的狼基草皮压满一溜溜的黄裱甲纸。这坟是清明前他和儿子朴生一起来铲扫的,坟洞里睡着朴生那早死的妈。

女人是朴生十三岁上死的。那年,墩牯仔和水根拉起了耕山队。灯盏墩几湾几岗的老树缠藤砍劈烧开了。男人们整山开穴,女人则领着孩子下山挑厚朴苗。翠花是被半路溜进箕畚底的青竹蛇咬伤的,那是清明后一个清朗的晌午。山冈仔上,四周一片焦土,煅牯仔抚着女人肿得发面袋子般的奶子捶胸顿足,泪眼模糊。女人死得冤哪,他心里欠着她的债哪!煅牯仔把亡妻埋在老厚朴树下。

煅牯仔痴痴想着,提铳走进坟穴。他掏出围兜里两朵厚朴花,正正地插在坟穴的石头缝里。那裹着厚朴香味的女人是喜欢这花的,他想。

乌塌呜呜闷叫着,独自转过坟穴,颠颠地往右边一条小路去了。小路过去不远,是条狭长的山谷,山谷一直延伸到风洞尖的余脉。两边山势陡峭,长满葳葳蕤蕤的苦槠黄桴树。

林子里好静,没有一丝风,地底下铺着厚厚一层细碎的落叶,竹丝草鞋踩上去便发出"咕吱,咕吱"的声响。煅牯仔走着走着,有些儿闷,总觉得少了点什么。哪,那一对精灵般的白鹇鸟呢,今儿怎么不见影了?他停下脚,往林子深处逡巡。

一年多前,这苦槠林子不知从哪飞来了一对白鹇鸟。这白鹇鸟小家碧玉,好静怕惊,喜在深山老林子里栖息。许是四围山林砍伐得差不多了,这鸟儿才从风洞尖那边飞过来的,煅牯仔打最初见到这对鸟儿,心里就这么想。初时,鸟儿听到山谷口有响动,见到斜背着铳的人影转过来,便低低地"扑簌簌"飞起,往密林深处钻。这鸟儿好生凄惶呢!人都有个安身立命的地方,它们的家被毁了,逃难到俺这份地界,俺不能扰了它。于是,煅牯仔二回上山,转到这山谷口,便悄悄掩了铳,不往山谷深处走。再后来,煅牯仔时常上山,围兜袋里就带了黄粟、苞谷粒子,星星点点撒在那苦槠树下。鸟儿也觉出这老人几分和善,等人影稍远,便齐齐飞了出来,很有礼节地啄食草丛落叶中那灿灿的粒子。煅牯仔便隐在一旁惬意地看着。这鸟儿美艳非常,觅食时更显风采:头上一抹胭脂红的冠子有节奏地一点一点;通体雪白的羽毛耸动着,腹底下一溜黑亮的细羽流苏般掠向尾部;两尺多长的尾翼不时翘起、展开,三两回下来,彼此关系更是融洽了。苞谷粒子刚撒下地，不等煅牯仔走远，鸟儿便飞出来；饱食一餐后，又飞起在煅牯仔头顶绕个转，然后落在高枝上，"咕噜噜，咕噜噜"地叫一阵，掠起一圈白亮的影子，隐到林深处去了。这时候，煅牯仔就会无端地想起翠花想起夜里被枕酸的手臂和那雪白的胴体发出的快活呻吟。

年轻时，煅牯仔打过白鹇。那时候，这灯盏煅四围都是高山密林，常有白鹇飞来。"后山上又有白鹇。"每回听山回来，煅牯仔对妻子翠花说，翠花总是会意地笑笑。晚饭后，夫妻俩哄小儿睡去，便点着篾火上路。林地里黑黝黝的，天很低，星星很密。煅牯仔背着火铳走在前，翠花点着篾火紧跟在后，只见山路上一圈橘黄的光亮叠着两个影子缓缓向前移动。

山涧里有水声在响，不时有石溜鱼"呱冬，呱冬"的叫声传来。"前头快到了。"煅牯仔拿下铳，声气低低说。翠花就熄了篾火，天更黑了，树隙里透进微弱的星光，翠花跟着男人深一脚，浅一脚地钻树棵子。不知走了有多远，煅牯仔停了下来，捅了捅身后的翠花，悄声扳开火鸡子，端起铳。翠花大气不敢出，顺着端起的铳尾梢望出去，前头约莫十几步远的大树枝头上，影影绰绰有几团白蒙蒙的影子。"咚隆"一声铳响，有重物跌下树来，灌木丛里噼啪啦一阵骚动，夫妻俩欢叫着扑过去争抢猎物。煅牯仔现在想起来，还觉得十分有兴味呢。

这两只白鹇飞哪去了呢？

煅牯仔愈往山谷深处走，林子里头就愈显幽深阴暗。天上有云，从巨大树冠缝隙里照射下来的细细光带，时亮时暗。有只野蜂仔一闪一耀，在光带里飞进飞出，嘤嘤嗡嗡，炫耀地抖颤着沾满金色茸花的透明羽翼。阳光舔到的地面极是生动：落叶堆里有被虫蛀空了半边的苦楮壳子，有青绿色、叶子细针般扎人的老鼠刺；一段朽烂在灌木丛里的山橄榄木，茬口上挤爆出一簇乌紫色的木耳，水裹裹的玲珑剔透，煞是可爱。

煅牯仔走着走着，突然前头传来乌塌的叫声。乌塌正对着一块大山岩边的灌木丛，用前爪刨着地，蓬松的尾巴一个劲地甩，嘴里"呜呜呜"闷叫。煅牯仔小心绕过去，到山岩边往下一看，霎时，血直往脑门子上涌，眼珠子瞪得快爆鼓出来：岩壁下是一小块洼地，洼地上一片狼藉，横七竖八地搁着一大堆被剥光了皮、白生生的厚朴根骨。墩牯仔头昏眼花，满心痛楚。他小心扒着石缝爬下岩壁，一会儿拿起厚朴根骨掂着，抚着，一会儿又发疯似的敲打着自己的脚踝骨，这贼坯子！天杀的，心恁般狠，动到㑊老墩仔头上来了，㑊今天非抓到侬，扒了侬的皮不可！墩牯仔心里狠狠地骂着，又想，这山贼是个老手，尽挑粗厚的皮根剥，得防着他。墩牯仔爬上岩壁，乌塌已经踌躇满志地跑在前头，朝右边山梁子去了。

翻过山梁子，又有了厚朴林。许是得了山势地气，这里的厚朴树长得格外粗大壮实。墩牯仔提着铳，气喘吁吁地跟着乌塌钻出老林子，爬上岗坎，往下一溜眼，便定了神，像被人兜脖撒了团雪沫子，一股冷气从脚贯到头，浑身筛糠般抖着晃荡起来。山梁下接连几棵水桶般粗的厚朴树都被剥了脑头筒皮，裸露的树干离地三尺多高，白森森吓人。墩牯仔跟跟跄跄奔过去，抱紧一棵被剥的厚朴，顺着树干滑下去。他浑身瘫软，半边脸贴在凉津津的树干上，像搂着自家被人糟践了的女子"呜噜噜"哭出声来。他闭上眼睛，泪水无声地顺着脸上纵横的皱褶流下去，流下去。和半寸多厚的茬口上渗出来的棕褐色液体汇在一起，在如花般的脸上漾出了一道忧愤而美丽的弧圈。这畜生干得痛快，挖了厚朴根还不够，又只剥去最值钱的脑头筒皮，就这么糟践了整棵树。他扭歪了一张老脸。他不敢睁开眼睛。他感觉到周围厚朴树皮上满身粗大的皮孔都是眼睛，正向他射来蓝幽幽、冷冰冰的光。他记得，在他守林子的这些年里，还没人敢在他眼鼻子底下如此张狂过。这畜生！

## 三

风又大了，墩牯仔睁开眼，天青蓝色，没有一丝云。他一屁股墩在树桩上，掏出竹脑烟筒"咝哩，咝哩"地抽起闷烟。乌塌盘着后腿坐在对面树荫下，张嘴喘着气，花花舌头伸出老长，舌尖上挂着一丝清亮的涎水，欲滴未滴；南瓜般的大日头一动不动地挂在树梢上，光线从摇曳的枝叶间洒下来，斑斑驳驳，飞短流长，似乎在警醒着什么。

耳边有"嗖嗖"的风吹过，身后的老树林子发出一阵阵"呼啦啦"的声响，风好大，从头前的厚朴林子里吹来。满山厚朴枝叶飘摇，树冠上看得见淡绿色的浪头涌动。绿浪缓缓，缓缓绿浪，从山的那头推来，带着宽容和大度，熨着塅牯仔那被烙伤了的心。塅牯仔抬起袖子，抹了把脸，扶着树干站了起来。倏忽间，塅牯仔又急促地趴下身子，侧过脸把只耳朵紧贴在地面上。他听出来了，风声里隐约传来"梆梆梆"的声响，像是有人用钝山锤在掘着柴脑，又像是有只饿猪在拱着泔食槽。声音随风兜转，时紧时慢，时断时续。塅牯仔终于还是听出来了。响声是从前面隔着好几道岗湾的一个大山凹里传出来的。他跳起来，仿佛一下年轻了二十岁，兴奋得脸上放光：你这大胆山贼，还在不要命地偷厚朴，这下你可跑不了啦！

一个老人，一只乌狗，急急地爬坡过坎，来到山凹底。风更大了，"梆梆梆"的声响清脆悦耳，撩人心魄，响声越来越近。塅牯仔抓紧铳杆，弓下身子，隐在茅欢、山茄子树丛里蹑蹑前行。他要突然出现在山贼面前，打他个措手不及，他有十二分的把握，这贼子跑不了啦！塅牯仔从一丛矮山茄后头悄悄探出半个头，顺坡望出去，却不见半个人影，前头已露出一角灰蓝色的天光，到山垭口了。倏忽间，响声却又断了。耳边的树叶停了摆动，林子里一片静默，只听得树蝉"呲剎，呲剎"的叫声。塅牯仔正纳着闷，乌塌耐不住性子，一下窜出去老远，在一棵大厚朴下跳起脚，朝着树顶上一个劲地狂吠。塅牯仔急急地跑到树底下，一看傻了眼：头顶的厚朴枝上，用藤条四角绷紧，挂着张黄灰色的破旧麂皮围兜；麂皮前头顺风方向，拴了个弯弯的小柴脑。风吹动，柴脑弹起，敲在麂皮上，就有了那"梆梆梆"的声响。又有风阵阵吹来，响声仍不紧不慢地敲响，有几分嘲笑，有几分得意。塅牯仔气得嘴唇乌紫，举起铳，抖抖地勾了火鸡。"咔隆"一声闷响，绷得死紧的葛藤断开几节，拴在树上的麂皮洞穿无数小眼，幡般飘扬着，徐徐落下来。

近旁的林子里，扑簌簌一阵响动，掠起两道白亮的光带，箭也似的朝着山外头去了。

瑕牯仔颓然坐倒在地上，浑身骨头像散了架似的，没有啥力。他被这贼坯子耍了。他定定地望着山垭口上缓缓飘过的几片浮云，心里茫然空寞。这贼坯子欺老，要是儿子在身边就好了。有朴生在，这贼坯子不敢下手，就是偷了也逃不脱的。嗜，人怕老嘞！

瑕牯仔走回灯盏，已近晚边时分。太阳就要落到山冈仔后头去了，柔和的光线像一把巨大的梳子成扇面缓慢地梳过厚朴林。林子里散发出来的气味变得辛辣呛人。一只草枭悄无声息地飞起，在暮空中停留片刻，又飘然落下。有"叮叮当当"的牛铃声从对垄黄泥瑕那边摇来，摇落一阵山歌：

嫁郎要嫁出门郎嘞，

出门郎子有排场；

三年两载归一趟耶，

十担行李九担箱。

瑕牯仔望见自家灰色的小泥屋正渐渐溶进山的巨大阴影里，屋顶小烟囱上，依稀有袅袅的蓝烟升起。莫不是儿子回来了呢？

四

朴生是午后回家的。昨晚他在山下水根叔家住夜。事情办得挺顺利，几乎不费什么周折，砍剥厚朴山的判山合同就订了下来。朴生心里好生高兴。可这件事暂时还得瞒着父亲。

日头斜斜地摊在屋前的地坪上。朴生时不时跑到门前，望着厚朴林子里那苍灰色的小路，总不见父亲的影子。太阳快要落山了，朴生心里有点毛焦起来。

门前有狗"昂昂"地叫，朴生从灶间里急急迎出；乌塌一阵风扑过来，蹿起老高，亲热地用嘴鼻拱嗅着朴生的手。朴生却一下怔住了：父亲佝偻着腰，踉跄走在乌墠后头，两颧突出，眼窝深陷，满脸打皱。

"爷，侬这是咋啦？"朴生迎上前去。

"让山贼栽了，这天杀的，偷剥了一大堆厚朴！"

"是谁，恁般大胆？"

"跑了，这小子用张破麂皮挂在风口大树上，玩了侬老子一整天。明天我要找水根告去！"

朴生心里咯噔一下，许是昨晚判山的事，漏了风，有人先下手了。

天暗得快，吃罢晚饭，月亮已经上来了。儿子带来的那白酒醇香，好下口，后劲大；这酒名也挺怪，叫什么"鹅得克"。墩牯仔多喝了两口，有些疲软，头脑壳发沉，也就早早地躺下了。

插在土墙缝里的篾片静默地燃烧，烧过的篾炭慢慢地扭曲，有如顽皮的小黑蛇缓缓吐着信子；篾炭越烧越长。终于"咔"地落下，积了僵死的一堆。风从林子里吹来，不时送来阵阵厚朴香气；月光雪白，在屋坪里快活地扑腾。对垅黄泥墩那边山路上，有妇人的声音隐隐传来："狗贱哟，东边害（吓）了东边转啦，西边害（吓）了西边转啦。"声音如丝如缕，幽长凄切。谁家的孩子日里惊吓了，做娘的在叫魂呢。

屋子里好静，父子俩听着窗外的夜声，彼此许久都默不出声。冷丁，父亲咳嗽起来，咳得脖子上青筋老粗。朴生忙用拳头为父亲捶着背，便说：

"爷，侬老人家年纪大，这大片厚朴山，也真转不过来，还是和水根叔提提，换个看山的人吧！"

父亲喉结骨碌了一下，吞了口唾沫："冇又说鬼话，偃死也要死在灯盏墩里！"

儿子缩回舌头老半天，才悻悻道："爷，水根叔捎信，让侬明朝一定到风洞村去一趟。他有事找侬商量呢。"

父亲就皱了眉："这两天正紧，走不开身，过天把再哇吧！"

"爷，偃替侬看着山，水根叔怕是紧要事呢。"儿子一颗心揪紧了。

父亲想了好久才说:"那好,侬替偓看天山,多留心贼,偓是得找下水根啰。"

儿子这才舒了口气。

父子俩一人一头,脚抵脚地躺在床上,了无声气。土墙上的篾火快燃尽了,猛旺了一阵,"哗啦"散开,抖落一屋漆黑。

不知甚时,屋子里飞进一只萤火虫,起初一直潜伏在暗处;这会儿,飞到麻织的罗帐顶上,无声地绕过来绕过去,高高低低,撩起一圈圈橘黄的光影。

一会儿,床那头传来了沉闷的呼噜声,朴生爬起床,轻轻地掩了门,走到屋外头。

半圆的月亮升起老高,远山黑黝黝的,似许多蹲伏着的怪兽。细细的风吹送着厚朴香气,浓烈醇厚,有如母亲一片拂动的发丝。明朝这片林子就要砍去;这厚朴是爷亲手种下的,老人家舍不得,可没得法子呀,甘蔗揪不得两头甜哪!朴生只希望水根叔能劝转老父亲。他相信父亲是会听水根叔说话的。明朝大队人马要集中在这灯盏墩砍树,一天得突击下来,他是个领头的,他还得找把家什一块儿干。

朴生记得小时候,家里有把锋利的厚朴刀,母亲总是藏来藏去,不让朴生挨手。后来这些年,他也就没见着了,兴许这刀还在呢。他翻了大橱小柜,又到阁楼上去找;终于在楼顶上找到了那把油纸裹着的厚朴刀,刀面上长满了棕褐色的锈斑。他把厚朴刀拿到后门水槽边,就着稀疏的月光磨了起来。

门前地坪上,月光一片雪亮。

不知过了多久,朴生觉得身后有轻微的响动,直起腰来,见父亲怔怔地站在自己的身后。他不觉慌了神,下意识地把握刀的手掩在身后。

父亲默默地望着朴生,慈爱的目光从上到下抚摸着儿子。

"爷……甚时候醒了?"儿子嗫嚅着,把刀掩得更紧了。

"拿来偓看看,侬手生了,别把刀磨钝。"父亲伸出了骨节粗大的手。

老人不知为甚,接刀的手未抓紧,青光一闪,"咣啷"一声,厚朴刀像条鱼,直愣愣地滑到地上,老人眼光迷离就那么木然地呆立住。

……他不知道自己是怎样走进那片厚朴林子的,林子里厚朴树长得遮天盖地,密不通风;满树都是拳头般大,含苞欲放的厚朴花,有白的、红的、鹅黄的,也有乌紫色的。浓郁的醇香熏得人透不过气来。开始的那一瞬间,他趴在树上,抱紧树干,一动也不敢动。后来,那抱紧的树干竟瑟瑟颤抖起来,满树花骨朵都在他周身摩动。他浑身的血直往上涌,不由地使劲抓牢面前一朵突起的花苞,把那柔嫩的花瓣一瓣瓣细细剥下去……倏忽间,眼前红光一闪,蓝幽幽的林子里蹿出一只火红的狐狸。他提起铳追着狐狸跑了起来,跑过了岗坎,跑过了溪涧,那狐狸趴了下来,一对妩媚的眼睛忧郁地眨了眨。咣隆一声铳响,火红不见了。他被弹起在半空,扑跌在一道卵石累累的干涸山涧里,汗津津口渴得冒烟。他闭上眼睛,看见泉水从悬崖底下浸润上来;他跪在地上,伸长舌尖,拼命地舔了起来……

父亲半闭着眼睛,双膝微微抖颤,身子飘飘欲坠。

"爷,你这是咋啦!"儿子诧异地拣起地上的厚朴刀,放好,扶着父亲走回房间。

好长一阵。靠在床上的墩牯仔才回过神来,脸上平静安详,罩着一层圣洁的光圈。

罗帐顶上那只萤火虫不知甚时停飞了,歇在壁角上,忽闪忽闪着幽幽的光亮。

"朴生,爷心里有个故事,早想对侬讲,今晚看来时辰到了,俚慢慢讲给侬听。"父亲长长地吧嗒了下烟嘴;黄铜烟脑里一阵红亮,又沉沉地黯了下去。

"爷,侬讲,俚听着。"儿子的声音怯生生的。

五

那时候,这灯盏墩里只住一户人家。这户人家爷娘早死,留下个二十多岁的汉子独守座杉皮盖顶的木厝。这山里汉子每日里种些山场,打打猎,日子安闲自在，也就一天天过去了。

　　一个春日的傍晚，从山下的古驿道上走来一对年轻男女。男的三十左右，脸皮白皙，不见根胡茬；女的看上去二十多岁，长得秀眉秀目，眼睛虽细了点，却水亮亮的动人。两人走进小木厝，天已经很晚了。山里汉子问知这对夫妻是从风洞尖外老远的平洋地方来山里收厚朴的，两个男人很快便谈得投机，竟认真认了结拜兄弟。按年龄，白脸汉子为哥，于是叫那山里的做弟仔。那细眼女人默默一旁不出声，被山里汉子猛丁叫声嫂子，就红了半边脸去。

　　过去，弟仔只知道厚朴能治腹胀、消肿，也有做刀枪药止血的，可不知这树皮还有许多妙处，加工技术也颇讲究。哥四乡收回来的厚朴，一般都是山民剥下的老厚朴皮筒。嫂子手头一空下来，便叫弟仔一起，拿把小锯，把厚朴筒锯成长一尺至一尺半的小段；然后在门前地坪里挖个土坑，放进锯好的厚朴，上面用稻草覆盖；过了三四天后再取出来，卷成单筒或双筒晒干。遇上锯口油亮、指多厚的老筒厚朴，则用红丝线扎起两头，格外放置。哥说那是厚朴中的上品。也有做姜厚朴的，是把收回的厚朴切制成片，选那陈年老姜，煎熬出汁；将姜汁喷洒在厚朴片上，然后用文火炒至微褐色，取出放凉阴干。这种厚朴更有性味。哥还说，深山老林子里还有厚朴精呢，那是生长了几十百把年的老厚朴，皮极厚有膏，乌亮能捏出油。这种上了年成的老厚朴能溢出精气来，香气醉人；夜晚放出银亮亮的毫光。病人若身有肿瘀，见之立散。不过，这物是宝货，一般人是极难见着的。

　　转眼快到高秋，四乡已经少有厚朴收了。这日，哥说西墢里还有两担厚朴要收，便早早揣把厚朴刀下山去。嫂子直送到山垭口才回来。哥去了，家中只剩下嫂子和弟仔，两人用葛藤捆厚朴；把切成细片的装进篾丝笼，忙了一天。晚边，日头落下山了，有夜鸟在后门山里孤单地叫，屋檐边钻出几只蝙蝠，在地坪上空兴奋地乱飞。

　　"哥咋还没回来，嫂子！"弟仔在堂前扎完最后一捆厚朴朝穿庭后头灶间问。

"这几日扫尾,回来要晏些,偃们先吃饭吧,弟仔。"嫂子声气暖暖的,火炉里吹过来一阵风。

弟仔走进灶间,方桌上已经摆好饭菜。嫂子从锅里捧出一个大青花碗,放在弟仔面前说:"这几天让侬着累了,这碗蛋先吃下去。"满盈盈一碗荷包蛋,放了乌糖的汤紫红紫红,蛋是白里透黄。弟仔推让着,要嫂子一起来吃。嫂子说锅里还有呢。弟仔怔怔地望了嫂子一眼,嫂子也正用那双媚秀的眼睛瞅着自己,脸色绯红。嫂子今天好漂亮哟,一件白底蓝花的大襟衫裹紧着身子,鼓鼓的奶子笋尖般从蓝花花里拱起。弟仔看得脸热,不由心上乱了,埋下头去。

月光已经照到屋檐下,火塘里的苦槠柴脑快燃尽了。有夜气从板缝里袭进来,凉凉的咬脚。

"还是到屋里等吧,嫂子!"弟仔心上有些毛焦,就点燃了篾火,送嫂子到东屋里。弟仔把篾火插在墙缝里,又坐了会儿,见篾火快燃尽,便说,"时辰不早,哥大概有事耽搁了;偃过那边屋去,嫂子,门关好先睡!"说着站了起来。嫂子却像惊惶的小兔,一下跳了起来,抓紧弟仔的手说:"侬别走,再陪嫂子一会儿,偃一个人害怕呢。"

嫂子的手温软如玉。弟仔心怦怦跳,想拔出手来,却动弹不得,只得由她去。

温软如玉的手轻轻地摩挲着,有个柔柔的声音响起:"弟仔,侬说说,哥嫂待侬好不?"

弟仔点了下头。

侬喜欢嫂子不?

弟仔不敢看那张秀媚迷离的眼睛,只得又点了下头。

"嫂子想求侬办件事,侬能答应不?"

弟仔气喘得粗了,张开嘴说不出话。

插在土墙上的最后几丝篾火尴尬地笑了笑,哗啦掉下地;屋子里黑摸摸的,只有木窗栅透进朦胧的天光。

"好弟仔,倻知道,侬会答应的!"弟仔只听得一阵窸窣响,嫂子已经解开了大襟衣扣,露出了半边白晃晃的胸脯子,两个棒槌般的奶子影影绰绰。

弟仔慌了神,那只被抓紧的手又被提了起来,按在那袒露的胸前。

"侬摸摸看,嫂子没生养过,奶子还硬实,嫂子求求侬,求求侬今晚给哥嫂生个孩子。"

岚谷里涌起一片紫红的云雾,那雾柔滑无比,如火如荼;土铳轰然炸响,火红的狐狸一跃而起,就被大雾淹没了……

弟仔像死去般地仰面躺着,有潮乎乎的水滴不断滴在脸上,流到嘴里,咸溜溜的;耳边有个声音梦幻般呢喃——

今晚月亮好大说好了的侬哥不会回来不会回来侬救了倻们苦命的一家侬哥和倻结婚七年没动静侬哥从小落下那毛病大卵泡生不了子老家在庄上开了爿恁大中药铺老爷子得了绝症快不行兄弟几个为房产争红了眼侬哥老实族规里定无子息不能承家产就带倻出来走山收厚朴想寻厚朴精散了那病总也寻不着寻着了侬这个好心人倻一家拜谢侬哪拜谢侬……

"咣啷",窗外似乎有响动声,弟仔想挣起身来,脖颈却被搂紧了。"弟仔,是猫呢!"那双绵软的手又开始摩挲。

天还没大亮,弟仔就起床出门,西屋窗下放着把厚朴刀,老旧灰白木纹的板缝里有指甲抠过的印痕,隐隐看得见乌紫的血迹。

哥再也没有回来。

几个月过去,嫂子肚子鼓了起来;不出一年,生下个儿子。这一对苦命人儿成了真正的夫妻。又过了十多年,弟仔牵头在这灯盏堍里种起了一大片厚朴。

朴生听得柔肠寸断,不该毁去这片厚朴林哪!可开弓没有回头箭,省里外贸下达的任务要完成,和外商订的合同已经盖章签字,单方面撕毁是要罚款的。再说,这厚朴也到年成了。他还是怕自己控制不住,会哭出声来,于是,便咬住嘴唇,伸脚重重捅了捅父亲腰眼,说,"爷,侬哇的倻都知道了,过去了的事就别老记在心上。早些困吧!"

父亲定定地看了儿子一眼,一头躺下去,打响了沉重的呼噜。那只歇在壁角的萤火虫又飞了起来,在罗帐顶上疯狂地划着蓝幽幽的光圈。朴生心里有些迷乱,有些莫名其妙的胆怯,便倒过脚来,在父亲身边并头躺下。父亲的呼噜声很沉很响,朴生愈发地睡不下去,眼睁睁地瞅着罗帐顶上的萤火虫在划那神秘的光圈。那光圈幽幽莹莹,一片迷蒙。朴生飘飘忽忽,感觉到自己正和父亲走进那片迷人的林子:里面绿草茵茵,花团锦簇。踏进脚去,却泥流陷入,想退回来不能,只得小心翼翼地走下去……

## 六

月儿平西,东边山巅上,一派璀璨,太阳就要升起。

鸡叫三遍,塅牯仔就起床了,他想趁着早凉好赶路。这一趟看来是非去不可,一来有些时日未见到水根了;二来山贼开了头,他要水根拿出令头来。儿子眼睁睁一夜未睡去,见父亲爬起,也忙颠起身来。

父亲下山了。乌塌也死皮赖脸要跟着去。儿子送出屋坪,送到山垭口,望着父亲高大而佝偻的身影渐渐被不断涌起的山雾缠裹了,吞没了,儿子心里涌起一股不可名状的惆怅和悲哀。这时太阳还没升起,雾好大,雾气里飘送着厚朴的清香。

八点多钟,太阳爬起半杆子高,淡橙色的阳光慈祥地抚摸着灯盏塅这一片厚朴林子。有露珠滴下树来,轻风摇曳,满树雪白硕大的花骨朵宛如刚睡醒的婴儿舒开花瓣般的嘴唇。厚朴树底下,从四乡抽调来的几十名砍山汉子已经到齐。朴生似乎还在等着什么,望望太阳,阳光刺得人睁不开眼睛。他皱下眉头,咬紧牙,疯狂地举起斧头,大吼一声:"开工!"

一时间斧啸锯唱,山摇谷鸣;几十把斧头叮咚起落,林子里一片闪耀的白光。斧头砍进树身"吃吃"欢叫;脑头筒皮被剥开的声音"滋滋"作响;大树倒下的爆裂声犹如产妇娩出婴儿骤间的呻吟。巨大的树冠互相撞击着,雪白的花瓣漫天飞扬,飘飘然坠地。满地白花堆积。

下午三点多钟，最后只剩下坟包岗坎子上那棵老厚朴树和周围一小片厚朴林子。瞅着这棵合抱粗，皮孔粗大、龟壳般开裂的老树，砍山汉子面面相觑，谁也不愿领头上前。朴生横了横心，招呼两个精壮汉子上去。

老厚朴树贴山皮齐齐悠悠用刀割了一圈。离地三尺多高处，也用钢锯平平锯了。朴生站直身子，举起昨晚磨好的厚朴刀，"哧"的一声，插进树皮。有树汁顺着刀尖溢出来；朴生使下劲，用力一撬，树皮裂开了一条缝，刀便更深入了。朴生咬紧牙，从上往下，左一下，右一下，狠劲地捅；厚朴皮像两片娇艳的肉唇微微地舒卷开了，皮质松软，足有两指多厚，熟乌紫绿，油腻腻发亮。锃亮的厚朴刀在皮与肉的缝隙间勇往直前地行进着。树皮的一面，白里透黄，黄里透红，里头有许多蓝紫色的毛细血管在悠悠颤动；树身的一面，洁白如玉。两个粗壮汉子一上一下地用手扳紧那已经剥离开树身的半面树皮。朴生瞪圆眼睛，庖丁解牛般细细地剥着。他就那么一上一下，一紧一慢，细细地剥着，听得见树皮和树身撕裂开的眷恋不舍的诉别，听得见那坚硬金属制成的刀尖带着空气捅进那微妙之处的坚韧不拔的声音，还有三条汉子的喘气声。他开头用两手抓紧厚朴刀柄，剥累了，就交替着用一只手剥。这脑头筒皮金贵，他不愿让别人替他剥。当他半蹲着仰起头翘看刀尖往上剥的时候，那树身里渗出的紫褐色黏稠液汁便顺着刀尖流下来，流到手掌心里，滑腻腻的，刀柄老是抓不牢，气力便乏了几分；这时，他就换个方向，埋起头来，刀尖朝下捅。

"哗啦"一声，厚朴皮终于剥开倒地了，像是推倒了一座山。倒下的厚朴皮不无愤慨地蜷曲着。朴生一脚踏了上去。手酸麻，紧握着的厚朴刀溪鳗般溜了下来，落在树皮上，翻了个筋斗，刀刃跳到朴生脚背，利索地割了一道细细长长的口子。白生生的肉，朱砂般的血滴渗了出来，一滴滴滴在厚朴树皮上。手下人紧忙掰了块厚朴皮，用手指头捻成碎末，就要往朴生脚上摁。朴生跳开脚，就让血珠子那么一滴滴滴着。从清早到现在，朴生总感到心口胀闷焦躁，他预感到会有什么事情要发生。

朴生早看好了地势。老厚朴树右边不远有几块凸起的山岩，他要开斧让树倒过去，树尾梢杠在山岩上。这样整棵树架空了，好剥皮。两个汉子有点胆怯，互相推诿着，朴生抢过一把斧头，在下山方向站好架势，前脚弯曲，后腿微弓,胳膊抡圆了,"咚咚"砍下了头一斧。左边砍到半尺多深,右边那把斧头也开始砍开了。"咚咚,咚咚",斧声此起彼落,木屑飞溅,大树瑟瑟打抖;水嫩的叶片和雪白的花瓣翩翩落下,像一群自由自在的彩蝶。三四个时辰过去,斧头终于砍合缝,左右看得见对面砍过来的斧刃,猛丁,大树剧烈地颤抖了一下,满树彩蝶飘摇,却又很快镇定了下来,伟岸挺拔。

糟了,树砍僵了,两个汉子吓得面色惨白。这是山里人最忌的事。僵树,也叫坐山,都说是砍山人冒犯了山精,山精动了怒。一般都在砍大树时发生。树砍透了,却不倒,任你再怎么砍也不中,大树就是不倒。可等砍树的人慌了神,拔脚逃开,树就跟着往人走的方向倒去。到了这关节,砍树人千万不得慌,这时候,只要有东西扔往和人相反的方向,大树便会轰然倒过去。

"僵树啦!"远远近近一片声嚷,声音恐慌急促。岗坎子四周的厚朴树都砍倒了,只剩下这棵大树。砍完树的人们站在离树十多丈远的地方,围成个半圆喊着叫着,悻悻然不敢走近。

"慌屌,会有法的!"朴生心口扑扑跳,却在稳着手下人。他仰脸看着树尾梢,巨大的树冠像是高耸入云的城堡,岿然不动;城堞上缠绕着朵朵白云,旌旗猎猎。倏忽间,城堞上的云朵涌动了,城堡朝身外边急速地倾倒下去。朴生退下脚,大叫:"树倒了!"两个汉子慌乱地紧往朴生身后靠。定下神来,树却还没倒,只是有风吹来,树冠上的云朵在飘动,枝叶沙沙摇曳。

"把斧头,斗笠扔了去,能扔的东西都扔了去!"有人大声叫。

朴生心里一激灵,抓过两把斧头朝坡下扔去。

斧光划出两道优美、锃亮的弧线,迅猛地落在一棵砍倒的树干上,跳到坟穴的泥地里,两声闷响,空谷传音。大树傲然不动。

三个篾丝笋壳编的尖顶黄斗笠扔了出去,弧圈悠悠,娇美柔曼;有两道弧圈竟又飘飘绕绕飞了回来,翩翩落在主人脚跟不远的地方。树底下的人脸都吓青了。

树还是不倒。

结满盐霜汗渍的衣裤脱下来,包裹着木屑,泥土碎石扔了出去。三条赤膊汉子肌肉结实,筋骨强健,好不英武。

树不倒。

草鞋扔了。

刀匣扔了。

裤腰带也都解下扔了。

其中一个把短裤头褪了下来，精赤溜光的，抖瑟着手掌，老装不进泥土，竟呜呜哭出声来，颓然跪坐在地上。

西斜的太阳皮笑肉不笑地悬着，一副痞子嘴脸。

"昂昂昂"，山凹那边隐隐传来了几声狗吠，声音苍老、悲凉。朴生悬着的心一下提了起来，苍白的额上渗出了细细密密的汗珠。

真是老父亲回山了。

……

塅牯仔鬼使神差般地又走在回灯盏塅的山路上。乌塌紧跟在主人屁股后头。

塅牯仔一路跌跌撞撞地走着，身子像浮在云雾之中，脑子里一片空荡。他走在山谷底的小路上，路边涧旁的水斗碓"唔呀"地响了下；舂头"哐咚"一声砸下去，老半天了无声气，凝成久病卧床的老人那沉沉的叹息。他从谷底转上塅来，看见自家灰白的小泥屋在夕阳的映照下金碧辉煌；他用眼瞄过去，觉得那真是块上好的山基墓地。牛铃叮当，对垄黄泥塅有山歌声迎风兜转——

嫁郎莫嫁出门郎呦，

漂洋过海难思量；

嫁郎要嫁种田郎耶，

共盆洗脚共上床。

塅牯仔侧起耳朵，听得入了神，竟摇头晃脑起来，恍然自己脖颈上挂着铃铛。

塅牯仔走进厚朴林子，原先浓荫蔽地的小路豁然开朗，坡上坡下的厚朴树都砍倒了，山地变得宽广旷达，没有枝叶飘摇，没有鸟叫虫鸣，四周整洁静穆。他看见日头像发情的野猫般急速地隐过山脊。蓝幽幽的岚气不断地从地面上涌起。塅牯仔又回到不久前那个没有月亮的夜晚。他一个人走在厚朴林里，他分明看见蓝幽幽的精气从一颗厚朴树根部冒起，等他近前去，却没了，蓝幽幽的光亮又在另一棵树脑上闪烁；他又赶过去，精气幽幽冒起在更远的地方。他就那么一棵树一棵树地追去，最后困倒在一棵大树根上，一觉困到天亮。

如今再也不需要啦，那蓝幽幽的岚气不断涌起，从那树桩上，枝叶间。塅牯仔像个顽皮的孩子，一歇儿停在砍开的树桩上抚摸着，一歇儿又蹭到剥开脑头筒皮的茬口上，伸长舌头舔着那溢出来的汁液；舌尖上麻辣辣的，他觉得挺够滋味。他捧起满地雪白的花瓣，凑在鼻子底下嗅着嗅着，猛然抛撒开来，仰天哈哈大笑。

塅牯仔跌跌撞撞地往山上走，他想抓住那蓝幽幽的岚气，可终是没能成功，那精气从山坡泥土里，从砍倒的树身上不断冒出来，游丝般循走，袅袅升到空中不见了，又有新的冒出。

塅牯仔终于看见了那棵大树，他看见树底下竖着几条汉子，差不多全裸着身子；大树周围老远地围了一大圈人，都鹅公般硬着脖颈。

塅牯仔越走越快，就要走进老厚朴树投下的阴影。树底下的朴生急得大喊："拦住他，拦住他！"周围一阵骚动，可见塅牯仔来势凶猛，兼有乌塌一边狂吠着，没人敢动身向前。

塅牯仔看见满山的精气都朝大树涌去，那精气顺着树干蹿上去，隐没在浓密的枝叶里不见了。塅牯仔还看见了一个奇异的景观，四面八方涌进大树里的岚气不见了，一忽儿，那蓝幽幽的岚气从树冠上漾了出来，凝成一朵云彩，那蓝云彩上现出条汉子，和树底下那熟悉的身影极是相似。那汉子在云彩上和他招着手，身旁站着翠花。

"找到了，找到了！"塅牯仔满面生辉，欣喜若狂，叫喊着朝大树底下撞奔而去。

就在塅牯仔踏进树荫的一刹那，老厚朴树"哗啦啦"一阵山响，像只巨鹰扇动着翅膀迅猛地扑落，大树轰然倒下，扇起的风把泥尘落叶扬起半天高。

塅牯仔整个人不见了。乌塌弹起在半空，一只腿被折断，汪汪叫着在地上打滚。

朴生疯了般地号叫着从岗坎子上冲下来，周围的砍山汉子蜂拥而上。等到水根脸色煞白赶到，朴生和众人已扒出了躺倒在树尾梢的墩牯仔。一段粗大的树干横压在墩牯仔的腰上，有节折断的枝丫，穿透他的肋间，钉死在坟穴里。一咕噜一咕噜的鲜血从伤口上，从老人的嘴鼻里涌出来，流在老厚朴紫褐色的树皮上，流在灰白色的叶背上，流到坟穴松软的黄泥地里。乌塌拖着折断的后腿，艰难地爬了过来，伸长舌头舔着主人脸上、脖子上不断冒出来的鲜血。

朴生抱紧父亲的脑袋，泪水汹涌地流了出来。墩牯仔一动不动地躺着，他感到从未有过的轻松，原先胸腔里鼓鼓的东西正在被掏去，干瘦的身子迅速地缩小缩小，缩成秋空里一粒红豆般的厚朴树籽。他最后望了一眼辉煌的落日，脸上凝着一丝灿烂的笑……

（原载《福建文学》1987 年第 2 期）

---

**作者简介**

张冬青，1954 年出生，福建浦城人。1984 年分配《福建文学》编辑部，任小说编辑、编委；1996 年调任福建省作家协会副秘书长至今。中国作家协会会员。发表各类体裁文学作品近百万字。出版小说散文集《山精》。小说《山精》被《新华文摘》选载，并获福建省第四届优秀文学作品奖。电视剧本《温柔乡村》（与人合作）获福建省第二届优秀影视剧本评奖二等奖。

## 山 水 呼 啸

◎ 叶志坚

雷声隆隆从头顶上空滚过。

骆斯德将两个喋喋不休的女人送出乡政府大门,抬眼看看墨般乌黑的云层,终于挺挺胸,长长吁出口气来。

整个下午,找他的人川流不息。他刚喘口气,转身进到卧室,想躺下歇歇,脑壳才沾到枕上,房门就"笃笃"响了两声。又有人来找!

"谁?"

骆斯德抿抿嘴,歪着身子坐起,把房门打开。伴着随门而入的铅色光影,乡政府通讯员尴尬地立在门口,嘴咧着,右手使劲抓住头发,说:"骆,骆书记,今夜,有,有暴雨哩!"

"嗯,有什么事吗?"

骆斯德望望四周被大块乌云箍住半截的山峰,转回脸,撑撑眉弓。

通讯员咧嘴怯怯地说:"张副书记从芭蕉坞挂来电话,说今夜有暴雨,要你注意,最好组织人到煤厂去防洪!"

骆斯德眉头攒起:"张副书记什么时候挂来电话?"

"半下午!"

"唔,知道了!"

通讯员转身走了,骆斯德面对天井沉吟半晌,又仰脸看看天空翻滚的乌云，咕噜一句："嗨，这个张格格！"便扯扯拔在肩上的咖啡色毛外套，转身又回到屋里。

骆斯德正要关门，却见乡政府门口急急地走进一个人来。骆斯德还未辨清来人脸孔，那人已走近身前。

"骆书记！"

"噢！是老胡！你怎么从山外回来了！"

来人是排洋乡竹木供销公司经理胡天松。胡天松是排洋乡党委委员，曾在部队里当过十多年兵，文化水平虽然不高，但为人机警；由于他在部队后勤搞过供销工作，去年初夏排洋乡竹木供销公司成立时，骆斯德便委他担任公司经理。胡天松也确实有几分才干，一上任便显露出才华。竹木供销公司开张不到三个月，他就同江苏、浙江、上海三省市的许多单位挂上钩，签下四十万支毛竹、八百立方米杉木、三百立方米杂木的合同。这些合同要是兑现，排洋乡可以人均年增收七百元，贫瘠的排洋乡人从此就翻过身来了。胡天松脚手利索，也有气魄，合同签到手，立即组织二百多人的砍伐队上山伐木砍竹；又组织一支三十多人的水运队，将砍伐下的竹木编成竹排、木排，顺着湍急的云溪，从大山腹里颠颠地流出。眼下，一年时间未到，排洋乡竹木供销公司已经捞回人民币十多万，还有大批砍倒的竹木躺在山上，堆在云溪畔待运。赚到钱，乡政府经济活络，山民也高兴。谁都称胡天松是搞乡镇企业的能人，骆斯德把他倚为左右手，不时在会上表扬他。胡天松工作更加积极，老婆搁在家里不管，自己整月整月地泡在山下的竹木供销公司里。此刻，胡天松望望骆斯德，淡淡地说："还不是为合同的事！"

骆斯德心中一喜，眉毛扬开："怎么，又签下大宗合同啦？"

胡天松抿抿嘴唇，眼皮一垂，声音很沉地说："要货的不少，就是我们吞不下！去年签订的合同，至今还有一半没完成，对方又拿合同来催货了！"

骆斯德惊讶了，愣愣地问："春天雨多，云溪水量大，运竹运木量该加大的呀！"

胡天松手掌刮刮胡子拉渣的下巴，说："情况是这样的！去年砍的竹木，都在出路顺当的乌山垅一带。那里砍了三个月，竹木就剃光了；砍伐队只好往山深处移，如今从乌山垅砍到深山已经五六个月，出路就更难了；前几个月的竹木，人只要将它从山险处劈条道滑下，驮到云溪边就行；眼下，竹木砍下，先要驮它爬几里山，才能滑下弯，然后到溪边，工就费大了。我算算，近三个月出山竹木还不抵去年夏季的一月量哩！"

"哦！"骆斯德眉头皱起，"合同完不成，对方是不是有意见？"

胡天松默默点下头："根据合同，到这个月底，我们该交对方二十万支毛竹，四百立方米杉木，一百立方米杂木。今日下午对照合同，我们还欠对方竹木百分之三十还多，我的心就跳了！"

骆斯德沉吟一会，下决心说："我们再多组织些人上山！"

胡天松忧郁地摇摇头。

"怕来不及了。这个月只剩下九天，哪能啃下山那么多竹木？再说，人多溪窄，手脚也撒不开！"

"啪！"随着一声震动山岳的炸雷，一道张牙舞爪的闪电从云层里裂出，又倏忽神秘地消失。骆斯德把胡天松拉进办公室，替他倒杯开水，忧心忡忡地问："有解决的办法么？"

胡天松神色黯然，说："没有。对方代表说，要是月底完不成合同数，将按合同最后一款执行，罚款百分之三十。"

骆斯德身子一震，白净脸孔上的一对清澈眸子睁圆了。他激动地来回走上几步，懊恼地问："能不能争取少罚款！社员赚几个钱艰难呐！不管怎样，这最后几天集中劳力，突击竹木驮运。"

胡天松拢着眉头，瞥瞥窗外雷滚电闪的夜空："这鬼日的天，要涨山水就糟了，谁下水送命？只怕连一支竹木也难出山哩！"

骆斯德长长吸口气，心蓦地沉下，情绪异常沮丧。

骆斯德是做梦也没梦到会来这里当"排洋王"的！他对这里的一切都陌

生，都感到难以驾驭。

　　他从小生长在闽南平原的一个城市里。父母都是外语教师。也许是遗传基因的作用，他从小就爱外语，小学才毕业，便掌握英、俄单词两千多个。他憧憬当个翻译家，当福建的林琴南第二。读到高中，他便在全国性杂志上发表了几篇译作。到省师范大学就读时，他的笔译和口译都达到较高的水平。二十世纪八十年代的第三个秋天，他师大毕业，听从党的召唤，毅然来到这个闽浙交界的山区县中工作。他立下志向，要为山区人民培育出几个出类拔萃的外语人才；同时，也把自己锻造成一个真正的翻译家。功夫不负苦心人。在他工作的第二个学期，他便因全县中学外语年段测试名列第一而被评为青年优秀教师。与此同时，他翻译英国作家劳伦斯的一部长篇，也被出版社列入下半年度出版计划。这使他感到鼓舞、鞭策，春风得意。他做梦也没想到他会突然当上"排洋王"！

　　去年初春的一天，县委组织部萧部长突然召骆斯德去谈话，说经组织研究，调他到排洋山区任乡党委书记兼乡长。他始而瞠目结舌，再而慌乱解释，但一切都无济于事。萧部长说得简单明确，干部要实现"四化"，青年人应该挺胸而出挑大梁嘛！骆斯德事后才明白，关于要他到排洋山区任党委书记兼乡长的事，县委是经过一个多月才最后找定他的。最初，排洋乡老书记推荐本乡党委副书记张格格继任。张格格三十三岁，从年龄来说是合适的，他土生土长，对排洋山区情况熟悉，但他只有初中学历，尤其是排洋山区干部平均文化水准偏低，若无一位大专文凭的人任一把手，乡领导的平均文化水准便提不高，上级下来检查、考察，县委难以交代！为此，组织部门查遍全县干部档案卷宗，最后目光落在骆斯德身上：党员，年轻，大学本科生。"排洋王"这把交椅自然非骆斯德莫属。

　　骆斯德是抱着一叠文件上任的！时至今日，他还心中惴惴，眼下，他认准的乡镇企业——排洋乡竹木供销公司，突然又落在地震区，他能不紧张么！

　　一筹莫展。骆斯德顿了一会儿，便让胡天松先回家歇息。

　　骆斯德独自坐在办公室想着竹木供销公司的事，心里更加麻乱得慌。

"啪喇，啪喇"，窗外炸雷声里，有人急急地走进乡政府院子。接着，响起一个粗亮的声音。

"小鬼，老骆在家么！"

"在！"

通讯员话音刚落，来人已快步走近办公室。

"老张！"

骆斯德刚准备迎出，张格格红彤彤的脸庞已在灯下现了出来。他身材不高，像大多数山民长年挑担驭竹木，身子也向横实发展，极其壮健。他胳膊挽件薄膜雨衣，看见骆斯德，勉强一笑，劈头就问："老骆，我在芭蕉坞挂的电话接到么？"

骆斯德愣愣，说："通讯员来说过！"

张格格跳上天井沿。

"采取措施了么？"

"措施？什么措施？"

"应该把挤到山谷口的煤扒开！"

"唔？不急！刚才我还和老胡研究竹木供销公司的事！"

"老骆，马上下暴雨哪！还不急！"

骆斯德心里扑通一下，随即又平静下来。今夜有暴雨，他知道，但这有什么好奇怪的呢？去年夏、秋、冬，排洋山区不是也下过？哪回暴雨对煤有过威胁？张格格这样大惊小怪，是故作姿态，还是知道竹木供销公司要赔款，有意这样虚张声势，使自己乱中又乱？骆斯德想想，又觉得这想法不对。张格格反对排洋乡办乡镇企业是实，但要说他想趁机给自己难看，从他平昔言行看，却不合他性格。这个人说话做事，倒是光明磊落的。骆斯德眉头拧拧，有几分冷淡地说：

"你从芭蕉坞回来就为这件事？"

"三千吨煤呵！我不为这为哪？"

骆斯德想想，说："眼下天黑，煤厂没电话，明日再到煤厂看看吧！"

张格格两撇眉毛一扬:"什么?还明早?"

骆斯德从抽屉里掏出烟来,递给张格格一支,自己也点着火,猛力吸了几口。

"啪喇",屋顶一声炸雷滚过,一道狰狞怪亮的闪电从天井里掠过。"扑笃,扑笃",瓦脊上,响起一阵小石子般的雨点。响声有点揪人。张格格头往天井一探,随即按灭烟头,披上薄膜雨衣,神情严峻得有点吓人,说:

"雨来了,我得立即赶到煤厂看看!"

骆斯德有点愕然。

"真有那般严重?"

"我骗你?你咋不看看天!"

张格格胸中猛地蹿上一团火来,烧得他身子简直要咆哮!他咬咬嘴唇,突然车转身子,飞一般朝乡政府的大门外冲去。

"煤厂的煤真的会有危险?"

望着黑漆漆的天空,骆斯德立在走廊里,多次自问,又多次否定!他来排洋山区已经十个月。十个月来,排洋山区下过的暴雨起码有二十场。排洋乡的村屋就依溪沿坡而建,离溪最低矮的房屋只有二米多,从未见有骤涨的山水涨上房基。排洋乡煤厂在乌沆垅,离排洋有二十里,下游未见涨水,上游又能涨多大的水呢?就从掘出煤来的七个月说,也从未因暴雨而使煤受到损失的呵!

骆斯德左思右想,弄不清张格格今日为什么紧张得这样使人动容。对张格格这个人,骆斯德的看法是辩证的。一方面,他觉得张格格为人质朴,肯学肯动脑筋,虽然只初中学历,年纪也轻,对排洋山区的情况却了如指掌。他通过自学,居然还在地区科研情报上发表过两篇论文:一篇是关于山区良种研究,一篇是林区竹木管理研究。

但另一方面,骆斯德对张格格又觉不满,感到他的心胸狭隘了些。有人风传,由于排洋乡政府在调整班子时张格格未当上一把手,故对骆斯德的到来有怨气。骆斯德听说觉得好笑：为什么要争官当呢？自己对这个官还惴惴不安哩！再说，安排什么工作是组织决定的，不是哪个人愿当就当，或者说抢得来的！再说，即使自己当时未来排洋乡，也会有"吴斯德""周斯德"来的。骆斯德对张格格有介意源自搞乡镇企业。骆斯德根据上级文件精神，以及参照邻近公社发展乡镇企业经验，提出了开办乌沅垅煤厂和开办排洋乡竹木供销公司，骆斯德提出开办这两个企业，并不是凭空构想的。发展乡镇企业，最重要一条是依仗本地优势。排洋乡的乌沅垅煤矿，是清末光绪年间发现的，不知是不懂得它的价值还是其他原因，当时只在山腰里留下两个煤洞；一九五八年进行山区资源普查，又测出煤矿的储藏量，可能因为数量小而未曾开采；但这个煤矿有三四百万吨煤，对人口不多的山区乡来说，却是一笔财富，尤其当前燃料紧缺，为什么不把它掘出来为"四化"服务，为山民所用呢；再从竹木供销公司来说，排洋乡处在山窝中，山多，竹木多，利用竹木资源来为山民服务难道会有错？骆斯德想得极其兴奋，张格格却对此进行了坚决反对，幸亏县委领导旗帜鲜明地肯定骆斯德发展乡镇企业的方向，张格格这才无言可说，但却从此对骆斯德敬而远之。骆斯德心胸宽广，认为张格格虽然反对自己创办乡镇企业，但是个人才，所以最初他还提名张格格挂帅乡镇企业；张格格却死活不接受。最使骆斯德恼火的是去年八月间的一件事，他和张格格一起下乡。一路上，张格格蛮热情的，不断介绍这山那村的特点。当他们顺路转到乌沅垅煤厂时，张格格口就哑了，勉强地跟在骆斯德身后走。当时的煤厂，已开办三个月，二百多个山民挖出了五六十吨煤，囤在窄窄的峡谷里，以便随竹木排运走。看见小山般堆着的煤，骆斯德心里有说不出的高兴。

他们紧接着来到煤洞口。这时，脸污嘴污的掘煤山民看见乡里两个书记来了，一个个都咧开黄齿的大口，干得更加来劲。在这里掘煤，自然没有现代化掘煤机械，山民都是背着篾篓在煤洞里爬进爬出，手中执着只尺长木柄的山锄，挖掏出的煤，就往筐里装。洞里很暗，没有矿灯。为此，煤厂派了二十多人来挖枞光，用铁线扎成半圆网状，吊在洞里燃烧，故煤洞里终日浓烟滚滚。

不过，山民听说进洞掘一天煤，可得三五块，就什么苦都不顾了，个个干得浑身上下黑色的汗水奔流。骆斯德看见山民不辞辛劳地干，激动极了，唤声：Long live labour（劳动万岁），随即对张格格招招手，就提着一柄短锄进入煤洞。他要体验体验这艰辛的劳动，也表示自己的重视，从而激发掘煤山民的更大积极性！他是情不自禁说出一句英语的，自己也不曾察觉。但他叽里咕噜的腔调，却使周围的山民懵了，不明白书记为什么会发出那样的怪声。

骆斯德坚持着在洞内干了近两个钟头，浑身黑得像个非洲人，两眼被烟雾熏得又痒又痛，直流黏糊糊的泪。洞里很黑，听得见锄声，看不清人。在骆斯德想来，张格格一定和自己一样，受到劳动热情的感召，也钻进洞来干上一番。使他意外的是，当他像只黑猩猩般钻出煤洞，张格格竟然双手叉腰，悠悠地立在右侧的木荷树荫下，望着脚下深深的河流般的深谷，望着前方蜿蜒的山峦。更令人气愤的是，他转身看到骆斯德浑身黑汗淋漓的形象，眼神淡漠，嘴角还拧出一丝冷笑。骆斯德修养再好，此时也被激怒了，两眼定定地射在他脸上："你怕下煤洞！"

张格格折断手里一节树枝，严酷地沉下脸："多掘些煤摆好看。"

骆斯德心里像被子弹击中，痛极了，黑脸也歪歪地变得扭曲。好家伙，对"排洋王"妒忌得滋生仇恨呀！骆斯德会是好虚荣的人吗！会那般无耻，有意掘出煤来标榜自己功德，讨好上司，官升一级？没有，骆斯德丝毫没有这样卑鄙的念头！办煤厂前，他就曾想过，要迅速地把煤运出山去，排洋山区没有一寸公路，他为此苦苦思索，最后心扉为之启开，想出将煤放在竹木排上流出山。云溪能将大批竹木载出山，难道就不能运煤？这是一举两得的事呀！使人窝火的是，云溪却有意同人怄气似的，竹木运走了，煤却扔在山谷里。后来方知，云溪比不得长江和尼罗河，它的水浅，溪道弯曲，且多丈高跌水。竹木不怕撞撞磕磕，不怕翻筋斗，所以行得。如驮上煤，竹木一翻筋斗，煤就连筐栽进水里。最要命的还是云溪水浅，称它为溪，实为较大一条山涧。溪面忽窄忽宽，窄者成沟，宽者成滩，竹木排里装上煤，便沉得搁在滩上走不动了！既然这样，运煤只得另外设法了。骆斯德想，有宝不怕派不上用场。既然暂时运不出，将来竹木供销公司赚到钱，在山里劈条公路，这煤还愁运不走？只怕嫌宝贝积得少哩！眼下，煤厂的经济开支先由竹木供销公司贷款。张格格这样公开挖苦自己，且当着众山民的脸，算什么意思呢？

今日，张格格又一反常态，关心起安然无恙的煤来，究竟是煤真有危险，还是他心中另有他意呢？

骆斯德举棋未定，烦躁的心里又添上一层焦虑。

山峦、村屋猛地一阵颤动。雷音宛如气浪。乌云倏地撕裂，沉沉地坠到半山腰的雨水，犹如瀑布，漫空泼下。

这雨下得真有几分猛呀，一落到坪地里，立即涌喷上一层白花花水雾。山风尖刻地啸叫，"啪喇喇，啪喇喇"，震天撼地，惊心裂魄。"嘎嚓，嘎嚓"，零星无依的竹折断了。"啪喇，哗"，"啪喇，哗"，这边巨雷刚炸，那边巨雷又爆响，山野的上空宛如巨雷角逐的战场，一声比一声威，一声比一声烈！而每一响声，都震得骆斯德心在胸腔里跳。他愣愣地立在走廊里，任斜扫的雨鞭抽打。他的脸色有点发青，两鬓汗毛竖立。他决定到云溪去看看。

通讯员裤管一挽，塑料薄膜往头上一罩，抢头走。

云溪离乡政府只百多步路。骆斯德和通讯员走出乡政府大门，沿山坡斜下，穿过几幢杂树裹着的民房，就踏上云溪的窄窄溪滩。绕排洋村流过的这段云溪，溪道宽阔，溪两边的黄茅苦竹林，匝密得像两道石堤。平昔天清气朗，溪底一色黄得发黑的山石，大而溜滑，缠着一层淡青的水藻，常有篾丝般细的小鱼，在水藻上滑来滑去。两人下了斜坡，走到黄茅苦竹丛边，两道手电在密集的雨帘里晃晃，骆斯德陡然浑身毛孔竖立起来。眼前，哪里还有昔日的黄茅苦竹林？溪水早已漫过溪滩，将黄茅苦竹覆盖。电光触处，一片乌黑涌伏的水浪，"哗哗"地吼响、咆哮、呼啸！

骆斯德懵了。这是怎么回事？是梦？是幻象？这场雨下得虽然迅猛，但时间并不长,最多一个来钟点,水就涨了,涨了!过去,下过大半天的暴雨,山水也未必涨得这般凶猛。骆斯德伸手揪揪头发,脑壳并不觉得痛。

"骆书记,这山水还发黑哩!"

通讯员尖声叫。

"发黑?"

骆斯德心里又一紧。刚才,他只注意到山水汹涌,还未曾注意到溪水的颜色。他蹲下身子,雨头立即痛痛地砸在屁股上。他顾不得,双眼只定定地落在电光照射的水面。果然,水流漆黑漆黑,水面浮着一层粉状的乌黑东西。"煤!"他惊喊出声,身子开始痉挛。他不敢相信这一切会是真的!煤厂在云溪上游二十多里,难道说下游涨水,上游也会波涛刷岸!骆斯德脚步踉跄,转过身子,失态地吼叫:"通讯员,快,通知胡天松来!"

通讯员愣愣,困困惑惑,问:"你要找他?"

"找他!"

通讯员望望骆斯德变白发青的脸孔,"哼"一声,随即吃力地踩着泥泞雨地,踉跄着飞跑而去。

雨,还在泼天泼地下。山岩、竹树林、涧沟,到处水流哗哗。蓝色电光不时划破乌黑天幕,照亮嶙峋山崖,竹树,深谷,一片青幽幽的,面目狰狞憎恶。

骆斯德、胡天松拉手翻上一道冈峦。胡天松手电光柱朝黑乎乎的前边一扫,提醒说:

"骆书记,注意,有沟坎!"

路实在有几分难走。已经走了近一个钟头,还未走完全部路程的三分之一。骆斯德已经在陡峭崎岖山道上摔倒多次,一双手也被粗粝锋快的山石刺得渗出血来。幸亏胡天松身强体壮,一路拉扯,否则,也许早已跌得浑身青肿,行走不动了。

骆斯德跌跌撞撞走着,心里泛上一阵酸酸的滋味,嘴角现出一丝无可奈何的苦笑。一般人都把能当上排洋王视为"走运",看作机遇,认为当这个"排洋王"可以随心所欲,干出一番惊天动地的事业!有人甚至友好地指出,排洋山区将是骆斯德仕途通达的起点,这里有着许多超越其他乡镇的优势:因为偏僻,条件差,只要干出一点微不足道的成绩,上级领导便会分外重视。再者不在领导的鼻子底下,即使有不妥之处,领导也不易察觉。而且山上多竹木,更是与领导搞好关系的润滑剂!对这番议论,骆斯德初感惊讶,继而报以鄙视的一瞥。他的处境并不像那些人所说,当这个"排洋王"可以随心所欲,舒心惬意!相反,他在排洋山区却是觉得时时惴惴,事事不顺!并且不时闹出许多笑话。在指导排洋乡的工作上,他几乎都出过纰漏,幸亏山民宽厚大度,不曾为难他。要说他在排洋山区十个月来,还有一点可以聊以自慰的事,那就是发展排洋乡的乡镇企业,办了排洋乡竹木供销公司和煤厂。在这件事上,虽然张格格抵触反对,他毕竟坚持了下来。办乡镇企业有什么不好呢?中央早就下文件让发展的呀!难道中央会乱发文?骆斯德为此,曾经把发展乡镇企业的有关文件以及各报刊关于乡镇企业的报道,进行了认真地阅读、研究。最后确认自己的竹木供销公司和煤厂符合上级文件精神。再说,排洋乡确实十分穷困,十八九岁的妹子还穿着褴褛衣衫,把白鼓鼓的奶子露给人看。这样的现状不需要迅速改变?钱!钱!钱!排洋乡需要钱,需要乡镇企业!如今,他引以为自豪的乡镇企业竹木供销公司和煤厂却都碰上难关,他心里能不烦?他这个"排洋王"的日子会过得遂心?

"注意,水沟!跳!"

胡天松捏住他的手腕,带着他纵身跳到三尺多宽的沟的那边。

天,依旧像破了窟窿,雨水瀑布般泻下,疯狂地呼叫。匝密的雨地里,新换上电池的电光柱,弱得只能穿过前边两三尺的地方。水雾蒙蒙,电光映处,一片氤氲白雾。周遭,是凶险的覆盖而下的巨大黑妖。巨雷在身前身后连接不断地轰响,回音惊人。骆斯德跟跟跄跄在山径上攀爬着,心中忽又生出怪想,这条难行的山径,是不是有点像自己当"排洋王"的历程,扑朔迷离,而又使人脚底虚浮，不明方向……

乌沅垅终于到了。连续三个多钟头的肆虐风雨已渐渐变弱。煤厂方向的枞光火堆变得通红地扑进眼来。

前边山脚下，从深山峡谷里挤流而出的山水，并不曾因风雨减弱，而变得温驯平静，相反，它变本加厉地汹涌起来，犹如一条穷凶极恶的孽龙，不住地变幻，蠕动的浑黄身子要将狭长的山谷塞满，将两侧山峦挤裂！它呼啸着，吼叫着，肆意拍击着两侧山谷腹地，又狂声纵笑着呼啸向前。

黑魆魆的煤山矗立在峡谷口。平昔立在深谷里，抬头只见山和煤将天挤成一线。眼下，雨簌簌，风忽忽，枞火堆明灭，煤山只现出半爿乌青轮廓。只有走近了，才能看清那穷凶极恶的山水，挨刀剐的山水，蛮横地扑在煤堆半腰，"哗啦"一声，像饿汉吃包子，轻松松将煤堆咬下一块，打着漩从山缝隙里流出。煤堆在不住地发出碎裂的呻吟。"呜哇"！不知哪个山民受不住这种惨状，猛地掷掉枞火，跌在乌暗的山地里悲声大哭！

"完了！"看着眼前轰轰然气势夺人的呼啸山水，骆斯德心中方寸大乱，只觉得脑壳发胀，双耳轰鸣！这煤厂，这充满希望的煤厂，怎么会有今日这样一番劫难呢！张格格这鬼人，怎么就算得准山水会涨？又挂电话又摸着赶着来？当时，骆斯德心中还抱着一缕希望，认为乌沅垅即使涨水，也至多是涓涓流水，根本撼不动那堆得山般巍巍的煤山，他怎么能想到，原先抱定的希冀竟是那般虚幻？

煤厂厂长周老五浑身水湿挤向前来，哽咽着说：

"骆，骆书记，完了，完了，煤厂完了！"

骆斯德脸孔刷白，牙齿格格作响。他害怕听到这个结论性的言语，而偏偏不可避免地听到，使人神经痉挛！几千吨煤呀！多少山民的辛勤汗水！

看见骆斯德呆如木雕，神色骇人，周老五咬咬嘴唇，声音变得更加滞塞颤抖了！

"骆书记！本，本来下雨前我就想，就想把塞到涧畔的煤挖开，又怕要被水冲掉几百吨煤,我,我担不起责任,就,就……"

确实,如果在发水之初就挖掉靠溪的几百吨煤,舍卒保车,不让山水囤积,形成更大的冲击力,这几千吨煤也许大体能保住!不过,眼下再说这些有什么意义呢!山水还在大块大块地吞着煤堆,山民们却一个个雨淋鸡般立在山坡里,竹篓弃地,铁锹横曳,眼睁睁望着山水咆哮。骆斯德浑身火燎,猛然拧转脖颈:

"为什么不抢救!"

周老五望望脚下卷着漩涡的山水,嗫嚅说:

"张,张副书记说危险,不让人上煤堆!"

"张副书记不让上煤堆?"

骆斯德宛如晴空听到一声炸雷。又惊又怒!他往岩坡上几十束枞光火堆里一扫,随即看到了山岩般矗着的张格格。通红的枞火透过微雨,映出他多棱的脸孔。他叉脚立在一株尚未发出新叶的山栗树旁,一只铁锹斜斜倚在脚下。他的腮帮条条棱起,看不清是恼恨还是凶恶的狞笑。雨水从他发顶,从他耳垂、下巴、脖颈、前胸山泉般流下,湿透的衣衫紧紧绷着宽厚的胸脯。他脚手裸着,微微痉挛。他的一对黯然目光,无声地对着脚下峡谷里的山水。骆斯德愣怔一会儿,一股愤恨的怒火兀地从心头涌起。好家伙,看着山民耗尽血汗的煤被冲走,竟然无动于衷,还狠心不让救呀!这难道就是你从芭蕉坞回来的目的?就是你从乡里赶到煤厂来的目的?骆斯德心如刀戳,他猛地挥起一柄锹来,对立在岩坡上的山民吼叫:

"混蛋!快去抢煤呀!"

骆斯德喊声嘶哑,带着哭音,使得山民震动。立在岩坡上的人都像从昏睡中睁开眼来;有人开始移动身子,有人又抓起锹,扬起竹筐,向坡下移动。骆斯德正想带头冲下煤堆,万万想不到,张格格却在这当口,将锹"当"一声猛戳在山岩上,挥着粗胳膊,炸雷般地吼起来:"谁想死?不准走!"

众山民面面相觑,立即止了脚步。骆斯德气得浑身血液都在滚沸,牙根格格作响。

"轰,哗——"

"轰,哗——"

四野蓦然死寂。峡谷里的山水,依然孽龙般汹涌着呼啸而来。煤堆,像一堵堵大墙般接二连三被冲崩入水中。唉,当初为什么会估计不到这些煤运不出山呢?即使一时运不出,为什么偏偏又囤积涧边?是缺少煤的堆场?还是以为这里离水近,日后运煤还想打云溪的主意?今日,自己又为什么估计不到这场暴涨的山水?如果估计到,或者早点听从张格格意见,损失也不致这样惨呀!确实,这煤堆得把山涧都堵住了,如果早些组织人将涧边煤扒开,疏通山水,山水还可能这般猖狂?

"轰,哗——"

又一大堵煤墙被呼啸山水淘空底,崩坍入飞旋的水中。骆斯德心痛得简直要瘫倒在地!眼前的山水,多么残忍无情呵!"轰哗"一声,轻松松地就抹去了山民的几个月血汗!这是谁的过失,谁的过失呵!

"轰,哗——"

"轰,哗——"

煤堆的崩倒声惊心动魄!

骆斯德近乎疯了,猛然一下窜到煤堆被山水削成的陡壁处,扬起铲子拼命地铲!要将水边的煤抛进山边来!他脑壳里只有一个念头,这里的煤再不铲,很快就又被山水吞噬了!

"骆书记!"

"骆书记!"

"快回来!"

"快回山边来呀!"

山民们看见骆斯德跳在煤堆陡壁上,立即预感到什么似的,惊惶地呼叫起来!

"骆书记,危险,危险呵!"

胡天松急得跺脚吼叫!

"哗,哗!"

又一阵山水,扬着高高的水头,冲涌向煤堆。

危险?危险?这时节,骆斯德还顾得个人安危么?他的脑壳里,塞满的是煤,煤,煤呵!突然,骆斯德感到自己被一个人拦腰抱住,提起!骆斯德愤怒得像只狮子,还想扭转头去,那人却力气奇大,猛地将他整个人抛起,像段木桩般摔进山边来!好痛好狠哟!骆斯德一下就失去了知觉。他只隐隐感到山谷里又一片哭喊声。

一场山水,煤厂彻底冲垮了!

翌日清晨,风停雨住。满脸污黑、疲惫不堪的山民看清楚山水洗劫后的惨景了。那是多么碎人肝肠的一幅景象呵!那足以使他们自豪和撑着希望的乌亮"煤山"消失了,空荡荡挂满枯枝败叶的峡谷,一条乌黑流着的溪涧,哗哗啦啦,呜呜咽咽,充满着羞愧和屈辱的抽泣。山民们一个个痴呆呆地坐在地坡岩上,僵硬得像一个个烧焦的木桩。痛心呵!十个月的辛劳,满腔的热望,就这样一个夜晚,让山水冲刷个干净。

阴云,还在天空游移,弥漫。

"这个鬼煤厂!为甚要搞?害死人哟!"

一个敞着对襟衫的后生,仰起脸,开始吼骂。

"娘的!一心进菜馆,倒进到粪坑来,这个鬼主意是谁想出来栽我们的?"

山民们开始蠕动身子,左张右望半晌,有人搭腔了,也发出咒骂声。几个老实胆小的山民却在长长叹气,脑壳摇晃几下又垂了下来。

骆斯德就躺在半山坡的煤厂棚子里。他被人摔出后,伤并不重,只是人太累,加上冷雨淋了一夜,就烧得晕晕乎乎不省人事了。此刻,他迷迷糊糊地醒来,不由得忆起昨夜的事,眼前闪过煤堆被山水一块块冲坍的情景,浑身立即更加火燎起来。他想撑起身子到棚外看看,撑了几次,身子都软塌如泥,右胳膊也痛得如刀砍；他垂眼看看，右胳膊被人用布条紧紧绑着，很可能是胳膊肘脱臼。可能挣扎得过狠，他脑壳沉得更厉害了，连个身子也翻不动，只好极其难过地又闭上眼睛。

棚外，后生们的愤恨声却清晰地传入他的耳里。

"哼，还算知文识字的书记呢！我说是瞎眼窝，瞎指挥！没弄清出路，怎么就叫我们瞎掘煤？"

"出路？张书记不是早提过？说山里该先开条公路！可骆书记反对！他茅杆作得主？"

"是呀！这回事我听过。张副书记说，路不开，干甚事都像在瓮子里转；路开了，山里的死宝就变活宝了。骆书记不听，说开山里公路要两三年，还要集中全乡劳力，还说张副书记是甚帮的流毒哩！其实，心急哪吃得热豆腐！不舍得崽，哪打得到狼！眼下好了，翻身翻身唤了一年，到头来还是一场空。"

多沉痛的言辞啊！骆斯德听着，心里说不出的羞愧！去年初夏，他提出大力发展乡镇企业，张格格当即表示了反对，说排洋乡当务之急是组织劳力修进山公路；再者，就是采取措施养林蓄林！骆斯德当时觉得这和中央文件对不上号。从全国形势来说，所有乡镇都在大办乡镇企业，排洋乡难道不属中华人民共和国版图？办乡镇企业对改变排洋山区的穷困毫无疑问会有极大的促进！再说，报纸上天天发表文章批判"极左"；过去常组织什么农业学大寨的千人大会战，万人大会战，如今再这样搞，难道不是重蹈覆辙。骆斯德反复思考，仔细对照上级文件，坚定了主意。组织部萧部长知道后，也表扬了骆斯德，认为他方向对头，目光敏锐。而今，事实严酷地评判了谁是谁非呢！

骆斯德的脑壳纷乱如麻。确实，挖出的煤被山水冲走，主要原因在出路上。使骆斯德百思不得其解的是，这场山水来得太突兀了！去年夏秋季也常下暴雨，为什么煤厂的煤安然无恙？

屋外，山民还在东一句西一句地咒骂。

骆斯德用力翻转个身，发现周老五嘴含竹烟杆，勾头耷脑，闷坐在竹门槛上。心里一动，吃力地问："老五，煤，煤都被冲光了！"

"嗯！"

周老五神情恍惚地点点头。

骆斯德默然许久，又仰脸问："这山水为什么发得这般快呢？"

周老五两眼眨眨，垂下头说："春头雨水多，山皮都浸得水饱水饱的；再降大雨，还能不全汇在地面涨！"

"还有呢？"

骆斯德恍然醒悟，知道春初暴雨同夏秋暴雨之间的区别了。但他还想知道得多些。

周老五听见骆斯德还问，抬起发泡的眼窝，顿顿，又瞥瞥骆斯德渴望的神色，突然叹口气："唉！还有，怕是竹木砍光，山不蓄水呀！"

"什么？竹木砍光？"骆斯德浑身一震，脖颈直了。

周老五声音突然变亮起来：

"骆书记，不瞒你说，我们排洋乡的竹木砍不得呀！前些年，山上竹木就糟蹋得差不多了；竹木山一会儿归集体，一会儿又划归个人；要归集体管了，个人忙着大砍一阵，备下买油盐钱；归个人管了，集体也大砍一阵，备下开会吃喝钱；就这般七砍八砍，山没人管，山里还会有几支像样的竹木？说来是几万亩山，其实，都折腾成变模变样的癞痢山，就稀稀疏疏几支竹木。这样的山非下大补品是壮不起来的呀！树木，要十年二十年成林。竹呢？前人早说过，砍四留三不留七。要不，竹山就败了。排洋乡该砍的竹木已经不多，再办竹木供销公司，大动刀斧，这山还有不光不败？山光山败，雨水还有留得住的？"

骆斯德惊呆住了。他干下多么蠢的事呵！过去，他以为自己办了许多啼笑皆非的事，只有办乡镇企业还能经得住历史的检验，实践的检验；今日，他才知道，排洋乡办这两个乡镇企业是多么糟糕！是的，中央指出要发展乡镇企业，这是符合大多数乡镇实际情况的，也是乡镇的发展必然趋势！然而，中国这般广袤，地理诸多不同，自己怎么能够脱离实际而死硬去套条文呢？如果当初明白张格格的意见正确,把山里公路修好,把竹木蓄起来,只要三五年时间,怕就家具厂、竹器厂、煤厂、木材加工厂、笋干厂、纸厂等企业都发展起来了。现在,一切都让自己搅了,煤光了,竹木光了,自己也成排洋乡的千古罪人了!自己对得起党对得起排洋乡的山民?今后,还能够将功赎罪?难!自己对山区的事知道得太少;自己从小生长在平原城市,对山区一无所知,别人三个月了然的事,自己怕三年还弄不明白!就说这排洋乡吧,自己到这里快一年,尽管自己也努力去研究学习,但至今还不明白这里山水的习性!自己这个大学生,在排洋乡这部历史中,山川、民情、土壤、气象、耕作等等的综合性大书面前,几乎成了个掀不动扉页的文盲,这是多么可悲的事呵!

就在骆斯德痛悔不迭之际,胡天松迈着沉滞的脚步,满脸悲戚地进到棚子里,许久许久,木木然地立在骆斯德床前,不断地抿着嘴唇,欲言又止。

"老胡,有什么事?"骆斯德满腹狐疑,有一种不祥的预感。胡天松眼神黯然,嘴唇抽动。憋了老大的劲,才吐出一句带哭音的话:

"张,张副书记醒,醒不转了!"

"什么?"

骆斯德扑地跳下地,单手捏着胡天松膀臂。

"张,张副书记把、把你推到山里,自己就、就随着崩煤弹到水里,今、今早在下、下游树杈里找到,就、就没气了。"

宛如巨雷轰顶。天地顿时飞旋,骆斯德脚步连接两个踉跄,随即身子僵住了。他的脸孔灰白灰白,白得吓人。许久许久,双颊才开始痉挛地搐动,发直的眼珠里,涌溢出两线泉般的泪水来。

骆斯德当天上午由人搀扶着回到乡政府。一路上,默然无声。他一走进自己卧室,便一头瘫倒在床上。

他足足在屋里躺了一天一夜,不吃不喝,不声不吭,慌得乡政府几个干部不时忧心忡忡地到门窗前探望。门窗闩得很死,屋里很黑、很静。乡政府的干部想撬开门看个究竟,又惧于"排洋王"的威势。

直到第二天下午，县委组织部萧部长连续挂来三次电话，骆斯德才"砰"地打开门，脚步跟跟跄跄地奔出屋来。仅仅一天一夜，他似乎整个人变了形。往昔那头漂亮的宛如烫过的微曲鬈发，如今蓬乱得像个乱七八糟的鸟窝，揉揉皱皱；过去丰满细腻的脸庞，如今显得窄了，黑了，粗糙了，下巴也尖削下去；尤其是那双清澈睿智的眼睛，突然间塌陷下去，眼角布满一缕缕殷红的血丝，看见人也怔怔忡忡，一副迷茫劲儿。一天一夜，就一天一夜呵！他脑壳里翻腾过多少事，思考过多少事呢！他跌跌撞撞走进办公室，愣怔半晌，才呆笨地缓缓抓起话筒。很快，话筒里立即传来了萧部长轻松爽朗的话音：

"是小骆吗？"

"嗯！"

骆斯德咬咬嘴唇，哼了一声。

萧部长一听他的声音，笑了：

"小骆呀？怎么情绪不振的？听说你们的乡镇企业遭受到挫折，是吗？"

骆斯德的心揪紧了。说："是的，不过，不是一点挫折，是整个坍台！"

"噢？有你说的那么严重？什么原因啊？"

原因？还需要去寻找么！骆斯德深深吸口气，说：

"是我的瞎指挥造成的！"

"哈哈！"萧部长顿了一下，又朗声笑起来。他的笑声宽广沉厚，富有感染力："小骆同志，怎么一下把问题看得那样严重噢！山有坡路有坎，干什么事总得付点学费嘛，再说，排洋乡发展乡镇企业，县委是赞赏的，方向对嘛！"

骆斯德的胸口突然像有一团棉花塞住。排洋乡的山林资源受到这样严重的破坏，只算交点学费，这样的学费有多沉重呵！排洋乡的山民负担得了？而自己，是造成这场破坏的直接领导者，是罪人；难道轻轻松松地一下变成了缴学费的小学生？不需负半点责任？骆斯德又想到脸色严峻的张格格，他激动得浑身战栗，对话筒喊道：

"萧部长，错误是我造成的，我请求处分！"

"处分？处分你？哈！笑话！小骆同志，你怎么会想到这上边去呢？我先前不是已经说过，一点挫折不算什么嘛！县委对你的工作还是肯定的嘛！再说，你在山水呼啸里奋不顾身，冒着生命危险抢救集体财产的精神，还应该通报表扬嘛！这是改革中出现的典型，是新干部的典范！我们县委是明白的嘛！对你这样的优秀年轻干部，非但要用，而且还要重用！小骆呀！莫给自己找包袱背啦！放开手继续干吧！发挥你的知识才能吧！县委会坚决撑腰支持的！"

骆斯德听着，只感到一种悲哀如雾般弥漫而来！知识？才能？在排洋山区，骆斯德的知识才能又在哪里呢？

"喂，喂喂，小骆，怎么不应了？"

萧部长又在话筒里大声呼喊。是想继续勉励，注以兴奋剂，或者，拨开荫翳寄以重望？

骆斯德咬着嘴唇默然了。他突然间觉得双腿有些站立不稳地哆嗦着。他觉得胸部胀闷，脑壳晕乎，气也喘不匀。他多讨厌这样的通话继续下去呀！"萧部长，你，你饶了我吧！"突然，他喃喃地没脑没头地对话筒冒出这样一句话来。说完，他怔了怔，也不管萧部长在话筒里"喂喂"地叫喊，就缓缓地放下话筒。他走到窗前望了望极其明丽的天空，不知为什么，两天来在他心胸里咆哮的山水，此时此刻，竟然兀地变得平复温驯了！

（原载《福建文学》1987 年第 8 期，《新华文摘》1988 年第 1 期转载）

---

**作者简介**

叶志坚，男，汉族，福建浦城县人，1949 年出生，插过队，当过民办教师，曾在省内两家文学刊物任编辑，后调任福建电视台电视剧制作中心副主任。创作发表短篇小说《僻乡女人》，电视剧《竹乡三月》等，1998 年由海峡文艺出版社出版长篇小说《杂色雨》。

## 瓷 鱼

◎ 林丹娅

袁老、敏大姐、王先、张姑娘、小郭和他们的同事都在这院子里上班下班。

他们挺满意自己，俗话说知足者常乐嘛。在这么一个院子里蹲着，捧一只摔不破的铁饭碗，消消停停研究生存于地球大气层以内的尽可能发现的生物。他们丈量动物骨骼以及其肌肉的厚和薄，龋齿横断面的长与宽，眼球的最长半径及最短半径，当然也想知道自然界的花花草草，譬如观察开在雪山上和大洋沟底的花蕊在授粉前后的差异。由他们提供的模型让瓷品仿真车间仿制的产品包括伟人的肖像、能吓一吓稚孩的卷毛狗及开在沙漠里没有气味的水仙花。产品谈不上有精神气儿，倒也与活物不差分寸。生活中有时还真的需要此类东西，因此销路一直不坏。

大院内景色秀丽，花好月圆。虽说人生无奇迹，但也避免了除正常以外的任何不正常。一切总是按部就班井井有条的，空气平和，人与人之间也相处得春风杨柳，温柔敦厚，几乎看不出位高位低权大权小钱多钱少之间的明显差异。在这世上做人，还要再企求什么呢？不是十全十美，也是差点儿就十全十美了。他们既然不怕产品没有销路，便不用害怕大院不复存在，便把眼前的日子优哉游哉地度下去。

这日袁老晚饭后捂了老伴新沏的铁观音出去串门。估摸茶儿喝了七八分，话儿也说乏了,便转回家来。围在篱笆里的月季开得热闹,花瓣上停着芳香四溢的水珠,雀儿慌慌划道深颜色直线直撞进林子。袁老慢慢踱过落在院子里的静寂,登上自家儿台阶。站在还未开灯的客厅门口,他让自己的眼睛微微地眯将起来适应屋内的黯淡,等他再睁开松松的眼皮时,着实地给惊得一哆嗦,差点儿把还在左手上的茶杯掼在地板上。

好鲜活,好鲜活的一条鱼噢!

袁老一辈子还没有占据过像眼下这么好的角度。这个角度使他的眼光能穿过客厅的昏暗直达墙角的玻璃柜那儿。大院里的所有客厅都配备了这么一个玻璃柜,里头站满了他们在各个时期制作的各种形状的瓷品仿真代表作。在他们的心里,长年累月被关闭在玻璃后面的那些毫无希望获得复活的物质们,与周口店出土的猿人头骨一般确凿无误,他们为此感到踏实和骄傲。其中自然还有许多只能意会不可言传的奥秘,种种人生该有和不该有的思绪都会在面对着玻璃柜细细把玩的过程中得到合适的处置。总之,那是个庄严的神奇的只会给人带来无穷益处而不会给人添什么麻烦的柜子。

然而,就在袁老这日离家串门去的那么一段时间里,这条陌生的鱼活灵灵地游进他的玻璃柜内,像穿水晶鞋的异域公主君临舞会,让她上上下下的主人们齐齐儿黯然失色。

老伴打开客厅里的吊灯,惊疑不定地望着客厅里的空间好一阵,便舒舒展展地笑了开去。老伴告诉袁老,在他出去串门的当儿,安在纱门上的音乐门铃便3—1—3—1地唱起来,那时她刚好坐在卫生间的马桶上看晚间报纸,等她出来开门时,院子里已空无一人。台阶花花的枝影间端立着这条鱼。"好鲜活的鱼噢!"老伴儿说她把这条鱼收进丈夫的玻璃柜里看来做得很妥当。因为老头儿即使是在老伴最风华正茂的时候也没有这般失神落魄过。"那可真是条蛊人的鱼噢。"

袁老戴上老花眼镜,鱼在他的手掌里艰难地旋转着身子,毫不在乎地展示着光滑硬实的色泽。

这是条瓷鱼!

脑子里空了一下,袁老发怔。他记得清楚,他们从来没有仿制过这么一条鱼,不是他们的产品,绝对不是。他重新审视着这条鱼。这算什么鱼?是有鳞鱼还是无鳞鱼?是淡水鱼还是咸水鱼?是深水鱼还是浅水鱼?这哪像条鱼呵,身子与尾巴比例不对,头部安的不是地方,鱼鳍好像也长反了。可刚才那会儿,他还认定它是条活鱼呢。袁老几近痛心疾首,是谁开了个这么大的玩笑,这下可好,你否认它是鱼也罢,反正它全身上下彻头彻尾都充满着那不是正宗鱼的古怪表情。那个大脑袋看起来神秘莫测,还有那一双鱼眼睛,有谁见过这样一双眼睛?简直荒唐。

"这瓷鱼儿是你们做的?"老伴儿问。

"亏你当了几十年的院里袁老太太,我们何曾做出这不伦不类的东西来?"

"那是别家做的?"

"你是老糊涂了,向来做这个活的只吾一家,别无他店,哪来的别家?"袁老开始不耐烦。

老伴儿愈发地谨慎起来:"是不是,是不是你们当中的谁私地里做的呢?"

"怎么会!"袁老火道,"你别瞎猜了,从未有这等事的。"

"随你怎么说,"老伴儿终于嘟囔,"你得承认这是件好活儿,瞧这鲜活劲儿!"

接下来的整个晚上,袁老的心思便被瓷鱼所占据,他愈来愈感到坐立不安,甚至粗暴拒绝了老伴儿要他量量血压的建议。它究竟想干什么?袁老不可控制地反复想,真不可思议。

在他们大院的词典上,几乎没有不可思议这个词。但就在一个平平常常夏日的早晨,袁老和其他前个晚上没睡好觉的同事齐聚在操作厅的角落,一连串的不可思议在散发着薄荷气息的晨风中,在宁静地流泻着还不太刺眼的日光中,在飞虫鼓动着翅膀不停地冲击纱窗的声响中出现了。昨天天黑之前他们全都收到了一条不可思议的瓷鱼。据即速而反复的推测,送这条瓷鱼的是他们中间的一个再熟悉不过的女人，尤其不可思议的是，这女人好像在送完瓷鱼后便不声不响地离开了这间大院，义无反顾地走了。

他们努力地要把这件不可思议地带给他们震惊的事情忘记掉，或者换句话说，他们现在要做的是极力地把这件引起他们震惊的事情看得平淡无奇。人们不就经常这样做么，他们可以照常上班、下班，该一丝不苟复制的时候就复制，该漫无边际臭聊的时候便臭聊，该吃饭便津津有味，该串门便快快活活。没有必要为此事一惊一乍，破坏安宁。

瓷鱼在人们正确对待它的态度下被保留在各家客厅的玻璃柜内。然而这小东西偏偏忽略了人们对它有保留的重视和欢迎。它中邪似的从哪儿获得一股灵气儿，神气活现又居心叵测站在它的同质物体中间，富有嘲讽意味地摆弄着它不成规格的身子和怪诞的大脑袋，把那双鱼眼睛死死盯住人，令人心虚得出微汗。这个怪物呵，我们愈不拿它当回事它愈像回事，我们愈控制自己不去瞧它便愈去瞧，愈去瞧便愈身不由己，愈身不由己便愈……

敏大姐直挺挺斜撑于沙发上，将自己的喘息声埋在瓷鱼的目光中。那目光里老断不了那位走逝的女人，真是活活见了鬼。我有心脏病，肾亏肾炎，气管时常出毛病，我的确没有更多的精力去管别人的事，你走和我有什么相干？敏大姐破天荒地将来客丈夫孩子赶出客厅，她要心平气和且静静地想。这到底是咋弄的，你想另攀高枝儿你便去攀好啰，我才不信这世上还有比这大院更称人心的地方，可你给你敏大姐弄来这个劳什子东西是派什么用场？你好清高好了不起，日日做出那么一副东施效颦的可怜样儿，你离了这个院子当然和我不相干，可我还得告诉你你离不了有人的地方，也还会有人像我这样来关心你，你逃不了的，你还得拧紧你的眉头过日子，倘若你心性不改的话。敏大姐愤愤起来，真真好心不得好报，你在这大院围墙内细细打听打听，你敏大姐是个什么人？敏大姐三字儿可不是平白无故地来，小字辈叫、平辈叫、老字辈也叫，影响大呵。没有家庭拖累使你年轻漂亮伶牙俐嘴记忆力强干活利索，可你知道不知道做一个女人天生的本分？我够忙忙碌碌的了，早晨被儿女吵昏了头，晚上又和丈夫拌了嘴，去医院查尿忘了带尿瓶子，上班时花眼看错了尺寸，可我还得为大院上上下下的人操心思。生老病死、同床异梦、孩儿打架、男女隔窗调情，试问哪桩事能瞒得住我？人们也乐意将心里事儿告诉我听，我愿意在这上头花点力气是我修得好，建议领导谈话呀发动群众舆论呀采取个别攻心呀干这个还得真讲究，明的暗的白脸红脸全得有一手。如若不是我，这大院有这般太平？

所以瓷鱼别恶恶给我来这一套。我不亏心，真的不亏心。是你这女人一进大门便与我别扭，对着你敏大姐话儿不肯多说。你全不理不睬我十八般武艺一片心思。我图得什么？你这等轻蔑我。给你介绍对象，二十五岁前你说你还年轻，二十五岁后你说你自个找，三十岁后你找上没有？女光棍一条！还有你办公桌右上角那个上了锁的抽屉是怎么回事？一年到头也不见你动过几回，上头的锁眼还生了锈呢。还有你一到无霜期不管冷热便穿着裙子露着小腿肚子是什么意思？终于有一天见你拿了上锁的抽屉里的一个泥人儿去送人，人家好好一个毛头小伙你去招他惹他干什么？你的确与众不同浑身上下叮铃当啷挂满问号，怨不得与你相处多少年的敏大姐对你剪不断理还乱。你骂我克格勃侵犯人权要上告法院，这就是你的不对，是不是？我不会和你吵架，与人为善破坏大院里团结气氛的事你敏大姐不会干的。好的你有你的隐私我不能干涉，我有我的推测受法律保护。你神秘兮兮的焉知你裙子里头没裹着条猪尾巴？

好容易熬到年轻人唤他王先的时候，王先王先地叫，这是大院内部一种比老师略高比先生略低的尊称。两年前就有人这么称呼那个女人了。这当然无关紧要，王先既不会为此妒忌她也不会为此看重他。瓷鱼怪怪的目光透过烟雾滚滚的室内空气，将王先不动声色的侧影糊在窗外那一角傍晚的如胶质样的暮空中。他与她是君子之交淡如水，没有恶意却不亲近，客客气气却知己知彼心照不宣。这不是因为没有共同的东西，糟糕的倒是因为共同的东西太多了。他和她就学于同一个专业，他毕业的那年她进校门，他刚在这大院里立住脚她也跟着进来。他在她还未进大院前他过得好逍遥好自在。王先既不追逐名利地位，也不重视学问文章，人的一生究竟是怎么回事他很清楚。王先当初选定这间大院做他的存身之所就是因为这里不需要聪明和竞争,能平和安稳地过日子。可那个女人却偏偏不,她一进这院门便像条自以为是的小鱼在设想的池水里跳跃腾挪,使出浑身解数向世俗的荣誉邀宠取媚。从那一天起,王先的宁静被打破了,他的比较物出现了,人们开始冷眼旁观他和她谁更有能耐,只要想想这件事便难于再让他神清气爽。

她选择了把活物翻译成数字的工作,他主持了把数据变成器物的制作。她在前者生命里折腾出些许耸人听闻的文字,他在仿制上却一无建树。他当然不在乎,并不是他不能为之而是他不屑为之。他原可以不屑为之而活得心安气顺,而后来他却得领受不屑为之带来的世俗烦恼。有一次他和她一齐去大院以外的地方开跨行联合会议。他明显地感到人们对他的冷落,人们把更多的眼光和更多的场合让给她。在会议材料上,她的名字也出现在他的上一个段落中。他曾是她的学长,那会儿却成了她的陪衬品。他对她的风头实在不以为然,他明知一个女性的成功在同等条件下要比她的男同胞来得容易,何况他根本没有加入这个角斗场。那可算是命运之神对这个女人的双重关照,而她却错以为是她比别人更具有聪明才智,洋洋洒洒出尽风头。他有他的自尊心,他不亢不卑地提前退了席,并从此谢绝了任何与她外出开会的机会。每次听到她有新的花样,他就对自己说这个女人名利心重,这正是你所不齿的。这样说过他仍然感到受压抑的难过,因为他发现别人并不这样认为,他们对他指指点点,说他没有和她一样的成绩是因为他天生缺乏这缺乏那。他可不愿人们把他看作一只蠢驴,败在一个受同样教育的女人底下。无数个白天和夜晚,他也曾暗暗地尝试着要一鸣惊人地露一手,使所有钦佩她轻视他的人折服于他。可时间在头疼脑热,客来客往,烹调洗濯吃饭睡觉中流逝了一年又一年。这种意欲不屑为之又不得不为之却无能为之的心理错乱,长期以来给王先带来深重的压迫。他不由自主地期待着任何一个有利的机会让他舒展口气。就像那一次,那个女人找到他的头上来,带着她的助手,热情洋溢地建议他们必须联合建立一个有完整程序的工作过程。他望定那个女人的脸蛋,微笑地不亢不卑地对她说,我们的工作目前无须他人越俎代庖，请你和你的学生走开。

他看着她低着头，像片虫蛀的卷心菜。这没有什么，比起她用她的存在带给他的难堪真不算什么。我这样说你该满意了吧？你这个怪物，不怀好意的东西，别用这种眼神看我，我会把你扔出去的。

你的小模样儿可真是好玩，你可真够味的，比那些什么都像什么都不像的正经货更对我的胃口呵。小张姑娘抱着曲蜷起来的双腿，下巴靠在自己的膝盖上战战兢兢又目不转睛地望着瓷鱼。我们能成为好朋友的，不信你待会儿瞧瞧。你别看着我，吓人抖抖的。任何角落都有你肆无忌惮的眼光，我的每一个细胞都不自在。好像走在大街上，有种眼光令我害怕我头上粘着饭粒腮上印着墨水衣裳后襟夹着花纸。外祖母从前对我说过，做人不心亏，不怕半夜鬼叫门。我没惹你，你可以不可以不这么逼视我？我告诉你，年轻人有年轻人的世界，我们深知自己的优势，用我们没有皱纹的前额，流丝一般的长发，红润的嘴唇，饱满的胸脯。天知道你怎么会活得那么好偏偏不知道你已不属于我们这个年龄。你忘记了你的年纪和身份，你来了，穿我们的牛仔裤套我们的 T 恤，想用你残存的风姿和刻意的打扮来和我们画等号。你出入舞场就和出入你的操作室一样自由自在。你拥有了你的年龄带给你的一切好处，成熟的女性美，优雅过度的待人接物，工作经验和成绩累积数。这些必须以你的青春为代价的我对你说，可你占有了它们还死死抓住青春不放与我们平分秋色，你畏惧我们刻意修饰你的风度和韵味叫我讨厌，尤其叫我。

常常这样想到你，只要逢上我不愉快的时候。我明白不管我找不找丈夫我很快也会老去，这使我更憎恶你，只要我还在嘲笑你就能说明我还有年轻的资格。那天早晨，在我又一次吹了朋友的那天早晨，你依旧满面春风，生机盎然，那么灿烂着微笑地朝我走来时，激起了我无可名状的恨意。在与你擦身而过的时候，我用一个白眼回答了你装模作样的文明招呼。

我搞不清我为什么会发这么大的火，我也不想去搞清。我只知道我那时爱那么做，怎么舒服我便怎么做。你别以为这是姑娘们才有的臭毛病，像你们那种年龄的女人和男人在这样的毛病上会发扬得更充分。我只不过白了眼而已,天知道她们和他们会怎样明枪暗刀地与你作对,仅仅因为你比别人容易微笑。微笑也得天时地利人和。否则微笑也会招来不测之祸。

现在你走了,像只饱经炎凉受伤的鸟。你不能告诉我白眼它有多么强大。

他竟然忘记他喜欢过她。那已经是很久很久以前的事情了。当瓷鱼的目光抓住当年的小郭时,不由得令他大吃一惊。他以为他生来就是这种样子,举止稳重,品格高尚,道德完美是真正的男子汉维护家庭的楷模。在他以为终于忘记掉良心不安的纠缠之后,终于习惯了把现实作为历史的时候,那些被他无情抛弃的过去实际上并没有离他远去。它们原来就烙在夕阳把他拉长并显得有些僵硬的影子里。从那儿散发出一股腐味的玉兰香和来自地核的黑色叹息。当瓷鱼的目光认真盯住当年的小郭,他记起那个女人已经走了。可这与他有什么关系呢?他和她完全属于两种不同规格质量色彩和层次的人。当人们对他表示尊重时就联想着要鄙夷她,当人们嘲笑她时就把更多的敬佩给予他。这难道不是谁都习以为常的事实存在么?可现在面对瓷鱼的眼睛,多年来人们用态度帮他垒起的优越感顷刻倒坍,露出了似乎不属于他的那部分往事。

他喜欢过她,但没有泄露。即使全世界的男子排起队来向她献殷勤,他也会把自己排到最后一位。他那时候人小言微,萎靡不振,胸肌不发达衣服邋里邋遢还有脚臭,脸老是脏兮兮的,头发生长,不良说话会脸红口吃得厉害。人们不把他当回事。姑娘找舞伴,微笑着向他走来却拿他当柱子绕过和他身边的糟老头谈笑风生。他还怕老婆,他只是老婆的出气筒和温水袋。而那时她是多么崇高高贵所有男男女女的脸全向着她。他躲在人背后偷偷打量她,自惭形秽。没想到有一次她居然对他打招呼,还跟他要过一杯开水,她居然肯那样对他说话,细声细语,温柔亲切。那时候他多么希望大院里的人甚至全世界的人都能看到这个场面,他原来并不像人们所看待的和自己所想象的那么丑陋不堪,否则人们心目中的女皇怎么敢独独对他如此青睐呢?一次青年人聚会,人们习惯地忘记了他的存在没给他一个快乐的任务,只有她笑盈盈地提出了他的名字。刹那间他感激得几乎要当着众人的面跪伏在她的石榴裙下，当他从想象中的石榴裙下手脚冰冷地爬起来时，他突然发现自己是那么绝望地恨上她。她用她该死的同情心把自个儿天使般的可爱和他愚人式的可怜鲜明地对比在众目睽睽之下，他感到了前所未有的耻辱。就这样他又喜欢她又感激她又恨她，在这种感情的交替磨砺下，他找回了自己要做人的信心。

他开始千方百计地接近她，有意识地让人觉得这位漂亮清高有知识的女性对他的赏识和亲近。她似乎有所觉察，吃惊地并开始本能地回避他时，他立刻又装出一副可怜的孙子样，让她保持住他愈来愈无法容忍的该死的同情心。他知道他永远没有其他男人的优势，但他的运气好，于是他有了个机会和她去逛了一趟电影院前的广告栏并请她喝了一碗冰镇豆浆。那样做的时候他倒没有想到后来发生的事，他只感到一种满足和快意，他终于也能像风流倜傥的男子汉们洒脱地请体面的女友看戏吃小点。那次他真是开心极了，夕阳播放着浓烈的玉兰香，夜气从大地刮起幸福的叹息。到了这一步，人们才正视了他的存在，惊讶而郑重其事地聊起他和她，你瞧瞧我们的小郭，是不是猪油蒙混了心窍，做癞蛤蟆吃天鹅肉的梦来？他极力忍住了直往脑袋冲去的热血，故意轻描淡写地说，的确她无微不至地关照着他，后来他终于觉察到了她的意图，他郑重而诚恳地向她说明，他绝对忠实于他可爱的妻子和家庭，怕她忍受不了这个打击他曾给她买了一碗冰镇豆浆。他至今无法明白他怎么说了这么一番话，也无法明白人们怎么那么轻易地相信了他的话！从此有妻子的男人碰到她会做出欲言又止鬼鬼祟祟想溜走的把戏，妻子们时时担心这个看中了便会不顾廉耻的女人夺走她们的丈夫。人们把他和她整个地颠倒了位置，尊敬和鄙视成正比增长，他沉浸在这种新的待遇里体会做体面人的滋味。渐渐地他把虚构当作事实，相信了自己逼真的谎言，随着人们悲天悯人地望着那个被他拒绝了诱惑的女人摇头叹气：可怜的不洁的女人噢！

如今她走了，她不会因为这个走的吧？

袁老突然显得老态龙钟，意识忽而清醒忽而模糊。他在夕阳的静寂中兜圈子,把家的纱门开来开去。每拉开纱门的那一刻,袁老便嗅到一股香水味,这香味不同于自然界的任何自然香,总让他喘不过气来。很久以前,那个女人便带着这股香味停留在他的办公桌旁,激动地对袁老说大院生产的产品必须有所改变,因为大院制作的只是物的躯壳,充满死亡意味的躯壳,而人们需要的是能激发他们沉思和向往的灵动的物的本质、物的精神、物的灵魂。它们必须冲破物的躯壳在躯壳外得到实现……袁老笑哈哈地对面红耳赤充满幻想的姑娘说,假如想随心所欲创造的话那根本用不着进这家大院,这里不是异想者的摇篮而是复印者的匠房,后者需要严肃的态度、寂寞的心境、冷静的自控力。姑娘指着玻璃柜里的陈列品说她从来没有看懂里面的意思,所有美的丑的恶的善的真的假的全都封死在里面,人们能接受这样的东西真不可思议。袁老扶着姑娘滚圆的肩头把她送到匠房里去,这个大院没有不可思议的事。他让她在十年间拜了十二个师傅,终于教会了她在丰富的物面前用统一的方法测量它们。袁老欣慰地看到她习惯了她的工作,忽略了她忧伤的面容和过分的沉默。他以为她是彻底放弃了从前的那股邪怪劲头,哪料到表面的顺从帮助她在暗地里完成了这条离经叛道的瓷鱼,是她压根儿没有改变本性呢还是她的忍受力到了极限?她就这么不声不吭地出走了。不会是因为这个走的吧不会……

　　占据大院玻璃柜中心位置的瓷鱼便这么没完没了地折腾人的神经。人们被催眠似的动手撕开自己的心脏,在扑哧扑哧往外冒的各色血浆里苛刻地审视着心的内核。他们清醒的头脑无不为这种异乎寻常的自我坦白搞得惶惑不安痛苦莫名。谁都不情愿让内心暴晒在光天化日之下呵。人们都想一把打碎瓷鱼,将瓷鱼的残肢遗骸埋到院子里的桃树根下,永世不让它作蛊。至于那个女人嘛天长日久总会被人淡忘的世界上没有忘不了的东西。但说到底谁也没有这么做。每到傍晚他们便迫不及待地捧着还没来得及冲上水的茶杯相互不停地串着门,他们在客厅里打呵呵,把沙发椅压得吱哩嘎啦,用眼角迅速瞄一眼主人放在墙前的玻璃柜。

　　"您瞧,这瓷鱼……"主人立刻地发现了,讪讪地笑。

　　"这瓷鱼……"

"挺可爱嘛……"主人虚虚地笑。

"可不,活灵活现!"

"可不,只有她这么个人……"

"真难为她……"

于是就察言观色地躲躲闪闪地提起那个女人,关于那个女人不咸不淡模棱两可的话,心里儿却慌慌的,意识到欲盖弥彰的把戏,脊背沟儿便汗流浃背。话说得没味了,便抱着空茶杯垂头丧气地各自散开,回家仍对着那无法扔掉的瓷鱼发呆。

"这什么物什,"袁老的老伴儿说,"既是放着叫人难过,那就收起来吧。"

"不,不,哪用得着,"袁老说,"放在柜子里挺好的,不错。再说,别人家都还摆着哪,我们怎么能收起来呢。摆着吧,不同风格,不同流派,兼收并蓄嘛。"

……

一个明亮而沉默的早晨,大院工作厅的弹簧门忽悠了一下,闪进一个头戴小白花的朴素女人。厅里所有的人都抬头注视着她,惊讶得脸蛋变形。

"是你?"敏大姐说。

"嗯。"女人点点头。

"你?你上哪儿去了?"小张姑娘说。

"上哪儿?"女人有气无力地说,"陪我爹上了趟天堂。他留在那儿,我回来了。"

"噢——"袁老好不容易反应过来,立刻慈祥地责备:"你怎么可以,怎么不请个假?你看,我们也没办法送个花圈什么的。"

"我请了假。"女人疲倦地说,"下班后才接到的电报,要赶傍晚的火车,只来得及跑到袁老家,袁老刚巧不在,我写了张字条压在一个人送给您的礼物底下,在台阶上的。"

"你是说,你是回家奔丧,没有给我们送瓷鱼?"

"什么瓷鱼?"

"哦，没什么，我们收到一条古怪的瓷鱼，没什么，"王先镇静地微笑，"大约是哪方业余作者的习作，没什么。"

女人们抢着递过来一杯杯冒着茉莉香的花茶，男士们一齐拉出自己的靠背椅。"我们一直在猜想，以为你去另谋高就了呢。"

女人把头埋进大茶缸里贪婪地喝着水，水在她的喉咙胃里响成一片。她抬脸望着围在她四周大院里的人，疲倦万分的脸上挂着万分的感激。

"哪能呢。"她说。

人们面面相觑。

当日傍晚，瓷鱼便悄悄地从各家的玻璃柜里消失了。但他们很快便发现，瓷鱼带给他们心灵的骚乱却有增无减。他们既恐惧瓷鱼出现的日子，更羞于追究瓷鱼消失的始末，他们当然还是采取尽快忘却的办法忘却一切不愉快的事情，但已经不存在的瓷鱼已化为巨大的嘲弄满当当地挤在大院的各种光线自然香以及没有生命的物里。从那时起，大院无可救药地失去了令人万般留恋的从前好时光，不安和自审史无前例地渗透在大院平和的空气里。

这条该死的瓷鱼呵。

（原载《星火》1987年第10期）

---

**作者简介**

林丹娅，笔名丹娅，1958年出生于福州，文学博士。1983年毕业于厦门大学中文系并留校任教至今。现为厦门大学中文系教授、博导，厦门大学中国语言文学研究所所长，福建省作家协会副主席，中国女性文学委员会副会长，福建省写作学会副会长。1982年发表作品。1992年加入中国作家协会。出版《当代中国女性文学史论》《中国女性与中国散文》《用脚趾思想》《白城无故事》《生命的流象》等论著与作品集十余部。主编"悦读女性"丛书、国家"十一五规划"教材《女性文学教程》等。

# 魔　湖

◎ 李海音

## 一

八公峰顶的彤云，火炭般燃烧起来的时候，从山峡那边的老林子里，窜下了一股凉沁沁的风。

小六仔驱牛回村，他逢人便讲："来人客了，来人客了。"

开初，谁也没有注意小六仔的话。小六仔是个疯疯癫癫的小崽伢，为村里人牧牛，整日里咿咿呀呀地唱，谁也听不懂他唱的是什么。自从他的爹被"狗牯斑"毒蛇咬死，他娘弃他改嫁后，他就成了如今这个模样。

后来，人们真的看到了。那两个人，钻出了村对门鸡栋排的苦楮树林，矗立在山梁上，痴痴地朝村子看了一会儿，就开步朝村子走来。烁烁的落日，红红的云块，灿灿的霞光，衬着他俩的身影。那身影，显得好高，好大。

"来人客啰！"

"来人客啰！"

一溜子崽伢，涌出了村落，排在村前道旁，并不做声，只默默地啃着手指头，细细地观看。村落里，顿时响起一片铁勺刮铁镬刺耳的声响，灶膛里都多塞进了一把柴禾。妇人们站在灶膛前，使劲地搅拌着铁勺里黄绿色的茶末，端上一铁勺自制的擂茶，是山里千百年来待客的礼矩。那些已归家的山里汉子，洗净了脚掌，套上了鞋子，都慢慢地摆出来，站在自家的门槛前，脸上涌着暖暖的微笑。

来人客了。

迎面走来的一男一女，都背着沉甸甸的背囊。他俩的脚上，都蹬着厚厚的白色旅游鞋。那男的人客，留着一圈浓浓的黑胡子，包围了下半个脸，他还留着一头遮住耳朵的长发，初看上去，像个老汉。待走近细瞧，那面皮细嫩光滑，并无半点皱纹，透出的血色颇有光泽，才晓得他不过是一个二十郎当岁的后生！他噔噔走来，汗湿漉漉的运动衫下，宽阔饱满的胸膛一鼓一鼓，短裤下两条直直的长腿，筋肉凹凹凸凸，壮得真像一条犍子牛。那女的漆黑的长发直披到背上，她后脑勺上缩着一条雪白的纱巾。窄窄的长裤，紧紧地绷着她的臀和腿，轮廓分明，叫人不敢着眼。她的上身，倒是穿了一件宽松的衬衫，随着她的步子，飘飘拂拂。

在明坐着的木凳前，有一个六七岁模样的小男孩围着木凳转，无限惊异地打量着明的脑袋。他左盘右旋，观测良久，最后感叹地叫了声："啧嘞，这么个大脑壳！"

一片笑声，山里人都笑了。明和玉虽然都听不大懂山里话，但都从小男孩的神态语调里揣摩出了个大概。明搁下茶碗，搔了搔长发，无可奈何地哈哈着。玉抿了抿嘴唇，笑着摸了摸那小男孩刮得精光的脑袋。

"来，抽烟，抽烟！"

明从背囊里掏出了两包"富健"，利索地拆了封，抓出了几支，前后左右，上上下下地递去，并不断"啪啪"地揿动着电子打火机。

"吃你的烟？"每一个山里人都一边这么恭谦地笑着说，一边都急急抓过烟卷，插在嘴唇正中，连七八岁的男孩也不例外，烟雾升腾，每一个人都努力地吸着、呛着。唯有一个细竹竿样的少年没接烟，他隐在大门外，只露出半个脸，一只大眼在那儿滴溜溜地转。

"来呀，你也来一支！"玉说，用肘碰了碰撒烟的明，她发现这少年就是白天在山上遇见过的放牛娃。

那个面色苍白、眼睛特亮的放牛少年摇了摇头。

"小六仔，哪晓得吃烟？"有人说。山里人又都笑了。门口的身影在笑声中一闪，便不见了，门外的晚风带来他咿呀的唱。

"从省城到这山旮旯里来，路上得走好几天，真辛苦啰。"一个中年瘌痢汉子，大概猜测明和玉是做生意的，开始小心翼翼地试探。

"请问，这山上有没有一座湖？"明甩掉烟蒂，问。

"湖？什么叫……湖？"

"湖，就是，就是积了很多很多水的……水塘。"明打着手势，解释。

"湖？水塘？很多很多水的？"山里人面面相觑，蹙着眉头，脸上的笑意都褪去了，就像蒙上了一层霜。沉默，令人诧异的沉默。他们久久地思索着，蓦然好像都意识到了什么，异口同声地说："冇，偃们冇过！"

"我们来这里，不为别的，就是想看一看那个湖。"玉环顾着众人，说。

"冇见过，不晓得。"山里人说着，摇着巴掌，纷纷四散，低头退出门去。

"喂，你们别走嘛！"明有些着急了，弯下腰又去掏背囊。

有几个山里汉子驻了脚，他们看见明掏出的不是香烟，而是一卷发黄的图纸。明摊开了图纸："你们看，这里明明标着有一座湖泊嘛！"

剩下的那几个汉子围拢了来，躬下身子，很认真地瞄着图。几只黑而粗糙的手指，在纸面上划了过来，又划了过去。

"唔，这里？唔，哪里？"山里汉子们絮絮低语。

"抽烟，抽烟。"玉终于明白了，抓起烟盒，又给了他们一人一支烟。

"喂，你们明天谁给我们带路，我给钱！"一张簇新的十元券，在明的手中飘扬。

"不，偃们不晓得！"剩下的那几个汉子，立即走开了，头也不回。

"喂喂，我再加一张！"明冲着他们的背影喊。

"算了,收起来吧,没人会要你的钱!"玉说,瞥了瞥已空无一人的厅堂。

明牵起玉的手,两人走到屋门口,坐在了青条石门坎上,肩并着肩。

太阳已经跌进了村对面的那座雄浑的大山,余光辉映下,漫天的彩云变幻着色调。在树林和村落之间的野地里,暮霭正在集结,一步步漫了上来。山风中,竹林飒飒作响,发出低低的窃语。在明暗交替的这一时刻,山林世界呈现出一片荒蛮而朦胧的诡谲。

他们依偎在一起,专注地看着变幻莫测的大自然,凝神细听冥冥中的太空神乐,完全被这天造地设的美慑服了。

"饿了吗?我这里还有一块巧克力。"玉柔声说,回眸嫣然一笑。

明剥开锡纸,正要把黏糊糊的巧克力舔进嘴去的时候,墙角拐弯处那儿突然"哗啦"一响,一个精瘦的身影从柴禾堆后摇了过来。

"俚说,你们罗个不去寻金良老爹?他……他晓得……"那个叫小六仔的放牛娃说,白白的牙齿在暮色中一闪。接着,他把手中的竹梢鞭一挥,咿咿呀呀地唱将起来,摇摇晃晃地走了。

## 二

八公峰年轻的时候,一定是个孔武有力的巨人。如今,像披着旧战袍,它仍披着一望无际的几乎无人触动过的森林,足以显示当年的赫赫威势。这里有无数的峭壁和深涧,卫护着那高大繁茂、直矗天空的林木。

每年立秋一过,深山老林中便有咚咚的斧声。立秋树木落水,不易脱皮,不易腐烂,香菇佬儿们就仔细地伐倒那些巨树,不让它腾空悬架,也不让它半栽进湿润的山土。树木横倒下来后,离地半人高,既领水汽,又便于劳作,香菇佬儿就跳上树干,弯腰咚咚地剁"菇花"。利斧落下复又扬起,每一下既砍透树皮,又不伤木质,让水汽在树皮下流通,让香菇在皮与木之间附生。八公峰自然法生产的香菇又厚又香,八公峰的菇场远近闻名。

两座杉树皮覆顶的草寮,隐在深深的密林里。菇场的劳作,从立秋到翌年的端午,夏日一到香菇佬儿都下了山,孤寂的草寮里,只住着一个半瞎的守场老头。山风飕飕,灶火熊熊。铁镬中沸水扑扑地响,花狗仔乐滋滋地哼。

金良老爹坐着,用脚踩住竹筒,一手拉开葛藤紧绷着的竹弓,从竹筒夹子上取下一只夹死的肥硕山鼠,扔进木盆。山鼠,是香菇佬儿的大敌。

"嫖他娘格,食了你!"老爹说,每扔一只鼠,便咽一泡唾液。"花狗仔,你莫哼,有你食的鲜肝肠,有你嚼得碎骨头。"金良老爹瘦骨嶙峋的脸上,刻着慈悲的笑意。沸水冲进木盆,没死透的山鼠一阵抖索,腾起了一股血腥气。

忽然,花狗仔猛吠了起来,利齿咬得格格响,窜下了草寮前的小土坪。

金良老爹直起腰杆,侧耳聆听,抽搐着鼻子。咿喂,不对头呀,山下方的灌木丛哗哗响,传来陌生的脚步声,沉重的喘息声,还飘来两种混杂在一起的奇怪气味。一种是香烟卷儿和男子的汗臊味,另一种,是从未嗅过的什么幽香和女子的体骚味。这么晚了,他们来做什么?

金良老爹搓了搓手背粘上的山鼠毛,拎起了脚跟前的青枫木棍,站到了土坪前。

"呜吼,你们是谁人?!"老爹的声音低沉而威严,"冇菇了,这时节冇菇了!"

"我们是来找你的!"

一个年轻后生的喊声,直撞他的耳膜,金良老爹细细一品味,便唤:

"花狗仔,归来!"

四十年前,金良老爹是八公峰最负盛名的狩猎高手。四十年前的那一个秋日,他独自一人追猎一头黑豹,钻进了峰顶无边的密林。这头黑豹打着了没有,无人知晓。山里人只知道,打那一天后,他忽然瞎了眼。

金良老爹到底为何瞎了眼,山里人百思不得其解。每当有人问及此事,金良老爹总是讳莫如深,脸上却现出自傲的微笑。四十年来,他未娶未婚,隐在山林里,面皮熬得发绿,脸瘦得已分不出哪是骨头哪是肉。更怪兀的是,他鼻毛丛生,连耳孔里也窜出簇簇长毛,宛如树干上附生的黑木耳,为他平添了几分生气。

"来得那早?"金良老爹问候。

"大伯,你会听普通话吗?"男的声音。

"偃晓得听,不晓得话。"

"我们不是来买香菇的,我们是来——"

金良老爹忽然听到一句女子的话音,城里女子的声音又清脆,又柔和。老爹一哆嗦,觉得一股暖气侵了过来,暖融融的令人舒心。可是,这声音突然被男的打断了。"抽烟,抽烟!"那男的说。手指缝里多了一条白白的物件,"啪",眼前冒起了一片红红的光。这烟卷,又香,又燥,又闯喉咙。

"大伯,你的眼睛不好使,是吗?"男的似乎很关切。

"是。"

"我们来找你,只是想请你告诉我们一件事。"男的说。

"么事?"

"我们想找湖,听说这山里有一座湖?"男的说。

金良老爹闭紧了嘴。沉默,只有花狗仔在不满地咕噜。停了良久,老爹突然坚决地说:"冇。偃不晓得。"

"你知道,听说你去过的!"男的喉咙响了起来,"你只要给我们指一指路……"

"冇,偃不晓得!不要,偃不要你的票子!"金良老爹吼道,那突然塞过来的钱,窸窸窣窣响,摊在掌心,就像一块火红的炭。花狗仔跃了起来,发出一连串的吠。

"明,算了吧,别问了。"

又是那个清脆柔和的女子话音,金良老爹不禁又哆嗦了一下。他抚了抚花狗仔的脑袋,静了静心,缓缓地说:"天暗了。食饭,人客。"

"这老糊涂……"男的声音,似乎在嘀咕。

金良老爹晓得,总有这么一天,有人会来找自己。这一天,就这么来了?

"哦哦，月光真好！"女的说。

"从这里一直往上爬，就能爬到月亮上去。"男的说。

"你看，你看！那几座怪石峰的侧影，多像伏在那里的野兽！"女的兴奋地叫起来，"你再看右边的那座山峰，一半黑一半白的，像不像一个古罗马的角斗士？"

"我看像一个飞天仙女……"

"是角斗士，是角斗士！"女的声音略微一停，复又响了起来，"你听到了吗？那里有知了在叫，吹箫一样，这里的蝉夜里还叫，真奇怪！你听，那边还有溪水在响，月光下的山溪一定更美，我们去瞧瞧。"

"当心，有蛇！"

"呀——"女的一声尖叫，好像是跌倒了。许久，许久，才又听到她的声音。"你骗人，你坏，你坏！"

小土坪上的对话停止了，一重一轻的脚步声渐渐远去，消失在小溪那边。

金良老爹抑制不住，浑浊地咳了一阵，最后只得捂住自己的嘴。今晚的月亮是很好，那月光漫洒在树林里，每一片树叶上都有月光清清的淡香。八公峰顶荡下来的山风，在林子里穿梭，每一片锋利耸翘的峭岩，都发出细微尖锐的金属般的声响。这时，老爹忽然听到小溪那儿响起年轻的嬉闹声，接着山风又裹来一股未曾嗅过的花香，既不像丹桂，又不像崖兰、栀子。这缕香气，和一串泼水的声音、女子的笑声搅在一起，袭扰着他枯寂的心胸。他吐了一泡浓痰，一串浑浊的咳嗽，又涌上了喉头。

金良老爹坐在铺上，披着补丁压补丁的夹衣。人客说要在这里住宿，他俩把背包搬进了烤菇的草寮，在烤菇的圆炭坑边搭起了一个柴铺。多少个春秋，这里没有一个生客住宿过。嫖他娘格，今晚肯定无好眠了。

他俩回来了。笑声，格格格格，哈哈哈哈。脚步声，一前一后，互相追逐。土坪前，那女的跑在了前头，吁吁娇喘清晰可闻，赤裸的脚掌踩在枯黄色的落叶松针上，发出噼噼啪啪的轻微的爆响。那脚步和羚羊一般轻盈，唉唉，那脚丫一定又嫩，又健，不晓得有几多好看。男的在后面追，呼哧呼哧地排气，像一条水牛牯。一个白白的人形色块，在眼前一晃悠，就跑过了草寮，撩人的香味更浓稠了，雾似的扑过来。金良老爹赶忙闭上眼，挺身倒下了铺。

嫖他娘格，笑什么咧，有你们哭的时候。

"真凉，这溪水怎么这么凉！"女的说。

"快，擦干头发。"男的说。

"我冷，我冷……抱抱我！"女的说。

"你这个小妖精……"男的说。

那边草寮里的对话歇止了。柴铺一阵吱吱嘎嘎响，很刺耳。咳，倒灶鬼，这草寮竹壁铺排得也太稀疏了，金良老爹想。那边静默了好一会儿，"啪"地他俩有谁揿亮了手电筒，一阵纸片的摩擦声。这时，响起了男的声音："明天，我们自己去找，只要找到这条溪顺流往上，我看就一定能够看到那湖。"

"休息吧，我……累了。"女的声音，压得很低很低。

"唔，山野风味；"男的声音也低了下来，"五星级酒家也没这种享受。"

"这里会不会有臭虫、跳蚤？"女的问。

"别怕，我在床头床脚都洒了樟脑丸粉。"男的回答。

"哎，你把小宝贝塞到哪儿去了？"

"在这里。苏珊我的爱，好吗？"

"咔嚓"一声什么响，声浪突起，洋乐猛奏，有谁扯着嗓子唱起了洋歌。滚滚的洋乐，毕竟遮不住一阵窸窸窣窣的声响，宛如雷电声中橡树肥厚的叶片脱离了枝干，纷纷扬扬地飘落到地上。有两只啄木鸟，对着树孔使劲地啄，不停地有充满弹性的啜吸声。柴铺发出如此凄切的怨叹，仿佛不胜承托两极世界的重载。香味弥漫，越来越浓，越来越烈。随着一阵若断若续的呻吟，灼热的铳条由猎铳口射出，穿透了血肉之躯，飘来了毛皮烧焦的苦味。

花狗仔在梦中发出几声不安的呜咽。

金良老爹把头缩进厚重似铁的被絮，吞下去一串串浑浊的咳嗽。那洋乐洋歌如擂皮鼓,如弹棉絮,震得额角的筋直蹦跳,他想呕吐。被絮堵塞了耳孔和鼻孔,只听得自己的血脉奔涌,只嗅得自己久年的腐酸汗臭。嫖他娘格,倒灶鬼,泻赤痢,冇,偓不晓得,偓晓得也不话,不话。

许久,许久,金良老爹才睡着。

他,梦见了那个湖。他梦见年轻的自己,魁梧又精壮,扛着猎铳叱咤着猎犬群,撞进了一片神秘的森林,眼前蓦然展现出一汪清澈的湖水,湖水和天空折射着无数个金灿灿的太阳。

他笑了,在梦中。

三

由于山势的高落差,山溪奔泻得分外欢快。水声潺潺,溪水忽而分成几股,绕过横七竖八的突兀怪石,翻着晶莹的水花;忽而又聚成一团,喧嚣着冲刷着陡峭的石壁溪岸。逆溪往上走,涧谷越来越险峻,这里是无人到过的幽境。曲曲折折的涧谷,悠然地飘着淡淡的烟雾,丝丝缕缕的烟雾在缠绕树干或覆盖溪面的绞藤中穿行,令人恍如置身在上古的神话世界中。

明拉着玉的手,一用劲,把她拽上了一块歪斜欲倾似的巨石。明的黄色T恤衫已经半湿了,腋下和胸前都有偌大的汗渍圈。绿色遮掩的涧谷非常凉爽,而明的喘息声却越来越粗重。

玉的背部,T恤衫被荆棘扯破了个口子,像开了一扇小窗,随着她身躯的攀越,时不时露出一块白皙细腻的肌肤。玉的喘声已经连成了一片,黑发汗涔涔地贴在她的额前,但她仍显得兴致盎然。

"歇歇吧,玉。"明说,放下了肩上的挎包。

玉立住了,双手叉腰,胯部微斜,昂首往山上看,那姿势真美。茂密的绿色,遮天盖地,再往前几步,山溪就消失在横亘的山体里。

"来,你先喝口水。"明摸出旅行水壶,又熟练地往面包上抹草莓果酱。

他俩坐在一块巨石上。这巨石圆溜溜的,好似一块巨大的馒头,石面上长满了苔,还有一圈圈白色的石斑花,酷似垫上了豹皮褥子,绿色的豹皮褥子。

玉脱下了脚上的"耐克"旅游鞋,扯下了黑色的尼龙丝袜,就把脚伸进了溪水中。清凉的溪水舔着她疲乏的脚,她惬意地哼出了声来。

"明,你测了水温没有?"玉问。

"有希望,又高了将近一度!"明从水中拿起了温度计,对着亮光端详了一会儿,高兴地叫道。"我说得不错吧,只要沿着这条溪往上走,就一定是湖!"

"你这么自信?"

"一个人不相信自己,还能干成什么事?"明铿锵有力地回答,"只要有图,没有那老家伙指路也不要紧。"

"我总预感,这里好像有什么奥妙……"玉低头看着溪水,喃喃地说。

"别胡思乱想,有我呢。"明沉稳地说。

"……"玉不做声了,她抬起头,两眼直视着明,粼粼地闪着爱恋的波光,她鲜嫩的嘴唇微启,显露出凝雪般的皓齿,传递着"吻我"的暗示。

明的气息复又粗重了,他筋肉强健的手臂揽住了玉浑圆的肩膀,颤抖着的一团虬须,慢慢朝着她绯红的脸腮,贴近。他们接吻了。玉的嘴唇,比草莓酱还甜。深深幽谷里,响起了梦幻般的絮絮低语:

"顺着这条溪往上走,就一定能够找到湖。这湖好深好深,湖水又好暖好暖,这是一个温暖的湖。湖的四周,一棵棵高大的巨树插入云霄,在原始森林的环绕中,湖水平静得就像一面镜子。当月亮升起来的时候,你可以看到湖水中映着九颗明亮的月亮……"

人世间,常常事与愿违。

西下的夕阳,聚成一团光斑,贴近西山的时候,明和玉来到了这条山溪的源头。不,那不是一座荡漾着碧水的湖,而是一面抬头望不到顶的绝壁。

褐黑色的石壁上,倒挂着长长的青藤,老人胡须般地往下滴着泪水。这小得不能再小的山泉,就是这条山溪的源头。

"啊!"

明紧抵着绝壁，愤怒地擂着它。青筋暴露的双拳，一次又一次落在石壁上，竟毫无声响。

玉立在明的身后，双手抱臂，面对着石壁狠狠地咬着嘴唇，那嘴唇上已没有一点血色。

连回去的路，也显得扑朔迷离了。

花狗仔轻吠了两声，倏地窜下了草寮前的小土坪。山径那边的灌木丛中，传来疲惫、拖沓的脚步声。

嗬嗬嗬，金良老爹乐了，心坎深处那乱石陈横的缝隙里，发出了一阵阵笑声，猴面鹰叫般的笑声。烟卷味，汗酸味，体骚味，还有那股香碱味，脚步声越来越近了。他俩走上了小土坪。

"喂，人客，寻到那个？那个……'湖'了么？"金良老爹头也不回地开了腔，脸部毫无表情。灶前一片红光，把他雕成了一尊山神样的塑像。

没有回话，也不会有回话。两行脚步声径直穿过了小土坪，到那边烤菇的草寮里，有挎包落地声，塑料壶和什么金属物的碰撞声，沉重的身躯倒下了，柴铺又难堪地嘎吱嘎吱响了几下。"唉。"男的在叹息。

"哼，哼。"金良老爹的鼻孔里哼嗤了两声。花狗仔窜了过来，用冰凉的鼻子嗅了嗅老爹的手，肥实的尾巴讨好地拍打着老爹的膝头。

"去，去。"老爹不耐烦地搡开了它。

草寮外，有细碎的脚步声，是那个女的拖着脚步走来了。

"大伯，煮饭？"她说，"我来帮你烧火。"

"使不得，使不得。"老爹心里说。一股女人的温馨包围了他，身体上的香碱味，发辫里蒸腾的汗味，还有这城里女子所特有的腋骚味，刺激着老爹的鼻孔，他又要咳嗽了。

"大伯，告诉我，你真的见过那湖？"女的悄声地问，声调绵软、温和。

老爹张了张嘴，想说什么，忽然脸上的筋条一抖，又噎了下去。老爹咽了咽口水,吞下了一串咳嗽,他的心胸复又冰凉冰凉的了。

"归去吧,归去。"老爹说,"冇有'湖'。即使有,寻它又有甚意思?"

"人家都说……"女的又想讲什么。

这时,老爹嗅到了一股辛辣的烟卷味,他听到背后那男的蹑手蹑脚地走来,无声地斜倚在草寮的柴门上。老爹心里猛然一阵烦乱,倒灶鬼哟,这女人怎么这般,啰里啰唆,纠缠不休?老爹不搭腔了,只把脑壳狠命地摇了两摇。

三个人,都沉默着。寂静,笼罩着这个小小的草寮。

夜里,起风了。一团团浓厚的云,遮住了月亮。叶片上石块下,都隐隐漫出湿润的水汽。山里第一场秋雨即将降临,秋天快来了。这一夜,金良老爹睡得很酣,半夜在山风中醒来,听到那边草寮里还有说话声。

"玉,既然找不到湖,我们明天还是下山回去吧。"男的说。

"不。好不容易来了,哪里能这样就回去?"女的回答,"我们明天从另一面爬上去看看。"

"唉,归去吧,归去!"在又沉入酣睡中去前,金良老爹这样默默求祷。

破晓时分,凄凄的山风止歇了。两个矫健的充满青春活力的身躯,又攀缘在涧谷山溪畔。山溪啊,山溪,但愿你能把我们带到那座湖!

溪涧弯弯曲曲,好像在打转。最后,山溪消失了,矗立在明和玉面前的,仍是一面绝壁,一面高耸入云的绝壁。

"见鬼,我们迷路了。"明说。

"不,这里好像我们昨天到过。"玉打量着石壁说。

"没这回事。"明说,一屁股坐到芒萁骨草丛中。

"没错,你看!"玉叫了起来,"这不是你昨天敲打的地方吗?'芝麻,开门!'可惜没有阿里巴巴。"

"是又怎么样?反正找不到那个湖了。"明有气无力地说。

玉雪白的牙齿咬住了嘴唇,歪着头思忖了一会儿,她突然一拍大腿,恍然大悟喊了起来：

"嗨，我知道了！为什么非得溪流啊瀑布啊的上游才有湖？难道湖水不能渗透这些巨大的石块，形成山泉，再形成溪流？"

"……"明抬起头来，呆呆地看定玉。

"爬上去，我相信湖就在石壁上面！"玉把手一扬，很兴奋。

"爬，爬上去？！"明忽然大笑了起来，笑得前俯后仰，笑得捧住了自己的肚子。

"笑，笑什么？"玉蹙了蹙眉。她卷起了袖子，把衬衫塞进腰带，蹲下身去，绑紧自己的鞋带。

明止住了笑。他昂起头来望望石壁。石壁好高好高，高得令人目眩。石壁的下部长满了绿苔藓、还魂草，光滑溜溜的。石壁的中部，裂开了无数罅缝，一丛丛金针花钻出了罅缝，在云雾中傲然地晃动，根本望不到顶部。

"玉，别开玩笑了，我们爬不上去。"明说。

"湖就在石壁上面，我相信那老头一定看见过这个湖。"玉已卷起了裤脚，露出了一截浑圆结实的小腿。她左右扭动着上身，双腿交替地踢了踢，姿势非常优美。

"你凭什么这么说？"

"凭我的直觉，女人的直觉。"

"算了吧，玉，这只不过是游戏，干吗这么认真。"明扯了根芒萁骨杆，剔着他的牙缝。

"不，现在已经不是游戏了，我非找到它不可！"玉的语调里充满了从未有过的固执，"其实，我们也只离它一步之遥，那老头子能上得去，我们也能上得去！"

"寻觅出不存在的东西，以证明自己的本事？"明撇了撇厚嘴唇讥讽，踢了踢脚下的小水洼，"如果你把这个坑当作湖，你不也就算看见湖了？哼，这只不过仅仅是主观视觉问题，何必冒生命危险来维持心理平衡？"

"你,你到底去还是不去?"玉俊美的两眼,狠狠发出了光来。

"不去。"

"什么男子汉,分明是胆小鬼,我算看透了你!"玉的眼里忽然满噙泪水。

"你……你是个任性的傻瓜!"明站起身来,恶狠狠地咆哮。

"好,好。"玉的声音恢复了平静。显得那么冷漠,"你不去,我自己去。"

"不,你不能去,"明扔掉芒萁骨杆,一把攥住了玉的胳膊,"我要对你的父母亲负责!"

"啪!"清脆的声响,金星四喷。明捂着脸,跌倒在草丛中。娇柔的玉,竟然如此有力气?中邪了?她真的非看到那湖不可?该死的湖,该灭的湖!待明撑起头来,他看到玉拉着葛藤,已经灵巧地往上攀登了几丈高。唉,在蓝天的衬托下,她的身姿是多么美妙啊。

明挣扎着爬起身来,一脚踢开地上的挎包,疾步走到了石壁前。玉,该死的玉,爬上石壁如果还找不到湖!看我怎么收拾你!明双手拉着噼啪作响的枯藤,心惊胆战地寻找着落脚点。他抠着石缝抖抖索索往上爬,他只看到头顶一片蔚蓝的天穹。这天穹极深邃,极悠远,极崇高,他感到自己像要头朝下栽进一口深不可测的井,那是一个永远也不可穷尽的世界啊。

## 四

八公峰顶的彤云,火炭般地燃烧着。太阳已落下了对门山,最后一抹阳光的气味,在枫树梢顶的叶片上消散。

金良老爹坐着,用猎刀剖开一只只烫光了毛的山鼠,扯出血淋淋的内脏,甩在小土坪上。花狗仔享用着鲜货,兴奋地摆动着尾巴,乐得直哼唧。放牛娃小六仔,刚挑上来一袋米和一筐番薯,他坐在扁担上摇着竹笠,边看着老爹剖山鼠,边咻咻地喘。

这时,花狗仔忽然昂起脖颈吠了两声,窜到了土坪前,旋即又叽叽咕咕地哼着,转身回来。

这时,金良老爹听到了那蹒跚迟缓单调的脚步声。那女的呢?金良老爹竖起了双耳,聆听着。

刹那间,怜悯和悲凉闯进了金良老爹的心,膨胀了整个胸怀,哽塞了他的喉咙,他明白了什么,他的眼睛忽然沁出了两颗苍老的泪。

"喂,你寻到那个……'湖'了么?"金良老爹问,倏地站起了身,粗哑而自豪地笑着:"嗬嗬,告诉你莫去寻,这四十年来冇人能寻到它!冇人,冇人!"

"……"明没有做声,没有抬头。他穿过土坪,收拾起行囊,背了起来。他瞎子一般跌跌撞撞、趔趔趄趄地走下山去。

放牛娃小六仔喘过了气,便呀的一声欢乐地唱了起来。这回,唱词依稀可辨:"百万军中斩白旗,天子门下无人依,秦王杀了余元帅,骂得将军无马骑……"

薄暮徐徐漫了上来。脚步声缓缓远去。寂寥的深山老林里,唯余一个滞呆的老者,伴着一阵稚嫩的童谣。亘古的绿色,掩盖了一切一切。

1987年秋作于武昌珞珈山

(原载《人民文学》1988年第8期)

---

**作者简介**

李海音,男,原籍江苏常熟,1951年出生于福州。1969年到泰宁县"插队",后进三明重机厂当工人。曾在北京鲁迅文学院进修,后考入武汉大学中文系作家班,现在福建电视剧制作中心任编剧。1982年开始发表小说,至今已发表《山里同年哥》《杂毛狗牯》《越过崇山》《蛇泽轶事》等数十篇中短篇小说,出版过一部中篇小说集及四部系列长篇通俗小说,另创作有电视剧文学剧本百余集。

# 月　亏

◎ 庐　弓

　　中秋学校照例分发月饼。最后一节自习课，小刘老师从总务主任手里领回十一个月饼，赶回语文办公室，往每张桌头送。于是，在作业堆里就有几副嘴脸昂起来，对着小刘率先笑。笑出了感情之后，就把目光落在了月饼上。

　　月饼七块四角半一个，是在食品公司批发的。学校一下子买这么多，自然更便宜。桌旁两个头。一个瘦，一个胖。胖的年轻，瘦的年老。心里都想，怎么这样小气，一年一个中秋，过个节，发个月饼连十块钱都不到。再想去年中秋发的月饼比这大一轮不说，外加补贴了五块钱。胖和瘦自然就很失望，同时仇恨天天在口头高呼的廉政也不是个东西，怎么廉到平民百姓这样的日常小事上来了。胖就长叹一口气，觉得工作起来疲惫不堪。

　　不过，感慨归感慨，颓丧归颓丧，大家还是找报纸把月饼包裹起来，准备下课之后放学带回家。只是那小刘老师听了感慨，包裹月饼的手忽然就有了些抖。本来蛮兴致的脸面一下子便堆了一堆的复杂。

　　胖很细致先觉察出来，原本想说句笑话打趣打趣，但又感觉小刘老师复杂的神气当中飘过一丝毒与恨的味道。心就一惊一吓，嘴里也就不敢造次了。胖忙瞧瘦，瘦当然也有觉察，不露隐秘地就轻轻吁口气。

　　"月到中秋分外圆呀——"瘦无端地咏叹一声，胖好奇怪瘦怎么脱颖而出这样一句废话，就明快地笑笑。

"做下去呐。"

"千里共婵娟。"瘦眼睛无人地不紧不慢把一句话卖弄得很浓郁，让人随便就可以捏出晚上的月色来洗脸。胖在这时就聪明地忙接过话头来问小刘老师他这诗如何？

"哦，真不愧为佳作啊。"小刘老师散漫的长发翩翩，敷衍地一笑，脸也就回复了先前平和的成分。但却没有多少要来乐一乐的意思，一句话搭理得挺寡味，胖和瘦就觉得没有了兴趣，好做作地哄笑了一通。笑中，月饼也就包裹齐整了。瘦把包裹齐整的月饼放在桌面作业堆上，就又抓起笔对照教学参考书在教本上指指点点了。

这时小刘老师望望窗外。窗外有一阵风过，风推着一片落叶在操场上漫步。他心里没来由地就感到一阵苍凉。

于是他就收拾提包，右手伸进口袋摸了摸单车钥匙，想老婆在家不懂节日晚餐搞得如何，心上忽然就充满了一份盼望，一份焦躁。而先前因为联想起什么的不如意，也就稀里哗啦地被这盼望和焦躁淡漠了。

"喂，我说各位要给头儿送节吗？"

大约过了有十分钟，小刘老师随随便便里极没色彩地就问出这样一句话。此时，黄昏的阳光透过窗户很淡很薄地漂浮在每个人的身上。各位听了话规矩地动了一动，不为难地为难了。都不回答。瘦拿眼偷瞟一下小刘老师，心说这小刘呀怎么这样幼稚。真真是小刘，这问题也好出口问的吗？好在下课钟声响了，就都站起来，伸伸腰摆摆手要回家。小刘老师这时匆忙抓住胖，露一副诚恳的讨教样式问胖。

"我只给岳丈送节。"胖头一偏。

"那你不去了？"

"不去。"

大家都不去是多么的好。小刘老师慢慢地想计划了这么久的一个中秋节，脸上露出狡黠的微笑，眉头不免一松，左手臂下便掖起提包，拿上月饼，右手就掏口袋里的单车钥匙，不慌不忙往门口走。

唔唔，算了罢。

一致的没人做出反应。天空中的一朵云被西去的夕照抚弄成一方飘扬的红旗。小刘老师看看表，五点二十分过，便骑上单车往幼儿园接女儿去。路上，只见街的两旁摆遍了月饼。那摊子前或贴着"批发"，或飘着"削价"字样的红纸条，围着一些人，氛围十足地制造出一种节日的气氛。小刘老师依稀地就体验到了某种腾飞的情绪。左手把着单车，右手就空出来，用指甲划开一层包裹月饼的纸，捏下一小块饼角扔进嘴里。嘿嘿地傻笑两声，心中就带劲地叫好。

来到幼儿园，女儿津津见了父亲车把上悬挂着一个月饼，眼睛翩翩地笑起来。之后，坐在单车后座上，双手搂着小刘老师的腰，一路上嘴里就无休止地计划着晚上怎么和爸爸妈妈瓜分这个大饼。小刘老师两脚生风把单车骑得飞快。

妈！——妈！大月饼。

单车驶近家门，女儿津津就扯开嗓门通报。屋里呢就随声走出一位俏俏的女子。这当属是小刘老师的老婆无疑了。腰间围着一块素花围裙，对小刘老师很有味道地说回来了。

"回来了。"

答后一家子就相拥着走进门。此时小刘老师的老婆忙给女儿卸下书包，后就打开报纸来看月饼。只见一团红艳艳的绝对夺目的火，要燃烧的模样，温暖得热乎乎的。

"这月饼多么好啊。"

"中秋节的月饼呐，当然好。"

"那不一定吧。"

"没有不一定的，好就是好。"

说好的时候，老婆忽地发现月饼怎么缺一个角，狐疑地盯着小刘老师目瞪口呆。小刘荒谬地一笑，就明确地含着某种意义对老婆说，吃了，吃了呐。瞬间，嗅到了厨房里辐射出来的味儿，肆无忌惮地吸了吸鼻子。女儿津津更受不住美丽的诱惑，自自然然地就进厨房去用眼睛饱食一餐了。老婆不错，小刘老师在心里禁不住地就对老婆由衷地赞叹了一句。

今天过节哎！松弛下来后，小刘老师即刻就又做出一副含义深刻的样子，自言自语地把那废话抒发得很甜蜜。老婆回说我又不是不知道。你看你看，我菜都要煮好了呢。很有感情的脸就透出一丝红，眼里呢也一同吹出一股很有颜色的风，轻轻地在小刘身上拂呀拂呀。小刘老师一时目光散散的，很快就迷入了一种境界。趁着女儿津津在厨房还没有出来，他就搂着老婆在她脸上吻了一个如花的印。老婆轻轻地一惊，就微乎其微地挣扎了几下，扭出有颜色的脸，做出大惊小怪的样子。

"哎，这是在哪里呐？"

小刘老师炫耀地憨笑，无限幸福。

"你老不正经。"

老婆离开了他，就细嗔一声，肯定地表现出一个成熟人的模样来，惦念起过节必须做的些事情了。就问小刘老师送没送给学校书记校长节日礼品。这节在中秋，送和月亮一样圆的月饼，无疑是最恰当的了。表示圆圆满满。

没有。这样回答实在没有道理，悠悠闲闲。

怎么是没有呢？

又不止我一个人没有。小刘老师还要争辩。老婆哎地叹一口气，就女儿长女儿短地启发反问你怎么懂得别人也没有呢。问的理由充足，问得小刘老师慌慌乱乱，他就念起还有胖伴着呢，至少有两人没去送礼物呐。

他送不送那是他的事，你送不送这是你的事。

被老婆一指导，小刘老师一个脸面立时就很可怜很没有意思。是呀，我就为什么没有这样想到呢？虽然这样庸俗透顶，是腐臭，是垃圾，可是这个鬼东西利害关系严肃着呐。我去给他送了节，他就会认为这个人是依着我的人呐，将来我就得提拔他。现在语文教研组长不是正缺一个位吗？或许领导就会选中我呢。小刘老师越想血液越激越。机会，这是机会呐。如果我不去给他们拜节，他们心中一定会有疙瘩。而领导心中对你有了疙瘩，你要解开就难了，那你就悲惨了。

送！——送！！

他×的畜生。小刘老师骂一句粗话，踢下趿着的拖鞋，就兴致十分地把脚往皮鞋里套，且搬出皮鞋油来涂，来擦，修理得精精神神。这时，老婆毫不例外地关心起钱来，就司空见惯地心痛了一下，但是仍然毅然决然地掏出腰包，清点出二十几块。接着又交代见了领导要多说好话等等要交代的话，就帮小刘老师推出单车，此时正要再清理出一句豪言壮语来，却忽然想到桌上小刘老师学校发来的月饼，自己消用也未免太浪费了，便将单车扔在小刘老师怀间，说声等等，就退回屋重新包装起那个月饼。只是缺的那一个角怎么办呢？老婆皱了皱眉，就打开柜子，抓出一团面粉，搅拌上食油，把缺的那个角补得平平整整。

带上这个月饼，可以省几块钱呐。

老婆极尽美学语气说完这句话。小刘老师就感觉不太好，把头垂下去。这时女儿津津相跟着跳出门来，风风火火地问月饼还要拿去卖吗？

本应该作个回答，但是静静悄悄的父母都没有发音。那月亮悬在暮色里，轻轻流出丝丝的清爽。太淡太泊，落在人的身上就不能使人发痒。

老婆终于忍不住教训说小孩儿不懂。

津津"哼"一声。瞧着好好的月饼陡然就没了，一滴泪珠同时无声地滚落。

"哎，留给女儿吧。"

"女儿吃的饼还少吗？"

"可是今天是中秋节呐。"

"中秋节有鱼，有肉呐。"

另外又还有什么什么，老婆清点得很丰富。没有等老婆清点结束，小刘老师就蹬起单车呼呼地射了出去。车把上吊着的月饼也便随着欢欢跳跳活跃起来。

他先把单车充满激情地向校长家方向踩。骑到半路，细微地又思想，校长正副大小共三位，正的去拜了，后面的怎么个拜法了呢？总得有个先后关系。这个关系就很不好处理，很叫人头疼。先去拜这位，后去拜另一位吧，另一位知道了就会计较你看不起他，不尊重他。既然不尊重，你何苦来拜什么呢？给他们叩拜就是了嘛。小刘老师翻来覆去一时决定不下，神经质地猛把单车一刹。脑子里就忽然记起学校书记，其重要性同样不可忽视。便温柔地朝空中骂一句粗话，就掉转车头，暂时撇弃校长，优先往书记处奔。

书记住房在城北一个小山冈上，土灰屋间落座红砖翠瓦三层。小刘老师拐弯抹角穿小巷，蓦地抬首，它就在眼中笑了。

多么的好啊。书记家果然热闹。张三李四王二麻子围起来一张大圆桌。这都是天天在一块扮笑脸的同事。他们见了小刘老师，意味深长地都冲迟到的他点头，亲切。小刘老师也不惊不奇，笑容厚厚的，拉住书记爱人的手递上月饼，在书记的安排下就落落大方入座。疑惑的只是胖怎么也坐在这里，没有去给他的岳丈"拜节"？

这样心里就蛮愤愤。

不过愤是心上的愤，脸上的微笑却不敢稀薄。这是在书记家，即使不是在书记家又何必犯面呢？切记胖如此这般的毒辣不真心就好了。因而呢小刘老师也同样大度地和胖对酒。

在书记家就是在自己的家呐，喝！

喝。喝。

相约地便都饮空酒杯。再斟酒，小刘老师就真诚地联系这酒和尿水的关系，习惯性地就抽了抽鼻翼，好像酒杯里散发出来的是尿臭的气息。小刘老师极想意思一下就走，可又不好涎着脸皮脱溜。只是和同僚们聊着闲话，虔敬地听书记酒中发言。看到别人呷一小口酒，也彬彬有礼地端正酒杯在双唇间极尽个模样。之后适当地举筷夹菜吃菜。很随意很随意。表面之间融洽得叫人瞧不出丁点隔阂。

"聚在书记家赏月是多么的难得呐。"胖感怀。

"是呐,多么的难得。"

"我们年年中秋都来拜您呐。"

所有人的眼神飘荡起来,脸显出病态的红润。书记也就"欢迎欢迎"地熟练使用着外交语言,不媚不拒,又能让人体验出一股深情的暖阳。

只是老麻烦您了呢。

唉,这是哪里话呐。书记就挥挥手,言辞恳切叫人看不出有什么错误。这时,胖更进一步说明,在书记家赏月不同一般呐。但不同一般在什么地方,胖没有说个明白,所有的人也都意会,犹似明白得深切,就都哈哈附和。只是那小刘老师愚蠢得忽然牙床发酸,马上就中止了笑声,显得很不和谐。不过对于整个空间来说仍是无足轻重的了。因为说起了月,人人都缅怀起月来,感到把月遗忘在门外实在不应该。这时小刘老师就恰到好处地提议到外面赏月。外面空气总好一些呐。所有的人无不拍手欢呼,于是酒就不喝了。

外面那月在空中静着,清冷清冷的月辉抹过尘间,把一人一物都洗得清净无一丝纤尘。只有那某些角落留下的一小块阴影,在苍茫空阔的天空下,显得极不应该。小刘老师望那月,真真地就感觉到那月缺了一个角。怪了,中秋的月怎么可以缺的呢?他心中敷衍地滑过一阵凉,见谁也没有去多留心,也就不管那月是圆还是亏了。重要的是眼前,各个都在赞美那不完整的月。啧呀,那月真圆满。狗屁,小刘老师几乎要怒吼一声,什么满月,明明是亏缺的嘛。想起来就极其的愤怒。对着杂七杂八俨然要做诗抒情的各位,眼睛里杀出一道寒光。好在书记不计较你什么,端出了中秋饼,就一定要众人在月下"平分秋色"。此时,谁要拒绝都是没有理由的。就都虔诚地接,虔诚地吃,同望月一般小心翼翼望书记,各个都觉得望出了蛮有意义的风情。脸在月下便都溢发出光彩。就只有那小刘老师暗地里透迤而过一阵反胃。手拿着书记给的一块月饼,感觉到那月饼上爬满了小虫,但他还是屏住呼吸吞咽了下去。胖聪明地吃罢月饼,就说他还要去他岳丈家走走,就要先告辞。小刘老师见状也就同时站起来，推说也还要去见一位好友，乃同时离去。

走出了那种氛围，小刘老师就实在觉得解放了的清爽，望那空中的一轮月也就没有了刚才的情绪。但现在还不是亲切的时候，他清醒接着还要去做的事情。便吱咯吱咯地踩上单车。碍于胖在身边，又不好热乎乎地就往校长那里直去。就挺无聊地伴着胖，做着情浓的样子，和胖同走一段月下的小巷。这时胖就解释他原先确实没有想到要给谁送节的。

啧，拜了就好呐。

现在的小刘老师倒把话说的极富世故。胖连忙首肯。但是内里却为自己的解释暗暗叫惨。其实，这有什么好解释的呢？胖在说出话的当刻，就已体察到了小刘老师那不满的嘲弄，只是还要装出欣赏的样子。等单车魔术般拐出了小巷，小刘老师就努力要和胖分道扬镳了，胖也挺知趣，乐得单骑另去。两人便互相道二句：

"回家啦。"

"回家大大地过节呐。"

头也不回转一下，就都各自地去了。没有走出多远，小刘老师只听嚓的一声响，单车链条就断了。他咬咬嘴唇，脸硬成钢条，暴怒地大声骂粗话。引得街中手提月饼的人们暗暗窃笑。小刘老师突然意识到自己心中魔鬼般邪恶的欲念，就不敢在大街上逗留了。推着单车就在街沿找起单车修理铺来。修好单车，来到校长家附近，小刘老师又忙进食品店买圆圆的月饼。购得月饼，再雄赳赳挂在单车的前面把手上。铃声响一路，单车就滑到了校长家的门边。

"校长——校长在家吗？"小刘老师预备齐全了微笑的脸，冲着关紧的门，就把话喊得灿灿烂烂。

没有应。便提高声调再喊，仍旧没有回声。就觉到极奇怪，难道校长这是故意将人拒之门外吗？小刘老师就吸吸鼻子，检验自己平时一言一行，有否非礼于校长。一点一滴证实又证实了没有之后，便叉开五指，在那灰黑的门板上拍。又拍。越拍胆子就越大。响声也就由轻轻而至咚咚。终于门就在"吱呀——"声里闪开了一条缝。缝中挤出半张脸，是个老婆婆，依稀可辨其满面的纹路。她额边装饰些白发，愈加给人一种苍凉孤凄之感。

"喊，喊什么？"

她的喉管里漏出干涩涩的声音。同时间就拿眼在来人身上打量。叫人庆幸之余，不免就联系起《聊斋》上的幽魂。小刘老师着实骇了一跳。

"我找校长。"

"又找校长呐。"

她极平平淡淡。小刘老师就有些惶恐了，不晓她这是什么个意思，怎么是"又"了。明明白白这是才来嘛。瞬间，就有些迷糊。月色也感觉到有些发潮的气味。

"今晚你这是第十六个找校长的人了。"

我的妈呀。月爽爽朗朗的，终掩饰不住小刘老师的惊讶和窘迫。

"那校长在家吗？"

"不在唉！"

"他出去了吗？"

"出去了。看电影了啰。"

也确实有这样的校长哎。小刘老师喟然长叹。叹惜校长大好的节日不过，却错误地溜到影院去看什么电影。也就不得不钦佩校长精神。钦佩了片刻，还是没有忘记此行目的，就利索地拿车把上挂着的月饼，毕恭毕敬奉上给老婆婆。这老婆婆总和校长有些什么干系吧。恭敬老婆婆，不也就等于恭敬校长了吧。可是老婆婆连一句谢谢的话也不吐，不满地嘟哝一声：都是你们这些人搞得校长没一个清静的节日。门就极沉重地关上了。蛮不近人情。遗在门外的小刘老师，那本来生动的脸就立即造就出一派的尴尴尬尬。手里提着月饼，目光没有色彩垂下来，就隐隐地感到了地上的月色极其的寒冷。他咬牙切齿地悄声骂一句粗话，兀地就很带一派气概地车转车头，推测着这毒辣的老婆婆是校长的谁。是校长的谁呢？多么的不好。跨上单车的当刻，小刘老师还是回头蛮有恋意地告别了校长的大门一眼。虽然年轻的神经实在难以忍受这样的刺激，但是校长毕竟是校长嘛，也许是永远呢！

那月光犹似白白的蝶翅，在空中翩翩。小刘老师好茫然地轻轻一声吁叹，慢慢地就往副校长那儿去。心中缠缠绕绕地烦。这副校长两个，往谁那儿先拜呢？一现实起来，又驮起了这个恼人的问题。就比较两个人模样，谁的慈祥。最终选举了一位，就为另一位遗憾。假如他也慈祥些儿多好呀。

自然的，就到了先一位副校长的家。

在这里倒霉得很，又失望地碰到了胖。真是见鬼。可是外表还要装出今晚第一次偶遇的样子。热忱又热忱。高兴又高兴。如此这般下去就又喝酒，又说月。月就在大家的嘴里显得无比的妩媚。好不容易罢了，各位陆续散去。这副校长最后送别小刘老师，无论如何不肯接送来的月饼。推来推去，这副校长就无奈地收下小刘老师的这个饼，换上另外一个，认真地往小刘老师怀里塞。

"这是我给你女儿津津的呐。"

"津津有，津津有。"

小刘老师及时地谦让。可是副校长人情味浓厚得不容人再推却，口中已经道出再见了！于是小刘老师只得说着感谢的话，似乎不好意思。到人家里也吃了也喝了，又做好了人情，可是一个小小的月饼也没有给人家，这哪里说得过去。这副校长于是乎就慈爱得叫人惭愧。

去拜最后一位副校长，路上巧得很，刚好碰到了瘦，神秘地告诉说他去给教育局长"拜节"了。这样，先一位副校长送的月饼，看来就没有必要浪费，真真确确要自己消受了。小刘老师用劲地放松一口气。回到自己家，已经晚上九点钟了。老婆和女儿津津还在等着。一桌子菜凉在那里没有动。老婆看到小刘老师回来，笑脸相迎。见又还提回了一个月饼，听了解释之后就蛮满意。只是女儿津津坐在沙发上怨气冲天。

"好啊，你们就不要给我的老师拜节了?!"

小刘老师和老婆听了女儿的话身体极有弹性地一震，大眼瞪小眼地就有些木了。此话也不无道理呀。就这一个女儿，关系前途问题呐。好了好了，就烦劳父亲再走一趟吧。小刘老师按了按叽里咕噜的肚子，几杯水酒在那里翻腾。就不情愿地走出来，只见月色心灰意懒地极叫人愁闷。强咽了口唾沫，就又提上月饼出去了。花去了五十分钟，给女儿津津的幼儿园老师拜完节，再赶回家中，津津已经睡着了。老婆前来支好单车，关上门，就主动地敬给小刘老师一个吻。小刘老师瞥老婆一眼，什么兴趣都没有了。走进卧室，衣裤也不脱，鞋袜也不脱，横倒在床上，摸过被子就蒙住了头顶，只是感觉到烦，烦。

空空荡荡的清静了一会儿，老婆就来摇脑壳。小屋里静静寂寂的。这时多么的好啊！胖，瘦，以及书记、校长，以及女儿津津的幼儿园老师，都在远山远水了。世界就只有老婆浪漫、美丽、感动人的眼睛。

"你说今天是什么日子呢？"

"是中秋节呐。"

"再想想？"

委实就想不出今天是什么日子来了。小刘老师摇摇头，至为遗憾。

"今天是你的生日呐！"

老婆还没有把话说完，小刘老师就已经清楚过来。呼儿嘿哟从床上翻身跃起，骂一句粗话，恼怒自己怎么把生日日子也给丢了。就忙指挥老婆温热水洗浴，清爽清爽。

（原载《福建文学》1992 年第 11 期）

---

**作者简介**

庐弓，原名吴启蒸。1968 年生。1986 年开始发表小说。出版作品集《秋白之死》。福建省作家协会全委会委员、福建省戏剧家协会会员、闽西作协副主席。现任中共长汀县委党史研究室主任、长汀县文联副主席。

# 三色玫瑰

◎ 陈毅达

一

林晓晨,你马上给我滚回来,否则,我让你会后悔一辈子!一听就知道,电话里的何映雪已近歇斯底里了,愤怒让她尖利的声音如刀一般刺耳。林晓晨本想问什么事,想商量着说能不能等下班回家再说,还没来得及开口,只听到了一声沉闷的碰地响声,然后就是嘟嘟的声音。

手机被何映雪甩了。林晓晨基本可以肯定,似乎也看到,手机穿过窗外,金属色的苹果6,在空中那么优雅地翻闪,划出一条美丽的弧线,然后无奈地落下了!这部手机可是女儿去年从加拿大给她妈妈寄来的礼物,背面用手机贴贴着一个两颗心的图案,心一颗大,一颗小,钻石一般闪闪发亮。女儿说,大的一颗心是代表老爸,小的一颗心是代表她自己。何映雪收到后把摸了很久,嘴里叨着,这宝贝,我哪要用这么贵的!平日是珍贵的要命。

跟手机生什么气,那可是几千元。林晓晨心里叽咕着,但他明白,现在不是心系手机的时候了,何映雪如此暴怒地发出最后通牒,证明她到了崩溃的极限,他必须尽快赶回去。只是,公司这边董事长找谈话怎么办?

早晨,林晓晨来上班后,公司人事部总经理就给他来电了,说下午要在办公室等着,董事长找谈话,非常重要。林晓晨在这家公司上班了20多年,主要是从事文秘方面的工作,他性格沉默,埋头做事。5年多前,是上一任的人事部总经理打来电话说董事长找他谈话,后来他就担任公司综合部的副总经理了。半年多前,公司一位副总裁调离,综合部总经理被提任接替,综合部正职位子腾出。综合部主管着整个公司的行政运转、接待后勤、文秘机要和经费资产等,位子虽说辛苦,但位重权大。最重要的是,这个岗位主要是围绕领导工作,容易建立必要的关系,容易让领导了解,所以,历任的总经理一个不差的先后都被提入了公司的领导层,使这个位子一直明显就是个高台。位子一空,公司许多人都心有想法。据说就是因为各方交代的人太多,无法研究,半年多过去了,位子还一直空着。综合部现在共有3个副总,大家也是各有所想,期盼近水楼台先得月,自己能够见证奇迹呢。

　　林晓晨不是没有想法,上了那个位子,表示自己的工作得到了进一步肯定,自身的价值有了明显提升,至少年薪增加三分之一,奖金增加一倍以上,很实惠。所以,接到电话后,他心里也分泌出点激动,正坐在办公室里暗自猜着,是准备让他担任总经理?还是只是工作上的其他事情。在这种大国企,见董事长一面确实不易,董事长要找你谈话,更不是件小事。

　　问题是何映雪来了电话,林晓晨没得多想了,也没得好猜。何映雪不给他时间!这个女人可是他生活的总经理,一辈子的董事长!

　　我要请假先走,能不能帮我给董事长解释一下,家里有很紧急事情,必须立即赶回去!改个时间,我半夜都可以来!林晓晨操起电话,打给了人事部总经理。

　　对方在电话里惊叫起来,什么事呀林晓晨?你就差这点时间?家里如果没着火,告诉你还是别犯贱了!董事长那人你又不是不知道,这个时候你请假,你权衡清楚来!

　　不回去,家里真的着火!没有办法了!林晓晨当然知道董事长的脾气,但是更了解何映雪的性格!有一次,因为家中的一点小事,他与何映雪吵了一架,结果何映雪失踪了整整3天,无声无息。等到第4天,3天都没合眼的林晓晨准备去报案了，才收到了何映雪发来的一个短信，让他半小时内必须赶到某个宾馆，如果没赶到，后果自负。林晓晨急急到了，整个人都累的要瘫了，终于看到何映雪站在总台前等他。何映雪见他到来，笑盈盈地对总台说，小姐，一切费用都由我的司机结算。说完，人一转身，自个就先出宾馆上车去了。林晓晨结算了 1000 多元的食宿费用，哭笑不得。从此，他尽量不与何映雪闹别扭，更加努力不同何映雪吵嘴了。在家中，很多时候，他选择沉默和退让。

你能帮助说说就说说吧，我真有事，改天请你喝茶。林晓晨知道对方是好心好意，但他顾不了那么多了，也不方便将实情相告。放下电话，林晓晨快步走出了办公室。进了电梯，他左思右想，最后确定，肯定他妈的又是那玫瑰花！

想到玫瑰花，林晓晨整个人犯晕，这 2 个多月来，他和何映雪平静的生活，全被绽放的玫瑰花给搞乱了。

## 二

那天傍晚，林晓晨准时下班。开车上路，他感觉怎么比往常拥堵。到东街口，等待绿灯通行时，林晓晨抬眼一看，对面机动车道上，几辆也在等候通行的电动车，车头前平常装着菜或其他东西的铁筐里，都搁着一束玫瑰花，颜色、朵数都不太同。林晓晨猛然明白，靠，今天是情人节！这个外来的节日，不是他这代人这种人过的。但是，在都市里，事实上已延伸到小县城和农村，它变成了最受青年人喜爱的节日，据说不少中年人也加入了喜欢的行列。

绿灯亮时，林晓晨启动车前，还莫名地轻叹了一下，搞不清楚是感慨现代社会变化得太快，还是伤感岁月不饶人，或是觉得自己跟不上，也可能小难过自己没有如此佳节可过！反正，耀眼的花儿，林晓晨当时感觉还是很好的，生活还是要有点浪漫会更有色彩，他当时还这么想呢。

林晓晨记得他是有点闷心地回家。可能是因为堵车，何映雪那天还没到家。他进房换了一下衣服，上了一下卫生间，洗了个手，开始用电饭锅淘米煮饭。就是这个时间，门铃悠扬地响了。门铃是何映雪亲自选定的，《梁祝》里的"绿草萋萋"那一段曲。林晓晨当时有不同建议，说家里用此曲过于悲伤，再说那虽是个动人美丽的故事，但结局悲惨，做家里门铃不合适，不吉利。其实可以换成班德纳的《阳光海岸》，光明温暖，也是世界经典！何映雪睁着眼睛盯了半天说，喂，林晓晨，你什么时候开始研究外国音乐？还深研风水啦？嫌弃我是吗？当时结婚时你怎不算一下，我们不是生辰八字相冲吗？你属鸡，我属虎，我吃了你没？我碍了你没？林晓晨见何映雪反应挺大的，立马闭嘴，进了自己的书房里去。他开车爱听现代音乐，特别喜欢班德纳的"疗心音乐"。后来，门铃听久了，也没什么感觉了。林晓晨由此还有点生活心得，这家庭生活其实久了，也真没有什么不适应的，适应了也就平和、平静、平稳了，不过，很多事也真变麻木了。

　　林晓晨以为是何映雪回来，以为她没带钥匙，端着电饭锅去开门。门一开，却是个瘦小的小年轻，神情有点麻木，递上一束花，然后再送上一个小本本，一边说请帮签收，一边从衬衫口袋上抽出把圆珠笔给林晓晨。

　　这个……林晓晨有些不明白，他一手端锅，一手接过花，没多余的一只手可以接过笔。

　　林晓晨只好转身进屋把锅放到厨房，把花放在客厅，腾出手到门口拿过了本本和笔，他有点不解，这是我家的？

　　小年轻白了林晓晨一眼，抬头看了一下房间门牌，不高兴地说，大同香榭16幢1603房，收件人只要家里有人都行！

　　林晓晨还是不相信说，这花不会是我家的。

　　小年轻不耐烦了，地址没错就请签字吧，我很忙，还要去其他地方送，今天是情人节，要送的花太多的去了。

　　林晓晨只好签下字，感觉仍不踏实，说道，你这个……真有没送错？

　　小年轻一把抓过小本本，转身边走边扔下话说，我只管按本本上的地址送，地址对了，有人收了，我工作就完成了。

小年轻进了电梯，走了。

林晓晨关上了房门，转头就看到了放在客厅茶几上的玫瑰，共有7朵，花开得正在含蓄的时候，朵型很大，花瓣肥厚，纯白的颜色里，又透着一点青绿，清纯的芳香扑面而来。

何映雪平常很是省电，林晓晨也养成了不到屋里看不见决不开灯的习惯。家里的客厅是通透式连接着阳台，外面的天空上布满了晚霞，晚霞的光彩渗进阳台的落地玻璃，反射到客厅里，黄金色的光晕就笼罩着白色玫瑰，衬着那束白玫瑰在黄昏的灰暗中神秘又迷离。

林晓晨看得有点呆，这花真美，肯定不是别人送给自己的。从和何映雪结婚之后，林晓晨的生活中就根本没有再出现一个异性朋友，基本上是上班和回家两点一线，这些年，连同性朋友都很少了。

不是别人送的，是何映雪买的？林晓晨也觉得不对。时间的飓风吹了几十年，早把他们夫妻关系刮得不留什么纷飞的浪漫了，只剩下如化石般的感情和如遗址般简单的生活。这些年，为了把女儿送出国留学，何映雪省吃俭用，精打细算。后来女儿出国留学了，但为了保证女儿相关的费用，何映雪更是把家里的开支减至相当于低保。唯一例外的就是林晓晨的汽车，这还是女儿为他争来的。女儿认真地说，如果因为我出国，爸爸必须卖掉他最心爱的汽车，我就坚决不去了。何映雪面对女儿最终只能让步。林晓晨继续拥有汽车，但她严格控制汽油用量，每天林晓晨开车去单位和回家的里程耗油量是算好的，如果多跑一点，就会超支了，这一超支，林晓晨还得解释半天。如此节省的何映雪会花钱买如此奢侈的花？林晓晨想着不觉地惨笑一下，如今，即便是自己，也不会买这束花了，是不是小气是另外一回事，关键是他清楚买回来了，何映雪会不高兴，会认为他浪费钱。何映雪不高兴，两人就要闹别扭。这年轻时弄点小不愉快还能摆平，有时还加深两人的相互了解。现在老了则是如国际关系一般，冷战！这冷战是世界性难题，家庭冷战比国际关系还更不好处理和解决。

因此，为了保证家庭的平和，何映雪高兴不高兴，现在是林晓晨选择的家庭生活标准。只要是何映雪不高兴的，他是不会去做的。如果可能会引发争吵，他更不会去做。

是别人送给何映雪的？这个想法让林晓晨自己吓一跳，不会吧，何映雪都过50的女人了。但也难说，何映雪年轻时可是天生丽质，正是那份美丽让当时大学毕业的林晓晨，坚定地追求仅有高中毕业的女工何映雪。如今何映雪虽然平常根本不注意保养和着装，但是她天成的气质好像正合适最简约的打扮，让她看去更有点"野生"的味道。当今全球变暖，铁树开花都成新常态了，广场上，公园里，黄昏恋多的去！据说，美国50岁以上的夫妻开始流行离婚了，哪位老花男给何映雪送束花也不是不可能！

想到这里，林晓晨的心思有点乱了，走上前去，把那束白玫瑰捧起来，左看右看，希望上面能有点线索，哪怕有点暗示。

什么也没有，7枝白玫瑰用红绸带精致地扎着，每枝上都长有绿色的叶片，枝杆都插在一块花泥里，这样花朵才能保鲜存活。一张带暗纹的粉色包装纸，把整束花包裹住，掩住下边的花枝，只让花朵恰到好处地伸展出来。

开锁的声，惊动了林晓晨。林晓晨寻声转眼向门看去时，何映雪已经推开房门，进屋来了。林晓晨的目光正好碰上何映雪的目光，他立即收回目光，他想把手中的玫瑰放下，但来不及了。何映雪看到了林晓晨手上捧着的花，边换着鞋边语带微讽地说，哟，明天太阳肯定会从西边升起，你这花是送给我的吧！

不，这，林晓晨不知怎么说，有点吞吞吐吐地从牙缝里挤出，这花不是你买的？

我跟你谈恋爱时都没送你一棵草，你觉得几十年下来，我会给你送花？何映雪说到这，似乎突然想到了什么不对，一只脚穿着室内拖鞋，另一只脚还没来得及穿上，就急走上来，一把夺过林晓晨手中的花，看了看，脸上立即阴沉下来。

好你个林晓晨，你是不是在外面乱来了，居然让人家把花都往家里送？说来也奇怪，何映雪眼泪说奔涌就奔涌出来。她把花往林晓晨身上扔去，整个人坐在沙发上，抽泣起来。

你不能总是不分青红皂白，这花怎么就是送给我呢。林晓晨提高声调辩解，今天这事儿可不能选择沉默了，沉默就意味着默认，默认这种事，那可真是要天翻地覆了。

今天是情人节，你当我是个老太婆了，现代风情什么都不懂呀！何映雪根本不相信林晓晨的辩解，说道，不是人家送给你，还会从天上掉下来？

我真的不知道！林晓晨换成一种很诚恳的语调，他害怕同何映雪吵架，他如读郑重声明似地说，我一点也没骗你，希望你相信，我在外面可是清清楚楚，干干净净，没有做对不起你、对不起这个家的任何事情！说到这，林晓晨语气又变成很坚决，也很有点气势，如果都按照猜测来，我也可以认为是你在外面有问题，人家送花送到家里来呢！

什么，什么？你林晓晨今天变成了猪八戒，还会倒打一耙！何映雪从沙发上跳起来，走到了林晓晨面前，手指着自己说，你说是我乱来？然后用眼睛盯着林晓晨。

平时，林晓晨最怕何映雪这个表情和模样，那显出了何映雪最不好的一面。今天，林晓晨迎上了何映雪的目光，毫不退让地说，我没有倒打一耙，因为这花送到家里来，并没有说是送给谁的，你说是送给我的，我也可以认为有可能是送给你！林晓晨心中无鬼，腰杆自然挺直。

什么意思？何映雪听出了一点不对，停止了哭泣。

这束花是从花店直接送来，并没有指明说送给我们谁呀，有可能是送给我们俩人的，林晓晨说道，他不希望与何映雪吵闹，就往好里说，当然，还有一种可能，是送错了！

何映雪一时无语，一屁股又坐到沙发上去。长期在一起生活，她知道林晓晨应该没有说谎和骗她。很多年了，林晓晨从没有像今天这样坚决、坦然和顶嘴。但这件事真会有这么巧？花都送到家里来了，她不敢相信这是巧合，也不愿意相信这是个巧合，万一呢？

外面，天全黑下来了。屋里，客厅暗乎乎的。林晓晨见何映雪不语，就从客厅到厨房，打开了厨房的电灯，开始煮饭弄菜起来。

饭还是要吃的，这就是生活。

菜很简单，一个虾米紫菜汤，一盘炒空心菜，一盘辣椒炒豆腐干。一会工夫，林晓晨就做好菜走到客厅，叫何映雪吃饭，何映雪此时蜷缩在沙发上发呆。

林晓晨叫了几遍，何映雪都不理。

林晓晨说，要么先吃饭，吃完饭我们就去找那个花店，问一下不就清楚了？

何映雪一听，跟打了鸡血一样，一下就从沙发上跳起来说，你知道是哪个花店？

林晓晨把那束花拿起来，边找边说，一般花店都会在上面留下店名和电话号码。

果然，这家花店把店名和电话号码印在绸带上，他很快就找到了，嘴里读出来：如影花艺，伴你幸福。电话6663336。

我们现在就去，弄不清楚我吃不下去。就开你的车，油费今天多给你加50块钱。何映雪抄起随身挎包，拉着林晓晨往外就要走。

看来再饿也只好得走了。林晓晨无奈，他拿开了何映雪的手说，我得换下衣服。

等林晓晨出了房间，何映雪已站在门外等不及地直喊，你快点。过去出门，从来都是林晓晨等何映雪的，一束花居然让几十年的状况就这么快地改变。林晓晨心里很不是个滋味，拿起了那束花，和何映雪出了家门。

林晓晨在路上给花店打了个电话，问花店的具体地址，花店答说在大同香榭右边的雨桐巷。雨桐巷就离小区不到100米，居住了这多年，他们居然根本不知道那里有个花店。不过，这也不奇怪，即便在市中心，林晓晨明白自己也不会去关注花店，在他与何映雪的生活中，花已不存在或无必要存在。

不需开车，步行几分钟就到了。雨桐巷其实是条断头巷，往里走就没有路了。花店就在巷子里面，门面不大，里间就10多平方米，门外用木头的层架铺张开来，摆着各类鲜花，缤纷绚丽，暗香流动，很招人眼的。

正值晚饭时间，店里没有顾客。林晓晨和何映雪一进店，一个30多岁的女子从里面热情地迎出来。林晓晨说，我想找这里的老板？女子收起了热情，有点奇怪地问，你有什么事？林晓晨一听就确定了，面前这位女子就是老板，有点不好意思说，我想了解一下送到我家里的花有没送错。女子"咦"了一声，问清了林晓晨家里地址，立即拿出一个登记本翻查了一遍说，实在抱歉，留下的地址应该不会错，因为为了防止出错，对顾客留下的外送地址，都会很认真地当面核对一次，除非顾客自己记错了，如果是顾客自己记错了，责任由顾客自行承担。林晓晨有点急了说，那我们想知道是谁给我们家送的怎么办？女子答道，这个我们有要求顾客留下电话，要不我帮你打打问一下。可能想让林晓晨听到通话，女子用店里的座机免提拨打。话筒里传出的是"你拨打的电话是空号"，女子连打三遍都是如此，有点傻眼，显然留下的手机号码是假的。女子反应很快地说，我们还要求顾客留下接收人的电话，我打打。女子拨通电话，结果是林晓晨的手机悠然地响了，班德瑞的《阳光海岸》，有如日光普照在花屋里撒开。女子说，没错呀，你就是接收人呀，地址、电话全对！

林晓晨站在那里，看着手机，有点不知所措。现在不是跳进黄河洗不清，是跳出黄河也洗不清了。

何映雪脸上浮起了冷笑，她呼出的气息都带着颤抖。

必须冷静。林晓晨告诉自己，他继续问，你记得这个顾客吗？

女子看了一眼何映雪，似乎有些感觉到什么，急忙点着头说，这个顾客我太有印象，因为他明明是男的，却留名李小姐，所以我很好奇。他年龄同你一般大，戴顶毛线织的贝雷帽，一副大墨镜，围着一条深红色围巾，挺神秘又滑稽，有点像电影电视上的人物。

年龄相仿，男性，比较奇特的着装打扮，还戴线织贝雷帽和大墨镜。搜遍整个记忆，林晓晨也没想起他认识这么个人。

这事对我们挺重要的，你还记着什么？林晓晨一脸的期盼。

女子善解人意点着头说，他是中午来的，那时人很少。他选7枝玫瑰，这我也很少见！

选7枝玫瑰很特殊？保持着头脑的冷静就是有好处，林晓晨一下听出了女子话里有话，问道。

送花是一种高雅的文化和表达。什么人送什么花，什么情况送什么花，什么日子送什么花，特别送玫瑰，送什么颜色的，送多少枝，送的对象，也都是有特指含义和充满意味的。正因如此，接收人才能了解送花人的心意，才会接受祝福，接受温暖。女子说道，那男人挑选了7枝白玫瑰，我开花店这么久了，第一次碰上。白玫瑰一般是代表着天真、纯洁，送7枝白玫瑰，一般是特指"我偷偷地爱着你"。一个50岁的男人，给人家送这个，你说他不懂送花，肯定不可能；但你说他懂送花，却又有点好玩。我当时觉得他整个人怪怪的。不过，现在什么人什么事都有，我做生意的，他付钱了，其他与我无关，就不好说什么了。

天呀，我偷偷地爱着你！林晓晨和何映雪全都听呆了。林晓晨对女老板说了声谢了，拉着何映雪就走，他怕何映雪当场发作，到时场面会很难看。

女子追出来大喊，喂，花没带走！

林晓晨随口应道，把它扔到垃圾桶去！

何映雪的手是冰凉的，拉住何映雪的手，林晓晨感觉何映雪已没来时激动了。

你都听到了，这事与我无关吧！林晓晨轻轻地说。

那你认为与谁有关？何映雪低头走路，居然语调平和。

街道灯火辉煌，各类LED灯景闪烁，人流车流组成了很质感的生活流，拥堵着向前流去。夜晚的喧哗，让林晓晨感到心里如夜空般的空荡。

可能是送给你的。首先，送花人是个50岁左右的男的，年龄正合适；其次，他故意留名李小姐，这明显是欲盖弥彰，怕我知道他是个男的。这般谨慎和用心良苦，只有老男人才会做到。林晓晨决定把事情往何映雪身上推，以占据话语和心理的高地。这样，他才能控制局面，不和何映雪吵架。

为什么不可以是你的？留的是你的电话。一个男人送花给女人，会留下女人老公的电话？何映雪立即反驳。

你觉得一个老男人会在情人节向另外一个老男人送花说我偷偷地爱着你？他同性恋？林晓晨接着说，电话留下我的，可以理解成他考虑到花是送到家中的，万一我先回家先收到呢，即便来查，只能确定是送给我的，而且他还精心留名李小姐，更说明他狡猾和世故。

何映雪一时答不出来。她头脑中有闪过一个人。近来，她被一个姐妹拖进一个老年合唱团，团里的一个男领唱一直夸她音色好气质好，要求和她合作唱几首，并不断地向她投来有点意思的目光，目光每扫射一次，感觉上是把何映雪的衣服脱去一件。但是，何映雪是老树抗风，老井无波，根本就没当回事，也没放在心上。去不去参加那个合唱团，她也还没想好没最后定呢，因此，也没告诉林晓晨。

那个男人浑身上下倒是透出成熟和老道，难道是这个老疯子？何映雪想到此，心里有点发慌起来，如果真是的话，怎么向林晓晨解释呢？应该不会，何映雪想了想，自己对那个老男人可没一点感觉，每次都是很礼貌且很坚决地回绝他，那老男人不可能不明白。再说他并不知道林晓晨电话，也不知道她住在大同香榭，最关键，他年龄都快70岁了，不至于这么荒唐。想到这，何映雪的底气又足起来了，斜了一眼林晓晨说道，你现在很神探很会推理呀，别人送我花留下你电话，你当我神经病，我真在外面有人，会把你电话给他？

何映雪的反驳正是林晓晨需要的，他希望把话题往何映雪身上引，这样就可以让自己脱出来，何映雪就不会大吵大闹。现在的谈话方向非常的好，林晓晨觉得应该告诉何映雪他的真实想法。

这真有点奇怪,说送错了,为何留下的手机号码是我的?说没送错,他又不留真实的联系方式,我们又不认识他。目前可以判定,这个人知道我们的住处和我的手机号码,他应该知道我们至少是知道我,但他这么送花用意是什么呢?

蹊跷成谜。

何映雪静默下来,林晓晨觉得这时不必再说什么了。

回到家中,两人闷闷地吃了点饭,都觉得疲惫之极,各自上床休息。从这天晚上开始,林晓晨和何映雪都不再谈那束来得有点突兀、离奇的白玫瑰,但两人心中如堵了什么似的,都感到各自的眼中被吹进了一粒沙子。

## 三

林晓晨开着救火车一般地赶回家中。

果然不出所料,一进门,林晓晨一眼就看到了客厅的地上丢着一束红玫瑰,虽然花束有些散落,但是花朵却娇艳地绽放着,傲然的红色充满了诡异。玫瑰花旁,有一个快递的纸箱,很好判定,这束花是用快递送来的。

林晓晨蹲了下来,仔细地察看了一下,红玫瑰有12枝,用金色的彩纸包扎着。快递纸箱上收件人的地址是大同香榭16幢1603室,姓名和手机号码是林晓晨的。林晓晨想找的是寄件人地址,谢天谢地有寄件人地址。但林晓晨一看就知道意义不大了,上面写的是本市长乐北路,寄件人心缘花卉,电话号码是心缘花卉的服务热线。

房间里很安静。何映雪呢?林晓晨心里一惊,站起来快步走进卧室。何映雪和衣侧身窝在被子里,林晓晨心放下来了一半,上前用手轻轻地推了一下,何映雪从床上一跃而起,大声地喊道,林晓晨,你现在还说这花不是送给你的?是寄错了的?或寄给我们俩的?何映雪头发凌乱,脸色惨白,嘴唇发青。

林晓晨有点没听明白,嘴里叽咕着说,这又和上次没两样?只不过改快递送达，换汤不换药而已。

林晓晨，你混蛋！何映雪嚎起来，你现在学会装了，你变了，变得阴险了，拜托你别装了好不好，今天是你的生日！上次情人节送花，今天是生日送花，你还要狡辩？

生日？林晓晨瞬间明白了，今天是 4 月 17 日，真是自己的生日。太久没过生日了，他已经忘记自己每年还有一次生日。

林晓晨小时家里穷，父母都从来没给他过过生日。在与何映雪相恋时，何映雪曾给他过过一次生日。林晓晨记得，那时恋爱跟如今太不一样，没有那么开放和放开，最重要的是没有手机、电脑、网络，哪像现在如此方便的联络。那时的何映雪很正经、很淑女，林晓晨每天想见到她，总是要找一定的理由。因此，每天找理由见面，林晓晨挺头疼的。像生日这么真实、浪漫的理由，林晓晨当然是好不容易盼到了。林晓晨当时设计找几个朋友去歌厅卡拉 OK 狂欢一下，其实也是想让身边的朋友认识一下何映雪。但何映雪不同意，说去看一场电影吧，搞得林晓晨情绪一下有点低落下来。当时何映雪还是比较照顾林晓晨的感觉的，接着说，东街口的光荣剧场有通宵电影，你生日那天正好是星期六，我陪你看通宵电影。林晓晨听后立马兴奋起来。在此之前，无论恋到情有多浓，何映雪都不肯留下与林晓晨过夜，搞得林晓晨很郁闷又不好说出来，经常在送何映雪回家的路上，心里很不高兴，有时还会小吵一下，但第二天又要向何映雪道歉。何映雪表示肯陪他看通宵电影，不就暗示可能从此情况就会发生改变？确实，那天的通宵电影并没有看完，才到子夜 1 点，林晓晨就说犯困，还是回家睡觉吧。何映雪同意，在出了电影院后，林晓晨说，今天你就不要回去了吧，就去我宿舍吧。何映雪斜了林晓晨一眼说，我就知道你会来这一招。居然没有反对。从那晚起，何映雪与林晓晨见面就再也没提出要回自己家里去，他们正式同居。

这是林晓晨与何映雪过的唯一一次生日。第二年初，林晓晨和何映雪就结婚了。又一个 4 月 17 日到了，此时何映雪已怀孕了。上班前，林晓晨还有意提醒地说，今天要不不煮晚饭了，我们去外面吃？已经好久没在外面吃饭了。何映雪说，我知道今天是你生日，还是别浪费那个钱，省点养孩子吧。再说，我一点胃口也没有，吃了就吐。男人吗，过什么生日。我从来都不过生日。林晓晨心里涌上的一点浪漫，就这么倏然地没了。等再一个4月17日时，林晓晨和何映雪的女儿出生好几个月，两人忙孩子都忙不过来。林晓晨没再对何映雪暗示今天是自己生日，只是在一个瞬间闪过一个念头，今天可是生日，但这念头就如池塘里的一纹水波，漾一下就没了。何映雪记没记住林晓晨的生日，林晓晨也不清楚。

往后的日子，何映雪只记得女儿的生日，只给女儿过生日。由此，林晓晨也只牢记孩子的生日，而自己的生日和何映雪的生日，就被彻底地深埋在平凡的日常生活中。

突然有人记住了他的生日，给他送来了鲜花，林晓晨百思不得其解。难道是女儿？不可能，多年来她习惯了父母给她过生日，而忘记了父母也有生日，如今又远在国外，也没发短信或来电说。是单位工会？单位工会这些年都是发200元的生日糕点卡，因为单位人多，所以都是以月份来发放的，每月第一天就发给个人了，送花也没可能。是哪位朋友？也不可能。从和何映雪结婚后，林晓晨就开始远离朋友了，何映雪不喜欢他在外吃饭或和朋友往来，又管住了他的工资卡，加上孩子出生，他后来有朋友但都称不上密友，没几个人知道他的生日，更不可能会给他在生日之时送来玫瑰。

你怎么不说话啦？现在总无话可说了，难怪这几年来，你对我是越来越冷淡，越来越沉默，原来你是在外面有人。你有种做没种说？何映雪放声哭了起来。

我真没什么对不起你的，你能不能克制点，这被人听到了有多不好？林晓晨不知如何解释。

你没什么对不起我？花都送到家里来了，是示爱还是向示威？你还怕被人听到不好？可以，我今天最后给你一个机会，你给我讲清楚来，是谁，你们到底发生了什么？如果真该我走，我一定成全你！何映雪并没有放低声调。

我真没什么可以交代的，这一切都真的莫名其妙，你简直是神经病！一股怒气终于冲了出来，林晓晨也喊了起来。说清楚什么，什么也不清楚，到底是谁，为什么要用采取这么个无聊的方式？

林晓晨的一喊，让何映雪愣了一下，但很快，何映雪又狂怒起来，她随手拿起床上的枕头，向林晓晨摔了过去。

看到何映雪有点变形了的脸，林晓晨有点冷静下来，他觉得只有一个办法可以一试用来洗清自己。他说，我不同你吵，这样，你整理一下自己，和我去报警！

报警？何映雪一下停止了哭泣，呆住了。许久，才吐出声来说，你别用报警来忽悠我？

去了再说，不去怎么知道我忽悠你？林晓晨说。

这好意思？何映雪还是有点犹豫。

没什么不好意思，否则，我们从此永无宁日。林晓晨很坚持地说。

林晓晨和何映雪来到了辖区的派出所，接警的是一个年轻的警察，听了林晓晨的述说，有如听了天方夜谭，目瞪口呆，然后直摇头说，这个，我们从来没接过这样的警，不就是送送花吗，你让我们怎么管，你们反映的不是我们管辖范围的事情。再说，送花不是送炸弹，这种事情根本不能定性有犯罪动机或犯罪事实或犯罪行为，连有犯罪嫌疑都说不上，没有依据我们怎么立案？还是你们自己先看看吧，这年头怎么奇奇怪怪的事都挺多，都让我们警察来处理，我们有三头六臂也不够用。真对不起！

一番话说的林晓晨无法应答。

倒是何映雪在一边接上了话说，可是这件事已经严重打乱了我们的生活秩序，骚扰我们的家庭，这个应该你们可以管的。

年轻的警察笑起来说，这个不好这么说。如果是有人真心送花给你们呢？或是好朋友之间弄点小玩笑呢？又没送毒花，节日或生日送个什么花的，现在不是挺正常，不表示一定有什么特殊关系，你们会不会太敏感，如果有影响你们家庭和生活，那是你们私事，你们应该自己解决，我们派出所警力不够用，你们看，后面还有好些人要报警呢！

林晓晨和何映雪，你看我我看你，只能垂头沮丧地走出派出所。这时，迎面走来了个人，见了林晓晨就喊起来，林晓晨，怎么是你，多久没见到你啦！边说着手就边伸过来，握住了林晓晨的手。

原来是大学同学李海洋。林晓晨一下就认出来了，当时他们是一个学生宿舍而且上下铺，毕业后保持了几年联系，后来就没再往来。

你来派出所办事？遇到问题了？要我帮忙吗？李海洋似乎察觉到林晓晨神情有些不对，就直截了当问。

你在这个派出所上班？林晓晨神情有些一振。

不，我在市局上班，刚好过来有点事。李海洋热情地说，不过，你要在这个派出所办事，我帮你说下还是有用的。

林晓晨听后立即就把李海洋拉到一边，小声地简单把情况说了一遍。李海洋听完后看了何映雪一下，何映雪惨白的脸让他感到确实要帮老同学一把，大家都是过来人，谁家不怕这种说不清的事。李海洋想了一下说，这个事吗，派出所确实真不好管。要不这样，你上我的车，我陪你们一起去那个心缘花卉看看？

心缘花卉可是在闹市之中，临街店面，巨幅店牌，不仅有各类鲜花争奇斗艳，各种盆栽的植物绿色葱葱，还出售鱼类、鸟类及花肥、鱼鸟食等。李海洋开的是警车，他直接把车停在店门口。下车进店时，店里的老板已经迎了出来。李海洋把警官证亮了亮，老板笑着说，不用，李支队长，我可是认识你，只是李支队长不认识我。李海洋直截了当说，有件事想了解一下，你这用快递寄送鲜花可是有登记？老板点头说，有，有！李海洋说，我想看看。老板立即去拿出来。

有李海洋的帮忙，相关情况很快就弄清了，记录上记着，是一个叫马小姐的人,昨天下午5点多来办理了这个业务,有留下电话,但试拨后,同上次一样是不存在的空号。老板连忙解释说,因为城市比较大,但有些礼节或表示又不敢忽视,大家都想省点时间,所以办理这种业务的人很多,真记不清当时什么情况。

林晓晨和何映雪在一旁有些失望。林晓晨问,老板,请教一下,这送12朵红玫瑰是指什么?

老板指了指一边的墙面说,那上面挂着"玫瑰花语",12朵红玫瑰指的是热爱着你,对你的爱与日俱增。

林晓晨感到身边的何映雪有些站立不住了,赶忙用手挽住何映雪的腰。何映雪身体靠在林晓晨的肩膀上,全身微微颤抖起来。

李海洋一进门就看到了店里有录像,此时,李海洋对老板说,我要调看你店里的录像,你配合一下。

老板说好办好办,就把李海洋往里面带。林晓晨和何映雪一听,似乎又看到了希望,一起跟了进来。很快,根据办理时间,录像上显示,是一个穿着灰蓝色布衣、下着迷彩裤的青年男子,那人头发上还板结着不少泥土,忽忽忙忙办完就走了。

李海洋挑了个视觉角度最好、最清晰的画面定格,林晓晨和何映雪盯看了半天,也认不出这人是谁,在哪里有见过。

李海洋谢过老板,上了车后对林晓晨和何映雪说,我知道那个人在哪里找得到的。

不会吧,林晓晨不太相信,你认识他?

这是老套路,你等会就明白了。李海洋开着车在花店附近转悠一会,最后把车停到了街边的一个里弄口。林晓晨和何映雪看到那里蹲着、站着一小群人,有几个在玩扑克,输赢用一张小纸片记着,那是一群街头打工仔。李海洋叫林晓晨和何映雪在车上等着,自己走了过去。一会儿,李海洋带来了一个人,林晓晨和何映雪惊讶极了,就是那个在花店里的青年男子。

青年男子到了车前发现有点不对，有点紧张问李海洋，你不是东家，是公安？

李海洋说，你别怕，我们只想了解一件事，就是昨天下午5点多，你是不是到那家花店帮人办了事？李海洋指了指不远处的心缘花卉。

噢，对，对。青年男子惊奇之极，不知道这件事怎么公安居然会知道，连忙说道，是个小姐打着一辆的士，开进里弄，把我招过去，说是出租车师傅要赶时间交接班，外面街道不能停车，她要在车上等着，不然出租车师傅不肯等候，怕被抄牌罚款，让我去帮她到花店办个手续，办好后给我50元。这么轻松好赚的钱，我就按她交代去办了。她就在里弄里面等，办好后把凭证给她，她给了我50元，车就开走了。

真是个女的？长什么样有印象吗？林晓晨听到是小姐，有些乱了，急急插进来问道。

那个我说不来，肯定不是本地的，口音是江西的，化了妆，很像做"夜总会"的小妹子，其他的我真不知道了。青年男子不知自己惹了什么祸，有点可怜巴巴的，把知道的全说了。

李海洋拍了拍青年男子的肩说道，好了，没你事了，你走吧。

男子一听，脚底生烟就走了。

李海洋问，还再查下去吗？

林晓晨摇头表示不要了，明摆着查不下去。

李海洋把林晓晨和何映雪带到了一家叫变频的咖啡馆，他请林晓晨和何映雪喝美式的拿铁，林晓晨把一杯咖啡当开水一样一口喝下，满嘴苦涩味。何映雪则是坐在一旁，一动不动地眼睛盯着杯子里溢着的泡沫。

咖啡馆内播放着克莱斯曼用现代手法弹奏的古典钢琴曲，优美的旋律林晓晨听着很耳熟，但一时想不起是谁的曲子。

李海洋很优雅地喝了一小口咖啡，放下杯子，用纸巾轻抹了一下嘴巴说，老同学，你们被人设计了。根据你所说的情况，加上我多年的经验，我想帮你们分析一下，并给一点建议。首先，这个送花之人可以确定前后为同一个人，他如此处心积虑，说明他肯定不是心怀善意，他的目的是什么，不好说，但目前至少给你们的生活制造了矛盾，造成了不安；第二从他知道你们的家庭地址、手机号码等情况看，他应该是你们生活或者工作中的熟悉之人，至少他十分用心去了解你们的情况；第三他的智商应该很高、心机也很深，送给你们是美丽的鲜花，但效果却堪比炸弹；第四，他应该就在你们身边，同你们产生了一定的冲突或矛盾，肯定是有动机，使他用这种手段来进行报复。基于此，我建议你们，不要理睬，不要多想，以不变应万变。

林晓晨觉得李海洋分析的非常有道理，但是，他和何映雪搜肠刮肚也没想起，他们在生活和工作中得罪了谁，他们不过是这个城市中普通的不能再普通的居民，他们平日都是小小心心地生活着，与外界少来往，更不会与人产生什么冲突。

李海洋笑着说，现在这世道变了，有时你根本就不知道你得罪了谁？也可能是他认为你伤害了他，讲不清楚！所以，你们别管它。

李海洋本来想送林晓晨和何映雪回家，但林晓晨坚决不同意，表示想走走。李海洋就先告辞走了。

林晓晨和何映雪俩人走在回家的路上，虽然事情还是没有弄清楚，但李海洋一番分析，他们都认为还是比较有道理的。林晓晨全身就比较放松，何映雪的情绪也恢复正常。快到家时，何映雪对林晓晨说，你可别骗我，不然你就惨了！

林晓晨的心又一紧。

## 四

林晓晨是一个月后的一个上午被董事长找去谈话的，果然是好事，还是双喜临门。董事长首先祝贺林晓晨写的一篇关于公司产业如何加快发展的文章，在全系统的征文中被评为特等奖，总部主要领导在相关会上专门向各地公司推荐，认为有理论有实际，针对性强，开拓思路，一些想法值得尝试。董事长显得很高兴，告诉林晓晨公司准备召开全员工大会好好表彰。然后董事长又说代表公司党委找林晓晨谈话，公司已研究决定，任命林晓晨为公司党群办主持工作的副主任，享受部门总经理待遇。虽然没有当上综合部总经理，但党群办副主任在公司也是热门岗位，主任通常都是公司党委委员兼任的，林晓晨觉得自己还更合适党群办副主任这个职位，所以非常满意。

表彰会和干部任免大会两会并成一会在几天后召开，先是宣布人员的任免，然后宣布公司的表彰，重奖林晓晨1万元。林晓晨上台领奖时，下面掌声响起，他站在台下望着台下的几百位同事，心情很激动，泪水都从眼眶里爬了出来。从董事长手中接过奖金和鲜花时，一股玫瑰花香钻进了林晓晨的鼻子，林晓晨一下就想到了那两束玫瑰，想到了李海洋说过的一句话，有时你根本不知道得罪了谁，也可能他认为你伤害了他。难道那两束玫瑰是冲着获奖或他提拔来的？林晓晨突然有点豁然开朗。

会完后，林晓晨立即坐上电梯来到办公楼的天台上，公司的办公楼在这一带算得上雄伟，林晓晨俯视下面的城市，林立的楼房，远处的绕城河流，其实生活真的很美好。他给何映雪打电话说，我终于明白为什么了，肯定是单位里的人。今天宣布了我的任命，我还得了1万元的奖金。

我看不一定。单位里的人，花可以送到你单位呀，送到家里来，针对的是我们家庭！何映雪在电话里一下否定了林晓晨的想法。

也是。女人的感觉可能比男人更敏感。林晓晨挂了电话，抬头看了看天，楼高就似乎离天很近，离那些飘浮的白云很近。管它的，重要的是没做亏心的事！天很蓝，人的心情就很好。

林晓晨是带着好心情下班回家的，可是走出电梯门，他一眼就看到了家门口居然又放了一束玫瑰花,紫色的玫瑰共有20朵,就用一根绸带扎着,朵朵怒放,暗香流溢,鲜艳刺目,靠立在家门口。

林晓晨惊慌地拿起玫瑰,坐着电梯就下楼来了。他直接把玫瑰扔进了小区的垃圾桶,见四周无人,才轻吐了口气。20朵紫玫瑰,这次不派人送,也不用快递送,直接放到家门口,妈的!林晓晨想了想,楼房电梯小区有监控,他就急急向保安室走去。

林晓晨说家里有点小事,想查看一下电梯监控。保安挺理解但又挺无奈地说,真对不起,你如果要看今天的,什么也没录,刚好整个小区监控维护维修。

林晓晨觉得保安应该没有骗他,也没必要骗他。但怎么又这么巧?会这么巧?好像已经感觉到什么了,要逮住或揭开什么了,但又总是差那么一点点。他整个人又犯傻了。

林晓晨想到他曾用手机拍过心缘花卉墙上挂的玫瑰花语,就把手机掏出,把玫瑰花语调了出来。紫色玫瑰表达永恒之爱,20朵紫色玫瑰,表示此情不渝,永远爱你!

难道是真的有人偷爱着自己?还是真的是恶作剧?或是什么都不是?正在这时,林晓晨看到隔壁的15楼内,走出了一个白发苍苍的老者,来到了垃圾桶边扔垃圾。老人似乎发现了垃圾桶内那一大束美丽的紫色玫瑰,慢慢地小心地把那束花捡起,双手捧着,用鼻子深吸一口,如获至宝一般,十分满足和开心。

林晓晨完全是无意识地迎了上去,挡在了老人的面前。老人抬头看了林晓晨一眼,摇了摇手中的花,像是对林晓晨说,又如自言自语,多好的花,为什么要扔了?与花何关?多可惜?现在的人呀!

林晓晨被老人这么一说,一下觉得拿在老人手中的那束花,不再让他那么触目惊心,反而真得很艳美。

林晓晨茫然地在小区的小径上徘徊,他心里此时想的是,何映雪回到家了没有?何映雪看到了门口放着的那束花没有?会不会又有一个家庭的大战在等着他?

(原载《人民文学》2016年第5期,《小说选刊》2016年第7期转载)

---

**作者简介**

陈毅达,男,福建省文联党组成员、书记处书记、副主席,中国作家协会全委会委员,福建省作家协会主席。先后在《人民文学》《当代》等杂志发表中长篇小说。著有长篇小说《海边春秋》《海边的钢琴》,中篇小说集《发现》等。多篇中短篇小说被《小说选刊》《长江文艺好小说》《中篇小说选刊》等选载。中篇小说《童话之石》获《小说选刊》首届"禧福祥杯"最受读者欢迎小说奖,长篇小说《海边春秋》获"五个一工程奖"等。

# 被占领的卢西娜

◎ 北　村

　　卢西娜靠着床的外侧躺着，以便她要吐痰时能够着痰盂。一柱残阳的光射在她身上，而床的内侧则陷在黑暗里。卢西娜的身体瘦得像一只纸做的折叠着的螳螂，她已经虚弱到了极点，连喘口气都吃力，更不用说下床取东西了。所以她只能简化生活，把该用的东西尽可能堆在床上，使床看起来杂乱无章，一股咸腥的臭味从那里弥漫出来。潮湿阴冷的被子裹着卢西娜柴禾一样的身子，但她的神志依然清晰，她能听到大街上热闹的人声、车声和咒骂声，警察抓小偷的声音。一阵纷沓的脚步，有人喊：抓住他！抓住他！这些四川工整天不干活，偷了东西一撒手就不承认！卢西娜听见警车的笛声响起，夹杂了几声鞭炮，要过年了。

　　看来卢西娜是挨不过这个冬天了，说不定挨不到春节。不过，回不回家过春节对于卢西娜而言已经毫无意义，她已一贫如洗。在这个城市里发财的四川人并不多，靠卖力气想发财无异于梦想树上突然长出只兔子来。卢西娜看过很多四川人出来时带了多少钱，回去时还是那么多钱。不过像卢西娜这么悲惨的大概也没几个，她患上了白血病，在简陋的工棚里熬着最后的时光。

　　射进房间的最后一抹残阳就要消失了，黑暗立刻就会一点一点地侵蚀进来，直到黑夜全部降临。不过这对街上的一切毫无影响，却仿佛以此为标志揿动了一个开关，各种灯光渐渐亮了起来，它把大街和楼房照射得甚至比白昼更明亮。喜欢寻欢作乐的人鱼贯而出，奔向酒楼，或者他们的温柔乡，这个城市提供了人们需要的一切娱乐，这在几年前还形成生活的一部分。卢西娜病倒之前不会留心听这种声音，她忙于每天十小时的工作，在一家鞋厂缝鞋帮，有时加班她要干上十八小时甚至更多。工人都是喜欢加班的，因为能赚得更多。多流点汗算什么，力气就像韭菜一样，割了还会再长起来。而钱花了就花了，谁也不能使它变多。现在卢西娜病倒了，什么也不能干了，连端个水都吃力，只好用耳朵听。窗外的街上有各种各样的声音，一个妇女总是在太阳落山之前骂儿子：懒骨头，你都懒成精了，饿死和坐班房你选一样。接着两个男人在叹气，唉，现在要找工难了，找个梯子上天还更容易。在卢西娜听来，悲凉的抱怨、叹气和绝望的咒骂声总是清晰的，而从那些灯红酒绿的地方发出来的声音却显得含糊不清，它是一种由车声、低微的笑声、说话声和一种说不清楚的声音混合成的喧嚣。它不清晰，以含混却一致的频率持续着，缺乏变化，却很长久，用一种令人无法忍受的生命力穿透到近乎黎明，只有挨到这个时刻，被高烧折磨得奄奄一息的卢西娜才能闭上眼睛，疲惫不堪地睡上一个时辰。

　　以前的卢西娜可不是这个样子的，仅仅在两年前，刚刚发育完成的她就像成熟的番石榴，浑身上下透出浓烈的香味。她的家乡在川东的一个小村子里，那里除了长番石榴，别的庄稼很难成活。能跑的人都跑光了，听说去南边打工一年能赚几万元，回家盖房又开店，只要有这个振奋人心的消息，无须人来招工，村里的年轻人自己跑掉了一半。刚刚发育的卢西娜不谙世事，对鸟鸣和流水的想象多于对未来生活重负的思索。在这个连一辆拖拉机都开不进来的村子，有一条河通过，岸边长着半人高的水草，风吹过来有如绸缎起伏，树枝上的番石榴成熟地压弯枝丫，从上面掉下来，与充满腐殖质的泥土混合在一起，发出扑鼻的香气，还有牛粪的新鲜气息温热地在早晨的空气中飘荡。你只要在河边走上一圈，你的裤子就会沾满了水，在这种时候，空气都能解渴了。卢西娜在河边放牛时会摘下山芋的嫩红花，吸吮里面的甜汁。她幻想有一个小伙子能在河边和她一起喝山芋花蕊里的露水,她不明白为什么他们要抛下这么块好地方,到一个完全陌生的远方去。

她看上了一个小伙子,他长着岩石一样硬的肌肉,和岩石一样沉默寡言。十七岁的卢西娜开始想象她和他在一起时的生活,虽然她甚至叫不出他的大名,只晓得他是一个裁缝的儿子。卢西娜的身体在日复一日中长大、变得丰满,一种莫可名状的渴望和躁动也越来越强烈。卢西娜甚至对男女之事缺乏起码的了解,以为两人躺在一起就会生孩子,好像一朵蒲公英飘到另一朵上面。但她仍能清晰地感到身体积蓄的力量在膨胀,藏在上衣下的胸脯毫无顾忌地鼓胀起来,等她明白过来,这样的变化能帮她实现心中朦胧的希望时,她不禁骄傲起来。他去哪里锄地,她就在哪里放牛,可是他自始至终没有看她一眼。

有一天,这个人消失了。有人说他也登上了去南边的火车。卢西娜失望得像打了霜的荠菜,她立刻就要枯萎下去。她在河边放牛割草,但她的希望就像河里的水一样流走了,纵然她的胸脯仍在鼓胀,心中蕴藏的爱情没有死去,但卢西娜觉得这一切都没意思了。她不明白她心爱的人为什么也喜欢南边那个地方,他一走,就像提走行李一样,把她的幸福都带走了,一点也不剩。

卢西娜不是因为赚钱,而是因为寻找幸福来到这个城市的。她打听了十几天,还是找不到他。有一个同乡说一个月前看见他上了去另一个城市的火车。卢西娜的钱花光了,只好找了个工作,她不想放弃努力。

可是两年过去了,直到她病倒,他还是没出现。卢西娜在一年前已经放弃了寻找的希望,她渐渐和别人一样,想赚一些钱回家,如果可能,她也要盖房子,然后开一间小店,用她的小姐妹的话说,回去享福了。这也是幸福,只是和卢西娜先前想象的幸福不一样了。

但两年后卢西娜的愿望像肥皂泡一样破灭了。有一天傍晚她的鼻孔突然流出血来。她被诊断患上了白血病,此后她就不停地流血。手一擦破皮血就止也止不住。她在医院住了两个月,花掉了自己的全部积蓄一万块,又花掉了工厂给她治病的一万块，在欠下医院几千元之后，卢西娜出了院，搬进了这个工棚。

她那个寻找他的梦破灭了，盖房子开店的梦也破灭了，她还有一个梦，治好病的梦，正在一点一点破灭。虽然她被高烧折磨得糊里糊涂，但她心里还是知道的，没有人会帮她的忙。因为没有人知道她，小小的卢西娜，在这个城市中，这样的人有几千几万个。熟悉她的人也帮不了她，那些人自己连吃口饭都困难，他们游荡在劳务市场的人海中寻找浮萍一样的希望。可是，对于一个青春正在含苞绽放的姑娘来说，卢西娜说什么也不愿意就此结束自己。她找遍了这个城市的老乡，她熟悉的和不怎么熟悉的人，她认为自己平时对人那么好，帮助过那么多人，现在也一定会得到帮助的。但自从她病倒之后，没有一个人来看过她，她打电话给他们，他们也只是寒暄几句，卢西娜想向他们借钱，她试图向他们证明自己的病有治好的可能，一旦治好她是有能力还钱的，她会像牛马一样干活，但没人相信，谁也不想借钱给她，况且他们也没什么钱，就算有钱也不想冒这个险。卢西娜最后绝望了，她就等死了，放弃了一切希望。只是她感到孤独，她想有人来看看她，和她说说话，这样一切都会变得好些，但是没人来，熟人们叮嘱她好好休息，说有空就来看她，但就是不来。在卢西娜看来，嘱咐她好好休息，不啻于好好等死。她知道那些人不来是怕她向他们借钱。卢西娜后来一直说她的病治不好的，治也没用，不会向他们借钱。只希望有人来工棚里看她一眼，但没人相信她的话。

她绝望了。高烧使她浑身颤抖，她感到全身一点一点地变冷，在这之前，她的心已经冰冷。她用很短的时间想了一下两年来的经历，开始诅咒上天的不公平。且不说她这样一个本分的人，如何勤劳地干活，像牛马一样，没有白拿过人一分钱，总是帮助别人，却让她得了这个病。当然，也许这并不是上天的意思，只是因为她干了那个活，一种制造防水胶鞋的工作，听说干这种活的人容易生病，但要她不干这个活是不可能的，她凭着年轻才找到这个工作。要她放弃是做不到的，所以她不后悔。她后悔的是待人诚恳、乐于帮助别人的结果是没有一个人来看她,她捐出一百元帮过的生病的人,她救过的那个落水儿童的母亲,她还帮一个人找过她的丈夫,为此误了三天的工,现在,这些人一听她得了绝症,没有一个人敢出现了。

卢西娜的心像正在融化的冰,使整个屋子变得更加阴冷。她不明白自己为什么要来到这个陌生的冰冷的城市,她想起了那个长着石头一样肌肉的男人。

卢西娜开始诅咒爱情。

直到日影偏西,卢西娜开始变得沉默。她觉得人就像日头一样,有升起也有落下,不认它不行。一代过去又一代,都是命中注定。随着天色渐渐落入沉寂的黑暗,卢西娜心中增长的不再是抱怨,而是恐惧。她不知道将要去的是什么地方,有很多人去过,但从来没有人回头告诉她,那是一个什么地方。既已对世上的人绝望而不留恋,却还有对将去的地方的无限恐惧。卢西娜有时仿佛要窒息时,胸脯闷胀得几乎要炸开。透不过气来时就想,死亡大抵就是这个样子吧,或者比这痛苦一百倍。一想到这些,卢西娜心中孤独而悲凉,她多么希望还在世的人彼此相爱,互相安慰,因为死亡是可怕的。一想到死亡,卢西娜立即停止对人的诅咒,心中不但宽容了他们,甚至涌起一股纤细的对他们的爱。

卢西娜开始检讨自己在短暂的一生中做过多少对不起良心的事。她前后想了一遍,觉得自己并没有做亏待别人的事。小时候她帮助别人打猪草,把柴禾分给比她瘦小的人,有人在那片草地上放牛,她就把牛牵到另一边去。她只能挑五十斤,却挑了七十斤。她比那个大她三岁的哥哥还卖力干活。卢西娜这么做,并不是图报答,因为她觉得应该这么做。事情一临到,她连想都没想,就会这么做。她觉得有些事情是不需要经过脑子去想的,她相信自古以来的人都是这么做的。

可是来到这个城市后,有些事情挫败了她的想法。她一到车站,就被骗走了二十块钱,有个人说可以为她在广播上找人,拿走了二十块钱之后就不见了人影。她好不容易找到了一家快餐店端盘子的活,当她介绍一个老乡也来店里帮忙时，那个老乡为了自己能挤进去，对老板说她是个小偷，为此卢西娜立即丢了饭碗。

卢西娜不明白那些人为什么这样做，这样做了之后晚上睡不着觉的，说不定哪一天报应，阎王爷半夜来把她拖走就后悔来不及了。卢西娜变得聪明起来，不再敢随便帮人，也不敢多管闲事，因为那样做不但没有好处，还可能惹上麻烦。

但不久她就不再持守自己的诺言，她觉得那样很不好，没有朋友，而朋友总是要互相帮助的。鞋厂有一个女工割阑尾没有钱，她就帮了她一百块钱。然后那个女工就成了她的朋友。厂里订单多加班，是卢西娜组织工人三班倒，没有一个人闹加薪，老板对卢西娜很满意，所以治病才给了她一万元。但一万元之后就没有下文了，不过卢西娜已经很满足了，她觉得生活就是生活，没什么可抱怨的。至于那个女工不来看她，那个被救孩子的母亲也不来看她，这也没什么，如果她们觉得良心过得去，就随她们去了。就像一本书上说了，他站立或跌倒，自有他主人在。他主人会管他，就不必卢西娜操心了。

但有一件事，像拨也拨不开的浓雾笼罩了卢西娜的心。一想起那件事，卢西娜的信心就像装在一个筛子里的水漏光了，留下一片虚空。只要一想到这事，卢西娜就觉得死亡是可怕的。本来她可以清清白白死去，这样她会死得很平静也很快乐，甚至有一种解脱之感，但这件事让她不得解脱。

突如其来的白血病耗去了卢西娜的全部积蓄，病不但没治好，而且还有恶化的可能。她不愿这么年轻就死去，她身上还很有劲。刚出院时，她看上去除了脸有些白，并不像个生病的人。但没有一家工厂要她了。她也知道自己不能再干活，她一动就头晕，风一吹就发烧，她走在街上感觉自己随时有可能死去，所以她害怕倒地，一倒下就可能爬不起来。刚出院的卢西娜甚至连住的地方也没有，她的哥哥去年为人修烟囱跌死了，她的父母死得更早，卢西娜是寄养在亲戚家长大的，所以没一个人能帮她的忙。她的钱花光了，她在医院门口用剩下的一点钱吃了一碗粥摊上的稀粥，一边喝眼泪一边滴下来，掉到碗里。

好不容易有人给她找了个工棚，里面还有张床，是一个石匠回家过年留下的。可是卢西娜身无分文，治病已经不敢奢望了，可至少得吃饭哪。她觉得病死是有尊严的，饿死就没有尊严了。可是卢西娜躺在工棚里无计可施，她不知道怎么才能弄到钱。有的时候，人真的会毫无办法，现在的卢西娜就是这样。

她把熟人都想了一遍，已经借过钱给她的她不想再借，因为卢西娜明知自己的病是不可能治好的，也就是说她是永远还不了这笔钱的，即使她想还也没人请她干活，所以卢西娜不敢再借了，再借就等于欺骗她们。工厂给了她一万元，已经是罕见的事。她想到了没有开口借过的熟人，她其实也还不了这些钱，但这钱不用来治病，卢西娜不想在这病上浪费金钱了，但她至少得吃饭，她是因为要吃饭才向她们开口的。但没一个人肯借钱给她。

那天，她手上只有二十块钱了，她算了一下，二十块钱够她生活两天的，两天后卢西娜就要断炊了。她知道没有人会来帮忙的，只有靠她自己了。可是她连起床的力气都没有。卢西娜的眼泪啪嗒啪嗒地掉下来。她觉得自己先前就像刚成熟的番石榴，饱满、结实、香气扑鼻。才过了不久，它就坏了，变质了，烂得一无是处，没人要她了，甚至连看一眼都不愿意。

她现在才明白为什么有的四川人去偷，被逼得走投无路时人有时会走错路，偷儿并不是都好吃懒做。但卢西娜是万万不可能去偷的。她想到了乞讨，蹲在路边，前面写一张纸，过路的人把钱扔到她面前的碗里。这倒是一个轻省的办法，但卢西娜还是否决了，在她看来，人是不应该乞讨的，因为别人是在可怜她，她觉得她并不可怜，只是患了病而已，人应该帮助她，就像她帮助那个割阑尾的女工一样，她并不可怜那个女工，是因为爱心，那个女工也没有向她乞讨。所以，卢西娜不可能去乞讨。

她突然想到了一个办法，可是她马上就脸红耳赤。就像同村的阿瑾那样，用身体赚钱，一次就有五百多块的收入，十次就有五千块，二十次就有一万块，够她住一个月的医院了。

可是卢西娜一想到这些，心就跳起来。她骂着自己，把头钻进被窝。她发誓自己就是死也不能干这种事。

可是仅仅过了一天,事情真的发生了。当卢西娜把二十块钱彻底花光,真的连一分钱也没有时,她对前途感到恐惧起来。

她用剩下的半支口红涂了涂嘴唇,看上去不像病人了。然后她似乎连想都没想就来到饭店门口。她好像不是原来那个卢西娜,而是另外一个人。

没人搭理她。直到深夜十二点,还是没人理她。这时有一个民工模样的人看了她一眼,卢西娜立即上前勾引他,说了很多她平时想也不敢想的话。那个民工就这样被她半拉半拽拖到了工棚里。

民工在她身上动一下,卢西娜的眼泪就掉一滴出来,她含着泪水计算即将到手的钱,忍受着无与伦比的痛苦。

民工做完了,穿上裤子,突然打开门跑了。卢西娜赤条条地躺在床上,号啕大哭起来。

日影缓慢地从窗棂爬到了门上。最后一道光线渐渐被收尽,零星的鞭炮声敲打着卢西娜的神经。一个挑锅边糊卖的人走门口时,卢西娜叫住了他,他端了一碗锅边糊进来,倒在卢西娜的搪瓷缸子上,不胜诧异地打量着她和房内的一切。锅边糊很香,加了几个海蛎与虾米。

这就是卢西娜的晚餐了。其实人如果只求活下去,是可以过得很简单的,现在她总算把这些看透了。其实早就应该看透的,何必等到病倒呢?她想,现在,唯一让人痛苦的就是那个晚上羞耻的一幕,她再也无法洗刷掉它了,她找了无数个理由也不能原谅自己,本来她可以庄严地死去,现在做不到了,她一想到这些,就有一股寒风吹过她的心,使她发抖。她不再是那个因为追求爱情来到这里的卢西娜,不再是那个成熟的番石榴一样的充满活力的姑娘卢西娜,那只番石榴已经坏了,还在慢慢地发出臭气,它就要带着这股臭气烂掉了。难怪没有一个人来看我。她想,虽然她们不知道这一切,但这是上天的报应。卢西娜痛悔地哭泣起来,一次又一次,哭得连自己都厌烦了,她的后悔像山那样堆积起来,搬也搬不动。死到临头,卢西娜才明白清白地死去对一个人多么重要,它能使人不再害怕,在死的毒钩伸过来时充满快乐,可是现在我做不到了,卢西娜蜷伏在床上,我是一个妓女,虽然只卖过一次身,而且一分钱也没赚到,但我就是妓女,我死了,没人会同情,他们只会说,瞧,那个妓女死了,仅此而已。卢西娜心中的痛苦渐次加重,不禁失声痛哭起来。

民工阿土朝卢西娜的工棚走来。民工阿土怎么会认识卢西娜呢?因为他就是那个欺负过卢西娜又不给钱的人。其实他早就认得卢西娜,不是因为这一点他现在来找她,也不是因为他和她上过床来找卢西娜,他今天突然朝这里走来,是有特殊的原因。

阿土是个不爱说话的人,长着一双狗一样胆怯的眼睛,走路的时候东看看西看看,愁眉不展。他是个穷光蛋,一天赚不了十块钱。从四川来这里换了十个工作,没一个老板愿意留他,他总是学不会,连给布娃娃缝扣子都费力。最后只能蹲在路边给人招呼做杂工,可是人家还是不叫他,因为他长了一副倒霉相。

有一天晚上他在街上闲逛时遇见了卢西娜,他记得她好像是鞋厂的,想不到现在干上了妓女的勾当。这一天晚上阿土心中无聊,这一天他一个子儿也没赚到,心中愁闷,他明明没钱,还是跟着卢西娜走了。

刚开始阿土还以为捡了个便宜而沾沾自喜,可是不久就报应了。有一天他的嘴里突然吐出血来,医生说他患了肺结核,而且他这种肺结核跟别的肺结核不一样,治肺结核的药都没有用,只有外国能治,要花几十万块钱还不一定能治好。阿土知道坏了,这就是报应。他哭了一夜,因为他要死了,有人说,阿土,你准是作了孽,才得了这种怪病。阿土心里说,对,我真是作了孽。他心里知道老天爷惩罚他是为了哪桩事情。

他想起了卢西娜。他开始打听卢西娜的情况,当得知卢西娜是患了白血病才去卖身时,阿土不禁流下泪来,一半为卢西娜,一半为自己。

卢西娜想不到阿土突然出现在她的工棚里，她睁大了眼睛。阿土就在门口，看到卢西娜不像一个月前的她，现在她瘦得脱了形，于是她的大眼睛更加巨大，好像无限惊诧。

阿土说，我那天不该跑，我作了孽，现在得了报应。卢西娜哭了，说，我要喊警察，让你把钱还我。阿土说，我没有钱，我是来道歉的，你别喊警察。卢西娜不依，说，我要喊警察，你太坏了。阿土说，你别喊，你喊了也没用，我说过，我是来认错的，洗我的罪，我现在得了报应。卢西娜哭着拍打床帮：我不要你认错，我要你还钱！你太可恨了！阿土说，是，我太可恨了，我就是来认错的，可是我真的没有钱，你别喊，你喊也没有用，你当妓女，警察要抓的是你，不是我。

卢西娜愣住了。这才停止叫喊，随即呜呜大哭起来。她哭了很久，把阿土哭得非常难过，他说，我真的没钱，有钱我一定会还你的，你打我骂我都成，打死我也成，反正我跟你一样，得了病也快死了，医生说我活不过半年了，这是报应。

卢西娜不哭了，她说，你是得了病才来认错的吗？

阿土说，不是，那天跑掉以后我心里就难过，一晚上没睡着。我想这样欺负一个女孩子太不应该了，可是我不敢回来，回来你会找我要钱的，我一分钱也没有。

卢西娜停止抽泣：我从来没有见过你这样坏的人，你回来干什么？

阿土说，我回来认错。

你以为你回来认个错我就会原谅你吗？

阿土说，但我觉得自己好受多了。

卢西娜沉默着，没有吱声。阿土说，我得了这个报应是罪有应得，但我觉得老天爷这样对你不公平。

卢西娜说，你今天跑来就是为了对我说这些话吗？

阿土说，我听说你得了重病，所以我过来认错，我以前以为只有有钱人会找女人干坏事，现在我知道了，穷人也会干坏事。我们都是得了重病的人，我想你要是不嫌弃，我来照顾你，也许我活得比你长，也比你有力气，我要用力气来补偿我的罪过。

你以为这样就能使你的病变好吗？卢西娜说。

但我心里好受些。阿土说，你要相信我，我不是真心，哪会欺负过你，又真的跑来见你，所以我是真心的。

我天天想有人来看我，想不到来看我的是你。卢西娜流出眼泪来，说，我真是可怜到头了。

阿土照顾了卢西娜一个月，卢西娜不但身体没有变好，反而变得比先前更虚弱了。但她的心情却渐渐好起来。阿土白天仍出去找些零工干，没活干时就照顾卢西娜，身体倒有好起来的样子。他对卢西娜说，我除了咳嗽，没啥不舒服，是不是我真的是照顾你修了德，老天爷不惩罚我了，不过这样我也不愿意，不如你好起来我病死掉，这样才公平些。卢西娜说，谁先死老天爷有注定的，不用你胡说八道。她嘱咐阿土对任何人都不能提那一夜的事，如果有人看见他们像一家子那样生活，又晓得他们是靠卖身才认识的会怎么想。

阿土说，讲了也没关系，没人会相信。

……临近春节前几天，街上变得热闹起来，这是城市恢复允许放鞭炮的第一个春节，到处是各种各样的鞭炮声。外面放一挂炮，阿土就告诉卢西娜是什么炮。卢西娜说，你去买一挂炮来，我们也要放鞭炮。阿土就去买了一挂来，说，我买了电光炮。放的时候，电光炮很响，发出闪电一样的光。卢西娜双手掩住耳朵。

除夕夜里，卢西娜高烧不止。她对阿土说，我烧得不行，怕是过不了大年夜了。阿土说，说瞎话。卢西娜说，我真的快死了，能拖到今夜算不错了。现在我有几句话想跟你说。

有什么话你就说吧。阿土说。

你准备煮什么样的年夜饭给我吃呢?

芋头煮红烧肉吧。我买了肉。阿土说。

算了,你去摘一朵山芋花来,我想喝里面的露水。

阿土到池塘边摘了山芋花,卢西娜吸了里面的露水,很甜。阿土也喝了,他说,像酒一样。

有什么话你就说吧。阿土说。

我那天不该喊警察,也不该要钱,你已经来认错了,这是最好的礼物。卢西娜说。

第二,我也要向你认错,是我勾引你的,我不勾引你,你是不会跟我走的,我比你更坏。

有没有第三?阿土问。

没有第三。卢西娜说着呼吸急促起来,我认了错。现在我的心彻底平安了,可以死了。

说完真的断气了。

阿土抱着她流下泪来,大声喊:这是怎么搞的嘛。你死了我也不想活了!

果然让他说中了,三个月后他也伸腿死了。

(原载《山花》2000 年第 2 期)

---

作者简介

北村,原名康洪,1965 年生,福建省长汀人,1985 年毕业于厦门大学中文系。1983 年开始发表作品,出版有长篇小说《施洗的河》《老木的琴》和小说集《玛卓的爱情》《聒噪者说》等多部。另著有电影《武则天》《周渔的火车》等若干。为中国最重要的先锋作家之一。

# 雷余的诅咒

◎ 萧春雷

**雷余**（？—945）

雷余是这块叫黄连峒的土地上出现的第一个人名，他是山越的首领。山越是秦汉之际闽越人的后裔。当汉武帝攻占闽越，把闽越人迁往江淮一带的时候，还有不少闽越人躲进山林，侥幸留存下来。到了三国以后，史籍里提到这些人的时候，就称之为山越了。山越人的生产力水平较低，还是刀耕火种和栖息洞穴，汉人把他们生活的地方称为峒。由于山越没有发展出自己的文字，所以我们对他们的了解都是依靠汉人的片言只语记载。

有的书说雷余有九个头，每十天换一个头，三个月后，又重新开始。他是不死的，除非是把他的九个头通通砍掉。这种说法见于宋人李浩的一首诗注，比他稍后的汪雄不同意这种说法，他的《丹霞漫录》说，雷余事实上是九个人，他们轮流统治部落，由于他们看上去模样差不多，身材矮壮，皮肤黝黑，束发，腰部围了一块虎皮，汉人不能区分，于是认为他们会换头。不过，他们都同意，雷余的身上总是缠着两条蛇，能听他的指挥，灵活得就像他多生出的两只手臂。

黄连峒原来是山越的家园。从魏晋开始，汉人移民汹涌南下，到了唐末五代，汉人已经从闽西北山越人手中抢夺走所有最肥沃的河谷盆地，筑起城堡。山越人则撤退到更偏远的山林。他们之间时断时续发生冲突，但大多时候还是相安无事，大约是贸易维持了这种平衡。

雷余为黄连峒主的时代，黄连已经是闽王管辖下的一个镇。高峻的大历山上盘踞了一股土匪,为首的号称"鹞子",四处掠夺,不分汉人和山越人。闽王新任命的镇守卢轮义派使者和雷余联系,希望共同剿灭"鹞子"。

传说雷余出兵前一夜,做了一个梦。他对部落的长老说:"我梦见自己照镜子,镜中却没有了头。我连照了九次,九次都没有头。"

长老说:"这真是不吉利呀,这次出兵会给你带来死亡。汉人是不可相信的,大王还是不要去了。"

雷余说:"我已经和卢轮义对天盟誓了。"

明代学者万隆的《黄连地记》记载说,黄连峒的山越长老们连夜为雷余做了一个假头,骗过了镜子。他还为自己留了最后一个头,放在汇集了部落历代灵魂的悬棺崖上。

后来,雷余被卢轮义抓住以后,卢轮义说:"我知道你有九个头,我为你准备了九个刽子手,九把刀。"

雷余说:"我以山越的血起誓:九个刽子手都要死,九把刀都要缺,要插在你九个子孙的身上。"

雷余的尸体当天夜里就奇怪地失踪了,人们猜测幸存的山越偷走了,把他放在悬棺崖上。这种说法很可疑,因为卢轮义派了整整一队的士兵看守他的尸体。由于最早的记载没有提到雷余的两条蛇,所以后来还产生了一种传说,雷余的两条蛇把他的尸体偷走了。卢轮义后来审讯了一些山越俘虏,他们都相信雷余的身体已经到了悬棺崖,和祖先待在一起,他在等待下一个夏巨复活。关于夏巨,《丹霞漫录》解释说,山越人的时间观念和我们不同,他们相信时间是周而复始的,就像每到春天又会生出青草一样。每过一百一十七年就是一个夏巨,一个夏巨到头了,时间又会从头开始,死去的灵魂又会发芽。借助那个预先备好的头颅,雷余能够在每个夏巨复活十天。

**卢轮义**(约 895—948)

按照历代的《黄连县志》,卢轮义是黄连镇的第一位将军,受闽王的派遣来镇守黄连。雷余率领当地的山越来攻城,被他击败。他处死了雷余,安抚了散亡的山越,发展经济,黄连开始繁荣起来。过了不多久,黄连由镇升县。后人尊称他为"开黄公"。

县志的传记很有争议,在黄连的口头传说中,他残酷而无信,因此受到雷余的诅咒。不少野史笔记也支持这种说法,认为县志伪造史实。

晚清研究山越历史的学者林与初指出,由于卢轮义的后人在接下去的百年间,在黄连镇还有相当的势力,他们掩饰和修改了历史。他的《黄连峒记》说,民间传说的这些内容还是可信的:卢轮义和雷余歃血为盟,对天告誓,共同出兵剿灭大历山的土匪"鹞子",可是当雷余率领所有部落的勇士到大历山时,卢轮义却派部队偷袭雷余的老巢黄连峒,把留在家里的男山越斩尽杀绝,又在葫芦坑伏击从大历山剿灭了"鹞子"回师的雷余。他让手下军士强奸俘虏来的女山越,让她们生育汉人的后代。经此一役,黄连峒的山越势力衰微,不久后就默默无闻了。

万隆《黄连地记》说,砍下雷余九个头的九个刽子手从当天夜里开始,每天死一个,一连死了九天,全是腹痛而死。前代学者没有做出解释,他们大约认为这只是一个荒诞的传说,我后来了解了阿月公主的情况后,相信这可能是真实的,他们很可能中了阿月公主的蛊毒。砍下雷余头颅的九把刀都有一个"V"字形缺口。这使卢轮义不安,因为雷余还有一个诅咒是这九把刀要插在他的九个子孙的身上。他让铁匠把这不祥的九把刀销熔,铸成一口锅。可是这口锅有九个缺口。他让铁匠重新铸过,还是有九处缺口,没人愿意用这口锅,只好扔在库房。后来被人抬到天王寺里,希望那里的正气和香火能够克制雷余的诅咒。

卢轮义听说雷余为自己另外预备了一个头,就率领军队到了悬棺岩,想把山越人祖先的全部尸骨摧毁。可是没有人能进去那个百米高的悬崖上的岩穴。从上面缒绳而下的人全坠崖而死了,他把俘虏来的几个山越派去,他们也坠崖而死,不过他们是故意松手坠崖的。

宋人汪雄的笔记《丹霞漫录》有一则谈到卢轮义的死。他说卢轮义只比雷余多活了三年,他得了一种奇怪的皮肤病,每天中午,他就全身痛痒,翻滚在地,抓得鲜血淋漓。请过许多医生,都说从没有见过这种疾病,更谈不上治疗了。于是每天中午的两个时辰,卢轮义都要让人把他捆在柱子上,他凄惨的号叫在黄连镇上空孤独地回荡。就这样他度过了悲惨的余生。实际上黄连镇的事务是由卢轮义的儿子卢彪主持的。

### 阿月公主（945年前后在世）

有关阿月公主的事迹最缺乏史料依据。直到明末，诗人崔友乔有次访友，从邻县的一个说唱艺人那里听到她的故事。由于不久前发现的莫野的残稿也提到她的事迹，我觉得这个神秘的女人是真实存在过的。

根据崔友乔记录的故事，阿月公主是雷余的幼女，山越的女祭司，有通灵能力，能和太阳神对话。当卢轮义偷袭黄连峒的时候，她也和其他山越女人一起被俘虏了。卢轮义对她的美貌早有所闻，本想据为己有，可是他的儿子卢彪先下手为强，把她抢走并藏了起来。雷余被杀的那一天，卢彪看到她一个人跪在天井里，像一尊石像，她的双眼紧紧盯着太阳。

卢彪问："你在看什么？"

阿月公主缓缓转过身来："我在看未来。"

"有多远？"

"九个可怕的夏巨。"

卢彪不明白她说的话。

莫野的手稿谈到阿月公主精通一种秘密的巫术：蛊毒。她养了一条小金蛇，招之即来，挥之即去，她用它来蓄蛇蛊。她给卢家上上下下的家人都下了一种肉眼看不见的蛊虫，能够随心所欲引发蛊毒。当时的汉人都不明白这种山越民族的巫术，所以没有人怀疑是她给卢轮义下了蛊，每天中午引发蛊毒。我相信那九个刽子手也是她下蛊害的，因为没有任何一种其他方法能够如此精确如此不露痕迹地控制死亡。她说过一句话："死亡才能为死亡服丧。"

毫无疑问，她利用蛊毒使卢彪失去了性能力，很可能她还利用这种巫术控制了卢彪的其他方面，在卢彪实际治理黄连镇期间，对山越的迫害是很少发生的。不过这是猜测。

八个月后，阿月公主产下一个男婴，她抱着婴儿离开了卢府，没有遇到任何麻烦。

### 卢达（1021—1062）

卢轮义第五代孙，进士，曾任宋大理寺少卿。死于汴京住所。一夜，盗贼入宅，卢达与之搏斗，被一柄锋刃残缺的长剑贯胸而过。盗贼被捕，斩首。

**卢起应**（？—1179）

卢轮义第九代孙，农民，结婚才半年，估计十七八岁。秋收时，他的妻子中午送饭到地头，却发现丈夫的身体躺在地头的一棵枫树下，头颅滚到田里，地上是他自己血迹斑斑的镰刀。当时的知县胡守堂听说了雷余和卢家的仇恨，以为是还残留的那些山越人为祖先的仇恨进行的报复，传唤了一些山越人来审讯。不料山越们异口同声说："老爷，那是夏巨到了，雷大王复活了。"胡守堂审不出结果，把这当成笑话写信给弟弟胡守仁，胡守仁记入了自己的传奇小说集《秋窗志异》。

**卢纪槭**（？—1296）

卢轮义第十四代孙，农民，死于家中，死因缺乏记载。

**卢火德**（？—1413）

卢轮义第十八代孙，商人，死于山西大同。据说，卢火德已经发现了家族祖先死于非命和传说中的雷余的诅咒有关，因此他改换姓名，变成了黄文清，独身远走他乡，以逃避雷余的追杀。他在大同租了一栋房屋，住了半年，和一个相好马氏一起生活。

据说卢火德患了阳痿，他对其他任何女人都失去兴趣，唯有这个马氏是例外。马氏一脸麻子，比卢火德还大上十来岁，乳房肥大下垂，在妓院已是门可罗雀，无人问津。他把她赎了出来，让人给她文身，两条金光闪闪的蟒蛇缠着她的大腿而上，在她的腰部又交叉缠绕了几圈，再回到胸前，叼住她的两个乳头。平时，他不让她穿衣服，要她赤身露体在房屋里活动，那两条蛇就随她从一间屋子到另一间屋子，到大厅，到天井，到院子。卢火德兴头一来，就躺在她怀里，像婴儿一样，和金蛇一起分享她的乳头。做爱时，马氏就把他的四肢紧紧捆在四个床角，骑在他身上，再用一条绸带勒紧他的脖子。她摇动身体，下垂的乳房在他眼前跳跃，两条狰狞的蛇扑向他的眼睛、脸、嘴唇。他呼吸急促，绸带越勒越紧，在即将昏迷的那一刻，终于一泻如注。

卢火德的每次做爱都是一次小小的死亡。

我是偶然从明人蔡可清的笔记《蔡氏闻见录》中读到的，这本书专收离奇古怪的社会新闻，时有谣传，价值不大。蔡可清说，黄文清（也就是卢火德）死后，他家的仆人向官府举报主人淫乱，有伤风化。这当然也是官府要管的事，于是提审马氏，他们的性生活才为外人所知，让大同人兴奋了半个月。

卢火德是这样死的：有次他去市场买肉，与屠户发生争执，屠户抓起杀猪刀，朝他劈去，他闪身躲过，杀猪刀砍在旁边的石墩上，锋刃卷曲，最后屠户还是用这把缺了的杀猪刀捅死了他。屠户被判流刑两千里。卢火德最后说的话是："雷余，雷余……"

**卢选**（1484－1530）

卢轮义第二十一代孙。卢选是明代举人，曾任过浙江东阳教谕，被劾，遂告老还乡。

他四十一岁回家以后，便研究《卢氏族谱》。近六百年间，卢氏家族已经有四位长孙死于非命，都与一把有缺口的刀具有关。每起死亡事件的间隔正好是一百一十七年，也就是山越人的一个夏巨。他断定传说中雷余的诅咒是真实的。他知道雷余下一个复活日期是五年后，可是他不知道报复是落在自己头上还是儿子卢玉头上。

同时代的黄连学者万隆和卢选一度过从密切，他的日记保留了下来，被后来的研究者林与初发现，因此我们得以知道卢选的一些情况。

卢选说："我的第十八代祖先卢火德其实也发现了这个奥秘。他死前一年就去了大同，说是做生意，其实是避祸，根据传说，雷余只复活十天，他以为雷余十天赶不了这么远的路去杀他。可是雷余还是赶去杀了他。这说明空间的距离对于一个幽灵来说丝毫不是障碍。"

万隆说："在山越人的信仰里，一定有一种方法能够解开这个诅咒。可惜的是，你的祖先一开始忽略了这个诅咒。现在，山越人已经汉化了，史籍上最后一次提到山越人也是三百多年前。他们的文化消失了。钥匙遗失了。"

卢选说："也许不一定。"

于是卢选花了他最后几年的时间寻找残留的山越人,他希望能解开雷余的诅咒。他不但亲自到各个村落调查,甚至动用了官府的力量。根据万隆的日记,当时的黄连县令莫子云曾经要求各家各户写出一份祖宗八代的简历,因此查考出黄连县尚有十五户五十七人为纯粹山越,可是他们的生活方式已经和汉人无异,他们全然忘记了自己原来的文化。莫子云所做的对山越人最后一次调查,极受后来的闽越文化研究者重视,因为它证明了到十六世纪中叶,山越人作为一个古代民族,已经完全被汉化了。

根据万隆的记载,卢选不能还原山越的文化,没能解开雷余的诅咒,心情沉重。他说:"被死亡威胁的生活不是生活。"

他又说:"为死亡做准备,多少时间也不够。"

可他还是赶在山越人的夏巨三月之前安排好所有后事,然后紧闭门户,和长子卢玉等在家里。县令莫子云甚至给卢府派去了四个兵丁。卢家父子静静地待在深宅大院,期待着一次预料中的谋杀,只是不知牺牲者是谁。有一天,卢选发现儿子的胸口上插了一把有缺口的刀倒在书房。他是自杀,因为桌上有他留给父亲的遗书,他说:"我实在受不了这种日子,我想还是死了更轻松。"半年后,卢选也哀痛而亡。卢氏家族开始严峻地正视这个六百年前的诅咒,还有四把残缺的刀等着他们。

**卢玉**(1511—1530)

卢轮义第二十二代孙。当他的父亲卢选意识到雷余诅咒的力量时,他才十五岁,此后的五年他就生活在死亡的阴影之下,终日沉默寡言,很少出门。

卢选对他说:"你去玩呀!去逛窑子,听戏,赌博……玩个痛快,干什么都行!"

可是卢玉还是孤独地待在家里。他的唯一爱好是写字,和他文静的性格相反,笔笔锋芒毕露。万隆见过他写字,私下对卢选说:"每一笔都像一把刀,这可是不祥之兆……"

后来他用一把真实的刀自杀了。

**雷万钟**（1530年前后在世）

1993年秋，我的一个研究现代史的朋友何全告诉我说，他发现了一些我一定会感兴趣的史料。他从省图书馆保存的一堆民国初年的混乱手稿里，读到几页关于一个神秘人物雷万钟的记载，和卢玉的死亡有关。作者的名字叫莫野，是明代黄连县令莫子云的后裔。

何全复印下了有关的那几页手稿给我，这是全新的发现，令我十分兴奋。

莫野自叙道，他的先祖莫子云曾经著过一本书，叫《大历山丛谈》，可是该书从来没有刻本，只是在极小范围内传抄。到了莫野这代人，甚至根本不知道乃祖曾经有过这本书稿，他是从一个藏书家那里偶然知道的，卖了一百二十亩地，才把手稿买了回来。不幸手稿被大火所毁，他只好根据记忆写出其部分内容。

莫子云说，雷余的幼女阿月公主被卢彪抢去的时候，已经有了身孕，八个月后，就产下一个婴儿，只有卢彪才明白那不是自己的孩子，可是卢彪早已中了阿月公主的蛊毒。阿月公主原可以把卢轮义全家害死的，可是她要让父亲的诅咒永远追随卢家，让他们忍受比死亡更可怕的东西。她在卢家待了不到一年，抱着婴儿悄然走了，回到山里，和幸存的山越人一起生活。

雷万钟就是阿月公主的后裔，他生下来就是为了复仇的。而莫子云，他的祖先也是从黄连峒逃出去的山越人。雷万钟一眼就认出了他们同属一个种族。莫子云起初还有点怀疑，雷万钟就走到院子里，眼睛直视太阳，他的眼睛变成火焰一样的红色，每个瞳人里都盘踞了一条蛇。莫子云相信了，把他留在身边。当卢选担心雷余的复仇而求助于县衙门时，莫子云派了四名衙役帮他护院，雷万钟也在其中。

有意思的是，莫野还记道：雷万钟有一次对莫子云说，山越的血不能紊乱，只要还有一滴纯粹的血，他的祖先的诅咒就有效力。

我感到莫野的残稿有十分重大的意义。对于如何解开雷余的诅咒，卢选和万隆的思考方向完全错了，他们认为钥匙在山越人的文化中，想尽量复活山越的民族特性，其实，这个诅咒含在山越人的血液里，雷余临死时说的"我以山越的血起誓"这句话饱含深意，正是卢选要找的钥匙。山越人的血流尽了，诅咒就失效了。我本能地相信了莫野的叙述，因为他，或者他的祖先莫子云，似乎都不知道万隆留下的日记，可是二者在许多地方重合。

何全问道："雷万钟为什么要去卢府呢？难道他要去杀卢玉？"

我说："我看是碰巧，或者，他愿意更接近复仇的现场。雷余有各种各样复仇的方法，连自杀都算一种。不是一具肉体能做到的。"

他又问："你认为雷余是幽灵吗？"

我说："我不懂，他有时又像病毒，还像……改动了卢氏家族的遗传基因，给他们种植了一种定期引爆的死亡程序。这种对手太可怕了。"

**卢继**（1632—1647）

卢轮义第二十六代孙。这又是一个注定要被杀死的孩子。他的父亲五十岁得子，并不欣喜，知道这个仍然靠不住，又娶了两房妾，五十七岁时终于又得一子。他让两个儿子都随母姓，并叫父亲为叔叔，试图混淆血亲关系，可是雷余准确地发现了真相。卢继和弟弟玩耍时，被弟弟手里半截锋利的铁尺刺中心口，死时十五岁。

**卢长庆**（1732—1764）

卢轮义第三十一代孙。传说卢长庆出生那天，全家号啕大哭，因为离这个夏巨终了只有三十二年，根据经验，雷余不是挑中他就是他的孩子。他的父亲一度把他送给邻县的一户人家避祸，可是不久后，那家人听说了卢家的死亡传统，又把他送了回来。这个卢长庆却十分争气，是卢氏家族所出的最出色的人物。他终生没有结婚，他说他不愿更多的人分担他的命运。在短促的一生里他完成了许多不寻常的事。他十九岁就中了解元，可是他不再花时间去考进士了，他说他要做更要紧的事，然后待在家中著述，完成了《读易指要》二十卷、《庄子会意》三十六卷、《兰室经解》八十卷等，三十岁时，他已经成为一个远近闻名的学者。最后两年，他倾其全力写一本叫《天论》的书。

可惜这本书和卢长庆的其余著作一样，由于家境不富裕，无力刊刻，没有保留下来。幸好卢长庆在写作此书的过程中，另一位著名的经学家戴原来访，住了半个月,他给儿子戴纶(也是经学家)家信中谈到了卢长庆的思想。

戴原写道:

> 卢长庆是个很有学问的人,可是他竟去研究那些完全无用的东西,我很为他可惜。崇尚空洞的义理之学是明人的毛病,本朝学术的成就在于立足事实,探究历史真相。看卢氏的著作,他走的完全是明人一路。他最近在写《天论》,我对他说这题目纯粹是浪费精力,还不如扎扎实实考据清楚几个字的意思,更有益于学术。可是他说没有什么比弄清天命和人生态度更要紧的东西了。我觉得他现在完全走火入魔,天的神秘岂是我们可知的?他被他的家族漫长的死亡阴影所笼罩,他相信他将在一年后死去,这是多么奇怪!……卢氏以为,天命是实在的东西,是不可违抗的,它有时会显露在我们生活中,有时又对我们隐藏起来。人的一切作为必须顺天。这些观点都很平常。不平常的是他由此得出的人生观点,他说,有天命并不意味着人是脆弱的,知道天命,还要去做人所当做的,这体现了人的尊严。他说,明知死亡转眼就毁灭他所做的一切,他还要去做,意义不在于所做的事业留存下去,能发挥影响,而在于从事这项工作时,他战胜了死亡,他从迫在眉睫的死亡中体验了生命存在的大美。我们知道,孔老夫子是不谈死的,他说我们生都弄不清楚,哪里弄得明白死呢?可是卢氏却说,没有弄明白死,哪里弄得清楚生呢?要是没有死,生有何意义呢?因此他推论死给了生意义。我不明白他研究这些死活弄不明白的东西干什么?

另一封信说:

> 卢氏自以为找到了一个好证据说服我。有一天,他问我:"你觉得做神仙好不好?他们不要吃饭,没有家庭和儿女,没有科举,生活得无忧无虑。"我说:"可以读书吗?"他说:"神仙读书干什么?他们已经弄明白了世界的一切道。"我说:"我可不想当神仙。"他说:"神仙的生活是无聊的,他们没有死,所以他们做任何事都不要考虑时间,剥一个鸡蛋可以剥一千年,一句话和另一句话的停顿可以等上一万年,无聊得很。他们又参透了命运,生活中没有一点惊奇感,每天都和前一天差不多。他们没有死,所以他们的生的价值就不能被激发起来。我宁愿要三十二年的凡人生

命,也不要做不死的神仙。"你看,他的观点是这样古怪,我在这里多住一阵,就要给他弄糊涂了……

没想到他的儿子戴纶却对卢长庆的想法特别兴趣,要他父亲转告卢长庆,他也想找个时间来黄连住几天。卢长庆要他早点来,他只有一年零两个月的时间了。戴纶不相信卢长庆真的知道自己的死期,给事耽搁了。直到卢长庆死后一年多才来黄连,他想找到那本《天论》,可是手稿失踪了。

戴纶深深遗憾:"卢氏发千古未发之议论,振聋发聩,天嫉其才耶!"

卢长庆从不因为死亡日期的逼近而改变生活习惯,他每日照常出门散步。三月的某天傍晚,他看到有人斗殴,便去劝架,被人失手捅死,那把生锈的长刀上赫然有个豁口。他临死前挣扎着从口袋里掏出了一份遗书,上面写道:他的死出于天意,不必因此惩罚肇事者。

**卢去疾**(1860—1881)

卢轮义第三十五代孙。卢氏家族已经习惯了每隔一百一十七年为一个横死的男性家族成员服丧。卢去疾出生的时候,家境已经破落下来,他的父亲在县城做豆腐,母亲则卖豆腐,他继承了父亲的手艺。他的死期是二十二岁,谁都知道他的寿命,因此黄连县没有人肯把女儿嫁给他。幸好他父亲早有准备,收留了一个逃荒的小女孩给他当童养媳,十五岁就为他完婚。他通过加快繁衍的速度来与不可抗拒的命运搏斗,当他死亡的时候,他已经生育了三个男孩和两个女孩。

卢去疾是个勤俭的人,家里的旧剪刀,刀锋像锯齿一样钝了,他就自己动手磨。他正在试探剪刀的锋利时,一个儿子从后面扑到他背上,那把剪刀就深深插进他的喉咙。

**钟家堡**(16世纪30年代到19世纪30年代)

卢去疾的死,又引起黄连县人对被诅咒的卢氏家族的兴趣,议论纷纷。昆山人林与初正好在黄连县做幕僚,他是举人出身,对各种奇闻逸事有特殊的好奇心。他被关于雷余的诅咒的传闻吸引了,他访问了卢去疾的父亲,查阅了

《卢氏族谱》，还偶然地发现了万隆的日记，到悬棺崖和黄连峒旧址去实地考察，他综合和考订了各种资料，写了第一篇比较全面研究黄连县古代山越人情况的文章《黄连峒记》。由于卢氏家族不久即搬出黄连县，万隆日记的散失，这篇文章显得异常珍贵。清光绪年间编修的《黄连县志》曾把此文收入"志余"，可是民国年间重修的《黄连县志》就把它删去了，大概嫌它荒诞不经。林与初文章的大多数内容我已经引入前面的人物传记。这里特别提一下他说的钟家堡的事。

他说，莫子云虽然得了十五户五十七名山越人资料，但是考察一个民族的存在与否，不在于其人民的生存，而在于他们的语言、生活、信仰、价值观是否仍保持自己的特色，这些山越人，虽然后来县当局让他们迁徙到一起，聚族生活，可是他们的生活习惯完全汉化了，遗忘了自己的民族特性。可以断言说，至迟在明中叶，作为一个古民族的山越人已经完全被汉民族同化了。这个观点被后来的学者接受了。

林与初去看了莫子云为这些遗留的山越人聚族生活的地方，当地人称之为钟家堡，说是该村的人全姓钟，很遗憾最后一户居民也于半个世纪前搬迁到了外地。林与初耐心访问了附近几个村里的老人，他们说："钟家堡的人和其他村里人一样，没有什么古怪的地方。唯一奇怪的大概是钟家堡的人从不与其他村子的人通婚。"林与初没有解释这是为什么。

我因为读过莫野的手稿，立刻明白了这是莫子云为了维持山越人血统的纯正而采取的行动。当时只有他和雷万钟才明白那个秘密，雷余的诅咒要依靠活在世上的山越人的血来滋养。在一千年间，幸存的山越做出了最大的努力，延长一个早就应该消失的民族的血统。这真是人类文明史上一个壮观的奇迹！

**钟如月**（1937－1998）

我对雷余和卢氏家族恩怨的兴趣完全是一个偶然的原因，我父母亲在一次车祸中猝然丧生，在他们遗留下来的一堆哲学书里，刚好有一本清光绪年间的《黄连县志》，林与初的那篇《黄连峒记》吸引了我。我不知道父亲怎么有这样一本书，我可从来没有听他谈起过黄连县的事。我慢慢收集起有关材料，准备就有关山越民族的题目写篇论文。一九九三年秋,我看到莫野的手稿后,认为自己已经破译了雷余诅咒的秘密,想到山越人的夏巨又要到了,雷余的诅咒还有一个即将实现,我便跑了黄连县一趟。

那是一九九四年夏,我去县志办打听卢氏家族是否还有后裔留在这里,一位六十多岁的老人说:"早就搬走了。"他又狐疑地看着我,"你贵姓?"

我说我姓范,和卢家没关系,只是对卢家被诅咒的事感兴趣。

他说:"旧志上的确有这样的记载,不过那都是传闻,是封建迷信的东西,没人相信了……"

我在黄连县毫无所得。

当时我正在恋爱,我的女朋友何慧说:"只有你还相信那封建东西,什么诅咒呀,报应呀,鬼魂呀,你把这写进论文,导师非把你当成疯子不可。"

我也心灰意懒:"对,不管他。还是另写一个题目吧。"

一九九七年秋,我和何慧商量着准备结婚。她已经怀了孕,又不想打掉孩子,只好抓紧时间结婚。婚期前一个月,何慧告诉我,她母亲退休了,要来看看我们。我还从来没有见过这位丈母娘呢。听何慧说,她父亲很早就离开了她们,她母亲在另一个城市的中学教历史,一直独身。何慧就像燕子一样,一到寒暑假就回母亲身边,其他时间就待在我身边。

我们两人一起去车站接她。一个矮小的老妇人,身体很健康,两眼炯炯有神。我请了两天假,陪她们四处玩。在海边沙滩上,有次我买饮料回来,看到老太太端端正正坐在椅子上,神情专注,两眼直视太阳,中午的太阳。

我吓愣了,何慧把手指竖在嘴上,示意我不要打扰。

我走过去轻轻坐下。

大约十分钟后,老太太才垂下头来,双手反复揉着眼眶,恢复了正常。她回过头微笑说:"吓着你了吗?"

何慧说:"我妈经常这样,她在练一种奇怪的气功。我的眼睛就不敢看太阳。"

我神情紧张,说:"这肯定不是练气功。我只知道两个人能够这样做……"

老太太问:"两个人?"

我看着她说："都是传说中的人物，一个是阿月公主，还有一个是雷万钟。"

她的表情一动不动，黑色的眸子没有什么异样。我失望地说："他们是在吸取能量，和神灵交流。传说，雷万钟的眼睛看过太阳后，瞳人就变成了火焰一样的红色，里面各有一条蛇……"

她说："你认为我是……"

我松了一口气："我最初以为你是山越人，你也姓钟。如果你是，那就是最后几个血统纯正的山越人了。看来我搞错了，也许很多人都能正视太阳。"

何慧说："妈妈，你别理他，他满脑子都是什么雷余的诅咒，山越人，报应……他分不清现实与幻觉了。"

老太太宽宏地说："没关系。"

我和何慧结婚后，老太太还和我们生活了三个多月。我觉得她是个很好相处的人，她很有耐心地听完我关于雷余和卢氏家族的奇谈怪论，然后小孩子一样说："你也可以叫我山越。我的眼睛能看太阳是天生的，人们经常大惊小怪。"又对我说："没有人相信你的故事，那是因为现在的人已经不能理解奇迹。"我对她说，我早就放弃了这个课题了，只是还为卢家最后一个牺牲者担心，可是我现在自己都怀疑了，不知是否真的存在这样一个牺牲者。

老太太和我们一起过完了旧历年，她就坚持要回到自己的家里。回去不久，就传来她的死讯。她是割手腕自杀的。我和何慧回去给她安葬，料理后事。谁也不明白那么乐观的老太太怎么会决定自杀。当时我想，这也是奇迹。

我们筋疲力尽回到自己家后，看到信箱里躺着她的一封挂号信。老太太算好了时间，她存心要我们平静下来看这封信：

……你们一定有很多疑问，不过我选择了放弃生命自有道理。小范原先的猜疑是对的，我确实是山越，并且是最后一个山越。另外一个问题，雷余的诅咒必须由山越的鲜血来滋养，小范也对了。因为这后一重压力，幸存的山越付出的牺牲至少和卢氏家族一样大。在汉民族文化的巨大影响下，山越民族本来早就要被完全同化了，可是为了维持我们先祖雷余诅咒的神圣，残余的极少数山越发誓要相互通婚，纯净血液，他们的后代放弃了自己的幸福，为一个古老的诅咒而生存。山越民族的血液也因此在这个世界上多流淌了一千年。到了我这一代，只剩下寥寥三五人了，今天，他们全都先我而死了。我之所以和一个汉人结婚，是因为我知道自己能活到一九九八年，能够协助我的先祖雷余完成最后一次复仇。这样我就有了小慧，我不希望她再为一个注定毁灭的民族做出任何牺牲。她是两个民族和解的一代，而我，却不得不徘徊在仇恨里。

我选择今天夜里结束自己的生命，因为一个夏巨又结束了，明天，雷余将会复活、复仇，我想不出阻止这一悲剧的其他办法。今夜，这世界将流尽最后一滴山越的血，我的先祖雷余的灵魂将在这个世界上漂泊无依，不能行走。我犯下一个大罪，使一个民族留下遗恨。我来到世间的使命是仇恨，是为了一九九八年的复仇，可是我如今却害怕这次复仇，我承受不了这最后一次复仇。因为，在海边那一次，你几乎认出我的那一次，我就确凿无疑地认出了你，凭借太阳神给我的目力，我认出了你是失踪的卢轮义的子孙，雷余诅咒的最后一句已经落在你身上……

我走的时候，小慧说，她已经有了身孕，现在，雷家的血和卢家的血已经流在一起。一切都和解了，你们会幸福的。我带走了所有的诅咒。

（原载《福建文学》2001年第10期，入选《小说选刊》2002年第1期，入选《2002中国年度最佳短篇小说》，获福建省人民政府第四届百花文艺奖）

### 作者简介

萧春雷，男，作家，曾用笔名司空小月、十步等，1964年出生。福建泰宁人。写作小说、诗歌、散文、艺评及其他。著有诗集《时光之砂》，随笔集《文化生灵》《我们住在皮肤里》，艺术评论集《猎色》，以及文化散文《阳光下的雕花门楼》《风水林》《嫁给大海的女人》《烟路历程》等。作品多次获奖，并被收录于多种选本。现居厦门，就职于某媒体。

# 官　司

◎ 杨金远

老谷是在傍晚前才接到任务的。

团长让一连长老谷带领一连火速赶往阵地去完成一项狙击任务，以便让大部队安全转移。

团长明确告诉老谷，整个转移工作最多在午夜前就可结束，那时，团长会让号手吹号，老谷只要听到号声，就可带领一连突围。

可是老谷和一连的士兵们始终没有听到团长让他们突围的号声。老谷和一连的战士们在生命的厮杀中苦苦等待，从傍晚等到午夜，又从午夜等到天亮，一整连的战士打退了几十倍于他们的敌人的一次又一次的进攻，全连战士从上百人牺牲到只剩下几十人、几个人到全部阵亡。

事后不知有过多少次，老谷都会想着，要是那会儿跟一连的士兵们一块死了，也就一了百了，那该多好。

偏偏老谷就是没有死掉。

老谷是全连唯一的幸存者。

要是午夜前听到团长的号声，一连就不会输得那样惨了。老谷在心里想着。

老谷一直想要弄明白团长的号为什么始终没有响？

离阵地不远的山脚下，有一个叫将军庙的村庄，村里住着上百户人家，大部队转移前就驻扎在这个村子里。老谷就是被村里一对中年农民夫妇救下山的。

从中年农民夫妇那里，老谷知道，大部队在转移时确实没有听到号响，整个转移工作始终都是在悄悄中进行的。

老谷简直有点不敢相信。老谷说，你们真的没听到号响？

中年农民说，是呀，是没听到号响。

老谷起初还怀疑团长他们可能已经吹了号，只是自己没有听见，现在听他们这样讲，老谷就有点受不住，他的脸色变得又红又紫，看得出额上血管里的血液在里面滚动。老谷在心里埋怨着团长，明明说好等大部队安全转移了就给他们吹号，到头来却说话不算话，把他们丢下不管了。如果能在午夜前听到团长的号声，让他们突围的话，一连说什么也不会全军覆没的。团长的做法让老谷十分伤心和气愤。

有时老谷也会这样想着，会不会是团长光忙着指挥部队转移，把吹号的事给忘了呢，或是发生了其他什么事？但不管怎么说，总不至于连号都不吹了，要知道，吹没吹号关乎着一整连战士的生命呢！团长实在是太过分了。

在接下去的日子里，老谷陷入了一种深深的痛苦之中，他一边养伤，一边在打听三团的去向，他想他无论如何是要赶上部队的。老谷觉得只要赶上部队了，他和团长才可有个说法，否则，他就太对不起已经壮烈牺牲的一连弟兄们了。

老谷发誓一定要找到团长，哪怕走遍天涯海角，也要把团长找到。

老谷就这样踏上了寻找部队的漫漫旅程。

老谷沿着山脉迈出第一步的时候，才知道要找到部队实在谈何容易。因为从他得到的所有消息看，部队的去向只有一个，那就是往南去了。也许去了安徽，也许已经过了长江。到底去了哪里，谁也说不清楚。老谷唯一的选择只能往南走。老谷几乎一天要走好几十里的路，老谷只要听说哪里有部队，就往哪里跑。老谷不分白天黑夜地走。他走得天昏地暗，筋疲力尽。老谷已经累得实在没法再走下去了。

初冬的一个黄昏，老谷终于走到了长江边上。

这之前，老谷也不知道自己究竟走了多少的路，又走了多少个白天黑夜。老谷从鲁南出发时才刚刚是初秋，而眼下，已经是寒风飒飒，万木凋零的深冬季节了。

老谷望着滔滔东去的长江水，心里非常难过，老谷想不到跑来跑去，最后却连个部队的影子都没见到。

老谷已经无路可走了。

实际上老谷也不敢再往南走了。老谷猜测，部队不可能那么快就打过长江去，他就是跨过长江去找部队也是白找。这是一。第二，老谷知道，过了长江，福建几乎跟着就在眼前了。那一直是他的一块心病，因为福建是他的故乡。一九三八年，老谷随闽中游击队一起赴鲁南战场抗战，此后整整十年时间，老谷一次也没回过故乡。故乡的一切对他来说，是那样的温馨、亲切，那里有他的生身父母和兄弟姐妹；那里还有一个比他小两岁且长得非常端庄可爱的童养媳。老谷想，他要是过了长江必定会经受不住家的诱惑，一步一步向福建走去的。

那时，他就永远无法找到他的团长了。

老谷望着浑黄的江水，心里充满了惆怅。

老谷就是在这种时候突然病倒了的。

老谷突然觉得自己身上莫名其妙地烫，几乎就要着火了。正心里疑惑，他发现原来有一个年轻女子手里拿着一个火把就站在他的跟前，熊熊燃烧的火把照得他通体红亮。火把差不多要把老谷的身体给点着了。老谷埋怨那女子说，我跟你无冤无仇，你为什么要拿火烧我？年轻女子说，我没烧你呀，是你自己身上着火了。老谷说，我身上没着火呀，明明是你手里拿着火把，你看你快把我给烧着了。年轻女子说，我手里拿的不是火，是水呀！我看你身上着火了，拿水来浇呀！老谷说，你手里拿的真的是水吗？年轻女子说，当然是真的。不信我可要往你身上浇水了。老谷说，你浇吧，你再不浇，我可受不了了，我要死掉了。

只听"滋"的一声，老谷突然一个激灵，就觉得浑身已经变得冰凉冰凉的了。

老谷终于发现自己原来躺在一个非常陌生的地方。他盯着屋顶望了一会儿，想不出自己怎么会躺在这里了。老谷这时听见有谁在他的身边轻轻叹了一声，他转过脸时，看见一个年轻俏丽的女子此时正坐在他的面前。那女子不过二十来岁，胸前挺着一对好看的乳房，像衣服后面藏着一对不老实的兔子一样，在胸前一颠一颠的。

老谷说，你是谁呀，你怎么会在这？

年轻女子说，我是这屋子的主人呀！

老谷说，我这是在哪？

年轻女子说，在我家里呀！

老谷说，我怎么会在你家里呢？

年轻女子说，你走到我家门口就倒下了，你已经发烧两天两夜了。

年轻女子说，你一个劲地说胡话，嘴里不停地叫着要找团长，现在好了，你终于醒来了。

老谷朝年轻女子望了好一阵子。望着望着，就要从床上坐起来，但还没坐起就又躺回了床上，细密的汗珠立即从他的额上冒了出来。年轻女子拿来手帕轻轻替他擦着。年轻女子说，你不好乱动的，你病得这样重，你要躺着好好休息。

老谷觉得年轻女子说话时，从她嘴里飘出的气息很香很好闻，多闻几口，他就要醉了。

老谷望着年轻女子说，怎么就你一个人呢，你家里还有什么人？

年轻女子说，我爹。

老谷说，你爹呢？

年轻女子说，我爹打鱼去了，没有十天半月不会回来。

年轻女子说着，一双眸子深情地望着老谷。

年轻女子说，你怎么会变成这个样子，我一看就知道你是部队里的人，你的部队呢？

老谷默不作声，他有点不敢和年轻女子对视。

年轻女子说，你好好养病吧，等病养好了不愁找不到部队。

老谷仍不做声，老谷觉得年轻女子的那双眸子简直像一把铁钩，要把他的魂都给钩去了。

老谷在年轻女子的家里一住就是三天。

老谷真的有点舍不得走了。

年轻女子看出来了。年轻女子说，不想走就留下来，你娶了我吧。

老谷说，我已经有了，她在家里等我。

年轻女子有点失望。她说，她长得很美吗？

老谷点了点头。老谷说，再说，我得去找团长。

年轻女子说，团长对你真的很重要吗？

老谷说，是的。我跟团长有个说法没弄明白。

年轻女子便不再说啥了。太阳一点点向西落去，落日无声。年轻女子望着西移的落日，觉得老谷在那件事上已经陷得很深很深，谁也无法轻易说服得了他。

第二天，老谷终于决定离开年轻的女子，继续去找部队。他想，他得走了，他要是再不走，就永远找不到他的团长了。

那时，天还没有完全亮起来，星星还在头上闪着，远处不时传来一声声鸡鸣狗吠。年轻女子给了老谷许多吃的，还给了老谷一些路上花的零用钱。

年轻女子叮咛着老谷说，可千万要自己照顾好自己，饿了就吃，累了就歇，路上可没人疼你。

年轻女子说，一根打狗棍你带着，路上碰上哪条狗欺侮你了，有它就不怕了。

年轻女子说，要是找不到部队还回我这，住下来慢慢再打听吧，别再逞强了……

年轻女子对老谷越好，老谷就越受不了。老谷简直是从年轻女子家里逃出去的。老谷想他要是再不逃掉，他恐怕就永远走不掉，永远找不到团长了。

老谷沿着长江边又走了一些日子。

老谷终于在长江边的一个小村子里，找到了部队。

接待老谷的是部队的一名营长。

尽管部队同属华野，却不是老谷要找的三团，连一个兵团的都不是，但对于已经长期离队的老谷来说，只要能找到自己的部队他就已经很满足了。那一刻他委屈得犹如失散多年的儿子回到了父母的身旁一样，竟当着部队营长的面"呜呜"哭了起来。

老谷把一路上所经历的千辛万苦全部向面前的营长倾诉。

老谷说他想不到这一找竟然找得这样苦，还差一点找不着了。

老谷的所有倾诉在营长听来就似在听一个非常稀奇离谱的传说。尽管营长也非常同情老谷的遭遇，但他确实没法把一身又破又脏，完全像个叫花子的老谷与部队的一个连长联系起来。

老谷急了。老谷说自己确确实实是部队里的人。老谷还把自己部队的番号、人数和师长是谁，团长是谁全都告诉了营长，但营长就是不信。营长说，你们团长怎么可能不让号兵吹号呢？老谷说，团长就是没让号兵吹号，这一点村子里的人都可以替我作证，我为什么要去骗你呢？

营长坚持说，反正我不信。

老谷说，等见了我们的团长，你就相信了。

营长说，就算我相信了你的话，那又怎么样呢，你最终还得找你的三团去。

老谷说，没错，我是得找到三团，找到团长。

可老谷不知道究竟上哪去找三团。

老谷并不知道，他所在的三团其实一直就没离开过鲁南。因为从时间上讲，当老谷与部队脱离联系后，山东野战军便与敌人在鲁南打了一仗，并大获全胜。接着山东野战军与华中野战军合并，成立华野，部队又相继参加了莱芜、孟良崮等战役，这些战斗三团都参加了。也就是说，老谷当初选择往南走本身就是一个错误。如果留在鲁南，老谷说不好就已经找到三团了。老谷是在后来才知道这一切的，他并且为此难过了好几天。

可当时的老谷对这一切并不知晓。他只想自己好不容易找到了部队，不能随随便便再失去她，就好像他正处身在一个孤零零的小岛上，好不容易盼来了一只救命的船，如果他一旦失去上船的机会，就会永远被抛弃在那个荒凉的孤岛上一样，老谷想他无论如何要抓住这个机会。只有牢牢抓住它，他才有可能找到团长。

事实上，也由不得老谷作更多的选择，淮海战役已经打响了，各个部队悄悄地向两淮一带集结。营长的部队也接到战斗命令，让他们连夜赶往淮海战场。这令老谷始料不及，老谷这才隐隐约约感到三团其实始终没往南走，就一直待在鲁南一带。

老谷无论如何要求暂时留在营长的部队里。

老谷丝毫不曾知道，他这么做让营长相当为难。

营长只让老谷在部队里当了一名马夫。老谷所有的任务是一路上负责给马喂马草。

营长的决定让老谷感到相当委屈。但为了能够找到团长，不要说当一名马夫，让他干什么都行。

老谷随着营长的部队浩浩荡荡向北而去。月亮在天空闪着神秘的光亮，宽广的乡野在夜色的照耀下显得格外沉寂。老谷一边牵着马一边在想着就要找到团长了，心里有一种说不出的感觉。

老谷看来是无法找到他的三团和团长了。

当历时六十五天震惊中外的淮海战役于一九四九年一月十日，以杜聿明的被活捉宣告彻底胜利时，老谷仍然没能和三团取得联系，尽管这中间老谷也曾想方设法打听三团的下落，但都毫无结果。这让老谷焦急万分，又束手无策。

淮海战役结束后，营长的部队奉命进到徐州以北，以韩庄为中心集结整顿，准备挥师南下，解放全中国。韩庄离当时老谷参加阻击战的将军庙不远，只不到百里路程，老谷突然想自己光忙着东奔西跑，为什么不回将军庙看看？他怀疑这会儿三团说不好就在那集结整顿，等待大部队一起挥师南下。

另一种可能，老谷觉得团长当时即便忘了吹号，也不可能永远不会想起自己没让号兵吹号的事。而一旦团长发现自己曾经把一整连的人丢在将军庙，他说什么也会回去找他们的。

老谷觉得无论如何他得回将军庙看看。

结果是可以预料的。老谷回将军庙找不到团长是必然；团长随大部队转移后压根就没有再回将军庙找一连也是必然。如果这次寻找三团的失败多少会使老谷悟出些什么或因接二连三的寻找失败，让他从此产生失望而失去信心的话，后来或许就不可能有许多事情发生，但老谷偏偏就是什么也没悟出来，他仍然发誓就是找遍全中国，也要把团长找到。

老谷根据当时的大势判断，在千军万马挥师南下，迎接解放全中国的当头，三团不可能按兵不动，最大的可能是随大部队跨过长江去。老谷觉得自己眼下唯一的选择只能继续留在营长的部队里，以找机会与三团取得联系。老谷还没去找营长，营长已经先找了老谷谈话。

营长望着老谷好一会儿，却不开口。

老谷被看得有些不好意思起来。老谷说，啥事说吧，我的心虚着哪！

营长于是说，看样子你是早晚要走的，你的心在三团那，不在我们这。

老谷老老实实说，是的，我的心是在三团那。

营长说，我看出来了，你没骗我，你确实是三团的人。如果你打算长期留在我这，我可以请示首长，还可以给你弄个排长干。

老谷仍然老老实实说，别，我是早晚要走的，你给弄个排长我也干不好。

营长叹道，那么只好委屈你继续当你的马夫了。

老谷说，就马夫吧，马夫挺好。

于是，老谷继续留在营长的部队里当一名马夫。

实际上，老谷说的是违心话，依老谷的血性，在战场上冲锋厮杀才是他所渴望的。他怎么可能甘愿在营长的部队里当一名马夫呢！但老谷心里非常清楚，他一旦当了营长部队的排长，他就可能永远找不到他的三团，找不到他的团长了。

几天后，老谷随营长的部队一路南下，并跨过长江，一气打到了福建，把蒋介石赶到了台湾。到一九五〇年五月底，人民解放军已经歼灭了大陆上的全部国民党军队。可老谷仍然没有找到他的三团和团长。

那一刻老谷变得非常沮丧，情绪极其低落，恨不得大声骂爹骂娘。

老谷完全彻底地失望了。

老谷确实想不出接下去是继续找团长呢，还是回家跟童养媳过日子算了。根据上级安排，营长的部队被一分两半，一半留下来参加地方建设，一半继续留在部队准备开赴东北去参加剿匪。老谷刚好被留下来。老谷心里就有点紧张了。老谷想，团长他们会不会也去了东北呢，如果真的是那样的话，他就不能留下。否则，他就有可能失去一次机会，再也找不到团长了。

也就在这个时候，老谷意外地获得了一个消息。

告诉他消息的是老谷的一个老乡。一九三八年，老乡和老谷一起从闽中老家去鲁南支援抗战，当时两人分在同一纵队，老谷在三团，老乡在五团，自此后两人就再也没见过面。

老乡告诉老谷说，三团在参加渡江作战后，才打到福州就又往北跑，参加东北剿匪去了。

老谷听了心里一震，他揪住老乡不放。老谷说，你这消息是真是假？老乡说，当然是真的。

老谷激动得狠狠擂了老乡一拳。他当即跑去找营长，说什么也要让营长把他带到东北去。

营长不以为然，营长说，不是我给你泼冷水，就算你去了东北，到时找不到团长你又该怎么办，已经找了大半个中国了，你都没有找到团长，你总不至于满中国去找吧。

老谷执拗说，你就带我去东北吧，我就不信团长会飞上天去了，我会找不着他。

营长说，依我看你还是回家吧，你不可再找下去了，你该成家立业了。

老谷说，连团长都找不到，我还成哪门子家呀！反正营长你得带我去东北。老谷对营长说，除非把他给打死了，否则，他就是爬也要跟营长的部队爬到东北。

营长叹了口气，营长觉得，对老谷，他真的是一点办法也没有了。

真的决定要去东北，老谷反而想家了。家就在眼前呢！故乡的情愫把他的心撩拨得火辣辣的欲罢不能。

他终于回了趟闽中老家。可是老谷只在家里待了一夜，第二天就匆匆忙忙跟着营长的部队往北奔去了。好像在家里多待一刻，他往北走的意志就要被瓦解掉似的。

那一夜清风朗月，夜色很柔很美，虫子在窗外叽叽喳喳叫个不停，越发变得秀丽可人的童养媳纵然极尽千般温柔娇媚，也没能留住老谷要向北走的决心。

童养媳说，你非得要走？

老谷说，要走。

童养媳说，你真的舍得下把我一个人丢在家里？

老谷说，不舍也得舍。

童养媳说，不走不行吗？

老谷说，不行。

童养媳说，不走又怎样了？

老谷说，我必须找到团长。

童养媳说，想走就走吧，心不在家里就是留下来也留不住。

童养媳不再说话，深潭似的一双眼睛静静地注视着老谷。老谷的脸便似一块坚硬峭砺的岩石，倒映在童养媳的眼波深处。

老谷突然发现他的童养媳不管在哪个方面，都跟他在长江边上碰到的那个年轻女子很像。

老谷跟随营长的部队在白山黑水的东北森林里与土匪打了近两年的恶战。身处在那样恶劣的环境里，老谷才知道，他是不可能找到他的三团，找到他的团长的。在茫茫无际的东北大森林里，谁也无法向他提供有关三团的确切消息。三团的去向在他的心里已经变得越来越渺茫。他已经开始对自己能否找到三团产生了动摇。正在这时，朝鲜战争爆发，原先参加剿匪的许多兄弟部队这下已经跨过鸭绿江，到朝鲜参加抗美援朝去了。营长的部队没有接到任务，根据需要，他们当中的许多人要么回原籍参加地方建设，要么留下来参加开垦北大荒，而二者不管前者还是后者，都是老谷无法接受的。他的心始终就没离开过三团，他想这辈子要是找不到团长，就是到了死的那一天，他也没法合上双眼的。

老谷打听了一下，在留下来准备转入地方工作的部队中，根本就没有三团，也就是说，三团极有可能去了朝鲜战场。这让老谷的心又凉了一半。老谷曾经作过多种猜测，一种可能，三团参加抗美援朝去了，那他就是追到鸭绿江边也没用，照样找不到团长；另一种可能，闽中老乡当初告诉他的可能不是实情，或者说，三团参加渡江作战后，就留在了福建参加地方建设，并没有到东北来，如果是那样的话，他照样找不到三团。

老谷觉得自己心里很茫然，不知道怎么办才好。

突然有一天，老谷突发奇想，觉得自己应该去一趟北京打听三团的下落。三团去哪里，北京应该是清楚的，要是连北京都不知道三团去哪了，那他也就认命了，从此不再提找三团找团长的事，索性回福建跟童养媳好好过日子算了。

老谷把自己的想法告诉了营长。老谷的执着令营长又感动又不可思议。

老谷真的去了北京。时间是一九五二年四月。

一切似乎都有点不可思议。也不知道老谷哪里来那么大的能耐，居然有办法找到了解放军总后勤部。

一个青年军官接待了老谷。青年军官被老谷迫切要找到三团的精神感动了，他替老谷查阅了数不清的档案材料，又打了数不清的电话，最后，他不无遗憾地告诉老谷，三团真的出国了，去朝鲜战场了。他让老谷不要到处乱跑，回去好好待命，总有一天团长会派人去找他的。

青年军官最后一句话或许只是随便说说，老谷却当真了。老谷说，依你这样说，我只有回去等团长他们了？

青年军官已经被老谷搞得有些心烦，他说，是这样的，否则到时团长就是回去找你也见不到你。

老谷说，要是团长不回去我又该怎么办？

青年军官几乎是在应付了。他说，团长已经答应过你等他的号子，团长不会不回去找你们的。你真的不好乱跑。

青年军官说着忙自己的事情去了。

老谷觉得青年军官的话不是没有道理的。

老谷真的听信了青年军官的话，决定回鲁南将军庙等团长。

老谷在鲁南的那个小山村一等就是四十多年。

老谷甚至曾经动过念头，想到团长的老家找团长，却又不知道团长的老家到底在哪？当初听口音觉得团长应该是江浙一带的人，至于具体在江浙哪里，又说不准，现在去哪找团长呢？

这个念头便也被他打消了。

到了夏天，老谷想要找到团长的想法就更加强烈了。

老谷终于决定要跟团长打一场官司，好好跟团长算算这笔账。

那一年，老谷已经七十岁了。满头的白发，脸上尽是纵横交错的皱纹，像龙眼的树皮一样。老谷心里想着，要是团长还活着，也该是七十多岁的人了。

老谷已经感觉到自己来日无多了。

老谷想，这场官司要是再不打，就来不及了。那时，他就是到了阴曹地府，也无脸见一连的弟兄们。

团长实在太过分了，团长怎么可以说话不算话，说好要吹号的怎么又不吹了呢？要是当时团长吹了号子，一连就不会输得那样惨了。

老谷不知道这个官司该怎么打。换句话说，就是这个官司让他打赢了，团长不在又有什么用，官司还不是白打了？

老谷被这件事搅得心里很痛苦，他不知道这个官司到底还打不打？

老谷万万没想到就在这时，在东北垦荒的营长会给他寄来一封信。营长说他已经见到团长了。营长让老谷去一趟东北。

老谷坐火车到达东北的时候，老谷看见营长已经在车站上等他了。营长说他要带老谷去见一个人。

营长把老谷带到了一个很大很幽静的林子里。

老谷往里走的时候，才发现原来那是一片公墓区，他不知道营长为什么要带他到这种地方来。营长说这个地方他也是不久前才发现的。营长说他已经退休了，退休后和垦区的朋友到处跑，跑着跑着就发现了这个地方，还找到了老谷要找的团长。

老谷心里凉了一下，他突然有一种不祥的预感。

很快地，老谷和营长要他见面的那个人见了面。是个六十来岁的小老头。老谷第一眼看他时就觉得非常眼熟。老谷终于认出他是团长的警卫员。老谷不禁叫了出来。老谷说，警卫员你怎么会在这，咱团长呢？

警卫员什么话也没说，他朝老谷招了招手，老谷就跟着他走了。警卫员领着老谷穿过一片小竹林，然后就在一座坟前站住了。

老谷一眼就认出碑石上方那帧陶瓷照片上的人就是团长，团长诡谲地望着老谷微微笑着，像在对老谷说，你一直在找我吗？我就在这哪！

老谷的脑子里突然一片空白。他有些站立不稳了。

警卫员说，团长是在朝鲜战场上牺牲的，团长已经在这里静静地安眠了四十五年，也就是说，老谷在毫无希望的期待中，空等了团长四十五年。

很显然那是一段不便公开的历史，警卫员很不愿意提起它，在追述那段历史时，他的心情显得特别沉重，他的每一句话都让老谷惊讶得目瞪口呆。

警卫员告诉老谷，四十多年前的那场阻击战，当大部队转移后，团长确实没让号手吹号。并不是团长把吹号的事给忘了，而是团长根本就没让号手吹。当团长给一连下阻击任务的时候，就已经决定用一个连的牺牲去换取大部队的安全转移。因为如果情况真的如团长说的那样，午夜前就让号兵吹号，命令一连突围的话，那么，大部队被敌人追击的危险性就非常大，后果是不堪设想的。至于团长答应老谷吹号的事，完全是团长不得已而为之，于无奈中撒下的一个美丽的谎言。团长实在不忍心一整连的生命从一开始就带着死亡的梦魇走上战场。

警卫员说，自那场狙击战后，团长心里便充满了负罪感，并到处打听有关一连的消息，但战斗那样紧张。结果是可想而知的。团长为此常常一个人自叹自责，团长说过，一个士兵要是背叛了他的军队和他的祖国，必然是要受到惩罚的。现在的情况恰恰相反，是军队欺骗了他的士兵，是他的祖国背叛了他的士兵，而他的士兵在用满腔的热情和热血为他们战斗到生命的最后一刻，他们仍然对事情的真相一无所知，实在是太残忍了，团长知道，是他把上百个活蹦乱跳的生命亲自送向敌人的刀枪底下的，在一连上百条生命面前，他永远是一个罪人。

警卫员说连长你别恨团长，就是在朝鲜战场牺牲的那一刻，团长还在为他自己所做过的事忏悔着。团长是一个十分值得敬重的人。否则，他不可能在这里为团长守墓一守就是四十多年……

警卫员说连长你会原谅团长吗？你要是不能原谅团长，我这就替团长给你下跪了。

老谷做梦也不会想到，他用毕生的精力在寻找团长，得到的却是这样的一个答案。

老谷毕竟很快就平静了下来。老谷毕竟是个软心软肠的人。面对已经牺牲了的团长，他什么都理解了，什么都原谅了，积压在他心里几十年的恩恩怨怨顷刻间也化作云烟，飞向了九霄云外。

老谷缓缓地把警卫员从地上扶起来，老谷说警卫员你起来，你别这样，我什么都答应你还不行吗？

老谷泪已经下来了。

老谷自己跪在了团长的坟前。

老谷说，团长，咱一直在等着你给吹号，没听到你的号响咱没敢撤。那场战斗咱输得很惨，全连弟兄们都牺牲了……

老谷说，团长，咱找你找了几十年，咱找得好苦，咱不怪你，咱本来是要跟你打一场官司的……

老谷知道，任他说上一百遍一千遍，团长也不可能听到他说的话。

老谷心里很懊悔。他想他怎么会想起要跟团长打起官司了呢？老谷不禁老泪纵横。

两天后，老谷带着对团长的深深眷念乘车西去。

火车在东北大平原上飞驰，老谷的思绪也跟着在飞驰。

一路上，老谷一直想弄明白他和团长之间究竟谁是对的，谁又是错的。但弄来弄去，就是弄不明白。

老谷终于强迫自己不再去想它。

也许，在一场伟大的战争面前，任何事情都已显得微不足道，更何况谁对谁错。

其实，也很难说到底谁对谁错。也无所谓谁对谁错。老谷在心里想着。

一个月后，老谷在鲁南的那个小山村将军庙病逝。

老谷在生命的最后一刻，身边站着营长和团长的警卫员。

根据老谷生前交代，营长他们把老谷的遗体安葬在阵地上他的一连士兵们的坟旁。

老谷的坟是一座土坟。

营长把老谷的这一生简单地用"太认真"三个字全部概括了。

营长说，老谷本来是可以做许多大事情的，没想却一直在那件事上绕来绕去跳不出来。

营长说，说来说去就是老谷太认真了，其实世间上许多事情本来就没法认真的。

营长说着，心里很替老谷惋惜。

（原载《福建文学》2002年第4期）

**作者简介**

杨金远，福建莆田人，1956年生，已发表小说一百多万字，获得省政府百花奖两次、省优秀文学奖六次，小说多次被《小说月报》《中华文学选刊》《中篇小说选刊》等选载。小说《官司》被改编成电影《集结号》，长篇小说《突围》被改编成二十五集电视连续剧。

# 雨把烟打湿了

◎ 须一瓜

从第二审判庭偏高的窗口，望出去是林德叉车厂的办公楼外长走廊的一角。透过长走廊钢筋护栏，就可以看到更远的、不知哪家的红砖烟囱在冒烟。青烟不大不小地冒出来，雨不大不小地打在它们上面，但烟还是轻轻地腾起。看是看不清楚，但烟肯定都湿了。

审判长说，被告人，请做最后陈述。

被告人在看着第二审判庭偏高的窗口。法庭上很安静。检察官在偷偷嚼口香糖。辩护席上，律师和助理都看着他们的委托人。助理忍不住对被告人轻轻"喂"了一声，他们的委托人收回了看窗外的眼光。最后陈述！助理曳着脖子低声提醒。

被告人声音很轻：雨把烟打湿了。

审判长说，大声点！不是嘴巴说给鼻子听！

被告人点头，然后轻轻摇头。

审判长说，说什么都行，也可以请求政府宽大处理。随便。陈述吧。

被告人摇头说，没有了。

律师有点重地把便携电脑啪地合上了。这个声音像名律师发出的动静，他也的确是个名律师。助理在轻轻地、利索地收拾桌面的纸片、香烟、红蓝铅笔。

法官宣布休庭。

名律师在书记员的庭审记录上签完名,就看到委托人的妻子钱红就站在他身边。他们一起走出第二法庭,下楼。名律师才知道她身边还跟着她的哥哥和一个姐姐。她父亲太老了,想来来不了,她母亲也想来,但临时心绞痛。名律师注意到,他的委托人无论在上庭还是被法警带下法庭,都没怎么看妻子,更别提他的舅子、姨子们。他什么人都不看。整个审理过程中,他只是时不时看着窗外,目光模糊。

我们要重新申请精神鉴定!钱红哥哥说。听口气是钱红哥哥在决定一件事,但实际上,他看律师的眼神是征询的。名律师开始点烟,然后吐烟,看到助理把车开到法院门口,他就走下扇形的大楼梯。律师不愿吃钱红的饭,在拉开车门的时候,他瞥见钱红眼睛里有泪光,他就停下,似乎思考了一下,他说,他没毛病。非常正常。

钱红抓住了名律师的外衣:水清不可能杀人!

对。我也希望这样。先等一审判决吧。

四十四天前的晚上,也是下雨,下非常大的雨。实际上是下了四十九小时的全程暴雨。气象部门说是台风过境带来的暴雨,日降水量达到历史最高纪录。蔡水清接到棋友电话时,正在菜场买鲢鱼头。他本来是不需要冒雨来买胖头鲢的,冰箱里有鲜虾、排骨还有两包钱红爱吃的鲜黄花菜。也有儿子爱吃的土豆。可是,昨天晚上,钱红说,好久没吃你的剁椒鱼头了。

当时,窗外是瓢泼的大雨。陶土色、纸质罩的床头仿古台灯下,钱红在看一本家庭文摘杂志。蔡水清更早就洗了澡,检查完儿子作业,安排他睡下,就在客厅等钱红。钱红在浴室。钱红出自高级知识分子家庭,红树林专家的父亲和大学教授退休的母亲,还有钱红的哥哥姐姐们,都不喜欢看电视,所以,蔡水清也不开电视,他拿着电蚊拍在客厅寻找蚊子。他已经注意到,他家的蚊子只有几只,一般栖息在黑色的博古架上。

钱红从浴室出来的时候，直接往卧室走。蔡水清定睛一瞧，知道钱红又没擦脚。生活中钱红是个非常粗心的女人。蔡水清搁下电蚊拍，到洗手间拿了一条白蓝条的松软干毛巾。钱红咯咯地笑着，怕痒一样说，我不是故意的。下次改。蔡水清蹲在床前，把钱红的一只脚包在松软的毛巾中，一个趾缝一个趾缝地擦过去，然后检查一下，再换一只脚。

蔡水清很整洁，除了长相，你看不出他来自连正常的苹果都没看过的贫困农村。但是，他是有教养的。虽然在大学的时候，钱红因为这样的人追求自己，感到非常丢脸，虽然，钱红的父母兄姐，起码有两年多无法接受钱红这样的男友，但是，蔡水清一点一滴、滴水穿石地改变了这一切。

蔡水清开始擦浴室地上和墙上的水渍。这是他每天的工作。因为有个同事家的浴室不好好打理，湿气闷在浴室，浴室的木门发霉不说，还透到客厅的墙上、木地板上，它们都变黑了。钱红开始也擦，后来蔡水清说你做事太不清楚，还是我来。所以，那以后，无论钱红什么时候用毕浴室，蔡水清都会再进去，擦天抹地，完成整洁干燥工作。甚至蔡水清已经在床上了。

闷雷和闪电都在家的外面。暴雨啪啦啦啦下得很痛快，蔡水清喜欢这种淋漓痛快的暴雨。心情很好。没有暴雨骤风，还真的感觉不到家有那么温馨。蔡水清上床后抱了抱钱红，钱红在看那本家庭文摘杂志。钱红把身子转过去，说挠挠背，痒。

当然是骗人。蔡水清知道，这是钱红姥姥从小给钱红养成的坏习惯，是钱红妈妈有一次喝茶的时候告诉蔡水清的。当时，蔡水清已经每天晚上在挠钱红的背了，而且起码要挠十分钟，动作要不轻不重，范围要疏而不漏。不挠，钱红就撒娇说睡不着。但是，岳母在阳台上揭露钱红的时候，蔡水清笑笑，没有说什么。其实，是钱红悄悄告诉自己母亲，为了证明自己嫁给了一个多么体贴人的男人。

挠背的时候，钱红还在翻杂志。她突然就说，好久没吃你的剁椒鱼头了。

蔡水清说，想吃？

钱红说,想吃。

四十四天前的白天,也就是暴雨如注的时候,蔡水清挤在印关大菜场潮乎乎的人群中。很多人的雨伞水、装菜塑料袋里说不清楚的什么水渍,都滴擦在蔡水清的身上。蔡水清自己也是潮乎乎的,自己的雨伞也把雨水滴在别人的身上。

卖鱼的摊主换了个小姑娘。本来蔡水清都是在这买鱼,今天还是习惯地到这里停下。小姑娘跟他笑笑,看来知道他是老主顾。蔡水清就等。小姑娘在帮前面的顾客剖鱼,一边招呼他要什么。蔡水清指着胖头鲢说,原来那个,是你……

小姑娘说,是我妈妈!下雨天关节痛,来不了啦。

蔡水清也觉得自己的腿关节有点疼。他弯腰按摩了一下,果然,更明显了。小姑娘业务水平不如她妈妈,她妈妈总是把鱼杀得很干净,而小姑娘把鱼杀得乱跳。一个挑拣鱼的瘦女人被溅了鱼水,很生气地咒骂小姑娘,然后,愤愤甩手离去不买了。这时候,蔡水清的手机响了。就是那个棋友。他说,晚上到我家吃饭!

蔡水清大声说,下雨呀!

棋友说,哎,晚上就不下了。大家聚聚吧,好久没见面。我太太现在会做韭菜摊饼了。

蔡水清说,还有谁呀。

棋友说,就我们几个,你、老付、林与基、周卫东。你要不要带上太太?

蔡水清说不要,蔡水清说,有什么特殊的事吗?

屁事。就是想聚聚。饭店里请不起,家里来吃点家常菜,你不嫌弃吧?

蔡水清说,我就爱吃家常菜。

那还不是!好!六点半。

蔡水清收好电话。他心里老大不快。棋友的太太是蔡水清的老乡,老付他们是围棋爱好者培训班认识的,分在一个小组,互相对弈比别人多了些,谈不上什么深交。蔡水清甚至不太喜欢他们。可是,钱红一直认为蔡水清没有朋友做人未免太失败,虽说,蔡水清在这地方如今也算小有名声,可是,名气之外,钱红觉得他有点寂寞,就是说,似乎从来没有人想结交他。比如,春节几乎没有人会来电问候他,更别提别人一到节日,那种热闹非凡的手机短信了。本来有个他们老乡会的蔡芬芬理事,知道本城来了这么个领政府津贴的人才老乡,主动联系上门,用流畅热情的乡音土话,要请他参加老乡会,甚至让他出点钱当副理事,蔡水清一口拒绝了。后来蔡芬芬又来说不要他出钱,也请他出任老乡会副理事,蔡水清还是拒绝了,而且是用普通话拒绝的。蔡芬芬后来知道他其实连老乡会都不乐意参加,从此就不给他打电话了,当然,老乡们的任何活动,他也就更不搭理了。蔡芬芬留下的老乡联谊会通讯录,他直接送给儿子做了草稿纸。也可以说,除了被迫和蔡芬芬老乡交流,他从不搭理什么老乡会。

钱红说,这样不好吧?

蔡水清说,天下最无聊的就是老乡会。都是些什么人啊。有这时间,不如自己搞点学问。钱红不知道他们那老乡会里到底是些什么人,但她倒是不喜欢蔡芬芬那么大年纪了,还是扮可爱装天真的样子。所以,她就不再坚持立场。但是,她一向鼓励蔡水清多交朋友。因此,当蔡水清和围棋培训班小组棋友搭上——受训围棋,是因为钱红爸爸和钱红哥哥他们都喜欢下围棋——钱红就热情撺掇他请这些棋友在月亮桥吃饭。蔡水清只好请了。如果有人请蔡水清吃饭,如果蔡水清说,今天晚上我有应酬,钱红就非常高兴,高高兴兴地带着儿子去吃洋快餐。

蔡水清买菜回到家,先把一身透湿的衣服换下,然后修伞。因为一阵狂风把伞全部翻了身。蔡水清在暴雨狂风中将它们用力翻回来的时候,动作太急,伞骨可能扯断了。这是一把新伞呢,伞面是棕色和黄色相间的暗格子。

胖头鲢鱼头洗净抹上细盐,本来最好是腌到晚上烧,味道透,可是,晚上要出去，钱红肯定不会烧，因此，只好中午做出来。然后，蔡水清把新鲜的黄花菜从冰箱取出来。他把花芯中的黑蕊一一摘掉。这个活很费时，可是，如果他不处理好，钱红是绝不会去一朵朵掰开花瓣，祛除黑蕊的。据说，黄花菜通常是吃晒干的，如果你要吃鲜的，就有中毒的危险，除非你把黑蕊去掉。蔡水清每次都这样办理。因为钱红非常爱吃新鲜黄花菜。黄花菜炒肉丝，软腰条的肉已经划好丝，和摘好的黄花菜一起放在一个盒子中。盒子上贴上留言字条：合炒。放盐、味精，起锅时喷点绍兴老酒。

晚上的菜如此一一收拾好，置冰箱；中午的菜也一一洗净切好，蔡水清就换了一身干净外衣，出门接儿子了。儿子上小学一年级。

蔡水清的第二双皮鞋又湿透了。还是雨，是大雨和暴雨交替着那种下法。全城的人相向而过，互相都闻到了彼此雨水汗水互相作用的潮馊的味道。

钱红吃到了剁椒鱼头很开心，一个人几乎吃了一大半。趁儿子不注意的时候，亲了蔡水清一口。蔡水清心情挺好，听外面的暴雨狂风，想自己家如此温馨，真是挺好。蔡水清说，棋友老辛要他晚上去吃饭。钱红先是高兴，后来也发愁，说，下雨呀。

蔡水清闷闷不乐，晚上也许会停了吧？钱红跑到窗边观察了一下天象，说，可能停不了。昨天的天气预报有四条雨线呢。老辛也是好玩，什么天气不好请客，挑个台风暴雨天。

蔡水清更不想去了。钱红说，他倒是第一次请客，下雨天还不改变，是真心诚意呢。争取去吧。多个朋友多条路，别那么孤独样。

下午二点五分，送走儿子和钱红，蔡水清又湿了一身。这暴雨还是没停的意思。蔡水清估计老辛午睡起床了，就打了个电话。蔡水清说，我看这雨不会停呀。

老辛说，哎呀，等一下就没雨了。让你带老婆你又舍不得，不带老婆你又舍不得家。来来来！少啰唆啦！

蔡水清只好放了电话。心情惆怅。他不知道为什么经常有一种惆怅的感觉劈头盖脸地打来。它甚至不是非物质性的，他能清晰地感觉到这种东西的性状，包括气味、颜色、质地，可是，他表达不出它任何一种的物质特性。四月份的GRE（美国研究生入学考试）考试已经考过了，成绩应该要出来了。他知道成绩不会好，感觉依然不理想，可是，面对钱红父母，他只好顺水推舟，说普通考试和去年十月考得差不多，专业考试应该比去年好一些吧。他知道钱红父母早就托人在国外找关系。钱红家里的人，非常鼓励他出去，他们也坚信他一定能够出去。可是，连续三年，蔡水清的GRE，也就是研究生入学考试，成绩都不行。其实三年前，他倒是通过了托福考试，成绩阴差阳错地好，六百三十九分，可是签证被拒签了。当时，签证的两个窗口，大家都说，左边窗口的那个美国男人好说话，右边那个台湾籍女人非常倨傲，十个过去几乎就是十个被拒签。蔡水清非常紧张，但是，按这样正常的六七分钟一个，他应该是轮到那个左边的、也就是容易签证的那个美国男人；可是，右边那个厉害的台湾女人，居然一分钟不到，就把蔡水清前面、一个信基督教的年轻女孩，拒签而出。一分钟不到啊，当时排在蔡水清前面的那名女孩，不断告诉他，说她的英语不太行，非常非常希望不要碰到那个台湾女人。蔡水清看着她反复地、那么虔诚地祈祷着，很担心上帝真的帮了她，那他就死定了。可是，没想到，上帝没有帮助她，转眼之间，竟然被人用如此羞辱的方式拒签。蔡水清方寸大乱，这当然意味着，上帝也抛弃了他。他对右边的窗口，怀有更深刻的恐惧心理，因为他知道自己的口语只会比女孩更烂。原以为这样的排列，他可以避开那台湾女人，没想到，那个信教的女孩，是那么的不顶事和不走运，这样就变成他也要到右边窗口过招了。这一天是他生日，一早上排队的时候，他就构思了要好好利用这个特殊日子，加强与签证官的印象，可是，一看到那女孩抽泣奔出，他就一脑筋乱码。硬着头皮走向右边窗口时，他几乎停止了任何思维。我肯定完了，我肯定完了。他就这么想着，就看见了窗口里那个面貌冷漠、化妆精致的台湾女人。

那狗娘养的女人，竟然一句中文都不肯说，而且脸上一副鄙夷混着刻毒的表情：那个表情就是明明白白地告诉你，我早看透你！不就是想移民吗！

递上材料，蔡水清在她看自然情况的时候，按构思就应该很自然地说，今天是我生日，希望能得到你的祝福。可是，才讲了半句，蔡水清就结巴了，而且是完全结巴，他因为自己的结巴，更加狼狈。窗口里面的台湾女人就轻蔑地抬了抬银色的眼皮，冷冰冰地说，生日快乐。

蔡水清私下跟钱红交换过意见，温柔而顽强地告诉她他其实并不想出去，他觉得现在挺好。可是，钱红不这么认为，钱红认为他现在还不够好，因为他们家里都认为他这种人才应该出去。钱红爸爸妈妈现在逢知识圈的人，就畅谈小女婿的前途。大家都一致看好蔡水清的前途。钱红家人和所有他们知识圈的朋友都认为，外面做学问的环境好，将来做"海龟"派也挺好。所以，蔡水清就只好把这列入规划中。钱红其实也知道他大学毕业时的英语四级是做了小弊混过的。钱红知道蔡水清的英语讲得像日本人，普通话讲得像英国人，他确实有点语言障碍，但是，钱红还是说，不是有志者事竟成吗？

今年的GRE成绩肯定比去年差。当然，即使成绩真的不理想，钱红父母也不会说一句重话的，他们会安慰他、鼓励他。他们一直能够在任何时候保持教养和风度。这是很了不起的。

蔡水清站在窗前，痴痴地看了好一会儿天崩地裂似的暴雨。十月份再考吗？还得考，就像这没完没了的雨。

蔡水清打开电视。虽然真的没什么事可做，虽然家里什么人也没有，可是看电视还是有做贼的感觉。因为钱家人太鄙视电视了。他们坚持认为，那是没文化的小市民生活。蔡水清突然想起岳母最近心脏不太好，赶紧关了电视，打了个电话过去。

妈你今天怎样？

王母说，唉，我很好，就是这雨下得烦人哪。

天气变化很大，妈你和爸注意别受凉了。

会呀会呀。你爸爸有点咳嗽啦。

那我晚上过去看看？

这么大的雨，你跑什么跑，好好在家里待着，我随口一说，你就急，这孩子！可别告诉红儿。没事。你们自己小心。这边有晓丽他们哪。

电话放下。蔡水清再打开电视，不知道是什么片名，挺逗，古装戏，说一个混混当官的故事。

六点的时候，暴雨还是继续，有时候极其剧烈，像是全国爱打腰鼓的人都跑出来狂敲滥打。蔡水清就又打了电话想说不去。棋友老辛说，就等你啦！老付他们马上就要到了。蔡水清就给钱红打电话，要她下班去接儿子。然后他又给钱红和儿子分别留了字条。

蔡水清的家在响泉山，空气很好，是市政府为了引进人才专门给引进的人才们留的房子。从山上的林荫小道盘旋而下到公园西路，要十五分钟左右。很多引进的拔尖人才喜欢在清晨或黄昏在这条林阴弯道上散步、寒暄；蔡水清从来不散步，他总是来去匆匆。他还抱怨过交通太不方便。要是打的，总要走到山下，就是说，至少是十五分钟后的事了。而且路口一个工地在施工，马路在修补，到处都是旧木板、石头和水泥，很不好走。蔡水清早上的雨伞就是在那个地段被刮翻的，当时，他提着鱼头、茭白、芫荽等菜，在建材和积水中间，青蛙一样跳跃，光顾着寻找下脚点，雨伞就遇难了。

蔡水清打了出租车应召电话。占线。蔡水清打了二十多个应召电话，还是占线。一直打到七点十分，棋友老辛的电话打过来了。怎么样啊？酒都倒上就等你一个啦。蔡水清说，就来就来！我在打召车电话。蔡水清本来想说，我实在不方便哪，腿关节酸疼得很。我明天去你家吃剩菜吧。可是，蔡水清不习惯这样放肆。

老付、卫东他们都出来接电话，咋咋呼呼地像梁山好汉一样说话。蔡水清很有些不好意思。

蔡水清说就来，就来。

召车电话还是打不通。

蔡水清在暴雨中徒步下山。其实不要十五分钟，只是两分钟，他的外衣长裤全湿透了。一直没车，蔡水清满心希望邂逅空车，但一直没有。到路口，没想到早上还能以蛙跳的方式行走的地段，已经全部是不知深浅的汪洋一片。极目左右，到处是水雾茫茫，迷茫的车灯和黑暗的雨水在远方交战。蔡水清想了想，决定把皮鞋、袜子脱下来，他赤脚蹚过路口工地的至少三百平方米的积水场。

凶杀案不是这时候发生的，这时候，一切都没什么异常。

通过路口，蔡水清终于拦到了一辆出租，他像是从水里直接爬上了车。司机怨气冲天，粗话连篇，竟然是个强悍的东北女人。她用最下流的话咒骂市长，说全市的排水管都像市长他娘的尿道炎。女司机一直骂到棋友老辛家附近的时候，不骂市长了，因为撞上了一个在风雨中狂奔送货的小四轮车。

两个司机互相冲出汽车，在狂风暴雨中互相揪住对方的胸口衣服。蔡水清在车里喊，我还没到啊！

东北女人一扭头说，滚！我不要你的钱！

蔡水清受到了朋友们的热烈欢迎。棋友老辛的妻子温柔地给了他擦头发的毛巾。蔡水清说对不起，对不起！雨实在太大了。大家都说没关系，这种天喝点白酒最爽。主人的贤妻在厨房进出，忙着热莲子猪肚汤。屋里都是汤的香味。

桌上果然有三大盘韭菜面饼。这个蔡水清会做，很简单，只要把面粉调成蛋汁一般稀，加入盐、韭菜碎、味精，也可以加肉沫，入锅出锅就成。很简单。桌上还有一盘炒花蛤，炸花生米，干煎带鱼，醋熘土豆丝，豆干丝，还有一盘不知是鸡还是鸭的三杯东西，是三杯鸡还是三杯鸭，蔡水清没记住。

喝酒，这种天气喝酒兴致容易上来。蔡水清看到大家那么豪爽，一点都不受暴雨的影响，就隐约觉得自己有点小气。他就想对大家每一个话题都做出热烈反应，以掩饰自己对友谊的不忠。后来他发现自己坐的椅子太湿了，有水滴出现在地上。他非常尴尬，怕人家误会，所以，从那时候起，他的话开始少下来。而且一直找巧妙的机会，低头观察自己的椅子是不是还在滴水。

九点多的时候，蔡水清想走，不好意思提出；十点的时候，蔡水清说想走了，大家异口同声，都说，还早！快十一点的时候，蔡水清说，我家那边路不好走，我还是先走一步吧？

男人们还是不让，说不行！来得最迟又走得最早，岂有此理！还是女主人说，是啊，响泉小区太高，让小蔡先走吧。

名律师接到这个案件之前，就在报纸上看到了相关消息。消息说，出租车司机频频被害，春节以来，已经有九名出租车司机遇害，三辆出租车被劫。全市河南籍的三千多名司机正在串联准备停止营业罢市一天，以表达对这个城市缺乏安全感的强烈愤慨。出租车行业协会一方面配合政府安抚司机，一方面以协会的名义，郑重请求政府尽快查获凶手，以平民愤。

和前面八个遇害司机不同，这起凶杀案破得很快。报纸上又发消息，《四十八小时闪电破案　杀害的哥的疑凶落网》《引进的人才是凶手？》。律师平时不太看这一类无聊消息，像他这样的大律师，几乎是不做刑事案件的。收费太低。当嫌疑人的家属通过很多人找到名律师时，名律师开出了二万元的天价，可是，并没有吓倒当事人，对方还是感激涕零地写下委托书。

蔡水清的家属反复说，请一定救救他，绝对绝对是冤案！

警察是在凶杀案发生的第三天晚上十时许，突然进入响泉小区蔡水清家的。当时，钱红在床上看《女友》，儿子刚刚入睡。蔡水清在洗手间刷牙。一只比米粒粗一些的小蟑螂溜达在雪白的盥洗池上。蔡水清向它吐了一口牙膏泡沫，没淹到，小蟑螂还在快乐地爬动，蔡水清又瞄准吐了一口，这回吐准了，小蟑螂惊慌失措地挣扎，细胳膊细腿终于挣出了灭顶的泡沫，蔡水清赶紧又刷了些泡沫，再次吐淹，小蟑螂终于不行了，动了两下，所有比他儿子自动铅笔芯还细的腿们，统统蹬直向外张开，稚态可掬地死了。

警察就进门了。都是便衣。是钱红开的门，因为叫门的是居委会的阿婆。同时，那一瞬间，在盥洗室的蔡水清笑了笑，他第一次觉得蟑螂也有可爱的时候。看来什么东西小，都是非常可爱的。他换下起居服，和警察一起下楼的时候,还在想小蟑螂伸出所有细胳膊的可爱样子。还想笑。他还想到了小蟑螂可能在牙膏泡沫中有过拼命地咳嗽。

钱红记得他站在客厅,说的最后一句话是,嘘——他竖着食指,眼睛看着已经入睡的儿子的房间。

名律师没有亲自到法院阅卷,助理将卷宗摘抄回来不少。刚从学校出来的助理非常认真。助理回来说,奇怪极了!没道理啊!人家是高级人才,马上就要出国了!名律师毫无反应。助理怀疑发生了冤案,怀疑蔡水清可能遭遇了刑讯逼供。但是,名律师第一次会见被告人的时候,就明确了,并没有助理渴望的冤情发生。蔡水清对自己实施的杀人行为非常清楚。

隔着会见室铁窗,律师说,起诉书收到了吗?

蔡水清说收到了。

你对起诉书的指控,有什么异议吗?

蔡水清看着律师。律师又说,你对起诉书有什么意见吗?

蔡水清说没有。见律师没有马上反应,蔡水清说,我没有任何异议。

名律师闭着眼睛点头。律师说,既然你同意我做你的辩护律师,那么你把那天晚上的全部情况告诉我,最真实的,不要有任何隐瞒。我必须知道最真实的,不管有多糟糕,剩下的事由我来做,包括在法庭上什么该说,什么不该说,我都会告诉你。现在,你必须对我说真话。真话!只有这样,我们在法庭上才能主动,我才能救你。

名律师第一眼就感到,他的当事人长得太像民工了。和到律师事务所找他的家属们完全是两个世界的人。他的妻子以及妻子的家人,家人的朋友、熟人,都是知识分子阶层的模样,从情况介绍上看,名律师也以为他的当事人是个儒雅纤弱的书生。你看,任职于研究机构,学术成果也有,正在联系留学加拿大事宜。

律师见到蔡水清的时候,暗吃一惊。蔡水清最多只有一米六七,黑壮粗实,头发不知为什么还没被剃光,曲卷得像非洲居民,其中夹带了很多白头发,这肯定是少白头。蔡水清的上下嘴唇像两个叠在一起的饼子侧面,厚而鼓出;鼻子宽阔,每个鼻孔都有自立门户的意思;眼睛却细小,上眼皮厚重,好像压得眼睛睁不开,眼睛开合间,又能看到极长的稀疏的眼睫毛。

看到律师,蔡水清平静礼貌地点了个头。名律师说明是家里人请他做辩护人的。蔡水清笑了笑,轻声说,太浪费钱了。名律师很敏感,马上说你可以撤销委托。蔡水清抱歉地笑笑:我只是说说而已,请你别介意。

蔡水清离开棋友老辛家的时候,是十一点五分,还是暴雨如注。他在暴雨中艰难走到了大路口。他在等出租车,一直没有空车。在树下等车的时候,他全身几乎又湿了。还是要等。回家的路太艰难,他一定要汽车带他越过积水场,带他穿行十五分钟的山路。他还担心今天晚上的膝盖会酸得睡不着,热水袋有用吗?没用。现在膝关节在雨水中,已经酸疼不已了。

一上车,他就闻到了浓重的味道,就像是一碟蒜茸醋碟,放置在一个狐臭的密闭空间。蔡水清掀了掀他的鼻子,看了司机一眼。他觉得司机个子很矮壮。司机说到哪,他就判断蒜味就是从那张嘴里出来的,酸味和狐臭味就不好判定,也许是前面的客人遗留下来的。

到哪?!司机很不耐烦。蔡水清说了,突然也非常烦躁,他使劲地摇下靠自己这面的窗。可是,一开始方向错了,他又用力地倒摇回来。司机猛地踩了刹车,一声大吼:关上!不知道在下雨吗!

司机不容蔡水清反应,倾过身子就摇上玻璃。事实是,这一开,蔡水清的右边马上被雨打湿了。蔡水清说,开条小缝。边说边再度摇窗。

司机一把拽开他的手。不坐下去!

蔡水清真的去推开车门。暴雨猛烈地斜打进来。司机暴怒了:你他妈下呀!就他妈有这么不爱惜人家的东西?蔡水清把手收了回来。他不下,不是听到司机骂什么,而是他明白这个天气拦出租车太困难了。

司机重新发动了汽车,恶狠狠地拧着方向盘。这是新车你看不出来?才买七个月，传送皮带就坏了，三四千块钱，一个月白干！还哪一家都不管，推来推去，技术监督局也不给鉴定。我们跑的就是时间钱，我耗得起吗我？今天自己掏钱刚换好，就碰上这狗娘养的大暴雨！这世界，谁他妈把别人的钱当钱啦？！

蔡水清说，你这车里味道太臭了！

臭？谁臭？谁他妈臭？不就是你们这些上上下下的人？！我闻不到，闻得到我也要忍；你受不了，下去！给我离远点！我可告诉你，出租车都是臭的，有本事你自己买奔驰宝马去！别来挤我们这些臭车！

蔡水清以势不可挡的猛烈姿势，又要摇窗。司机并不停车，他就那么把脸整个转过来死死盯着蔡水清。昏暗中，蔡水清突然有了一种照镜子的感觉。他觉得司机的脸似曾相识：曲卷得像非洲居民的头发，上下嘴唇像两个叠在一起的饼子侧面，厚而鼓出；鼻子宽阔，每个鼻孔都有自立门户的意思；眼睛却细小，上眼皮厚重，好像压得眼睛睁不开，但即使这样，它还是金属般地射出了猛兽一样的目光。在这样的雨中，出租车简直成了诺亚方舟，茫茫大雨中，到处都有伸着急迫地、哀求式地招着的手。

蔡水清把玻璃摇了上去。司机轻蔑地弯腰在哪摸出一块布，用力擦着雾气白白的车内玻璃。蔡水清感到膝盖关节疼得非常厉害了，那种酸到骨头深处的、你摸不到的酸疼。蔡水清把掌心使劲搓热，然后紧贴在自己的膝盖上。汽车开得非常慢，不像是开在马路上，汽车更像是开在水中间，像007的交通工具，汽车游在河流的中流层。

汽车太慢了。钱红会不会湿着脚丫已经上了床？

汽车突然就停了下来。对不起，司机说，下吧。我过不去了。司机说对不起的语气，就像签证官员台湾女人说生日快乐。

蔡水清往外仔细一看，已经到了响泉山山脚的路口了。蔡水清说，过去吧，不深的。你靠那边开。

司机说，对不起。请下。

蔡水清说，我刚刚赤脚走过，真的不深。

司机说，下去！我的车底盘低，万一熄火生意泡了不说，进水后一修我又他妈要花三四千。下！

那我怎么办？

我管你怎么办！快！

蔡水清突然看到里面一辆出租车开出来，它慢慢地开过积水场。水深大约在它的轮胎中部。蔡水清说，看，它不是出来了，它也是桑塔纳2000型不是，我们过去吧。

司机说，对不起了。下！

蔡水清说，你知道吗，我今天已经湿了三双皮鞋、四套衣服；我穿过这一大片积水，还要走十五分钟的山路，如果不是这样，我干吗坐出租车，我坐车就是要这一段路啊。你看这雨大的！

司机说，这跟我说屁用！我还要做生意！

蔡水清只好打开自己的大提包。这包很大，平时能装杂志。蔡水清看到昨天买的、细长的蓝色纸刀盒。那刀有七寸长，刀刃上有细小的锯齿，像加长的水果刀。推销小姐说是切冻肉、切西红柿的。可是，昨天他忘了拿出来了。所以，现在他找钱包的时候，看见了刀。

你知道双立人牌吗？蔡水清问司机。司机以为蔡水清在找钱，他边擦着玻璃边说，不知道。什么双立人？

蔡水清说，是世界名牌。德国人用最好的钢制造了世界最著名的厨房刀具。质量上乘，做工非常考究，虽然看上去有点笨。一整套要两千多元呢，一把单菜刀也要六百多块钱，但是，好用极了。

在擦玻璃的司机非常敏感，听到一个刀字，就猛地转过身来，蔡水清就在这一瞬间，准确地把刀子插进了司机的第五根和第六根肋骨之间。他很利索地转了两转，抽出刀子的时候，还是非常吃力。后来他就着昏暗的车灯研究了一下，果然，没有出血槽。

暴雨依然如注。蔡水清看着计价器，数出二十一元钱，放在脑袋歪一边的司机身上。他脱下皮鞋,揉了揉膝盖,然后拉开车门,慢慢走入积水中。

律师说,你为什么想杀了他?

蔡水清说,雨太大了。

律师说,他说了什么吗?

蔡水清说,下雨天,大家心情都不好。

律师说,你为什么会用刀?

蔡水清说,我忘了把刀拿出来。

律师说,为什么扎他胸口?

蔡水清说,顺手吧……我不知道,雨太大了……

律师助理说,被害人长得和你很像,注意到了吗?

蔡水清说,我还以为是汽车里面、昏暗中看着有点像。连你们也觉得很像吗?

律师助理点头,我看到的是他照片。你们就像孪生兄弟,太相像了。大家都这么说。

蔡水清不好意思地笑起来。

钱红是个安静和顺的女人,一种脱俗的气质,使她普通的身材和容貌有一种干净的魅力。这种美丽是需要慧眼的,不是一般急功近利的男生随便一瞥就能发现的。蔡水清在进入大学生活的一周后,就把眼光停留在这个和顺宁静的女生身上。他感到了她与众不同的光辉。当他意外得知钱红出自知识名门时,他为自己非凡的眼力骄傲。

钱红也很快注意到了新生蔡水清,和其他女生一样,蔡水清以其严峻挑衅文化人的天然粗糙,锁定了许多鄙视的眼光。同宿舍的女生说,丑不是他的错,可是,丑而恶,分明就是不可原谅的啦。

蔡水清的问题不是在丑而恶,更在粗鄙。有人当你的面,猛咳一口,或者在鼻腔里猛吸一口鼻涕,然后偏偏不吐,就那么兜在口腔里,然后,含糊不清地,和你说话,甚至说好几句话,他非得和你说完全部想说的话,才扭头把口腔中的黄痰和绿鼻涕，狠狠吐射出去，你受得了吗？还有女生说，蔡水清有时说着说着，口齿又恢复清晰，八成是把鼻涕或痰又吞下去了。

确实谁也受不了。

而蔡水清还恃才自傲得很，一年级后，不知受哪些艺术家影响，他就把他那头萨达姆一样的头发，留长，强硬梳成兔尾巴头，有时扮酷，不扎，蓬乱如炸方便面的长发，更是粗鄙得像在工地挖沟的民工，笨重的脑袋下，你根本找不到脖子。他就那样神情严肃傲慢地扛着一颗比贝多芬难看一万倍的头颅，在校园不可一世地走过来走过去。大家都说，那时候的蔡水清，简直张狂极了。

蔡水清公开地、热烈地开始了对钱红的追求。钱红避之唯恐不及。钱红还感到了脸面尽失。室友们也感到钱红相当于遭遇了劫匪。但是后来发生了两件事，可能是这两件事合起来，征服了钱红，至少那是一个转折，钱红不再拒绝蔡水清和她长时间说话了。

第一件事，钱红被开水烫伤了脚，在痛苦的救治疗养中，蔡水清挺身而出，无微不至、任劳任怨地全程照顾着钱红，前后一个月。开始，最有教养、从不出口伤人的钱红，也忍不住视他为走狗，但后来还是慢慢地接受了这只走狗的披肝沥胆的帮助。第二件事，在大学新生楼刚竣工不久，突然有一天，三栋大楼的侧面，全部被人喷写了巨大的字——生日快乐！钱红！钱红，我真的爱你。校方非常愤怒，追查肇事者。蔡水清站出来说，都是我写的。

鉴于他成绩过于优良（除了英语），学校严厉教育后，放了蔡水清一条生路。那些天，蔡水清像蜘蛛人一样，孤身登高清洗公共财物，在众女学生仰视的眼光里，简直像个英雄。

钱红是认为已将蔡水清改造得差不多，才敢带他见自己家人的。之前，蔡水清绝不再把浓痰吊含口腔里说话，半天不吐；蔡水清定期修剪指甲，并能保持甲缝的白洁；蔡清水不可能吃饭再发出猪嚼食的欢快动静；蔡水清绝不再像父老乡亲们一样，继续打出整个村庄都能听见的、歌咏似的喷嚏；蔡水清和女性走在马路上，会自动体贴地靠外边车行道护行；蔡水清已经能很自然优雅地为女士实施拉门、拉椅子等绅士服务；蔡水清开始看英文报纸；蔡水清在公共汽车、飞机等任何公共场所，只使用细语轻声或耳语；还有，当然还有诸方面的很多很多的进步。

之前，钱红与父母兄姐的通信中，对蔡水清的才华浓墨重彩地宣传，也提前预防地再三说明，那是一个卡西莫多。但是，在毕业工作后回家的第一个国庆节，钱红感到家人面对蔡水清，简直就是措手不及的反应。尽管他们都始终保持彬彬有礼。

蔡水清还是慌乱了。这一趟出访，他花掉了参加工作后的全部积蓄，还背着钱红借了单位两千元。最好的冬虫夏草、最好的野生洋参，还有一些托人弄来的香港台湾出的书。但是，看来这一招并不奏效，钱家毕竟是高层次的人家，是不会轻易为金钱打动的。而钱红看到那么昂贵的进贡物品不加阻止，完全是恋爱女人的虚荣心。

钱红父母态度很明确。他们找到一个机会，与钱红个别交换了意见。他们始终和颜悦色。他们说，我们不是嫌他丑，更不是嫌他穷。但是，我们想告诉你的是，西方人认为培养一个贵族需要数百年时间是有道理的，一个农民（我们是指一种劣根）恶劣的基因不可能读了几天大学就彻底改变。你要谨慎考虑。生活的展开，你就会看到很多你忍受不了的东西，这还不单单是影响你，而是关乎你的后代的问题。

钱红的哥哥、姐姐态度要比父母激烈一点，尤其是姐姐，她说，你是昏了头吗！兄姐们直截了当地说，嫁给他你不可能幸福！

国庆一过，钱红和蔡水清走了。之后，钱红父母和兄姐们到处找关系，要把钱红调回来，远离蔡水清，结果，钱红的单位不好落实，而蔡水清一联系，好几个单位愿意引进这个人才，蔡水清就反而先调到这个城市。钱家人暗恨钱红不懂事，又不知如何是好，紧急托人介绍了数名小伙子，钱红根本不搭理，勉强搭理了也不来电。

蔡水清的学术成果比较突出。本地政府不仅给予特殊人才津贴，年终的时候，还因为一个科技成果转化生产力项目发给了一个四万元的小红包。可能是钱红不在身边，蔡水清学术业务和感情投资两手抓，两手硬。他经常到钱家看望老人家，开始，钱红父母很排斥他，礼物都谢绝了，有时他在客厅，半天没人和他说什么话，大家都体面地忙碌着。但是，蔡水清很宽厚。再说，高级知识分子，碍于面子，从来说话和气文雅，从来不会直截了当地令蔡水清难堪，更不会下逐客令。蔡水清就还是常去。有时只是一个人在沙发上看掉一本杂志，逗逗猫，就说，伯伯、伯母我走了。

大约只是过了一年半，钱红的妈妈突然在电话里对钱红说，小蔡这孩子其实很上进。农村的孩子，就是淳朴厚道啊。再下来，有关蔡水清的表扬，一点一点、一滴一滴地多了起来，最后竟然是钱红爸爸问钱红，如果感情确实好，是不是就办了？好早点调回来。

钱红就和蔡水清结婚了。钱红就回来了。

回来后，钱红才知道，今非昔比了。蔡水清已经征服了钱家世界。现在的父母、钱哥钱姐都向着他，钱红抱怨蔡水清什么，家里任何一只耳朵听了，都会为之热诚辩护。

有一次，钱父遭遇车祸，母亲当场血晕，子女们又凑巧都联系不上。那时，刚出差才下飞机的小蔡，一接电话就像救火一样赶过去。正巧医院电梯坏了，是小个子的蔡水清把大个子的钱父，一层一层硬是背上了十五楼手术室；小蔡一个人又是挂号、又是看护，楼上楼下飞奔，挥汗如雨，等钱红兄姐赶到，父亲的手术都快完成了，蔡水清又赶回去为钱红父母做高汤点心了。

当然，这是很多人都可能做到的事。但是，钱红对律师助理说，你不知道，还有很多你无法想象的事。比如，我父亲爱吃山胡桃，那时还没有撬出来卖的品种。蔡水清呢，总是一买三五斤，然后在家里戴着一次性手套，用专门购买的吃螃蟹的成套工具，一小块一小块地将山胡桃肉撬挖出来，然后，用保鲜袋盛着放在冰箱，等去看我父母的时候一起带去，有时撬多了，就叫我和儿子送去；我父母过意不去，可是，蔡水清他说，老人吃点坚果类的东西好。你们牙不好，我呢，正好喜欢做这事，我把它当游戏呢。

我想我父亲可能吃掉了几十斤的山胡桃了。现在，我母亲看着冰箱里没吃完的胡桃肉，就抹眼泪：那都是水清一只一只撬挖出来的啊。

我姐姐后来非常羡慕我。她说我现在明白了，什么出生、地位、家庭背景、文化程度、外表都是没用的，最重要的是人，是你嫁给了那个具体的人。我姐姐为什么这么说，你知道吗，蔡水清每次去她家，离去时总是主动把她家门外的垃圾带下楼，你说，这事哪个客人能做到？我姐姐相信，天下恐怕除了蔡水清，谁也做不到，连猪八戒也做不到。你说，这样的好人会杀人吗？

律师助理在眨眼睛。他没有表态，但是他心里在大声呼应，是啊，怎么会呢？这么好的人都会杀人，这世界不疯了才怪。

钱红从嫁给蔡水清的第一个晚上开始，她就进入了难以置信的甜蜜生活中。开始的时候，她会和单位的女同事不经意地聊到一些，比如，那次，几个女人不知为什么说到第一次剃腋毛。钱红说，有一次，蔡水清在公共汽车上看见一个陌生女人，因为穿着无袖衫，手拉着汽车吊环，暴露出浓密腋毛时，他受到刺激。一进家门，他就到钱红跟前。当时钱红在躺椅上看小说，蔡水清推起钱红的胳膊。钱红的腋毛并不多，但蔡水清温柔地说，我帮你剃整洁吧，不会弄疼你的。

钱红很快就发现，诉说这些事的时候，女同事们看她的眼光是复杂的，那种感觉真的很难说清楚，好像是不相信，好像又有点厌恶，好像有点酸，有点呛，说不清楚，但那种意味深长的眼光，让钱红感觉她们可能会在她背后就这个问题，展开更多的讨论和分析。钱红是个聪明的女人，后来，她就再也不说了，她有比这甜蜜得多的事，但再也不能说了，因为她明白了，周围的怨妇那么多，她也觉得自己的幸福不会有人相信的。

蔡水清的母亲从乡下来了，钱红是个有教养的女人，她欢迎婆婆住下来，亲切真诚地请求婆婆多玩一些时候再回去。钱红从来没去过蔡水清的家，蔡水清说，他家的老屋总是闹鬼，他说他自己也见过两次鬼，都是同一个长辫子的长腰女人。钱红就很害怕，她就告诉她母亲，她母亲也很害怕，说农村有的地方真的有脏东西。钱红父亲严厉斥责了母女俩，说思想丢人。但大家就不再提钱红去他们家的事了。实际的情况是，蔡水清家太穷苦了，煮猪食和煮人饭的只有同一口锅，甚至没有切猪草的板，翻开草席切菜，盖上草席就睡觉了。

婆婆去世的时候，钱红小声地说，我要不要跟你回去？蔡水清说，别请假了。我去就是了。钱红害怕脏东西，蔡水清叫她别去，心里就松弛下来。蔡水清不愿意钱红去。因为钱红去了，没进门就会看见水田边，一栋爷爷的爷爷传下来的昏暗房屋，已经歪斜向右边。如果在城市里，早就被房管部门贴上危房标志，不许人居住了。一进门，钱红就会踩在他家三合土的泥地上，有水的地方就泥泞起腻；钱红马上就会看到右手的地上，像城里蹲式厕所一样的黑地灶，几只不圆的黑旧钢精锅歪在上面；昏暗和陌生中，钱红想拉灯，马上就感觉到细细的红塑料电灯拉线，和四壁一样，黑乎乎、黏腻腻的，那是近百年老灶火燎烟熏导致的；钱红还会看到他们家根本没有餐桌，碗筷是摆在一个老式的啤酒木箱上；钱红还会看到左手这边，他们家的不知哪里传下来的黑漆窄长木橱，只剩三只腿了，还有一边用石头顶着，菜橱里几十年都一样，里面有咸豆角、酸菜头、前一餐剩下的煮茄子或者半个剥皮地瓜什么的；家里最鲜亮的，可能是垫在这个菜橱里的去年的漓江风景图挂历。

钱红还会走进里屋，她马上就会看见一个到她大腿那么高的大尿桶，当然是积了至少半个月的量，因此上面浮着一层带点粉质感的膜。她会惊异，闻不习惯，但这是肥料；她还会看见他母亲的床。用了几十年，根本看不出什么颜色的乌灰的被子，从来不叠的，蚊帐也是从小记忆中就那么吊着，乌灰得也看不出原来是不是白色；如果钱红再敢蹬上大尿桶边的那架歪斜的、悬空的粗木梯，她就上了阁楼。她就会看到蔡水清和兄弟姐妹都是睡在草铺上，每个铺位一摊稻草。分家了，出嫁了，上学了，走了的兄姐的铺位，稻草就很零乱，像是老鼠搬弄过了。

母亲去世的时候，赶回家乡的蔡水清号啕大哭，不断以头撞墙。以至哥嫂们姐妹们认为他在演戏。后来看到蔡水清一下掏出五千元，兄弟姐妹才放弃评论。可是，有一个厉害的嫂嫂还是觉得他这人没意思：人活着不孝敬，死了做给谁看。是啊，蔡水清自从上了大学，就好像背叛了家乡。甚至很少寄钱，过年总不回家，寄个两百三百的就完事了，可是，他母亲一直非常为他骄傲。

钱红觉得蔡水清是个孝子，她也鼓励他寄钱。可是，蔡水清说，她母亲自给自足的挺好，不愿意他老寄钱。钱红说，你过年给我父母两千一千的，至少也要给你母亲寄个五百呀。蔡水清笑笑还是寄个两三百元。他说，农村开销小，不需要钱，还不如什么时候我接母亲来玩玩吧。钱红说好啊！

有一年，他母亲就来了。蔡水清真的对他母亲很好。但是，做母亲的第二天就发现她的儿子太伺候老婆、太由着老婆了。这要传到村子里，简直就是丢光了蔡家祖宗脸面。母亲心里又气又心疼，但是嘴上不说。她害怕城市里的儿子，害怕城市里的媳妇，害怕城市里的一切。因为心疼儿子，她就想做一点家务，想减轻儿子负担，结果麻烦就出来了。

她把钱红应当干洗的衣服，全部泡在洗衣粉中，用力揉搓，那些高档衣服当然死的死、伤的伤，那件钱红在正式场合最喜欢穿的、两千四百多元 EPISODE 的黑西装，在太阳底下，变成梅干菜的模样；婆婆她不习惯客厅、厨房、卫生间不同的拖鞋更换要求，甚至把卧室的三十多元一双的日本草拖鞋，一双双穿到卫生间洗澡，然后一双双报废；她经常开冰箱忘了关门，把微波炉使用得像放置爆炸物；婆婆总是分不清生肉熟肉菜板、生肉熟肉器皿，更分不清生肉熟肉用刀；婆婆上街的时候，偷偷用菜油涂抹头发；婆婆喜欢在菜里加很重很重的盐……

问题确实很多很多，有教养的钱红有时憋不住，比如 EPISODE 西装那次，她就轻声慢语地批评了婆婆。婆婆很多皱纹的黑黄脸上都是歉意的笑，一直点头，表示懂了。

这种时候，蔡水清经常紧紧皱着眉头，但是两个女人他一个也不会批评。钱红不怕蔡水清眉头紧锁，因为他可能会以延长挠背或者别的方式赎罪；可是母亲看着儿子紧锁的眉头，心里非常难过。蔡水清脸色可能是不好，他会挽起袖子重新做。能改正的，他默默改正过来。有一次，下班回来，他又闻到了满屋油烟味，同时进屋的儿子和钱红一起用手在鼻子面前挥扇，好像闻到了毒气：这么重的油烟味啊！钱红一叫，儿子就大嚷：熏死人啦呛死人啦！

晚上，蔡水清到母亲房间，婉转地告诉母亲，烧菜一定要开抽油烟机，这不是乡下。母亲不安地笑了笑，低下头就擦了一下眼睛。

蔡水清坐到母亲床边，搂过了母亲肩膀。母亲说，眼睛不好，有灰尘进去了。蔡水清不说话。母亲低声说，我想早点回去了。

蔡水清摇头。蔡水清那天晚上就一直搂着母亲肩膀。

钱红有时还是会撒娇，钱红说，你妈妈身上为什么总有一种奇怪味道？

蔡水清说什么味道？

钱红说，要是你也有这种味道，我绝不嫁给你。

蔡水清说，什么味道呀？

钱红说，一种像……太阳底下、草丛中……狗屎被晒的味道……

蔡水清第一次把背转了过去。钱红很乖，钱红说，你生气了呀？原来你也会生气。我是逗你玩的。她没有味道。

蔡水清知道钱红撒谎，母亲身上是有一种不太好闻的味道。蔡水清听了钱红的话，就转过身子，继续为钱红挠背。蔡水清说，我怎么会生你的气。

钱红悲伤绝望。当律师告诉她要有思想准备，他可能无力回天，就是说，蔡水清最终可能被判死刑时，钱红就回家一直掉眼泪。名律师没工夫听这类婆婆妈妈的事，但因为收的钱蛮多，就叫助理陪听。助理比较顽强，听了一些，就把自己的想法告诉钱红，然后再向名律师汇报。助理的意见是，蔡水清的精神一定有问题。建议精神鉴定。名律师并不上心，他认为他的当事人什么问题也没有，实在有问题，就是他太好了。好得他自己也受不了啦。

助理为成功翻案的想象所鼓舞，名律师又接手了一个标的六百多万的经济案件，因此，就没有扫助理的翻案兴致，由他自己玩去了。与此同时，钱家动用知识界的威望，串联了许多知识名流、学术权威，联名上书，要政府从爱惜人才的角度考虑，给蔡水清一个自新再生的机会。

他们真的成功申请到了重新进行精神鉴定的机会。律师助理借会见机会，暗示蔡水清配合鉴定。可不是嘛，有人为了逃避责任，不是吃屎喝尿的，就是语无伦次。有个被告人，开庭的时候，脱下鞋子就像啃烧鸡一样，啃得津津有味；很多被告就像天下最傻的傻子，和精神鉴定医生认真拉着家常。比如医生说，你几岁了？那人会说，我曾经二十九岁，后来十五岁，现在七周岁了。比如医生又说，你为什么要杀某某呢？那人说，没杀他啊！我只是杀了一条五步蛇；或者，我听到有人对我说，不杀他，他准备炸我们新大桥。我是为民除害呐！

但是，蔡水清挫败了辩护人的阴谋，蔡水清使所有想帮助他的人都失败了。蔡水清以最不破裂的学者思维，以最流畅、最准确、最具结构的语言特征，再次协助完成了关于蔡水清是否具有刑事责任能力的精神鉴定。鉴定专家不得不再次认为，被鉴定人的认知、情感、意志行为反应完全正常，符合逻辑；其行为意志不受任何幻觉支配、病态支配、错觉支配。

结论：被鉴定人完全具备刑事责任能力。

鉴定完毕，操劳过三次的司法鉴定的专家们，火烧屁股一样，斩钉截铁地在鉴定结论签下各自大名。主持本次鉴定的精神病院林副院长，竟然把鉴定纸给一笔挑破了。

二审裁定下来的前几天，律师和助理又会见了一次他们的当事人。蔡水清态度依然很理性，始终保持文质彬彬的眼神。名律师通过省高院同学，提前获悉了大致结果。收了一位社会名流那么多钱，心里总有点那个，再说这个当事人也太不当杀人一回事了。

临走，名律师问了委托人两个问题。律师说，你内疚吗？

蔡水清说，刀子捅进去的那一秒钟起，我就感觉空荡荡了。

一点都不内疚吗？

也许……就像杀了我自己。

你当时真的非捅不可吗？

是的。

第二个问题，是名律师站起来问的。准备走了，律师说：

今天也不想给家里人带什么口信吗？

蔡水清歉意地笑笑：也没什么。

站起来的名律师和助理，拿出红色印泥给蔡水清在会见记录上压指模，并让他签名。其实已经没必要了，只是给当事人家里好点的交代罢了。

蔡水清签着名，突然说，有两个词我不懂，可是，我在家老是忘了翻字典，有时在家翻字典玩，又想不起来是哪两个词。今天我想起来了，你们愿意帮我查查吗？

名律师和助理说，什么词？

一个是骊歌，一个是丁忧。我不懂它们的意思。很久了。

二〇〇一年九月二十九日上午九时，蔡水清伏法。全国人民欢庆国庆。

（原载《福建文学》2003年第1期，《小说月报》2003年第3期转载）

---

**作者简介**

须一瓜，女，20世纪60年代出生，现居厦门。在《收获》《人民文学》《上海文学》《十月》《作家》《钟山》等杂志发表中短篇小说多篇，作品被《小说月报》《小说选刊》《作家文摘》《新华文摘》等选载，获《人民文学》《小说选刊》等优秀小说作品奖；2003年获华语文学传媒大奖。出版有《淡绿色月亮》《你是我公元前的熟人》《蛇宫》《提拉米苏》等小说集。

# 马康和马康

◎ 青　黄

## 一

　　星期天早上。马康一觉醒来，身边空了——非红已经到健美中心去了。自从身体出现发胖的迹象，非红就报名参加了健美中心的形体训练班，每个周末花半天时间到健美中心接受形体训练指导。抓过床头的闹钟，已经九点了。发了会儿呆，马康决定起床。仰躺着伸了个懒腰，又侧身向左伸了个懒腰，然后侧身向右又来了一个。这是马康从一本书上看来的，据说这样伸懒腰能使人晨起后更加精神。吃完非红备好的早点，马康来到了街上，寻思着怎样打发掉这漫长的一天。他决定去找朋友张元。到了张元家楼下，马康突然记起张元前天去了广西，要好几天才能回来。马康在张元家的楼下站了一会儿，就向不远处一个公园走去。

　　公园很小，其实没什么看头。和其他小地方缺乏吸引力的公园没什么两样。一个人工开凿蓄满墨绿色污水的被称作"湖"的水塘，几只动物造型的小船漂浮其上。岸边耸着一个木板拼成的窝棚，那是养鱼人的居所——这个湖不知什么时候被人承包改做鱼塘了。一些被修剪得呆头呆脑的树立着。照例有一些儿童游乐设施，跷跷板、旋转木马……几个铁制的秋千，因为其中一个前年夹死了一个五岁的男孩而全体被铁链紧锁着，锈迹斑斑。春节时，公园管理人员为了卖出更多的门票,请人在那些呆头呆脑的树上扎了密密麻麻的小红伞,公园的宣传牌把它称作"大地红",让人想起几年前风行一时的大地装置艺术。还不知从什么地方引进了一匹马。春节前后一直下雨,马康和非红去看的时候,雨已经停了一天。树上的小红伞稀稀疏疏,就像雨打后的残花,显然是被一些游人摘了去。那匹马耷拉着脑袋站在被践踏得乱七八糟的草坪上。马康感到很失望——它那么矮小,没有想象中的高大威猛、雍容华贵,浑身沾满污泥,完全丧失了作为马的尊严。现在,马康就站在当时拴马的地方,被践踏的草皮还没有完全恢复过来,疮疤般裸露出褐色的泥土。马康想起当时和非红兴致勃勃跑来看马的情形,无声地笑了一下。

这时马康感到一个雨滴打在了脸上,抬头看到空中斜拉着稀疏的雨丝,就反身往公园门口走去。还没到门口,雨就大起来了。他看到左侧的树丛里掩着一个小亭,就快步折了过去。马康在亭子里坐了下来。和非红谈恋爱时也许来过这个小亭。亭子不远处就是公园的铁栅栏,栅栏外是一条马路。

看着栅栏外撑着雨伞行色匆匆的行人,马康突然感到后悔,干吗一个人没事就跑到这个破公园来呢?更让他后悔的是刚才雨还不大的时候没有冒雨跑到公园门口——出了门口就是大街,大街上有的是出租车、载客三轮车,也不至于现在被困在这个小亭子里。马康突然想起了非红,拿出手机拨了非红的手机,非红的手机关着。已经快十二点了,马康肚里的虫子开始闹革命了。马康又拨了家里的电话,没人接听。面对不远处的栅栏,马康就像被关在笼子里的猴子变得焦躁起来。非红现在也该从健美中心回家了吧?

马康突然在栅栏外的行人里发现了一个熟悉的身影。她撑着一把紫色的雨伞。有一刻马康看清了她的脸,是的,她就是妻子非红。马康想叫住她,他叫了,但他的声音淹没在车声雨声混杂成一片的喧嚣里。非红行色匆匆,此刻,她不知道她的丈夫马康被困在距她仅几步之遥的公园亭子里。马康又拨了非红的手机,还是关机。只能眼巴巴看着非红消失在雨幕里。

马康苦笑了一下。

马康注意到刚才非红穿着一套墨绿色的套裙,以前从未看非红穿过。

不久雨停了。

回到家里,非红正在准备午饭。打着围裙,袖口捋得高高。

一个上午到哪去了?

随便转转。

餐桌上,隔着饭菜的热气马康对非红说,我上午看到你了。

在哪里?

公园外的马路。

非红好像噎住了,咳嗽了一声,说,不可能!

真的!我看到了。

你在哪里?

公园里。

那绝对不可能!我整个上午都在健美中心。下雨天你跑公园去干什么?

我去公园时,还没下雨。我被大雨困在公园了。

干吗不给我打电话?

打了,你的手机关着。

你就不会打健美中心的电话?

我忘了。

是啊,我怎么不打健美中心的电话呢?马康想。

也许我看到的不是非红。不是非红那会是谁呢?

二

马康经常做梦。有一回马康在报上看到一篇指导养生的文章说做梦不好。人在做梦的时候神经处于紧张状态,大脑没有得到充分的休息,睡眠质量不高。后来他又在同一家报纸上看到一篇截然不同的说法——说做梦说明睡得沉,睡眠质量好。马康不知道该相信谁。不管睡觉时做梦好不好,都不能阻止自己做梦,比如说那些自己不愿做的梦。

　　小时候马康经常梦见自己尿憋得慌,在商场或大街上,到处都是人,急得四处找卫生间,终于找到一处,掏出东西酣畅淋漓地撒个痛快。醒来后却发现尿在了床上。因此他的小屁股重重叠叠盖满了父母亲的掌印。这是马康有生以来做的最漫长的一个梦,从上幼儿园上小学断断续续一直做到升上初中。成人后虽然不再做这样的梦,但许多梦却更加的光怪陆离,五花八门。有一回非红半夜醒来发现马康在抹眼泪。非红忙问怎么了?马康说,我梦见父亲去世了。后来马康抹干眼泪往父母家里打电话,接电话的正是父亲。马康听到了父亲的声音,没说话。父亲骂了句"神经病"就把电话挂了。还有一段时间马康经常做这样的梦——自己被一个面孔模糊的持刀人紧紧追赶,陷入绝境,左冲右突,跑得大汗淋漓。非红就在一旁,马康喊,非红救救我!但非红好像听不到他的呼救,只是笑眯眯地看着他,或者转身离去,根本不伸手救他。后来马康觉得那天在公园的遭遇就像梦境。马康和李艳说起这个梦时,李艳对他说,也许你太爱自己的妻子了。事情往往这样:越是你爱的人,在梦里你越是感觉不到她(他)的温存。甚至,让你感到残酷。

## 三

　　谁会去追究一个大衣橱在一个人的生活中究竟占什么位置呢?它默默地靠在卧室的墙角,人们打开它,翻找自己需要的衣服,然后关上。人们需要它的时候,它在那儿。不需要的时候,它就不存在了。就像潜伏在生活中的其他许多物件一样。

　　马康打开大衣橱,在一个角落里他看到了那套墨绿色的套裙。它面目可疑地悬在那儿。

　　什么时候买的那套裙子?一次和非红一起逛时装店时马康装作不经意似的问非红。

　　什么裙子?

那套墨绿色的。

噢！你说那套呀，很早以前就买了。

怎么没看你穿过呢？

那款式早过时了。你问这个干吗？

没什么。

马康的装束都是非红安排好的，从内衣、衬衫到外套，甚至袜子。马康不必去动大衣橱。因此，长久以来，对于马康来说大衣橱是不存在的。现在，它醒目地站在那儿。它就像一个神秘的机关，马康触动了它，它的门打开，把他引向一个他一无所知的世界。

## 四

马康决定跟踪非红。刚做出这个决定的时候马康还有些犹豫，甚至感到内疚。他觉得这样对非红不公平。后来他想这一切不过是为了真相大白，或者说还非红以清白。就这样马康说服了自己，不再感到内疚了。同时马康也发现了一个问题——他对妻子并不信任！也许这不信任早就存在了，只是没有发现而已。就像一堆埋在雪地里的垃圾在冰雪消融的时候出人意料地显露出来，让他感到吃惊。

带着困惑马康开始了对非红的跟踪，他决定从公园开始。公园里人迹稀少，几个老人在全神贯注地舞剑。一个少妇和她的孩子在玩跷跷板，他们的尖叫和欢笑声使人迹稀少的公园显得更加空旷。一个园丁在亭子不远处反复侍弄几盆花草。这回天空没有下雨，马康还是坐在那个小亭子里。亭子掩映在树丛里，在栅栏外如不仔细看很难发现。而在亭子里，栅栏外的道路和来往的行人一览无遗。

没多久非红就出现在马康的视线里。她侧对着他。她和上次一样显得行色匆匆，穿着和上次一样的墨绿色套裙。马康掏出手机拨了非红的手机，是开着的。马康看到她从提包里掏出手机，他甚至隐约听到了非红手机的铃声，他看到她把手机凑到耳朵上。

我正在去菜市场的路上,晚上你想吃什么菜?手机里传来非红熟悉的声音。

马康知道菜市场在另外一个方向。

你怎么不说话?手机里再次传来非红的声音。马康看到她的背影消失在一排行道树背后。

想吃什么菜?马康不知道。

随便吧!马康说。

马康变得忧心忡忡。

## 五

马康不是一个高明的跟踪者,或者说根本就不是合格的跟踪者。

对非红的跟踪一开始就存在明显的破绽。严格地说,那只是一种守株待兔似的蹲守。为什么不在非红出门后就跟上她却在这里死守?马康自己也说不清楚。但马康还真等来了"兔子"。

非红埋着头,高跟鞋快速而又有节奏地敲击着坚硬的水泥路面。她的臀部因为身体的快速移动在马康的眼里显露出邪恶的面目来。马康从公园的侧门出来,走在树荫下,和非红保持着一定的距离。到第三个巷口,马康看到非红好像回头了一下,他侧身闪到一棵树的背后。等他从树后出来,非红不见了!

他快步赶到巷口,没有非红的影子。

马康四顾茫然。

你找我吗?马康回过头来。一个穿墨绿色套裙的陌生女人站在身后。

女人直视着他——你为什么一直跟踪我?

我……没有。

你跟踪我了!我可以马上叫警察,你侵犯了我的人身自由。

你凭什么说我跟踪你?

但是你真的跟踪我了！你不承认？女人微斜着头，微笑地看着他。

好吧！我跟踪了，但不是你。

谁？

……我妻子。

你妻子？

是的，我妻子。她有一套和你一模一样的裙子。

真有意思！你叫什么名字？

马康。

马康反感女人审问似的口气，但他没有表露出来。

好吧马康，暂且相信你不是在跟踪我。但是你得说清楚这一切到底是怎么回事。女人四顾，说，找个地方怎么样？

马康不知女人搞什么鬼，迟疑了一下。自己完全可以不理她，扭头就走，但他还是随着女人来到十几米开外的一个小茶馆。大概刚开张，茶馆里没几个人，显得有些冷清。空气中散发着淡淡的发霉的地毯的味道。

啊，忘了自我介绍，我叫李艳。落座后女人说。

李艳听完马康的讲述，突然哈哈大笑起来。李艳的笑声让马康惊愕不已。

你真是一个疑神疑鬼的坏男人！啊——对不起！我是说怎么能凭一套裙子就断定那人就是你妻子呢？也许你看到的是我，或者别人。要知道那款套裙在一段时间里很是热销呢。

可是我看到了她的脸！

下雨天，打着伞，你怎么看得清人家的脸呢？

可是……她就是非红！

非红是谁？

我妻子。

噢！

马康终于愤怒起来。怎么样？你的好奇心满足了吧？马康站起来说。

你太紧张了,也许我不该问你这么多。我想说的是,也许你的妻子根本就没有外遇——女人面对着窗外平静地说。

这是马康希望得到的答案。但是这个答案还未经过证实,因此还存在妻子有外遇的可能。对马康来说,这个"可能"比确定妻子有外遇更让他坐立不安。

可是那天在公园,我亲眼看她接的手机。她告诉我她正在去菜市场的路上。马康又在李艳的对面坐了下来。

也许你刚好看到我接手机了。要知道,我很忙,即使在回家途中,我也接很多和生意有关或无关的电话。

也许吧!也许真有那样的巧合。马康说。

马康陷入了沉默。

如果你遇到我这样的情况你会怎么办?马康突然开口说。

看得出,女人对马康的问题感到意外。顿了一会儿,说,没想过。也许我会像你一样去跟踪我的丈夫,这有什么意义?也许不会。谁知道呢!

从茶馆出来,马康感觉这个下午简直无聊透顶了!干吗和一个陌生人说这些呢?

尽管心中懊恼,马康发现李艳并不是一个讨厌的女人。

在晚餐的餐桌上,马康细细打量着非红——她正把一大口青菜塞进嘴里,她的腮帮鼓了出来。这个自己深爱的女人(现在自己却对她起了疑心),有着很好的胃口。她薄薄的嘴唇随着牙齿的咀嚼而好看地嚅动。虽然还年轻,但她的眼角已经有了细细的鱼尾纹——两条?或者三条?马康又开始感到内疚了。

非红抬起头来,盯着他说,怎么不吃了?

我在吃。哎!如果我爱上另一个女人怎么办?马康说。

不可能!别胡思乱想了,快吃饭。

如果你爱上别的男人呢?

非红放下筷子伸过右手摸了摸马康的额头,说,你今天怎么了?快吃饭!

## 六

马康再一次碰到李艳是在朋友张元发起的一个聚会上。张元以前是一个司机。偷运烟叶,赚了不少钱。积累了足够的资本就开了一家运输公司。张元身旁经常出没着各种各样的女人,那些女人就像张元当司机时开着重型卡车经过的许多知名和不知名的地方。张元在那些地方只是稍作停留,填饱咕咕乱叫的肚子,放松一下胀得厉害的小腹。然后又上路,从不久留。因此马康总可以在张元的身旁看到不同的女人。刚开始马康感到眼花缭乱,后来就习以为常了。

张元吸引女人最重要的一个因素是他对自己旅途的讲述。张元冗长的叙述中充满着历险、传奇和异地风情。张元讲述自己在西南边陲一个人用一根卡车的摇把打退三个劫匪或讲述自己在西北大漠抛锚遭遇狼群的故事时,女人们眼睛闪闪发光,张大的嘴巴发出高低不同的惊呼。一些惊呼婉转低回。马康常慨叹世间惊呼竟也可以如此美妙。当张元讲述天南地北各民族的风土人情时,她们的脸上浮现出神往的梦幻般的神情。张元的故事就像他驾着卡车驶过的道路绵延不绝。她们中的一些人甚至在听完故事的第二天或第三天就搭上张元的卡车随他远走他乡。

因为张元的身边始终变换着各种各样的女人,所以张元的许多故事马康已经听过多遍。他奇怪自己并不生厌。他每次总是看张元重复着开始相同的故事。他知道故事的结局,在故事的行进过程中,他微笑着观察张元周围那些女人的反应。她们多数无一例外地屏息聆听、感叹、惊呼。

为什么那么一致?

后来马康认为,唯一的解释就是——别处的生活吸引了那些女人。生活在别处。

在张元的酒席上看到李艳却让马康感到意外。

是否她也想从平庸的生活中破茧而出?马康隐隐约约感觉自己好像有了探究李艳的愿望。

## 七

　　对非红的跟踪毫无结果。因为马康无法时时跟踪非红。而且马康一直没有改变守株待兔式的方式。因此，非红的行踪对马康来说还存在大片大片的盲区。

## 八

　　刚接到电话的时候，马康感到奇怪，李艳怎么知道自己的电话？后来马康想，一定是张元。果然是张元。

　　到了李艳约定的茶楼，却发现只有李艳一个人。马康说，张元呢？李艳说，他说他一会儿就到，我们先进去吧！小姐把他们领到了一个包间，沏了一壶茶。李艳叫了几碟小菜。

　　一壶茶都淡下去了，张元还没来。马康说，打个电话吧。就拨了张元的手机。通了。异常嘈杂。马康听到了一些女孩尖厉的笑声。张元说，别闹——别闹！喂！喂！不是对你说的！我一下子就过来。合上手机，马康说，张元怕是一时半会儿过不来了。李艳说，我们边喝边等吧。

　　又沏了一壶。外头客人逐渐多了起来。嘈杂之声顺着过道扑了进来。一些包间传来划拳的声音。李艳站起来，把门关上。包间一下子静了下来。李艳又拨了张元的手机，已经关机了。

　　茶杯都浅下去了。马康要给李艳添茶，因为有一些距离，就站了起来。李艳还是坐着，她举起茶杯迎着马康的茶壶。马康的手不知怎的突然有些不稳，茶水添多了，溢了出来。滚烫的茶水就洒在了李艳的身上。李艳尖叫着跳了起来。马康慌了，抽出一张餐巾纸要给李艳擦。李艳伸手抢了过去。马康口中连说对不起，又说烫坏了吗？烫坏了吗？李艳说，有点疼，大概没什么问题。马康说要不去上点药？李艳说，不用了。

　　李艳还在擦着。马康有些不安，站了一会儿，后来就坐了下来。他的脸正对着李艳微微隆起的小腹，就在鼻尖不到十厘米的地方，李艳的小腹起伏着。李艳大概花了十几秒时间擦干身上的茶水，马康却觉得面对李艳的小腹过了很长的时间，他感到眼睛有些模糊。

马康突然伸手环抱了李艳,他的十指在李艳的臀部紧紧地交叉在一起。他的脸深深埋在她的小腹上。李艳懵了,仿佛遭了电击一般。她的手里还抓着餐巾纸,她没有把它扔掉,她把它举了起来,就像举着一面投降的旗帜。后来仿佛梦中醒来似的扔了餐巾纸,双手死命掰马康的手。

别——别——她说,怎么能?别——怎么能在这种地方?

马康没有听到李艳在说些什么,他的耳腔在轰鸣。他感到李艳的小腹在急剧地起伏,双手箍得更紧了。

当马康像野猪一般试图将脑袋拱进李艳衣内时,突然谁的手机响了。他们都停了下来。

谁的手机?李艳喘着粗气急促地说。

管他谁的手机!马康又开始急切动作起来。

手机固执地叫着。

不行!可能是我丈夫的。

马康的手松开了。

马康想起了非红。

## 九

马康和一男一女两个同事去出差。来到一个楼房很高却很简陋的旅馆,里头十分凌乱、肮脏,但客人很多,熙熙攘攘。一问,刚好还剩两间房。

安顿下来后,马康发现邻床坐着他的女同事——原来女同事和他同房。马康感到疑惑。不知旅馆为什么这样安排。疑惑是短暂的。女同事好像对这样的安排并不反对。马康开始暗喜,他开始盼望夜晚早点来临。

夜晚还没有到来,马康去了另外一个地方。马康还没有回到旅馆,就醒了。

醒来后马康觉得奇怪——怎么会是那个同事呢?她不漂亮,也找不出多少可爱的地方。在平时他不会多瞧上她一眼,更谈不上喜欢她。为什么会是她?

这个梦马康没和非红说过。这仅仅是梦,不值一说。还有一个原因,这种梦有点难以启齿,即便在夫妻之间。另外,他想,男人或多或少地存在这样的妄想。

## 十

　　从浴室的窗户望出去，是一片荒地，长着深深的荒草。荒草丛里隐约露出一截褐色的铁轨来。刚开始非红不知道那是一截铁轨，以为是什么人随意丢弃的木头或者别的什么东西。后来一个傍晚，洗完澡，非红一个人下楼，跳过那些孑孓孳生的小水洼，来到荒草丛边上。非红看清了那是一截锈迹斑斑的铁轨。它锈得厉害，一些地方锈到很细，都快断了。它的一端隐没在绵延不尽的荒草丛深处。

　　躺在浴缸里就可以看见那截废弃的铁轨。浑身沾满泡沫的非红常常陷入迷糊：它通向哪里？

　　马康不在的时候，非红甚至想一个人沿着铁轨走下去，一直走到铁轨的尽头。有时候这个想法非常强烈，甚至上升成了一种欲望。但是非红怕蛇。茂密的草丛隐藏着蛇或者其他危险。非红最怕蛇。想象中的蛇阻止了她追根究底的脚步。所以问题还在那儿——它到底通向哪儿？

## 十一

　　再接到李艳的电话马康感到意外。那晚从茶馆回来马康以为李艳一定生他的气了，他想打个电话跟她说声对不起，几次拿起话筒，却又不知从何说起，就放弃了。

　　李艳说，到我家来吧！

　　一路上马康盘算着怎样向李艳道歉。

　　接下来的事实说明马康酝酿中的道歉是多余的。

　　李艳的嘴唇很软，有点冰。与翕张的鼻孔喷出的急促的热气形成了鲜明的对比。

　　马康的手如黑暗中的强盗，潜入她的裙内，沿着她光滑的大腿前进。她双腿并拢着，弓一样绷得紧紧的。马康担心一不小心就把她折断。她在和强盗对抗，坚守着自己的珠宝不肯交出来。这样的对抗好像是必须的前奏。因为自古以来，在战争中，没有几座城池未开战就大开城门迎接入侵者的。但这样的对抗是暧昧的，也许默契早已达成。敌进我退，敌退我进，一切显得有理有节。

后来局势就豁然开朗。

马康感到李艳的躯体有些笨拙，也许是李艳比较高的缘故。对于马康而言，李艳的躯体是笨拙的。那么，对于李艳来说，马康的身体也可能是笨拙的。但他们都在飞翔。

李艳咬牙切齿地说，你真疯狂！后来马康一直记得这句话。马康还一直记着那天李艳的另一句话——真没想到！

没想到什么？是没想到他们会在一起？没想到马康的疯狂？还是没想到一个一直怀疑妻子有外遇的男人也会有外遇？

对马康来说，这无疑是个意外。因为这个意外，马康发现自己就像大衣橱一样打开。他看到一些东西就像那套神秘的绿裙子一样隐藏在幽暗的角落。

## 十二

马康对非红讲述过自己被人追杀的梦。讲完了马康问非红，是什么预兆呢？非红说，日有所思夜有所梦罢。一句话，将他的试探化为无形。

马康不知道，非红也经常做梦。非红和那些成天絮絮叨叨的女人不同，很少和丈夫说那些琐碎而又无关紧要的事情，包括自己的梦。非红许多梦杂乱无章，比如有一次她梦见自己站着撒尿，她站着，伴着战栗的感觉放开了闸门，并且有了和马康做爱不一样的快感，她在梦里达到了高潮。

马康在梦里被人追杀的时候，非红正到楚国去。非红经常梦见自己一个人来到一座城池，城门口上高悬着一面牙旗，上面写着大大的篆体的"楚"字。非红梦见自己和那些出入城门的人一样穿着古人的服装。她感到很疑惑。在城门口站了一会儿。她想起小时候读过的一个故事——《晏子使楚》里城墙上楚王让晏子钻着进城的那个狗洞呢？她随着人流进入城里。城里十分繁华，商贾云集，车水马龙。非红在不同的地方遇见了许多认识的人——亲人，同事，朋友，健美中心的教练和熟人。但他们好像都不认识她。她也遇见了马康，她想问马康她怎么会在这儿，但马康好像也不认识她，从她身边走开。非红追了上去，马康却不见了。

非红带着疑问独自一人在人流里瞎逛，后来在一个喧闹的广场意外发现了一条铁轨。楚国怎么会有铁轨呢?非红很吃惊。她一直沿着铁轨走下去,但铁轨却好像没有尽头。非红累极了,就醒了。

## 十三

  和李艳在一起的时候,马康感觉一直有一双眼睛看着他,那是非红的眼睛。他无法忘却非红的存在。也就是说,和李艳在一起时,马康同时也和非红在一起。这是一种多么奇异的感觉。这种感觉让马康感到不安。

  这时候非红的形象有点模糊。但是她在那儿。

  和非红在一起的时候同样李艳也在一旁。

  刚开始,马康试图把她们从脑中抹去。但他的努力是徒劳的。

  后来马康发现,跟她们中的任何一个在一起的时候,另一个的面孔都变得模糊不清。他极力要把她们从他的记忆中显现出来,但他没能成功。他只能记起她们面孔的一小部分——譬如鼻子的轮廓,唇线,一颗不太显眼的痣……当他试图把它们扩展开去时,一切又都隐去了。只剩下一张模糊的面孔。

  是不是自己忘了另一个?或者另一个正在离去?

  爱李艳吗?只是喜欢她的肉体?她的肉体并不完美,甚至有一些缺陷。比如,她偏瘦。有时马康仿佛挤压着一堆骨头。不爱吗?

  要不要继续跟踪非红?

  马康决定放弃对非红的跟踪。就像和非红达成了一桩非红并不知情的交易。马康第一次发现自己是一个龌龊的男人。

## 十四

  如果不动什么心思,日子也许就这样心安理得地一直过下去。吃着正餐,兜里还揣着零食——继续着和非红的婚姻,秘密保持着和李艳的关系。但在某些方面,马康是个爱较真的人。如果说以前血液沸腾,像漫过河堤淹没村庄的洪水,那么现在血液开始冷却,洪水退去,一些不得不面对的石头裸露出来。

  问题像肿瘤一样在马康体内某个地方生成,并且不断地膨胀。最初,那好像只是数学问题。如果概括起来可以用一个简单的数学算式来表示:$1 \div 2 = ?$

对于马康来说，它的难度不亚于当年大数学家陈景润呕心沥血研究的 $1+1=$？而且，它好像已经超出了数学的范畴，不仅仅是数学问题，还是伦理学和社会学问题，甚至说它是哲学问题也不为过。简单地说，马康遇到的问题是，能否把爱平分给两个女人？

在马康看来，如果把自己的爱平分给非红和李艳，那么她们得到的只是他一半的爱，用算式表示就是 $1÷2=0.5$。但打了折扣的爱还算是爱吗？如果他把全部的爱给了其中的一个，那么另外一个必定没有得到他一点爱，换成数学算式其中一个是 $1÷2=1$，另一个是 $1÷2=0$。显然，这样理论上不成立，而且事实并非如此。那么，如果一个多一点，一个少一点呢？这是比较现实的一种可能性，但马康并不愿意这样干。马康问题的关键是他想无论对哪一方来说都是 $1÷2=1$。事实证明这是不可能的。所以，他将只能让潜藏在体内某个地方的肿瘤不断地膨胀。有时马康想，这样计算也许是愚蠢的。

这只是问题之一。

马康不知道自己为什么要想这些问题。李艳怎么面对自己的丈夫？她在想这些问题吗？也许她什么也不想。张元呢？张元是处理此类问题的高手，他应付自如。为什么自己不能和张元一样？这种事情是很普遍的。马康对自己说。

但马康没能说服自己。重重问题就像重重障碍横在马康面前。他从观众席上错误地来到本不属于他的跑道，他是一个笨拙的跨栏选手，裁判已经吹响哨声，自己却不知如何跨越。

马康的内部在悄悄地分裂，这是马康一个人的事情。

## 十五

又是一个周末。是冬天。非红到健美中心去了。非红起来的时候马康也醒了。马康在床上多赖了一会儿。后来马康爬起来，洗漱完毕。非红准备的早点已经冰凉。下了楼，一个人到街对面一个小餐馆吃早点。里头已经有一个年轻的母亲和她幼小的孩子在用餐。马康在他们旁边的桌子坐了下来。背对着他们。大概孩子不吃稀饭，女人耐心地劝他。他们的声音低低的。女人的声音很柔和。他们在讨价还价。

女人说，吃吧！

孩子说，不吃！

女人说，过几天去福州，想去福州吗？去爸爸那儿。再去扬州，然后回福州。如果不吃，妈妈就不带你去，把你放在姥爷家，妈妈一个人去。

孩子有点妥协了，但还是不太情愿，说，可是很烫！

后来孩子大概开始吃了。

马康走出餐馆，来到车来人往的街上。车子飞快，就像呼啸而去的时光。

等待绿灯的时候马康想，该和非红要个孩子了。

（原载《山花》2003年第12期）

---

**作者简介**

青黄，原名颜全钦，男，1972年生。福建省作家协会会员。当过中学教师、政府工作人员，现在大田县文化馆工作，先后在《福建文学》《山花》《鸭绿江》等刊物发表小说十余万字。

# 右 肋 下

◎ 赖妙宽

第一医院的路口常堵车,这是全市人民都知道的事情。这里曾因堵车发生过打架打死人的事,被打死的是一个六十多岁的"老慢支"病人,是医院的常客,长期咳嗽使他说话做事都不当一回事,只有把喉咙里的痰咳出来才是顶顶重要的。那天他正好在路口处咳得上气不接下气,弯着腰挡了一辆小汽车的路,市内禁鸣喇叭,司机只能拍车门提醒他,但老头只顾咳嗽。这时,跟在小汽车后面的一辆工具车里突然冲出一个大汉来,抓住老头就打,老头被打倒在地时还在咳嗽,他又用脚踹,小车司机和周围的人过来拉,大汉仍不解恨地往死里踢。老头不咳嗽了,被送到医院后抢救无效死亡,死于痰堵窒息。那大汉的行为令人不解。后来才知道是他五岁的儿子被确诊为白血病,正在医院里治疗。所以,人们都说,第一医院那地方晦气,出这种事不奇怪。

陈伯良这天从第一医院的路口经过时,也给堵上了。司机通常是不走这条路的,但陈伯良在拐弯处撇了一下手,司机就把车子开过来,就堵住了。

车子被夹着动不了,从车旁挤过的人总无聊地拍着车厢,拍得陈伯良心烦,他问司机干吗从这里走?司机愣了一下,才知道陈伯良的手势与走这条街无关,便涨红着脸不敢吭声。

这时,一辆银灰色的奥迪从对面缓缓而过,是朋友王统的车。看到王统也堵在这里，陈伯良有了点喜色，他按下车窗，对奥迪招手，奥迪的车窗落下，露出王统的脸。王统的脸露出来时，陈伯良愣住了。王统好像刚跟谁打过架，青白的脸上铺陈着说不清是疲惫、恼怒还是惊慌的神色。他还想对陈伯良笑，结果只是抖动了脸上纷乱的表情，看不到笑的苗头，反而使面容更加难看。他对陈伯良挥挥手，算是招呼，并无说话的意思。车子又走了。

陈伯良探出头大声问："上哪？"

但车子已经开过，王统没听见，或者听见了没有回答。跟在王统后面的是一辆的士，车窗打开着，里面一个妖冶的女人应声答道："找你嘛！"同时抛过来一个媚眼。陈伯良感到脸上被砸了一块污物，他横女人一眼，女人却对他笑，他没想到女人的笑这么肮脏，遂厌恶地扭过头，坐正身子。女人并不介意，仍兴致勃勃地对他挤眉弄眼。陈伯良关上车窗，他的车子也开始走了。

车窗关上后，窗外嘈杂的街声像潮水一样退去，银色奥迪和红色的士走远了，陈伯良松了一口气，但想到王统，心又提起来。他想王统一定是病了，记得看到王统时，他还看到王统背后第一医院的门诊大楼和大楼后面高高的二十八层病房，那一眼，让陈伯良的心头一颤，感觉非常不好。

不久前他曾到第一医院探望一个朋友，也是在路口处一眼看到这个景致，当时产生了不祥的预感，好像利刃划过脊背，脊背有一个被打开的空洞。几天后，那个朋友死于肝癌，这个噩耗与那天的感觉联系在一起，陈伯良就有几天脊背发凉，走路都僵硬着身子。刚才他看到王统时，时间和角度正好与那天重叠，所见的画面就像是从脑子里浮出来的，尤其是门诊大楼顶端用红色瓷砖镶在墙上的"十"字，在早晨九点多钟的太阳照射下，像一根红色火炬打在他的脑门，两次，他都觉得脑子被打懵了。

他拿出手机，想给王统打电话，问他怎么回事。可拨了几个号后，又犹豫起来，觉得这样问王统不好，要是他没病呢？或者，万一他真有病呢？这两种情况都不是陈伯良想要的结果。从内心讲，他不相信王统有病的，就像不相信自己有病一样。但怀疑王统有病，或怕自己有病的想法，却像蚂蟥一样吸在心上，让他感到有一块地方发紧。他把手机盖翻了几次，知道这个电话是不会打了。

一只不知什么时候被关在车里的苍蝇，正顽强地撞着窗玻璃想飞出去，发出"咻咻"声，他盯着苍蝇看了一会儿，觉得自己的情况像这只苍蝇，明明看得清楚，却飞不出去。他替苍蝇把车窗打开，小东西却顺着下降的玻璃扑腾，飞不出去，他叹了一口气，又用报纸拨它一下，苍蝇才跌跌撞撞地飞出去。陈伯良一直看着苍蝇飞远，慢慢关上车窗。

这时，车子已快开出第一医院所在的老街，他突然说了声："回去。"

司机赶快减速，看他一眼，确信是要他开回去，才找地方掉头，小心问："去哪里？"

"第一医院。"

陈伯良知道，不到医院走一趟是不能解决问题的。从这一点上说，他在路口那不经意的手势，是潜意识的流露，不是司机的误解。当然，如果不在第一医院的路口堵车，不碰上王统，不看见王统那张吓人的脸，他也不一定有决心上医院。这件事对他来讲有点莫名其妙，他简直是在跟自己过不去。但越是知道自己跟自己过不去，越是有一个心理障碍不可逾越，他觉得自己已经走到了极限。

他的那位死于肝癌的朋友，死得有点冤，他们是这么认为的。因为他才三十七岁，是个IT专家，企业界新秀。平时酷爱运动，生活有规律，不嗜烟酒，不熬夜纵欲，人又长得相貌堂堂，体壮如牛，是人们普遍看好的无可挑剔的前程远大的人物。谁也不会把他与疾病、早夭联系在一起，似乎社会的宠儿不在死神的摆布下，他永远是神采奕奕、踌躇满志。

可是，有一天他到医院去探望得了肝癌的叔叔，叔叔的病情让他感到悲痛和恐慌之时，还暗暗庆幸自己毕竟健康，他或许在那时想到了什么。总之，他从叔叔的病房出来后，就到门诊挂号，想为自己做一次检查。为了引起医生的重视，他根据叔叔的症状编造了自己的感觉，疲劳、厌食、恶心、腹胀、腹泻、右肋下闷痛。结果，医生的面容渐渐严峻起来，给他详细做了检查，又让他做Ｂ超。医生还亲自带他到Ｂ超室，请Ｂ超室的医生给他现做，否则得排队等候一两天。Ｂ超做好后，他就直接住进病房，与他叔叔隔了两间病室。据他的家人说，彩超一做出来，他当即瘫软在Ｂ超室的检查床上，是医生根据他提供的电话号码，叫来了他的家人，用推车把他推进病房的。而这天早晨，他还跑了三公里，这是他坚持多年的运动。他再也没有离开医院，四十五天后离开人世，而他叔叔现在还在医院里躺着。

所以，人们这样认为，如果他不去找医生检查，他或许就不会得肝癌，现在可能还活着。人与肿瘤还有一个抗衡过程呢，据说人体每天都会产生少量的"幼稚细胞"，就像工厂生产过程中出现的次品一样。人体的免疫系统会及时将这些"幼稚细胞"吞噬、清除，如果免疫系统出了故障，这些"幼稚细胞"就会在它们来源的组织器官里生长繁殖，它们的天性就是快速复制繁殖，它们无限制的生长繁殖过程，就是对生命的破坏过程，也就被称为"恶性肿瘤"。但是，它们不知道，人体本身把它们制造出来时，就赋予它们这样的特性，它们不知道这样乐颠颠、瞎起劲地生长繁殖，是遵从生命的旨意呢，还是最终摧毁生命，包括自己。称它们为"幼稚细胞"，多少有点赦免它们无罪、无辜的意思。

"幼稚细胞"是自己制造出来的，又在自己体内生长繁殖，你却看不见它们，拿它们没办法，这是最叫人想不通、干瞪眼的事实。那位朋友在极度愤怒和恐慌中度过了四十五天，他总是不相信，有时是睁大眼睛望着苍天，有时是拳打脚踢，号啕大哭。他一再要求手术，把肿瘤切除。医生说已经不能手术了，他气愤地叫道："怎么不能？你们就没有本事把它挖掉吗？当什么医生？

要你们这种破医院干什么？"医生只好给他打杜冷丁，让他安静睡一会儿。但一醒来，只要还有力气，他会趁人不注意时，握拳朝自己的右肋下狠狠打去。结果是自己痛得昏迷过去，醒来发现，照样拿它没办法。他就这样在对自己身体的不解和怨恨中耗尽了身上的每一个细胞，到最后已经没有人形了。所有的至爱亲朋看到他这样，都宁肯不要发现肿瘤，不要治疗，让他突然离去，也不要遭受这样的折磨。所以，得出这样的印象，如果他不去找医生，就不会得肝癌了。

自从这位朋友发病以后，陈伯良身上就不对劲，他想，一个那么强壮的人身上突然长出肿瘤来，自己身上是不是也发生什么了？这么一想，对自己的身体便不信任起来，他摸摸肚子，故意收缩腹肌，让它一上一下拱着，却看不出什么。拱得凶了，腹部还真难受呢。他想到医院去检查一下，又怕像那位朋友那样，不去吧，也怕像那位朋友那样，医生说，那位朋友发现得太迟了。他有时用手指在自己的右肋下压一压，会感到一种闷痛，赶快松手，全身不敢动，好像怕被谁发现，但手又痒痒地想去摸。有一次，他往右肋下抠得深了，不但痛，还恶心、头晕，自己吓出一身冷汗：真的吗？脸色就泛白了。正好被秘书撞见，大叫："陈总怎么啦？"引来周围慌乱的脚步声，他才感到应该去医院一趟了。

陈伯良来到第一医院，他在怎么找医生的问题上犹豫了一下。他以前到医院除了看望病人外，就是偶有几次发烧、腹泻到医院挂瓶，再就是近年来，听从劝告，每年到医院体检一次。这些都是事先有人安排，医院有人接待，琐事由身边的人去做的，他不用考虑什么。每次他到医院，都会受到院方的热烈欢迎，因为第一医院二十八层的新病房大楼里，四部大型的奥迪斯电梯就是他赠送的。但是，现在他不想惊动医院的人，他只要像普通人那样挂号看病，好像如果不这样，自己就不是病人，医生就看不出问题，或者有问题就不会告诉自己，他心里有一条隐隐约约的路，就是那位死于肝癌的朋友所走过的，他将不由自主地沿着这条路走下去。

陈伯良不让司机跟着，自己整整衣服下车。

门诊大厅里排列着各种长队，密集的人群让他略略吃惊，他很少看到有这么多心事重重的人聚集在同一个地方，形成一种忧郁和焦虑的气氛。他们互不关切，只顾自己匆匆地奔来走去，把他们的忧郁和焦虑搅得纷纷扬扬。陈伯良从踩进门诊大厅的第一步，就有某种惶惑，他在大门旁张望，不知道挂号处在哪里，眼前的人走马灯似的闪过，他小心地避过他们。呼吸和皮肤都充满了医院污浊的空气和浓重的消毒水气味。

陈伯良挂了号来到内科，把挂号单交给导诊员，然后坐到长椅上等候。右边的一个老头侧了侧身子给他让座，又愁眉苦脸地看他一眼，他对他笑笑，老头无动于衷。左侧的人像木头一样毫无表情。陈伯良端坐着，举头看电子显示屏上的红色数字一个个地跳过，感觉自己的心跳与屏幕上一闪一闪的节奏渐渐吻合，没多久，他便与周围的人一样面容呆滞了。

给他看病的是一个年纪不大的女医生。女医生含笑看着他，问他哪里不舒服。他想了想，断断续续说了自己的症状：疲劳、厌食、恶心、腹胀、腹泻，右肋下闷痛。医生的面容渐渐严峻起来，给他详细做了检查，又让他做B超。医生还亲自带他到B超室，请B超室的医生给他现做，否则得排队等候一两天。彩超做好后，他躺在检查床上起不来。医生根据他提供的电话号码，叫来了在门外等候的司机，让司机把他扶回去，他已经说不出话了。

医生交代司机，检查结果明天出来，让他们明天来拿报告单。

司机不敢多问，小心翼翼扶着他走，到了车上，问："去哪里？"

"回家。"陈伯良的声音细得像蚊子。

陈伯良中午极少回家，就是晚上也不常回家。他老婆和他两人各管各的，平时像邻居一样相处，偶尔在家碰见时只是点头招呼，有事也说说，都是公共的问题。老婆有自己的事业和自己的私人生活，也不常在家。儿子在外地上大学，家是由女佣管的。

他不知道自己为什么要回家，可就是有强烈的回家的愿望，似乎只有回到家里，才能开始面对自己的问题。从医生认真地为他检查，并亲自带他到B超室的一刻起，他的头脑就萦绕着这样的问题：真的吗？真的轮到我了吗？我怎么这么倒霉啊！他是被医生带到某一个房间，从里面的暗门走到B超室，直接做检查的，外面有很多人在排队等候。检查时，他想从医生的只言片语中听出什么，但医生除了叫他掀开衣服、松开裤带、深呼吸、屏气之类的话，几乎一言不发。房间里挂着遮光的黑布，看不清其他人的面容，只有显示屏的光反射到做检查的医生脸上，时明时暗的，更让他感到神秘莫测。医生的每一次凝神，每一个重复的动作，都让他心惊肉跳。他觉得医生做了很久很久，久得好像又回到了胚胎时期，除了感觉到心跳，其他都不复存在了。他想一定是有问题了，才要这么仔细做的。光滑的探头，推着肚皮上冰凉黏稠的"导电糊"，一次又一次地把他推向深渊，他觉得自己在往下沉，往下沉。

等医生替他擦去肚皮上的"导电糊"，说了声"好了"，他都搞不清楚自己在哪里。亮开的灯让他恍若隔世，虚弱地问："医生……"却因为喉咙发干而说不出话来。医生问他什么事，他瞥一眼彩超屏幕，问："怎么样啊？"医生说没事，可以起来了。他却起不来，手脚好像不是自己的了，全身都被软化、消解，只剩下右肋下探头推挤时的闷胀感和头脑中闪电一样的惊诧。

一路上，他都在想：到底会不会是真的？如果真的，怎么办？又反复对自己说，不会的，不可能！自己说服不了自己，他很想对谁说说，那个人听后大笑，一拍自己的肩膀说：别傻了！根本不可能的事！他不知道这个人是谁，他像找不到大人的孩子，遇事先往家里跑。

陈伯良目前有一个关系稳定的情人，有属于他们两人的安乐窝，他还有几个感情不错的女人，但他不会去找她们，他甚至不想让她们知道自己的情况，他在她们面前只能是个成功的男人。他也想到老婆，可老婆与他关系最僵的时候，恨不得他早点死，现在这种情况，她会不会拍手叫好？他也想到儿子，但儿子毕竟是孩子，又在外地，不宜在这个时候跟他说什么。其他几个亲戚、朋友他也想过了，但都提不起诉说的欲望，因为还不到时候。他心里仍很清楚：不会的！这不是真的，我没有症状，那都是瞎编的。他开始后悔自己为什么要骗医生，医生一定是在检查中发现了什么，才会要他马上做 B 超，现在只能等明天的结果了。

司机知道他家的情况，问要不要他留下来陪着。陈伯良不要，他甚至没叫女佣开门，是自己开了外面的铁栅门进去的。陈伯良的突然出现，让女佣大惊失色，她不知从哪里领来两个小女孩，煮了一大锅东西三个人埋头大吃，听到脚步声才抬起头，一见是他，"砰"地把锅盖盖上，却没盖好，碰翻了一碗汤。两个小孩吓得张大嘴巴，嘴里塞了满满的肉。

陈伯良看到汤顺着桌沿滴到木地板上，要在以往，他是会生气的，他讨厌脏和乱，还讨厌偷偷摸摸。但不知怎么的，这时却看了心酸，他对两个小孩温和地说："吃吧。"就朝二楼自己的房间走去。

房间拉着窗帘，白底绿花的窗帘使房间的光线阴柔。里面的摆设此时都像精灵一样屏住气在看他，与他之间形成一种既紧张又密切的关系。他听出了房间里的静，以前没发现中午时分会这么安静，沉寂中，自己的房间像是别人的地方，只有床头的烟灰缸给他真实的感觉。他站在原地不动，心里有一个冲动，想把房间的各个角落都翻开来看看，卫生间和更衣室也要打开，他感到有一股陌生的力量在与自己作对，这股力量就藏在哪里。但他动不了，只感到眼睛发直，不听使唤。

不知过了多久，感觉面前有鼻息，睁开眼，看到老婆坐在床前看他，他和衣躺在床上。他也看她，两人定定看着，觉得很不习惯。他避开她的眼睛问："你怎么回来了？"感到眼角有泪水干后的艰涩。

"小张告诉我了。"

"他说什么？他告诉你什么？"陈伯良神经质地叫起来，"这个多嘴的家伙，他以为我真的快死吗？"

老婆摇摇头，意外地俯下身来抱住他，轻声说："不要这样，他只是怕你出事。"

没想到老婆会这样，他觉得有点怪，有点舒服，老婆抱得不是太紧，作个姿势的样子。他不知道怎么回应老婆的态度，有拥抱她的渴望，但一时做不到，又怕老婆放开，便不敢动。老婆感觉到他的反应，马上松手，坐正身子。

陈伯良有点失望，幽幽地说："我完了。"

老婆说，不会的，等明天检查结果出来再说吧。

一说到明天，陈伯良的头皮又一阵发麻，他看着老婆说："你都回来了，说明问题严重了，医生一定跟小张说了什么，快告诉我，医生怎么说的？"

老婆瞪他一眼，不高兴地说："你这人就是疑神疑鬼！如果你讨厌我，我就走！"

她站起来要走，陈伯良赶快抱住，他心里很高兴，因为老婆的态度和说的话让他感到放心。这时候的老婆看起来特别顺眼，特别亲，他抱住她的腰，把脸贴到她的肚子上，他发现老婆的肚子比枕头还软，却比枕头有弹性。他从老婆身上闻到了他曾经熟悉的气息，便贪婪地把头埋在老婆身上。

老婆低头看他，问："你到底是怎么回事？"

他像个犯了错误的孩子，喃喃道："我是骗医生的，我是胡说的，我没有那些症状。"

"你为什么要这样？"老婆很奇怪，想把他的脸翻过来看。

他不让动，也不看老婆，说："我不知道。"

老婆叹口气："你怎么变成这样了？"

他又说："我不知道。"

但他现在心里很踏实,老婆的气息,老婆的怨气,都让他感到亲切,他就想这样跟她在一起,她怎么说他他都不在乎,恰恰是老婆这样生气、损他,让他感到安全和需要。他又一次抱紧她,并讨好地摇着。老婆禁不住他这样纠缠,终于把手放到他脸上,在他的额目鼻唇间轻轻抚摸,又用手指一下一下梳着他的头发。他闭着眼睛,心里很沉静,所有的心思都在跟着老婆的手指走动。

老婆的一根手指停在他的眉心,点了一下,问:"好了吧?"大概是想结束了。

他请求道:"明天你去医院帮我拿报告单好吗?"

老婆说:"可以。为什么是我?"

"你不会骗我,对吧?"

老婆觉得自己根本没想骗他,但身上的哪根神经被触动了,突然叫道:"可你一直骗我!"

陈伯良心里一阵难过,低声对老婆说:"你原谅我吧。"

老婆没说话,看他的眼神迷蒙起来,陈伯良从来没有在她面前表现出这种柔弱,这像一根细细的芒草划过她的心弦,触动了她温柔而敏感的部位。

陈伯良看到老婆的眼神有异,身上像被她温润的目光舔过,每个毛孔都张开一种急切,全身喷涌着久违了的情欲。他拉过老婆的手,把她拉向自己。老婆的身体贴到他身上,他抱紧她,老婆迎合了他的热情。陈伯良受到鼓舞,身体自然蓬勃起来,他曾以为这种反应在老婆身上是绝迹了的,现在突然来了,便欣喜地跃跃欲试。他开始脱老婆的衣服,又脱了自己的衣服,当他脱光了自己以后,突然就不行了,身上的一股气好像打开阀门跑了。他从镜子里瞥到了自己的裸体,看到了略有点啤酒肚的腹部时,那种超声波检查探头在肚皮上推挤的黏滑感突然出现,底下就不行了。

他无奈地松开手,让自己瘫着,心头交织着羞愧和忧虑。

老婆坐起来，默默地一件一件穿回自己的衣服，穿好后一笑，说："你还是到别人那儿试吧。"

"不是的，"他想解释，但说不通，他拉过被子盖上自己不争气的地方，说，"等明天，我就行了。"

老婆退出去，临出门时对他招招手说："明天见。"

"明天见。"他重复一遍。

老婆出去后，陈伯良凝神想了一会儿，然后蹑手蹑脚起来，赤裸着身子站到镜子前，对着镜子看。镜子里的人有点难为情，肢体不太舒展，眼神躲躲闪闪。他像陌生人一样看着他，两人第一次四目相对时，他立即把目光移开，却又忍不住想看他，再移回来，看到他时，竟有点发呆。他从没有这样认真观赏自己的裸体，他先像做体操一样张开双臂、叉开两腿，让自己尽量地暴露，然后双手捂脸，从脸颊顺着颈部向下抚摸，经过胸部、腹部，在下腹部停留片刻，像小男孩一样好奇地捧住挂在腿间的什物，从镜子里看，似乎多余，便笑笑，松开手，让它仍松弛地晃荡着。两手继续向下，沿大腿内侧至手臂够不着的地方，再向外向上收回至臀部、腰部，最后停留在两肋下。

他触摸到了自己肌肤的光滑和弹性，有一种舒畅和爱恋。经过胸部时，两个乳头坚韧的突起和肋骨的均匀起伏，让他感叹于人体的精致和完美，心想，如果人的乳头不是对称的，或是竖着排，会是什么样子？想着都感到不可思议。到了腹部，松软的肚皮，酥痒的感觉，他在两腰部轻轻按了按，以为自己会笑，却不行。他奇怪，为什么人就不能自己挠自己的痒痒？下面的"小弟弟"自然是淘气的，现在惹了点麻烦，怎么碰它都抬不起头来，而你不注意时，它却探头探脑，真是不好管。最后，他两手捂住肋部，知道在右肋下，就是自己为之担惊受怕的肝脏了，不知此时它在干什么？它知道自己的心情吗？以前怎么从没想过身体在干什么呢？可身体是一刻不停地按自己的方式活着，呼吸、心跳、血流喷涌、胃肠蠕动，每一个细胞，每一根神经，都有自己的意志和规律，才不管你是什么人，你在干什么呢！

陈伯良看着镜子里的人，对他产生了敬畏和歉意，现在才明白，自己所有的成功、荣耀，都是由身体完成的，而他却陶醉于自己的能力，对身体视若无睹。有一天，不，总有一天，身体会弃他而去，能力将随之消失。这个被他忽视的，每天无聊地吃喝拉撒的肉体，此时变得强大而自在，让他都不敢相信这也是自己，如何与它相处。他不知道自己跟它是什么关系，朋友还是亲人，或者根本就不可分割。记得在那位朋友的葬礼上，他看着那个放在灵柩里的东西，怎么都不能相信那是几个月前还经常与他一起喝酒、打高尔夫的人，那堆东西跟他到底是什么关系？是它消灭了他？还是他本来就是它？那种人与肉体分离的不真实感，就像现在他从镜子里看自己，那个不可捉摸的人的另一面，是无法在玻璃后找到的。

陈伯良在镜子前站了很久，风掀动窗帘，窗外有个男声在叫谁一起去游泳，他突然觉得在海里畅游是多么幸福啊！活着是多么好啊！他拍拍自己的右肋部，心里说：有空去游泳。

第二天，陈伯良打电话问老婆彩超检查报告单拿了没有，她说没有。陈伯良问什么时候去拿，老婆却说你叫别人去拿吧。陈伯良问为什么？老婆说，我讨厌你！

"讨厌？"陈伯良还想说什么，可突然，心头好像开了一条缝，阳光和清风箭一样穿入，锐利而迅捷，心情被劈开了，一切清朗、亮堂起来，原来想说的话、心里塞得满满的东西像雾一样消散，想抓都抓不着。他全身轻松，很想笑，便笑了，说："那昨天的承诺呢？"

"昨天什么承诺？"

他嘻嘻说："昨天我不是跟你说，今天我就行了，你还要不要？"

电话那头没有声音，他就冲话筒喊："喂！喂！要不要？"

一会儿，老婆低声说："要。"

后来陈伯良了解到，那个给他看病的女医生认得自己，说是在医院新病房大楼剪彩仪式上看到的，她常乘坐他赠送的电梯，认为给他在医疗上提供方便是应该的。女医生严肃地说："就是院长来了也会这样做的。"这时，那张彩超报告单已被陈伯良用一个精美的镜框镶嵌起来，挂在办公室显眼的位置上。

有一天，陈伯良在一个酒会上碰到王统，想起他那天的脸色，问怎么回事？

王统转着眼珠子回忆了半天，说："他妈的，那天被医生吓了一跳。"

陈伯良突然爆发出大笑，王统问他笑什么，有什么好笑的？陈伯良却笑得说不出话，最后上气不接下气地问："现在好了？"

王统说好了。

（原载《人民文学》2004年第9期，列入2004年中国小说排行榜，获福建省优秀文学作品奖一等奖）

**作者简介**

赖妙宽，女，1960年出生，当过眼科医生，专业作家，杂志主编等。二级作家，现供职于厦门市文联。从事文学创作二十多年，已出版小说集《天赐》《共同的故乡》；长篇小说《父王》《天堂没有路标》；长篇报告文学《忠诚》；电视剧《百姓有约》；电视专题片《海峡见证》等。获中宣部第十届"五个一工程"奖，福建省第二、第三、第五届百花奖二等奖、三等奖、荣誉奖；福建省第九、第十一、第十九届优秀文学作品奖一等奖，第二十一届特别荣誉奖；获全国第十八届电视剧"飞天奖"；短篇小说列入2004年中国小说排行榜；作品多次被国内重要选刊和丛书选载。

# 幸福的晚餐

◎ 何葆国

工棚房里静下来了。那只小老鼠又跑出来了，鼠眉鼠眼地看了小米粒一眼，眼光不够友好，就像城里人一样。但小米粒一点也不计较，他很想有个小伙伴，哪怕它是一只小老鼠。这只小老鼠他见过许多次了，他把它叫作小地瓜。

"哎！小地瓜！"小米粒挥起手跟小老鼠打招呼，但是小地瓜吱地叫了一声，蹦蹦跳跳地掉头跑了。

小米粒追出工棚房，小地瓜头也不回地钻进一片荒草中，像是河面上荡起一道涟漪，然后就消失了。小米粒愣愣地看着那片刚冒出地面的荒草，它们长得不大像老家山地上的草，它们是城里的草，它们长得很霸道。荒草后面是一条土路，工地上来来往往的大卡车把它压得结结实实的，就像老家土楼后面的那条路。小米粒在家时每天都要走那条路，可是面前的这条路，老桶饭却不许他走，老桶饭说你别跑到路上去啊，路上车多，车轮子都比你高，一个车轮子就能把你压成肉饼。老桶饭是他的老爸，但是看起来像是他的爷爷（虽然他从来没见过爷爷），因为他的头发都白了大半了，背都有点驼了。去年秋天老桶饭把他带到了城里来，因为老妈跑了。他听土楼里的人说老妈是老爸花钱买来的，老妈跑回老家去了，老妈的老家在哪里他一点也不知道，甚至老妈的面容在他心里也渐渐变得模糊不清了。老桶饭就住在这工地上的工棚里，他和一帮同样是乡下来的男人睡在地上，小米粒睡在老桶饭的脚下，蜷着身子，就像一个刚出生的孩子，可是他已经九岁了呢。大人们每天早早就从地上爬起来，也不用刷牙洗脸，就用双手在脸上搓几下，然后开始吃昨晚剩下的饭，吃出一阵沉闷的响声，就像许多大脚在土路上来来回回地走，然后一边在嘴里咀嚼着饭一边就往工地另一头走去了。老桶饭每天走之前都要给小米粒留下一个饭团，就像一个拳头那么大，它就是小米粒的早餐和午餐。老桶饭他们中午都在脚手架上吃快餐，只有晚餐才回到工棚里吃，那时会有两个大人提前半小时回来准备晚餐，小米粒就像一只快活的小狗，在他们屁股后面跑来跑去的，捡废料、烧火、提水，是一个合格的小帮手。可是晚餐这个幸福的时光很短暂，大人们呼哧呼哧吃着饭，像赶路一样，几下就吃完了，夜色就像被子一样盖下来了，有人坐在堆料上发呆，有人站在地上抽烟说话，不一会儿，大家就全回到工棚房里的地上躺了下来，像一群猪一样躺了密密麻麻的一片，那盏昏暗的灯很快就拉掉了，一片鼾声响起。小米粒感觉像是飘荡在无边无际的海面上，那此起彼伏的鼾声就是摇晃的波涛，他感觉到一阵眩晕，就在老桶饭的脚边躺了下来。海水淹没了他，淹没了工棚房，淹没了整片工地。一天就这样在漫无边际的黑暗中过去了。

　　小米粒看到工地那边高高的脚手架和塔吊，有人在上面爬着，就像蚂蚁一样。那后面就是城市了，一片连绵不绝的房子，看起来又高大又气派，就像小米粒在电视上看过的城市一样。小米粒很想到城市里看一看，走一走，可是老桶饭根本没时间带他去，也不允许他自己去。老桶饭吓唬他说，你别去啊，那是个魔洞，你一进去就出不来了。小米粒知道老桶饭是在吓唬他，他才不怕什么魔洞呢，他就想看看那魔法一样变幻的城市：宽阔的道路、闪光的房子、飞驰的汽车，还有琳琅满目花花绿绿的食品、玩具。他在老家时在别人家看过电视，电视上的城市跟土楼是不一样的，土楼圆圆的一圈，连天空也是圆圆的，从他记事起就没有变化过，那只破竹篮挂在墙上就一直挂在墙上，而电视上的城市却像万花筒一样不停地旋转。他真想到城市里看一看，他想，就是被那魔洞吞没了,也好呢。

小米粒听到肚子在叫了,扭头就跑进工棚房里。土灶上有一个他的小饭盆,里面躺着一个小饭团,今天的饭团显然比昨天的小了一些,差不多像一个鸭蛋那么大。小米粒用一只手抓起了饭团,他很想一口就把它吞下去,可是拿到了嘴边,只是轻轻咬了一口。小米粒说,我不能一口吃了,我要多分成几口慢慢地吃,我要是一口吃了,中午就什么也没得吃了。小米粒是在心里对自己说的。他忍不住又咬了一小口。

有一天,大人们停工没活干了,有些人就结伴往城市里走,小米粒尾随几个大人走着,兴奋得快要喘不过气来了。眼看着城市就在面前了,他真想尖叫一声。这时,老桶饭从后面追上来了,一把抓住他的衣领,几乎就要把他提了起来。老桶饭说,你不怕魔洞啊,进了出不来。小米粒说,我不怕。小米粒身子一扭,就像泥鳅一样从他手上滑掉了。老桶饭说,你别跑。小米粒就跑了起来,像一头灵敏的小兔子,向前面宽阔的大道跑去。小米粒很想自己能飞起来,可是他不能飞,他只能跑,跑得腿脚很痛,肚子也在抽搐,他的脚步就慢慢停了下来。小米粒停在了一间大酒店的门口,他张大嘴巴呼吸着,就像大酒店的自动玻璃门,一会儿开一会儿合。他看到了大酒店里金碧辉煌,好像有无数个小太阳在发光,桌上摆满了各式各样的食物,有人拿着盘子走了过来,想吃什么就装什么,他看见有人装着满满一盘子走到座位,又拿着空盘子走过来了。他简直看呆了,城市里居然有这种好事,想吃什么就装什么,任由你装,任由你吃。他的眼睛都瞪大了。老桶饭像老牛喘着粗气从后面追了上来,老桶饭说小子,你跑得比兔子还快啊。他用手拍了一下小米粒的肩膀,可是小米粒一动也没动,他的眼睛都发直了,直盯着大酒店里的餐厅看,身子就像是钉在地里的木桩。老桶饭说哎,你看什么看?他推了一下小米粒,居然推不动。小米粒突然回过头说,我想到里面吃。老桶饭像是被蜂蜇到一样叫了一声,一手按住小米粒的脑袋,把他的脑袋往后仰,想要他抬头看看挂在大酒店门楣上的红布条。老桶饭说,你真敢想啊?你看看里面吃一顿饭要多少钱!老桶饭这时想起小米粒是不识字的，看不懂红布条字，其实红布条上的字他也大半不认识，但他还是看得懂数字。红布条的意思说自助餐每人六十八元，儿童三十八元。老桶饭说一顿饭六十八元，我半个月也没吃这么多！小米粒看到一个年纪跟他差不多的女孩装了一盘五颜六色的食物（他真不知道那叫什么名字），面带微笑地向座位走去，他的口水再也控制不住，吧嗒一声掉了下来。老桶饭说我一天吃饭都不敢超过五元，六十八元的饭哪里咽得下？小米粒又看到那个小女孩了，她又装了一盘烧烤的肉串，嘴里在哼唱着什么。小米粒好像闻到了肉串发出的香味，肚子里的肠子不停地蠕动着，他的口水忍不住又流了出来。老桶饭说走啊，跟我回去。老桶饭拉起小米粒往回走，小米粒一边走一边扭头看着，他又看到那个小女孩了，可是这回他看不到她盘子里装了多少食物，他感觉到自己的咽喉在发痒，口水像泄漏的水一样又流了出来。那么多吃的，想吃多少就拿多少，那是梦里才会有的好事啊，可它就出现在现实里了，小米粒亲眼看到了，只要一想起那摆满桌子的食物，他的口水就忍不住要流出来。

小米粒把吃了两口的饭团放进饭盆里，往肚子里咽着口水。他走到了工棚房外面的空地上，对着工地尽头的城市张望。他看到一片房子闪闪发光，现在他对城市有了一个具体的认识——宽敞明亮的餐厅里，精美的食物应有尽有——那就是令人向往的城市。可是他只能站在城市的边缘，望着城市发呆。

我想到里面吃，想吃什么就吃什么。小米粒在心里说。

那天小米粒被老桶饭拉着往回走，他的脖子一直没有扭过来，他的魂好像就丢在了那童话般神奇的餐厅里。那天小米粒对老桶饭说，我想到里面吃，想吃什么就吃什么。老桶饭说，你吃屎吧。小米粒心里想，我才不吃屎，我要到那里面吃，想吃什么就吃什么。有时候他想，要是他能到那里面吃一顿，就是把他关起来他也愿意，对了，最好就把他关在那里面，他想吃就吃，吃饱了就睡，睡够了再吃。他想，那就是世界上最幸福的事情了。

小米粒抽身跑进工棚房里，拿起了那个饭团，飞快地咬了一口，烫手似的放了下来。他不敢再看这个饭团了，生怕自己一口把它吞了。跟那大酒店里的食物相比，它显得那么丑陋，却依旧散发着一种难于抵抗的诱惑，他的肚子太不争气了。小米粒跑到工棚房外面，干脆一屁股坐在了地上。

有一天，小米粒也像现在这样坐在地上，他看到那条土路上开来一辆白色的小车，开得很慢，车身闪闪发光。在那条土路上，他看惯的是轰轰作响的大卡车，小车很少很少的。那小车越开越慢，就停了下来，小米粒看到车上走下来一个打手机的男人，那是个挺着大肚子的男人，手上拿着一部很小的手机，嘴里大声地说着话，另一只手很冲动地比画着什么。小米粒站起来了，他看到车窗摇下来了，车里坐着一个年纪跟他差不多的小女孩，他一下想了起来，这小女孩就是他在大酒店餐厅看到的那个小女孩，哦，就是她，长得那么漂亮，穿得像小公主一样。小米粒很想跟她说一句话，可是他的嘴巴张不开，像是被线缝住了，他想说的话就在肚子里窜来窜去。那个男人收起手机，钻进了车里，小车开动了，小米粒看到那小女孩的脸晃了一下，就不见了。小车卷起一股尘土向前面跑去。哎！小米粒挥起手喊了一声，追了上去。他咬着牙跑得很快，可是再快也快不过汽车的轮子，小车越跑越快，很快就消失得无影无踪了。小米粒停了下来，大口地喘着气，过了许久才缓缓地转过身子，垂头丧气的，拖着沉重的脚步走回工棚房。

现在的土路上空空荡荡，这几天也没有大卡车在上面跑了。小米粒想起有一天，有辆大卡车停在路上，那个大胡子司机跳下车，对着车轮小便，他转身准备爬上车的时候，看到了小米粒，就对小米粒咧嘴笑了一笑，招手让他过去。小米粒就走了过去，大胡子司机说小朋友，你也住在工地啊？几岁了？六岁还是七岁？有没有念书呢？小米粒点点头，又摇摇头，大胡子司机从口袋里掏出两个糖果，塞到他手里，转身爬上了高高的汽车。现在路上一辆车也没有，就像老家土楼后面的那条路，懒洋洋地躺在那里，晒着太阳，显得那么寂寞。小米粒身子像一摊泥，慢慢就散开了，收不拢地躺在地上。

太阳很好，照在身上暖洋洋的。小米粒仰望着天空，天空那么高，那么蓝。小米粒眨着眼睛，他又看到了大酒店那宽敞明亮的餐厅，桌上摆满食物，他的口水一下就流了出来。那么多吃的东西,想吃多少拿多少,世界上还有什么比这更幸福的事情吗?有一天,小米粒壮着胆子对老桶饭说,我想到那里面吃。这句话他不知在心里说过多少遍了。我想到那里面吃,他说得很小声。老桶饭眯眯的眼睛张开一条缝,爱理不理地看了小米粒一眼。小米粒说,我想到那里面吃。老桶饭说,干你佬的,老板都三个月不发工资了,你想吃什么?吃屎差不多。小米粒心里很难过,但他还是希望有一天能到那里面吃一次,只要一次他就心满意足了。有时候他啃着又冷又硬的饭团,想象饭团变成了香喷喷的肉串,心里就觉得好受一些。

小米粒从地上爬起来,走进工棚房里。他的肚子实在受不了了,他的手一下抓起那个饭团,就送到嘴边咬了一口,不小心这一口咬得太大口了,饭团只剩下手指头那么一点大,他干脆把它全塞进了嘴里,那小小的饭团就像一滴水掉进了海里,消失了,没有了。小米粒咽了口水,他知道现在饭团吃完了,再也没有什么吃的了,要等太阳下山后,才会有人回来做晚饭。他不知道现在到那会儿还要多长时间,反正每天都是要挨饿的,饿得眼冒金星,连走路都走不稳了,可是做晚饭的人总是迟迟不回来。有一次小米粒饿得摔倒在地上,嘴里咬了一根草,咀嚼着草吞进了肚子里。还有一次,那只叫作小地瓜的小老鼠从他脚边跑过去,撞得他踉踉跄跄的,扶住了门柱才站稳。那次收获是最大的,他发现了小地瓜丢下的一截地瓜,两眼放光,一下抓到嘴里一口两口就吞下去了。

要是我能到那里面吃一次就好了,小米粒想。那么多的东西,想吃什么就吃什么,想吃多少就吃多少,可是我什么时候才能到那里面吃一次呢?小米粒想。小米粒每天都在想,可是他再也不敢对老桶饭说了,老桶饭每天黑着脸,端着一碗饭,就像拉屎一样蹲在地上,大口大口地扒着饭,一声也不哼。小米粒只能把自己的念头埋在心里,在心里对自己说。

小米粒从工棚房走了出来,他看到天空一片红彤彤的,太阳在塔吊后面缓缓地滚动,一点一点地往下掉。有一股风从城市那边往工地上吹来,扬起了几只白色黑色的塑料袋子,像小气球一样飘飘荡荡。太阳就要落山了,做饭的人就要回来了。小米粒不由踮起脚尖张望着,土路上有人骑着摩托车跑过,还有一辆老卡车像乌龟一样爬行,再也没有别的人影了。小米粒想起那个做饭的小鸭,他不知道大人怎么也有这么奇怪的名字,还有一个叫老猪,他们每天总是骂骂咧咧的,时不时唱几句小米粒听不懂的山歌。那个老猪喜欢把手伸进小米粒的裤裆里,摸着他的小鸡鸡说,小米粒今年几岁了?他每次都这么说,小米粒早就听烦了,根本就不想回答他。老猪说你爸说你九岁,我看你最多六岁。小米粒一扭身说,我九岁。他不愿意被人家平白无故说小了三岁,他知道自己真的是九岁了。有一次小米粒想,过年我就十岁了,我十岁的时候也许就能到那大酒店里面吃一次了。这样想着,小米粒就希望时间过得快一些,让他早一点十岁。

那两个做饭的人还没回来,小米粒望得脖子都酸了,他听到肚子里一阵阵叫声。太阳落下山了,天空变成灰蒙蒙一片,吹来的风颜色有些发黑了。小米粒突然全身哆嗦了一下,不是冷,而是饿了,他感觉到肚子里空空的,像是被清扫干净的仓库,什么也没有。小米粒想起大酒店那宽敞明亮的餐厅,桌上摆满各式各样的食物,都是他叫不上名字的,都是好吃的,他的口水长长地流了出来。

我什么时候才能到那里面吃一次呢?小米粒想。

那只小老鼠贼头贼脑地跑了过来,从小米粒脚边擦过,可是只是这么轻轻一擦,小米粒却像是被狠狠撞击了一下,全身摇摇晃晃,头重脚轻,就像一张纸一样飘了几下,飘到了地上。

小米粒咬着牙,可是全身软绵绵的,怎么也攒不到一两力气,他就放弃了爬起来的念头,躺在地上仰望着天空。这时的天空变黑了,只有几颗星星眨着眼。他想,他们怎么还不回来做饭呢?他一下又想到了那宽敞明亮的餐厅,桌上摆满了各式各样的食物,想吃什么就吃什么,想吃多少就吃多少……

不知过了多久,有一只脚踢了小米粒两下,说起来,快起来!小米粒睁开眼睛，看到老桶饭对他俯下脸来。老桶饭说快起来，我带你到那边吃饭。小米粒眼睛闪了一下，从地上一跃而起，惊喜地说，真的吗？真的吗？他想这肯定是在做梦，他用牙齿狠狠地咬了一下嘴唇，感觉到一阵疼痛，他想这不是在做梦。老桶饭把手搭在了他的肩膀上，说走吧。小米粒从没听老爸说话这么轻声细语的，他抬起头看了看老桶饭，发现他眼睛一直眨着，好像里面掉进了沙子。小米粒还看到了许多大人，一个个沉着脸，大家像是约好似的，三三两两往工地尽头的城市方向走去。小米粒想，这不是在做梦。老桶饭粗大的手扶住他的肩膀，像一块铁硌着他，使他感到了一种重量和温暖。他好几次悄悄抬起头来，看着老桶饭消瘦的侧面，欣喜地想，老爸真是要带我到那大酒店吃一次了。他心里暖乎乎的，这是从来没有过的感觉，多好啊，我就要到那里面吃一次了！

　　走在前面的两个大人突然停住了，那个大个的回头问那小个的，真的要到那吃饭？小个说，不吃白不吃，老板把用餐券抵作工资了，你不吃，它也不能变作钞票。大个结结巴巴地说，听说那顿饭要六十多块钱啊？

　　小米粒越走越快，一会儿就走在了老桶饭前面。在等待大人回来做饭时，他饿得不行了，可是现在他感觉到全身都是力气，他想早点走到那餐厅里，想吃什么就吃什么。走着走着，小米粒小跑了起来，一边跑一边叫喊，晚风从他耳朵两边呼呼地掠过。突然他觉得自己这样调皮，要是老爸突然反悔不带他去了怎么办？他感到了害怕，连忙停了下来，回头向老桶饭走去。

　　小米粒一手拉住了老桶饭的手，说老爸，你真要带我去吃？

　　老桶饭说，嗯。

　　小米粒说，老爸，你是不是发财了？

　　老桶饭说，发个屁，老板说没钱给我们发工资，就发用餐券，叫我们到大酒店吃饭。

　　小米粒说，好啊，好啊。

　　小米粒兴奋得全身一阵哆嗦，他想，到大酒店吃饭，这么幸福的事情就要开始了啊。他又跑了起来，他想，我就要到那里面吃了，想吃什么就吃什么，想吃多少就吃多少。他一下一下地跳着，真想一下就跳到那宽敞明亮的餐厅里。

远远看见了那金碧辉煌的大酒店，像宫殿一样闪闪发亮。那就是小米粒朝思暮想的地方，里面摆满了各式各样的食物，你爱吃什么就吃什么，你想吃多少就吃多少……

小米粒感觉到心里怦怦直跳，这真是太令人激动的事情了，他全身开始发抖。老桶饭走了上来，推搡了他一下，走不走？小米粒不是不走，而是突然间感到有些惶恐，因为这么幸福的事情就要发生在他身上，他感觉像是在做梦一样。

小米粒扯着老桶饭的衣角，跟一群大人走到了大酒店门口。这时，一个穿西装打领带的年轻人拦住了他们，彬彬有礼地说，我是餐厅经理，请问你们是胡老板工地上的民工吗？几个大人掏出一小叠彩色纸片给那西装看，那个小鸭说，胡老板叫我们到这吃自助餐的。西装说，这我知道，胡老板跟我商量过这事，我们酒店装修欠胡老板一笔钱，是他同意用用餐券抵账的。西装回头看了看餐厅，说你们再等一会儿吧，里面还有几个客人，我怕你们进去后把他们吓跑了。大人们就沉默下来了，有人蹲在地上，有人开始点烟，小鸭说也好，等会儿，等得更饿了，可以多吃点。

小米粒明白事情发生了一点小小的变化，并不是取消了吃饭，而是需要稍候片刻。他的眼光紧紧盯着玻璃里面的餐厅，口水流到了嘴边。他用手把口水擦干净，急急地呼吸了几下，心想在外面等一会儿也好，如果更饿了，就可以吃得更多，反正今天晚上这一顿是跑不掉的，等下到了里面，想吃什么就吃什么，想吃多少就吃多少。

小米粒看到餐厅里最后两个客人站起身往外走，不由张大了嘴。他又看到那西装向大家招了招手，只感觉脑子里"嗡"的一声，双脚软绵绵的都抬不动了，是老桶饭和几个大人裹挟着他往里面走的。

一切就像在梦里一样。各式各样、五颜六色的食物就摆在桌上，冒着热气，散发着香味……

小米粒装满一盘的东西，一边走一边吃，往往还没走到座位就吃完了，于是又回头装满一盘，不一会儿，他已经吃完了一盘海蛎肉丝炒面、二十个东北水饺、十八根厦门春卷、三只泉州肉粽、一把羊肉串、五屉小笼包、七个炸鸡腿、六只鸡蛋糕、四块牛排，还吃了两碗姜母鸭、三碗大肠煮芡实和一碗当归排骨，还喝了一杯可口可乐、一杯苹果汁和两杯橙汁汽水。他从来没吃过这么好吃的东西，从来没有，他感觉肚子像一个神奇的漏斗，什么东西往里面装，一下子就不见了，他感觉到一种说不出的快乐和幸福。满桌子好吃的东西，想吃什么就吃什么，想吃多少就吃多少，他想不出世界上还有什么比这更幸福的事情了。

这时小米粒听到了几个大人边吃边发出了哽咽声，一个大人拼命地吞咽着炒面，流着眼泪说，本来我一天就吃五块钱，现在一顿就吃六十八块，我我我这是造孽啊。一个大人说，老婆等着我寄钱回去治病，我却在这里吃。一个大人推开面前吃完的盘子，哭出了声音，说我吃不下了，我我我我……一个大人说，吃吧吃吧，反正都是六十八块，吃死了也不用再交钱。

小米粒不明白，有这么多好吃的东西由你吃，想吃什么就吃什么，想吃多少就吃多少，这些大人们怎么还这么痛苦呢？还像小孩子一样哭泣，这多丢人啊。小米粒看到老桶饭埋着头，大口大口地吃着吞着，脖子撑得很粗，两只眼睛却挂着泪花，一闪一闪。

小米粒说，爸，有这么多好吃的，你还不高兴吗？

老桶饭抹了一把眼泪，说吃吧，吃吧。

小米粒快活地应了一声，又端起盘子奔向摆满水果的桌子。

一切就像在梦里一样。小米粒吃饱了，他摸着自己滚圆的肚子，知道这不是在做梦，这是在现实里，这是他长到九岁吃得最好最幸福的一次晚餐。

大人们也都吃饱了。大家走出了大酒店，往工地上走去。这边是灯火辉煌的街道，那边就是黑暗的工地。大家都默不作声地走着，突然有人就借着酒气大声唱起了歌，唱了两声，歌声变成了哭声，许多大人跟着哭了。哭声混合着晚风，在黑暗的工地上飘荡，像一支悲伤的曲子，传得好远好远。

小米粒真不明白这些大人们，吃了那么多好吃的，为什么哭了？为什么要哭呢？他用一只手摸了摸肚子，心里想，世界上真是有那么多好吃的东西啊。

老桶饭拉着小米粒走着，他问小米粒，晚上吃得高兴吗？

小米粒说，高兴，高兴。

老桶饭叹了一声，没说什么。

小米粒说，老爸，我今天真高兴。小米粒说着，感觉到呼吸不畅，脚步就慢了下来。老桶饭的大手松开了他的小手，继续往前走着，突然觉得有些异样，回头看到小米粒落在了后面，像是喝醉酒一样地摇晃着身子。

小米粒，你怎么啦？小米粒！老桶饭叫了一声。只见小米粒像一只酒瓶子一样，"嘭"地倒在了地上。

晚风轻轻地吹了过来。

（原载《福建文学》2006年第10期，获漳州市第四届百花文艺奖一等奖）

### 作者简介

何葆国，男，1966年生，中国作家协会会员。已出版长篇小说《土楼》《冲动》《同学》《伪币之家》《石壁苍茫》《山坳上的土楼》，长篇散文《永远的家园》《驿站》，中短篇小说集《土楼梦游》《爬墙回家》《寂寞山城人老也》等，多次获得福建省优秀文学奖一等奖、美国新语丝网络文学奖一等奖以及其他刊物优秀奖，担任编剧的故事片《工地上的女人》等已在央视播映。

## 手机不在服务区

◎ 邱贵平

俺立深夜十一点才下班,当他回到宿舍的时候,已是疲惫不堪,眼睛酸得好像醋里泡过,四肢沉重得像电线杆子。

同室的工友,讲卫生的,睡前还刷个牙擦把脸洗个脚;不讲卫生的,连衣服袜子都来不及脱,鞋子一蹬,床上一躺,半支烟的工夫,便鼾声四起,进入深度睡眠。也难怪,一天站着连续工作十三四个小时,连吃个饭和上个厕所,都有严格的时间限制,冲锋陷阵似的,别说人,就是骠牛悍马也受不了。人是铁饭是钢,对他们而言,睡眠就是黄金,必须争分夺秒地睡觉,才能恢复体力,六七个小时之后,天还没亮,又要上班了。

俺立却与众不同,既没有忙着洗漱,也没有一头扎到床上,而是打开手机,查看有没有妻子和儿子打来的电话或发来的短信。

俺立打工的那个公司,是个规模庞大的肉鸡饲养加工企业,一年饲养六千万只西装鸡,一天加工二十万只西装鸡,产品主要供给中国的肯德基、麦当劳等洋快餐店。该公司有五十多个厂场,俺立在最大的宰杀厂上班,宰杀厂比他的村子还大,俺立干了一个多月,才分清东南西北。

西装鸡的一生十分短暂,只有六周半左右的寿命。和那些长年累月在土里觅食的土鸡不同,西装鸡几乎不与大自然接触,一生只能见到两次阳光,即出生后从孵化厂运往鸡舍和长大后从鸡舍运往宰杀厂的途中,碰到阴雨雪天气,一次也看不到。在大型现代化养鸡场,一幢面积一千四百至一千九百平方米的鸡舍,可饲养二至三万羽西装鸡,鸡舍内安装有自动温控系统,冬暖夏凉,西装鸡的生活达到了小康水平。

鸡舍是全封闭式的,一扇窗户也没有,与外界隔绝,靠灯光照明。小鸡放进鸡舍的头两个星期,二十四小时开灯,小鸡以为是白天,于是吃个不停,长个不停,行话叫"速食增长"。两周之后,灯光开始减弱,每两小时开关一次,定时定量喂养,这时候,正是西装鸡长身体的时候,需要补充营养,但补充营养并不意味着暴饮暴食,因为暴饮暴食非但不利于健康和生长,还会浪费饲料提高成本,提倡少食多餐,每餐投放多少饲料,每天长多少肉,均有科学计算和严格控制。到了第六周,鸡已经成年,鸡舍越来越拥挤,这时候一点灯光都不能有,以避免互相打斗,打斗轻则消耗能量降轻体重,重则翅折腿断甚至死亡。当一只西装鸡长到四点五斤的标准体重时,它的活动范围只有二十厘米。一方面,活动范围小,"英雄无用武之地",不会轻易打斗;另一方面,在如此拥挤的环境下,鸡一旦受到刺激,就会疯狂地啄杀,而灯光是唯一的刺激因素,所以这时候鸡舍越黑越好。因为从没有与外界接触,再勇猛善战的西装鸡,放到光天化日之下,反而呆若木鸡坐以待毙。

四十五天到了,西装鸡被运往宰杀厂宰杀。重见天日之际,恰是永别天日之时,它们头朝下,脚朝上,眼睛充血,倒挂着旋转进车间、电击、放血、浸烫、褪毛、掏膛、清洗、冷却、分割、包装(即穿上"西装")、速冻、冷藏、运输,其短暂、行尸走肉的一生就这样被冰冷而有序的流水线消解了。

俺立在分割线上工作,分割是肉鸡加工最为繁琐的一道流水线。根据客户的不同要求,一头鸡可分割成一百八十多个品种,如此细致的分割,机器是无法胜任的,必须依赖人工。正因为如此,分割线的分工也最明确。

俺立的任务,是把鸡腿从鸡身上切下来。流水线的速度是设计好的,切腿手人数也是限定好的,不多不少,正好四十人。二十万头鸡四十万条腿,意味着俺立每天至少要切一万条腿。平常我们坐着或是躺着连续抬一千次手,都受不了，而俺立要站着切一万条鸡腿，累得神经都麻木了，只知道机械地重复着相同的动作。

车间是全封闭式的，常年温度控制在十度左右，空气潮湿，员工都患有不同程度的关节炎，部分女工甚至月经不调。屋顶盖的是钢瓦，钢瓦下面吊一层顶，材料是砖头两倍厚、两面贴着钢板的聚氨酯板，墙壁用的也是聚氨酯板，铜墙铁壁一般，再强的手机信号也穿透不进去。分割车间有足球场那么大，近千号人同时在里面忙活，机器轰鸣，戴着手套、口罩和帽子的操作工，手脚一刻都不能停歇，就是有信号，也无暇和无法接听。

工厂有严格的规定，员工不得擅自携带私人物品进入车间。车间没有信号，手机带进去也是白带。再说了，在密不透风的车间里站着工作十几个小时，别说手机，连皮带和钥匙系挂在身上，都觉得是累赘，傻瓜才带手机。实际上，进车间前，员工必须换上消毒过的工作服，裤子是松紧带的，根本不用系皮带。而衣服裤子又故意不做口袋，想带钥匙也没地方放。换衣间里，每个员工拥有一个邮箱大小、上了锁、编好号的柜子，供其存放衣物，钥匙有专人保管。

工作虽然辛苦，为了水印，俺立还是咬牙坚持下来，一干就是五年。主要是老板从不拖欠工资，且吃住费用全免，多劳多得，赚多少是多少，一分都不打折扣，员工一入厂即享受工伤待遇。愿意签订长期劳动合同、工龄满一年的员工，还享受社保。像俺立这样的熟练工，一个月有一千五百元的收入。当然，一千五百元基本上是最高收入，想要超过这个收入，比登天还难。首先，一天切一万条鸡腿，已经接近体能极限，俺立不可能一天切一万一千条或者更多的鸡腿，否则就会晕倒甚至出人命。这是有前车之鉴的，有个体质虚弱的员工，就猝死在流水线旁。至于晕倒，司空见惯。其次，工厂也没有一万一千条或者更多的鸡腿供他切，一切都是分工和计算好的。

相比之下，俺立以前打工的那两家巴掌大的工厂，简直就是地狱。

每年正月初六，开工那天，公司举行盛大的摸奖活动，奖品总金额高达十万元之巨。这个活动深受员工欢迎，也笼络了不少员工的心。俺立的手机，就是前年摸到的，一等奖奖品，价值一千六百元。俺立家乡不通电话，手机基本派不上什么用场，一直没买手机。既然摸到了，不要钱，不用白不用，毕竟平时和朋友联系起来方便。休息的时候，还可以玩玩手机游戏，调剂调剂。这年头，收破烂的都有手机，他一个大老爷们，连部手机都没有，多没面子。

水印是俺立的女儿，生出来就没有屁眼。

"生个儿子没屁眼"，这是乡下人最恶毒的诅咒，俺立怎么也想不到，世代善良的江氏家族，到了他这一代，居然遭此厄运，生了个没屁眼的女儿。

因为害怕左邻右舍笑话，水印没有屁眼的事实一直被掩盖着。

没有屁眼，水印只能从尿道大便。尿道排便，怎么也拉不尽，每次只能拉出鸡屎那么一点，每天要解十几次大便，浑身都是臭味。冷天还好，热天则臭不可闻，除了狗和家人，没人愿意接近水印。

水印三岁的时候，俺立和妻子姜花，悄悄把她抱到县医院检查。建院以来，县医院还从未见过这种病例，无法诊断，建议到市立医院检查。市立医院的医生说，孩子患的是先天性无肛门残疾，需要换一个人工肛门，这个手术比较复杂，我们没有临床经验，建议到省立医院手术。到了省立医院，医生果然说能做，但费用比较高。俺立鼓起勇气，问要多少钱，医生看了他一眼，轻描淡写道，至少要一万多元吧。

俺立被这个数字吓得东倒西歪，拉着姜花转身就跑。那是二十世纪九十年代初期，俺立一家的年收入不到八百元，全家人不吃不喝，至少十五年才能攒够这笔钱。

等车的时候，俺立在候车室水泥柱上，看到一则寻人启事，心里猛地一动，把姜花拉到僻静处，两眼直勾勾地望着她，欲言又止。

抱着水印的姜花，被俺立看得心里发毛，腾出左手，拽了他一下："你怎么了，说话呀。"

俺立还是不说话，抓住她的手，伸出食指，一笔一画地在她手掌上写了七个字。

沉浸在悲痛和绝望中的姜花,反应比较迟钝,冲俺立摇了摇头,又急又气道:"都什么时候了,还神神秘秘的,你没长嘴巴啊?"

俺立依然不说话,摊开右掌,在姜花手掌上擦黑板似的来回擦了几下,仿佛要擦掉刚才"写"下的"字迹",然后化指为刀,在她手掌上"刻"出那七个字。俺立太用力,疼得姜花皱起了眉头。

这次,姜花"听"懂了俺立的指话,可她却好像不认识俺立了,满脸惊诧地望着他。

俺立不敢和她对视,做错事似的,勾下头。

姜花突然揪住俺立的耳朵,又哭又叫:"江俺立,你这个没良心,你不是人!"

俺立并不反抗,等姜花发泄够了,才蹲在地上,抱着脑袋,无声地痛哭起来。看热闹的人围了一圈又一圈。

俺立写的那七个字是:我想把水印扔了。

这是一次极其艰难的远行。为了减轻水印身上的臭味,他们把出门时间选在天寒地冻的三九天,将水印裹在厚厚的小被子里。买了座位票,却不敢在车厢就座,而是坐在车厢连接处的地面上,那地方离厕所近,一则上厕所方便,二则厕所里飘出的臭味,可以掩盖水印身上的臭味。

返程火车上,俺立面无表情,一声不吭。火车进入第一个隧道的时候,俺立附在姜花耳畔轻声说了句"我不是人"。不知声音太小没听见,还是还在生着气,姜花无动于衷。火车进入第二、第三个隧道的时候,俺立又附在姜花耳畔重复了两句,姜花还是没反应。火车进入第四个隧道的时候,俺立刚把嘴巴附到姜花耳畔,姜花却伸手捂住他的嘴,哭道:"俺立,我知道你不是故意的,你不要折磨自己。"

第四个隧道很短,姜花还没来得及把手从俺立嘴上移开,火车就出洞了。

俺立猛地夺过姜花手中的孩子,紧紧抱在怀里,泪流满面。

七岁那年，水印上一年级。水印身上味道太重，师生都不喜欢她。水印成了一些孩子嘲笑的对象，常常被人欺负。加上她一节课要上两三趟厕所，没多少时间听课，半年后，水印不得不离开学校。

每次拉屎，水印小脸憋得通红，咬牙切齿，眼珠子仿佛要挣出眼眶。水印最害怕的是天气突然变化，天气一变化，大便就变得非常干燥，每解一次至少要二十分钟，有时一天有半天时间蹲着大便。受大便的感染，水印的尿道长期发炎，那种痛苦简直难以想象。大便对她而言，意味着难产。女人一生顶多难产一次，尚未婚配的她，一天却难产好几次。水印惊人的坚强，尽量忍着不叫不喊。水印超乎常人地坚强，在增添父母信心的同时，也让他们心如刀割。

水印之所以坚强，是因为俺立给了她希望。俺立经常安慰她："等爸攒够了钱，就带你去省城做手术。"

可是，俺立和姜花的裤带越勒越紧，钱却越攒越少。他们那个地方，交通完全靠走，通讯基本靠吼，山越来越光，地越来越瘦，气候越来越恶劣，母鸡和母猪的产蛋和产仔率也越来越低。总而言之，日子越来越艰难，待在家里，吃饭不成问题，弄钱，比水印大便还难。

俺立只能去打工。

对于外面的世界，村人害怕多于向往，到过县城的人寥寥无几。到遥远的异乡打工，对绝大多数村人而言，打工是一件十分冒险的事情。俺立是村里第二个打工者。第一个吃螃蟹的是个四肢发达的小伙子，名叫安生。年底，当安生怀揣着省吃俭用的一千块钱，风尘仆仆回家过年时，不想在火车上遇到劫匪，全车厢的乘客都老老实实地把钱交了出来，唯独安生要钱不要命，但寡不敌众，钱还是被抢走了，幸好歹徒还算人道，没有白刀子进红刀子出，只是饱以一顿拳脚。安生回家后就疯了，从此不得安生，见到生人就扯住不放："你还我钱，还我钱！"从此，村人再也不敢外出打工。俺立要外出打工的消息，在村里引起不小的波动，村人纷纷劝他不要出去打工。

俺立决心已下，笑着对村人说，打工又不是打仗，没那么可怕。就是打仗,也有生还者嘛。安生的钱是丢了,命还是保住了嘛。抢钱的是可恨,说到底,还是我们太穷,没见过钱,丢了区区一千块钱,就把自己弄疯了。

大家都说俺立好大的口气,叹息着,摇头着,不再劝他。

俺立发誓,他就是累死,也要给水印挣足手术费,在村里争口气。

俺立曾经当过几年代课老师,有个学生,是众多学生当中唯一考上大学的人,毕业后在省城工作。打工前,俺立给他写了一封信,让他到医院问问,现在做一个换肛门手术要多少钱。学生很快回信,告诉他至少要六万元。

俺立捧着信的手,忍不住剧烈地抖动起来。

第一年,俺立在广东一家公厕般肮脏、婊子般破烂的小鞋厂打工,每月工资四百元,兑现三百元,剩下的年底一次性付清。小鞋厂专门生产那种假冒伪劣的廉价皮鞋。俺立的工作是打胶,把一些破破烂烂的塑料轮胎放到锅里熬。熬成胶皮后剪成条状,装进一个模子里,模子下边是煤炉,等模子上的胶皮烤黏和了,上面有个机器锤往下一轧,皮鞋底就做成了。工作强度倒不是很大,就是工作时间太长,十二个小时,两班倒。最让人难以忍受的是臭气,整个车间仿佛夏日里的露天停尸场,那恶臭不是往鼻子肺里而是往脑子和心里钻。

一天,一位工友发高烧病倒了,按规定,生病是要扣双倍工资的,刚下班的另一位工友——那位工友的老乡,自告奋勇替他上班。整整二十四个小时啊,就是机器人也撑不下来。只剩下最后一个多小时了,他实在太困了,居然站着睡着了,身子一歪,靠在了机器上。他腰上系的是塑料围裙,围裙的带子是钢丝做的,机器还在恶狠狠地转着,缠到机器上的钢丝转眼就将他的身子勒成两段……

出事当晚,老板就跑了,剩下的工资,自然是要不到了。亲眼看见那一幕惨剧,吓得心惊胆战的俺立,失魂落魄地回到家里。

出发的时候,俺立像牛一样健壮,双目炯炯有神,放个响屁可以击穿木板。仅仅八个月,响屁变成了断断续续的闷屁和长屁,头发稀了,眼神暗了,皮肤黑了,左一块右一块地溃烂着,尤其那双手,又黑又干。

村人脸上皆露出讥笑的神色。

俺立在家里休养了大半年，身体渐渐恢复过来。休养期间，家里更穷了，俺立决定再次出去打工。

村人都不屑于劝他了。

这回，俺立来到浙江一个生产螺丝帽垫片的小厂打工，包括俺立在内，才四个工人。俺立他们的工作非常简单，简单得只有两个步骤：先将一块铁片迅速往冲床里面塞，在冲床探头收缩的时候，再将铁片摆在固定位置，之后，探头再迅速地冲压，一个螺丝帽垫片就这样产生了。眨一次眼睛的时间，就有一两个垫片落到筐内。如此周而复始，比在鞋厂打胶还简单枯燥，空气倒是比鞋厂清新。

俺立他们拿的是计件工资，生产一个垫片，工钱才八厘。最熟练的工人，一天最多只能做三万个，而且不能用镊子。用镊子夹住铁片往冲床里塞，就像戴着手套用筷子夹花生米，速度明显下降。用镊子虽然可以有效地保护手指，但为了提高生产速度，工人宁愿冒着断指的危险，也不用镊子。断指事故主要发生在利用冲压设备进行二次、三次加工过程中，第一次加工时送进的都是大料，不需要把手直接伸到冲床下面，一般不会弄伤手。而在后来的加工过程中，料越变越小，当小到比巴掌还小时，伸进冲床下的手就容易出事。

一般情况下，连续工作六个小时之后，便会出现眼花缭乱、手脚麻木、反应迟钝等症状，生产速度明显下降，稍有不逊，手指就会被冲断。像俺立这样的生手，一天最多只能做两万个，三万个至少得工作半年以上才能做到。

三个月后，俺立已经能够做到两万个。那天，就在他向三万个目标发起冲击、手中的薄铁片只有半个巴掌大的时候，右手猛地一冰，俺立急忙抽手，食指已经没了，只剩下白花花的骨头茬子，血流不止。那速度比砍头还快，快得俺立都没感觉出疼来，是喷涌而出的鲜血，提醒了他的痛神经。俺立大叫一声，下意识地用左掌托住右手，蹲在了地上……

闻讯赶来的老板，捡起奄奄一息的断指，在俺立眼前晃了几下："接一个断指至少五千元,费用你我各出一半,还不一定成功,弄不好人指两空,如果你不去接,我赔你一千元,你看怎么样?"

俺立虽然疼得直冒冷汗,脑子却非常清醒,从老板手中接过苍白的断指,深情地望了它几眼,仿佛在向亲人的遗体告别,然后猛地一挥手,断指在空中划出一道彩虹,飞了出去。

老板虎视眈眈的看家狼狗,一个箭步窜过去,迅速把断指叼进嘴里,美餐了一小顿。

老板表扬了一下他的狗:"这家伙,反应真快。"

俺立在心里骂了声"畜生"。

老板盯着俺立:"你别伤心,不就一根手指嘛,被狗吃了,总比烂了好。你到底同不同意?"

"同意!"俺立觉得这两个字不是说出来的,而是铸出来的。

老板轻轻地拍了拍俺立的肩膀:"我就喜欢你这样的痛快人,看在你痛快的分上,我再加你一百元。走,我亲自开车送你上医院。"

工友脸上露出羡慕的表情,趁扶俺立上车之际,悄声道:"我们老板为人很不错的,这里的行情,断根手指,都是赔一千元。你这根手指,断得值啊。"

十天后,少了一根手指的俺立,怀揣着老板赔偿的一千元,愁眉苦脸回到家里。

村人脸上露出幸灾乐祸的表情。

俺立在家里休养了小半年,身体渐渐恢复了过来。休养期间,家里一穷二白,俺立觉得还是要去打工,打工是他唯一的希望。现在农村和城市已经不是板车与汽车的差别,而是板车与飞机的差别。打工不能缩小差别,至少能够维持板车与飞机的差别;不打工却只能扩大差别,变成板车与火箭的差别。

可是,姜花不答应了,哭着对俺立说,这次出去,我怕你回不来。你还是老老实实待在家里,认命吧。别人能过,我们也能过。

俺立几乎就要动摇了,转身看了一眼水印,水印眼里充满期待。

姜花狠狠盯了一眼水印，声厉色茬道："水印，爸爸最听你的话，你求求爸爸，叫他不要去打工。"

水印眼里淌出两行冰冷的泪，眼神仿佛拉上窗帘的窗户，迅速暗淡，言不由衷道："爸爸，求求你，不要去打工。"

俺立胸中升起一股悲壮之情："我也求求你们，这是我最后一次，再不成功，老子就认命了。"

姜花号啕大哭："天啊，江俺立，都说不到黄河不死心，不见棺材不掉泪，你是到了黄河心不死，见了棺材不掉泪啊，我怎么嫁了你这么个死脑筋啊，我的命怎么这么苦啊……"

水印却破涕为笑，暗淡的眼神又明亮起来。

第三回，俺立来到这家肉鸡饲养加工企业下属的宰杀厂，一干就是五年。吃住免费，再加上省吃俭用，俺立一年能攒一万元，除去家里必要的花销，还能剩下六七千元，再干个五年，就能把水印的手术费挣足了。

头年春节，衣锦还乡的俺立，把整个村子都震撼了。过完春节，村里有三男一女跟着他出来，此后，每年都有人跟着他出来，如今，村里大半青壮年都在这个公司打工。

俺立他们每周可以在星期五休息一天，厂里要定期检修设备。休息那天，俺立除了美美地睡上一觉，最快乐的事，就是等姜花的电话。

摸到手机那年，俺立回家过年，雪下得特别大。在俺立的记忆里，家乡已经三四年片雪未下，这么大的雪，七八年未下。受全球气候变暖的影响，层层大山、叠叠荒山里的家乡也不可阻挡地变暖了，别说下雪，霜冻的日子都少了。

大雪激起俺立的童趣，和儿子俊生到屋后山上撵兔子。爬上山顶的时候，手机突然响了，吓一大跳。本来，一到家里，俺立就把手机关了，家里根本没有信号。那天俊生在玩手机游戏，手机便一直开着。上山前，俊生正聚精会神地玩着游戏，俺立问他去不去，他头也不抬地说，不去。俺立爬到半山腰，俊生却举着手机追了上来，一边追一边叫，老爸，等等我。俊生追上后，俺立接过手机，顺手放进口袋，忘了关机。正是这个"疏忽"，俺立有了意外的惊喜，兔子虽然没有撵到，却比逮到一头野猪还高兴。俺立反复试验了几次，发现山顶最顶端三米范围内信号最强，通话效果最好，超出这个范围，没有信号。这真是会当临绝顶，一打手机响啊。当然，还得感谢那个工友，要不是他关键时刻打来电话，俺立永远都发现不了这个"天机"。

第二天，俺立特意跑到县城，花了三百块钱，给姜花买了台七成新的旧手机，款式和功能比俺立的手机还好看、齐全。姜花开始还心疼钱，埋怨俺立不该大手大脚，当她得知这款手机原价值两千多块钱时，便满心欢喜，好像捡到大便宜。

那以后，每到星期五，姜花便爬到海拔三百多米的山顶上，给俺立打一个卿卿我我的电话。俊生上三年级后，认识不少字，拼音也老练了，姜花又叫俊生每周末写一到两条短信，爬到山顶发送。俺立明明知道，俊生不可能每天给他发短信，下班回到宿舍，还是习惯性地打开手机，希望有意外收获。如果有短信，俺立就会兴奋异常，反复阅读短信，直到背下来，然后回短信。

去年六一儿童节的时候，俊生给他发来这样一条短信：你要是六一节敢不快乐，我就把你的脸打成彩屏的，脑袋打成振动的，耳朵打成和弦的，你要还装，我就把你全身打成直板的，再装，把你打成二手的！俺立回短信问他，这条短信是不是他写的。俊生回短信说，靠，这要是我写的，我就是天才儿童，你就是天才儿童的爸爸。俺立乐不可支，回道，凭这句话，你即使不是个十足的天才儿童，也是个九足的天才儿童。

那天晚上，俺立打开手机，滴滴滴滴四声，屏幕弹出两条短信，一条是工友发的短信：感情已欠费，爱情已停机；诺言是空号，信任已关机；关怀无法沟通，相思不在服务区。这条短信太有趣了，俺立不由哑然失笑，收藏了它。

另一条短信是小信使服务台发来的：您关机时有一个未接电话，号码13859×××××。

未接电话是姜花打来的,时间是十点二十五分。俺立紧张了,姜花从没在晚上给他打电话,这么迟给他打电话,家里是不是出了什么事?

俺立越想越不对劲,颤抖着手指,拨通那个日思夜想的号码。手机响了一下,就接通了,"俺立……"是姜花的声音。不等她继续往下说,俺立连珠炮似的打断她,"姜花,这么晚了,你还给我打电话,是不是家里出事了,一定是家里出事了,是水印出事还是俊生出事了?"

"出事了,出大事了!"话筒里传来姜花粗糙的呼吸。

"到底出了什么事,你快说啊,急死我了。"

"我……我……还是让俊生跟你说吧。"

"爸爸,今天是什么日子?"

"今天是什么日子?!"

"你好好想想,今天是什么日子?"

"今天是我休息的日子。"

"不对,你再想想。"

"对头啊,今天是我休息的日子嘛。"

"爸爸,你真笨,今天是你的四十岁生日,祝你生日快乐健康长寿!"话筒里传来俊生清脆快活的声音,接着传来母子俩的歌声,"祝你生日快乐,祝你生日快乐……"

刹那间,俺立幸福得如腾云驾雾,每个毛孔都感动得想流泪,哽咽道:"我的好老婆好儿子,老公老爸永远爱你们!"

"我们也爱你,老公、老爸!"

"水印呢?姜花。"

"在家里,她也想上山,我不让,怕她着凉。"

"老爸,姐姐叫我转达她的祝福,祝你生日快乐。她还说有生的日子天天快乐,别在乎生日怎么过。"

"嗯,你告诉姐姐,叫她一定要坚强。"

"老爸，你要许个愿。"

"好，我马上就许，我要许一个与众不同的愿。"

"老爸，能不能向我透露一下，你许的是什么愿？"

"不行，这要保密，愿一泄露，就不灵了。"

"老爸，你不说，我也知道。"

"你知道什么？"

"你肯定是希望自己早一天挣够钱，给姐姐做手术。"

"这当然是老爸最大的愿望，也是我们全家人的愿望，不过，今晚我许的不是这个愿，你猜不到的。"

聊了十来分钟，姜花心疼钱，俺立则心疼人，催他们赶快下山，把手机关了。时值三九，地球虽然变暖，山村的夜晚却是冷的，山顶更冷。姜花和俊生心里却暖洋洋的，俺立更是心潮澎湃，一连几天都沉浸在兴奋和幸福之中。

年底，俺立被评为优秀员工，拿了一千元奖金。这是意外的收获，俺立决定给娘仨各买一件礼物。

俺立花一百元给水印买了台MP3，请店主从电脑上下载了几十首最流行的歌曲。水印最喜欢唱歌，电视里播放的歌，她一学就会，唱得特别好听。水印唱歌的时候，特别投入，仿佛忘记了一切。"有生的日子天天快乐，别在乎生日怎么过"这话并不是她的原创，而是她背下的歌词。俺立心想，有了MP3，水印的痛苦也许会减轻一些。

俺立给俊生买了一双一百五十元的名牌运动鞋。此前，俊生穿的都是十元上下的解放鞋，从来没有穿过运动鞋，连假冒伪劣的都没穿过。村里的完小，早在十年前就取消了，俊生每天早出晚归，来回步行十里山路到村部中心小学去上学，特别费鞋。放寒假的时候，俊生给他发了一条短信，说他数学考了一百分，语文考了九十六分，这双鞋就算是对他的奖励吧。

给姜花买礼物的时候，俺立费了一番脑筋，想来想去，咬咬牙，冒险花三十元买了个纯棉乳罩。俺立想，姜花看到这个乳罩，一定会一边骂他败家子，一边幸福得流泪。姜花用的是地摊上买来的五元一个的劣质乳罩,一层纱布裹着两块海绵,不透气,冬天尚能保温,夏天可就受罪了,两个奶子蒸桑拿似的。就这么廉价的乳罩,姜花也只有两对,由于使用过度,已经打上了补丁。姜花的两个奶子相当壮观,没有乳罩的约束,便动荡不安,稍一动作,就会影响干活乃至呼吸,除了睡觉的时候,姜花都戴着乳罩。

一个多月后,当俺立肩背手拎着大包小包回到家里时,姜花却躺在床上动弹不得。

俺立生日那天下午,天气骤变,下起了冬日罕见的大雨,一直下到半夜,才渐渐停息。为了在当天给俺立送去生日祝福,晚上九点多,姜花和俊生打着手电撑着雨伞,顶风冒雨,艰难地向山顶爬去。平时十几分钟的路程,那天晚上他们花了四十多分钟。好不容易爬到山顶,电话打过去,俺立手机却关机了。姜花知道,俺立肯定还没下班,母女俩在山顶等了一个多小时,直到俺立的电话打过来。

雨天上山容易下山难,下山的时候,姜花不慎摔了一跤,右小腿摔骨折了,动弹不得。幸好摔跤的地方离家不远,俊生下山叫来左邻右舍,把姜花抬了下来。村里有个草医,擅长治疗跌打损伤,当晚就帮她接好骨敷上草药。草医对姜花说,伤势不重,敷上五六副草药,一个月后就能下地。怕俺立担心,姜花依然叫俊生按时到山顶给他发短信打电话。俊生很懂事,对妈妈摔伤的事只字不提。

俺立半倚在姜花床前,既生气又感动:"你呀你,怎么跟小孩似的。"

姜花笑了笑:"昨天邻居去赶集,我托她卖了点好菜,我下不了床,你自己下厨把菜做一做,算是我给你补过生日。"

"遵命!"俺立朝姜花扮了个鬼脸,捋起袖子走进厨房,不一会儿,厨房便飘出醉人的香味。

俺立的贵重礼物让姐弟俩受宠若惊,尤其是水印,兴奋得大便顺畅了许多。这是有生以来,姐弟俩过得最有质量的一个年。

出乎意料的是,姜花流下了幸福的眼泪,却没有骂俺立败家子。姜花要俺立亲自给她戴上乳罩,俺立笨手笨脚的,半天不得要领,身子却燥热起来,把乳罩扔在一旁,捧着两只质地优良的奶子,左一口右一嘴地品咂起来。

姜花呻吟着,伸出右手,握住俺立雄姿勃发的下身,紧紧不放,仿佛握住多年未见的亲人的手。

踏上火车的那一刻起,俺立休眠了一年的下身,便润物细无声,渐渐苏醒雄起,临近家门之际,已然剑拔弩张。可是,当他看到卧床不起的姜花时,一下便偃旗息鼓。姜花的乳房和右手,重新激发了他的斗志,小声道:"你腿受了伤,行不行?"

姜花醉眼迷离,张嘴噙住俺立的耳垂:"你蹲在我身上,轻一点,就行了。祝你生日快乐。"

转眼过完年,俺立又回到厂里。

俺立出色的工作,赢得厂领导的信任,半年后,俺立被任命为车间主任。当上车间主任,俺立就不用站在流水线旁边,马不停蹄地切割鸡腿了。俺立的主要工作,就是在车间来回巡视,监督和指导员工,为方便掌握时间,俺立把手机带在了身上。俺立现在是领导,"严禁携带私人物品进车间"的规定,对他不起作用。

一天下午,车间突然想起音乐声,周围的人先是面面相觑,接着把目光锁定在俺立身上。俺立简直不敢相信自己的耳朵,抬头望着天花板,以为是天外来音。

音乐不厌其烦地响着,是俺立最熟悉和最喜欢的《好人一生平安》,那是他的个性铃声。俺立半信半疑地掏出手机一看,居然是他的手机在响。俺立好不容易相信了自己的耳朵,却无论如何不敢相信自己的眼睛,屏幕上一格信号也没有,铃声却响得那么清脆悠扬。车间的墙上,吊装着十几台大功率鼓风机,源源不断地输送着冷气,不厌其烦地制造着噪音,那噪音大得像两架战斗机同时在头顶超低空飞行,铃声魔术般超越噪音,锲而不舍地钻入并震荡着每个员工的耳膜。

全车间的视线，都集中到俺立身上。

俺立猛然想起那天晚上许的愿：当家里出事时，姜花和俊生随时能打通他的电话。难道老天真的有眼，竟然让他实现自己的愿望？

俺立激动得浑身颤抖。

怕影响大家工作，俺立跑进厕所接听。电话果然是姜花打来的，姜花告诉他，水印这几天不知吃坏什么东西，连续三天拉不出大便，一张脸憋得没有人色，再拖下去，人怕是保不住。

姜花本想等水印情况稳定下来再告诉俺立，眼看水印病情急转直下，吃不下任何东西也不敢吃任何东西，人已经开始脱水，说话都困难了，再也沉不住气，拿起手机就往山顶上冲，打完电话，才觉得不可思议起来：今天不是星期五，白天打电话，俺立怎么能收到呢？重新打过去，想问个究竟，话筒里却传来"对不起，对方手机不在服务区，暂时无法接通，请稍后再拨"的电脑答音。

俺立十万火急赶回家里，把水印带到省立医院抢救。医疗费还差一大半，医生不肯给水印做手术，只是通过药物和物理疗法，疏通水印的尿道，随时可能再次堵塞。水印的尿道已经溃烂，这次堵塞，就是溃烂引起的。医生告诉俺立，水印必须尽快手术，植入人工肛门，彻底治本，否则后果不堪设想。

就在俺立夫妇走投无路的时候，电话响了。电话是公司的工会主席打来的，工会主席告诉俺立，他将代表公司和董事长，马上启程到省立医院来看望水印。

工会主席专程看望水印，已经让俺立受宠若惊，更让他惊喜不已的，是工会主席带来的六万元钱。工会主席告诉他，这六万元钱，二万元是公司捐的，二万元是董事长个人捐的，还有二万元，是公司全体员工捐的，这二万元当中，又有大半是宰杀厂员工捐的，这大半里面，又有大半是分割车间员工捐的。

工会主席不是一个人来的，他的身后，除了公司的宣传人员，还有一大帮挎着照相机、扛着摄影机的媒体记者，这些记者，都是公司的好朋友、老朋友。

俺立手机意外接通的消息，在厂里引起轰动，大家纷纷把手机带进车间，做了无数次试验，话机里传来的一律是"对不起，对方手机不在服务区，暂时无法接通，请稍后再拨"的电脑答音。

与此同时，水印的病情，引起大家的关注，纷纷捐款。平常被员工讥为"铁公鸡"的董事长，得知此情况后，一反常态，自己带头捐了二万元不说，还通过董事会，让公司也捐了二万元。此举在公司和社会引进巨大反响，当月产量和销量分别提高了十几个百分点。

水印的手术获得成功。

俺立回厂后，也做了多次试验，奇迹没有再次发生。闻讯而来的电讯专家，也无法解释这个特殊而又神奇的现象。

（原载《小说界》2007年4期）

---

**作者简介**

邱贵平，男，1968年出生，已在《北京文学》《小说界》《雨花》《福建文学》《佛山文艺》等刊发表小说近百万字。出版小说集《赚碗饭吃》，著有长篇小说《五朵厂花》。短篇小说《手机不在服务区》入选羊城晚报《五十年花地精品选·小说卷》。

# 我投了你一票

◎ 施晓宇

一

说起吴天赐,在东海大学文学院可是大名鼎鼎的人物。

吴天赐的出名,首先由于他的名字。"天赐",哈,这个名字口气大吧?这个名字做人牛吧?但是口气再大,做人再牛,这个名字在今天的大学里怎么说还是透着土气,还是透着傻气。更何况,吴天赐可是堂堂北京大学中文系毕业的高才生啊。就在吴天赐毕业分配到东海大学中文系一年后,"无产阶级文化大革命"爆发了,学校停课,师生造反去了。为此,吴天赐不止一次地庆幸自己毕业早了一点,多少还是从如雷贯耳、学贯中西的老师那里学到了一点货真价实的东西。

就凭在北大学到的这点看家本领,吴天赐的讲课在中文系无人可比,特别是教授《中国文学史》的古代先秦部分,头一把交椅非吴天赐莫属。只要吴天赐一走上讲台,讲第一堂课,学生就会记住他。如果吴天赐在黑板上写下第一行字,学生就会牢牢记住他。吴天赐满腹经纶,字却写得鸡歪狗爬。字写得不好也就算了,吴天赐板书还有与众不同的一点。他板书时,写字习惯往右上方歪斜上去。写着写着,歪斜得太高了,他就踮起脚尖顺势写过去。直到手里的粉笔实在够不着了,吴天赐会戛然而止,突然停笔,放平双脚,在下处另起一行，直到把一句话写完。这样，吴天赐的板书就出现了令人忍俊不禁的怪状——他写的每一行字都是拦腰断成两截的。久而久之，吴天赐老师在同学中就有了一个绰号叫"横断山"。

　　课讲得好，板书写得怪异，吴天赐这座"横断山"在学生中的名气是很大的。再说了，吴天赐的大名是他当农民的父亲给取的，当农民的父亲大字识不得几个，又是在四十岁上才有了吴天赐这么一个宝贝儿子——吴天赐上面有六个姐姐呢。吴天赐怎么就不是天赐？怎么就不能叫这个名字？也是因了这一层关系，考上北大第一年就想给自己改名字的吴天赐最终还是顺从了父意，没敢动名字的一根毫毛。

　　而且，吴天赐的脾气也像天赐的，说话不懂拐弯。半年前，校方把原来的中文系扩大更名为文学院的挂牌当天，吴天赐拍着吴前程院长——就是原来的中文系主任的肩膀调侃道：

　　"吴院长，这样叫你很爽吧？其实还是叫主任大，你不懂，在中国，居委会主任是主任，省人大常委会主任也是主任，那是连省长都要由他批准签字才能走马上任的咧。"

　　刚刚扯下蒙在文学院新招牌上红绸布的吴前程院长喜气洋洋的脸上立刻有些挂不住。可面对的是吴天赐——无论吴前程没当系主任前还是当了系主任后，也无论是在人前还是在人后，吴前程总是拍着吴天赐的肩膀亲热地说：

　　"咱们五百年前是一家，一笔写不出两个吴字！"

　　所以，吴前程院长就忍住了没有发作。吴院长是"工农兵学员"出身，平时做人比较低调。即便在后来从省委党校混了个博士毕业的头衔，尾巴还是夹得比较紧的。不然他也不会连两耳不闻窗外事的吴天赐肩膀都要亲热地拍拍两下说"一笔写不出两个吴字"来了。

　　这样说来，吴天赐尽管是北京大学中文系毕业，身上还是有点土气——至少是有点傻气的。不然谁也知道如今中国一些高校注水严重、膨胀厉害、扩张无边、虚夸无度，可谁会在公开场合说？更何况是在文学院更名挂牌的大喜日子里，在大庭广众之下说？不管怎么讲，由中文系更名为文学院，中文系的老师走出去名声也好听一点，大家都跟着沾一点光、加一点虚名，又何乐而不为呢？为什么只有吴天赐一个人感觉好笑呢？

## 二

关于吴天赐的书呆子气，那是全院尽人皆知。今天东海大学的党委宣传部长金雅丽，当年从历史系毕业留校时，因为在校谈的男朋友一心一意要支援祖国的边疆建设，去了遥远的新疆伊犁——那是清末民族英雄林则徐销烟失败发配流徙的不毛之地啊。作为红得发紫的学生会副主席的金雅丽当然不会头脑发昏跟随而去。金雅丽在同学中历来属于颇有心计的那种女生——即便在爱情烈焰熊熊燃烧的时候也会睁大清醒的双眸。而且，千真万确的，有同宿舍的女生一次无意中惊奇发现，金雅丽和她男朋友接吻时也是睁大双眼，一点不闭的。事后女生们私下里议论起来，究竟男女接吻时眼睛是该闭着还是睁着？个别人还以为自己以往闭眼睛接吻是错误的呢。

挥泪斩断恩爱三年的爱情锁链之后，如愿以偿留校工作的金雅丽自知年龄不小，急于把自己嫁出去。她选中了北大才子吴天赐。当然，金雅丽并不是嫁不出去的货，金雅丽的漂亮在历史系坐上"系花"的交椅可谓当之无愧。谁不知道金雅丽出生的福州是一个盛产温泉和美女的城市？抗日战争初期，作家郁达夫应福建省政府主席陈仪邀请到省公报室主持工作。自古才子爱佳人，郁达夫在《闽中滴沥》长文中没少费笔墨把肤白面秀眼睛大的福州女子猛夸一顿。这不，在东海大学威望如日中天的舒心城副校长的长公子已经看上了金雅丽。虽说舒心城在中国的史学界属于泰斗级的人物，家庭条件自然无懈可击。然而他的大公子的相貌实在令人不敢恭维——单是那一个向外突出能把雨水接住的尖长下巴就能把第一次看见的人吓一大跳。所以，金雅丽自然而然地将目光瞄准了吴天赐。

年轻时的吴天赐要个头有个头，要模样有模样，课堂上已经崭露头角，还有堂堂北京大学毕业的金字招牌,怎么说也是个"绩优股"——当然了,当年可没炒股票这一说。但书呆子吴天赐一旦被金雅丽看上,还能跑得掉?

很快,金雅丽把已经"套牢"的如意郎君吴天赐带回家去让父母大人认可。以吴天赐的外形、学问还有出身——那个年代是很讲阶级出身的,金雅丽父母的"政治审查"一关立马通过——小伙子憨厚老实,与女儿真是郎才女貌天作之合啊。作为省直机关一般干部的未来丈母娘,为了进一步"套牢"眼前这个打着灯笼也难找的"乘龙快婿",她老人家亲自下厨房为吴天赐包饺子——因为她听说"乘龙快婿"是地道的山东人,山东人不是把饺子当作天下第一美食嘛。偏偏,前面说过了,金雅丽一家是福州人,吃了一辈子——不,几代人的大米,对"稀饭文化"早已情有独钟,而对馒头、包子、饺子之类的面食听了都头大,哪里还会包饺子?这就叫作"哪壶不开提哪壶"。结果,端上桌的饺子"造型"那才叫惨不忍睹,味道更是可想而知。投其所好的未来丈母娘客气地询问吴天赐:

"饺子味道怎么样,不好吃吧?"

"不好吃。"吴天赐实话实说,一点不客气。把个未来丈母娘的笑脸噎在半道上,长时间收不回去。就为了这一句不客气的"实话实说",金雅丽对吴天赐失去了信心,因为金雅丽的母亲对吴天赐是否真的是"绩优股"产生了怀疑。

"他这样怎么会让领导喜欢?再说了,一个农民的后代,穷亲戚一大帮,今后如果完婚,家庭关系太复杂了也是一个麻烦事。"金雅丽的母亲这么开导女儿。

"天赐虽然是农民出身,可他本人总是从北大毕业的啊。"

金雅丽正在犹豫之际,没想到耿直狷介的吴天赐反而抢先提出了"拉倒":

"我平生最见不得你们城里人瞧不起乡下人,你不要为难了,听你妈的话,她是为你好。"

吴天赐宁可失去恋人,也不肯委曲求全,书呆子从来都是有傲骨的。金雅丽何等精明的女子，她当下顺水推舟，放弃了"绩优股"，转身投入舒心城大公子"长下巴"的怀抱。虽说人家下巴长得像饭勺——当年的大明开国皇帝朱元璋不也是这样一副尊容啊，别忘了金雅丽可是历史系的科班出身哦。何况"男人在才女在貌"——尽管舒心城副校长的大公子毫无半点才干可言，不是还有他能干的老爹——未来的公公吗？果然，这个能干的老公公才是真正的"绩优股"。后来靠了老公公的关照、提携，再加上金雅丽那么冰雪聪明的一个人，算是得心应手吧，金雅丽很快就在仕途青云直上，春风得意。不过，多少年过去了，金雅丽依然对和吴天赐的关系不是由自己提出"拜拜"，反倒是由吴天赐这个书呆子提出"拉倒"一事耿耿于怀。这是后话，我们还来说吴天赐。

### 三

"因为一句大实话，弄丢了一个漂亮老婆。"——这是吴天赐的原话。原话是原话，可怎么说，也有吴天赐的不对。现如今，有多少实话能当人面说？至于背后，你爱说咋说，人前说话怎么的也得注意着点是吧？吴天赐就没学会人前人后说话的艺术——尽管他在三尺讲台上口若悬河、舌灿莲花，下得台来，吴天赐就成了直来直去的大傻瓜。

再说了，你直来直去就直来直去吧，可该求人处你得求人，你得学会弯腰，你得学会装三孙子不是？吴天赐不，他不装三孙子，连大孙子也不装！不装三孙子的结果，耿直的吴天赐人到中年——副教授当了十二年了，还是一个副教授。这一年，吴天赐已经五十五周岁了。而作为吴天赐"本家"的吴前程早已在八年前就评上了教授，当上了系主任，更在八年后当上了文学院的一院之长。尽管吴前程不过一个"工农兵学员"出身，尽管吴前程后来"恶补"的博士文凭也不过是由省委党校发出的。而且，吴前程还比吴天赐小五岁——同样都姓吴——这鸭头不是那丫头啊！

五十五岁了还没有评上教授，再傻瓜再不谙世事的人，说心里一点也不着急那是鬼话。何况吴天赐又哪里是真傻呢？他就是不会——或说不愿求人而已。他总是觉得自己无论发表的论文数量，还是作为学科带头人研究的课题成果以及教学质量，自己哪一点比别人差了？可是，可是这些才仅仅是评定职称的"硬件"条件啊，还有"软件"条件呢？吴天赐不懂何谓"软件"条件——他缺就缺在"软件"条件上了。

"吴老师啊，不是我说你，这一次评职称你一定要认真对待，一定要放下架子，学会求人，再耽误不得了。"

说话的是吴天赐的山东莱阳小老乡李明江。李明江是中国人民大学货真价实的先秦文学专业毕业的正牌博士，与吴天赐同在一个教研室工作。相处十年，李明江太清楚吴天赐评不上教授的关键在哪里了。他常常为吴天赐鸣不平。作为后学、晚辈，李明江开导吴天赐：

"其实你就差一把火，就差把一个个评委、专家——也就是高评委的一尊尊菩萨给一个一个拜下来。最起码的，你得设法同人家打声招呼、说句好话、领人家的情吧？至于送不送礼，送多大的礼，那是不好也不便言说的，我不能给你支招。谁知道当下的'行情'是多少？当下的'红包'给多厚？"

"打死我也不送！一辈子不当教授我也不送！"吴天赐耿直脾气又上来了。

"我知道你不会做这些事的，我只是提醒你今天的'市场行情'如此。不过吴老师也不要清高到把很好的'社会关系'给浪费了，很好的'人力资源'不懂得利用。"

"什么'社会关系'？什么'人力资源'？"

"比如，比如吴老师应该找找金雅丽部长，我想她会助你一臂之力的。"

"嗨——我听你的，小老弟，如今也只有你肯真心为我着想了。"垂头丧气的吴天赐一时感到了英雄气短。不过，请客送礼之类的"业务"对吴天赐来说，确实有点难为他了。李明江于是千方百计设法搞来了专家人才库的名单，让吴天赐一个一个把电话打过去。不肯请客送礼，也不登门拜访，吴天赐所能做到的，也只剩下这最后一道"工序"了——如今评审高级职称的关键程序，都是上级主管部门等到一年一度的评审时间了，再临时从全省的专家人才库中随机抽选二三十个专家评委，然后秘密集中关到一个人不知鬼不觉的地方去进行两三天极其神秘的"地下工作"，新一批的正高、副高人才就在专家评委无记名投票的情况下产生了。更多的参评者自然也就跟着落选了。

所以，"功夫在诗外"，参评者必须尽可能把专家评委们的名单搞到手，然后开展对症下药式的"攻关"，这是谁都知道的"真理"。曾经有一个平素也算清高的高校女教师为了达到目的，无师自通，不惜牺牲肉体，把自己送到了当年对自己垂涎三尺而自己无比厌恶的一个举足轻重的评委老师床上，终于一次搞定，拿到了副高职称。当然，这是绝无仅有的个案。何况，吴天赐是个七尺男儿，即便他肯卖身，谁要？

## 四

"金雅丽吗？我是吴天赐。"

想来想去，吴天赐接受晚辈李明江的"仙人指路"，把第一个"攻关"和"疏通"的电话打给了金雅丽。毕竟，两人三十年前有过那么一段也算缠绵悱恻的爱情经历。而且，别看金雅丽如今是东海大学的宣传部长，是党务工作者，她同时也是拥有正高职称的堂堂教授——现如今高校党务和行政领导干部几乎人人拥有高级职称和博士头衔，而且远比在第一线教学的教师来得容易早已不算什么新鲜事了。这一点，吴天赐不服不行。金雅丽就是金雅丽，她虽是一介女流之辈，也不是轻易肯"卖肉"的人，但是男人能做到的事金雅丽从不甘居人后。而且，平日里，金雅丽更喜欢别人叫她"金教授"；或者说，别人叫她"金教授"会比叫她"金部长"更受用——甚至连办事都更好办。这是与金雅丽关系非常密切的一个闺中密友透露的。对此，书呆子当然一无所知，书呆子只会直呼其名。

"哦，什么事？"无论如何金雅丽也不会想到吴天赐会给她打电话。

"我，我想和你说件事，方便吗？"

"啊，你，你说吧。"对吴天赐，金雅丽的感情是复杂的。怎么说金雅丽也是一个爱才的人，她对吴天赐人格和品质上的农民式的"干净"很是欣赏。但同时，金雅丽又是一个心高气傲、小肚鸡肠的人。到今天，三十年过去了，很多年没有听见吴天赐的声音了——虽然他俩同在一所大学校园里，金雅丽猛一听见那个既熟悉又陌生的声音，禁不住还是有点心跳。只是短暂的心跳过后，她很快就恢复了平静，平静的后面还带点冷漠。毕竟，官场历练这么些年，金雅丽什么样的风浪没有经历？

"我，我，我这次评职称想，想请你帮忙。"一说到这件事，一说到求人的事，吴天赐的舌头就打结。

"哦，这事啊。我不知道这次会不会抽到我当评委。"金雅丽说的是实话。

"我是说，如果抽到你了，你，你……"

"那没问题，如果抽到我，一定支持。"

"谢谢，谢谢了。"

"你现在还好吧？我是说家里。"金雅丽只听说吴天赐后来找了一个崇拜他的女学生做妻子。妻子人品相貌都还说得过去，只是也是一个从农村来的，所以两家的乡下来人络绎不绝，让吴天赐感觉经济和精力上的双重压力。

"就那么回事吧，还好。你呢？"吴天赐在任何时候都习惯保持尊严，尤其在官员面前。

"我也就那么回事。"见吴天赐到今天对情感上的私事仍不肯向她交底，金雅丽的自尊加倍表现出来。在内心深处，金雅丽掠过一阵庆幸，幸亏这个书呆子当年提出了断，才在客观上无意中成全了她还算辉煌的今天。但同时，金雅丽对最终没有享受到吴天赐这个北大才子身上那种特有的书呆气——好听点该算书卷气还是流露出了一丝遗憾。归根结底，金雅丽是喜欢吴天赐身上与生俱来的书卷气书生气书呆气的，这种真实的"气"远比充斥官场的那种虚假的"气"干净纯洁多了。当然，这些内心的活动和隐私是永远不能通过语言表达出来的。

两个曾经的老情人就这样在客气中彼此保持着一定的距离结束了谈话。放下电话，吴天赐还是感觉到了一丝轻松，甚至是如释重负。

## 五

"吴院长吗？我是吴天赐。"再接再厉，借着余勇，吴天赐把第二个电话打给了吴前程。虽然两人在学院经常见面。但类似这样的"私房话"还是借助电话才方便说出。比如，刚才吴天赐一开口就很自然地叫吴前程为"吴院长"。虽然叫吴前程的职务、头衔这是第一次，但很顺口。如果换作当面，吴天赐怎么着也会感觉拗口别扭的。而且，吴前程在这次职称评审中是一个关键人物。首先，职称评审表的单位鉴定一栏就是由吴前程，不，吴院长执笔。他如果和吴天赐过不去，吴天赐就真的过不去。所以，吴院长的这一票至关重要。

"哈，本家，什么事？"尽管吴前程对接到吴天赐的电话感到意外，嘴上还是很亲热的口气。

"是这样的，是，是这样的。"和吴前程说话，吴天赐感觉不如和金雅丽说话顺当。别看吴前程人前人后都管吴天赐叫"本家"，说"一笔写不出两个吴字"，吴天赐从来就没有感觉吴前程说的是实话。他总感觉吴前程的为人让人吃不透，似乎有点虚，有点飘，有点应付的那么一点意思。

"哈，本家，有什么话就直接说嘛。"吴前程这会儿意识到吴天赐要和他说什么了，心想，"我说太阳怎么从西边出来了，吴天赐这种嘴巴不带锁不饶人的人怎么叫起我'吴院长'来了。"

"就是，就是……"吴天赐结结巴巴总算把要表达的意思说出来了，没由来的额头上还是冒出了细密的一层汗。心想，"真的是'英雄志短马瘦毛长'，一分钱难倒英雄汉啊。求人的话就是不好说，比连续上三天的课都累！"

"你放心，本家，这事我包了，我一定为你说话。咱们学院你这座'横断山'谁人能比？你不是教授谁还有资格当教授？"吴前程的话代表了文学院师生广泛的"民意"，但是不是他本人的真心话只有天知道了。不过此刻这种话在吴天赐听来,还是立马生出感动和感谢。吴天赐平素说话不拐弯,心思也不拐弯,别人说什么都容易相信。他真的就像是一个出生在二十世纪五十年代的人,对什么事都容易相信,对什么人都容易相信。他应当永远生活在五十年前那个讲真话的时代。生不逢时——也许,"横断山"这一生吃亏就吃亏在这一点上?

再下来,吴天赐给中文系主任打电话。系主任与李明江同岁,也是吴天赐的晚辈级校友。而且系主任从四川大学考进北大读硕士时,他的导师就是吴天赐在读时的班主任。学业上也算同出一门吧。不同的是,这位晚辈级的校友自从当上系主任后,居然长袖善舞,表现出很强的"领袖欲望"来,屁大的事也要支使这个支使那个,仿佛忙得你团团转他就有快感产生。为此,老师们背后都叫他"小爬虫",口气是很不屑的。出于对校友的爱护,吴天赐当面找他谈过,提醒他注意。对此,系主任很长时间后仍对吴天赐感激不尽:

"如果不是学长关心爱护,我差点又犯老毛病。我总是干吃力不讨好的事情,当学生干部时就有同学指出过。"

不管系主任是否说的真心话吧,至少表面上系主任对吴天赐是很客气的,还总是说要去听吴天赐学长的课,可总是抽不出空来。所以,吴天赐硬头皮把自己评职称的事期期艾艾地拜托完,系主任随即拍胸脯保证:

"没有问题,没有问题。学长放心,如果真的抽到我,我一定在会上为学长做重点推介。"

就这样,吴天赐把该打的电话总算全部打过了一遍,求爷爷告奶奶地很装了一回孙子。做这些事时,吴天赐心里的难受可想而知——那都是些什么评委啊,有几个业务强过他的?(比如眼下的这个系主任,小十几岁的后学,前年竟然就破格评上了教授。)居然一个个人模狗样地成了教授、博导、学科带头人、国务院津贴享受者……自己还要屈尊向他们求助,想想真是满心的悲凉:"人比人,真是气死人啊!"

不管实际效果怎样,吴天赐忙活到这一刻,心里的一块石头算是落了地。

他掰起指头一个一个算过去：金雅丽、吴前程、系主任……心说："这一次总该让我过关了吧？"

## 六

转眼间，一个月过去了。

每个周三下午两点半是东海大学各学院全体教师雷打不动的政治或业务学习时间，更多的时候是听上级传达更高上级无关紧要的讲话或会议精神。老师们一面打着哈欠埋怨为什么开会时间这么早让人不能午睡，一面无比痛苦地一边"聆听"精神传达一边互相转告本系或本教研室与教学有关的相关通知。也就是说，开大会多是"务虚"，开小会反倒是"务实"——既然被抓来开会，不干点正事岂不是浪费生命？碰上系里发放每个月每个教师赶去位于市郊新校区上课的几十元交通补贴，老师们嘴上发着牢骚嫌钱少，心里头还是有"聊胜于无"的喜悦"滴"。尽管这点喜悦是小小"滴"。

文学院这天下午的集中内容是全体教师在文科楼101阶梯教室举行两个副院长的民主选举。因为一个副院长到年龄退休了，另一个副院长高升到兄弟学院当院长去了，空出两个"官位"。所谓"民主"就是由上级物色几个"候选人"，印成选票，让老师们在选票上无记名画圈圈行使"民主"权力。无论选中谁，都是上级早已"钦定"的人物——跑得了和尚跑不了庙。

埋头往101教室走的时候，吴天赐在走廊上被系主任拦下了。

"学长，我投了你一票。"系主任的表情显得庄重。

"什么，已经评过啦？"吴天赐没有想到这次职称评审会进行得这么快。

"昨天，昨天刚刚结束。"

"那，那谢谢啦。"

从后门走进101教室，吴天赐顺过道往前门走，他要去签名。文学院规定，所有教师参加每周三下午的开会学习必须签到。才走到第一排放签到簿的地方，吴前程院长一把把吴天赐拉到边上附耳说："我投了你一票。"

"谢谢,谢谢。"吴天赐的口才显得笨拙,所有词汇只剩下"谢谢"。

接下来的几天,吴天赐不断接到电话,内容只有一个:"我投了你一票。"这让吴天赐很感动。虽说这个正高职称来得太迟了一点,但终归是拿到了。

七

"听说了吧,吴天赐中风了!"

"什么叫中风啊?"

"就是得了脑血栓啊。"

"哇,我同学他父亲就是得的这个病,左半身偏瘫不能动!"

"吴天赐更惨,下半身瘫痪,两条腿毫无知觉!"

"哇,'横断山'真的成了'横断山'啦!"

"怎么好端端一个人就瘫痪了呢?"

"还不是这次教授又没评上给气的!"

"这些评委真他妈的缺德,居然一个都没有投他的票!"

"不会吧?我听见吴天赐亲口说,吴前程、金雅丽他们都会投他一票的。"

"狗屁啊,这次他们都被抽中当评委,却一个都没有投他的票。"

"我们院的系主任也没有投吴天赐的票?那天开会我亲眼见他拦住吴天赐表功,说他投了吴天赐一票。"

"哼,这些人也太不是东西了,明明不投票支持,还公开撒谎赚人情。"

"他们哪里知道居然没有一个评委投赞成票,还想夹在其中浑水摸鱼呢。"

"这下可倒好,骗局穿帮了。"

"不穿帮还不会把吴天赐气得中风呢,从来没有过的记录啊,我省从来没有过高级职称评审有人赞成票会是零的。这对吴天赐真是太不公道了!"

"吴天赐哪里得罪这些人啦?"

"吴天赐不就是心直口快,眼里揉不得沙子嘛。"

"嗨,吴天赐,吴天赐。吴天赐的父亲给他取这个名字固然好,可是他老人家忘记了他家姓吴。吴天赐就是'无天赐'啊!"

(原载《太原文学》2008年第1期,收录于《福建师大百年文学大系》)

---

**作者简介**

施晓宇,男,1956年生于福州,籍贯江苏泰州。福建师大历史系和北京大学中文系毕业。1992年以来出版小说集《四鸡图》,散文集《洞开心门》《都市鸽哨》《思索的芦苇》《直立的行走》,摄影散文集《大美不言寿山石》,杂文集《坊间人语》等。中国作家协会会员,福建省阅读学会副会长,福州大学人文学院教授、硕导。

# 掰 手 腕

◎ 林朝晖

　　在六中队，一期士官黄皓权绝对算个人物，他肤色黝黑、浓眉大眼、人高马大，往队列前头一站，就像一座黑塔，那叫得山响的口令、踢得虎虎生风的正步、呱呱叫的枪法让六中队的战士对黄皓权禁不住高看三分。战士们一提起黄皓权，个个都是竖起大拇指：我们的班长，军事素质用一个字形容，那就是：棒！倘若你再问上一句：除了军事素质过硬外，你们班长还有啥活儿可以在军营里抖威风？战士们更是眉飞色舞：我们班长还有个拿手好戏——掰手腕，用一个字形容那就是：绝！

　　黄皓权掰手腕时，把粗大的手臂往桌上一搁，那一块块肌肉就像涨潮时埋在海水里的岩石，若隐若现；当他的手臂与对手的手臂接触时，那一块块肌肉就像退潮时露在海面上的岩石，轮廓分明。交手的过程中，只见他两眼微闭，两嘴一抿，嘴里悠悠地冒出一个字："倒！"

　　话音刚落，对手的手臂就像一棵遭到砍伐的树，轰然之间便倒下了。

　　黄皓权的这手绝活儿赢得了六中队所有与他掰过手腕的战友的尊重。在支队组织的掰手腕比赛中，黄皓权也是打遍天下无敌手。据说在那次支队组织的掰手腕比赛中，黄皓权就像一只还没睡醒的老虎，两眼微闭、打着哈欠，可就是这副漫不经心的模样，却还是寻不到一个对手，这让战士们除了对黄皓权敬仰之外，更多了一份畏惧。他们心里冒出这样的疑问：黄皓权在掰手腕的时候,倘若睁开双眼,是否能像鲁智深那样拔起杨柳呢?

大伙翘首期盼能看到黄皓权在掰手腕时能睁开双眼,可放眼望去,黄皓权的对手在哪儿呢?

一个阳光明媚的早晨,一溜的战士在六中队的操场上列成行,他们是新兵连军训结束后,分配到六中队的新兵。这批新兵的班长就是黄皓权。

在新兵的期盼之中,黄皓权登场了。令新兵们感到意外的是黄皓权并没有像其他班长一样站在队列前头发表长篇大论,他只是在队列的前方摆上一张桌子,两张凳子。新兵们面面相觑,他们琢磨不透班长的葫芦里究竟装着什么。

黄皓权悠然坐下,他把粗大的手臂往桌上一搁,问:"谁自告奋勇,来与我掰手腕?"

没人作答。

黄皓权仰起脸,像逡巡满天星斗般瞅了瞅每个新兵,兀自道:"嗯,个头都不小,像是都有把子力气,为啥不敢上来挑战呢?"

黄皓权这么一说,人高马大的排头兵吴庆虎便跳将出来,两人在桌子的两侧,刚一较上劲,吴庆虎就败下阵来。

"新兵蛋,你还嫩着呢,别伤了骨头。"黄皓权笑了笑。

血气方刚的吴庆虎恼了,他伸出胳膊:"班长,再来一次?"

黄皓权一愣:"怎么,你不服?"

黄皓权说罢,把手臂往桌上一搁,吴庆虎的心顿时发虚,他暗暗叹道:"乖乖,那搁在桌上的哪是手臂,明明就是一座大山呀!"

见吴庆虎不敢应战,黄皓权眯缝着眼睛问:"还有谁来挑战?"

"班长,我可以试试吗?"怯怯的声音从队列的末端发出。

循声望去,块头最小的刘东飞正用腼腆的目光注视着黄皓权。

黄皓权笑了笑:"新兵蛋,你行吗?"

"试一试。"刘东飞憨憨地应了一句。

两支手臂像两根钢管,呈"人"字架在了桌上。黄皓权刚开始并没把刘东飞放在眼里,他微闭着眼睛,想以秋风扫落叶之势,尽快结束战斗。

令黄皓权没想到的是,刘东飞绝非等闲之辈。他的手臂就像一堵墙,任凭黄皓权如何进攻,这堵墙都不倒。

较上劲儿了!

新兵们见刘东飞与黄皓权展开一场拉锯战,便倒向了刘东飞的一边,他们齐刷刷地高喊:

"刘东飞,加油!""加油,刘东飞!"

战友的鼓劲使刘东飞士气大振,他朝黄皓权发起了猛攻,只见他面色通红,两腮鼓起,整个人就像一发上了膛的子弹,随时可能朝黄皓权射出。面对刘东飞咄咄逼人的攻势,黄皓权水来土掩,兵来将挡,他依旧微闭着双眼,就像一位运筹帷幄,决胜于千里之外的将军。

虽然黄皓权摆出一副轻松的模样,但大伙还是从他额头上冒出的细细密密汗珠和一截一截往外凸的青筋里看出了战局的惨烈。

僵持了三分钟之后,刘东飞渐渐地占据了场上的主动,他的手臂几乎把黄皓权的手臂压到桌面上了。就在刘东飞要取得决定性胜利的那一刻。黄皓权微闭的双眼忽然之间睁开了,只见他五官拧成一团,头发根根竖起。

"起!"黄皓权低低地吼了一声,那像树一样倒下即将落地的手臂,随着他发出的声响,居然晃晃悠悠地挺立了起来。

局势一下子被扭转了,士气大振的黄皓权两眼圆睁,大吼了一声:"倒!"

话音刚落,刘东飞的手臂就像被人砍倒的树,轰然倒地。

一场惊心动魄的掰手腕大战,最终以黄皓权的胜利而告终。

虽然黄皓权胜得异常艰难,但他依旧傲气十足:"咦,老虎打了个盹,小猫就偷偷地爬上来,想拔虎须了。"

刘东飞被黄皓权的话激怒了。他的脸涨得通红,说:"班长,再来一局。"

"真的还想来?"黄皓权酷酷地问了一句。

"想!"刘东飞嗖的一声又坐到凳子上,支起手臂,摆出一副决战的模样。

"再输了呢?"

"再来!"刘东飞早已没有了刚才的腼腆,此时的他就像一头用三匹马都拖不回的犟牛。

"刘东飞,棒啊——"刚才面部表情严肃的黄皓权突然朝刘东飞跷起了大拇指,兴奋之情溢于言表,"今天,是我给你们这些新兵上的第一节课,之所以以掰手腕作为开局,是因为那是我的强项,不是我吹牛,在整个支队,我还没寻到对手。今天,我想在新兵中发现一两个对手,果真,我碰上了,这样的较量实在太过瘾了。获胜固然让我高兴,但让我更高兴的事,你们猜是什么?"

新兵搔搔头,答不上来。

"最让我高兴的是刘东飞身上那股初生牛犊不怕虎的犟劲,作为一名新兵,就要像刘东飞那样敢于挑战,永不服输,我希望刘东飞能发扬这种精神,将来在与我掰手腕比赛中把我拿下!"

黄皓权的第一堂课上得生动而精彩。

黄皓权的眼光不错,刘东飞确实是个百里挑一的好兵,凭着那股永不服输的精神,他从新兵里脱颖而出,成为班里的骨干。

平日闲下来的时候,刘东飞总喜欢找黄皓权掰手腕。每次他俩的交手都会引来众多战士的围观,在他们的加油声中,两人杀得天昏地暗,可最终的结果都是把眼睛瞪得灯笼似的黄皓权险胜。

每次败下阵之后,面红耳赤的刘东飞总会搁下一句话:"班长,下一次我一定会战胜你!"

刘东飞说这句话时,脸上总是带着一股敢把皇帝拉下马的狠劲。而黄皓权则面带灿烂的微笑,从容应答道:"好,我等下一次!"

花开花落,转眼间两年时间过去了。黄皓权尽管想留队转二期士官,但并没有如愿,领导决定让他退役。他的位置由刘东飞取代。

黄皓权没转成二期士官,中队流传着两个版本:一种说法是因为中队转二期士官的指标非常有限,领导尽管想把黄皓权留下,但受名额限制只好忍痛割爱。另一种版本则是刘东飞在黄皓权的精心培养下,军事素质非常出色,大有青出于蓝而胜于蓝的趋势，领导经过比较，觉得由刘东飞代替黄皓权当班长，他干得会比黄皓权更出色。当这两种版本在中队流传开后，许多战士都信第二种版本，他们发出感慨：长江后浪推前浪，前浪死在沙滩上。

离开部队的前一天，黄皓权找到刘东飞，要与他掰最后一次手腕。

以往，都是刘东飞找黄皓权挑战，今天黄皓权主动找上门来，完全出乎刘东飞的意料。操场上，两支手腕一撞在一起，一场恶战拉开了帷幕。

那天前来观战的战友特别多，以往他们都支持刘东飞。这次却齐刷刷地支持老班长黄皓权。

"黄皓权，加油！""加油，黄皓权！"

喊声震天动地。

可战局的发展却完全背离了战友们的意愿，黄皓权与刘东飞一交手，就陷入了被动。沉着冷静的刘东飞并不急着发起进攻，他采取稳扎稳打的策略，一步一步地把黄皓权逼入绝镜。山穷水尽之际，黄皓权又使出了撒手锏，他瞪起双眼，大吼一声，使出浑身力气欲扭转局面，但此时的刘东飞相当的老辣，他紧抿着嘴，两脚趾紧紧地抠在地面上，整个人就像一棵落地生根的树。

战士们看到发起猛攻的黄皓权脸色由红变紫，再变红，可始终无法扭转局面。而刘东飞则瞅准了一个机会，出其不意发起猛攻，取得了决定性的胜利。

战斗结束了，让战友们感到纳闷的是刘东飞的脸上并没有胜利者的喜悦，黄皓权也没有失败者的沮丧。

"老班长，一路走好！"刘东飞紧紧地握住黄皓权的手，眼里溢满了泪水。

"刘东飞，棒啊——"黄皓权竖起大拇指。

这场掰手腕比赛虽然结束了，可是却有一些战士认为黄皓权在这场比赛中有放水的嫌疑，他们举出的理由是：黄皓权先前在与刘东飞掰手腕时，从没败过，他可以带着金刚不败之身，以胜利者的身份，昂着头离开部队，完全没有必要自己找上门，向手下败将挑战。至于为啥要放水，他们给出了充足的理由：黄皓权这样做，虽然把自己东方不败的神话给砸了，却为刘东飞树立起了威信，让中队官兵觉得刘东飞才是最棒的，黄皓权此招真可谓用心良苦！但另一部分的官兵不太认同这种观点,他们认为刘东飞平日在与黄皓权的掰手腕中,虽然处于下风,但他永不服输,屡败屡战,终于发现了黄皓权的破绽,他战胜黄皓权那是水到渠成。

黄皓权离开部队后两个月,给刘东飞写了一封信:

刘东飞,你知道我为什么喜欢你吗?那是因为我从你的身上看到了我刚当兵时的影子。我相信你当班长之后,一定会比我干得更好。有人说长江后浪推前浪,前浪死在沙滩上。我觉得这话说得不对,应该是长江后浪推前浪,前浪还能浪打浪。正因为在部队时练就了过硬的军事素质,我退役后被一家保安公司相中,担任保安大队大队长。现在日子过得很好。

另外,我给你写这封信的最大目的,就是过些日子,我想重回军营找你掰手腕,我一定要把输掉的一局扳回来。

第二年春暖花开的季节,新兵下连队了,刘东飞像老班长一样,把一张桌子往新兵面前一横,把粗大的手臂往桌上一搁,问:"谁自告奋勇,来与我掰手腕?"

没人作答。

这一刻,刘东飞感到了孤独,他的眼帘里晃动出黄皓权的影子,他在心里默默地说:"有个强劲的对手,多好!"

(原载《橄榄绿》2008年第4期)

---

**作者简介**

林朝晖,男,武警福建总队编史办副团职干事,中校警衔。1990年从地方院校毕业后,参军入伍,发表了三十多万字的军旅文学作品,其中中篇小说《英雄的走向》获第八届武警部队文艺奖一等奖,中篇小说《开往春天的火车》获第七届武警部队文艺奖一等奖,短篇小说《掰手腕》获2008年"橄榄杯"优秀作品奖。

# 挖呀挖地洞

◎ 胡增官

## 一

宝林想挖个地洞通往美花厝里去。

宝林聪明了得，老鼠也能勾起他大脑里美花的暗示，启发他才智。宝林瞅见一只老鼠从石头墙缝探出鼠眉贼眼，毫不示弱地滋溜溜笔直朝他射过来，宝林抬起光脚板使劲踩，踩疼的脑神经麻了一下，老鼠早从胯下直直射入另一头墙洞。"人跑不过老鼠。"宝林自言自语。宝林当然不明白，二十多年后，一个叫刘沙漠的上海小伙子，跑得比老鼠还快。

宝林为挖地洞的想法得意，扯动唇角无声一笑，一串银亮口水一嘟噜滴在地上。宝林有条件挖地洞，谁也管不了他挖地洞，从哪儿开始挖，怎么挖地洞。宝林是光棍，银样镴枪头养了三十多年的光棍，别的他做不了主，从自家厝里选个地方挖下去，这主意他拿得绰绰有余。宝林有把握挖一条地洞，向西钻过六幢厝地基，曲里拐弯通到第七幢美花厝地面。宝林亲眼看到深挖洞年月，爹和村里全劳力花了三年时间，挖通一条可容一辆手扶拖拉机跑动的三公里长地洞。地洞两头挖，一路结实的红壤，难挖，但能挖。两头同时掘进，不偏不倚正对同一块大岩石。宝林爹是炮手，打炮眼、装炸药归他管，算准逃离危险的时间，宝林爹点着引线，偏偏这截引线燃烧的速度超乎寻常的快，宝林爹从容而快速逃开时,一块碗口粗的碎石箭镞似的跟踪他,生生击趴五大三粗的汉子死过去再也没能醒过来。宝林爹正忙着帮他找一门亲事,这一走,宝林正要拉开的婚姻大幕,安了武侠机关的石门似的闭合死紧。

宝林有主见,说干就干。宝林买来一个猪头,煮到皮黄油亮,在耳朵与耳朵中间的脑顶簪一朵女人插头上的铁线柄红塑料花,娘留下的,爹忘了扔。娘跟拖拉机手私奔,爹烧掉娘的衣服鞋子,砸烂娘专用物件马桶、头梳、银簪、头油、蒲扇和木制的痒痒挠,挥动锄头开荒一样使劲砸向它们,愣是在地面敲出能猫入一个小孩的深坑。他挥动锄头朝陪嫁来的一挑红箩和暗红圆木盘扑去,锄头却悬空定格,心疼上了,痛苦地嘿了一声,扔了锄头,双手抱住后脑勺,泪水噼里啪啦雨点样流下。

宝林把猪头摆放圆木盘里,祭在八仙桌上。大凡动土,都得备几碗菜一个猪头烧供天神和土地爷,造厝,还得另供画在黄帛上花瓶状普安菩萨,其实就是一张符,上梁时普安菩萨挂在梁上。吃斋人家挂的普安菩萨不是花瓶符,是一个人影的侧面图。宝林要动土,不造厝,不用供管着民宅永固的普安菩萨。挖地洞,供地神,宝林擎一炷香,三鞠躬,嘴里念念有词。而后,锡壶的酒均匀斟到小酒盏里,间隔一刻钟又斟一巡,间隔一刻钟又斟一巡,斟了三巡,十只一排小酒盏满而不溢,散发阵阵酒香。

宝林脸上表情虔诚庄重,两手交叉胸前。这个动土仪式他很陶醉很满意。刚陶醉上,眼睛被黑暗狠狠刺痛一下,猛地拍一把脸颊,自责忘了点蜡烛。宝林端出插了一对烧半截蜡烛的烛台,以猪头为中心左右对称摆放,火苗一跳一跳。宝林灵机一动,取一只饭碗倒扣八仙桌前,双手合十贴着脸,双眼微阖,细声念波罗蜜。念了一会儿,左手不变,右手拿了一枝筷子笃笃笃敲虚拟的木鱼——饭碗碗底。

宝林看别人家红白事做道场,和尚道士穿袈裟念金刚般若波罗蜜经,念阿弥陀佛无量级大恩大德观世音菩萨,为新人成亲还愿,为死人灵魂超度。宝林记住了几句波罗蜜,反复默诵给土地爷听,祈愿土地爷助力挖地洞顺顺当当,早早通到美花厝。

宝林原打算买纸钱烧，买下猪头沽了酒，五块钱只剩下两角。宝林平时身无分文，用粗话说，宝林一身光光鸟朝天，啥也没有的光棍，拿了娘陪嫁的红箩找美花的公公依四要卖。依四看上他家红箩久矣，娘私奔爹在世，依四向爹转让红箩，爹说六十块，不二价。依四只想出四十，爹不肯出手。多好的一对红箩，竹编外壳杉木底，三层，一层一层单独取得下来，一层一层叠得回去，天衣无缝，如同焊接。红箩是亲友婚嫁祝寿厝庆时订送喜礼的盛器，方便，大方，体面，可就是贵重，近百元一对，少有人家添置。向人借，即借即还，还给主人时，箩里压两块寿包，一把糖果答谢，还积攒好人缘。宝林娘陪嫁的红箩，每一层外表绘一对金粉鸳鸯，打眼，罕见。宝林挑上红箩找依四，依四一口回绝，说我买不起。依四心里想买，送上门的生意，掌握绝对主动权，他跟宝林悠上了。果然，宝林的价钱一压再压，拿眼睛瞟依四厝大门，找美花影子。美花始终没有出现，宝林糊里糊涂转手了红箩，三十块。依四佯装勉强接受，递给宝林一张五块票，说没有现钱，余下的过十天半个月付清。

宝林不情愿地拿了五块钱，屁颠屁颠买下猪头沽了黄酒。

## 二

宝林在依四家没遇上依四儿媳美花，红箩卖三十块才拿到五块现钱就亏大了。他说依四叔，风华哥不在厝呀。他问的是风华老婆美花，直捅捅的不妥，拐个弯打听风华。

依四说跟伊老婆上山耙草了。

宝林没碰上美花，很遗憾。依四家有几亩番薯地，有一个胃口很大的老虎灶养活一家八口，美花农忙拾掇番薯地，农闲上山耙草砍柴喂老虎灶，整年风里来雨里去，皮肤愣比别的女人白，跟过门时没两样，宝林异常惊奇，日头晒不黑的女人，天仙一个。

美花过门在腊月，冷风呼呼吹着古厝厅顶上一篷枯草。古厅是祖厅，一个生产队划一姓陈,同一个祖宗,共用一个祖厅,红白和过年过节烧香做祭都上这儿办。年久失修,古厅大门破损,门限凹下去一个坑。出大日头,前厅后厅也灰蒙蒙。厅上头的半吊顶,摆满木雕牌位:陈公某某灵位、林氏孺人某某灵位。宝林胆子小,小时候同伴溜进古厅,宝林在厅外徘徊,不敢探头,耳旁隐约听到女人抚着黑漆漆大棺材哭:哎呀奴伯呀,侬仔都侬可怜噢,侬走侬仔苦命噢……凄凄惨惨,听了难受,宝林不等同伴出来先自溜走。

今天是喜事,乡下人腊月闲着没事做,站古厅外围廊道两旁等看新媳妇。过午的时间,围观的等急了,吃酒的更急,嘟嘟囔囔发牢骚。依四老婆凤娇站在古厅门外的石阶上,怒容满面冲着众人声讨亲家翁亲家母不地道,扣留新媳妇和当新郎太的风华一行不让出门,说还要收三百三走路钱。当初订婚拿走三千三,聘礼又下了三千,办酒拿走三千,伊以为我厝开钱庄。

凤娇穿了一身月蓝对襟衫等着新人拜堂,新人迟迟不来,唾沫星子四溅一数落,赢来一阵欷歔的同情。讨媳妇自家人的矛盾,他们不好说什么,只能欷歔。

这头欷歔完,那头的马路口响起噼噼啪啪八子鞭炮声。

"来了,来了。"围观的出现骚动,凤娇趁乱溜走,躲了起来。拜堂由媒婆主持,受拜的公婆、伯公伯婆、叔公叔婆、舅公舅婆、姑丈姑婆、姨丈姨婆等长辈和夫厝人不能先与新媳妇见面,由媒婆依顺序拉着扯着找来,摁在太师椅上,教新媳妇新郎太三拜,收下长辈见面礼。同辈的夫兄姐妹和妯娌及小辈不必受拜,不必给见面礼,也不能先跟新媳妇见面,说是见面见得快,吵架吵得快。

凤娇慌慌张张躲走后,新媳妇露脸了。

站在围观人群中的宝林看了个眼饱。

媒婆肩挑装几样东西的红尼龙袋引路,后头跟着新郎太与伴郎,新郎太与伴郎的后头,游移一把鲜艳如莲花盛放的油纸伞,伞下红衣红裤的新媳妇,在一左一右两个绿蓝伴娘簇拥下缓缓走来。新媳妇发梢簪两朵红塑料花,顺发梢垂落一条麻花辫,随莲花步左右调皮晃悠;白粉的圆脸,红扑扑两片胭脂腮;圆而大的眼睛,白的一色白,黑的透着亮光,把宝林给照进瞳孔,一个小人儿。

宝林看了不该看的，就是新媳妇胸前鼓出来的两坨丰满，浑圆夸张的内容物，像村头三尖峰的其中两座峰挺拔。

宝林脸发烧，低了头，不敢看了。踌躇地站了一会儿，听到新郎太新媳妇拜天地啰的吆喝声和八子鞭炮响起，溜出人群躲回家里，虚幻地喘气。

## 三

墙上香线燃剩半个指头高，宝林拿出一袋塑料兜的石灰，袋子戳个洞，手掌托住洞口。宝林的姿势，就像抱住一只锡壶斟酒，双眼炯炯瞄着冷却的猪头和十只酒盏，毅然放开手掌，石灰如同雨注，顺着四方八仙桌沿淋漓而下。宝林绕八仙桌一圈，四四方方的石灰圈便印在地面，似如八仙桌垂直的白色投影。

宝林扔了石灰袋，一把坐在长条凳上喘气，做着平生头一件大事的奠基仪式，爬了十座山也没这么累啊。

宝林抓一把爬锈迹缺口的菜刀，割下左边猪耳朵，咔嚓咔嚓咬软骨，再割下猪右耳朵，咔嚓咔嚓嚼碎软骨。接着是猪嘴巴，猪腮帮，猪后脑连同脖子的那块肉……吃出香、油、脆、爽的多样滋味，抹一把唇边油腻，心念：幸福的猪头肉，美味的猪头肉，伟大的猪头肉。

念完，宝林盯视白森森木鱼状趴着的猪脑骨，是南海观世音菩萨送的小木鱼吧，助力成就一项伟大的事业。终于，十只白酒盏朝天，宝林晃了晃锡壶，空空荡荡。他想证实喝了不少酒，双手捂住腮帮，脸上烧得厉害，这酒啥时候落肚，涨到脸上和血管里。宝林自己说不清了。

宝林的肚皮胀到了胸口，酒精在身上疯狂奔跑，他要睡倒，另一个宝林说服他：革命尚未成功，同志仍需努力。不，万里长征刚刚走完第一步。不，不，这只是一场戏的序幕。

宝林站起来，镐和锄头收拾在墙角了，动工就在今晚。宝林听到奔跑的声音，沿着声源，跺一下脚，二十来只老鼠四散开来，癫狂逃往墙边觅洞藏匿，有两只逃得慌张，脑袋猛击墙壁，当场毙命。地上留一串串老鼠口水，宝林看不出来。显然，老鼠们闻香而动，主人在场，一场从未有过的丰盛宴会迟迟不能开始，流口水观望宝林大战猪头肉。

宝林拿竹罩罩住猪头木鱼，推开八仙桌，四方石灰圈亮在了烛光下，活像俺老孙金箍棒划下的魔法圈，闪动幽光。

地土是黑的，残留着破败岁月的污迹，许多无法收拾的日子残骸，混杂其中。宝林举起镐——一把爬铁锈的山羊锄，一头尖，一头扁如刀。扁的一面着地，噗地钻入地表，切痕落在石灰上，翻出第一大块黑泥。宝林举镐的手软了，挖不了第二锄，身体随之瘫倒地上，镐扔在一边，打起了浊重的呼噜。

宝林的梦去了美花那儿。

## 四

美花嫁过来第三天，担一对白铁桶上了井边挑水。一个生产队人喝同一口井的水。井在东边，一条小路从老路分岔，直插石板条井台，井栏也是花岗岩条石围成，井的周围是番薯地与稻田。美花那天穿大红外衣，水红裤子，脑后扎一把粗大麻花辫。美花手搭桶边缓缓走下小路，宝林正在打水，扯着吊桶绳子使劲一甩，吊桶青蛙似的一蹦，倒着斜扣进井水，接着往下沉，宝林缓缓一拎，左右手轮流收起桶绳，一吊桶满满的井水露出井栏。宝林抬头看到美花，一桶水倒偏，洒在了井台。

美花忍俊不禁，噗地笑露齿。宝林的脸红了半边，美花生得好，圆脸圆目圆鼻尖，圆嘴巴，圆耳朵，圆的上身，尤其胸前的奶子，滚圆滚圆。宝林目眩，一个人怎么可能都是圆的，两条腿例外，都由一个个圆拼接成的。圆代表美好、圆满和日头月亮，宝林智力不够用了，傻乎乎看着风华老婆美花打水。

美花是队里新人，羞涩，矜持，宝林的神色，美花很不舒服，放不开手脚，左一下右一下甩动绳子，吊桶在水面上蹦跳，愣不愿入水。美花脸上急出一层汗，使劲一甩，吊桶翻身入水了，绳子也脱手掉进井里。

宝林听到美花哎哟小叫，明白过来了。"风华嫂，我来帮你。"

美花没有说不，她知道事情的严重性，过门头一回做事做砸了，给婆婆留下毛手毛脚的印象，以后有苦头吃。

宝林扶着井栏，眼睛挤入井里，黛绿的水，吊桶没影儿。宝林搓摩双手，绕井栏兜了一圈，井壁的石头缝钩了水泥，无处踩脚，爬不下去，何况水有三人高，能爬也下不到水底。

看到宝林踌躇，美花脸涨通红，挂了两朵桃花似的。她不太熟悉宝林，说话犹犹豫豫："你看，能……能捞得到吗？"

宝林凝视美花一分钟，美花心里发了毛。

宝林一言不发，扔下水桶和美花，走了。

美花束手无策，扑在井栏，失神地望着波澜不惊的水面，心里的惊惶，是担心宝林一去不返。

宝林哩，拿来晒衣服的长竹竿、钉耙和一小捆麻绳，把钉耙扎在长竹竿上，举着，一点点伸入井里，左一下右一下挖着井底，挖到碰撞物，集中精力上上下下地钩，手一沉，吊桶带上水面，带出井栏，一桶水晃荡着，倒在美花桶里。美花的眼睛便热了，说："依伯，谢你了。"这里的小媳妇称同辈男子不是依叔就是依伯。

宝林忽然腼腆，收了贪婪的眼光看脚尖。他帮美花吊好两桶水，美花又道一遍谢，担了水先走了。

宝林不急着给自己吊水，眼睛又热热地盯着美花扭动的大屁股和细小腰肢，心里柔软得不行。

美花浑然不觉。儒家与佛教文化熏染的土地，男女授受不亲深入人心，嫁作他人妇的女人职守是心无旁骛地相夫教子，就连男女调笑，在这片地方也是大逆不道。美花知晓妇道，自然不会关照到宝林的感受。

宝林把暗恋藏心中。后来美花有口无心的暗示，宝林酝酿了大胆设想，从自厝挖条地洞通往美花厝。

宝林的挖掘进度执着而缓慢。挖掘声惊动邻居梅泉一厝人起疑。

最先钻进来的是梅泉。

梅泉挤入门缝，迎面是屏风，抄进屏风旁的通道，就是宝林挖掘现场的大间。六十多岁的梅泉看到堆放的暗红色泥土，大吃一惊，挖掘声声入耳，却看不见宝林影子。

梅泉麻着胆子，站到土堆上，一个两米宽的四方坑下，宝林躬身深挖。

"宝林，你这是做什么？"

宝林吓得山羊镐一扔，惊恐地望着井上模糊的脸，气恼地责问："你怎么进来了？"

平时，宝林的门紧闭。宝林不想人打搅。大白天闩在厝里，宝林借明瓦透进的微光挖地洞，挖去一层黑土，裸露燃烧火焰色红土，红土结实，山羊镐掘下去，跟在铁上打孔似的，费力，进度慢。宝林一天挖十二个小时，超强耐力令宝林自己惊奇，只能解释为意念与暗恋的力量，就像理想，蕴含终极目标。

"我感觉不对劲，以为发生什么事。"

宝林踩着梯子跳出深井，语气缓和了："是这样。"宝林拍打身上，"听说台湾要打进来了，我挖地洞。"

那时村里到处刷"千万不要忘记阶级斗争""深挖洞，广积粮，不称霸""我们一定要解放台湾"的白石灰标语，刷上去几个年月了，村庄里依然随处可见这些标语。两岸关系缓和了，宝林仍把挖地洞的理由转嫁给台湾要打过来。

梅泉不知就里，信以为真。

## 五

队里人本来就不太容易见到宝林，这一下，宝林更是十天半个月难露一脸。见到的宝林多了一层神秘笼罩，实在捉摸不透。队里人的蹊跷，从梅泉嘴里得到答案。梅泉说："这下完了，宝林发神经了。"

大家面面相觑，不明白宝林发哪门子神经，等待梅泉说法。梅泉说了。梅泉一说，大家你看我，我瞧你，大眼瞪小眼，都想到了一块：宝林疯了。尔后，都想瞧一瞧宝林发神经挖地洞。宝林呢，进进出出都关门锁门，他们找不到机会。

宝林对梅泉说，我不让人看热闹，不想让人知道我挖地洞。有个例外，宝林不好说，那就是美花，满心巴望她来看要通到她厝的地洞是怎样一个艰巨的工程，算得上一个人的长城，浩大劳神费力。

没有人看出宝林的心思。

依四在饭桌上说："宝林脸色比以前青了，额头青筋暴突，人瘦了很多。"依四又说："宝林挖地洞，把自己挖成又扁又薄的烂锄头，山上责任田荒了，自留地长满杂草，发的哪门子神经。"

风华吞下一口饭，说："疯了，彻底疯了。"

美花只管耳朵听，嘴巴用来吃饭的，不插嘴，内心在想，一样饭吃出百样人，天底下还有这种男人。

美花早忘了挖地洞是她启发了宝林。

## 六

宝林碰到美花，眼睛亮得像灯泡，暖热地照得美花双颊潮红。美花低了头回避直射的亮光。宝林灯泡样照美花的次数多了，美花很生气，不好骂宝林，憋心里憋成了闷气。

中秋前两天，宝林在自留地捋番薯藤。宝林猫着上身，捋藤，汗流浃背。乱长的藤带着绿叶长满垄沟，藤节间长的气根会抢夺主根肥源，不扯断气根，番薯长不大，影响产量。宝林以前不偷懒，一季番薯，宝林都要捋三四趟，手牵藤轻轻地扯，活生生的气根被扯起，随藤带离土地，归到畦上。

宝林扎头闷干，一股熟悉又陌生的香气由远及近飘然而至，疲乏消解过半。兀然抬头，果然是美花，无领短袖嫩黄上衣，衬着挂汗珠的圆脸向日葵样灿烂。美花家番薯地与宝林的隔着一块地。路过宝林番薯地头的美花头也没抬，没在意宝林存在。

宝林说："风华嫂来迟啦！"

美花嗯了一声。

宝林看着周围没人，麻着胆子，说："风华嫂最近很少见，是回娘厝吧。"

美花说："不会呀，我都在厝里。"

宝林大脑开始打铁了，说："风华嫂没见过你这么漂亮的。"

美花不习惯调情，说："你讲到哪儿去啦！好好做事吧。"

宝林咽了咽口水，眼光打在她脸上。美花很不自在，快步走过去了，听到宝林说风华嫂我真想见到你。

美花又恼又羞，回头硬硬的语气说："你，打个地洞钻下去见我吧。"

美花的气话，宝林当了真，品味了几天，越品越有滋味，越觉得美花话里有话，居然鬼使神差品出暗示与承诺：挖个地洞通到美花厝，就能得到美花。一个男人对女人痴迷到鬼迷心窍，就有病了。没病会想到挖个地洞的解决办法吗？依四说宝林挖地洞，美花早忘了情急之下挖苦宝林打个地洞钻下去见我的气话。

宝林的地洞挖到纵向两米深，理想受到挫折，家里最后的粮食吃光了，粒米无存。吃饭问题不解决，其他都成问题。宝林走了几家，隔壁梅泉厝、不远的依四厝都跑了，没借上一粒米。

宝林捂着空空荡荡冒酸水的肚子沮丧地走回厝里，身体疲软无力倒在床上，肚子咕咕咕叫得越欢。宝林躺床上一天，也饿了一天，地洞工程误了一天。

宝林心急如焚。

## 七

第二天凌晨，天上挂几粒寥落的寒星，寒气中的村庄飘着青灰晨气。宝林手抓一只扎成捆的白色尼龙袋,穿着破烂衣服拖着沉重身子,出了村口。此行是去乞讨。宝林于床上辗转了一宿,最后想定只有乞讨这条路可行。

宝林别无他途,村里人都不理解宝林,不同情宝林的落魄。自作自受能怪谁?要是宝林挖地洞的真正动机说出去,村人要笑掉大牙,要骂他神经病。而宝林,满怀悲怆的信念上路乞讨,心底柔软的部分依然包藏着美花——一个如花似玉的良家妇女。

宝林的乞讨不甚理想,谁会可怜一个没病没灾没缺胳膊断腿不老不幼的乞讨人?宝林的日子全赖人家厨房旁的泔水桶和垃圾堆里遗弃的食物。吃着酸溜溜变味的残羹冷饭,宝林心底涌起悲壮的美丽。他不绝望,因暗恋而美丽,怎么可能绝望?他中断的通往美花厝的地洞工程还得继续,现在世人的冷漠,他不得不痛心延期。

宝林胃口和身体近乎奇迹地抵御住变质食物的侵蚀。

这时一阵噼噼啪啪八子鞭炮声响过,一排柳树的背后冒起一团白烟,宝林一激灵,发现了珍馐美馔的食源,一路寻过去,河边一溜石头厝间一户人家贴着殷红对联,客人进进出出比过年热闹。

宝林站在办婚宴人家门廊下,手里捧着一只瓷碗,胆怯而紧张地交互搓摩脚板。女主人看到他,幸福脸皮立马僵住。大喜的日子,主家特烦乞讨上门,又不好发作冲了喜彩,装了一碗干米饭加两块炸鱼要施舍,被几个帮工的小年轻拦住:"不能这么便宜他。"

他们冲着宝林喊:"表演一个节目。"

宝林沉默地对抗一阵,几个年轻人还在起哄:"不表演别想要!"

宝林搓着脚板,抹一把挂下来的口水,唱:"谁知道角落这个地方,爱情已将它久久遗忘,当年她曾在村边,徘徊,徘徊,为什么从此音容渺茫?谁知道角落这个地方,春天已将它久久遗忘。当年她曾在村头,停留,停留,到何时她再愿来此探望?……"

他们听不出宝林跑调,冲着凄美的调子喊唱得好。

宝林吃上乞讨以来最好的食物,狼吞虎咽喷香鲜美食物,满足地离去。

从此,宝林的鼻子耳朵狗一样灵敏,四乡八里哪个村庄办酒席他都闻得出来,赶酒席成了他改善生活、感受物质幸福的源泉。精神的幸福他不缺乏,美花就是他一整个的精神世界。

可酒席并非天天有,餐餐有,更多的日子还得靠难以下咽的潲桶物度过。现吃之外,宝林的储备性乞讨也不是一无所获,一只尼龙袋随迁移不定的路途慢慢鼓出来,到了后来有了大半袋糙米虫面和捞出潲桶晒干的饭巴。

他悄悄潜回生养的村庄时已是槐树扬花的时节。

宝林担一对木桶,走出拉开一条缝的大门,反手锁上门。宝林可以不出门,不能不喝水。望远山,烧着红霞,刺眼。宝林一低头,视线撞上美花,心下一惊,绝望地闭了眼睛,美花腹部抱着一只大皮球,腰身粗,迈着打横走的螃蟹步。美花怎么可以这样,多么不堪的怀孕啊!

宝林低哑说:"吃了吗?"

美花悠悠漫应:"吃了!"

宝林有千言万语,面对身子发胖走样的美花,冷淡的美花,无从说起了。他狠狠剜了一眼美花腹部,快步朝远处的水井走去。后来宝林黯然躺在床上,满脑子美花新媳妇时的模样,圆脸、丰胸、细腰,像春节来村里演闽剧《春草闯堂》的丫鬟春草。一眨眼,美花的腰变粗,像水桶;腹部变大,像揣着一面皮鼓走路;脸上的妊娠斑,像苍蝇停留过……美花怎么可以这样?不这样又能怎样?人家的老婆,爱怎样就怎样,关你什么事?两个宝林在脑子里争辩,谁也说服不了谁。宝林暗地里甩了自己两耳光。啪啪的声音,无限放大,震耳欲聋。宝林睁眼躺了一宿,一早起来头昏脑涨。宝林问自己还挖不挖地洞,思想激烈斗争半个时辰,擂了一拳八仙桌:挖。说服自己暗恋的不是美花的貌美,而是美花整个人,包括毛发、呼吸,以及因怀孕而臃肿的身子。

宝林不在夜里挖地洞了,六米的深处,再拐个三米多的通道,红壤的光亮斗不过夜的黑。即使白天,洞里也模糊,要有一盏矿灯多好,一照,洞里洞房似的喜庆亮堂。宝林想一想都奢侈。宝林凭借依稀的光亮和打通地洞后的美好联想激发的光彩,继续向与地面平行的地层掘进。锄头和山羊镐轮番使用,泥土的芬芳包裹着春气。

宝林执着地挖着,一土箕一土箕的泥土拎到垂直洞口下集中,而后爬上洞口,以系绳的铁钩钩住土箕拎手,一土箕一土箕吊上去,倒在墙头地角的土堆上。屋子里堆起窝形的红壤,像古罗马斗兽场,窝形底部即是黑洞洞的四方坑。

宝林创业未半,带回来的潲水里打捞的饭食告罄。他想不通,一天只吃两顿,怎么就断粮,又得面对残酷的事实,又得出去乞讨了。

宝林躺在床上,做好明天一早出发的打算,无论如何这回多讨些吃食回来,将挖地洞的事业进行到底。宝林想妥了,迷迷糊糊睡去。半夜里,宝林啊地惊醒,出了一身汗。宝林蹊跷梦里情景,一棵开满灿烂桃花的桃树,雷雨交加的日子,挨雷电劈开,飞溅的血光映红绿树乌云,是喜是凶,昭示着什么。

宝林拿一只尼龙袋,心事重重出门,隐约听到哭丧的声音,不知道是谁去世了。办丧事都在古厝厅,宝林不想明白,生死——人生必然,谁死于他何干!他要趁晓色赶路。

宝林迈开大步正要走,从隔壁钻出来的梅泉看了他一眼说:"凤华媳妇难产。"

宝林内心咚咚擂鼓,难产,有生命危险。宝林担起一份心:"难产?没事吧!"

梅泉伤感地说:"哪会没事?都在古厝后厅躺着哩。"

男性死亡,摆放在古厝前厅,女性死亡,放在古厝后厅。

梅泉一不留神,宝林忽然在眼前消失,通灵了,碰见鬼了。梅泉吓一跳,宝林挖地洞挖出了鬼气,太可怕了。梅泉几乎吓晕了,低头的当儿,宝林躺在地上,身边是白色尼龙袋。

梅泉没有叫喊,蹲下去掐宝林人中,人中掐青了,宝林呼出一口气,微微颤动的睫毛,挂上盈盈泪水。

梅泉女儿手上端一瓷盆隔夜稀饭脚不点地赶出来,舀一汤匙搁在宝林嘴边,宝林轻轻一挡,猛然坐起,眼睛失神,"呀"的一声哭了出来,一个鹞子翻身,以迅雷不及掩耳之势冲向百米处古厝厅。

治丧、哭丧的人呆的呆,哭的哭,只见一团黑影扑到了后厅,跪倒脸上盖着黄草纸的美花僵硬尸身前,吼一声:"我的娘呀!"惊天动地泣鬼神,边上的哭声立马全消。"哎呀,我的娘呀,侬命这么短,扔下我没人管……"悲怆如末日的绝响。

这太突然了,就像大冬天钻出青蛙呱呱叫,旁人来不及反应,全傻了。

坐在长凳上伤恸欲绝的风华,突然跳起来,拎住宝林鸟窝杂乱的头发,将宝林的身子从跪姿扯起,一顿拳打脚踢,骂着:"操你娘,我家死人,你凑什么热闹。"

宝林无心无力还手,风华一松手,宝林死猪般瘫倒。风华不解恨,往他脸上踩一脚,要不是旁人拉开风华,宝林何止脸皮破,鼻孔出血,恐怕要七窍出血,一命归天,成追随美花的亡魂。

七手八脚抬了宝林软不拉蹋的身子,扔在古厝厅外的院子角落。

宝林躺在地上,鼻青脸肿,泪水涟涟,眼睛半闭半阖看着围观的大人小孩,脏兮兮袖子擦一把汩汩冒血的鼻孔,袖子便染成红领巾。

他们当宝林的面,说宝林疯了,疯到丢祖宗脸。

宝林晓得自己没有疯,又怎样向他们证明宝林我不是疯了?只有梅泉相信宝林没疯,没疯的宝林做出这等疯人事,梅泉百思不得其解。

梅泉扶宝林上床,摇着头跨出门,叫女儿送去方才的那盆稀饭。

梅泉女儿连盆带饭搁在宝林床头,慌慌张张跑出去。一屋子狼藉,一屋子的红壤,这哪像是厝。

## 八

宝林失踪了。

彻彻底底地失踪。生不见人,死不见尸。

队里人说今年年景不好，难产死了美花，失踪了宝林。

二〇〇二年，投资商征地办厂，宝林、依四、梅泉他们的老厝划入拆迁红线内。推倒宝林破破烂烂古厝，倒塌的残墙破瓦填了宝林挖的地洞。

过些日子，开发商依规划在宝林厝处修一处净化废水的环保设施，挖出一段横向的空心洞，洞里一具尸骨，尸骨旁边扔着一只敌敌畏瓶子和一只白色尼龙袋。

投资商请道士、和尚做了一场超度亡魂的道场，于南山冈挖一处墓穴，葬掉尸骨。美花坟墓在不远处，荒草萋萋。新坟老坟朝向一致。两座坟墓背无所依，下临乱石岩。老坟前一小块字迹模糊的青石碑：姜氏孺人美花之墓。

新墓光秃秃的，无碑。

（原载《福建文学》2008 年第 6 期）

---

**作者简介**

胡增官，男，笔名飚风。1964 年出生于闽东南乡村。现供职武夷山市新闻中心，福建省作家协会会员，在《北京文学》《啄木鸟》《福建文学》《散文百家》《诗人》《人民日报》《福建日报》《福州晚报》《北京日报》《羊城晚报》《大公报》《澳门日报》等一百多家报刊发表小说、散文、诗歌、杂文、随笔等文学作品近二百万字，作品入选《杂文选刊》《读者》《微型小说选刊》《作家文摘》等多种选刊选本，多次获国家、省级征文奖。出版散文集《阳光碎片》，小说集《活得比蟑螂复杂》。

# 周 三 郎

◎ 何 也

一

从走出校门到政府机关上班,半年时间不到,孟少茵发现丈夫周三郎一个晚上甚至会赶二三道酒席,醉醺醺的下半夜回家便成了十有八九的事。开头孟少茵没少念紧箍咒,念的时候周三郎认识态度良好,但隔天周三郎照样我行我素。一天夜里孟少茵与儿子出门逛街忘了带钥匙,便到河房街烩食楼找周三郎。几个人从下班喝到入夜十点,已经喝得差不多了。这一天一起喝酒的有教育局人事股长卢权、县委宣传部副部长江萍华、分管文教卫生的副县长秘书刘书秦。看得出来,被热情邀请入席的母子俩属于突然闯入了男人小地盘的不速之客,这个幼儿园老师坐在男人堆里显然有点拘束。刘书秦说:"小孟辛苦了,我敬小孟一杯,三郎作陪。""用不着拉垫背,这杯酒我喝就是了!"第一次涉足这种场合的孟少茵说罢与刘书秦碰杯干了。虽是葡萄酒,但一口一杯的冲击力仍不可低估,孟少茵顿时脸颊泛红。一时间男人们都望着她笑。连周三郎也眯眼坏坏地看着自己,孟少茵心里便免不了要气恼了。江萍华说:"今天我要跟虎夫豹婆共饮一杯。"孟少茵说:"什么虎夫豹婆,你这样敬酒用情不专,我不喝!"江萍华说:"我知道嫂子有一肚气,三郎帮的都是别人的忙,自家的小孟却一次也没帮过,所以你就连酒也不让三郎喝了。""省省吧,等你们谁当了一把手的局长、部长、县长或书记，再提拔我也不迟！"江萍华说："看不出小孟还是当官的料哩！"在老婆面前一直说不出话的三郎终于开口说："看看，被蔑视了不是？"刘书秦说："卢权，你怎么当人事股长的，过几天就搞个官给小孟当当，也好让她体验体验我们这帮小人物的疾苦。""狗咬耗子了吧，人家三郎家的事也用得着我们管？"酒喝沉了的卢权大着舌头说："别的事我不管，我要单独敬嫂子一杯。""堂堂大男人们就这样耍车轮战术欺负弱势群体？"话虽这么说，但孟少茵还是和卢权碰杯喝酒，然后跟三郎要了钥匙，拉了儿子赶紧撤出烩食楼。

孟少茵原以为这些男人不过在酒桌上说好听话哄她而已，谁想一个月后她真的被任命为丰浦实验幼儿园的副园长。

## 二

周三郎学会喝酒是香港回归的一九九七年。原因有二：一是那一年他当了丰浦县政府办副主任科员，享受副科级待遇；二是那一年酒桌上流行"男人不说不行，女人不说随便"的段子。周三郎升副科，而且是行情看好的副科，同学、同事、朋友、亲戚免不了要轮流做东祝贺一番。同学有初中、高中、大学时的同学，还有喝的时候又牵引出一大串同学的同学。同事有在丰浦一中教书、在政府办工作时的同事。朋友就多了，政府机关、社会各界都有。亲戚也多了，以前从不走动的亲戚，居然冒出不少。几个月下来，在酒桌上喝什么喝多少，周三郎便由不行向随便转化了。周三郎常常自嘲说，五十万人口的丰浦，让他喝出了五万的亲朋好友。

周三郎有一个好处，就是懂得面面俱到，懂得给场面。当周三郎在酒席上第一次说"不行不行，我不会喝酒"时，他的同窗好友——也是他的顶头上司——政府办副主任龚平站起来，左手稳住他的后背，右手拎酒瓶在他的面前倒了三杯酒，说："什么话，男人不说不行，女人不说随便，就冲你说不行也得罚酒三杯，喝！"悟性过人的周三郎体会到龚平的话分明就是一记棒喝，该段子的深意让他不由地惊出了一身冷汗。要是女人随便了，随便喝酒随便跟你走随便上床，那还了得！要是男人不行了，能力不行性功能不行喝酒不行，那你还能干什么？周三郎站起来说："他奶奶的，不就是喝酒吗！"他一口气喝了三杯白酒，接着又打通关敬在座每人一杯。连酒是什么味道都不知道，只觉得从喉咙到肠胃均热辣辣地闹将起来。好样的！尽管这一天他烂醉如泥，但他的豪气却博得了朋友弟兄的满堂彩。许多人认为，就凭三郎这一股劲，日后当个县长书记什么的都不在话下。

喝酒也是讲策略的。面对谁喝酒，在什么样的气氛下，迎难而上、欲擒故纵、引君入瓮、先礼后兵或城下之盟等战术，周三郎很快就能在酣战中运用得不留痕迹。摇骰子、猜拳、老虎杠他也无一不精。周三郎喝酒的技巧越来越娴熟，并很快喝出了风格。小小的丰浦县城，喝酒有喝酒的圈子，周三郎是受各种圈子欢迎的人。周三郎怀揣着几滴墨水和一支笔从丰浦一中出来，内心不免忐忑，不承想喝酒喝出一片广阔天地，胆色也一天比一天壮将起来。

## 三

那一天在酒桌上，周三郎知道师兄龚平的话对自己是个警醒，同时也在发泄他的不满。龚平当政府办副主任已经五年，周三郎从丰浦一中调进政府办才五个月，虽说职务有实有虚，但同样是副科。周三郎不怎么看好龚平的能力，但师兄的引荐之功他却不能视而不见。

县委书记当副市长去了，县长升任书记。代县长是从市直机关调来的栾勇副书记。县长升任书记，并没有带走政府办重要角色之一的龚平到县委办，新来的栾代县长对龚平不置可否，稿子还由他写，写不好也没有要他修改，而是让别的秘书写；要么让办公室几个一齐上阵，然后选用一篇满意的。几次下来，龚平的中稿率居然最低。时逢换届，对政府工作五年规划这篇报告稿，栾代县长最为看重，安排了大量的调研活动，提前敲定了框架、重点以及对实施可行性的分析，政府办不断开会讨论、协调和分工，但都不尽如人意，"你们还是各尽所能写自己的吧，谁写得好用谁的。"最后栾代县长拍板，"我相信政府办是个藏龙卧虎之地！"栾代县长下的是最后通牒。龚平到底坐不住了。要是这一次自己再不行的话，秘书这碗饭他就别吃了。

对于文字，不知怎么的龚平的感觉总是很难到位，反倒每一次都有赶鸭子上架的辛酸。几次教训让龚平丧失了信心，知道单凭自己显然是行不通的了。经过深思熟虑，龚平找了在丰浦一中教政治的周三郎代为捉刀，这位靠业余写作发表文章自娱的同窗好友没有推辞，但要求龚平必须尽可能提供资料以及转达筹备会的情况。教师节那天，在教师代表座谈会上，周三郎听过栾代县长的讲话。栾勇懂经济，是一个做事严谨而心态宽松的人。他讲话喜欢用短句，讲究韵律，简单明了，掷地有声。听着听着，周三郎发现自己对栾代县长竟然有了一种发自内心的好感。两天两夜后，一万多字的《丰浦县人民政府工作五年规划》顺利脱稿。急于邀功的龚平没有复印留底便往上递交。栾代县长埋头一口气读完，对站在一边诚惶诚恐的龚平说："龚平啊，你这一次可是为新一届政府工作立下了头功！"

暗自得意的龚平没有想到他这一次的聪明之举竟然成了搬石头砸自己的脚。个把钟头后栾勇感到不对，他找来以前龚平写的讲话稿，对比之下简直天差地别。丰浦是个山区县、农业县，百分之七十五还处于农耕经济范畴。强调工业立县大方向没有错，但要在本届政府工作期间就让百姓享有成果的难度却很大。周三郎在工作规划的发展农业部分，重点加强了"打响品牌，带动区域经济的规模开发，打通农产品的国内外销售渠道，较大幅度促进全县经济增长"的同时，还附上《打响"花溪红柚"和"霞阳雪爪"茶叶两大品牌的可行性方案》，对栾勇来说无疑是雪中送炭。得意才几个钟头的龚平被栾勇召回，询问之下，他基本上牛头不对马嘴，只好供出周三郎才是该文的真正执笔者。此刻刚好是傍晚下班时间，龚平陪栾勇去找周三郎，丰浦县的二号车径直开向丰浦一中。周三郎恰巧拉着儿子的小手在操场上蹓跶，龚平指点师傅在父子俩身边停车。周三郎很是意外，显然没有想到栾代县长的反应会如此之快。握过手后,栾勇开门见山说:"不知道周老师愿不愿意帮栾某一把到县政府工作?"周三郎再次意外栾勇的直截了当,一时间居然答不上来。栾勇说:"愿意的话,你明天上午八点准时到政府办公室上班。工作交接和过后的调动手续就由龚平负责办妥。"周三郎郑重朝栾勇点了点头,表示感谢的话还没出口,丰浦县的二号车已经在他的视野里掉头离去。

## 四

  政府顺利换届,栾勇去掉代字名正言顺成了丰浦县长。和往届一样,那篇政府工作五年规划并没有引起多大的反响。只是等到春茶上市,丰浦"霞阳雪爪"茶王赛准时举办。分管副省长致了贺信,分管副市长到会讲话。茶叶专家、外贸出口商、茶商、媒体记者、茶农云集霞阳雪爪茶的原产地襄摇乡。这次活动是全县总动员,配套举办了茶艺献演、对山歌、摄影书画展、文艺联欢、地方戏会演。开赛仪式上,当地的大鼓凉伞、舞龙舞狮盛装出阵,由中小学生组成的腰鼓队、小号队、彩旗队也前来助兴。此次茶王赛气氛之浓烈、场面之火爆,创下丰浦历史之最。评选结果,茶王被襄摇乡霞阳制茶厂的产品夺得,当场公斤拍卖价达二十万元。一时间各种媒体争相报道。活动期间,三家与茶相关的企业落户丰浦;时至年底全县茶园增至二十九万亩,是原来的三倍;制茶工艺得到推广普及,茶叶的销售价大幅度提高,茶农全面获益。

  茶王赛打响了栾勇县长的第一炮,周三郎副主任科员的任命也下来了。

  周三郎顶头还有主任、主任科员、副主任,和他同级别的副主任科员也有几个,但却只有他在短期内占尽了政府办的天时、地利与人和。不管何时何种会议,县长栾勇只要周三郎写的稿。因为县委书记黎永通到年纪了,干的是最后一届,机关大院几乎所有人都能从他的脸上读出不求有功但求无过的心态。相反,栾勇年轻勇锐,如日中天,等在他前面的保不准就是县委书记、副市长或市委常委。栾勇眼中的红人周三郎,不用说也跟着水涨船高。这时候周三郎喝酒的圈子不但稳固而且日益扩大,酒伴遍布各单位各角落。在丰浦县城,在一定的范围内,他的办事能力迅速提升到无人能及的地步。熬夜成了周三郎的家常便饭,喝酒写稿,或写稿喝酒,一到夜里他的眼睛就猫一样贼亮。周三郎除了写稿、办事,就是喝酒。不知道是大度还是出于对人才的怜惜,栾勇县长对周三郎的这种生活状态是故意视而不见还是习以为常不得而知,反正只要周三郎把稿子写好,把事办好。

在私底下,栾勇对周三郎写稿、办事、喝酒的超常能力尤为看好。因为写作水平被欣赏获取的一定权限,因为权限得到各种喝酒的机会,因为喝酒广结人缘而拥有的人事网络,粗看并没有什么特别之处,难的是在这三者之间的应付自如。在政府大院里,耍笔杆子的不少,能喝会喝的不少,广结人缘的也不少,但能发挥常人看不到效用的却只有周三郎。周三郎还年轻,但栾勇县长冷不防地就会看见在周三郎黑油油的头上出现一块鸡蛋大的白发,白得发出毫光,白得令人揪心。如果不给厨师提供原材料,只反复让他炒回锅菜,那他手艺再精提供的也只能是令人作呕的食品。写官样文章,多半炒的也是回锅菜,折腾下来的文字要么面目可憎要么毫无生气的铁板一块,能从中炒出点新意的秘书合格,能化腐朽为神奇、另辟蹊径搞出指导性实施意见的,则属万中挑一。可以说周三郎为能做到这一点付出了他不要命的代价。可奇怪的是,出现在周三郎头上的那块白发,过几天又会悄然消失。这大概得益于他纵情喝酒时的放松、宣泄和自我麻醉吧。

五

由中学教师到政府办副主任科员、副主任,尽管每一次都是一小步,但短时间的不断调整升迁无疑意味着领导对他的格外关注和器重。在丰浦县城意识形态的潜流里,周三郎的名头响得都有点像传奇了。孟少茵做梦也不敢想象自己会在半年内升任园长。周三郎做事总是留有足够的余地。孟少茵的前任园长、漂亮的纪小兰调教育局初教股去了。"三郎你告诉我,你和纪小兰到底是怎么回事?"孟少茵在高兴之余也听到了风声,她按捺不住的质问多少有点底气不足。周三郎说:"哪来的怎么回事,我的办事原则就是尽量做到皆大欢喜。你上一个台阶,不等于要把人家给挤掉。""可我听说你和人家都上过床了。"孟少茵的眼泪往下掉。"听说的你也信?你忘了我和纪小兰的老公是多好的酒友,再说了我随便找人上床,那我哪来喝酒的时间?""做那种事半个钟头也够了。""你居然以为可以当众在大街上脱裤子那样简单?!"孟少茵觉得周三郎的话不全是强词夺理,但外面的传闻也难说就是空穴来风。她没有证据说三郎真和那个狐狸精睡过觉,可话说回来了,即使有了你又能怎样?想到这儿孟少茵涕泪双流说:"你既然这么有能耐,干吗不把程梅鹃给调进县城?""你这是哪壶不开提哪壶,你这是在要挟我!"周三郎生气了。"你要凭良心说话!程梅鹃是谁?是你们周家的亲戚,是你娘舅的女儿!"这一天的孟少茵看起来纯粹就是要让周三郎不好过,她开始了她发泄式的哭诉:"你那表妹可是从小就认定你这个表哥是个人物的,左一个大哥右一个大哥叫得你有多受用!她每个星期都要从偏僻的砑岭中学带孩子赶车,还要挖空心思捎点山珍野味来孝敬你这个大哥,这么多年了几乎从未中断过!你那个表妹夫就更可怜了!不管你当教书匠还是当眼下这个小不点官,这么多年了简直就成了这个小家庭的菜农菜园子,可你给了人家什么好处,有资格让他包了原本该你干的体力活脏活?要把你当大救星给供着?""你以为工作调动这么容易?要么你有关系有背景,要么你肯花大把大把用于打通关节的钱!她程梅鹃哪一方面都不具备!""怎么不具备,你这个当大哥的能人不就是梅鹃的关系和背景吗?梅鹃没有钱,她的钱都花在路上了,花在搜罗山珍野味供我们这一家子的嘴上了!你真要梅鹃掏钱,我就让她贷款去!"吵架有点变味了,孟少茵也不哭了,她的每一句话都成了挖苦和刻薄。周三郎火冒三丈,手上的遥控器被摔成碎片。

表妹程梅鹃师范一毕业便被分配到边远的砑岭中学,为了不在乡下待一辈子,她嫁给城关农技站的农技员石阿溪。为了少受拖累,她挨到大龄才要孩子。可两口子对于调动根本就是不敢指望。老实巴交的石阿溪简直就是当奴才的命,笨口结舌的,除了干体力活别的一无所长。

## 六

不管周三郎怎样生气，几个钟头后他也会和孟少茵和好如初。周三郎把老婆能容忍他喝酒看作是她最卓越的品质。好老婆我错了道歉行不行？我自我批评书面检讨行不行？再不行我只好交罚款下跪求饶了……尽管周三郎哄老婆的话不过脑子，只停留在嘴皮上，只是表面功夫，但孟少茵很清楚不能因为鸡毛蒜皮就把男人逼进死角，要懂得给男人台阶下。事后证明，除了喝酒，无论孟少茵有理没理，周三郎都会把她的话放在心上。

八月底一天的午餐时间，周三郎接完一个电话后对孟少茵说："你马上通知梅鹃，从今以后一定要记住千万别张扬和我们家有亲戚关系！"孟少茵不知道发生了什么事，正要打听，周三郎已经骑车走了。

不通知还好，一通知程梅鹃就登门来了。一见面，扑过来抱住孟少茵便放声大哭。原来程梅鹃这一次是喜极而泣：她被调进城关中学了！

"少茵你知道吗，和往年一样我只是往教育局递了一份调动申请，还有的就是在你面前提起过，既没跑动也没花钱，根本不抱任何希望的。可我们家的三郎哥就是行，居然不声不响就把我给调进城来了！"

"难怪前天三郎要我通知你千万别张扬我们之间的亲戚关系！"一想到这儿，孟少茵的心不由地忽撞了一下，"偏你疯疯癫癫就跑过来了！"

"可我控制不住自己，"程梅鹃的大脑还沉浸在灌满幸福的糊浆里，"少茵你知道吗，我都不知道要怎样感谢三郎哥和你了！"

"得了，得了，亲戚之间还用得着你说这个！"孟少茵用力捏住程梅鹃的双肩，郑重叮嘱说，"从今以后至少半年时间，你一定要低调在家里待着，低调去城关中学上课，你和阿溪也别往我这儿跑，千万千万别张扬我们两家的关系，这就是对三郎和我最大的感谢！"

"为什么呀？"程梅鹃不明就里，却又多少能意识到某种严重性。

果然没几天便有一种说法在丰浦县城传开，称丰浦这次秋季教师调动，有人捡到从天上掉下来的一个大馅饼。占这个大便宜的人就是程梅鹃。原来人家要调的，是分管副县长"钦定"的也是在砑岭中学教书的陈美娟，因为谐音，好事便落在程梅鹃的身上。有人开玩笑说程梅鹃的父母真会取名字，名字本身就暗藏着深不可测的玄机。有人说，老天爷总算开了眼，让好运降在没钱没势的人身上。

孟少茵心知肚明，事情绝不像外头传的那样简单。好些年来，由于教育系统的调动牵涉到各种人事层面，波及面太广，所以每一年的教师调动都成了丰浦县权力角逐、引人注目的一件大事，参与研究调动会议的有常委宣传部部长、分管副县长、教育局正副局长及人事股长等人。会前正副局长及人事股长已基本明确谁是非调动不可的，这其中有在场领导份额内的，有某领导或某上级指定的（其信息当然也是通过在场领导传达的）。按说副局长和人事股长根本就没有资格参加这种高规格的会议，更谈不上利益分肥了，却又恰恰正是他们的工作范围和职责所在，同时也有必要把他们供在这个前台的形式上。他们对领导意图的领会和默契配合也就成为很重要的一个环节。当然近水楼台先得月这个理古今皆然，遇到他们的夫或妻、兄弟姐妹、儿女媳婿之类的亲属申请调动，一般都享受优先。再说每个调动成功的人，也多少给他们记一份人情。历次研究调动的会议，其程序变化不大，一般由常委宣传部部长重申一遍相关的政策规定，指出调动工作的必要性和紧迫性，教育局长汇报了通过深入各校教学岗位的调研，根据需要初步拟定的调动人数，接着由分管副县长发话说："小卢你把符合调动条件的申请挪前介绍，省得浪费时间。"每年全县教师递交的调动申请有一大摞，人事股长卢权将重要的放在上面，逐个往下介绍，限定人数一到即被叫停，称其余的调动申请就留到下次再研究吧。在这次研究调动会议上，对业务一丝不苟、从来没有失过手的卢全肯定在装傻。同样是女性，同样在砑岭中学任教，地方腔加上卢权的大舌头，程梅鹃和陈美娟的发音几乎没有什么区别。依照惯例，为免于横生枝节，会议一结束就由两个副局长和卢权一起"押送"装着调动通知的十几个信封赶往邮局，快递寄出调动通知。利用这段时间,分管副县长直接给陈美娟打电话说:"成了,调动通知明早到达。"结果欢天喜地的陈美娟希望落空,接到通知的是同事程梅鹃而不是她。

即便打死卢权他也没有胆量敢玩这个"掉包"。孟少茵明白在他背后肯定有一个严密的策划。这个策划既要不留把柄,又要能确保卢权的职位。孟少茵想象不出,为了这个策划的诞生,他们凑在一起也不知道喝了多少回酒。孟少茵莫名其妙地为此出了一身冷汗。

## 七

孟少茵无论如何放不下这个心事。当园长的白天也是事无巨细的千头万绪,可夜里总是等她睡觉了周三郎还没有回家。这一天深夜,孟少茵被哗哗作响的放水声吵醒,披衣起来一看,只见周三郎把头伸进水龙头下方猛冲自来水,即使这样她还是闻到一股浓烈的酒气。大冷天的这样折腾,肯定是喝多了。孟少茵连忙替他关上水龙头,递上毛巾和电吹风:"赶快擦一下吹干,着凉了就怕你玩不起!""你睡去吧,我要的就是这种透心凉的感觉!"周三郎接过毛巾马虎一擦,便坐到电脑前去了。

时近午夜,栾勇县长接到一个电话,电话称由省委三个要害部门联合的一个突击检查组入夜前来到市里,在接待中零星探得口风,原来检查组此行的目标不是香城市而是丰浦县,明早上班前到达。栾勇的大脑嗡了一下,马上明白是近日在给"丰浦农贸中心市场"征地这件事上出了疏漏。征地涉及小轿衙住宅区,动员密密麻麻的住户同时拆迁搬走,只要哪根筋没抽对,任何一个矛盾都有可能引发爆炸。看来这一次有人动了手脚,把导火索引到省城去了。其时周三郎正在洋佬洲上的"彩云楼 KTV"包厢里唱歌喝酒。此前他刚刚完成栾县长要到市里述职的一篇大稿,以为这个夜他可以忘形地放松一下。周三郎喝酒已经喝到支撑不住,只得让自己歪在沙发上迷糊。不过周三郎的非凡之处在于,如此情形之下他仍有一根神经是紧绷着的。接了栾县长的电话,他跌撞着进了洗手间,打开自来水猛冲自己的头,然后让酒友以最快的速度开车送他回家。周三郎回到家里头还是蒙,只好再次冲自来水。当坐在电脑前的周三郎敲完文稿的最后一个字,紧绷的神经一下子松懈了,倒到床上便睡死过去。这时候手机铃声一串一串地响,孟少茵怎么努力也叫不醒他,只好接手机撒谎说:"县长您好,我是少茵啦,三郎正在冲澡,有什么事我能帮上忙的吗?""那就麻烦一次小孟,你把小周刚才写的材料传到我的信箱上。"大概是时间紧迫,栾县长也顾不了许多了。这篇题为《筹建丰浦农贸市场的可行性方案及远景规划》的文章五千来字,同时附有三千字的《关于筹建丰浦农贸中心市场涉及局部住宅区的拆迁安置等善后保证措施》一文。周三郎平时虽有足够的资料储备,但要在醉酒的两个小时内组织这样长度的两篇文章,除了周三郎,整个丰浦怕也找不出第二个人。

有时候,孟少茵会以为她和周三郎生活的不是同一个时空。翌日天还没亮,孟少茵蓦地醒来,发觉周三郎已离家多时了。即使醉成那样子,周三郎也能从沉醉中撑出一段清醒,把八千字的两篇文章写下来再接着醉;即使在沉醉中睡死过去,他也会在短时间内惊觉,然后爬起身来便干他该干的事去了。

## 八

周三郎相信褚胜军肯定还睡在床上。这个褚胜军,承包化肥厂起家,在小轿衙一带经营有发廊、酒吧和小吃城,据说正在策划染指房地产开发。这个身家过亿的老板总是对得不到手的东西垂涎三尺,至于有意与周三郎套近乎,周三郎不怎么理睬却也懒得去探究是怎么回事。周三郎在办公室从凌晨五点忙到七点多,便驾车往瑞苑别墅区驶去。果然响了几遍门铃后,周三郎便和楼里的人对上话:"褚总我是三郎,今天我有空,一起去仙顶紫休闲山庄打一回高尔夫怎样?"褚胜军露面时看见只有一个周三郎,便惊讶了:"不会吧,就你我两个光棍?"周三郎说:"褚总不对吧,别说你手下美女如云,仙顶紫上还有俄罗斯女郎呢,这点小事也要周某费心?""今天不提那些庸脂俗粉,今天要带就带我们丰浦的县花纪小兰!"褚胜军故意以挑衅的口吻说,"三郎小弟要是舍不得就另当别论！"周三郎只好掉头驾车，把纪小兰带上。

在仙顶崟上的高尔夫球场，实际上只是训练场所。场地周围布有八九米高的铁丝网，场后建有蜂巢式的观察室。观察室里配有沙发、躺椅、茶水具、饮料架、小酒柜。这地方三个人都来过，但全都含而不露。等一切准备就绪，挥杆要打时，周三郎的手机响了。

"他奶奶的，连半天闲也不给！"接电话的周三郎把脸给气歪了，回头对褚胜军说，"办公室有件急事要我立即回去料理，你和小纪先玩个尽兴，我保证三个钟头内赶回。"

"你们这些当官的总是把芝麻大的事当一场战役来打。"褚胜军表示对周三郎的无可奈何，心里却巴不得周三郎离开一段时间。

周三郎离开后没有再回仙顶崟，时隔五六个钟头，周三郎打电话说他去不成仙顶崟，让褚胜军把纪小兰带回县城。周三郎在办公室忙到入夜十点，然后他径直往西街的"弯弯月夜"茶楼赶去。早已等在"小磨坊"包厢里的纪小兰神色败坏，脸上似乎还挂着泪痕。周三郎要了几样茶点，开始殷勤地泡茶。纪小兰说："周三郎你今天是怎么回事？"周三郎说："我和褚胜军打了赌。""赌你能不能把我纪小兰带出来陪褚胜军玩？赌褚胜军敢不敢对我纪小兰下手？""褚胜军赌我舍不舍得你。"纪小兰泪花四溅说："你周三郎明明知道是把我纪小兰这块肉往褚胜军那张虎口里丢的。"周三郎低下头来，言语不得。纪小兰说："请你告诉我，如果我被褚胜军强暴了，你是心痛还是幸灾乐祸？""要是褚胜军真敢对你下手，我决饶不了他！""你周三郎会这么在乎我？""我现在说在乎你信吗？""那我问你，这几年来，外面把你我的关系传得黑白不分，你是怎么看的？""我知道让你蒙冤受屈，可我却堵不住他们的嘴。"纪小兰说："我再问一个问题——你怎么知道我今天会听你的？"周三郎答道："其实我一点把握都没有。"

## 九

　　开过一个小型办公会,孙副县长没有要离开的意思。孙副县长说:"周三郎的胆子也太大了,今年秋季的教师调动,居然敢跟领导玩'掉包'。""这件事我多少也听说一点,"栾勇说,"却不好说就是三郎干的。"孙副县长说:"这件事我也懒得去追究了。不过事情肯定不会巧到那个程梅鹃恰好就是他娘舅的女儿吧?"栾勇说:"凭我对三郎的了解,他还不至于会糊涂到这种地步。"孙副县长说:"这几天我还听说,周三郎为了摆平带头到省政府上访的褚胜军,竟然对褚胜军施了美人计。这美人竟然是教育局干部纪小兰!""这种毫无根据的传言也是你这个县级领导说的?!"栾勇一听火了,"多少人恨不得无风三尺浪,难道你这个身为副县长的也要推波助澜?!"正副县长的这次谈话,不欢而散。

　　这一阵子,周三郎似乎是一夜之间发觉自己瘦了,闻到油腥味胸口就发堵就想呕吐,心一慌大脑甚至会出现短暂的空白。平时周三郎到县长室送材料,并不急着走,总是坐下来和栾县长聊几句。常常就这么聊几句,让他大体了解到政府下一步的工作思路,以便提前做好资料方面的准备。但这一次周三郎放下材料却转身就想离开。栾勇叫住他说:"三郎你最近是不是累过头了,瘦得这么厉害?""大概是熬夜熬的吧。"周三郎没有提到喝酒。不管情况如何,要周三郎戒酒似乎是不现实的,他知道自己已经患上严重的酒精依赖症。"三郎你先有个思想准备,组织上已经在考虑让你担任兜螺镇副书记、代镇长一职。凭你的工作能力,过几个月换届选举后任镇长是不成问题的。""那办公室的工作怎么办?"这是许多人在努力争取的职位,但周三郎的心仍然放在栾勇更需要的秘书一职上面。"光考虑自己的话,我是不会让你离开办公室的。但办公室的工作是无形的,干得再好也干不出政绩。这对你是不公平的。还想进步的话,基层任职是一个必不可少的环节。"此时周三郎是享受正科级待遇的政府办公室副主任,但和乡镇正职的权力操作相比还有一段距离。换上别人,说不定对如此关照自己的领导马上就有了感恩戴德的表示，不知为何，周三郎却高兴不起来。"这样吧，"临离开县长办公室，栾勇接着强调说，"办公室的工作先放一放，到兜螺镇任职之前，你必须去市医院认认真真检查一次身体。年纪轻轻的，不要掉以轻心。"

出乎所有人的意外，周三郎得的是肝癌晚期。当然医生只对他说是肝硬化。看得出医生并不特别强调对这种病的治疗，但再三要求周三郎必须滴酒不沾。除了周三郎本人，几乎整个丰浦县城都知道周三郎肝癌晚期，明白喝酒会要周三郎的命，一时间所有的酒友谁也不敢去当这刽子手，孟小茵更是对他严加看管。

来自断酒和肌体的双重痛楚让周三郎生不如死。周三郎渴望有谁能挺身而出和他痛饮一次。但没有谁去满足他这个愿望。周三郎不知道用什么办法搞到两瓶白酒，一口气喝光。他喝醉了，过渡到深度昏迷，便再也没有醒过来。

周三郎死的时候年仅三十七岁。

（原载《飞天》2008 年第 9 期）

---

作者简介

何也，本名何元杰，男，1962 年生。曾为小学教师、挂职乡镇干部、报刊编辑、省文学院合同制专业作家。现任《闽南风》杂志主编、漳州市作家协会副主席。中国作家协会会员。1986 年至今发表作品二百万字，出版有长篇小说、中短篇小说集四部。

## 母亲的绿丝带

◎ 阎欣宁

年岁已高的母亲,心思多得白天黑夜都搁不下。

老大长民按揭买房,一家三口背上了十五年的还贷期,每月银行按揭还款小三千,母亲头回听说,缺了门牙的豁嘴圆得像房地产公司的黑色公章。十五年啊!三千块啊!她惊讶地叫着,"公章"叭叭地盖下去似的。大儿媳涎脸笑道,妈,要不你帮帮我们?母亲就像谁揪住她早已干瘪的奶袋子讨奶吃,一下子泄气了。她每月的退休金就千把来块,还指望它们养老送终呢。两个儿子一闺女,串在一起也赶不上退休金可靠。再说了,你帮了老大长民,老二长胜呢?还有闺女长琴,虽说嫁出去了,回娘家的时候,一只眼睛盯着她一个哥,鼻子嗅着老娘亲,都跟磁石似的。十五年啊,对孩子们来说只是个长短日子,对母亲来说,却已经意味着来生。

母亲的心思还不止老大的一套房子。老二长胜的媳妇下岗,孙女还在上高中,全靠老二的那点工资硬撑着,家庭就跟危房似的,有风有雨就有危险。老二的脸上半年多没见着一丝浅笑了。还有长琴的儿子,小外孙还在上小学,就迷上了网吧,常逃学钻到网吧不出来,还从家里抽屉中摸钱。长琴把抽屉锁了,那小畜生干脆把手伸到他妈的钱袋子里……母亲的心思,少得了吗?

五月十二日下午两点半左右,母亲正在阳台上浇花,她养了些三角梅、星星草什么的,都是些不值钱也不入人视野的植物,说它们是花,不如说是草。

忽然，母亲一阵头晕目眩，扔了喷壶，抱住门框人才站稳。她回屋后仍然心神不定，丢了魂似的坐立不安，她也不知道怎么回事。两小时后，长琴打了电话回家。妈，不好了，四川那边大地震了，我大哥不是到四川出差去了？母亲一瞬间就明白原因了，那是一种母子通连的心灵感应。记得长琴才三岁那年，她还在厂子里上着班呢，也是忽然觉得烦躁不安，坐立不宁，没过一会儿，邻居就捎信到她厂里：长民爸在家突发脑溢血，邻居已帮忙送到医院。等她赶到医院，刚见上最后一面，人就没了。最亲近的人才会有这种心灵感应。

到晚上一看电视，母亲的眼泪就下来了。成都的大街、广场，到处都像倒出火柴盒的火柴，挤满了张皇失措的人，他们有的端着盒饭，有的兴许就饿着肚子，有家不敢回，打算整晚露宿街头。大儿媳回家来，哭得泪人似的。地震发生后，长民的手机死活都打不通了。最后一次通电话还是昨晚，长民说他第二天要去都江堰、青城山，那里都是风景区，恰恰都是重灾区，最早看到惨不忍睹楼房垮塌的电视画面的，正是这两个地方。长民的儿子上高中了，那孩子懂事，守着奶奶不哭，眼睛却红得像放久的桃子，只是一个劲朝奶奶和妈妈手上塞纸巾……

后来，陆续传出的汶川、北川、青川等地的电视画面更令母亲震惊，特别是那些学校教学楼垮塌后夷为平地，一些孩子在废墟中等待救援那无助失神的样子，更令母亲心碎。她是母亲，也是奶奶，看到那些废墟中的孩子，她不仅想到下落不明的老大长民，更想到仍在学校念书的孙子、孙女和外孙……她吃不下饭、睡不着觉，阳台上那些草也顾不上了，整天歪坐在电视机前，看现场直播。几天下来，母亲的泪眼就没干过。她在屋里又点起了菩萨像前的香炉，白天黑夜香火不断。春节前后，南方冰雪灾害时，母亲就点起香炉。香火刚灭不久，就又几次复燃，从拉萨街头遇害的藏、汉同胞，到胶济线遇难的旅客，现在，又是四川地震，说不定，还有老大长民在内呢。母亲的信佛并不专业，否则她烧香火也不会时断时续。她对佛的理解，就是冥冥之上，一定有个主宰人类苍生的神祇，有时作怪，和部分人过不去。母亲的祈福简单而实用：菩萨保佑老大长民平安无事，早点归来；保佑废墟下的人们挺住，都能等到救援队的到来……那几天，母亲最想看到的，就是电视画面上那些穿着橘红色或深色服装的消防救援队员的身影，那些从全国紧急调往四川地震灾区的消防官兵，手上有个小机器，对着整片废墟一照，就知道下面还有没有活人。母亲最赞同电视里所说的"不抛弃，不放弃"，母亲一看到画面上的消防官兵，嘴里就喃喃道，拜托了，孩子们，救人一命，胜造七级浮屠呢……

大儿媳疯了似的，整天吵着要去四川灾区寻夫，说活要见人，死要见尸。母亲历来和大儿媳难以贴心，但对她千里寻夫的勇气有几分感动，说你要真去的话，我出一趟的机票钱。长胜和长琴却劝大嫂不要冲动，灾区情况复杂，一个妇道人家去了，添乱不说，于事无补，还有一定危险。

十五号那天，母亲的神经几乎崩溃了。她说今天就到"黄金救援"时间的七十二小时了，过了今天，废墟下人们生存的可能就微乎其微了。母亲这样说的时候，清明豪雨般的泪水又涟涟而下，似乎老大长民正在震区的废墟下进入了倒计时。除了烧香拜佛外，母亲是无能为力了。大儿媳光是嘴里叫，并没有真正动身去四川的意思，这点就不如孟姜女了，不也就一千里路程嘛，还有飞机，还有人给你出机票钱呢，孟姜女那会有什么呀？孟姜女哭倒长城，大儿媳……啊呀，不好再提这个"倒"字。算了，她不去也好，其实就是去了，她也造不成什么余震。这些日子，全国上下铺天盖地开始了赈灾捐款，单位、小区、街头，到处摆满了募捐箱，人不分男女老幼、穷人富人，都慷慨地将红色大票一摞摞、一张张地塞进募捐箱，感觉随处摆个箱子，就有人朝里塞钱。母亲哪肯怠慢？她先回原工厂捐了一次，回来的路上在街头又捐了两处，分别领到了两根绿丝带，人家替她绑在左右手腕上，到底什么意思，母亲没弄明白，她也没问，光是觉得那绿丝带颜色鲜艳，怪好看的。晚上洗澡的时候，她把绿丝带从手腕上解下来，系在香炉的两只耳朵上。

第二天，大儿媳兴冲冲地回家来告诉母亲：长民从都江堰打回电话来了，他没事，地震时被埋在宾馆里，才第二天就被消防官兵扒出来，前几天电话打不通,他也急得跟什么似的。电话能打通了,他赶紧报声平安。母亲阴沉着脸,老到地说,长民说没事就没事?他是怕家里担心,捂在塌楼底下,就算没伤到筋骨,皮肉红伤是少不了的。再说了,他人在哪呢?要真没事,还不赶紧回家来?大儿媳被母亲问得愣了半晌,心说知子莫如母,说不定长民还真怎么着了呢,要不他怎么还不回来,只说要留在都江堰做志愿者,参加救灾,回报社会。大儿媳越想越不对,抄起家里的电话就拨号,还没忘了说一句,妈,月底前往四川打电话都不要钱……

　　长民跟母亲在电话里发誓,他真的没事,连点皮外伤都没有,就是受了些惊吓。他不能在这种时候开溜,他被人从废墟底下救出,也要将别的生存的人从废墟中救出来。长民在电话中声音嘶哑,话语急促,他不愿多说。母亲放心了,只要老大平安,比什么都强,能留在都江堰参加救援,是老大的光荣,也是全家的光荣,救人一命,胜造七级浮屠啊……对了,这事说不定该跟报社、电视台的记者们提供个新闻线索呢。

　　全家人听说老大死里逃生,都欣喜不已,聚到母亲家来摆了一桌,全家三代,除了老大长民,全到齐了。把盏间,全家人轮流向母亲敬酒祝贺,似乎老大长民的脱险只与母亲有关。长琴还归纳道,大哥能逢凶化吉,全靠妈的虔诚打动了佛祖,佛祖保佑大哥平安脱险。长琴的话博得全家响应,又一轮敬酒,就连孙子、孙女和外孙,也没人再说奶奶"迷信"了。长琴说,这也是为灾区所有人祈福嘛。母亲并不愿对儿孙们提及她的香炉、她的菩萨,所有的佛和佛具都具有极端的私有性,那是她个人与神祇交流的心灵通道,与旁人无关。的确,母亲从未当着别人的面,对菩萨佛祖央告些什么。

　　母亲脸色又一沉,她说,你们都向灾区捐过款了?大儿媳抢先回答说,捐了,那能不捐吗?长民还在四川呢,这些日子,我都觉得自个儿是半个四川人了。老二长胜也说,他在单位就捐了两回。二儿媳因为下岗,就在小区里捐,孙子、孙女和外孙也都说在学校捐了款,连过年的压岁钱都一锅端了。一说到捐款的话题,饭桌上再度踊跃了。大家都说,看到市领导和大老板捐款都不觉咋样,就是看到街上乞讨的老人朝街头捐款箱里塞零票的照片,令人心里发酸。长琴说,你们别说乞丐了,我看妈就能感动中国,一个退休老人,那么点养老金,已经捐了四五回了,你们看看香炉上绑的绿丝带吧。长琴的老公妇唱夫随,跟着说,妈,您悠着点来,看这情景,一段日子还有得捐呢。

母亲将家人的劝告视为耳旁风,白天晚上,她仍然守在电视机前,反复观看中央台"众志成城,抗震救灾"节目,就连睡觉,她的眼窝都没干过。最多隔上一天,她就要颤巍巍地走到街上,找个就近的募捐箱塞一张红票子进去。守着募捐箱的几个青年志愿者都认得这位老太太了,她还离着老远,就挑选出一条最长最鲜艳的绿丝带迎候着她。从母亲的服饰和举止上,他们猜这是位草民阶层的老太太,唯其如此,才令他们感动。他们打电话约来报社的记者,那是个年轻小伙子。他对母亲进行了跟踪采访。这一"跟踪",就跟到了母亲家里。家里简陋的摆设并没让记者吃惊,吃惊的是那个仍在冒着青烟的香炉上,从耳朵到三只脚上,系满了长长短短的绿丝带,如同一片春天生机勃发的绿茵地。记者问母亲,迄今为止到底捐出了多少钱?母亲漠然地摇摇头,说她根本没有算过。记者就用刁钻的职业眼光抚摸着香炉上密密麻麻的绿丝带,可他实在数不过来。不过,记者并不失望,当他得知母亲的大儿子地震时在都江堰遇险,现在还留在灾区作为志愿者参与救灾行动时,记者的眼光像充足了电似的,他迫不及待地抄下了长民的手机号说,奶奶,我还会来的,等长民叔叔从都江堰回来,我一定再来看你。说完,记者从票夹里捻出二百块钱,非要留下。母亲推辞不受,她吃惊地说,孩子,你们报社没为灾区捐款?记者笑着说,捐了多少回了。母亲就有些生气,说,那你不把这钱捐出去,给我做什么?记者会写文章,也会说话。他说,奶奶,您老心善,手也吉祥,借您一双手,替我捐了,算咱娘儿俩的心意还不行?

地震发生后,母亲已经跑了好几回银行了。实话说,她现在有点力不从心。终于,走近募捐箱时,她掏出来的不再是红票,改为绿票了。守着募捐箱的青年志愿者并不嫌弃,他们一如往常,老远看到她步履蹒跚的身影,就为她挑选一根最长最鲜艳的绿丝带。

大儿媳回家来又叫,说她想去都江堰灾区当志愿者,换回长民,回家休息。这么多天了,也不知他吃什么,喝什么,晚上有没有帐篷住?这么多天肯定无处洗澡,带去的换洗衣物也都砸在废墟下面了,又是雨季,但愿他身上不要长疥癣才好。长胜说,灾区那么多灾民,全国又去了那么多志愿者,谁洗澡换衣服了?谁长疥癣了?又不是我哥一个人。长琴说,是啊,冷也好,热也好,活着就好。大儿媳不跟他们纠缠,扭头对母亲说,妈,长民疯了!要么就是地震把他震傻了,当志愿者差不多就行了,就跟捐款似的,表达一点心意呗,哪有这么多天还不回来的?我说我要去换他回来,他还不肯。母亲的脸佛像似的毫无表情。她心想,那是因为你压根不会去灾区,长民倒是在那修长城呢,可你不是孟姜女。

到儿童节那天,老大长民终于从四川回来了。

长民是跟随编号为"救40"的转运灾区伤员的专列回来的。专列从灾区运来二百多名伤员,分送到本市几家三级医院治疗,随专列返回的还有本市派往四川灾区的医疗救援队。长民作为志愿者,在专列上帮助看护伤员,完成了他最后的志愿服务之旅。

长民和母亲见面时,母子对视,感觉都足足愣了有二十天那么长,他们仿佛谁都不认得对方了。长民尽管洗过澡,换过衣服,可多日在灾区风餐露宿的生活痕迹,特别是灵魂洗涤后的变化,还是使得母亲认不出来,说他瘦了、累了都不确切,他就像换了一副躯壳,换了一副灵魂,成心对生母玩障眼法似的。长民看母亲呢,好像也被人施以法术,疲惫、忧郁、苍老,好像都不完全,感觉上就像母亲也在地震的废墟中被埋了二十天似的。长民从被埋直到被救出,包括在灾区救援这些日日夜夜,落过泪,一个大男人的泪,但从不曾哭出声。见到母亲,长民扑上去,紧紧抱住母亲,放声号啕大哭……

奇怪的是,母亲反而不流泪了。也许,这些日子以泪洗面,她的眼泪早已流干了。

老大回家，长胜、长琴他们都松了一口气。都说，哥，你回来就好了，咱妈怕是在地震中坐下病根了。劝她不要看电视中的地震救灾报道，她受不了那个，时间又这么久，可她偏偏不听，看了就难受得掉泪，不看又不行，挡都挡不住。大儿媳说，光看还不算，咱妈还坐下一个病，隔一天就得去捐一回款，不捐她就浑身难受，熬不过这一天似的。长民，你看看咱妈香炉上绑着的那些绿丝带吧，现在都快绑不下了，你说她捐了多少吧。这下好了，你这大儿子回来，咱妈兴许就打住了，人家大老板也没有这个捐法，全市要评首善之星的话，咱妈准当选。

儿女们猜错了。老大长民回来后，母亲仍然隔一天，要上街去找一回募捐箱。不过，现在她塞进募捐箱的，已经改成灰票了。

母亲香炉上的绿丝带，已经挂得满满当当，再也无处可系了。她只好首尾相衔，将一根根绿丝带接起来。绿丝带如同生命的接力，在时空中延长拓展。

长胜和长琴把母亲的"病"交给大哥长民，让他想办法。母亲的心理在地震后受到了重创，需要心理救援，老大应该有办法，谁让他是老大呢。

都江堰地震时，和长民同时被埋在同一座楼房废墟中，又一同被救出来的，有一个叫萍水的女孩。萍水刚十六岁，还在读高中，她的左腿被预制板砸断，加上感染，医生诊断为"骨坏死"，在成都华西医院进行了截肢手术。萍水的父母和奶奶都在地震中遇难，就剩下她一人，还少了一条腿，她没有勇气再活下去，几次夜里从病床上翻下来，想往窗户上爬，幸好被人发现，加强了特护，才没出事。长民曾几次从都江堰赶去成都华西医院看萍水，两人毕竟在废墟下埋了一夜，算是生死忘年交。长民鼓励小姑娘要坚强，既然活着，就好好活下去。登上"救40"专列前，萍水因为没有亲友陪送，提出要长民一路陪她。小姑娘心细，不仅要个伴，还想正好送他回家。

萍水被安置在第一医院。长民几乎每天都要跑一趟医院看望她，尽管第一医院统一为来自四川灾区的伤员配备了护理人员。长民跟母亲讲了几回萍水，母亲就动心了，提出来她要去医院看看那小姑娘。长民说，妈，你去可以，可千万别当着她的面落泪,心理康复专家正千方百计地让她笑呢,说只有让她赶紧笑出来,心理才有康复的基础。母亲答应不落泪,长民才带她去了医院。

见到病床上的小姑娘,母亲果然没有落泪。她从自己手腕上解下一条绿丝带,轻轻地绑在萍水手腕上,嘴里还念叨,小姑娘的手好白好细哟,怕是会弹钢琴吧?萍水羞涩地抿紧了嘴唇,说她会拉二胡,是学校民乐团的。母亲说,太好了,改天你能坐起来,拉段二胡给奶奶听,奶奶就爱听胡琴。母亲自始至终都没提到小姑娘的腿,她甚至都不朝那里瞟一眼。长民没想到,母亲还是一位优秀的心理大师呢。

到了第二天,长民推说单位上有事要处理,请母亲替他去第一医院看望萍水。母亲答应了。那天,本来是母亲上街找募捐箱的日子,她走上了去第一医院的另一条道儿。

从那天起,母亲就替代老大长民,担负起每天去医院探视萍水的任务。母亲同小姑娘相处得很好,祖孙俩每天有说不完的话。开始萍水还问一声,为什么长民叔叔没来?后来她也就不再问了。母亲每天临去医院前,都要从香炉上解下一条绿丝带,先系到自己手腕上,到医院后再解下来,将还带着她体温的绿丝带亲手系到萍水的手腕上……生命的温热便就此转移到小姑娘身上了。

很快便到了端午节。长民和第一医院商量,将萍水接出医院,来家里过端午节。医院不敢擅自做主,经请示卫生局,最后还是采访过母亲的报社记者帮忙说话,卫生局又考虑到长民和萍水的特殊关系,算是特批了。端午节那天,母亲备下了糯米、红枣、川味腊肉等,要包四川口味的粽子款待小姑娘。孙子、孙女和外孙也都赶来了,各自带来送给萍水的节日礼物。蜂拥而至的还有报社和电视台的记者,以及一些青年志愿者。另有一位市歌舞团的二胡演奏员,他带来了自己的二胡。来人把母亲的陋室挤得水泄不通。

动手包粽子之前,母亲祭祀般地洗净了手,换上一炷新香,然后在所有人注视下,解下了香炉耳朵上的最后一根绿丝带。母亲的绿丝带都是由她亲手一根根系在香炉上,后来又一根根解下来,系在了小姑娘萍水的手腕上。现在,这已经是最后一根了。用大儿媳对长民的话说，咱妈的病算是让你治好了。

母亲把最后一根绿丝带慢慢地系在小姑娘萍水的手腕上，然后长舒一口气说，萍水，拉段胡琴给奶奶听吧，奶奶边包粽子，边听你拉琴。萍水接过二胡，坐在轮椅上熟练地调试好音，睁着大眼睛问，奶奶，您想听什么？

母亲想了想说，《江河水》吧。

（原载《福建文学》2008年第8期）

**作者简介**

阎欣宁，男，1952年出生于青岛。曾在部队服役，现在厦门市文艺创作中心供职。中国作家协会会员。曾在《中国作家》《收获》《十月》等刊发表短篇小说二百余篇，获《中国作家》《解放军文艺》《昆仑》《作品》《广州文艺》等刊物奖。《枪队》《枪圣》《枪族》《极限三题》等小说入选过多种短篇小说选本。1992年，曾获得中国作协、中华文学基金会"庄重文文学奖"。

# 第三人称

◎ 余岱宗

我有一个习惯,喜欢用第三人称来叙述自己发生的事。我正动笔的时候,会下意识地生成这样的句子:"他正在涂鸦",或"他又开始白日做梦了"。这有好处,把自己当成"他"来叙述,你会觉得愉快得多,超脱得多。小豚还不知道我有这毛病,但她会发现,从很严肃的神情切换为带点玩世不恭的态度,对我来说是常有的事儿:这是因为我已经熟练地掌握了将自个儿的事情变成"他"的事情来感受思考的本领。小豚见到这情形,常常误解为我这个人有点神经质。这是她判断错误,其实,我很理智。所谓的"第三人称"游戏法,就是为了避免太感情用事,瓦解我的潜在冲动。记得和小豚离婚的那阵子,我很快就适应了,学会像局外人那样叙述自己的事情,"小豚与他离婚的时候,他们俩不能说如释重负,欢天喜地,倒也一团和气,互谅互让"。你看,由于用了第三人称叙述,我把常人觉得很倒霉的离婚事件说得有点喜气洋洋,这多好啊。

事实上,很严重的事情,只要用第三人称将故事重新叙述一遍,多次重复之后,就有可能大事化小,小事化了,甚至可能将悲剧叙述为喜剧,或将正剧转述为滑稽剧。不信,你将"我对小豚很失望"这个句子变为"他对小豚很失望",那么,这件事情就与你关系不大了。你可以很轻松地评论"他"对小豚的态度,很中立地看待事件的演变,很冷静地关注主人公的心态。

和小豚离婚的那天，我不断地告诉自己。这个事件应该表述为"他和小豚离婚了"。所以，离婚那天我就不怎么难过了。我就好像去参加一次演出，只管演好我该扮演的角色就行了。

不但我和小豚离婚如此，就是参加小豚的再婚婚礼，我也将"第三人称"游戏法派上用场，将一个高难度的前夫角色扮演得有声有色，令所有参加小豚再婚婚宴的宾客笑痛了肚子。

那个火树银花的夜晚，张灯结彩的婚宴大厅的主背景墙的大幅屏幕上正滚动播出小豚和她的新丈夫恩爱无比的照片和录像。小豚和她的新丈夫除了散步于江滨公园、飙车于繁华市区，还有几个镜头是在玻璃幕墙为背景的现代写字楼里拍摄。他们在办公室或会议室谈话，牵手，眉目传情，同进同出，一副爱人加同志的模样。这拍婚礼片的摄影师绝了，他们两个人的确就是在工作过程中偷上情的。大量的画面在我看来都是在暗示男老板和女秘书是如何从雇佣关系变化为婚姻关系的。在小豚婚礼上，也有不少宾客是我和小豚的共同朋友，这些朋友们在与新娘新郎敬过酒后，个别的过来与我嘀嘀咕咕，说小豚怎么疯了，把你这么好的男人抛弃了，匪夷所思。来，干了吧，老朋友，别想不开，这事很正常，你想开些，这下自由又属于你了，你看我，我要跟我老婆离婚她死活不答应。羡慕你呀，轻轻松松就离了一个婚，再说，小豚再嫁也嫁得不错。我们喝我们的，借他们的喜酒，浇咱们的块垒。我说我有什么块垒呀，高兴得很。喝呀，来，再干一杯，再添上酒。我女儿小提过来劝我少喝酒，我对小提说，不不不，爸爸今天真高兴，你看多热闹，让爸爸喝两杯，反正等下打的回家，不碍事。我女儿小提今天也分配到了一个可爱的角色，充任花童，多可爱懂事的孩子啊。再说，有多少孩子有机会作为亲爱的母亲的婚礼花童呢？真是幸运的孩子呀。

事实上，前妻小豚希望我参加她的婚礼并执意让小提当花童的时候，我是破口大骂的，我质问小豚："你伤害了我，还要丢孩子的脸吗？"

小豚反问："我再婚，就丢脸了吗？不，我不觉得丢脸，你为什么觉得没有面子呢？结婚是我的事情，你是我的前夫，女儿是我的女儿，邀请你们参加，你们不来，我才丢脸。你们来了，我不但不觉得丢脸，反而会很高兴，很风光，很有面子。你下次办婚礼的时候，我也会去给你帮忙的。做人别太小气，坦坦荡荡的，别人怎么想怎么看，让他们议论去。要让别人适应你，别老让自己适应别人。我让女儿参加我的婚礼的整个过程，就是要她明白妈妈和另一个男人结婚是光明正大的事情，不是什么见不得人的事儿。她长大以后也会知道妈妈再婚是非常正常的事情。我们要把所有的事情都告诉她，所有的经过都让她知道得清清楚楚，这只会对女儿的成长有好处。像你那样躲躲闪闪，女儿就真的认为妈妈做了见不得人的事情。你好好想想，你要真为女儿考虑，就应该请她参加婚礼，让她当花童。"

我被小豚说得很懵懂。她一向专横独断，也许只有在她现在的丈夫面前才俯首帖耳。有什么办法呢。我只好动用第三人称："他不是那么心甘情愿地听从了前妻的安排，带着女儿小提参加了前妻的再婚婚礼。前妻的话事实上并不是对他毫无作用。至少，他被前妻抢白之后，他在潜意识里也偷偷地认可了前妻的看法：参加妈妈的再婚婚礼对女儿小提来说说不定是一次非常有益的人生教育课程。况且，婚礼活动充满娱乐性，让女儿小提为妈妈的喜庆日子出点力，可以扩展女儿的胸怀，让她认识到看似难堪的问题只要敢于去尝试，就可能将尴尬的经历化为一次美妙的体验。"

我在纸张上写下这段文字，不是日记，不是备忘录，而是即写即弃的文字游戏，但这个游戏有奇效。以"他"的名义的文字形成之后，我满腔的委屈和辛酸渐渐烟消云散。文字仿佛具有了魔力，我很快就信了写下的东西，然后我就照着我写的去做，去做文字里头的"他"。我仿佛一下就理直气壮起来，由衷地赞赏自己对待生活的勇气与智慧，觉得自己站得很高。

小豚的婚礼上，各种人头在我的眼前晃动，我心里很明白，那些来参加婚礼的人，已经被现场豪华的场面征服了。我想这已经让小豚获得预期的效果，她就是要让大家看看她再嫁是嫁得如此富丽堂皇，她是要让所有的来宾对再婚者的揶揄的目光都转换为对她现任丈夫所掌握的财富的无条件惊讶。

　　毕竟是当过一次新娘,她已经非常娴熟地掌握了当新娘的技巧。落落大方,彬彬有礼,但也适时地露出少许刻意的羞涩和嗲意,她和来参加婚礼的少女时期的女伴深情拥抱,说"你能来真好"。在她的上次婚礼上,她也是如此说和如此做的。上次婚礼上,她给来宾敬酒的时候也说"我不会喝酒,大家饶了我吧",这次她也这样说,我听了倒没什么,我担心的是参加过两次婚礼的有心人会发现这种重复,他或她感觉到这种重复的时候会在心里发笑。不过,前妻变得更高贵更成熟,我既有妒意又有些许自得。我坐的那一桌全是我和前妻的共同朋友,她过来敬酒的时候,当着大家的面吩咐我,"你要帮我招呼大家,大家可要吃好喝好。"朋友们肯定都注意到她像训管家一样对我说话,他们一定会在婚礼后聚在一起放声大笑,为共同见证一个前妻在她的再婚婚礼上训导她的前夫而兴奋不已。还有,她那句"大家可要吃好喝好"也是上次婚礼重复了无数遍的话。

　　我当然不能在婚宴上和新娘顶嘴,我只能拼命地和朋友们喝酒。让自己的身体升腾起来,我就能更自然地使用第三人称了。一旦使用第三人称,事情就不一样了。

　　他发现自己变得轻盈起来,他甚至感觉到某种久违的情感,这种情感是那样奇异,是那样博大,他准备拥抱婚宴上的每一个人。他和新郎的朋友们敬酒,他绕到了主宾桌,对新郎说,所有的事情都托付给你了。他还和新郎的父亲、母亲敬酒,祝贺他们培养了一个好儿子,开设了一家大公司,为国家纳税,为一百多号人提供就业机会,长袖广舞,左右逢源,披荆斩棘,柳暗花明,花好月圆,惊涛拍岸,卷起千堆雪,谁道三国周郎赤壁,小乔嫁给你,雄姿英发。多情应笑我,早生华发。人生如梦,一尊还酹江月。他也给孩子的外公外婆致敬,说有些事情是我做得不好呀,好在历史是人民写的,好在三十年河西三十年河东,小豚她总是寻寻觅觅,最难将息,如今三杯两盏淡酒,正伤心,总还是旧时相识,故乡何处是?忘了除非醉。物是人非事事休,这次第,怎一个愁字了得！小豚的妈妈也是个熟读过李清照的人物，一下就听懂了，泪盈盈，握住前女婿的手，深情地说："孩子，你的苦，我晓得。我以后会常常过来帮你带小提的。"此情此景，在场的人都感动了。他退走了。他觉得他这样的表达是非常体面的，这里头包含着对前妻的眷恋和些许的埋怨，怨而不怒，这多好呀。可他一转身，一个声音传来，"他就是这样的人！"是小豚的声音，声音不大，但足够让他听清楚。"他是什么人呢？"哈哈，什么人呢？这个人是你的前夫，这个总该最清楚了吧。他走着，端着酒杯，全身上下都飞溅出酒的分子。他的身体有些不稳，他提醒自己不要再乱说话了，不要企图在前妻的婚礼上引人注目，刚才可能已经过火了些。不过，不要紧，他紧张地权衡着，这样也不是完全没有好处。有一个前夫在婚礼现场充当丑角，这有什么不好？这可以提升你们婚姻的知名度和美誉度。他发现有人过来搀住他，要替他喝酒，这个家伙叫左奔奔，奔奔是小豚和他共同的朋友，奔奔肯定是受了小豚的指使，以为他喝醉了，上来劝他，当酒保，要替他和来宾干杯。他对左奔奔说："这酒，只有新郎才能代替我喝，你有资格吗？你需要资格认证。"他知道他开始有点胡闹了，可有什么办法呢？美酒给了他好心情，他只能用美酒来报答美酒给他的爱。他即席赋诗，侃侃而谈，他见到许多脸，都朝他笑着，是那样的友好，那样温暖，那样开心，大家的笑声在他的大脑中轰鸣，谱成一首绝妙的恰恰舞曲，笑的恰恰舞曲。他还听到女儿的说话声，要他马上停止饮酒。他寻找着女儿，女儿已经抱住了他。后来，有人来架住他，他上出租车的时候，问搀住他的人，噢，还是那个左奔奔，我女儿呢，他大声问。左奔奔说你就别管女儿了，小豚会照顾好她。他对奔奔说，不成。我不能让女儿到他们家过夜，马上找我女儿小提来，我带她回自己的家。奔奔没有办法，又奔回酒宴的现场，去找人。奔奔又奔了出来，说你女儿正由外婆照顾着，你马上回家歇着吧。他知道婚宴正进入高潮，这不是把自己赶走吗？他想让出租车司机再返回，他的手机响了。是小豚的声音，她说你现在马上回家休息，女儿晚上到外婆家。你看你，一喝酒就不知道节制，跟小孩一样的。你回家以后，赶紧吃醒酒茶,就在厨房柜子里左边的一格,跟那套银餐具放在一块儿,你马上泡了喝,听进去没有?他回答知道了,就关机了。何必呢,晚上就跟另一个男人洞房花烛夜了,还跟我玩体贴游戏,矫情。就是头痛而已,根本没醉,清醒得很——他对自己说。回家吧。他终于对自己发出确切的命令。此君是小丑不是?是小丑最终会在众人面前暴露出来,所以快不惑之年了,自己还是一家小报的小记者,除了会耍耍笔杆,还会什么?可是,耍笔杆靠的是自己的劳动吃饭,并没有什么好羞耻的。他承认自己是一个小人物,可小人物有自己的感情,有自己的尊严呀。他是一个有自己尊严的人,不是一个酒鬼,也不是一个可以被别人玩弄于股掌之中的人。这一点,他是确信的,既然如此,有什么好丢脸的。她明明是把他赶了出去,可他还得感激她惦着他是不是醉得很难受。什么世道这是。这样吧,从明天起,走路一定昂首挺胸,目光正视前方,绝对不做没有原则的人。对头,原则非常重要,他本来就是讲原则的人,是的,他就是最守原则的人。可原则是什么呢?见鬼。原则好像太抽象了,他好像短路了,婚姻的原则如万花筒般变化莫测,他为什么不变呢?穷则变,变则通,通则久。不然再找个老婆又会跑掉。为什么呢?他发现酒精促使自己陷入了最原始最下意识的生存压力中,他的大脑里显示出野蛮人的景象:丛林、部落头人、肉类分配、性机会、女人、后代、掠夺和野兽袭击,还有那从繁密的树杈间漏下的月光。今天也有月光,也从那林立的大厦间倾泻而下。他思索着自己为什么会有如此感觉。

　　我笔下的"他"在婚宴上的表现并不完全可信。事实上,那天晚上我虽然喝多了,但还是坚持到婚宴结束。我并没有被人架出婚礼现场,虽然我内心里觉得如能如此那将会为自己平添上一种"悲壮感"。哈哈,我是什么人我清楚,可为什么那么多人又喜欢议论我,我是什么人呢?他们说着说着,我也自以为自己真成了什么人。他们先是挖苦我,说先前还以为我挺有本事的,娶了个长得像李嘉欣一样的老婆,现在证明我这个小报记者是无能的,老婆终于跟别人跑了。后来,他们又诽谤我,说我把老婆"转手"给富人——是的,他们用的就是"转手"这个词,好像我是买卖老婆的掮客——我的目的是想捞到好处,这不,富人为了赔偿我丢了老婆的"损失",就送了一部小汽车给我。这都是些心理多么阴暗的人在诽谤我呀。然而,我确实是接受了那个家庭给我的一部小汽车,一部被他们家庭淘汰掉的旧汽车。那是小豚再婚后的第四个月,我履行法律义务,让女儿小提去探视她的母亲。每个星期六早晨,我到了豪门,就让小提自己进去,我则马上走人。可这次小豚在门口等着我,她问我,一副欢天喜地的样子,说你不是早就拿到驾驶证了吗?这里有一部车,你上来试试。我原先还以为她要我帮忙,爽快地答应替她试车,心想这富翁也不怎么地,怎么让我前妻用这旧车。大概越有钱越节约吧,说不定富翁手头也银根紧,缺乏流动资金买新车给新太太吧。总之,我还在琢磨富翁的经济现状的时候,小豚冷不丁地对正在发动汽车的我说:"要不嫌弃,这车你就拿去用,你接送孩子,需要车。"我听了一愣,脸上热辣辣的,对小豚说:"有我,不需要车。"小豚也哼了一声,手臂交叉在胸前,扭了下腰,用"早料到你会如此"的表情瞧着我,对我说:"那你就是嫌车旧咯。我告诉你,这是我花了我的一个月的工资从公司里买的,算是二手车,是我的财产。目的呢,很简单,就是接送女儿用,请你当司机,不付你工资,这车就是送女儿上下学的交通工具,这该不会伤害你吧?"我想如果我为了一部旧车和她啰唆太久,很可能更被她看不起,她会认为我太高估了一部旧车的价值,就好像她送一客比萨饼给女儿,我会收下,而对一部旧车,我却穷得不知所措,因而承受不起她给我女儿购买的一部二手车。是的,是的,她对我太熟悉了,摸清了我思路也早已搞明白了我思维的软肋,所以她知道只要她说什么话,这个前夫就肯定会把车收下。

"怎么样,上路试试?"她又换了一种表情,有点轻浮的揶揄,有点顺了她的心意之后的安抚,"你走吧,这车跑起来还是挺有劲的。"

半个小时之后,我把车开上了高速公路,风掠过,车子在黑色的道路上追逐着白色的云,一部二手车也能让我涌出天光云影下的诗意。

听着收音机里放出的张国荣的《当爱已成往事》,当荣哥哥那化蝶般的歌声"有一天你会知道，人生没有我并不会不同……"飘出的时候，我莫名其妙地伤感起来。

想起来一年前，当我们已经有了分手征兆的时候，唯有议论起买车的事情，两个人还是有商有量的。小豚拿到车证的时候我们三个人还到外面吃了一顿饭，分析着各种车型，憧憬着自驾游的快乐。我敢肯定，谈论这些事情的时候小豚表现出的快乐是真诚的。她是个喜欢成全男人的女人，她成全了老板对她的欲望，也顺带成全我的某种浅薄的梦想，比如让我开上了汽车。她是一个想让许多人都觉得她很优秀而且很有"爱心"的女人，是的，我敢肯定这个和我生活了七年的女人，是一个活出气度的女人。她不是一般的女人。所以，我从内心里已经彻底被小豚打败了，即使是离婚以后，我也要接受她的许多安排，按她的意志行事，因为她总是以爱的面目出现，这种爱甚至让你感动，感动之后，你就没有理由抗拒。她旁敲侧击地关心我的下一次婚姻，问我现在是不是看中了哪位女性，要求我再"找"不许是离过婚的女人，离过婚的女人心理上都有伤痕，把上次婚姻的阴影带入下次婚姻，大龄的"剩女"也不要找，"剩女"大多有怪癖。她要我找"清纯"的女青年，可我上哪儿找呢？前提条件还得是和小提合得来。可她说她会替我物色，她介绍她的远房表妹和我认识，远房表妹坐着我的车去兜风，路上，远房表妹终于忍不住告诉我小豚给她规划好的前景：嫁给她的前夫，下半年大学毕业后到公司当她的助理。

我和远房表妹疏离后（我向她充分地暴露了我的弱点，远房表妹发现我是个无药可救的"失败"男人，这个失败男甚至会对前妻言听计从），小豚也已怀上了，是的，小提再过六个月就会迎来一个弟弟或妹妹。

四月开始，省妇幼保健院经常出现"失败之男"搀着前妻看门诊的身影。他们的女儿跟在后头或跑在前头。

他对她说："胎位正常就可以了，你怎么这么担心？"

她回答："他老喝酒，你说我担心不担心。"

他说："这也不一定，好多男人都喝酒。男人嘛。"

她说:"要发现不正常,肯定是不要的。"

他说:"你别太着急好不好,心态要好。"

六岁的女儿牵着她的手说:"妈妈,不要担心。有我在呢,什么问题都能解决。"

她说:"女儿最好了。你说妈妈是生个妹妹好,还是弟弟好?"

女儿说:"我喜欢妹妹。我会照顾她的。"

他说:"生个男的让他受罪,不过你的那个男人的前妻生的是女的,会不会要靠你传宗接代。生个男的会提高你的地位。"

她生气,"老莫,什么时候了,你还说风凉话。"

女儿叫道:"爸爸妈妈又吵起来了,不许吵。"

现在,女儿只要一发现两个人有争吵的苗头,她就会先高声叫喊,这样两个大人就会停止争论。

她说:"女儿比你更懂事。喂,我提包里有本书,是说怀孕期间的营养和护理,我怀小提的时候,你根本就不关心我,现在我要罚你,我妈妈煲好粥和汤你要负责送来。"

他说:"我车到门口,我在外面等,小提送进去。"

她说:"你别那么小气好不好,没有人禁止你进去,你干吗呀你。好啦,故作清高,现在是我求你,好不好?小提提得动那么多汤吗?还有,下次你来,记得把我生小提穿的孕妇装,好几件,都带来。肚子里孩子的预产期与小提的生日差不多,所以嘛,所有的孕妇装都合时令的。我当时买的,质量都是挺好的。哎呀,我都有点想念我那些衣服了,太好了,哎,我告诉你,都放在小提衣柜的最下层,用一个丽婴房的购物袋打了包。还有,你不是认识市电视台的董方吗?他是路路通,请他帮忙办个准生证,等下你到我那儿,把我的身份证、户口本、结婚证,还有和你的离婚协议书离婚证,都交给他,看看他能不能办下来,不行就花钱吧。董方对人挺热情的。"

他听了她的一连串指示,一时间消化不来。她理所当然地认定他应该去办理这些事情，他总觉得可能有些地方是不对劲的，特别是他同时握着她的新婚证书和他与她的离婚证明去找人办事，这是有不对劲的地方。可细细一想，又觉得可能这种事情也唯有他去办合适。如果她要让别人去帮忙，那岂不是与他生分了？那岂不是觉得他对她有了负面想法。可她是一个需要帮忙的孕妇呀，她还是女儿的妈妈呀，他这么一思考——他似乎已经习惯这样的思考方式了——一切就变得顺理成章了，他也就变得很快乐了。

我这样写"他"，是我愿意让"他"成为这样的人，至于他到底与前妻联系如此频密是什么意思，这我不管。只要我心里能产生这样一个"他"，那我肯定也与"他"差不离。要知道，许多细节根本无法无中生有，比如如果你没有体验到星夜送前妻上医院分娩的经历，你根本无法体会到我的那种心潮澎湃的兴奋。

小豚对我说："我的羊水破了一点点了，你快来，我要上医院啦。你马上来。"

我和女儿小提飞奔到她的寓所，还好，小豚说羊水只是破了一点点出来，也可能仅仅只是分泌物。

我开着车，小豚给丈夫、外婆和她的闺房密友多多等人物打电话。她不断地重复着："我的羊水破了，现在正在上医院，谁呀，哦……莫松正在开车，小提也在车上。我们快到医院了。"

这样通话让我的眼眶有些湿润。我确切地告诉你，我不是一个玩世不恭的人。

挂急诊的时候，我大声地问挂号处的人：羊水破了，应该上几楼。回答：上三楼。我们上了三楼，已经有几个家属在无菌区外等待。我告诉接待的护士她的羊水破了，不过好像还可以忍一忍。护士回答：羊水是忍不住的。

护士扶着小豚进去检查，说是要做胎心检查。

不一会儿，护士传出话来，说羊水确实破了，继续做胎心监护。

过了十分钟，富翁出现了，他不太理我，只是对我点了点头。没关系，现在可是最要紧的时候,我的女儿的妈妈要生了。我绝对不在这里换人称,没有这种必要,我很坦然,我要留在医院里,你富翁不愿意做的小事情我可以去跑腿。我懂得,要给她去熬稀稀的八宝粥,多加点红糖。但现在我无法回家熬粥,我马上打电话给女儿的外婆,外婆说八宝粥已在煮,外公已经先到医院去了。

医院的护工出来问,翁小豚的家属在哪里?那富翁趋前,我也紧跟其后,小提随着我。

护工说:"准备一个水杯,给我带进去。"

糟了,忘记带水杯了。我说我马上出去买。我飞奔到医院外,买了一个带吸管的水杯。我对护工说:"你最好用开水先消毒。"护工答:"这个我们知道。"

富翁好像在看演戏似的,像雄鸟一样将胸部鼓起,一个劲地与他一样西装革履的助手说话。毕竟是企业家,冷静得很。

小提的外公来了,富翁上去说话。小提外公问我情况都怎么样了,我说快生了。外公说:"快生了好,快生了好。"

但情况并不像外公说的那么好。一个小时后医生现身,宣布胎儿脐带绕颈,要剖腹产。医生拿了一叠文件出来,要家属签名,富翁拿过文件看,我也凑上前,全是极其凶险的免责文件,富翁跟医生吵起来,说你们医院打算不负责任是不是?我对富翁说,现在不是说理的时候,不马上手术可能更糟,还是马上签字动手术。富翁好像被我说动了,却反问我:"生小提的时候是顺产还是剖腹产?"我说:"顺产。"富翁不解道:"生第二胎反而剖腹产,岂有此理?"我不知道富翁说的"岂有此理"是指谁?估计他也有点失去了理智。我说:"你快签,你不签就外公签。"我见富翁如此贻误手术时间,心里着急,想痛斥他。见他犹豫不决,我都准备好词儿了,我想说的是:你要负责任我告诉你,你失去的只是一个女人,而我女儿失去的却是她的唯一的母亲,你到底签还是不签?

富翁乜斜了我一眼，那是对待不同阶层的人才有的歧视性的眼光。好你个富翁，够拽的，我暗暗骂他。但他终于签了名，在五个相关文件上签了名。我忍住了没说。

等待如在黑暗的洞穴中摸索攀登，危机四伏，只能乞求那一线光明的最后穿透。我只感觉到周围都是人在走动。

小提问我："爸爸，妈妈都会好好的，是吗？"

我说："是的。"

小提问："妈妈什么时候能出来？"

我说："等等就出来。"

小提问："小孩呢？"

我说："很快你就有一个弟弟，或者妹妹。"

小提高兴起来了。外婆也来了，小豚的密友多多也来了，还有富翁的父亲和母亲以及他的七大姑八大姨。这些人在婚礼上都见过我，显然，从他们的眼神里我都看到了他们见到我一刹那的诧异。

小提正忙着和外公外婆亲近，我却不停地看手机，就像欧·亨利笔下的病人，抓住最后一片叶子，我希望我看见的时间是一个幸运时间，比如是十一点二十八分，比如是十一点三十八分，我知道现在肯定是在十一点半左右。

我希望她能平安，还有她的孩子，这种愿望如此强烈，以至于我喉咙干涩，心情狂躁。我甚至许愿，我一辈子都可以不娶新媳妇，只要她平安——如果这种平安需要我的某种代价作为交换。我甚至暗暗对自己说，我可以替富翁的女儿或儿子承当一个"月嫂"的职责，鞍前马后地服侍他的老婆——只要他不计较，我甚至马上可以和富翁和解，像兄弟一样——虽然我目前根本不理他。

是的，只要她和她的孩子完美无缺，那么我和所有我怨恨过的人和解，我要主动去了解他们的感情和愿望，告诉他们所有的不幸是人和人之间的隔阂。虽然我微不足道，但我的主动和解无疑将让他们感到高兴。当然，我也会向小豚承认我对她所有的不满,同时坦承我曾经有过的歹毒想法是多么下流。我甚至会告诉她秘密,告诉她我用第三人称的那个"他"诽谤过她漫画过她谴责过她,而且我相信当我告诉她一切的一切之后她也会马上与我如兄妹一般和解。

是的,我就这样愿望着,简直有点莫名其妙,好像第三人称用多了,用出了毛病。

护士终于抱出了孩子,富翁欢呼雀跃,是个男孩。

小提高兴极了。她说她有弟弟了。

而他好像已经无力迎接这个喜剧。他认定是他用他的所有心力阻挡了悲剧的发生。所以,当喜剧降临的时候,他几乎晕倒在地——他太疲惫了。

她被推了出来。

一出来,她看了她丈夫一眼,然后就问:"莫松呢?"

他马上站起来,看她。

她对他说:"你回去把房子收拾好,我去你那里坐月子。小提,过来,到妈妈这里来。"

他莫名其妙,问:"去我那里?"

她有气无力骂道:"你耳朵聋了吗?"

他道:"我知道了。"

女儿高兴极了:"太好了,我把弟弟接回家去咯。"

富翁上来问:"这怎么回事?"

她很平静地对她现任丈夫说:"你先别问怎么回事,所有其他的事情等我坐完月子再说。"看来小豚根本没有被金钱俘虏,她在谁那里做妻子都保持着她的本色。莫松突然感到莫大的欣慰。他忙前忙后,而且提前向大家发出吃满月酒的邀请。

他还觉得自己是挺有心眼的人,他不断地问其他人,你看你看这孩子长得这嘴巴像妈,这眼睛和眉毛还是像他父亲。他想告诉所有的人他真不是这孩子的父亲,可这孩子他妈要到他那里去坐月子,他有什么办法呢?不能赶人家呀。对吗，小豚这女人拿定主意，谁能挡得了她不是？

所有的人好像一下子都糊涂。

但是，我明白，尤其是当"我"变成"他"时我就更明白了。

（原载《收获》2008年第2期）

---

**作者简介**

余岱宗，男，福建福清人，1967年生，福建师范大学文学院教授，博士生导师。自1980年代开始创作小说，作品发表于《收获》《上海文学》《福建文学》等刊物，并有代表作入选《小说选刊》。作品多次获得福建省文学奖项。

# 逃脱术

◎ 施　伟

　　我堂姐夫是一位魔术师。小时候，他双手空空的往我裤裆里虚抓了一把，吹口"仙气"，缓缓打开后手心便有一枚水果糖在里面握着。他说这是将我"蛋蛋"掏出变成的。我觉得自己胯下果真空空荡荡了，然后他把糖果送给我吃了，失去的蛋蛋又回到我身上。这样的戏法堂姐夫每次来都要变上一变。我的"蛋蛋"进进出出，与水果糖相互变换了好几回，终于让我发觉他进我家之前拐到杂货店买过糖果。

　　像这样的小把戏并无神奇之处，谁都能变几下哄小孩，但我堂姐夫是正宗的魔术师，除了这个他还能变出更为不可思议的（他们的术语称之为"响"），那诡谲的魔幻色彩即使是胡迪尼或大卫·科波菲尔都难以媲美。

　　我读小学的时候，我堂姐夫常来我家。他本是我家远房亲戚的儿子，串门走亲却是因为喜欢上我堂姐。当年，我堂姐很漂亮，腰特别细而胸脯非常高，又会打扮，是我们那一带最先烫头发的女孩子，村子里有不少小伙子在追求她。我堂姐夫找我堂姐不直接上她家，而是先在我家坐一坐，给我一枚水果糖让我去打探打探，看她家大人在不在。假如我伯父和姆妈全出去了，我未来的堂姐夫就再给我发一枚水果糖作报酬（我八岁时就长了九颗蛀牙，同他们那场恋爱逃不了干系），让我在门外望风，他和我堂姐商量事情。

　　那一回，我趴在窗户底下偷听他俩到底在商量什么。我听见我堂姐夫说：

"彩虹,嫁给我吧。"我堂姐说:"不,城里的房子挤。"我堂姐夫家住在城里,他父亲过世后,他母亲患有轻度精神分裂症,家境非常不好。我堂姐那么漂亮,心高气傲,自然不肯答应他。过了一会儿,我堂姐夫说:"嫁到城里好啊!城里人吃国家供应的粮食,不用种田,不用种菜,不用养牲口,什么活也不用干,好享福啊,彩虹,嫁给我吧!"我堂姐大概心里在盘算着什么,一言不发,我堂姐夫也没再说话。后来,我就听见他们不停地喘气,喘得上气不接下气,我感觉再听下去也没什么意思,就跑去找小伙伴玩了,也不知他们喘到多久才喘好。

那次他俩商量事情之后,我堂姐的肚子就大了起来,假如不是婚后不久就生下我外甥王向东,我真的怀疑他把什么东西变进我堂姐肚子里了。

我堂姐夫跟我堂姐结婚时,我去看过他们重新布置的房子(那天的水果糖由着小孩子随便吃)。他家只有一间半房子,外面半间是厨房,里面的一间隔成两半,他跟他妈妈各住半间。我堂姐夫要结婚了,他就把它变了一下,他让妈妈搬到外面半间住,厨房搬到里面来,他们住进本来妈妈住的半间里。一间半房子还是一间半房子,但我跟我堂姐都说比以前大了很多。后来才晓得空间的变换使人多多少少会有些错觉,况且我堂姐夫在这半间房里装满了镜子。

我堂姐嫁到他们家可真的享福了。在城里她没有工作,就待在家里听收音机、看连环画。她说我堂姐夫有很多连环画,有一次回娘家带了一本借给我看——嗐,什么连环画啊,原来是变魔术的图解册子。但我堂姐识字不多,随便翻翻倒能消磨时间,等我堂姐夫下班做饭给她吃。因为结婚之前我堂姐夫说过嫁到城里什么活也不用干,我堂姐连家务也不做了。洗衣、拖地、叠被子、买菜、做饭全是我堂姐夫的事。我想,大概只在我堂姐夫要同她"商量事情"时,她才愿意配合着喘喘气吧。当然,当然,这是我凭空臆测的,并无实际根据。据说,有一次我堂姐夫到外地演出,一去就是许多天,我堂姐不得不自己做饭了,她在娘家时一直做饭,因此她也能做饭,但她饭吃过了不愿意刷洗饭锅,我堂姐夫还不能回家,那怎么办呢?我堂姐就用炒菜的炒锅煮饭,然后平底煎锅、高压锅、蒸锅、搪瓷炖锅、砂锅、汤盆、菜盆、洗脸盆、水筲、不锈钢水勺子等等，无论什么全都拿来煮过一遍，就是不愿意洗。几天后，我堂姐夫演出回来，她正用水壶煮稀饭，大米地瓜粥从壶嘴徐徐倒入碗中，还省掉用勺子装呢。不过，我堂姐夫到外地演出的机会并不多。

嫁到城里，我堂姐横草不拿竖草不拈，就知道享福，一年三百六十五天她平均要享三百六十四天的福，还有一天她不享福，她得亲自上医院生孩子。女人生孩子要受天大的苦，我堂姐躺在产床上大骂她老公："挨枪子的王承当，你跑哪去。"我堂姐夫在产房外听她一阵一阵杀猪似的叫喊声，暗恨自己不能为她代劳。

我堂姐生了小孩之后，我堂姐夫便喜欢上洗尿布。他把袖子捋得高高的在街边洗尿布，洗过一遍还要放在鼻子底下，闻闻看有没有尿臊味，假如有味道还继续洗。他撅着屁股在一个大脚盆里搓着尿布，搓得肩膀一耸一耸的，狗公腰一挫一挫的，过往的人总要凑过来看："洗尿布？"我堂姐夫说："哎，洗尿布！"他把手中的尿布一抖，搭在两株苦楝树之间的铁丝上晾晒，迎风招展仿佛一面国旗。一个大男人洗尿布是件新鲜事，要在别的地方就特别惹人见笑，但在他们街坊见怪不怪。从很早很早时，我堂姐夫家的家务活就落在他身上。他父亲过世得早——县曲艺团的杂技演员没从悬在高空晃晃悠悠的钢丝绳掉落摔死，而是染上急症死在医院的病床（可见应当死人的所在未必死人，应当活人的所在未必活人）。他母亲便患上轻度精神分裂症，还好，她不像别的精神病人会摔东西、打人，或者四处乱走让家人寻找不到，她只是忧郁地坐家门前的花台，一动也不动，身旁一株无名的花树开了又谢谢了又开。我小时候上学打那经过，老感觉她忧郁的气质仿佛诗人，后来一位女诗人出了诗集扉页上印有照片，我打趣她说像我堂姐夫的妈妈。

我堂姐夫的妈妈本来在街道手套厂上班，得病后就傻坐在家门前等她儿子做饭喊她吃。就连一个月来一回的东西都得由我堂姐夫帮她处理，假如不拿纸替她换掉，她也任由身下坐成殷红的一片。街坊阿婆可怜我堂姐夫，有时也替着做一做，但我堂姐夫不大愿意麻烦人。阿婆长叹一声，说待到我堂姐夫娶了老婆那就好了，至少有个人帮帮他。但娶了我堂姐后依然无变……因此，别人家儿媳妇坐月子总有婆婆伺服,她们家只好由她儿子自己承担。还好,我堂姐夫做得来。他在门外洗着尿布,一边注意厨房炉子上炖的鱼汤,那是给我堂姐喝着下奶的。他不时进去拿勺子搅搅看熬得像水汤了没有。那边小孩哭了,我堂姐喊他冲奶粉奶小孩,小孩并不饿,才喝两口就全嗝出来,其实是尿湿了,他替他换了尿布,接着又要替母亲换月信纸。我堂姐坐在床上嗑葵花子,嗑得舌头发麻,喊他给她倒一杯茶,满地的瓜子壳儿,他顺手拿扫帚扫了,看了看表已到了上班时间,他蹬着自行车飞快地出门。他的表是上海表,走得很准;自行车是永久牌,当时还很新,蹬起来飞快。他们结婚时,我伯父嫌弃他们未经媒人介绍和父母同意,自由"乱爱",不为他们置办嫁妆,一切都是我堂姐夫自己置办的,手表(一人一只)、自行车、缝纫机、三五牌闹钟、木壳收音机、皮箱、双喜牌痰盂、热水瓶等等。我堂姐夫标了"互助会"。我们知道"互助会"假如你才"入"没多少期便"标"了,就相当于向银行借贷。我堂姐夫自从结婚后,一直"入会"、"标会",拆东墙补西墙。

  我堂姐夫在县曲艺团工作,他父亲过世后他顶的班。他十六岁刚初中毕业,本来他爸是要供着他上大学的,到曲艺团却因不是科班出身——唱不了南音演不来傀儡,更别说如他父亲走钢丝——这些他都外行,从头学艺那是嫌太晚了。他只好做勤杂工,搬搬道具,拉拉幕,扫地打水。到仓库搬道具时,他发现那里堆着一些魔术道具,一打听才知道他们团原来有位魔术师,因婚姻问题出家当和尚了。我堂姐夫没事就鼓捣那些玩意,又买了书籍作参考,一来二来能变上几个小魔术,他向团领导要求上台表演。领导看在他死去的父亲面上,在重档节目的间歇安排他上台耍一耍。他表演的第一个魔术是拿一个马铃薯让观众切,切开后,当场从马铃薯里掏出一张十元的人民币。这个魔术变得很成功,谁也弄不清马铃薯里怎会"生"出一张钞票来。但有一位聪明的观众说:"真能变钱何不回家变个上千上万花个痛快?!"这是聪明人说的弱智话之一。这张"工农兵大团结"免不了来自我堂姐夫兜里。假如他把它花掉,下次再变绝对变不出来了。

团领导见他果真能变魔术，也就时不时安排他上台一次。他不用再做勤杂工了，且能领到同别的演员差不多的工资。这当然也是团领导体恤他小小年纪要承担家庭，养活精神失常的寡母，又要自己结婚生子，非常非常的不容易！后来，他请人做了一张面值八元的假钞，拿它当道具来变——魔术都是假的，要假索性假得更彻底。我堂姐夫靠在台上"变钱"的本事得以养家活口娶妻生子。

那年，我堂姐生下我外甥王向东，王向东小我十一岁，小他爸爸二十多岁，小他妈妈不到二十岁。王向东是我所见过最为淘气的小孩子之一。他奶奶抱着他在街边玩，小鬼头总是突然向行人吐口水，让人发现了他便扑进奶奶怀里藏起来。别人见一疯婆子抱着脏兮兮的小孩，也没办法计较。有时，他爸爸带他上街，他也如法炮制，别人不答应了，我堂姐夫赶忙撩起衣角替人擦拭，不停地道歉说："小孩子不懂事，小孩子不懂事。"受王向东吐口水的人生气地说："你狠狠地揍他，他就懂事了。"我堂姐夫舍不得揍儿子，还给他买了田螺肉碗糕吃。王向东从小聪明，又有他爸宠着，特别会捣鬼。七月普度，他到我们村做客，总是钻到戏台下面，拿针从木板缝隙扎戏子的足底，让戏子们一惊一乍。他还偷偷地潜进化妆的棚子里，把一只麦穗放进衣架上的戏装。那天晚上，那个演俏丫鬟的小姑娘换上水红色绸裤，她一上台就感觉裤裆里面不对劲，款款走两步便忍不住要扭一下，但愈是扭愈觉得下边痒死了，戏台下看戏的人惊奇地看到：一向以婉静著称的俏丫鬟竟然如"肖家婆"似的扭起屁股，且扭得一波更比一波凶。王向东捣鬼还曾捣到他外公头呢，我伯父有辆三轮车停在门外，他拿了个拉炮系在车轮上面，他外公出来刚一蹬动车子，拉炮便被拉响，他外公还以为爆胎了，细看后才知道是着了外孙的道儿。老人勃然大怒，给了王向东一巴掌。当晚的酒桌上，岳婿之间发生了一场争执，我堂姐夫责怪我伯父不该打他儿子，我伯父说："打，为什么不能打！棍棒出孝子。"你知道我堂姐夫怎么回答他老丈人呢？他说，他父亲早早过世，他从小失去父爱，他把儿子当作父亲来供养着。

王向东的恶作剧我也曾切身领略过。那一年，我在一所中学教书，他正好读初一，堂姐夫就将他委托给我。学校离家远，王向东睡在我的宿舍里。他偷偷地把一条水蛇放进我的夜壶里，你说我能不被他害苦的么!？我从家里带了些豆瓣酱放在煤油炉上熬，通常一节课的时间正好熬透，又稠又烂的下好下饭。可是这一回，王向东趁我上课时溜进去加了半勺水，因此我下课回来看，酱汁尚且稀稀的，只好把火力调大了一丁点；第二节课他又溜进来加了一勺水，我把火力又调大些；第三节课他加一勺半的水，我把火力调得最大，我还纳闷了——这豆瓣酱咋这么费熬，三节课时间竟熬不稠它；第四节课，王向东不再来替我加水了，我下课时一锅酱已烧成了碳。我外甥王向东挖空心思作弄我，是因为我批评过他。

这家伙除了调皮外还特别色。冬天，气温突然回暖的早晨，公厕的粪池表面会有一层沼气生成。女生们上厕所时，他走过去从淘粪口丢了一根划着的火柴，"篷"的沼气熊熊燃烧，可以想象，此时脱光屁股正在撒尿的小女生们该是怎样慌乱的景象。他在女生厕所外面笑弯了腰。还有一回，他偷了一位女教师晒在外头的胸罩，这个胸罩对他一点用也没有，他把"她"戴在身上玩过两天，便铰下橡皮带子做弹弓。女教师找不着胸罩很着急，后来发现他弹弓上的橡皮筋特别眼熟。她对我说："你外甥很变态。"

我外甥王向东，我说了他两句子，他就开始报复我。好在，不多久我调到另一个学校，他也被学校开除了，在街上做阿飞，我想他早晚要让公安局抓起来。

不出我所料，王向东十九岁那年果真出事了。

那天，我在街上碰见我堂姐夫。他踩着破旧的永久牌自行车（十九年前结婚时买的那辆）从我面前经过，我喊了他，他驶过头又拐了回来，一脚蹬在踏板另一脚从前杠下车（这个下车姿势很老土，一点也不潇洒，拘拘谨谨的，不像一个魔术师），我看他四十岁才出头便满头的白发，脸上浮现着一层疲惫的色泽，荒凉凉的，涩巴巴的。我知道，他下岗了。他们那个曲艺团在卡拉OK与歌舞厅出现后，经营状况就一年不如一年，挨到最后不得不宣告解散。他的同事们，有能耐的早往别的单位甚至市里的文化单位调动，没能耐一点的也在工厂或者街道找好去处,剩下像我堂姐夫这样没门路的只得下岗,按工龄领取一笔"补偿费",这笔钱刚够堵他历年来透支"互助会"的旧账,再也不剩半分。他在街边"再就业",变一种叫"仙人摘豆"的魔术。五个豆子在碗之间闪来闪去,直至最后把五颗豆子放进碗里盖好再打开,生出满碗豆子。别人在街边变这种魔术一般都为骗钱,将豆子放在其中一个碗里,叫大家猜。猜中了有奖,或是钱,或是礼物。一般都猜不对,你明明看见他把豆子放在左边的碗里,可就是猜不对。你一开是空的,豆在中间或者是右面的碗里。我堂姐夫变"仙人摘豆"只招徕人向他买东西:无牌的蚊香、蟑螂药、樟脑丸、擦自行车和摩托车轮圈的"去锈灵"、自己调制的洗头水、一种叫"鹩哥菜"的打虫药,等等。白天在农贸市场,晚上在电影院门前。卖这类小物件一天挣不了几个钱,还要时时防备城管来"踢场子",比做贼还不如!

我说:"姐夫,今天不练摊?"

"向东劈了人,"我堂姐夫说着一手还做了个劈的动作。

原来,王向东在电影院就为争一个跟女孩子相邻的座位,一怒之下竟拿西瓜刀劈人!他被分局拘留了。其实也没劈多深的一道痕,出来混的拿刀不过虚张声势吓唬人,况且是劈在屁股肉肥的地方。但对方索要三万块医药费的补偿,不能满足就要告上法庭,让他坐牢。

"这孩子也该让政府去管管他。"我说。

我堂姐夫说:"不成!他才几岁,真让判刑了一辈子算是废了。"

我知道王向东在街上混,收到保护费只管自己花天酒地,从来也不交家庭一分钱,这时候却要我堂姐夫花钱保他,往哪去借这么多钱呢。尤其是听说借钱赎这小混混,大家对他都没有好感,除了和王向东一起混的几个人凑了三千多,别的人——不管是亲戚还是朋友,谁也不愿意借半分钱。连我伯父是王向东的外公,他都说别管他,让他吃亏,看他还不可一世么。王向东从十四岁就出来混,也没混出什么名堂,一帮人聚在一起无非赌钱拼酒。他还像小时候一样爱玩恶作剧,专门找那些谈恋爱的情侣生事。晚上九点多,正当街上行人多的时候,他手里握着根小棒,看有两个手挽手的小情人在前面走,他便从后面陡然一棍子打散人家的手臂。然后招来别人一顿臭骂,什么好处也没捞到。这种人最可恨,连道上的朋友都瞧不起他。有次,去一条街上收保护费,对方就是不给他,还喊另外的一帮人打断他的小腿,最后还是我堂姐夫借钱为他治好的。

我知道,无论王向东如何不成器,但一直还是他的儿子,同时我也清楚我堂姐夫护犊的个性,我便不好再出口劝说他不必去管王向东死活。

我说:"姐夫,我也才有两千块,下午送到家里给你。其他的,你再找别人想想办法吧。"

下午,我送钱去。我堂姐夫不在。我堂姐说他还在为儿子的事四处筹钱。我好久没见我堂姐了,她如今胖得像艘防空母舰,坐在小板凳上吃五香豆,硕大无朋的屁股将凳子全盖住了,仿佛是空气将她托住。她一直没有工作,就待在家里什么事也不干,不长胖才怪呢。我听说,有段时间她热衷于跳舞。到工人文化宫跳那种花一块钱买门票就能进去的舞。那里,其实是夜幕下的城市一个交友平台,一开始挺多人跟她跳的,毕竟她还有几分姿色。但一段舞曲停下她就要人请她吃冰淇淋和点心,吃得满嘴的奶油把口红弄得潺潺糊糊,一点品位也没有,谁还愿意跟她跳呢。她生气地拉我堂姐夫陪她去跳。我堂姐夫在曲艺团工作,耳濡目染什么舞不会跳呢,搂住她即能翩然而舞如高速运转的砣罗。他的白天为衣食奔波,晚上陪老婆跳舞。而人来人往的社交场合,只有一个男人(还是自己的老公)愿意为她买门票、跳上一支舞、买点心吃,我堂姐顿觉索然无味。她再也不愿跳舞去,待在家里把自己吃得胖胖的。早年花朵般的人才,就因为长胖了,痴肥臃肿得像让水泡过的馒头,即使不再是满嘴冰淇淋的奶油,也无人问津。唯我堂姐夫爱她如同当年,有关这个我百思不解。后来,王向东向我解惑说堂姐夫则是因早年父亡母疯,好不容易娶妻生子,家像个家的样子了,所以倍加珍惜。

我堂姐向我唠唠叨叨一些她不高兴的事儿。譬如,她老公把钱花在为婆婆买铅笔本子上,而给她买零食也就少了。我堂姐的婆婆起初只是像诗人般忧郁地坐在家门口,后来竟真的写起"诗"来了。我们知道朦胧诗派的作品晦涩难读,但也只在句子上,我堂姐夫的母亲写的每一个字都让人读不懂,虽说也有笔有划的,而间构和结体全然由着自己臆造。她每日拿着块破瓦片去找一面合适的墙壁涂鸦,这让她儿子很头痛,墙壁的主人必然因此啰唆,他就得为人重新粉白。我堂姐夫不得不给他母亲准备足够的作业本子或纸张,以供她尽兴挥洒。让他心有余悸的是,有一回他妈妈没了本子涂写,便将街边泊着的一部宝马划得遍体鳞伤,为此他赔人家不少的钱。

我环顾我堂姐夫一间半房子的家。缝纫机、三五牌闹钟、木壳收音机、皮箱等等十九年前的家什都还在,但已没了当时那份丰足的贵气,像一幅陈旧的画虽有满满的构图而看着冷清清。男主人蹬着十九年前的永久牌自行车四处找人借钱;他的儿子被关押在拘留所,等待法律的审判;女主人坐在小板凳恍若坐在空气中;他母亲则在门外的树下写"诗",我看清楚了那株树是梨树,开的是梨花,却不知她的诗该算哪一诗体。我堂姐夫的母亲写满了一页,把它从本子撕了下来,又一本正经地另写一页,身边全是雪片般的纸张,她全然不顾她儿子还要为她花钱买本子。这一切,我看着无端地烦在心中。

过了不几天,我们校长的老娘过世了。我去参加葬礼。校长的大哥在县里当领导,弟弟则是本县知名的企业家。老人家享年八十八,无疾而终,安然逝去。按我们当地说法这是"大福",所以丧事要当喜事办,隆重体面自不必说。出殡仪式请了两班南音弦管、一队西洋乐队,还有拍胸舞、高跷、舞狮和腰鼓队。我们校长老家住在郊区,告别仪式设在开发区边上一处空旷地举行。追悼会还没开始,艺人们用过酒饭,各个操演了起来:南管班之一演奏《听门楼》,南管班之二演奏《八骏马》;西洋乐队奏了一支南斯拉夫电影插曲《再见,朋友》,又次奏起《送战友》;拍胸舞则在《三千两金》的伴奏下滑稽逗笑;高跷表演摇晃生姿;南狮模仿真狮惟妙惟肖,动作高难险绝;腰鼓队服饰统一,步伐一致,节奏鲜明,像军乐团。这歌舞升平的场面让人感受人世的华丽深邃,生是一种喜悦,死亦是一种喜悦。追悼会上的悼词由我这个"大作家"来执笔的。因此我清楚他们的老娘也就是此时躺在棺木中供人吊唁的老人家,是个驼背的老太太,半文盲,因培养出三个出色的儿子在周边一带享有盛名。如今,孙子辈又出了几个留学海外的,至差劲的也在有关部门供职,或自己办企业。她老人家公德圆满,溘然辞世,那天正午,有人闻到室内有一道异香隐隐约约。有关这个我想写到悼词上,又觉得不大合适,写了又删,删了又改,一时拿不定主意。

我看见,我堂姐夫骑着自行车从开发区的红赤土路,一颠一簸地过来,自行车后座驮着个大木箱。

"哎,你怎么也来了?"

堂姐夫指着表演的艺人们说那全是他以前的同事,下岗职工平常时各自找路子养家活口,必要时又重新组合起来了。堂姐夫说同事们早就先到了,他因王向东的事耽搁到现在才赶来。我问他儿子的事可有眉目,钱筹足了吗,或者有什么转机?堂姐夫说钱哪有那么容易筹到,托人到里面去说情看能不能把人先保出来,得到的消息却是对方有一定的背景,假如钱没有筹足人是绝对放不出的。他幽幽叹了一口气说:"听由天命吧!"便忙着卸下自行车后座上的箱子,这破破烂烂的箱子有点年头了,表面的油漆斑驳陆离,饰件锈得面目全非,整个箱子都在散发一股腐朽的味道。我问他变什么魔术,他说:"等下你就知道。"艺人们向他打招呼,他一一回应。

我找了个角落抽根烟,我得苦苦思量悼词里到底要不要写上老太太临终时室内隐闻异香的那一段。

我听见我堂姐夫跟谁在争吵。

"老太太身前子孙这么好看,大把大把地花欢喜钱,给贴几个劳务费不算过分!"

"这话你也说得出口,"对方抢白他说,"领导的老娘过世,义务演出几场你竟也敢提钱?!"

我想起好像听谁说过到场的演艺人员全是免费的。因为我们校长的哥哥是文体局局长，我堂姐夫他们团以前归他管的，老太太在世时每个整生日团里都要组织祝寿演出的，如今过世了的出殡仪式更不必说了。停棺的三天里，都不知演过多少场了。按我的想法这是应该的，好比那边预备着出殡仪式举花圈的孩子们，就是从我们学校抽调过来的学生（他们停课一天）。给领导捧场绝对错不了，况且他们还结野台子到别处演出，随时要打证明批条，哪里用不到文体局呢。跟我堂姐夫争辩的是南音弦管班弹琵琶的麻子，弹琵琶的人在班里地位通常比较高，听了我堂姐夫这般说他很生气："要钱你自己谈去，我们绝对是不要的！"

我堂姐夫果真走到灵堂去，找那手持哭丧棒、一边向吊唁的宾客点头答礼的老太太三儿子说话。那位生得福相的企业家一时不清楚他想干什么，有些愕然。我堂姐夫连比带划，罗哩罗唆地阐述着，我站在远处听得隐约。他一开头大致是说老太太"大福"儿孙好看公德圆满让人羡慕，等等，后来好像又说了一句"把儿女培养成人如此出色做人做到这境界方可以卸下身上重担安然辞世……"还说什么——老太太的儿孙们做官的做官，挣大钱的挣大钱，一个个出息得不得了，云云。企业家不明白他喋喋不休着什么，厌烦地向他摆摆手。我明白我堂姐夫的意思，他先奉承奉承才好开口提钱，就像望门乞讨者那样低三下四，这让人非常瞧不起。企业家几乎要把他推到一边去了。

我堂姐夫声音大了起来，双手摁在自己的胸脯上说："……就像我，在街上变魔术，卖那些小玩意儿，一天挣个十块八块。您知道吧？我下岗了，我老婆也没有工作，就指望我养家活口；我妈妈得了精神分裂症，我十几岁时我爸过世了，她就得上了，到现在一天得给她准备两三本作业本子供她涂涂画画，不然她就去划伤别人泊在街边的宝马轿车；我儿子从小患有小儿多动症，早时哪晓得还有这病症啊，话说回来——就是晓得也不指望有钱治愈的——如今，拿刀劈人了，劈在屁股上血淋淋的一道，虽说也算不上致命伤，但对方一口价索要三万块医药费，不然……"

我想我堂姐夫脑袋瓜子准是让低空飞行的飞机的机翼给蹭了，不然他同人家说这个干什么,哪跟哪啊。我正想将他揪下来,南管班德艺双馨的弹琵琶麻子早坐不住,奔了上去跟主人家解释:"他,您别见怪,他是想要钱来着,这个疯子,想钱想疯了,完全可以不用他在这里表演!"紧接着,他向我堂姐夫叱喝道:去去去。灵堂上的孝子贤孙全都注意到这边发生的一切,局长大人和校长大人板着脸,公众面前他们毕竟不好动怒,心里早就把这搅场的家伙恨上八百遍了。企业家哦了一声,倒是脸不改色:"钱,不用顾虑,不会白让你们干的,到时每人发二十块,同时还有毛巾和肥皂的例份。"

"不,我不是为钱来着。"我堂姐夫出乎所有人的意料之外,鬼知道他早先嚷嚷着要钱,这时却转变了主意——虽说二十块少了点,但总比没有好,"老太太仙逝时满屋子异香……早已传遍五乡十里,这可不是普通人能修来的福啊!能来表演是沾了福气的,哪能要钱呢?我的意思是,我得表演个'响'的节目!"

我堂姐夫这样一说,所有的人都怔住了,连我也不明白他在打啥主意。只见他站在那,佝偻着腰背,伸出麦秸秆似的手臂,指着带来的老古董箱子,向灵堂上下的众人解说他要变的是怎么怎么一个魔术。

"不过,你们得找一部大卡车来,配合一下,这样会更加精彩。"我堂姐夫提出他的要求。对方顿时明白他巴巴上来无非为了这么回事,局长大人和校长大人脸上露出赞许的笑容,企业家为他的诚意所感动握住他的手连连说:"好好好,这就去安排。"他的同事们在底下却大骂他狡猾——王承当什么时候变得会巴结领导了!我倒是猜想他卖力地表演是过后好再多要一点钱,我觉得这样似乎不妥。下来时我劝了劝他,我堂姐夫不以为然,说:"放心啦,我又不是三岁小孩。"

这是一九九七年的春天。我们那里的丧葬有崇尚奢华的陋习,三位当地屈指可数的大人物为他们老娘操办丧事:在县城西麓买了一片面积很大的墓地,打了一口名贵的楠木棺材(当时还未推行火葬的方式);各路朋友敬献的花圈可绕村庄摆一圈,为此抽调了三个班级的学生来过抬;两班南音弦管、一队西洋乐队、拍胸舞、高跷、舞狮和腰鼓队聚集当地最好的艺人,吹吹打打,轰轰隆隆，闹闹腾腾，停柩三天表演了三天（别的人家丧事上请来"轻音乐歌舞团"大跳脱衣舞，但亦不如其热闹，且格调低俗），预想好开过追悼会就这么一路迤逦行向下葬的墓地。

而最精彩的压轴戏安排在追悼会之后，八名壮汉抬起沉厚如铁的楠木棺材，欲行未行之时——我堂姐夫表演的大型魔术"逃脱术"让你见证奇迹。我记得，当时围观的人群黑压压的一片，除了送葬的宗亲外戚贵宾挚友，还有附近几个村子的村民们。像这样的大型魔术以往只在电视上欣赏得到，一传出去，万人都要来先睹为快。据说，当地电视台的记者也挤在人群中呢。

我堂姐夫先让人在他脚上铐上三道脚镣，又在手上铐上三道手铐，然后用一条粗大的铁链从脖子上绕起，在胸前交叉，绕向胯下，一头向腿脚缠去，另一头在腰间连同束住双臂，反复交叉，缠绕，纠结，又扣上无数个锃亮的铜锁，我看他仿佛古时代整装待阵的甲士。最后，他被装进古老的魔术箱。

我清楚记得，他喊了一声"OK"——俨然魔术大师的派头——众人将他抬进了箱子，歙上箱盖，再扣上一道古式铜锁。箱子，魔术师用自行车驮来古旧箱子，此时我看清楚上面饰有鱼、飞鸟和祥云的图案，它被置放在红赤土地上，日光明晃晃地照耀着。

嘈杂的人群陡然静了下来，一台压路机缓缓驶来……为了增添魔术表演的震撼力，企业家不叫卡车索性从工地上调来一部压路机。

四下静极了，人们屏住呼吸，静观压路机从箱子上压过去，他们知道这短短的几分钟内，魔术师必然挣脱脚镣、手铐、铁链和铜锁，等等，各种锢制，从一条看不见的秘道逃脱。压路机将把空空如也的箱子碾成木头的残骸。然后，魔术师在另一处，众人意想不到的所在出现。多么神奇啊！这就是魔术的魅力所在——尽管，尽管，这些他们都清楚，但心已被吊到嗓子眼了。

四野那么静，只有压路机轰鸣的声响。

压路机驶了过去……（我隐闻一声唢呐失控地吹起，但南音弦管班的吹鼓手却未曾将他的乐器凑在嘴上，他也如众人一样圆睁着双眼呆若木鸡）。

巨大的铁轮辗得殷红的一遍,宛如远处远处的桃花。

什么东西把我锥了一下,阵痛直透心膛。后来据王向东回忆,这个时候他在拘留所里也陡然心被什么扎了一下;我堂姐在家啃一只鸡翅,屁股底下的凳子砰然踢裂,她摔了个仰八叉;他母亲正在写"诗",铅笔芯无故折断。

我小时候,我堂姐夫把我的"蛋蛋"掏出来变成糖果让我吃。这回他把自己装进箱子再变到另一地方,但没有变成——他没有成功逃脱,压路机的巨轮压过去时他连同箱子被碾成一片薄薄的肉靥。这可害苦了三位大人物,事情出在他们老娘的丧事上,如何才能逃过干系呢。好在局长大人与校长大人神通广大,他们多方奔走,通过关系,才把事态平息了——最后,事件的性质被定为意外事件,魔术演员因为某个方面出了差错,或者学艺不精,导致自己死于车轮底下——连压路机驾驶员都没什么责任,况且丧事的主人家呢。地方台记者所拍到的视频也未在电视上发布,只有小报将它当作一则笑话刊登了一下,我记得标题是:魔术师不小心把自己变"没"了。关键的关键是,企业家给了我堂姐一大笔钱,拿钱堵住遇难者家属的嘴,这通常是最行之有效的办法。

这笔钱用来打理王向东惹上的官司,还有剩余我堂姐开了一片小小饮食店,她整个人一下子变勤快了。"胖嫂餐厅"远近闻名,菜有特色,老板娘嘴甜,人缘也好,环境不错,我堂姐天天未营业之前把店堂打扫得一尘不染,所以生意很红火。我堂姐夫的母亲陡然清醒,清醒得仿佛从来未曾得病过,二十多年病史的精神分裂症不治而愈,清醒后她急着找工作,她说人若没有工作那么就没饭吃,但她以前上班的街道手套厂早已倒闭,而且她也过了务工年龄,便突发奇想把她发病时乱涂乱写的纸张染成红、黄、蓝三色,再央人镌了枚"太上无极"的印鉴钤了上去,拿去农贸市场当作"护宅神符"卖了起来,她的这个想法得到我堂姐的支持。我堂姐夫死后,家道渐趋小康,他的妻儿老母生活得滋滋润润。

今年春天,王向东来我家找过我好几回,我都不在。后来,他约我在我们当地一家挺高档的酒楼包厢里见面。请我吃过了一顿丰盛的酒菜,他向我吐露了心声。

"我越来越有个感觉,我爸没有死。"王向东说。

我想他可能是醉了,递过去一杯冷饮让他醒醒酒,说:"都这么多年了,相信这是事实吧。当年,我可是亲眼看见他被碾成一片肉糜。那个时候,我也不愿意相信这是真的,曾多少次回头看去,盼望他能从人群里出现,和我说声这不过是开个玩笑,但……"

"不,他成功逃脱了。"王向东固执地说,"我逐个走访过殡葬仪式抬棺材的壮汉们,都说就在压路机碾过箱子的那一刻,他们陡然觉得棺材轻了许多。障眼法,我爸当年一定用了调包的办法来遮掩众人的眼睛。嘿嘿,不说你也明白,那尸身绝对是老太太的,我爸自己逃脱了,又将她变了进去。"

我说:"你说的未免太神奇了,你爸恐怕没这么大魔力!我小时候,他变糖果给我吃其实都是事先从小店买来的,他从马铃薯里变出十元、八元的人民币也是从自己口袋里掏出的……"

"你不知道,"王向东不容我说完,又说,"关键是那个魔术箱的神妙。里面有一条神秘的通道,还有那些脚镣、手铐、铁链、铜锁等各种道具,在外行人看着浑然一体、无半点遗漏之处,其实不然,在内里虽说不是漏洞百出,至少也是曲径通幽的,就像我们所见多严明的政令都有其徇私的'后门'可走。"

我外甥王向东,当年从那里面出来后,幡然悔悟,换个人似的学好,他自学营销从推销员做起,一步步做到,最终有了自己的公司,如今是大老板了,我真真不忍伤他的心,但不得不告知他我所知晓的事实。

我说:"你爸,其实变不来大型魔术,他一向也就变变糖果、纸币和'仙人摘豆'之类小把戏。他的同事弹琵琶的麻子也清楚这一点,事情发生之后,麻子跺脚喊苦不跌呢。"

"不,他变得来!"我外甥王向东说,"我爸得到高人指点。"

"高人?!"

"我爸请教过南山宝刹的老和尚,"王向东说,"老和尚也就是县曲艺团早年因逃婚遁入空门的魔术师,我爸使用的魔术道具全是他留下来的,包括后来被碾成碎片的古老箱子。"

我外甥王向东娓娓而谈他驾着"陆虎"越野车在南山偶遇老和尚的情景。老和尚说我堂姐夫上山请教过"逃脱术",他也毫无保留地告知了魔术箱里那条全身而退的秘道以及逃生的咒语。

"咒语……什么咒语?"我惊奇地问。

"心无挂碍,无挂碍故!"

我外甥王向东眼皮耷拉如垂下的帘幕,向我低声颂吟。我可以想象南山宝刹清凉枯瘦的高僧便是这样向他颂吟的。当年,我堂姐夫不堪生活的重负,寻上南山向高人叩求指点迷津,我想,他也是像他这样颂吟的。这一句逃生的箴言,我顿时明白了。

"他逃脱了!"我对王向东说,"你爸果真逃脱了。"

我外甥王向东竟兴奋的泪流满脸,他说打算将他爸还活在人世的消息,告知日日操持餐馆生意的母亲和依然健在的祖母,告诉她们,我们的亲人从一条秘密的通道,成功逃脱了,再也不受家庭的拖累,再也不受生活的困厄,在人世活得像神仙一样舒舒服服。

(原载《福建文学》2010年第3期,《小说选刊》2010年第4期、《中华文学选刊》2010年第5期转载)

---

**作者简介**

施伟,原名施伟强,男。福建惠安人,生于1971年。小说曾被《小说选刊》《中华文学选刊》《中篇小说选刊》等转载,获福建省优秀文学奖一等奖、福建省百花文艺奖,2017年上海国际电影节入围并获得中南文化集团特别关注项目奖,入选《中国当代文学经典必读》、"全球华语小说大系"等。

## 骚扰电话

◎ 吕纯晖

那时候全国人民都没有手机。多数人腰间挎个黑匣子,学名叫传呼机,听到讨债声响就像弹簧弹起来,四处找座机给债主回话。少数人则手上拿一块砖头——根据香港警匪片黑帮大哥之必备武器称大哥大。而依我说,叫砖头更有意趣。

话说,文艺界组团采风。兹去七天八天,赶上我先生分到一块砖头,刚出炉,甚烫手,就借我一用。借的不算。我等二十多号共和国秀才唯汪秀才有一块砖头。秀才添砖头如添翼,如骑兵了;其他者,步兵是也。

话说,采风团第一站泉州。泉州是我们国家改革开放的源头城市,钞票遍地,小姐如云。汪秀才估计是(肯定是)一踏入社会主义的大酒店就光荣当选劳模了。这个晚上的十点钟以后,同屋服了安定老实睡下,汪秀才于是接到好多、非常多春色无边的电话。汪秀才一夜辛苦了。

翌日吃早茶,大家的盘子都是王屋山太行山,只有汪秀才饮半杯咖啡。大家问:怎么啦?汪秀才答:提神。大家问:怎么啦?汪秀才答:被骚扰了呗!大家问:怎么骚扰?汪秀才答:刚要睡电话就来了再要睡电话又来了。

大家顾不上愚公移山了。大家都很郁闷呵!不就是差一块砖头吗?

我那时候年轻,热爱助人为乐,不就是希望被骚扰一下么,这个容易。

白天去了开元寺、老君岩、安平桥。白天就不怀好意地寻寻觅觅谁来做冤大头呢？第一夜的骚扰行动只许成功，不可以失败。一定要找老实的，非常老实的；要厚道的，十分厚道的；要心灵美的，至少看上去心灵美的。

晚上回到酒店，先吃了水果喝了浓茶，冲了澡，钻了被窝。骚扰助理王妹妹适时奉上采风团住宿房号。她是会务，近水楼台。那个时候都是住双人间，不敢保证要骚扰某人就是某人，但至少不是某人就是某人的室友某某人。

骚扰行动于晚上十点半正式开始。

我：喂——

甲：哪里？

我：先生——

甲：你哪里？

我：先生——先生，您要——服务吗？

甲：什么服务？

我：为人民服务——具体一点，能为您服务吗？

甲：不行！

我：为什么？

甲：我在加班！我在赶材料……

我：先生，工作是做不完的。工作留着明天做吧。先生，我……您应该……散散心……

甲：可是我没时间。我太忙了。

我：先生，您太……那个……怎么说呢……您太伟大了。

甲：不不不，我跟大家一个样，一个样。

我：先生，我知道……我遇上好人了。先生先生，你是一个谦虚的人！是一个好人！太好了太好了！！

甲：不不不！你你们……你谁呀？

我：我是丽丽。丽丽。我……

甲：丽丽？这个名字很熟悉嘛。你是——哪里的丽丽？

我：广州。广州的丽丽。

甲：广州。好好的广州，你干什么跑到泉州？

我：我……我跟我男朋友……他把我甩了！

甲：那何必呢？那为什么呢？那是不是你不好呢？你做了什么对不起他的事呢？

我：我没有！真的没有！先生，泉州人很有钱，他见钱眼开，他被人招去当上门女婿了。

甲：如果是这样，那就不能怪你了。

我：当然不能怪我。先生，我太痛苦了，我这个——我是在报复他。

甲：太傻啦！女人都这样，那个杜十娘怒沉百宝箱的事你听说过吗？

我：不知道。杜十娘是哪里人？

甲：这个……杜十娘……管她是哪里人！你叫什么——丽丽，丽丽，你什么文化程度？

我：初中。家里太穷了，差半学期就初中毕业。

甲：你文化程度太低了。要不然……

我：先生先生，你们单位要招女工是不是？

甲：开玩笑！不可能的！你知道我是干什么的吗？

我：让我想一下——先生，你是一个干部——对不对？您是——是一个市长对不对？

甲：哦，你太会想了，你怎么会想到我是个市长呢？

我：我猜的！我在广州的乡下的时候，有一次市长到我们乡下，他讲话的口气，跟您差不多。

甲：你这个叫作乱猜。不过今天叫你瞎猫抓到……不说这个了……你有什么要求，我能帮你的一定帮你。

我：那……但是我文化程度太不够了……我……

甲：这个，知道自己的不足之处就好。高不成可以低就嘛。说，想找一份什么样的工作?

  我:我……

  甲:大胆说!

  我:我……先生,我什么都告诉你了。但是我还不知道您是一个干部还是一个老板。你如果是干部我就提一种要求,您如果是老板我就提另一种要求。

  甲:丽丽呵,你刚才不是猜我是什么来着?

  我:市长!您是市长?天呵,您真是个市长?!

  甲:差一点。副——副市长吧。

  我:天呵,是真的吗?是真的吗?

  甲:为什么不会呢?丽丽呵,你太不相信党和政府了。党和政府白对你好了。

  我拼命忍住笑,我乐得眼泪都流出来了。

  甲:那个——丽丽,你怎么不说话了呢?

  我:我太激动了。我……

  甲:说!

  我:我一定要见您一下!您一定要让我报答您一下。

  甲:今天不行。明天吧。

  我:为什么?先生……市长……俗话说春天一夜值千金……人家真的很想见见您……

  甲:丽丽呵,纠正你一下,是春宵一刻值千金。但是今宵真的不行,今宵我得赶材料。

  我:那您都做到副市长了没有配秘书吗?让秘书去赶材料不好吗?

  甲:那个秘书——那个秘书……唉!碰上一个草包秘书,我什么都得自己做!唉唉唉!

  我:市长,我要是文化高一点,我保证给你当女秘书。

  甲:不行呵丽丽,我们有政策规定的,我们各级领导干部都不能配女秘书。

我：市长，那……不能做女秘书就做……

甲：不不不！丽丽，你小姑娘一个，你今年多大呢？

我：让您猜，我多大了？

甲：有没有二十岁了？

我：市长您太小看人了，我都快二十二岁了。

甲：这个年龄正正好。说懂事还不太懂事，说不懂事又正正要懂事了。很好很好。

我：好什么呵？不好！

甲：哪里不好？我们不是谈得很开心吗？

我：市长，就是因为谈得很开心，我——我特别想现在见您。

甲：丽丽你一定要听话！要乖，要……温柔体贴。体贴听得懂吗？要体贴我的种种难处……

我：市长，您当那么大还会有难处？市长您有什么难处，我能体贴的我一定好好体贴。

甲：目前没有。只要你晚上不要一定要见我就是体贴了。

我看一下手表，闹了半个小时了，该让这位"市长"去"赶材料"了。再说，还有若干人等着被骚扰哩。

我：好！市长，我……晚上就算了。那明天——

甲：明天嘛……这个明天上午我要做一个计划生育的工作报告，是一个一百多人的会议。明天下午嘛，下午我要参加一个座谈会，省里来了一帮文人，不要小看他们是文人，说你好话和说你坏话是不一样的。这个嘛，直接影响到泉州市的形象，明天晚上要好好宴请他们……

我：市长，您工作太忙了。您管的事情太多了，您太辛苦了，比我们乡下人还辛苦。

甲：可不是吗？我……我开始掉头发了，再这样下去，我身体会垮掉的。

我：市长，我们乡下人都说平安健康比什么都重要。要不然，您不要当那么大，当小一点……当个局长，还是当一个科长……当小一点，省得太辛苦。

甲：那怎么可以?！这个当官，不是你想当就能当，不想当就可以不当的！这个是组织上的信任，组织上要培养你，你推都推不掉躲都躲不掉的！丽丽呵，这种问题不是你这种层面的人能理解的。不过没有关系，听都听不懂说明你人单纯，还没有什么经历。

我：市长……

甲：好了。听话。明天晚上我们再联络。

我：明天几点？

甲：还是这个时间吧。不要太迟，太迟我就吃安定了，吃了安定我就很快睡过去了。

我：但是市长，您明天还住在这里吗？

甲：住。我这几天都住在这里。

我：为什么？您为什么不住家里呢？

甲：这个……丽丽，我家里在装修，很吵很乱，影响工作，影响睡眠。

我：那我就放心了。那市长……您赶紧赶完材料，早点睡，多睡一点，要不然头发会掉光的。

甲：好了好了，丽丽，就这样就这样。晚安。我们一起晚安。

放下电话，我和王妹妹大笑一场。这个文人甲，一年丢三部自行车，天天中午吃家里带来的隔夜饭，校对水平一流，年终考核大家都把先进评给他，他不要，逢人就拱手作揖：我与世无争与世无争……却原来，内心也有这么多五谷杂粮。

接着给乙文人打电话。打电话之前，王妹妹压了免提。

我：请问刚才谁打传呼？

乙：没有呵。我没有打传呼。

我：那……是不是你同房间的人打的？

乙：不会吧，他很早就出去了。

我：那怎么搞的，对不起了先生。

乙：没关系没关系。反正我也没什么事。

我：太好了。我也没什么事。要不然我们聊聊天……会不会太唐突了。

乙：不会不会。人跟人认识都是一种机缘。有缘分的人，老天早安排好了，要你们认识，不同意都不行。

我：先生，你说得太有哲理了。我在《读者》杂志里，也经常读到这种文章。

乙：你爱读《读者》？说来听听，你还读过什么？

我：我写过儿歌。我以前在幼儿园当老师。幼儿园的老师，什么都要会一点，我最爱读诗歌，很多朦胧诗到现在我还会背。

乙：那你不简单呵！现在写诗的比读诗的还要多，你还会背诗，你很光荣的嘛。

我：先生，听你这么一说，我好像在茫茫人海里，一下子找到了知音。

乙：……

我：先生，你怎么……不说话了？

乙：我在感慨呵，高山流水，知音难觅呵。

我：先生，你说得好。"在茫茫人海里，心呼唤着心。"……这个……我忘了是在那本书里读到的了。

乙：忘了好。忘了说明它溶化到你的血液里了，它已经成为你身体的一部分了。你——对不起，还不知道怎么称呼你呢，你贵姓？

我：先生，你太客气了，我叫张望穿。

乙：叫张什么？再说一遍。

我：望穿。望穿秋水的望穿。母亲生我之前，希望我是男孩。结果不是，望穿就是这个意思。

乙：哎呀！望穿这个名字太好了，真是太好了。让我想象一下，你应该是一个清清爽爽的女孩子，像邓丽君的歌"十七八岁未出阁，空想少年家"对不对对不对？

我：先生，我的确是一个清清爽爽的女孩子，不过我结婚了。

乙：结婚了？！可……太好了。女孩子一结婚，心就不用飘来飘去了。

我：先生，不是这样的，我对婚姻，真是太失望了。

乙：怎么会？

我：先生，婚姻简直是一口假牙。人真是太奇怪了。好好的自己的牙齿拿去拔掉，把别人的装进来，然后这边高那边低，今天磨你明天磨我，这种痛苦还不能说，说了大家会觉得你神经病……祖祖辈辈，家家户户，男男女女不都是这样过来的吗？

乙：太同意你的说法了。婚姻——有人说是鸟笼，有人说是城堡，有人说是枷锁，有人说是鸦片……但是你说得最好！望穿，你刚才说你会写儿歌，我看你可以写诗歌。试试看，说不定一写就成为一个诗人了。

我：先生，我很早以前想过当诗人，但是后来不想了。

乙：为什么？

我：我听说很多诗人都吃不饱，衣服穿得破破烂烂的。有的诗人连剪头发的钱都没有。冬天到了，几个诗人只能合起来盖一床被子互相取暖。

乙：这种情况也不是没有。但是是极个别的。诗人留长头发是时髦，穿得破破烂烂也是时髦，吃不饱也是赶时髦——吃得太饱了对身体有什么好呢？！肚子大大的，走起路来像一只鸭子。

我：那——先生，听你的口气，你好像是一个诗人。

乙：张望穿，你太厉害了，你怎么知道我是一个诗人的？

我：我猜的。

乙：这个……张望穿，以后再有人问你这种问题，你最好不要说是什么我猜的。你应该这样说：听您的谈吐，跟普通人不一样，有气质，文质彬彬的，有——有文化，他妈的这么有文化，不是诗人那会是什么东西？！

我忍俊不禁大笑起来。王妹妹要笑，我坚决不让她笑。

我：先生，你生气啦？

乙：……

我：对不起先生，我不是故意的。我主要是听你后面那句话，好像是在挖苦诗人，是在挖苦你自己。

乙：那个不叫挖苦，叫调侃，叫幽默感。幽默感懂不懂？算了，文化背景不同，理解力也将不同。我为什么要生气？我没有呀！我是在进行发散性思维；对牛弹琴，牛错了吗？没有。牛就那水平。琴错了吗？没有，琴就那水平。那么谁错了？人！我错了！好吧我们不要纠结了。我们扯平吧。我们言归正传吧。你回忆一下，你有没有读过一首《×××××》的诗？

我：我没有。

乙：那《××××》呢？

我：也没有。

乙：那怎么搞的？你的阅读量太少了，太少了！

我：对不起。我自己也知道我读书太少了。我其实很自卑的。

乙：自卑是大可不必的。但是书是要多读一些些的，而且要专挑好书读。要知道一本好书胜过一座好房子，胜过一个……好老婆。诗歌也一样，一首好诗胜过……总之，一个诗人写出一两个好句子，就流芳千古了。

我忽然没词了。

乙：喂喂！信号不好……怎么搞的？

我：先生，电话好好的。我主要是……你都快流芳千古了，我太崇拜你了。

乙：我很高兴你说到崇拜。不客气地讲，我有一个阶段，人走到哪里，都有人要我签名留念。当时的情景，一想就热血沸腾。

我：听你这么说，我也热血沸腾了。我们见一面吧。我——我也要找你签名。

乙：现在？

我：对！就现在。说见就见。

乙：现在……太迟了……明天吧。

我：先生，你不想见我？

乙：没有的事。我是一个诗人，什么场面没见过？我难道会怕见一个崇拜者？！你太小看我了。

我：那就见面吧。

乙：好吧，就见一面，握个手，签个名，合个影……你说，在哪里见好？

我：大堂好不好？

乙：怎么可以！第一次见面在大堂？太没有诗意太不浪漫了。

我：那去茶楼？

乙：茶楼倒是个不错的选择。只是我晚上不喝茶，坚决不喝茶。

我：不喝茶没关系，喝果汁。

乙：果汁我也不喝。白开水我也不喝。晚上我什么都不喝……喝了尿多。不好意思。

我：那算了。那就不见了。

乙：不要急嘛。再想想还有什么场合见面比较适合嘛。

我：先生，有是有，但总不能第一次见面就到你房间吧。

乙：绝对不可以！你想想这么迟了，我同房间的人都快回来了。

我：那我们真的没缘分了。

乙：千万不要这样说。天涯何处无芳草……你对自己要有信心。

这位尿多的诗人说完把电话挂了。

我有点儿措手不及，根据女士优先的国际惯例，该电话应该由我来切断的。王妹妹见我口渴了就去续茶，见我有些沮丧了就打气，拨号，天涯何处无芳草，再来！

我：请问是×××老师，还是××老师？

丙：×××老师不在。我是××。

我：太好了，××老师，我就是要找您。我是您的崇拜者。

丙：可别！千万不要盲目崇拜。你谁呀？

我：我……说了您也没听说过。我太普通了，一个中学语文老师。只是我太喜欢您的经典之作《×××××××》了。我不但自己喜欢，我还让全班同学都背下来。我每次上课，都会讲到您的作品。我一看到刊有您作品的书，就会毫不犹豫地买下来。

丙：过奖了，我太感动了。

我：××老师，您是不是昨天到泉州的？

丙：请问你怎么知道我昨天到泉州的？

我：报纸上登了。您的名字前面还冠了"著名作家"。

丙：惭愧惭愧。徒有虚名啊！

我：老师您太谦虚了，您是当之无愧的。

丙：自知也是自怜。大家都不容易，互相捧捧场，如此而已。

我：老师，您越谦虚，我越要好好向您学习。我……可以拜您为师吗？

丙：不可以。我给自己定了规矩的，不写序，不写评论，不推荐作品，不介绍入会。请你原谅。

我：老师，我没有要您做那些俗事呵！我只是要拜您为师。

丙：这个……这个……我没有心理准备，我不能马上答复你。

我：没关系。我既然认定了的事，我会耐心等的。

丙：你现在人在哪里？

我：乡下。德化乡下。

丙：当语文老师？

我：以前当语文老师，去年被停职了。

丙：为什么？

我：我哥哥嫂嫂超生。头胎生了女儿，想不开，第二胎还是女儿，第三胎……

丙：唉！

我：乡里找到学校，要我负责把嫂嫂找回来结扎。我找不到，听说去了新疆还是内蒙古草原了。

丙：那你生活怎么办？

我：我养鸭子，卖鸭蛋。我经常一边默诵您的作品一边捡鸭蛋。

丙：你以后不要干这样的傻事了。我的文章不值。

我：老师，人在苦闷的是需要有精神寄托的。希望老师您不要拒绝我。

丙：做一个文人有什么好？百无一用是书生呵！

我：老师，我听出您也很有人生感慨。

丙：我是误入文坛的。我劝你不要搭进来。

我：我自愿的。

丙：都是自愿的。写作是一种精神活动，不可能逼婚的。

我一时搭不上话。

丙：你在听么？

我：在听，认真听。

丙：再进一步说，写作是一种命运。有较好的命运，有较差的命运。像你的情况，充其量算赶着牛车到城里认门牌，天黑以前，从哪里来还得回到哪里去。自生自灭，何苦来哉！

我：那好吧，我听老师的话，不带稿件了，我只带一篮子鲜鸡蛋，一篮子咸鸭蛋，明天坐头班车去泉州拜见老师。

丙：千万别！我是出来采风的，我手上拎了两篮子蛋，我算是买鸭蛋的还是卖鸡蛋的？

丙先笑起来，我也跟着笑。王妹妹用铅笔在床头柜上的小纸笺写了几个字：不好了！我们遇到君子了，还不赶快撤！

好吧。

我：老师，那空空手我是不好意思去见老师的。要不然茶叶、香菇、木耳、地瓜粉、酸茶干……还是笋干？乡下人就这些……

丙开始不耐烦了。不吭声。

我：老师……

丙：先这样吧。

我：老师……

丙：你把我当什么了呀?！

我：老师……

丙：就这样吧。

丙放了电话。

忘记这个电话吧。忘了这位烦人的村姑吧。但愿。

超过十二点了快一点了。今晚，让我为中国的骚扰事业再加班贡献一点力量吧。

我：先生，夜深了，寂寞吧？

丁：寂寞呵！问得好，你哪里？

我忽然心慌起来。直觉是：遇上老江湖了。

我：先生，我就在这家酒店。

丁：不是说兔子不吃窝边草吗?！你是领班还是……

我：先生想到哪里去了，我是个旅行爱好者，傍晚刚住进这家酒店。

丁：一个人旅行？

我：一个人。白天袭击风味小吃，晚上打打骚扰电话。

丁：你不怕遇到色狼？现在社会不安定，色狼很多的。

我：如果命里要遇到色狼，那也没办法。我好像……运气还不错。

丁：那是今天以前，你从现在这刻起你完蛋了。

我：什么意思？先生，你不要吓唬人。

丁：不是吓唬。是实事求是，是生气！生你们的气！你，你们，自我感觉太良好了。以为到处都是鱼，满世界都是鱼，你们在钓鱼，爱钓谁就钓谁，想钓谁就钓谁。是不是这样?！有没有冤枉你？你、你们……我太气了，太气了！

我：先生，太好笑了……我家太公也是这么教育我的。但是，我没有呵！

丁：没有什么？

我：没有钓鱼。像我跟你，连面都未曾见怎么钓鱼？靠一根电话线就能钓到鱼吗？

丁：旧社会姜太公不就是放一根长线钓大鱼么？

我：你说的那个姜太公是古代的姜太公。巧了，我家太公也姓姜，大家都叫他姜太公。

丁：那么你也姓姜？

我：这个自然是。

丁：太好了，赶上我也姓姜。你家太公叫姜太公，我叫姜太平。

我：那糟糕了，您比我爷爷还高一个辈分，我不便骚扰您了。

丁：没事没事。既然是一笔难写两个姜了，一家不说两家话，你实话实说吧。

我：好，您要我说什么，我就说什么。

丁：态度尚好。那，说呵。

我：说什么呀？怎么说呀？

丁：这个……那个……

我：什么这个那个！来，你叫我怎么说怎么说。

丁：是你逼我的！那好！你怎么收费的？

我心狂跳一下，王妹妹手上的茶杯晃了一下，茶水溅了我一身。

我：姜太平先生，你误会我了。

丁：不要故作娇羞了，你不就是干这个的吗？

我：我没有。我不是。我只是打打骚扰电话。

丁：就这么简单？不至于吧。你总要吃饭，总要穿衣，总要买化妆品，总要一点零花钱，总要存一点应急，总要寄一点回家，总要……

我：那你说我收多少好呢？

丁：不知道。我对你情况不了解，不了解就没有发言权。

我：我们说了半天话了，你多少了解一点了吧。

丁：这个是远远不够的。光了解就分几个等级：A，不了解；B，一般了解；C，比较了解；D，深刻了解；E，充分了解；F，完全了解；G彻底了解。就你目前的表现，我只能说，不了解阶段。

我：那好，姜太平先生，你希望几段呢？

丁：D阶段吧，深入了解一下。

我：同意。

丁：那干脆一点说，您怎么收费？

我：那你先说你付美元还是人民币？

丁：开什么国际玩笑！我一个堂堂中国人，用什么美元？！再说我是出差，又不是出国，好好的怎么身上会带美元？

我：噢！我还以为你是……

丁：是什么？是老板是不是？

我：不是。我以为……

丁：说！

我：我以为你是一个会计。

丁：太好笑了，太好笑了，你怎么会以为我是一个会计呢，天啊！

我：因为你太厉害了。你滴水不漏，天衣无缝，你你……

丁像牙疼般地呻吟一声。

丁：我太失望了，我响当当一个……

我：一个什么？

丁：保密！对你这种人绝对保密。不告诉你，让你着急！

我：那如果不是会计是什么呢？难道是一个干部？

丁：不必费心了。猜，你是猜不出来的，你智商显然不够。

我：那你做什么很重要吗？我不是有意冒犯你，职业有三百六十行，就算你做大官，也不要这般跟我计较。

丁：听你这么一说，我们倒好像一家人了，床头吵床尾好。好吧。我不跟你计较，我大人大量。

我：那太谢谢了。

丁：不客气。叫大哥！叫一声，叫啊！

我：可以。叫一声给多少钱？

丁：反了你！叫一声大哥都要钱?！然后呢？这样一下要多少钱，那样一下要多少钱……天啊，我一个月工资才多少钱！

我：不好意思问，你一个月工资是不是很低？

丁：也不至于很低。但是要看跟什么人比，像跟你比吧，你一个晚上挣多少钱？

我：今天晚上我太不幸了，我连口水费都没挣到，还不说买口红的钱了。随便吧，你根据你的工资能力，给多少算多少。

丁：那好。我大方点，给……一百元。然后你凭良心凭我们都姓姜多打点折扣。

我"哎哟"了一声。我被王妹妹捶了一下腰。王妹妹笑得撑不住了跑到卫生间蹲在地上大笑起来。

丁：你房间有别人？

我：没有呵。

丁：明明听到有异常动静，而且你还"哎哟"！你是不是一边和人家在那个还一边预约下家。

我：电视的声音，不相信你可以过来查看。

丁：这个办不到。价格没有谈好以前，我是不可能送货上门的。

我叹一下气。

我：一百元还打折？

丁：先小人后君子，先谈好七折或八折。如果你表现很好让我满意我就说不用找零了！这样双方都很有面子。

　　我：先生你太可爱了，我都快爱死你了。

　　丁：真的吗？真的吗？为什么？

　　我：因为你太爱计较了。一百元在你眼里那么重要吗？

　　丁：一百元又不是十元又不是一元，一百元拿在手上弹一下吹一下……我得上好几天班的。

　　我：那你那么低收入还住这么豪华酒店？

　　丁：这个……这个是会议，开会，开一个重要会议，政府很重视，安排规格自然就高。

　　我：那先生是有身份的人了。有身份的人就应该叫政府多发点奖金。

　　丁：奖金是有的。但是奖金不归我，归老婆。老婆不贤惠，害得我口袋扁扁的，为一百元在你面前丧失尊严。

　　我：既然是情况特殊，那就打个九折吧。

　　丁：八折怎么样？八好听。现在什么都流行八字。

　　我：八折就八折。

　　丁：你住哪一层？几号房？

　　我：总统套房。你按一下门铃，芝麻就开门了。

　　丁：不可能！这个小地方搞什么总统套房？！

　　我：这种事是需要一点想象力的。盖房子的时候就想到万一总统来了怎么办？万一总统不来，狼来了怎么办？万一狼不来，羊来了怎么办……想着想着总统套房寄横空出世了。

　　丁：哈哈！那就顺便游览参观一下总统套房吧。几层？

　　我：当然是顶层。

　　丁：顶层是几层？

　　我：二十层……二十一层吧。是楼中楼。上面还有空中花园空中游泳池。

　　丁：早说就好了。我都洗过澡了。

我：再洗呵！

丁：不是这个问题。问题是我都换了睡衣上床了，又要爬起来，又要重新穿西装，打领带，又要穿袜子，绑鞋带……真是太麻烦了。

我：你穿拖鞋上来吧。穿一次性拖鞋上来。

丁：穿一次性拖鞋……不用说去总统套房去坐电梯都嫌掉格。万一碰到熟人怎么办？而且这种事怪不怪，你越不想碰到谁，你偏偏会碰到谁。

我：那只好放弃了。

丁：你的意思是……你不欢迎了？

我不知怎么就打了个呵欠。

我的呵欠细胞像千军万马跑出来了。我连打一二三四五六七八声呵欠。

呵欠像流感，丁也严重地打了几声，王妹妹也严重地打了几声。谁先放了骚扰电话的都不知道了。

睡吧。晚安。

（原载《福建文学》2011 年第 1 期）

---

作者简介

吕纯晖，女，1956 年出生，福建南安人。1984 年开始发表作品，曾任福建省文学院常务副院长，中国作家协会会员。出版《出生地》《听来的故事》等著作。

## 前面是五凤派出所

◎ 林那北

一

本来王保平要坐大巴走的,他去车站买票,后来又不买了。

四月初的天气按说该微热起来了,街头却到处是穿毛衣和厚外套的人。不是很正常。不正常的感觉已经有一阵了。

从车站离开后保平做了如下几件事:买一套驴友出行装备、一款3G手机、一台两万毫安时大功率移动电源,然后把裹在破衣服堆里的两万元钱取出,装进女人用的长筒丝袜,扎好,绑在腰间。事情不多,但有点费时。之前他没有手机,他扔掉手机已经五年零三个月,那玩艺好是好,但如果不需要,就是废品。现在又需要了,所以他重新买。开卡已经实名制,这个他懂,所以他不是一个人上街的,而是拉上强生。强生很诧异的样子,一路问为什么为什么。强生的意思是为什么要买?这东西强生不费吹灰之力就能弄回一部,以前给保平,保平不要,现在突然又要了,要还不简单,为什么要买?何况买就买普通的,能接打就行,何必要3G的?保平不解释,甚至不答理,只管急急走,急急进店,挑下一款,用强生身份证开了卡,付了现钱。

第二天他本来就可以动身了,计划上就是这样,这个计划保平放在肚子里打转了一个多月,他觉得像在腹中埋了一颗种子,看着它从土里拱出来,然后一点点往上长,枝叶蔓开,花又冒出来,最后结出果,果大得惊人,肚子已经装不下了,所以他必须动身。

可是第二天他没走成,除了腰间那捆钱,手机和塞满驴友出行装备的草绿色大登山包都丢了。

不可能被外人偷,他和强生租住一起已经五年,一间小平房只有两人,两张床相对摆着,各把杂七杂八的东西塞在床底下,中间只剩下一个不足两米宽的过道。他说,拿出来!强生眨着眼装傻,手一举,问:什么拿出来?

他就不再问了,开始动手,把强生床上床下都翻了一遍,没有。

强生说,你怎么这样啊?王保平你到底出什么事了要这样啊?我哪里得罪你了你要这样!说话时强生重重地舞着手,很生气的样子,但最后他嘴角一翘,破绽就出来了。那一翘是笑,这个瞒不过保平。保平说,快点,我要走了!

强生坐在床沿,怔了片刻,手突然重重一拍,嚷起,真要走啊!劝了你多少年要用手机,你不用,终于肯买了,我以为是死脑筋活了,这年头谁不用手机啊?没手机就跟傻子一样。他妈的我大半夜才回过神来,你买手机原来是要滚蛋啊。你凭什么走?你去哪里?

保平上前一步,大声说,拿出来!

强生头一扭说,谁拿你东西啊?那些破东西谁稀罕!

保平鼻孔哧的响一声,猛地一起脚,地上一只铝合金碗就叮叮当当尖叫着飞起,撞到门上,又跌到地上。碗好像是强生的,但也难说,屋里的东西不太分得清,保平的强生顺手就用了,强生的保平也照样没什么讲究,用来用去就模糊了,管他是谁的。

强生好像被吓着了,霍地站起,又缓缓地想坐下,坐到一半犹豫了,屁股在撅半空,双手撑住膝盖,仰着头愣愣往上看。

这是第一次吧?五年来第一次发脾气?保平后背马上也凉了一下。从小到大,他最常听到的咒骂就是疯狗投胎——他脾气确实不好,天生不好,可是强生并没有领教过。强生这五年看到的保平总是不吭不哼,整天嘴闭得像被粘住了,多以点头摇头来回答,实在要开口,也都是简单的一两句。平时也有生气的时候,生气了半天不理人,哪次都没有动手动脚的时候,突然踢碗,碗滚出来的声音这么响,其实把保平自己也吓了一跳。

保平后退一步坐到自己的床上。一会儿又躺下。

屋里只剩下强生在走动。强生喜欢穿长一号的鞋,他说这样不夹脚,鞋跟被拖在地上,啪哒啪哒响。强生走过来走过去,捡起碗,洗了,放好了,还在走。保平想也许走一阵强生就败下阵,拿出手机和大登山包,里头睡袋、雨衣、冲锋衣、防潮气垫、帐篷、水壶、手电筒等等塞得鼓鼓囊囊的,有半人多高,而屋却这么小,能藏哪里去呢?

强生走着走着,上午过去了,下午又过去了,然后晚上,天黑下来。保平午饭两个肉包,晚饭一碗快熟面加一块肉包,都是强生买的。强生好像有点内疚,所以买回吃的,还烧了水泡开面,端到保生床边,动作轻缓得像个小姑娘,可就是不肯把东西拿出来。

保平起初不想吃,后来吃了,吃过就长叹一声。他说,算了,活不过今年也好……

今年?强生转过头来,今年是什么意思?

保平闭上眼,双臂枕到脑后。他想,那个医生到底怎么样了呢?

## 二

他们住的小平房已经漏水,没法修也没人修,一下雨锅和盆都摆到地上接雨,叮叮咚咚响。但出了门不到一百米,却是标着大英文、贴着大洋妞照片的花花绿绿商店。那些店保平只去过一次,一块表几十万、一只包十几万摆在那里,看得眼睛都想冒汗。不过店前有一条江,江边修了步行栈道,还有一条刚通车半年的大桥,却是保平喜欢的。每天出工收工,他常绕到桥上走一走,风一吹,人就有点恍惚了。上个月这座桥突然塌了,幸亏保平不在桥上,也幸亏只是引桥部分，落下两部车，死一人伤六人。

桥塌的前一天，保平正双手支在栏杆上，撅着屁股往下看，这是他小时候最常做的一个动作，突然觉得后背很烫，是那种灼热点非常集中的烫，他猛一回头，见桥的另一侧站着一个理平头的中年男人。他扭头的瞬间，中年男人也蓦地转开脸，然后疾疾走掉。谁？是谁？脸似乎有点熟，噢，很熟，非常熟……好像是以前的邻居？他没法确定。

回到小平房强生盯着他脸问怎么回事怎么回事。他唇动了动，什么也没说。

强生个子不高，街头随便哪个姑娘即使不穿高跟鞋，也大都超过他了，所以强生最恨长得人高马大的人，嘴一扁就会从牙缝里挤出一句粗话，他说，他妈的靠吃粪撑大的啊！保平一米八六，知道强生这话是故意气他的。保平无所谓，不气。有时候强生会在保平屁股上拍一下，耸着鼻子问，喂，要是每个人都长你这样，地球会不会被踩塌？我们那里的汶川、雅安地震，就是被你踩出来的吧？保平觉得这种问题是蚂蚁对大象的挑衅，仍然不气。

强生只比保平大四岁，却早到这座城市八年。那天蹲在马路牙上，保平把帽子压得低低的，被强生用膝盖顶了顶脑袋，问：会油漆吗？保平不假思索就点头了。油漆保平没做过，最多家里装修时见过。装修是父亲的事，他没插手，哪里能懂？所以第一天被强生带到工地，就露馅了。强生一下子就火了，大骂，骂过，第二天又让保平去。强生后来说，他妈的你骂不还口真不简单啊！我最佩服有修养的人。

算起来强生应该是保平的师傅，上胶、打腻子、扒底、沙墙、刷底漆和面漆，整套工艺都是强生教会的。强生在马路牙上叫上保平那次，也是刚从一个工头手下单飞出来的，想自立山头多挣钱。还是缺经验，以为闲在马路上的肯定好使唤，就随便叫上一个，这一个就是保平。妈的，算我瞎了眼，原来你连我这个残疾人都不如！强生左手小拇指缺一小截，说是前几年老家盖房子时被石头砸的，其实什么都不影响，干起活来比谁都巧，连穿针引线缝衣服都很在行，但强生还是动不动就说自己残疾，说得都有自豪感了。

后来保平觉得强生那个小拇指应该跟石头没什么关系，但他没有问。

油漆这活说到底也不是多有技巧性，保平一开始不会，不等于永远不会，强生怎么做，他很快也学会怎么做。而且他会认字会算账，这一点强生就学不来了。开工前要开出用料清单给业主，强生知道怎么用料，但不知道怎么写，就是写了，那字糊成一团，业主也没法看清。保平来了后，事情就简单了。

另外，强生要每个月给在老家的二梅写一封信，这事强生以前都是到公园找退休老人代笔，老人总是比年轻人热情，但也更好奇警惕，问，上下问左右问，每次不把强生问得夹紧腿想往厕所跑都不罢休。保平却不一样，保平从来不问。强生说写信，保平就拿起笔；强生说二梅你好，保平就写二梅你好；强生说我最近很好，你在家要多保重，保平就写我最近很好，你在家在多保重。写完，贴上邮票，强生自己拿到街上丢进邮筒。

有电话了怎么还要写信呢？这是保平唯一问过的。

强生说，我老婆跟我一样，也不识字，但我老婆喜欢显摆，电话接起只有她一个人听到，信却半村人都看得见摸得着，不一样的！

接下去保平不问了，强生还继续说。我老婆个子这么高、奶这么大！一边比画着，一边嘻嘻笑起。要是她认字，怎么可能看上我？她不认字却偏要装出认字的样子，她就是这样噢，女人都这样噢。喂，你有老婆吗？

保平摇头。

你多大？二十四岁？妈的我在这岁数早搞过女人了！要不要也搞一个？

保平还是摇头。

强生说，有老婆多好啊，可以睡，可以生儿子，想骂就骂想打就打……

保平不想听了，转身走掉。

强生就识趣了，知道这壶不开就不再提。夜里给二梅打电话时，都躲在被子里，压低声音，说得很寡淡。嗯，知道了。行，别啰唆！就这样吧，电话费很贵的你懂不懂？至于那一封封信，倒是继续写，反正也没什么肉麻话，说的都是近况,长胖了,吃到什么了,看到城里人时髦穿什么了,哪个东家花了多少钱装修房子了,诸如此类。保平一走,以后强生的信还得再去公园求老人代笔,强生是不是因此不爽了,就把保平的东西藏起,不让他走?

保平想不能再耽搁,天亮就动身。行李可以再买,手机再买麻烦些,但也拦不住他。他得走,必须走。他在床上翻来覆去,天亮才迷糊过去。醒来时整个人一激凌,差点从床上跳起。眼前是黑的,是强生。强生站在床前,俯着身子,脸快贴到保平额上了。见保平睁开眼,也不躲,仍是瞪着,像在查什么瑕疵。片刻之后,强生走开,竖在他背后的草绿色大登山包露了出来,包上方搁着手机。

保平一挺身坐起,先把手机抓过来塞进裤袋,然后拉开登山包拉链。还好,睡袋在,防潮垫在,冲锋衣、帐篷等也都在。强生终于把东西又还回来了,那么强生这是放他走了?

强生说,别走了,我给你加工钱吧!明天起,每天给你两百块工钱行不行,啊?谁像我这么大方啊?你走个屁!

保平说,对不起。

强生说,对不起是什么意思啊?对不起是不走了,是吧?

保平摇了摇头,说,走。

强生脚重重一跺。他妈的你这个人太缺德了,还要走?为什么这么突然要走?你至少得事先跟我说一声,看我同意不同意啊!呃,你什么都不说,整天跟我打谜语,把我当什么了?狗屁!好,走吧走吧走吧——一定要走也得等锦绣天下的尾款结清了之后嘛,工钱你总不能不要……

保平说,我不要!

不要?连工钱都不要?你到底哪根筋搭错了?不行,你得说清楚,你不说清楚……

强生的意思大概是不说清楚就别想出这个门,但保平已经把登山包一把提起,甩到肩上。有点沉,不过还背得动。

## 三

在桥上一遇到一个熟人，第二天桥就塌了，这是什么预兆吗？

现在桥已经无法通行，引桥那里蓝色的铁皮围挡高高立立着，大约开始重新施工了。保平背着登山包从小平房出来，刚走到围挡旁，就觉出不对头了，仿佛谁躲在后面拉住他的身子用力扯——包比他想象的更沉。

他决定买一部自行车。

跨上车的那一瞬，恍惚了一下，突然有种上学去的错觉。

这几年他都没骑过车，每天出工强生骑电动车，他坐公交。新建小区不一定都通公交，他坐到最近的地方下车，再走路过去。强生很恼火，强生说你这样误我的工知道不知道！你出一天工我付你一天钱，误工就等于吞我的钱你懂不懂？强生给的工钱一开始是每天五十元，后来不断涨，涨到现在的一百八十元。保平早晨出门的时间就提前了，比强生先走，如果真误了，他自己就拿个本子记下，到工钱结算时就主动把这一天的钱减掉。有病！这是强生骂的。强生说，你实在不要我送你的，我帮你买一辆不就行了吗？那，我现在就去……保平把身子挡在门上，说我不要，你买了我也不骑，我不会骑！强生问，那自行车呢？保平说，也不会。

强生使用的东西以前都不太习惯自己花钱买，要什么他到街上转一圈很快就有什么。保平惊讶了好一阵才回过神来，当时他就想走，他不能和这样的人待在一起。强生抱着头坐了很久，然后手在大腿上重重一拍。你这人太正了！我要是早碰到你这么正的人就不会这样了！我想改，一直想改，不想改我做工干吗？做油漆那么好玩啊？整天一身土一身灰，一套房子漆下来不知要吃进多少泥灰、受了多少污染哩。我是个有手艺的人，一个月随便弄一块表一部手机，转手卖了，都够吃够喝，干吗还要吃那个苦，你说是不是？我改！你得帮我改，你盯着我，我就改了。

就算偷窃勉强算得上手艺，但能改吗？似乎真改了一阵，却并没断根，时不时还会发作一次,只是避开了保平,做得隐晦,不敢放开手脚。好像也挺憋屈的,常长吁短叹:为什么可以偷我,我不可以?

保平觉得能改总是好,改一点是一点。但不是最好,强生发作一次,他就想走一次,一拖却拖了几年。既然说了不会骑车,保平就干脆不骑了,公交车坐着坐着,也习惯了。这座城不大,却是电动车管理试点城市,正规买车都得到交管部门登记领牌才能骑上路,如果强生真帮他去买,强生能买什么车?最多是黑车市场里的赃车,所以他不要,不能要。

现在他离开强生,甚至要离开这座城市了,他给自己买下自行车。不是一般的自行车,而是坐垫窄窄的山地车,轮子又细又大,骑起来有点飘,但难不倒他,他怎么可能不会骑车?读初一时就有过一辆了。

登山包带子有点松,往一旁歪去,他下来,支好车,重新把行李捆绑一遍。

然后他拿出手机。这款手机他去年曾见一个业主用过,业主姓陈,强生喊他陈总,强生喊每个业主都是什么总。不是什么总哪买得起这么大的房子?这是强生的理论。陈总就是驴友,近的背着行李徒步走,远的就开越野车,光西藏就去过三趟,西南线、西北线、中南线,每趟都得花上一个多月。强生一直嘀咕有钱人真是吃饱了撑的,房子在装修,装修一半心血来潮,脚一抬也就走了,工人该怎么做还怎么做,只是叮嘱有什么问题多给他打电话。千万里之外的电话能管什么?陈总也无所谓,说实在不行就先停一阵工,等他回来再接着做。强生说这个陈总真他妈的不正常,瘾什么不好,瘾到处跑!那买房子干吗?又何必装修?

保平不是这么想,起初他只是有些诧异,后来就羡慕起来。陈总是不是有点像古人呢?以前有位姓姬的中学地理老师总是埋怨生错了年代,要是生在古代就好了,可以到处游山玩水,不玩古人怎么写滕王阁、岳阳楼、小石潭以及三月的扬州和客舍青青柳色新的渭城?姬老师说,退休时要是有钱,就骑上自行车想去哪里就去哪里。姬老师又说,人一辈子总要有所寄,寄情山水比寄情金钱权力强一亿倍。山水无限,谁寄都欢迎,而俗世俗尘却一山容不下二虎,你多寄了点多拿了些,别人就非得恼起来跟你抢不可。

陈总不写诗,但喜欢拍照片,到装修工地也常背着大包,包里是相机和镜头,所以进了门他第一件事就是找地方藏好包。不用问也知道,他是顺路过来的,来了也只是像参观,转一圈,看几眼,好好好,很好,就走了。有时会有一个女人同他一起来,看不出是老婆还是女友,娇滴滴的,凡事不懂也懒洋洋不想懂的样子。

有一次油漆料不够了,陈总开车去补,把保平也一起喊上。车子一发动陈总就打开车载导航仪,导航仪坏了,他掏出手机还是开导航。才七八公里的路,就在市区,导航开是开了,其实陈总既不听也不看,路烂熟。很熟的路却仍要用导航,这是习惯性还是依赖性?就是那一次,保平才知道短短几年间,手机这东西已经比以前聪明多了,定位要去的目的地,然后在每一个拐弯口机器都会可人地提示:前方一百米向左转,前方三十米向右转……

保平这次买的手机就是与陈总同一款的,不难学,看看就会了。手机昨天刚充满电,开机,正要点开车翼行,电话响了,突然响,声音又脆又尖。保平手一抖,吓了一跳,立即摁掉。但很快再响,持续响,没完没了地响。他终究还是好奇了,接起。电话一通他就后悔了,是强生。强生说,喂喂,你在哪里?

保平不应。

强生说,他妈的我拿身份证去才查到这个号码,人家以为我二百五,明明是自己买的手机,却不知道号码。喂,你到底在哪里!

保平还是不应。

强生说,喂,王保平你不会去自杀吧?我要不要报警啊?

保平这下子不得不开口了,保平说,我干吗要自杀?神经病!

话筒里沙沙沙地响起,是强生在电话那头长长吁了一口气。真不自杀?强生还是不太相信,那你现在在哪里?你瞒不了我,我问了,手机是用我身份证登记的,那就是我的,我只要去派出所报个案,警察一下子就能查到你在哪里。你在哪里?你说,不说我真去报案了!

保平好一阵不开口,他有一把砸烂手机的冲动。但他最后还是说了,他说,我在锦绣天下门口,你要干吗?

强生嘻嘻笑了一声,手机就断了。

## 四

锦绣天下是这几年保平做过的最高档小区,临江,绿地大,楼层高,最小面积是二百八十平方米。他们做的那一套三百六十平方米,顶层,复式,大厅挑空。房子贴着江建,围墙外就是一座桥,过了桥也就出了城。保平选择锦绣天下作为出城处,一是因为这个楼盘在城的最南面,二是因为路熟。一百平方米左右的房子,如果是夏季,一个月就能结束油漆,锦绣天下这套面积大,又是冬天开工,做了两个多月才完工。刚接这一单时强生很高兴,后来强生非常不高兴,反复骂,他妈的余总!

余总就是业主,是哪个局的局长。这一单活比较特别,是装修公司找的强生,装修公司揽下余总这套房子,然后把刷油漆的活转包给强生。强生以前不是太愿意这样,他说业主之外,再加上装修公司的监理和项目经理,就有三座大山了,我们又不是没活做,楼到处不要命地盖,房子那么多人抢着买,买了就要装修,要装修就要油漆,要油漆我们就饿不死。但锦绣天下这套面积大,给的工钱也不比自己接活低,强生一算还是个肥缺,就有了干劲。

所以,说是给余总装修房子,其实平时跟他们打交道的主要是装修公司的人,包括施工方案的确定、施工用料的购买,以及施工过程的监督等等,连工钱也是项目经理开给他们的。余总或者余总太太倒是常来,看看这里不行敲掉重做,那里不行又敲掉重做。监理和项目经理平时呵斥这个和那个,装得跟爷爷似的,但余总一来他们就争着当孙子了,跟在背后脸都笑僵了。确定聚酯漆和水泥漆的品牌时,余总明明说华润也可以,保平和强生都听见了,但装修公司最后却买来了美国大师牌的。价钱差多少？至少一倍以上。强生就问保平，你觉得奇怪吗？当然奇怪，但也不太奇怪。房子肯定是余总的，但装修的钱却未必余总出，可能是装修公司买单，也可能谁雇了装修公司替余总买单。

强生说，当官真好啊！

强生又说，当官过的都是神仙日子啊！

强生还说，妈的我要让二梅再给我生个几个儿子，以后好好送去上学，然后当官，然后享受！

强生的儿子几个月前刚生下来，当时他咧着嘴笑嘻嘻地跑回去几天，再来时带了好多染红的熟鸭蛋，塞给保平，也塞给装修公司项目经理和监理，连余总也留了一对。这么小，跟猫一样，但他妈的长得真像我啊，哈哈哈！这话他重复了很多次，递出红鸭蛋一次就说一次，说的时候不是为了别人高兴，而是为自己。他确实高兴坏了。

那时余总家的墙刚扒了第一道底，强生大有做完这一单就洗手不干，回家陪二梅抱儿子的劲头，好在余总家的工程做得慢，每一道工序监理都盯在那里，明明抹上的腻子泥已经干透了，但监理还是要再等几天。强生很着急，但急也没用。中间有新的业主找上来，又一单活到手了，两三套房子穿插着做，做着做着，他那股疯劲倒是渐渐淡下去了。

关于儿子，强生绝对要超生，七个八个不嫌多。老婆娶来干什么用？就是生儿子啊，不生娶了屁用！二梅会晕车，不肯离开老家。她坐自行车都晕哩，这种人活该一辈子圈在村子里。说这话时强生撇了下嘴，手一挥，又不屑又心疼。其实他不常回老家，一年里最多也就两次，每次走之前都跟保平打保票，说不在二梅肚子里播下种就不回来。折腾了几年，刚生下一个儿子，马上又想着再生几个，好好读书，像余总一样当官享受。

余总五十岁不到已经微微发福，皮肤粉嫩得像没褪尽血的猪肉，手背上都泛着水汪汪的光亮。强生夸他气色好，他笑笑答：血压高。这是他们间为数不多的对话。每次来余总话都很少，眼睛却很忙，墙、地面、家具，这里看看那里看看时,喉咙不时咕噜一声,既不像咳嗽也不像叹气。

在那座桥出事前,保平也羡慕过余总,有车,有秘书,有这么大的房子,房子里预留有躺得进五六个人的大浴缸,以及藏半人多高保险柜的位置。保平那时想,《好日子》这首歌其实唱的就是余总这样人的日子,心想的事儿都能成。

春节前房子就漆好了,按惯例完工后透气几个月,只要油漆没有空鼓、裂缝、脱落,就该付清工钱,可是工钱还没付,桥塌了。建筑公司老板被抓,接着科长、局长、副市长一串都进去了,包括余总。因为一座桥,一城的人好像脚底下就空荡荡了,风都有点诡异

余总进去起先强生和保平都不知道,只是奇怪装修公司的人一下子都消失了,连影子都没见着。强生一次次拉着保平去装修公司讨钱,结果项目经理或者不见,见了脸也黑得像扣着屎。你向我们要,我们又向谁要去?这话当然蹊跷,一打听才知道装修公司已经撤出这个项目,工程的所有扫尾工作都戛然而止了。

那么工钱呢,工钱怎么办?强生当时眼珠子都暴出来了,抓起桌上的电话就要往项目经理头上砸,被保平一把拦住了拖出来。如果砸了,如果伤了,110电话肯定有人打,警察好歹会来,警察来了强生得进局子,保平也逃不了,然后警察开始一遍遍审,姓名、身份、家庭……

保平吁一口气,他想走是对的。这会儿他正站在锦绣天下的门口。走出小平房,绕过围着铁皮的大桥工地,买了自行车,他就不知不觉骑到这里了。仰头看了看,余总那套房在最顶层。五年里这是他做工时间最长的一套房子,也是这辈子做的最后一套房子。工钱他无所谓了,即使能拿到,也都给强生吧,他不要。

然后他低头看手机,用食指点开车翼行导航,输入目的地的名字,按下确认键。一个女声从手机里传出来:现在开始导航,您的目的地是福建省福州市鼓楼区五凤街道,全程约三百六十公里,请小心驾驶。

## 五

教地理的姬老师说,有一种人天生脑子缺一角,做事总是顾头就顾不了尾。保平觉得自己就是这种人,姬老师也许不是说他,但他主动对号入座。这五年他改变了很多,每天都在变,似乎已经把脑中缺掉的那一角补上了,结果仍然没有。

车翼行导航导的是高速路,换一句话说,是为汽车导的而不是自行车。自行车怎么上得了高速路?手机白买了。不过他犹豫了一下并没把它扔掉,或许什么时候又用得着哩?锦绣天下门口的保安他大都认识,见他们远远看着他,他笑起,把手机重新关机,放进包里,然后骑上车。

路边有家报刊亭,他拐进去买了一本全国地图册。小时候他是在地图堆中长大的,地图册就是他的小人书,那一条条弯曲的公路线难不倒他,即使迷糊了,还可以问一问人。高速路不能走,国道可以,但他却拐到另一条更小一点破一点的路上,也许是省道吧?两旁或是田野树木,或是杂乱村镇街道,街道上有店,三顿就不会饿肚子了。

天黑下来时,他正在一家小酒楼里吃米粉,肩头被人重重一拍。那人说,嘿,你妈的!保平心里咯噔了一下,不用扭头也知道是强生。强生居然骑着电动车跟来了。强生说,要不是锦绣天下的保安一个个都是我哥们,他们给我指了你走的路,我差点就走错方向了呗。

强生自己也要了一份米粉,扒几口碗就见底了,嘴巴一抹他呵呵笑起。保平却不笑,眼皮都懒得往上抬。小酒楼的楼上就是客房,强生说,我们今晚索性就住这里吧。你把身份证给我,我去办住宿。

保平说,我没身份证。

强生头一拍,说,对对对,你说过身份证丢了,我忘了。那用我的登记吧,登记一间就行,我们又不是没在一间房子里住过⋯⋯

他还没说完,保平已经站起,拎起登山包往外走。

夜色下他新买的那辆山地车就停在店门外，而旁边是强生的电动车，两部车用铁链锁在一起。强生从后面小跑着出来，大声说，喂，你去哪里？难道我们今晚不要睡了？

保平把登山包重新绑上车，边绑边说，把链子解了！

强生说，好好好，就解就解。

果然就打开锁，解开链子。然后呢？强生问，然后去哪里？

保平说，你回去！

强生说，你回我才回！

保平牵起自行车，没有立即骑上，只是急急往外走。强生转身也把电动车牵过来了，挤在保平边上。保平骑上车。强生也骑上车。

下半夜保平找到一块平坦的草坪子，先把防潮垫充好气铺上，再掏出睡袋和帐篷。都不大，他长手长脚一摊开就差不多了。他本来是给自己一个人准备的，现在强生怎么办？他说，你去住旅馆吧，明早再到这里找我。

强生说，你去我也去，你不去我也不去。

保平爬进帐篷再钻进睡袋，一会儿又提着睡袋钻出来。强生蜷在帐篷外的地上，双臂抱住膝，下巴抵在漆上，整个人更小了，像一堆牛粪。保平也坐下，把睡袋的一半横到强生身上。四月了，白天要是热起来穿衬衫都可以，夜里毕竟还有几分寒，风从四面灌来，凉得像带着刺。保平说，回去回去，明天你就回去，你跟着我干吗？

强生扭过脸定定看着他，好半天才开口。你真的不是去自杀？

保平说，不是！

强生说，那你这是去哪里？你得跟我说实话，你说了，我就不跟了，我回去讨工钱、接新单。我还要挣钱养二梅和儿子哩，要不我老婆二梅怎么办？

保平没有马上答，一会儿他掏出手机，开机，把车翼行点开。之前输入的地址还在，他只输入过一个地址。他把手机递给强生，强生看不懂。这款机子偏高端了，强生以前弄到好机子都舍不得用，觉得浪费。好机子才能卖个好价钱,所以都卖掉了。保平用手戳了戳屏幕,他说,你不是问我去哪里吗?这里!

这里是哪里?

福州。

福州?你去福州干吗?

保平用舌尖舔了舔嘴唇,放低了声音,说,回家。

回家?强生叫起来,你不是说你是江西人吗?

我骗你了。

强生说,你明明说话有江西口音!

保平说,我爸在江西插过队……好久没回家了,我想回家看看。我现在说了实话了,明天你就回去,别跟着了。你跟着有什么意思?

强生用肩膀顶了顶保平。哎哟,原来是福州人啊!

保平不知道福州人有什么可高兴的,他有点困了,眼皮开始往下沉。

## 六

第二天强生比保平醒得还早。一见保平睁开眼,强生就问:哎,我想了一夜,为什么你要骑车回福州?

保平看着远处,头晃了一下。

强生说,飞机坐不起,火车总可以啊,还有汽车——哎,我们去买大巴票吧!

保平站起,开始收拾东西。你回去吧,他加重语气,回去!

强生没走,保平骑上车时,他也骑上,还是向南。保平把脚支地上,扭头看他。快回!

强生鼻子一皱,笑了。谁叫你以前骗我说是江西人?你骗我,所以昨天晚上我也骗你。

你回去,烦死了!保平说。

你也回去,烦死了!强生说。

保平就不再理他,他用力蹬着车,蹬得很快,但强生的电动车更快,有时强生故意加速超过,然后停在前面十来米处,回头看着保平。保平想夜里再不能把睡袋分一半过去了,不冻一冻,他嗨得以为是郊游。但是天还没黑,路过一个村庄时,强生眨眼多出一床大棉被,又多出几件衣服。昨天他是空着手从小平房里出来的,车架上本来光秃秃的,现在一下子臃肿起来。买的?不太可能。保平冲过去想砸电动车,强生嘻嘻笑着,一溜烟骑到前面去。

晚饭在一家水饺店吃,还没入座,强生就忙着把收银台里的插座拖到外面给电动车充电。管收银的是个小眯缝眼的女孩,不漂亮,但被强生逗得咯咯笑起时,小眼弯得像两个括号,又甜又媚。保平心里突然一动。他不能再让强生这样跟着,抵达福州之前他不能出事!

水饺端上来时,强生饿狗一样跑过来,端起碗,仍扭头往门口那里瞄,似乎怕电动车丢了,但眼光都在收银女那里。一路上很多这类店都兼营暧昧生意,这个保平知道。以前强生偶尔会花十至三十元出去打打野鸡,保平也知道。保平说,挺漂亮的噢!强生嘴里嚼着水饺,含义不明地嗯嗯两声。买单时保平把钱交给强生,强生扭着屁股走向收银台,宽出来的鞋啪哒啪哒击打地面,响得非常色情。应该有戏,保平心松了一点。

但他提起包悄悄绕出门,上车刚骑出不到五十米,强生还是从后面追上来了,呼呼喘着气。王保平,他喊,你妈的王保平!

保平决定连省道都不走了,路远一点,绕一点,颠簸一点都没关系。喂喂喂,这走的是什么破路啊!强生很不满。保平不理他,路越偏越窄,他心里越安稳。

这晚住下的地方不再是草坪,草坪太阴冷了,也太潮。半山坡上有座大概是放羊人搭的草棚子,虽简陋,但有模有样,地上还铺着新稻草,踩在上面窸窸窣窣地响。强生展开被子,把整个人裹得像只大虫,像是自己也被逗乐了,吱吱吱地笑。难怪那个陈总那么喜欢往外跑啊,他说,好玩,这么好玩,比当官还好玩!

　　白天车子经过一家邮局时,保平曾进去买了一把笔一张信封和几页白纸。这会儿他把手电筒打开,又铺开纸拿起笔。他说,起来,我再帮你给二梅写封信吧。你起来说说想写什么,写好了,你明天就拿回城寄。太久没接到信,二梅会不放心的。

　　二梅?强生扭了扭身子,他好像一下子被棉被迷住了,扭来扭去还是觉得非常有趣,半晌才回过神来,下巴一甩,说,管她什么二梅,不写了!

　　保平愣在那里,慢慢关掉手电筒。你为什么要跟着我?他问。

　　强生说,我也想去福州啊。我还从来没去过福州哩!那里据说有海鲜,我也没吃过新鲜的海鲜。你得请客噢,到了你老家你要是不请客我就跟你翻脸啊!

　　保平觉得强生没必要这么大声说话。山里很静,有一些细碎的虫鸣,还有远处公路上隐约的汽车声,之外就没有其他声响了。保平一直没睡着,他想强生可能也没睡,过一会儿试探地问:除了海鲜,你还想吃什么?

　　话音未落强生马上答,有什么好吃的?

　　鱼丸……

　　我要吃鱼丸。还有吗?

　　肉燕……

　　我要吃肉燕!还有什么?

　　扁肉、拌面……

　　我要吃扁肉、拌面!还有呢,呃还有什么都说出来!

　　保平顿了很久,叹一口气。路太远,别去了。

　　强生说,不远不远,太近了就不过瘾哩——得走几天?

　　保平说,谁知道。

## 七

半个月后，他们到了福州。进城后经过好几座桥，桥或新或旧，或钢筋水泥或石头，有次保平停下来，靠在桥沿上往下看。强生问，这是什么江？保平说，闽江。强生说，这桥不会也塌了吧？保平脸一下子黑了，白过一眼。强生肩膀一耸赶紧说，走吧走吧，去你家吧。

保平说，我没家。

你父母呢？

我没父母了。

你又骗我，没家没父母，你回福州干吗？

保平没有答，上了车，飞快地骑，一直骑到五凤海鲜楼才停下来。

菜很快上来了，点了很多海鲜，蟹、鱼、虾、蛏、扇贝等等，还有一大排啤酒。强生问，很贵吧？这些他妈的都很贵吧？

保平掀开衣襟，把捆在腰上的丝袜解下来，钱比刚捆上去时少了，但还有一大把，歪歪扭扭卷在里头，看上去像一根猪大肠。他把钱放在啤酒瓶子旁，倒满两杯，端起来，递到强生跟前，碰一下，喝掉，然后把空杯抓在手里，慢慢打着转。

我给你讲一讲教地理的姬老师吧，保平说，姬老师结婚那年已经三十六岁，第二年有了儿子，第三年老婆肺癌死了。他课上得真好，他一上课学生就跟过节似的，真能扯，天南地北地扯……噢，你没上过学，我不说上课的事。那说什么呢？说姬老师抽烟吧，他烟抽得太凶了，一天两三包——算了，烟也没意思，还是说他的自行车吧。姬老师车骑得太神了，可以把前轮一抬，后轮着地左拐右拐骑来骑去，跟马戏团似的。但那天夜里，姬老师从学校回家路上却连人带车一起被汽车撞飞了，汽车跑了，姬老师被人送进医院，整个人好好的，一滴血都没有，只有胸口下方这里有点小瘀血。值班医生开了消炎药，说没事，明天再检查。可是半夜姬老师肚子就开始疼了，问值班医生，医生还是说没关系，只是肌肉痉挛。第二天一查，不是痉挛，是内脏出血，一肚子都是血。马上手术，可还没推进手术室，姬老师就断气了。他想退休后骑车想去哪里就去哪里，可是还哪里都没走，就断气了……算了，跟你说这些干吗？你又不是姬老师的学生。怎么样，福州海鲜怎么样？

强生迟疑了片刻说，好吃——那个姬老师……

保平甩了甩手，说，好吃你就多吃点，吃完了我们就各走各的。

强生嚷起，不行，你还没请我吃鱼丸、肉燕、扁肉、拌面！

保平把丝袜捆住的钱往前一推，说，这些拿去，你自己随便吃，满街都是，爱吃多少是多少。

强生把钱推回去。这是钱，他说，不是鱼丸，我要吃你请的鱼丸！

保平自己倒一杯啤酒，头一仰吞下。他说，强生，那个值班医生后来被我打了。本来再过几天我就要高考了，可是不打不行，往死里打。我以为他死了，满地都是血，还能不死？可是……会不会没死呢？我这一阵一直想，也许没死哩，是不是？没死我逃什么？五年了，逃不下去了……

强生把那只断掉半截的小拇指竖起说，可以，可以！我保证不会说，说了你他妈的剁掉我其他手指……

谢谢你，保平打断他，这五年多亏了你。说着保平已经站起往外走。刚才登山包就系在车上没解下，而车停在那里也不锁。出海鲜酒楼时往那瞥了一眼，车和包都已经不在。

强生从楼上追下来，手里提着那个猪大肠似的丝袜。走，跟我一起回去！还有好多活要接，余总那里的工钱还没结算……

保平摆了摆手。

强生一把揪住他胳膊，咽两下口水。强生说，其实我早知道你不叫保平，你不姓王，你姓姬，姬老师是你爹吧？你身份证没丢……钱和身份证，你藏得那么严有什么用？再严我也找得到……嘀，我说了吗？我不是没有怀疑，可我说了吗？一句都没说！就觉得你这次走没好事，害我那么远一直跟着。我是残疾人啊，累死了！走，回去，我们再一起骑车回去！

保平垂着眼帘往下看，每次看强生他都必须这样。强生怎么会这么矮呢？保平突然笑起，之前他好像从来没对强生这么笑过。有件事他不太明白，如果那天不是在桥上见到那个理平头的中年男人，他会急着离开那座城市，离开强生吗？不知道，也许会，也许不会。

关于大巴，强生曾问过为什么不坐。是啊，为什么不坐？他不是没打算坐，那天他去车站买票了，钱递进窗口前探头问了一句：坐车要身份证吗？售票员是个五十来岁的妇女，脸绷着，正跟谁生气似的，脱口就答，要！如果你是外逃的贪官怎么办？上车不查半道也要查！

保平当时犹豫了一下，把抓在手里的钱又塞回口袋。没听说坐大巴需要身份的，但如果万一呢？他确实姓姬不姓王，五年多来他的名字一直都在警方那里挂着号吧？

伸手在强生头发上快速拨几下，保平长吁了一口气说，回去吧，你自己坐大巴回，一个人别骑车了。

强生看着他，喉咙咕噜噜上下滑动，两只手仍揪住保平的胳膊。

保平说，你看，我好好的回到福州了，是我自己主动回来的，不是被人抓回来。说到这里他顿一下，眼看到远处，重重地吁一口气，重复一句：不是被抓回来的！

强生说，抓不到的，五年了都没抓到⋯⋯

保平说，被抓就完了。你别拦着！逃没用，那不是人过的日子。那个值班医生如果已经死了，我主动去，说不定能减刑，以后还有出来的一天。如果没死⋯⋯噢，没死就好，那我就能早点出来，出来了我就要学陈总，我也要当古人，爱去哪里去哪里，这样不是更好？

强生嘴呵得很大，半晌才说，那到时，我⋯⋯和你一起去，我也骑自行车⋯⋯

不行，保平摇了摇头，你去了二梅可不答应。你快回去挣钱，你快走，我也走了。

刚才酒多喝了几口，保平的腿有点软，走得踉踉跄跄的。才走几步，强生又小跑上来，双臂张得大大的，拦在他面前。我没有老婆！宝生说，二梅是我娘的名字。我出来做工挣钱娶老婆，相好却嫁给村里承包锌矿的老板了。我想她，天天想，但不敢给她电话也不敢写信。我娘就让我把信寄给她，她不拆，都留着。说不定有一天矿老板不要她呢？但她前几个月刚给老板生下儿子，她的儿子也是我的儿子，我也高兴，很高兴。

保平点点头说，好，高兴就好。现在你让开，不要挡我的路。你看前面，前面有个牌子，看到了吗？他们当初就是去这里报的案。现在我自己去，去自首。

保平推开强生，走几步又停下来，回头看了一眼，鼻子重重吸两下，然后像被谁抽了一鞭，猛地跑起来，越跑越快。他跑进挂着五凤派出所牌子的院子。

强生愣愣地看着，猛地往下一蹲，仰起头大声喊：傻子！傻子！操你妈的傻子！声音尖利得像铁皮敲出来的。

保平想，强生错了，他觉得自己这次非常聪明。

（原载《作家》2013年第9期，《小说月报》2013年十二期转，入选《2013中国最佳短篇小说》）

---

**作者简介**

林那北，女，1961年出生，《中篇小说选刊》杂志社社长、福建省作协副主席。出版长篇小说《锦衣玉食》、长篇散文《宣传队运动队》等25部著作，9卷本《林那北文集》。居福州。

# 马　桶

◎ 张遂涛

　　在酒店安顿下来，刘思影才发现把嘟嘟的马桶落在火车上了。刘思影先自己洗了个澡，换下的内衣在洗脸池里揉搓干净，找了个衣撑挂了起来，又坐在便池上撒了泡尿。走出卫生间的门，她一边整理衣摆，一边对正在玩奥特曼的嘟嘟说："嘟嘟，快点拉个大便——"话说到一半，突然停住了，脸色有点发青。但正躺在床上调频道的张远山以及一边拿着奥特曼转来转去一边嘴里吃吃有声的嘟嘟都没有注意到。

　　刘思影没再说话，低下头在屋子里找，翻来翻去，连床单都掀起来看了一遍。张远山被她掀得左右腾挪，忍不住问了句："找什么呢？"

　　"嘟嘟的马桶。"刘思影轻声说。

　　"什么？"张远山噌地坐了起来，"嘟嘟的马桶丢了？"

　　"你小点声——"刘思影急切地制止住张远山，轻声解释道："可能是拉在火车上了。"

　　"这，这，你看——"张远山电视看不下去了，在房间里乱转，明知道已没希望，仍也把房间搜寻了一遍，最后绝望而愤怒地轻声责备刘思影："你是怎么拿东西的——"

　　"你还怪我，你自己怎么不注意——"刘思影也轻轻含恨道。

　　两个人都不说话了，呆呆地坐着。瞅瞅旁边的嘟嘟，嘟嘟仍沉浸在奥特曼的世界里,仿佛根本没有听到他们说话。过了片刻,刘思影打破了沉默:"怎么办?"

"还能怎么办?"张远山突然懒懒地往床上一躺,拉长着腔调说,"就看能不能做得通嘟嘟的工作了。"

刘思影觉得要做通嘟嘟的工作很难。上火车前,刘思影曾经尝试着不让他带马桶,她说:"嘟嘟,从今天起咱们就要学着蹲着拉大便了啊——"

嘟嘟说:"为什么?"

刘思影说:"出门旅游当然只能蹲着拉大便了。"

嘟嘟说:"可以把我的马桶带上呀。"

刘思影笑了:"哪里有出去旅游还带马桶的。"

嘟嘟说不要,我就要带我的马桶。刘思影后来费尽了口舌,嘟嘟都不为所动。张远山也加入了进来,他一开始还怪刘思影不懂得儿童心理,不讲究说服技巧,但是几个回合下来,他就暗自心中一凛,悄悄卸掉了轻敌之心。再几个回合下来,他就失去了耐心,除去了循循善诱的伪装,嗓门开始大起来,他冲着嘟嘟喊:"你听不听话?你要是不听话我可要揍屁股了!"

嘟嘟也喊:"我就是要带马桶,我就是要带马桶,我就是要带马桶!"

张远山忍无可忍遂不再忍,拉过来就冲着嘟嘟的屁股打了两巴掌。打得很用力,手都有点热辣辣的疼。

嘟嘟看爸爸手伸了过来,感觉不妙,赶忙转身护屁股,到底身小力弱,被爸爸拉过去揍了两巴掌,内心立刻充满了屈辱与愤怒,一挣脱开爸爸的手,转身就趴倒在沙发上,哇哇地痛哭起来。

刘思影在旁边看了,本来还在生嘟嘟的气,这时转而埋怨起张远山来:"你下手那么重干什么?你不是说你懂儿童心理吗,你懂到哪里去了?"

张远山铁青着脸不说话,一丝内疚却在心底浮现。他也暗自后悔不该那么急着打儿子,打也不能打得那么重。

最终的结果还是大人妥协了。除了一大包衣服食物之外,还专门拎了一个袋子装马桶。还好马桶不大，也轻，不算太麻烦的事。但是想到出门旅游还要专门带个马桶，张远山和刘思影都不由地苦笑。

在火车上张远山埋怨这一切都是刘思影的错，早就该学着让嘟嘟蹲着拉大便了。刘思影没有反驳，她默认了。其实她早就认识到了这一点，她也不是没有尝试过，只不过每次都以失败而告终。她现在后悔的是当时态度太不坚决。

嘟嘟从开始学会自己拉大便就是用这个马桶，很普通的一个塑料儿童用马桶，在超市里买不过是十块钱左右的东西。但是当嘟嘟习惯了用它之后，他就再也不肯用别的马桶了。一开始张远山他们并没有意识到这会成为一个问题，只要嘟嘟肯拉大便，他们就谢天谢地啦。因为之前有很长一段时间嘟嘟拉大便都不正常，便秘，经常是四天五天甚至一周才拉一次，为此他们发尽了愁，也费尽了脑筋，找遍了医生，用尽了偏方，可是结果仍然一样。他们根据同事朋友老人们的推荐，天天大量给嘟嘟吃水果蔬菜，每天至少两根香蕉，蔬菜他不肯吃，就给他榨蔬菜汁，但是没用。医生的建议他们也一条条落实了，到后来，连医生会说什么他们都能掰着手指头一一数出来。唯一有一次起色，是大清早起来花五十块钱从号贩子手里买了一个挂号单请一个著名的儿科专家看，专家开了一堆中药，价格倒不贵，才二十多元，回去熬了给嘟嘟喝了几天，果然就有了效果，效果最好的时候两天就能拉一次大便，而且大便都是湿湿的。夫妻两个为此欢呼雀跃了一阵，以为自此嘟嘟的大便就会正常起来。两天一次也没有关系，只要能保持这个频率。甚至因此成为那个医生的义务宣传员，逢人就讲这件事，然后竖起大拇指说："庄医生果然名不虚传。"那一开始让他们心疼的五十块钱挂号费在他们心中也觉得值了。

然而过了一段时间，嘟嘟拉大便的频率就又慢了下来，开始是三天，后来是四天，再后来就又恢复到了以前的五天六天，不过一开始大便仍是湿的，到后来才慢慢变成干的。

夫妻两个的眉头又皱了起来。后来又去找那个庄医生开过一次药，但是这次药效就没有那么明显了。

嘟嘟真正彻底解决大便问题是在他三四岁读幼儿园的时候，有一天他又吵着要张远山买车，不是玩具车而是真正的汽车，他说幼儿园别的小朋友家里都有汽车就我们家没有。张远山随口说了句，只要你天天拉大便，爸爸就给你买车。没想到嘟嘟还当真了，从那天晚上起，就算拉不出来，嘟嘟也会响应号召坐在小马桶上坐半天，经常为了挤出一根大便，憋得脸红脖子粗，有时看得刘思影都于心不忍。但是又不能说不让挤。终于挤出来了，张远山和刘思影的心情都是一松，每到这个时候两个人就蹦呀跳呀像遇到了多大的好事，不知道的人还以为两个人买彩票中了头彩呢。

那时根本没有想到后来会出现马桶问题。直到有一天嘟嘟在外面憋得难受，感觉都快要拉在裤裆里了，仍不肯上厕所，刘思影才意识到嘟嘟对那个马桶的依赖。

当时刘思影拉着嘟嘟去厕所，嘟嘟死活不肯去，抱着她的腿哭着要回家拉。

刘思影后来生气了，强拉着他往厕所走，他就躺倒在地上打滚。刘思影看看周边停下来围观的人群，觉得脸一阵臊红，暗自骂道："你这孩子干吗非要回家拉？在哪里拉不是一样？"

但是嘟嘟仍然坚持要回家拉，刘思影无奈，只得花了三十多块钱打的回来。回到家，嘟嘟立刻在小马桶上坐下，然后就拉了出来。刘思影看着嘟嘟，想着打的花的三十多元钱，真是又想笑，又心疼。

马桶应该是放在火车卧铺下面忘了拿。一上车，先是跟其他行李一起放在了行李架上，后来刘思影要让嘟嘟拉大便，就拿了下来，嘟嘟不肯拉，劝了半天到底没有拉，刘思影想也许是在火车上嘟嘟不习惯，算了，那就到酒店再拉吧。就收了起来，随手放在了铺位底下。当时怕忘掉，还专门提醒了张远山一句："下车别忘了提醒我拿马桶。"张远山"哦哦"着答应了。然而到底还是忘了。

其实也不一定会忘，说到底还是火车晚点惹的祸，火车晚半个小时一个小时也就罢了,一晚竟然晚了四个小时,火车上的人都等得心焦,早早就在准备东西了,然而火车总不见进站。刘思影也急,主要是怕太晚去酒店不方便,又怕酒店预订的房间会被取消,毕竟是节假日,游客多。想打个电话跟酒店确认一下,又忘记把酒店的电话记到哪里了,忙得一团糟。好不容打过电话确认了,突然火车就进站了,等得心急的旅客一起拿起行李往外涌,刘思影就一手拎包一手拉嘟嘟跟着人流出去了。装马桶的那个袋子就放在脚下,竟然没有看到。

说服嘟嘟的工作首先落在妈妈的头上。张远山怕自己脾气躁,讲几句嘟嘟不听忍不住又会生气。刘思影稳定了一下情绪,梳理好了思路,然后轻声咳嗽了一下,很温柔地叫了声"嘟嘟"。

嘟嘟回头看了她一眼,没有应声,仍在玩他的奥特曼。这个奥特曼是在火车上买的,很廉价,但是能发声,一个红色按钮一按就发出一种单调的人声,但是嘟嘟玩得不亦乐乎。

刘思影只得先阻止住他,说:"嘟嘟,先不要玩奥特曼了——"

嘟嘟不理。

刘思影又说:"先拉大便,拉完大便再玩。"

刘思影已经想好了策略,先不提马桶,如果嘟嘟能够忘掉最好。如果实在不肯,再做说服工作。

嘟嘟这次很懂事,他跟妈妈讲条件:"我再玩五分钟——"

"不行,先拉完大便。"

"三分钟。"嘟嘟讨价还价。

"一分钟。"刘思影妥协了。

"两分钟,成交,耶!"嘟嘟伸出手要和刘思影击掌。这是他们在家谈判时惯用的伎俩。刘思影苦笑了一声,只好迎过了他伸出来的小手掌。

两分钟到了,刘思影叫停,但嘟嘟反悔了,仍要接着玩:"再两分钟,就两分钟。"

"不行！"这次刘思影雷厉风行，直接从他手中夺过了奥特曼。

嘟嘟无奈，只好脱掉裤子准备拉大便，但当他看到不是平时用的小马桶，而是酒店的大马桶时，他立刻变色了。

"我要用我的小马桶。"

"乖，你看酒店的马桶多漂亮，你不是最喜欢住酒店吗……"刘思影想用甜言蜜语迷惑住嘟嘟，但嘟嘟根本不吃她这一套。

"不要，我就要用我的小马桶，要不我就不拉了。"嘟嘟说着，拉起了裤子。

这分明是威胁！小小年纪竟然动不动就威胁大人。

刘思影只得跟他说实话，没想到她刚说出马桶拉在了火车上，嘟嘟竟然哇地大哭了起来。刘思影有点不知所措，求援似地看了张远山一眼。

张远山也摆出一副柔情的样子，仿佛嘟嘟不吃妈妈这一套就会吃他这一套似的。他说："嘟嘟，乖，嘟嘟是个乖宝宝对不对？"

嘟嘟仍哭。

张远山又说："爸爸知道嘟嘟喜欢那个马桶，但是没关系，丢了爸爸再给嘟嘟买个更漂亮的——"

话还没说完，正哭得梨花带雨的嘟嘟突然扬头来了一句："我不要，我就要我原先那个！"

张远山被他噎了一下，有点生气："你这孩子，你怎么这么死脑筋呀你！"

刘思影看气氛不对，忙拉扯一下张远山的衣角，劝他退后，自己重新披挂上阵。她仍然甜言蜜语地劝嘟嘟："嘟嘟，你看，东西丢了，都怪爸爸妈妈，但是再哭也找不回来了，总不能因此就不拉大便了吧？不拉大便——"刘思影调皮地拍拍嘟嘟的肚子，"肚子——嘣——就破了。"

刘思影以为这句话会把儿子逗笑，从而使气氛改变，也使对话能继续下去。没想到儿子根本没笑，而是冷冷地给她来了一句："那我就不拉大便。"

刘思影无技再施，看看张远山，张远山也一副技穷的样子，两人只好草草收兵。算了,他不肯拉大便就不拉吧,等到他想拉了他自然会拉出来。

因为马桶的事,这天晚上的气氛有点压抑。三个人吃完晚饭,简单看了会儿电视就上床睡觉了。第二天按计划是去一个风景区,早早三人就起床了,洗漱拉撒。嘟嘟听话地站在马桶边尿了尿,尿时裤子褪到了脚踝,小鸡鸡用力地向前撅着,一股细流猛然射出,在空中划了一条柔美的抛物线,然后落入马桶,激起一串清脆的水声。刘思影一边刷牙一边斜着眼睛看着,看嘟嘟尿完弯身准备要拉起裤子了,心中一动,忙三口并作两口,把嘴里的泡沫吐了,口漱干净了,叫住嘟嘟:"嘟嘟,拉个便便。"

刘思影这么说完全是出于侥幸心理,明知道他不会拉,仍想,万一呢?

嘟嘟还是让她失望了,他看了看身前的马桶,一句话也没说,毅然地就把裤子拉起来了。

"我说的你听到了没有?"刘思影还不甘心。

"我要我的小马桶。"嘟嘟回了一句。

"你说你这孩子——"刘思影说了一半噎住了,不再说下去,悻悻地摇摇头。

张远山已经把要带的东西准备好了,站在旁边等着,看了母子这场短短的交锋,一句评论也没有发表。

风景区人很多,拍个照都要等半天。刘思影等得不耐烦,心里更不舒服。看着前面攒动的人头,刘思影回头问张远山:"都快三天了,还没拉,怎么办?"

张远山眉头皱着,没有应她。

刘思影继续说:"他要是一直不肯拉,那可怎么办?"

张远山眉头继续皱着,皱了半天,冒出一句:"他该拉的时候肯定会拉。"

刘思影怨道:"你说他什么时候该拉?都三天了。再不拉,存在肚子里水分吸干了,又变成了硬屎撅子,看到时怎么拉出来。"

张远山不是不清楚,也不是不忧心,只是他一时也想不出什么好办法。看看旁边的嘟嘟,倒仿佛没事人一样,照样玩得很快乐。

"再等等看。"张远山最后只好这样说。

一天玩下来，两人都筋疲力尽，只有嘟嘟仿佛还有着无限的能量。等车的时候，刘思影看着嘟嘟，半带羡慕半带欣慰地说："到底是小孩子，不知道累。"然而等上了公交车，嘟嘟在刘思影的怀里躺下，还没一站路工夫，竟然就睡着了。刘思影又说："到底是孩子，玩了一天可累坏了。"浑然不觉刚才这两句话有什么矛盾。

然而等车快到酒店，要摇醒他时，却摇不醒了。嘟嘟在刘思影的怀里胡乱扭动，一边扭动一边哼哼着表示抗议。

张远山见了，说："算了，不用叫醒他了。"就把包交换给刘思影，自己来抱。抱到酒店，嘟嘟仍然没醒。刘思影又要叫，张远山说："算了，让他睡吧。"

刘思影说："那怎么行？还没吃东西呢，也没有拉大便。"

张远山说等他睡醒再吃。

没想到这一睡就到了第二天早上。中间几次刘思影要叫醒他，都被张远山挡住了。后来刘思影有点生气，说："不吃东西也就罢了，再不拉大便怎么行？已经四天了。"

其实只有三天半，但是张远山没有纠正她。

"你说再这样下去怎么办？"刘思影已带了点哭腔，"他再不拉大便，万一再变回以前那样，怎么办？"

张远山不知该如何应答她，只好在她再一次叫醒嘟嘟时，持壁上观态度，不再阻挡。嘟嘟睡得正甜，突然被叫醒，大哭，哭着一转眼又睡过去。刘思影拼命摇他，嘴里叫道："嘟嘟，快起来，快起来拉大便！"

嘟嘟被她摇得浑身摇摆，睁睁眼，像是说梦话："我不要拉大便我不要拉大便！"

"嘟嘟——"

刘思影还要摇，张远山看她摇的时候咬牙切齿，已经有点歇斯底里，突然心生一计，赶忙拦住了她。

"你有什么好办法?"刘思影听他说了一遍,没听明白。

"很简单,我们去超市再买一个,跟他那个一模一样,就说是找回来了。"张远山喜滋滋地说。

这回刘思影听明白了,想了想,确实是个办法。只是不知在这个陌生的城市,能不能买到跟他们那个一模一样的?

"找一找呗,说不定就找到了。"张远山正在兴头上,热情很高涨。

两个人就约定张远山留在酒店陪嘟嘟,刘思影出去买,顺便捎点吃的。之所以让刘思影出去,是因为刘思影对小马桶更熟悉,张远山怕自己出去买错了。

说出去就出去,刘思影拿了钱包,转身就出去了。张远山坐在房间里等,他把电视打开了,声音不敢放大,调得小小的,像看无声电影。等了半天,刘思影还没回来,张远山有点心神不安,走到窗口,拉开窗帘看看,外面已经黑了,路灯一盏盏地亮了起来。再等了半天,刘思影还没有回来,张远山打开房门看了几次,好几次听到脚步声以为是刘思影,结果打开门不是。还有一次,竟然是一个投黄色卡片的。张远山没有心情再看电视,不住在房间踱着脚步,一会儿低头看看熟睡中的儿子。儿子很像他,大家都这样说,看着儿子熟睡的面孔,他内心一阵暖流流过,但是想到儿子的大便问题,眉头立刻又皱了起来。

又等了半天,刘思影仍然没有回来。张远山有点沉不住气了,他几次想下楼去找她,但是又担心自己走了,万一嘟嘟醒过来怎么办?还担心和刘思影走岔路。心情矛盾着,这时恨刚才为什么不自己去,刘思影该不会遇到坏人吧?就算遇到坏人,刘思影应该懂得求助报警吧?这么一想,仿佛电话随时会响,会有一个男人的声音:"对不起,请问您是张远山先生吗?您的太太刚刚……"这么一想,他更觉得待不下去了,头皮开始发麻,然而就在这个时候,门敲响了。

一开始他没意识到是敲这个房间。直到声音变得急促,开始充满怒气时,他才意识过来。他一个箭步就冲了上去，打开，门外站的果然是刘思影。张远山感觉仿佛已过去了几个世纪。

张远山有点恼怒地责问："你怎么回事？怎么去了这么长时间？"

刘思影反身把门关上："你还敢讲，你知道我跑了多远？"

张远山看看她的手里，有一个大大的塑料袋子，忙问："买到了？"

刘思影得意地把手里另外一个袋子先放到桌子上，袋子塌了下去，露出了里面的饭盒。刘思影又把另外一个袋子，宝贝一样举了起来："当然。"

张远山赶忙抢过来，打开，果然与嘟嘟那个小马桶一模一样。张远山忙问："在哪里买到的？"

刘思影不回答，趴下去看儿子。张远山等了一会儿，没等到回应，知道刘思影是在卖关子，仍讨好似地重复了一遍。

这次刘思影才说了。原来刘思影确实跑了很远，去了好多个超市，都没有见到一模一样的，直到在她失望了，准备回来，在一个小吃店买小吃时，才在旁边一条小巷子里的一个小杂货店里看到。

"真幸运，还就剩了这最后一个！"

张远山听刘思影说完，忍不住把她抱了起来，在空中旋转了几圈，然后嘴鸡啄米似地在她脸上乱啄起来。

然而嘟嘟第二天早上醒过来，一眼就看穿这个很像他的小马桶的小马桶并不是他的小马桶。

买回马桶那天晚上，刘思影就要把嘟嘟叫起来用。张远山看嘟嘟睡得熟，不忍心叫醒他，说："也不急在这一时。"刘思影因为高兴，也就忘了嘟嘟已经四天没拉大便这件事。两个人把饭吃了，又喝了一瓶啤酒，像提前庆祝似的，总觉得这件烦心的事这下总算可以解决了。

谁能想到会被嘟嘟一眼识破呢。

嘟嘟到底是从哪里看出这个小马桶不是那个小马桶呢？两个人研究来研究

去,也看不出这两个马桶到底有什么不同。但是嘟嘟一口咬定,这个马桶就是不是他原先那个马桶,因此,坚决不拉。

刘思影本来就心虚,被他这样一否定,更没了底气。但仍强撑着:"你看哪里不一样了?不就是你那个马桶吗?昨天晚上你睡觉时,你爸爸专门去火车站了一趟,刚好人家把马桶放在失物招领室了,你爸爸过去一看,嘿,还真是嘟嘟那个,就问人家要回来了……"

刘思影越编越玄乎,编到后来连自己都相信了。

但是嘟嘟仍然坚持这个马桶就不是他原先那个马桶。

"哪里不一样,你给我指指看。"刘思影越听越气。

嘟嘟用手乱指了一气:"这里,那里,哪里都不一样。"

张远山实在忍无可忍,终于憋不住爆发了,他大吼一声:"嘟嘟,你不要太过分了。"

这一声吼,把嘟嘟吓愣了,然而等他明白过来,立刻扯着大嘴巴哭了起来。

张远山一把把他拉过来,巴掌顺势就扬了起来,嘟嘟早已习惯了这个架势,屁股连忙跟巴掌玩捉迷藏,张远山手往左,他的屁股就往右。然而终于没能躲过去,还是被狠狠揍了几巴掌。嘟嘟哭得更凶了,声音到最后变成了干嚎,还一嗝一嗝的。

这次刘思影没阻拦,反倒在一边抽气:"该打,这么不听话,怎么就不是你那个马桶啦?你这么不听话!"

但是刘思影编的那个瞎话倒是提醒她了。嘟嘟哭完,刘思影对张远山说:"要不,咱真的去火车站看看,说不定那个马桶还真的送过来了。"

张远山觉得不可能,就算乘务员真的发现,估计也当作垃圾扫掉了。但是,也许自己猜错了呢,也许真有个负责认真的乘务员,猜想着会有他们这样一家子,少了这个马桶就生活不下去,专门送到火车站失物招领处,现在那个马桶正寂寞地躺在失物招领处眼巴巴地等待他们前去招领呢。

想到这里，张远山也坐不住了。两人当即出发。嘟嘟听说要去火车站找他的小马桶也很高兴。然而到了火车站，找了半天根本没见有什么失物招领处。到问询处问了一下，才知失物招领处就在行李寄存处里面。三个人又眼巴巴跑到行李寄存处，刘思影心怦怦直跳，既充满了希望又预感着失望。

行李寄存处人很多，他们耐心等了一会儿，看人少了，才叫了一个胖胖的女工作人员一声，女工作人员以为他们也是要寄存行李的，随口说道："一件五块，两件十块。"但是看他们手里并没有行李，不免有点奇怪起来。

张远山鼓了一下勇气，问："这里是不是失物招领处？"

女工作人员奇怪地看了他们一眼，没有回答，而是问："你们有什么事？"

"是这样——"张远山感觉嘴唇有点发干，"是小孩子，马桶——"

"马桶？"工作人员更加奇怪地扬了扬眉毛。

不远处一个人拖着行李过来了，刘思影看女工作人员明显已经对他们失去了兴趣，忙补充道："是这样的，我们前几天坐火车过来，小孩子的马桶拉在火车上了，你看不知有没有送到这边——"

"小孩子的马桶？"女工作人员的表情更加疑惑，她像是侧头用力回忆了一下，然后断然说："没有，我们这里没马桶。"说完她就把脸转向那个要寄存行李的客人了。

刘思影跟着求她："麻烦您帮着看一下，小孩子没有这个马桶不肯拉大便——"

女工作人员已经把那个人的行李提到了柜台上，听到这话，回过头，吃惊地重复了一句："小孩子没有马桶不肯拉大便？"说着把目光移到嘟嘟身上。那个寄存行李的男顾客也跟着把目光移了过来，并且嘴角露出一丝诡谲的笑。

刘思影觉得有点难为情，但仍然点了点头。

女工作人员仍在忙着存行李，刘思影耐心地等着，她看到女工作人员的嘴唇轻微地张合，像是在说："怎么会有这样奇怪的小孩？"但她装作没有看到也没有听到，尽量显得无动于衷。等那个女工作人员忙完，她又把一张准备好的笑脸凑了过去。

女工作人员又好奇地看了嘟嘟一眼，嘴里嘟囔着："我看一看，你们等一下……"

等了一会儿，女工作人员终于出来了，手里像拿着个什么东西。刘思影的心立刻急促地跳了起来，但等女工作人员走近，看清后，刘思影的心立刻又沉了下去。

"你看是不是这个？"女工作人员说。

这哪里是马桶。刘思影不知道女工作人员的眼神儿是怎么看的，但她不敢把心中的鄙夷表现出来，仍然笑着说："不是这个，他那个马桶是这样……"她连说带比画，最后央求道："您能不能帮着再看一下。"

"不是这个就没有了。这里面只有这个。"女工作人员斩钉截铁地说，一边说着一边把不是马桶的那个东西扔在脚下，就再也不肯理他们了。

从火车站出来，刘思影是彻底绝望了。张远山也是一片茫然。嘟嘟跟他们转了半天，听说没找到小马桶，又开始大哭，央着一定要帮他找回马桶，否则他就不走了。

他说着，做出一副气鼓鼓，不找到马桶绝不罢休的样子，赖蹲在地上。

"不走就不走，你就一个人待在这里吧。"刘思影说着拉起张远山的手就往前走。张远山被她拉着，也不好甩开，只好配合着往前走，但忍不住往后看了一眼。

嘟嘟蹲在地上，紧盯着他们，一开始还没怎样，等看他们渐渐走远了，突然就又大哭起来，并且开始躺在地上打滚了。

张远山不忍心，站住了。刘思影正在气头，不管，非要继续拉张远山走。张远山一甩手，把她的手甩开了。刘思影也站住，孤零零的一个人站着，突然泪就流了下来。

张远山看了她一眼，没说什么，转身回去把嘟嘟从地上拉起，嘟嘟已哭成了个泪人，但是很顺从，他一拉就起来了，顺便就趴到了他的怀里，继续哭，一边抽噎一边投诉："妈不管我。"

张远山摸着他的头安慰他："还不是都怪你不肯拉大便……"

嘟嘟仍抽噎："我……我……就是……要……小马桶……嘛……"

回酒店的路上，刘思影阴沉着脸，一句话也没说。嘟嘟偎在张远山的怀里，一直偷偷观察她。刘思影看到了，故意别过脸去，装作没看到。

回到酒店，关上门，刘思影命令嘟嘟把裤子脱下来，立刻蹲到马桶上去拉大便。"立刻！"她强调道。嘟嘟躲到爸爸后面，看爸爸的反应。刘思影看他要躲，一把就扯住了他的胳膊，嘟嘟又开始撕扯着哭叫，一边躺倒在地上作势挣脱。

"我就不信你不拉！"刘思影急红了眼，又撕又拽，脱他的裤子。嘟嘟用手抓着裤腰带不肯放手，一边哭，一边求援地看着张远山。

张远山又想劝，刘思影突然歇斯底里地冲他喊道："五天啦，再不拉就真的拉不出来了。你以为我想这样呀！"说着她开始哭哭啼啼起来，"你还想像以前呀！"张远山听她这么一说也不敢再劝。嘟嘟也仿佛惊呆了，哭声明显小了，手也停止了挣扎。刘思影又转向嘟嘟："嘟嘟，妈求你了，你赶快拉大便好不好……"

虽然经刘思影这么一闹，嘟嘟仍然没有拉大便。哭闹过，三人都像是累了，躺在床上不肯动。午饭也没有出去吃。张远山提议了一声，没人附和，他也就不再吭声，继续躺在床上想心事。虽然他也担心，但他仍然觉得刘思影有点小题大做了。虽然是五天没拉大便，但嘟嘟并没有表现出想拉大便的样子，他总认为等嘟嘟想拉了，他自然就会拉出来。

刘思影明显不赞成他的想法，她激动地说："就是他没表现出想拉大便的样子才更让人担心，这说明他大便里的水分都被身体吸收了，只怕等他想拉了,大便干结反倒拉不出来了。"

张远山没话反驳她,只好不再反驳,但仍有点不以为然。

谁知道后来的情况真是这样。就在那天晚上,嘟嘟突然提出要拉大便。刘思影一听,幸福得眼泪都快流出来了。但是嘟嘟提出仍然要用他的小马桶,否则就不拉。二人难免又因此哭闹了一场,哭到最后,嘟嘟勉强妥协了,但是提出要让妈妈抱着拉。

酒店的马桶是坐式的,抱着拉,身子就只能半蹲着。刘思影抱了一小会儿,腰就酸得受不了了。张远山接过来继续抱,一边抱,一边还嘘嘘地吹着口哨,给嘟嘟助阵。嘟嘟在他的嘘声中,倒是尿了两股尿,但是大便仍没有拉出来。

"你快点拉呀。"张远山最后也受不了了,两只腿麻得已快没有感觉,腰也酸得像钢板一样硬。

但是嘟嘟仍然没有拉出来。不是他不配合,要说他也尽力了,他不时地用一下劲,几次脸都憋红了,但是仍然没有拉出来。最后他不得不承认他拉不出来。

刘思影和张远山轮换了几次,嘟嘟仍然拉不出。最后嘟嘟不想拉了,蹭着身子要下来。刘思影不让,抱着他继续拉。

到后来眼看没有法子,只有给他屁眼抹香皂,嘟嘟挣扎着不让,刘思影哪里肯由她,让张远山控制住他的手脚,就在哭叫声中完成了。

但是仍然没有拉出来。

三人足足折腾了一个晚上,到后来刘思影的精神都要崩溃了。她不停责怪张远山,我跟你说了吧你还说到时候就能拉出来,现在拉出来了吗拉出来了吗,你倒是说呀!张远山自觉惭愧,一句话也说不出口,只是低着头按照她的意旨做着各种配合。嘟嘟在他们的手里被折磨得死去活来,一直在干号,号到后来累了,竟然哭着睡着了。

第二天两人更无心旅游，一心只想着嘟嘟拉大便的事。又试了几次，还是不行。最后没办法，决定去医院。出门旅游最怕生病，所以每次出门他们都做好了各种准备，但是没想到这次会因为嘟嘟拉大便的事进医院。

医院跟他们所在城市的医院一样杂乱，但是因为陌生，显得更乱。他们无头苍蝇一样转了半天，才终于挂上号。排了半天队，终于等到。是个女医生，按照常规先问了一通，也许是熟悉了这些套路，医生问话时面无表情，就像答案早在她们的预料之内。但是等她听完刘思影的回答，仍忍不住皱了一下眉头。

"你是说他以前大便正常？"

"是。来之前都正常。以前不正常过一段时间，但是现在都正常了。就是这次出门把马桶拉在了火车上——"

医生捏着笔愣了一会儿，又问："有没有试试开塞露……"

"试过了，没用。"刘思影抢着说。

"那你现在是……"医生疑惑地抬起了头。

"看有没有办法能让他拉大便……"

"办法是有，但是那是针对像一般的便秘，像你小孩子这种情况不大适合，要不，灌肠试试？"医生最后像是自己也拿不准，征询她意见似地问。

从医院出来，嘟嘟脸上的泪痕还没有干，走起路上腿一拐一拐，不时用手抠抠屁股，像屁眼里还塞着个什么东西。张远山和刘思影走在前面，时不时要回头等他一下。

两个人心里的包袱卸了下来，但总觉得还有块阴影存在。虽然假期还有几天，也基本上哪里都没有玩，但两人不约而同地决定回去了。回酒店的路上，顺便买了火车票，还是来时那一趟。回到酒店，两人开始整理行李，一开始两人都沉默着，行李快整完的时候，张远山停住了，抬起头看着刘思影，笑了笑说："你说咱会不会刚好在回去的火车上找到嘟嘟的那个小马桶？"

他这话是当作笑话说的。刘思影听了，愣了愣，嘴角撇了一撇，但到底没有笑出来，手一动，继续默默地整理起行李。

（2012 年 11 月 9 日厦门）

（原载《福建文学》2013 年第 10 期，《小说月报》2013 年第 12 期转载）

作者简介

张遂涛，男，笔名西流，1978 年出生。中国作家协会会员，鲁迅文学院公安作家班学员。小说作品散发于《小说月报》《上海文学》《青年文学》《福建文学》等文学期刊；已出版小说集《紫杉棺木》《陌生人来到马巷》（入选 21 世纪文学之星丛书 2015 年卷），书话集《听雨夜读》。

# 鄞江谣

◎ 练建安

"天下水皆东,唯汀独南。"汀江,又称鄞江,源于汀州庵杰龙门,流经闽西诸客家县,水流湍急,多险滩,入粤东三河坝后称韩江,八百里水路到潮汕入海。江岸乡间行走多日,得采风故事若干,叙农耕社会乡土传奇。岁月流逝,武风隐伏,金戈铁马不再。念及故乡昔日浮光片羽,毋使湮没,"汀水谣"外,又作"鄞江谣"。

## 八法手

围龙屋大宗祠前,是宽阔的三合土禾坪。禾坪前,有一泓碧绿清澈的鱼塘。"门前一口塘,代代出公王。"客家民谚如是说。鱼塘里,荷叶田田,荷花正开。

月光皎洁。吃过晚饭,南方的老历八月天,暑气还未散尽。农人们三三两两围聚在这里闲聊讲古。一盆木屑混合艾草燃起来了,发出红光,白烟袅袅飘散。"火烟转转,转去吃鸡卵;火烟上上,上去吃鸡汤。"孩童们很兴奋,打打闹闹,窜来窜去。此情形,当地客家话喻为"嚯锣战鼓"。

德昌拉开了架势,走了一趟拳。进进退退,哼哼哈哈。和他一同演武的几个后生纷纷摇头,说他那"八法手"好是好,却好像有点什么不对劲。

德昌习演的,是流传于汀江流域大沽滩一带的五枚拳"儒家八法",传自神尼五枚师太,有数二百多个年头了。

"儒家八法"又叫"软装八法"。此外,五枚拳,尚有"绝命八法",吞吐浮沉,刚柔相济,功法很是了得。乡村传闻,清嘉庆道光年间,五枚师太与少林寺智善禅师、武当山白眉道人齐名,自立门户,辗转来到上杭炉脚庵,收高徒梅花曰花鼓娘子。花鼓娘子与庐丰乡湖洋村邱家后生结为夫妻。很长一段时期,五枚拳精奥,为邱氏家族不传之秘。

拳术技击,易学难工。德昌的功力,也有些火候了。近年与人多次交手,从无败绩。但是,人们总觉得缺了些什么。

该找师傅去呀。德昌他们的敲门师傅叫仁发,同宗,辈分高,后生多称之为仁发叔公。仁发叔公少壮时,是一条担杆打翻一条街巷的狠角色。当年,德昌手提猪蹄酒坛登门拜师,叫他叔公。他说,你的叔公多着呢,你是学功夫还是叙亲情?叫他师傅,他说,俺一不打铁烧炭,二不剸猪剃头,三不蒸酒做豆腐,怎么叫俺师傅?后经族中高人指点,德昌口口声声称仁发叔公为先生。仁发大悦收徒。

仁发先生的武功底子是五枚拳,学到家了。又带艺拜师,跟把戏师老关刀闯了多年江湖。仁发先生是很有福气的人,儿子在汀江河头城做生意赚钱,家境殷实。一大把年纪了,按说该享清福了,可他老是闲不住,喜欢赴墟,摆摊卖狗皮膏药,图热闹。

大沽滩的西边,有武邑象洞墟,逢三八。此地笋干、红米、双髻鸡,远近有名。

仁发先生是老常客了。在廊桥东头老地方摆开了摊子。新收的小徒弟正是德昌的外甥,很卖劲,扯开嗓门咣咣当当敲响了铜锣。"做把戏的来啦!"新老看客慢慢地围拢了过来。

忘了交代几句,这仁发先生仪表堂堂,丹凤眼、卧蚕眉,长髯飘飘,手持青龙偃月刀,真如武圣人再世。说话间,仁发先生舞动大刀,轻轻比画,猛地前弓后箭,右手持刀杆,左掌护长髯,转换单掌向前徐徐推出,目光凝视远方。此招大有来头,叫"夜读春秋"。客家人耕读传家,多有通"三国"典故者。人群中就有了掌声炸响。

"哈哈,好功夫,好功夫!"此人鼓掌最是起劲,挤了上来。有人悄声说:"铁算盘来了。"有几个人怕事,溜走了。

铁算盘是南洋布庄的掌柜,随洋教堂在此"安营扎寨"。他以"物美价廉"的优势,挤垮了几家老布店,垄断了墟上的布匹生意。

铁算盘很随意地从地上捡起了一块鹅卵石,伸向仁发先生,说:"客套话不说,打开石子,送你一匹洋布。咋样?"哎哟,一匹洋布哪!有人失声尖叫。仁发先生点点头,说:"多谢大老板关照。"将鹅卵石抛起,接住,抛起,接住。反复多次后,停下。左手双指弯曲夹紧,右手并指运气,断喝猛斫。鹅卵石应声碎裂。满场喝彩。铁算盘呢?不见了。

仁发先生是个爱面子的人,对此不便说话,兴味索然,膏药也不卖了,叫小徒弟收拾家伙什,回到了大沽滩。

仁发先生回到家门口,老伴迎了出来,看他的脸色不好,生气了?她熟知他的脾气,喝口酒,睡好觉,多大的事也看开了,急忙摆出了早先预备好的酒菜。仁发先生端起酒碗,还是想起那得而复失的一匹洋布,铁算盘哪铁算盘,煮熟的鸭子,飞啦?

黄黑狗仔桌底争食。仁发先生心烦,大半碗酒泼去,狗仔狺狺,夹着尾巴逃开。

天色渐暗,老伴端来了洋油灯。民国初年,客家山区也用上"美孚"洋油了。点燃,灯亮了。这洋玩意确实比山茶油光亮,唉,俺那一匹洋布啊。几只飞蛾绕着灯光转圈。仁发先生弹指,一下,一下,又一下,飞蛾直射,粘在墙壁上。老伴说:"老家伙,你做嘛介?"仁发先生也觉得有些无聊,苦笑,反卷双手,踱出门去。

德昌迎面闯入,嚷道:"先生,先生,铁算盘是不是赖了一匹洋布?"仁发先生慢条斯理说:"德昌哪,你提它干什么?你不讲,俺都忘了。"德昌说:"一还一,二还二,他赖不了帐!"仁发先生摇头:"算啦,算啦,本乡本土的,闪狗毋系愕人嘛。"德昌急了:"先生,这事没完!"仁发先生突然想起了一件事:"噢,德昌哪,你那八法手,好像还欠些火候。啥时有空,俺们再切磋切磋?"

德昌是个急性子,不等鸡叫头遍就起床了,次日清晨,赶到了一山之隔的象洞墟。廊桥西边的南洋布庄刚打开店门,德昌就踏了进来。

"俺买蚕丝洋布。"

"蚕丝洋布?小店没有这号货。"

"看俺买不起,是不是?欺负人?"

"大兄弟,真没有啊,又是蚕丝,又是洋布的,小弟还是头一次听说。"

"叫你掌柜的出来说话!"

小伙计不敢怠慢,转入内屋。片刻,铁算盘出来了,拱手作揖,笑眯眯说:"这位大兄弟,敝店是洋布店,货物还算齐全。你就是走遍江、广、福三省,也没有你那号蚕丝洋布嘛。"德昌掏出一把双头鹰银洋,捡起一块,吹气,奏近铁算盘耳畔。洋银发出了悦耳动听的声响。

德昌问:"俺的钱就不是钱吗?"铁算盘摇头苦笑。德昌发力,接连碎了三块洋银。问:"老板,认得大沽滩的仁发先生吗?"又捡起一块,要发力。铁算盘连忙说:"老弟停手。俺懂,俺懂!"德昌说:"你不懂。"铁算盘说:"愿赌服输。俺赔老先生一匹洋布。"德昌说:"打人莫打脸,你扇了人家的老脸。"铁算盘狠狠地打了自家一记耳光:"俺懂,俺全懂!"

正午,铁算盘和一个小伙计,气喘吁吁地随德昌来到了大沽滩。铁算盘扛一块牌匾,小伙计抱一匹洋布。老远,他们就燃起了一挂"遍地红"万响鞭炮,一路炸响,向仁发先生家走去。

附记:牌匾内容为"杏林春风",撰稿并书写者为当地著名邑廪生练增广。笔者的族叔公。

## 阿青

阿青此时正站立在汀州武邑城的南门坝上。四周是密密匝匝的看客。江湖行话说，圈子粘圆了。

阿青抱红绸双刀，刀尖朝下，缓缓回环礼敬，陡然一声娇叱，跺脚出招，刀随身转，满场游走，舞动出飘忽光影。

"哪位高人，指教指教小女啊？"看客循声看去，说话的是那个老妇人，灰头帕上插朵鲜艳山茶花，靛青侧面襟，干瘦，翘脚坐在靠背小竹椅上，摆弄着长烟杆，吐出了一口"谈菇巴"。她满口金牙，前额却分布着数粒乌黑的"美人痣"。很有喜感。

"哼哼，老娘母女行走江湖，走遍江、广、福，五州八府三十六县，硬是没见着个像样的。今晡日子老娘敢放出硬话，比武招亲！谁个胜过俺娘俩，小女就白白送给他做哺娘。"长烟杆比比画画，金牙老太婆吐出了几口白烟。

还真有想占便宜的。武溪里扛盐包的那群汉子，接连下场碰运气，都是一个照面之间就被打趴了。这功夫，邪门啦。哄笑声中，他们钻出人堆跑了。

金牙老太婆又说话了。早听讲武邑是汀州府的南大门，藏了龙，卧着虎，不承想，这般个稀松平常！

话音刚落。我的族叔公站了出来。

族叔公何许人也？自然如笔者姓练，增字辈，上增下广，练增广。增广"人图子"靓，假若不是皮肤粗糙些，铲形门牙略微外突，是可以形容为"玉树临风"的。其时，增广为邑廪生，是个公家包饭的读书人，还享用族田"儒资谷"。

谱牒载，吾族远祖姓东，伏羲氏之后。大唐贞观年间，东河公随唐太宗东征高丽有功，"上因其精练军戎之故，赐姓练。"宗族堂联云："侯封绩著贞观册，榜眼名标洪武年。"民国《武邑志》记载："有清一代，武科第尤盛，为全邑之冠。"

增广能文，亦习南少林拳，尤擅飞蝗石。前些日，增广搭船过七里滩，见闻鹞婆叼小鸡，低空掠过江面，河滩孩童哭喊。飞蝗石破空追到，打落鹞婆。

此刻，增广抱拳施礼："晚辈学艺不精，试来讨教几招。"阿青歪着头，含笑打量着他，也不答话，猛地一刀劈来。增广闪躲，快捷接招。但见来来往往，鹞起鹘落，几十个回合分不了胜负。

"呔！都给俺退下！"金牙老太婆一声断喝。增广、阿青齐齐跳出了圈外。金牙老太婆说："后生，好身手哪。何必麻烦？俺手中的烟杆，你拿走，小女就做你的哺娘。"

增广本想一走了之，怎奈几位同窗撺掇，遂猱身而上。金牙老太婆步履歪斜，一退再退。就在增广右手扣住长烟杆的一瞬间，他猛然感觉到左臂膀似有利刃切割，登时麻痹。

金牙老太婆笑笑，伸手向阿青要来三粒药丸，让增广服用。增广疼楚消失，运动四肢，似还有些挂碍。金牙老太婆说："俺不说大话。你损及筋脉，若要治断根，须随俺一年半载。"

增广这一走，就是多年，随从母女俩挑担跑江湖，走州过府。自然，发生了许许多多的故事。不必细述。

这一年腊月，黄昏，三人来到了赣州石城与汀州宁化之间的站岭隘口。爬上荒草落照的片云亭，金牙老太婆眼前一黑，栽倒了，四肢抽搐，口吐白沫。原来，这个老"强人"原是少林派女尼，遭暗算，落下隐疾，每逢子卯午酉年腊月间定时发作。增广与阿青赶紧把她抬到片云亭内，伺侯汤药，目不交睫。金牙老太婆醒过来后的第一句话就是："增广仔，阿青，你带回家去。"增广说："俺伤症，还没有断根。"金牙老太婆说："呆子啊，哪有什么伤症哪？"阿青扭过头去。增广心绪复杂，不知说什么好。月夜的山谷，静静的，偶尔传来了鹧鸪的叫声——行不得也，哥哥；行不得也，哥哥。

天亮了。母女俩发现，增广不见了。在汀江边的上杭松风亭，她们追上了增广。那时，增广正收拾枯枝败叶生火煨烤一条山葛根，忽见两团黑影侵入，耳边听得了一声异响。增广不回头，快速以枯枝夹住了飞镖。

"你还真的逃跑啊？"

"俺要回家。"

"你……你动过俺。"

"没有。"

"动了。"

"不敢。"

"真是不敢？"

"怕！怕你娘的满口金牙。"

阿青怔在茶亭外，眼泪就流了下来。

"哈哈哈，呆子就是呆子。俺一个老尼姑，生得下阿青？阿青是三河坝捡来的，烦！"金牙老太婆扔下一本药书："拿走！阿青襁褓里的东西，俺不要。"

阿青后来成为我家族中的一位叔婆。我小时候见过她，曾为我画符"捉蜷"。记忆中，她成天阴沉着脸，从来不笑。族中老人说，困难时期，她饿急了，可以把石子玻璃当零吃。那本药书，是秘籍，主治小儿惊风、疳积等症状。假若您的前辈亲朋服用过"小儿惊风散"。那么，我要告诉您，十有八九出自我客家族群之手。

## 铁关刀

他叫满堂，是个老实巴交的客家后生，耨泥卵种田的，闲时上岭斫樵卖。他做梦也想吃上一碗油汪汪的河田粉干。现在，他终于实现了自家的梦想。

还是孩童时的冬日，他随外婆去山脚边耙拣落叶。那是一个黄昏，他看见不远处的土冈上，有一排排粉干架，雪白的粉干，镀上了金黄色的光泽。一位穿花布衣裳的村姑，挺着丰满的胸脯，悠悠然地端起了其中的竹箅。几只耕牛沿着小路踢踏回栏。

这一组金色的画面，定格在满堂的脑海里，回味无穷，长时段地成为他穷困生活中的一丝慰藉。今天，他的运气特别好，一担鱼骨樵木柴在墟市上卖出了好价钱，张大善人多赏了他五块铜板。

多少年过去了，他终于坐在了黄记粉干铺的宽厚的凳板上。以往，他卖了木柴,路过香气扑鼻的粉干店铺,咽着口水,怕控制不了自家的食欲,低头匆忙走过。家里的二分薄地,收不了几担谷子。卖木柴的钱,老娘说要存起来,积攒着给他娶媳妇呢。

黄记粉干铺的大铁锅里,熬煮一些肉骨头和鱿鱼块,咕咕地冒着热气。抓一把粉干入锅,滚几滚,捞起,泼上半勺香菇、冬笋、牛肉杂碎精制的配料,洒上一小撮姜丝和葱花。忸怩不安又眼巴巴望着的满堂,口水就流了出来。

香哪,美味呵,幸福啊。满堂狼吞虎咽,又似风卷残云。放下鸡公碗头,咂咂嘴,意犹未尽。老板娘将他双手捧上的三块铜板,随意地扔到了钱盒子里,说:"再来一碗?"满堂捏了捏口袋,吞咽口水,说:"饱了,饱了,又醉又饱。"老板娘就笑了,她是梅州嫁来武邑的客家人,熟知此间风俗。到人家做客,客人只能说"又醉又饱",说"又饱又醉",视为对主家极大的不敬。店铺做生意哪,谁请你喝酒呢?真个系愕牿!老板娘给他添了半勺清汤,撒上姜葱,说:"天冷,趁热喝。"满堂感激地看了老板娘一眼,就呼呼吹着热气,埋头喝汤了。

"啊哈,你在这里啊!"一只大手重重地拍在满堂的左肩窝。满堂惊恐,险些碎了瓷碗。他回过头去,那是个又粗又黑的陌生人。满堂迷惑不解:"这位大阿哥,你是谁呀?"陌生人很尴尬,嗫嚅道:"认错人啦,莫怪,莫怪。"说完,很狼狈地抓起他的挑担工具担杆落脚,涨红着脸溜了出去。

黄记粉干铺的食客中,有人认得粗黑大汉,说:"莲塘寨的石桥妹,就是一个笨人,四六货。"客家男性,多取乳名"妹"字。那人讲话拖腔拖调,很多人都笑了。满堂却笑不出来,他感到胸闷头晕、四肢乏力,额角虚汗源源冒出。他挣扎着拿起扁担,歪歪斜斜地出了门。老板娘注意到了满堂的异常,追到门口,叫了声:"路上小心哪。"满堂回过头来,说:"老板娘,俺……没事。"

满堂忍着疼,跌跌撞撞赶回家,路上还迷迷糊糊地和来往熟人打招呼,就在离家百把步远的溪唇边,他再也坚持不住了,一头栽倒。

满堂醒过来时,是在他家的木床上,盖上了厚厚的棉被。床边围拢着他的一些亲人。他的老舅,将一粒乌黑的药丸塞入他的嘴巴,灌下了大半碗黄汤。

老舅是走江湖做把戏的,也叫教打师傅,是闽粤赣边威震武林的大师傅老关刀的同门师弟,人称铁关刀。他功夫好,膏药好,脾气却不太好,因为爱管闲事,在一次以寡敌众的大混战中不慎被打落了两颗门牙。他换上了两颗铜牙。

满堂在恍恍惚惚中瞧见了那两颗熟悉而亲切的铜牙,鼻子发酸:"老舅……"铁关刀一摆手,说:"你少说两句。俺说,你听。摇头不是点头是。"满堂点头。铁关刀说:"午时吃饭,是不是有人拍打你的肩窝子?"满堂点头。铁关刀说:"这个人,是不是莲塘寨的石桥妹?"满堂不点头也不摇头。铁关刀急了:"是不是?又粗又黑的。"满堂说:"他,他,不认得俺。"铁关刀大吼:"叫你莫讲话,还讲!这家伙是冲着俺来的。"说着,他掏出一包物件,按在一个老妇人的手心,说:"老姐,你是晓得老弟的宝物的。记住了,一日一丸,童尿送服。三日噢,三日包好。"老姐泪眼婆娑:"阿弟,三日包好?"铁关刀一拍胸脯:"包好!"就在大家啧啧称奇之际,铁关刀操起了靠在屋角的青龙偃月刀,排开众人,迈步出门。老姐说:"阿弟,吃饭再走啊。"铁关刀大踏步向前,大声说:"阿弟要办正事,不吃啦。"

铁关刀说的正事,就是要讨还公道。根据他以往丰富的江湖经验,经过严密的推理,得出初步结论:外甥受伤,一定事关江湖仇怨。其幕后,说不定还隐藏着不可告人的阴谋。

铁关刀风尘仆仆地来到了莲塘寨。这是汀江流域的一个大山寨。村头铁匠铺主大铁锤是他的同门师弟。大铁锤说:"这石桥妹呢,就是一个挑担的苦力,他若是懂得子午流注,日头就从西边出来喽。"

不懂功夫,就不是存心害人;不懂功夫,则胜之不武。这一页,就算是翻过去啦。

次日清晨,一伙挑夫挑着大盐包络绎于途。这些盐包是潮州上行船载来的,经过莲塘寨,要在河头城"驳运"装船载往汀州、赣州。

石桥妹笨人笨力,挑得多,落在了后头。突然,路边芦苇丛里闪出一人,重重地在他的肩头一拍。石桥妹扛不住,单膝跪地。"做嘛介,做嘛介。莫搞笑子嘛!"石桥妹嘟嘟囔囔,很是委屈。那人说:"对不住啊,俺认错人啦。"

## 尖刀

闽粤边汀江流域多山,重冈复岭。武邑南岩前古镇东去,有三四十里石砌路,转到象洞乡。象洞乡出产"红米",酿好酒,清冽,香醇,滴酒挂碗。此地,古邑志记载为"群象丛萃其中"。

山脚下,有亭翼然。亭系茶亭,供来往行路人歇足打尖,遮风挡雨。

时为薄暮,落日为远近田野、村落涂上了金黄的余晖。

增昌步入茶亭,舀起角落茶桶里的凉茶,痛快地喝了起来。客家人延续中原古风,长年有人担茶施舍。在客家人看来,修桥砌路施茶水,都是修好心田的善行。

"来两块油炸糕哦,细阿哥仔。"说话的是一位老人,耀贵叔,山边梁屋村的老住户,多年在这个风和亭摆摊卖零食。

增昌认得他,说:"多谢哩。耀贵叔,俺自家带了米板。"米板,一种客家米糕,爽口,耐饱。耀贵叔说:"刚刚熄火出锅,香喷喷的。就剩三块了,半价,算你五个铜板。"增昌含糊应答,双脚却好像生了根,并没有走过来交关。耀贵叔说:"要俺说你这个后生啊,会赚钱,也要懂花销。老古句都讲,吃在肚中,着在威风。吃下了,又暖又饱,山齿铁挝也挖不出来。"增昌想了想,买下了。耀贵叔收拾好挑子,说:"老侄哥,莫要逞强,枫树崟闹土匪了,明日过岭。"增昌说:"俺一个穷光蛋,长毛贼牯见了都怕。"

天色暗了下来。六月十六,山间清凉。增昌想着这次赴墟卖香菇得了个好价钱,心里高兴,加快了脚步。

岩前墟逢三六九,是老虎墟,人多货多,交易时间长,生意好做。同来的一伙香菇客在兴隆客栈住了下来,增昌独要连夜赶回家。他将一大把银钱藏入筒状的灰黑小布袋,形似短棍,托在手掌心,翻转,塞入衣袖,紧贴手肘。外人一点也看不出来。

"月光华华，挑水煎茶。"闽西夏夜的月亮，朗照着，山林间蒙上了一层薄薄的白雾。

"呔！"随着一声喑哑断喝，树林里，跳出了三个拿刀的蒙面人。增昌立定，垂手，甩动，灰黑小布袋滑入了路坎荆棘丛。蒙面人也不打话，围定搜身，连破草鞋也不放过。他们只在增昌的裤腰带上捏出了几块铜板，连连冷哼，很生气。其中一个，用刀背狠狠地斫了增昌一下，哑着嗓子道："滚！"增昌顾不得背脊剧痛，连滚带爬几步，飞快逃跑。转过山坳时，他回头看，蒙面人不见了。

增昌惊魂未定，拔腿狂奔，转眼就到了枫树亭。借着残破瓦屋渗漏的月光，增昌在亭角找到了茶桶。他提起竹筒喝水，恐惧和劳累，使他感到口渴难忍。

"嘿嘿，嘿嘿嘿。"

增昌听到了不阴不阳的怪笑，很瘆人。他抬起头来，惊讶地发现那些蒙面人又围定了他。增昌哀求道："好汉老哥，俺真的没有钱哪，放了俺吧。"一个蒙面人呵呵笑了，扬起手中的灰黑小布袋："哼，没钱？这是什么？"增昌很痛苦，无言以对。这个蒙面人说："你认得俺们。"增昌急了："不认得，不认得。俺发誓不认得！"蒙面人说："你认得这把刀。"增昌默然。还说什么呢？说什么都没有用了。

前年秋，家族联宗祭祖，闽粤赣三省兄弟梓叔都来到了大宗祠。要杀牛，请来外村师傅下手。这把长刃尖刀，一刀就结果了一头大水牛牯。大水牛牯跪在血泊里，呜咽流泪。增昌眼眶发热，扭过头去。外村师傅注意到了他，极轻蔑。增昌永世不忘。

蒙面人说："你认得这把刀，认得俺们。留不得你！"

话音未落，三把长刃尖刀同时捅向增昌。

月色暗了。

当月色重新明亮的时候，地上已经躺倒了三个人，全是那些蒙面人。一把长刀尖刀,握在了增昌的手中,鲜血淋漓滴落。

增昌又流泪了,他懊悔出手太重了。功夫不到家,收不住哪。他抹净眼角,哽咽着,弯腰拣拾起他的灰黑小布袋。他没有往家里去,往回走。他要尽快赶回岩前古镇的兴隆客栈,明日和同来的香菇客商一起返乡。他杀了三个蒙面为匪的乡邻,却不能让任何人知晓。否则,很可能引发族群之间无穷无尽的血亲复仇。

原来,增昌是老关刀的开山门弟子,出了师。不过,他就是汀江流域的一介平常山民,谁也不知道他是江湖高人。

## 打铁客

邻近武南的鹧鸪寨围龙屋,黑漆漆的瓦片上铺落了一层薄薄的白霜,屋脊间的杂草在寒风中摇曳。星月隐没了,天色渐渐地明亮起来。

围龙屋外的晒谷坪上,有人生起了炉火。随着鼓风箱的拉杆进进退退,火光忽明忽暗。

哦,是打铁客。

"叮当嘀嗒,火屎黏席。"打铁客是一群走村串户凭手艺卖力气的人。他们是师徒俩,汀江边大沽滩黄泥角人。昨晡下昼,他们肩挑家伙什来到了这里。当师傅的,带着徒弟,头顶破铁锅,绕着寨子,吆喝道:"补锅头哎,补锅头。"

风箱、锤钳坩锅、废铁等物是他们翻山越岭挑来的,木炭现买,火炉则挖泥搭做。常来此地,他们知道哪些田塅的泥骨好用。

除了补锅,他们修补或制作犁、耙、锄、镐、锹、镰等农具以及刀、斧、担钩、门环、铁钉、门插等生活用具,还制作牛鼻环。

转了一圈,晒谷坪上就堆积了好些需要修补的铁器物件。师徒俩不急于干活,担心会惊扰村民。他们借宿于围龙屋旁的一间空房子里,早早地出外砌炉生火熔铁。

敲敲打打的声响从上午持续到日头偏西,各类铁器修补齐全了,送回各家,清扫好晒谷坪,他们收拾担子,准备转到下一个村场。

一口铁锅孤零零地摆放在晒谷坪上。也好，用石块架起铁锅，倒入一桶水，滴水不漏。这手艺，没话说。

谁的铁锅呢？老雕根的。老雕根是绰号。这是一个打流的后生，游手好闲，脚跟上安灶头。昨天，师徒俩刚安顿下来，老雕根就顶来了这口铁锅，手提半畚箕番薯、芋头。

打铁客熟知这口铁锅，修补过二次，裂痕四散。看来，都是石头砸的。这次，又是老样子。谁和这口铁锅有仇呢？打铁客笑笑，收下了。

日头快落山了，不等啦。

"老雕根，你不要躲，躲得了！愿赌服输。"斜刺里闯出一条大汉，黑铁塔似的，指着围龙屋高声叫骂。

鹧鸪寨的哪一个角落。围龙屋陆陆续续走出了一些青壮。其中一个说："老雕根不在家，俺们也多日不见他了。"大汉说："鬼才信！他欠俺一头牛。"那人说："老雕根单只哥，打流仔，祖屋倒是有一间半间。俺可以指给你，叫人来拆啊。你试试看。"大汉打量了他们一眼，咬牙，跺脚，车转身要走。就在这时，他瞄上了那口铁锅。大汉问："老雕根的？"打铁客说："你不能动。俺要亲手交给他。"大汉嘿嘿冷笑，后退半步，抬脚朝铁锅踢去。

这一脚，似有千钧之力。据说，此人在前些年汀州狮王争霸赛中，飞腿扫断三根碗口粗的杉木柱。遂得名"铁腿黑皮三"。黑皮三忙时打屠，闲时聚赌，是个不好惹的硬角色。

可是，这威猛刚劲的一腿，在半途硬生生地被一把铁钳夹住了，动弹不得。手持铁钳的人，是打铁客。铁钳松开，脚掌落地。打铁客说："兄弟，得饶人处且饶人。这口铁锅，俺补了三次啦。"黑皮三说："好，好，你记住，俺会还你的，连本带利还。"打铁客说："乡里乡亲的，还不还呢？没有数算的。"

转眼半个多世纪过去了，铁腿黑皮三无数次的寻仇报复，都没有得逞。这其中的惊险曲折，演绎成了许多客家武林故事在汀江流域四处传扬。

时光流逝，老雕根、黑皮三早已成为古人。打铁客真名叫做邱锡龙，却迎来了人生的又一个春天。2013年9月,邱锡龙以耄耋之年在闽省农民运动会上表演了全套"少林梅花拳",获金奖,被定为"非物质文化遗产"传承人。不时,邱老应邀在县市电视台讲解博大精深的客家武术文化。兴之所至,邱老还要在电视荧屏前比画几手。邱老走南闯北,见多识广,讲述生动有趣。一次,笔者在家乡杭川电视台科教频道目睹了邱老的风采。邱老擅长山歌,开口唱道:"八月十五赏月华,阿哥出饼妹出茶。阿哥好比深山长流水,阿妹好比深山细嫩茶。嗬嘿!"

有人说,邱老是武林中人,怎么这样阿哥阿妹的?殊不知,所谓英雄气短,儿女情长。邱老的江湖奇缘一样精彩纷呈。只不过,是另一篇小说中的故事了。

我打算续写《客家武林志》,计划采访邱老。邱老的族亲宝昌兄在手机那边沉默了良久,哽咽着说,邱老不在了。

邱老的谢幕,不算豪壮,甚至还有些窝囊。说是汀江大沽滩两岸溪流,多有奇石。近年来,城里人出高价买,快卖光了。村头溪口有一块大青石,挡风挡煞,是村寨美景。邱老的侄孙又是个打流的,纠集了一帮混社会的兄弟,开来了挖掘机,要"开采资源"。村里没有人敢管,管也管不了,怕惹事。邱老闻讯大怒,颠颠上前阻止。侄孙求叔公放他一马,邱老不准许。侄孙就骂他孤老头、老绝户。邱老大怒,与之相搏。侄孙闪开。邱老扑空,不慎跌落深潭。

## 恭喜发财

月牙儿高挂中天,发出微弱的光,满天星斗闪闪烁烁,像是露出意味深长的笑容。

这是汀江流域群山怀抱的一个村落,一湾溪流,哗哗流淌,寒风吹动芦苇,起伏不定。草丛里的小动物卷缩窝内,咕噜有声。浸冬田里的禾茬歪歪斜斜,撒落了白霜。

大年初六晚,子时,远处不时传来零星鞭炮的闷响。村头水口的大榕树下,三三两两的身影闪过,聚拢一处。其中一个压低嗓门说:"齐了吗?"回答是齐了。那人又说:"家伙都带上了?"回答是带上了。他们箭一般地射向山坳的那一边。

他们意欲何为？说来也简单。昨日上午，也就是正月初五日上午，是闽粤边界岩前古镇均庆寺庙会。他们的雄狮班与李家班不约而同地前往曾大善人府上拜寿。双方技艺，旗鼓相当。绕场参拜一节，李家班雄狮似体力不支，踉踉跄跄紧随其后，蹲高伏低，亦步亦趋。锣鼓骤停。曾大善人发给了李家班一个大红包，笑眯眯地称之为"大雄狮"。有识者说："朱敬贤没来，朱家班的嫩脚仔就中计了。李家雄狮步其后，玩其尾，嗅其骚，如雄护雌，起了赢步啦。"

朱家班的狮头是大名鼎鼎的南拳高手朱敬贤，有事走不开，没有来。头徒的"朱家教"桥马功夫，也是有几分成色的，气得当场就要出招，只是碍于乡里乡亲好事好头宾客众多且无胜算，遂装聋作哑，敲响七星鼓点，蹦跶而去。

回到朱家寨，头徒与众兄弟犹恨恨不已，就瞒着师傅，半夜在李家班的必经之地挖下陷坑，伪装好，单等看场好戏。

初六日，一山之隔的粤东蕉岭大坝墟"公王菩萨"庆典日。四乡八邻的客家龙灯、狮子、高跷、船灯、马灯、鱼灯将云集于此。

太阳出来了。李家寨传出了隐隐约约的锣鼓声。不久，人们就看到，李家寨远远地跳出了两头五彩斑斓的狮子。

李家班的领头是"燕子李三"，负责敲鼓。这是一个常年行走江湖的角色。早年，他在广东佛山学艺，功夫过硬，鄞江杭武一带许多高手败在了他的"无影脚"下。

李家班狮子蹦蹦跳跳接近了三岔路口。他们发现，朱敬贤独自一人挡在了路口。

"恭贺新年哎，万事如意！"朱敬贤躬身作揖。

"风调雨顺呐，如意安康！"李三笑呵呵地拱手回敬："贤哥请移步，借过，借过。"

朱敬贤指着路口，说："这条路不好走。"

"定好了日子时辰，不便绕道。贤哥，劣徒胡闹，来日自当登门赔罪。"

"不好走。"

李三眉毛上扬:"新年新头,发个利市。贤哥,俺早就想讨教几招了。"

朱敬贤的南拳功夫,远近闻名,其"铁桥手"和"无影脚"有得一拼。两村山水相连,沾亲带故的。两人见面,怕伤和气,从来不提武艺,更不用说交流切磋了。

两人抱拳为礼,即搭手过招,来来往往几个回合后,"无影脚"被"铁桥手"制住了。李三道:"输拳不输理,不输人。贤哥,大路朝天,俺们还是要借过的。"李三擂鼓,李家狮子一左一右奔突跳荡。朱敬贤说:"有老虎,半夜挖了陷坑。"李三挽起鼓槌,笑了:"贤哥,有这么巧的事吗?俺们急着要过路,你就半夜来了老虎。"朱敬贤说:"三老弟,俺们相识也不是一年半载的,俺啥事说过假话?"李三冷哼几声:"以往是以往,今晡就有些不同啦。"朱敬贤累得满头大汗,"俺……俺……俺"老半天,说不清半句话,一跺脚,转身,纵步跳跃。

于是,李三他们听到了"哗啦"一声巨响,朱敬贤跌落陷坑。似乎与此同时,他们闻到了阵阵三月田间熟悉的气味,农家肥大粪的气味。

众人七手八脚地把朱敬贤拖了上来,笑嘻嘻说:"贤哥,贤哥,恭喜发财!恭喜发财!"

(载《长城》2015年第4期,获福建省年度短篇小说上榜作品奖)

**作者简介**

练建安,闽西客家人,中国作家协会会员,福建省传记文学学会创会副会长,福建省文联《台港文学选刊》执行副主编。出版有《八闽开国将军》《客村散论》《鸿雁客栈》《千里汀江》《汀江往事》等专著,曾获中国新闻奖副刊编辑奖、中国人口文化奖优秀作品奖、华东地区优秀期刊编辑奖、福建省优秀文学作品上榜奖及上榜提名奖等。

# 上 汤 子

◎ 杨少衡

那天晚上我没出去,肖玉华来了。

"郑卫国,"她问我,"他去哪了?"

我知道她找谁。我说李家俊吃完饭就出去了,说是到后山摸石鳞,就是青蛙。她听了满脸的失望,丢了钱似的。她说了一句:"这个人。"

"你明天来吧。"我说,"他少说到天亮才回来。"

"明天不行。"她摇头,"郑卫国你怎么没跟他们去?"

我说我怕蛇,石鳞窝里经常有蛇。

她在房间里转,翻李家俊的床铺。李家俊的枕头旁边丢着一条长裤,她把它拿起来,放在鼻子下边嗅了嗅。

"真臭。"她说,"这都多少时间没洗了呀。"

我说其实挺干净的。你要嫌味不好就给洗洗吧。

她坐在李家俊的床铺上,笑着说:"郑卫国求你件事,帮个忙好吗?"

什么事呢?上汤子,陪她去。最近天气冷,她有好长时间没洗澡了,全身上下没一个地方不痒痒,小孩长痱子似的。

我说:"你还是等明天吧,李家俊明天在的。"

"明天真的不行,来不及了。我那个,你不知道的。"她支支吾吾,"郑卫国你挺好的,就不帮我吗?"

我没有办法。她是李家俊的女友，李家俊跟我住同一个房间。再说她是女孩，我不知道怎么拒绝女孩，特别是她这样的女孩。肖玉华眼睛特别亮，像成语形容的，明眸皓齿。她很漂亮，最漂亮的是那双眼睛。我不太敢看她的眼睛，因为亮得扎人。

我答应了。她很高兴。

"郑卫国你有什么要洗的衣服？"

李家俊床头就一件脏裤子，同类物品我差不多扔了一床。跟我比起来李家俊干净得就像块肥皂，但是肖玉华还说他臭。所以我没什么需要她帮着洗的。

我们约好在大路口那棵树下会合。肖玉华把李家俊挂在墙上的几件衣物抓下来，连同那条脏裤子一起带走，说她还得回去拿点东西。女孩上汤子总是这东西那东西的，比较麻烦，不像我们一条毛巾就行。那天很冷，我随手从床上捞件半脏的外衣套在身上，穿双鞋，关了门上路。天已经黑了，有月亮，走到村头路口，肖玉华已经站在那棵榕树下，月光从树叶间落下来，斑斑点点洒在她身上。远远看到我走到村头，她打亮手电筒一晃，提起地上一只小木桶，自己在前头先走了。

我们一前一后，隔二三十步走上那条路。那是一条小路，弯弯曲曲穿过田野，再上上下下越过一座山冈。山冈两侧林木茂密，林子里有蛇、山獐子和猫头鹰，时有野猪出没。夜间黑洞洞的林子里什么声响都有。去年夏天，有一个女孩在这条小路上被人蒙住眼睛，拉进林子里，凌晨时才光着身子爬回村子，很痛苦。案子后来破了，从此再没哪个女孩敢在晚间单独行动，但是她们依然特别喜欢上汤子，因此男孩们就多了件事。当然也不是每个人都派得上用场，要不是李家俊上山摸石鳞去了，哪能轮到我这么荣幸，给肖玉华当保镖，陪她上汤子洗澡。李家俊和肖玉华在城里住同一条街，他们上的是同一所中学。一年多前，我们一起来到这个乡村下乡当知青，我和李家俊分在一个队，住一个屋子，肖玉华在另一个队，隔得不远，他们好上了。男知青女知青配对的不少，却没有谁跟我相好，可能因为我年纪稍小，又比较邋遢，不喜欢洗澡洗衣服,身子还不痒痒。

经过山冈那片林子时,肖玉华脚步放慢,她一定有些害怕,这时跟我靠近一点,我们一前一后两根手电筒光柱总是粘在一块。过了那片林子她就加快脚步,像只鸟一样飞起来,借着月光已经可以看到山坳处孤零零黑黝黝那座小石屋。我在后边跟着跑,隔老远听到"哐当"一声:她进汤子了,已经关上了那扇门。

我在汤子门外开始咳嗽,声音很闷,有点哑,却一阵一阵,持续不绝,冲锋枪连发似的。可能是刚才一路小跑,让风给呛的。这天晚上我为什么没跟李家俊他们一起去摸石鳞?并不是我说的怕蛇,冬天里蛇都睡着了,要没睡着也是一条懒虫,怕什么呢?我没去是因为嗓子痒痒,不舒服。我得说这痒痒跟不洗澡无关,那些天很冷,我担心自己是感冒了。但是我不能这么跟肖玉华说,因为她会认为我是在推托,不帮她。陪一个漂亮女孩洗澡这么好的事情,别人想都想不来,怎么轮你郑卫国就嗓子痒了?所以我得忍着。我没想到山冈上的风这么厉害,咳嗽说来就来,哪里忍得住。

汤子是一所小石屋,屋前架有两条长石条,当椅子用。"汤子"是村里农民老乡的叫法,用我们读书时学过的词汇表达,应当称为温泉。老乡们叫温泉为"汤子",挺传神的,让我想起家里饭桌上的菜汤。热水称汤,可能是这样吧。这个汤子在山坳里,比村子地势高,所以老乡们管到这里洗温泉澡叫"上汤子"。老乡们说早先这里就一个冒着热气的水洼子,洗澡者裤子一脱下水,跟下泥塘摸鱼差不多。后来才盖了这么一间石屋,在石屋里砌一个石头池子,砌两条水沟分别引热泉凉水,再砌条水沟下水,这样就像个澡堂了。汤子里的热汤是地底下冒出来的,见者有份,谁想洗澡都成,只讲究先来后到,先来的把门一关,后到的就坐在门外长石条上等,一直到里边的人出来。汤子离村子稍远了些,有三四里地,要过山冈过林子,冬天里,愿意顶着冷风摸黑跑来光顾的人很少,汤子空着,所以肖玉华不必待在外头等候,一到立刻就把自己关进里边了。

我在小石屋外头的长石条上咳嗽。晚间山坳里冷风呼呼不绝，山野里的各种响动从风中传来，挺丰富挺神秘。最特别的声响还数小石屋里的："哗哗哗，哗哗哗。"这是在放水。一会儿声音没了，这干吗了？脱衣服？"哗哗。"又来了，可能是在泼水，往身上泼。小石屋的门紧闭着，声音不是很清楚，隐隐约约，很丰富，很神秘。

说实在的这晚上我这种角色有些尴尬，但是前些时候有一回更尴尬。有天上午下雨，没出工，我戴个斗笠，到邻村找知青同学玩，中午回来时一身都给淋湿了。我看到门锁着，知道李家俊不在，拿出钥匙就开了锁。进屋刚想换衣服，忽然感觉不对：屋子里有动静，就在李家俊那床铺上。我们在乡下用的是竹床，下头两只竹人字椅，搁张竹床，上边挂条蚊帐，就这样睡人。这种竹床便宜，却不如木床稳，躺在床上的人一动，整张床晃荡不止，吱呀有声。我进门时李家俊的床正在剧烈晃动，响声异常，我一进门那床忽然静下来，然后李家俊的脑袋从床上的蚊帐里伸了出来。

"嗨，嗨，"他头发蓬乱，表情有些特别，"回来了？"

我一边找衣服一边说李家俊你搞什么名堂，吓我一跳。干吗呢？大白天在里边睡觉，还反锁门？怕人家打门找你？

这时我才看到李家俊床铺下边除了他的大拖鞋，还有一双塑料鞋，小巧秀气，是女孩的鞋。一旁小柜上乱乱的还丢着几件衣物，最上边的分明是女孩的短裤和胸罩。那一下我呆了。也不知怎么是好，掉头我就走出去，再把门拉上。那时门外雨正大，我站在屋檐边，身上衣服湿淋淋的，就这么等床上那两个人继续吱呀吱呀摇晃竹床，把他们的事做完。然后有人说话，声音低低的。过会儿门开了，肖玉华走了出来，她已经穿好衣服了。看到我时她脸红了一下，没说话，低着头就跑掉了。

现在知道了吧，为什么肖玉华说"郑卫国你挺好的"。我就是这么好。

这天晚上挺冷，山坳里一阵一阵呼呼不绝，所谓寒风凛冽。我挺懊恼。我想今天晚上实不如跟李家俊他们到山里去摸石鳞。我曾经去过一次，跟村里几个知青，还有两个农家孩子，整整折腾了一夜。石鳞就深山里有，藏在山涧边的石洞里，滑溜溜不好捉，摸石鳞常碰上蛇，得特别小心，还得留神别在石头上打滑，掉到山涧凉水里。但是那东西肉细，味道鲜美，退火清补。这么冷的天，热乎乎煮一锅石鳞汤喝，想来真是不错，比这么上汤子咳嗽，听肖玉华在里边往身上泼水强。

女孩洗澡比较麻烦，可能因为力气小，身上弯弯曲曲地方又多，她们把自己搓干净一定格外费时间。我在小石屋门外待得挺无聊，咳嗽咳了半天，终于听到里边没声响了，小石屋的木门"吱呀"打开。

"郑卫国你怎么啦？"

她从里边伸出一个头问我。我说没什么，今晚风大。

"你不舒服吗？"她挺关切，"怎么咳个不停？"

我说没事："走了吧？"

她让我再等会，说她得把衣服洗一下。女孩都这样，零星事多。

"你不要紧吧？"她问。

我还说没事。

但是不行。我想把咳嗽忍一忍，哪里忍得住，还是一阵一阵来，似乎越发厉害。我自己没觉得怎样，肖玉华受不了了。不一会儿她又打开门从里边跑了出来。

"你挺怕人的。"她说。

她把我拉起来，让我进石屋去。她说她已经洗好澡了，没关系的。屋里没风，有热气，冷不着。她说还得好一会儿呢，李家俊的衣服那么脏，不好洗。

于是我就进了石屋子，坐在汤池边放衣物的矮石条上，陪肖玉华洗衣服。也不光无所事事：汤子在山沟里，没电，黑灯瞎火，肖玉华让我帮她打打手电筒。她说给自己洗澡洗衣服，摸黑搓不碍事，错不了的。洗别人的衣服不行，还是得看清楚哪里脏。这样我就有活干了。肖玉华放了半汤池热水，把要洗的衣物扔在里边泡，挽起袖子，也把裤管挽到膝盖上，手脚露出一大截，手电筒一照亮得耀眼,像她那双眼睛。她用脚使劲踩池里的衣物,然后把衣服从水里捞出来在池畔石阶上搓。她吩咐我照一照,我就打亮手电筒让她瞧。待她说"可以了"我就关灯,因为不能总亮着费电。屋子里果然暖和得多,一进屋我就不太咳了。

忽然她不搓衣服了:"郑卫国你别动,听。"

有一道光柱从门缝闪进来,在石屋墙上一晃而过。我们屏息静听。风中声响杂沓,不是野兽,是人。有脚步声,还有说话声,像是四五个人,已经近在门外。可能因为门半掩着挡风,还有肖玉华搓衣服声音大,我们没早听到外边的声响。

肖玉华站在池水中发愣,时间不长,也就几秒钟。然后她轻手轻脚爬出池子,悄悄跑到门边把门压上,轻轻地拉上了门闩。

"干吗啦?"

她把指头一比,向我嘘了一声。

"别出声。"她小声吩咐,"别理他们。"

我不知道肖玉华为什么决定关门了事。也许我们没有更好的办法。如果她一直在里边洗澡洗衣服,我则一直坐在门外石条上咳嗽,什么事都不会有。可我们一起待在黑洞洞的澡池屋里干吗啦?洗衣服?洗衣服以前又干吗啦?在旁人眼里,没准就跟她和李家俊衣服丢得四处都是,在竹床上抱在一起吱呀吱呀差不多。我倒是不要紧,她可不行,她不还有个李家俊吗?所以她决定把门关上,防止让人看了说闲话。

外边的人开始砰砰打门。

"喂,喂,"他们说,"里头的快点。"

我和肖玉华面面相觑。

竟有一个声音特别像李家俊。

肖玉华小声问:"你不说他要到天亮才回得来?"

我说可不是。也可能不是李家俊,是一个声音跟他很像的陌生人,也可能真是他。他们去深山钻水涧捉石鳞,不到天亮肯定回不来。也许他们改主意了?捕鹧鸪去了?他们肯定搞出了一身臭汗,所以跑到汤子这边来了,打算洗一洗,舒服一下。他们打门没错,按照本地上汤子规矩,前边来的关了门洗澡,后边到的可以打打门,这就是告知里边外头有人候着,别太磨蹭。

"怎么办?"我问肖玉华,"出去见他?"

她不吱声。好一会儿。

"不能出去。"她说,"不管他。"

"这哪行啊。"

她断定可以。我们不开门他们闯不进来,他们也不会在那里守一夜,外边冷着呢。

"真不知道他见了会怎么想。"她说,"这个人醋劲可大。"

她把我衣服一拽,让我坐回池边矮石条。然后她跳到池里,继续洗她的衣服。

我没有更好的办法,只能配合。我想李家俊这家伙真是他妈的,该你好好待着你不干,非得跑去摸什么石鳞。你要摸就远远摸去,怎么突然跑到汤子来了。害我顶风咳嗽陪你女友摸黑上汤子也就罢了,怎么还得让我等也不得走也不得,如此尴尬。我跟你这女友黑咕隆咚关在里边干什么好事?像你们在竹床上那样吱呀?没有。就是帮你洗裤子。这种事说给鬼听鬼都不信,可真的就是这样。

肖玉华一声不响,认真干活。我坐在一边陪着。外头那几个人起初还行,他们坐在门口两侧的石条上聊天,没太着急。那天也怪,几个声音都挺陌生,让我们想不起是谁,却有一个声音特别耳熟,怎么听怎么像李家俊,越听还越像。当然那声音也不是很清楚,因为是在门外,外头风大,加上屋里哗哗哗都是声响。这种时候说话声不如咳嗽声明白。

他们终于有些着急了。

"砰砰砰!"他们敲门,"砰砰砰砰!"

"里头的,干吗啦?"他们叫唤,"老半天了。"

我知道老半天了。这还早呢。没办法,实话说我们比你们还着急。

肖玉华放下手里的衣服,腾出一只手,回过身在我脚脖子上轻轻捏了一下。我明白她的意思。别吭声,我们得沉住气。

于是他们不耐烦了。

"里头的,害痔疮啦?"他们骂,"快出来,拉不出屎就别拉,让坑。"

这坑要能让我们会这么待着吗?我们没害痔疮,只能继续拉。他们开始拿脚踢门,一个一个轮流上,小石屋的门被踢得砰砰响,像一面大鼓。好在那是乡下土制木门,用的是厚木板,特别重特别结实,别说一个一个轮流,四五个人一起上也没用,绝对踢不开,也别想踢破。

这时肖玉华已经洗好李家俊的脏裤子,爬出汤池,跟我一起坐在矮石条上。我们在黑暗中一声不吭,不跟外头的人接招,因为不能暴露。我还从没跟哪个女孩挨得如此之近,而且是在暗中。肖玉华头发上有一股香味,她刚刚用热水和肥皂把自己洗得干干净净,连头发都洗了。这时候的女孩可能特别香。

外头那些人终于暴跳如雷。他们咒骂,说这是哪个王八蛋这么缺德。这么冷的天这么大的风,自己关在里边泡热汤快活,就不管外头的人冻个半死。这不是存心害人吗?这哪是洗澡啊?男的女的脱了裤子干那活都用不着这么久,有这工夫孩子也生出两个了。这洗的什么澡啊?这么长时间,别说头上身上,两腿间乱糟糟那丛毛一根根洗过,都足够了,这还不出来?这王八蛋存心跟人过不去,把他弄出来收拾,阉了他!一刀刀割了!下油锅炸!

肖玉华抖着肩膀,压着嗓吃吃吃笑。我赶紧伸手捂她的嘴。

"别出声!"我低声警告,"会听到的!"

她使劲晃头,把我的手掌甩开。她说没事她小心着呢。

"我还真是忍不住。"她笑,"郑卫国这挺好玩的。"

我说不好玩。他们让咱们惹火了。

如果是我一个人如此待在外头,我一定像他们一样骂骂咧咧,但是肯定早就掉头走开。因为根本不知道得耗到什么时候。人一多就不一样了，四五个人兴冲冲一起上汤子，白白灌一肚子冷风，一点热汤都没沾上又一起灰溜溜走开，这不是太丢面子了？这么多人不能输给里边一个小子。他们肯定这么想，他们这么一想我们可就麻烦了。

当晚那几个人果然格外有韧劲。暴跳如雷发作完，无效，他们转而说服，开展言论攻势。他们凑到门缝边向我们喊话，问里边到底是谁，怎么像个哑巴狗似的连个声响都没有，闹半天光听个泼水声。怕什么呢？真怕开了门给阉了油炸？哪会呢，开玩笑的，没事，出来就算了，别闹了。

外边这几个人里，数李家俊最会说，或者说数声音像李家俊的那个人最会说。他不慌不忙，谈恋爱似的隔门缝跟我们花言巧语。他说里头的人干吗啦？这么憋着不难受吗？看情形应当也是下乡知青吧？在城里住哪条街呢？大家到这里碰一块，隔一块门板，也算有缘分，交个朋友吧。说说话，不开门也没关系，说说话就行了。外头挺冷的，里边不冷但是肯定挺闷，说说话就不冷不闷了，大家都高兴对不对？喂？

肖玉华身子一动，我说："你可想好了。"

她笑了笑，说她知道："他就这样，特会哄人。"

我想这可不一样，让他哄到竹床上可以，此刻让他哄出声可没那么好玩。

就这样，劝说无效。外边那些人又开始咒骂，很气愤，我们的祖宗十八代都让他们骂尽了。终于他们也骂累了。

"算了算了！"他们说，"这个龟孙子不是只会缩头，他是心脏病发作，死在里头了。咱们不管了，让他在里边死透烂光吧。"

他们踢门，像刚才一样，轮流上，然后李家俊的声音从门缝里钻了进来。

"朋友，今天太晚了，不玩了。山不转水转，咱们后会有期。"

然后步履杂沓，他们走了。

我喘了口气，刚要起身，肖玉华把我紧紧拉住，嘴巴凑到我的耳边。

"别急，"她低声说，"他会骗人。"

于是我们又坐下来，耐心等待，仔细倾听。好一会儿，果然门外就传出了声响，轻轻地，窸窸窣窣，在风声中晃动。原来他们真的没走，就是想把我们骗出去。可惜他们人多，又特别不耐烦，不弄出个声响实在是不容易。

我们不吭不声坚持。肖玉华忽然站起来，抬头往浴池上方看，我跟着她朝上看。"哎呀坏了，这里不行，快起来。"她低声叫。

她拉我裤管，要我赶紧往上挽，像她一样。然后她一手提她的小木桶，一手拽着我跳下汤池。池子里还有小半池温水，我们蹚过池子走到墙边，脚站在池水里，身子紧贴着石墙，并肩而立，站得笔直。

有一道手电筒光刚好在这时晃进了屋子。

这个汤子的后墙上砌有一个小石窗，正在浴池的上方。石窗类似通风口，功能纯为透风，免得热水水汽憋人，因此不设窗门，永远敞开。石窗开得小，中间还有一条石隔栏，两侧通风口最多一巴掌宽，可以伸进一只手，却没法钻进一个头。此刻正有一只手从石窗外伸进来，握着一支大手电筒，一道耀眼的光柱照进小石屋，在小小屋子里四处乱晃。

他们一定是气火了，弄不出里边的人，也非得知道里边是个谁，今天油炸不了，来日也要算清这笔账。他们想从小石窗认人，这项工作难度很大，因为这屋子的后墙下有条水沟，一个人攀不到窗口，非得叠人梯才行，得有个人冰凉冰凉站在水沟里，另一个人踩上他的肩膀才能爬近窗口，朝屋里打手电。

肖玉华挺聪明，她注意到有亮光在石窗口上闪过，立刻就明白外边那些人想干什么。她拉着我跳下汤池，是因为刚才我们坐的矮石条就在窗口对面下方，手电一照立刻现形。现在我们贴墙站在水池里，石窗就在我们的头上，对外边的人这是个死角，他们可以把手从窗子伸进来，可以照得我们俩浑身是手电光，但是他们看不见，因为他们无论如何也不可能把脑袋从石窗缝里挤进来。

那道手电光在石屋里晃了好久，在我们身上照了简直像有大半年时间。

"是谁？什么样的？"外头墙下有声音问。

"看不见。妈的。"窗口上的人回答。

"就在里头,这还能变没了?"

"没看到。见鬼了。"

"鬼哪会泼水。"

然后手电筒光柱"出溜"掉到窗外去了。估计是外头水沟里的那个人受不了了。赤脚站在冷水里,肩膀上还得扛个人,那滋味肯定不太好。

我问肖玉华:"咱们不站了?"

她说再等会看看。

突然她低声哎呀一叫,有东西从窗口掉下来砸到她头上了。我赶紧抬头看,头上啪啦也砸下个小石头。我把肖玉华一拽拉出墙边,那时也顾不得其他,赶紧躲开小窗趟过水池。只听扑通扑通乱七八糟一阵声响,小窗口掉下了一堆东西,听声响是泥土、破砖、碎石一类,全都掉进了汤池。

肖玉华低声骂道:"要死了你。"

我知道这肯定是骂李家俊,不是骂我。她骂人是因为头发给弄脏了。落到她头上的不是石块,那东西比较轻,发干,有点软,她从头发里抓出一块碎屑,问我那是个什么。我没用手电,拿手摸摸,没摸出名堂,拿到鼻子前一嗅就知道了,是块牛粪,尚未干透。

我们没再回去贴墙站立,因为外边人的耐心已经完全丧失。他们不再企图通过手电在屋里认人,他们只顾扔东西发泄气愤,那空间太小,同时他们跟我们一样每个人只长两只手,无法又爬墙又扔东西还打手电。等到窗口上的物件噼里啪啦全都掉进汤池,泡进池中热汤后,我们终于等到了他们偃旗息鼓的时候。

他们再次打门。他们说里边的鬼听着,咱们不跟你玩了,这回是真的。今天碰上你算咱们倒霉。你这家伙不够意思,占着茅坑不拉屎,还不吭不声不让人知道是个谁,真不是人。有种的出来让咱们瞅瞅,这么没种算什么?不如个鬼。咱们今天陪你灌了一肚子冷风,不能太便宜你了,你从里边把门锁上,咱们从外头收拾你,这门上两个铁环让咱们用牛绳捆上了,你解不开的。你要是个鬼能从窗子里飞出来,咱们没你的办法。你要是个人你就完蛋了,今晚你出不去的。你不让我们进去,我们就不让你出来,咱们两不相欠,扯平了。咱们走了,你老弟耐心等吧,天亮以后不一定有人来,你就等到明天晚上。要是十天半月都没人来,你就在里头喝温汤等饿死吧。

我们目瞪口呆,静听无言。

这一回果然是真的,门环咣当咣当响了一会,好一阵杂沓,脚步声说话声响越来越远,最后一点声音都没有了,只有风呼呼不止。

他们走了。我们也完蛋了。

肖玉华坐在我的身边发愣。好一会儿,忽然"哇"一下哭出声来。

"郑卫国,呜呜,"她说,"怎么能这样呢?"

我说可不是嘛。

她又哭。我说别哭了,你不如再去洗洗头发,他们往你头上扔的是牛屎干。

她真的跑过去,边哭边洗头。女孩就这样,这种时候了,她们还在乎干净和味道。

我开始琢磨怎么从这石屋里出去。我知道我们确实无法从里边解开门外的绳子,我们也无法像鬼一样从窗缝或者下水沟里钻出去。这屋子是石砌的,没有铁锤和凿子,我们很难在墙上打开一个容我们逃逸的门洞,如此看来我们没有其他办法,只能关在这里,等人解救。冬天里上汤子的人少,搞不好我们得在里头饿上几顿,甚至几天,等到人们发现蹊跷,解开绳子走进石屋时,如果我们已经饿死了,那就不必说了,要是我们中还有一个活着,哪里说得清今晚的事情。

难怪她要哭。

我过去拉开门栓。"呜"的一响,大门顿开。

我们都呆住了。

"肖玉华！"我说，"它开了吗？"

肖玉华从池里跑出来，踩得一池热水哗哗四溅。她头发都顾不得擦，拎起装满衣服的小木桶，立刻就跳到门外去了。

"郑卫国快走，"她嚷道，"快点。"

我在石屋外打亮手电筒。她还看着那两扇厚门板，手在心口上拍着。

"吓死我了。"她说。

她真给吓得不轻。其实李家俊他们根本没捆门环，他们吓唬我们说要用牛绳绑，让我们饿死在汤子里，结果他们只是嘴上发狠，手下留情，连根细绳都没用。

我们已经顾不得太多，只想赶紧离开。我们晃着手电筒，飞快地离开汤子，顺小路跑过山冈，穿过林子。刚跑上山冈，肖玉华忽然停住脚，捂着肚子靠在路边一棵树的树干上，不住喘气。

"我跑不动了。"她说，"肚子痛。"

我在山冈上又开始咳嗽，那儿风大。我一手拎起肖玉华的木桶，一手挽她，拖着她往前走。我说别在这里痛，这有野猪。她挣扎，说她肚子真痛得厉害，一步都走不动了。我没放过她，一直把她拖过了那座山冈。她在山冈下缓过气来，可以自己慢慢走路了。那时她告诉我她的肚子好一些了。她为什么不能等明天去上汤子？因为她每个月有几天肚子会痛。她总是赶在前头去洗洗澡。当时年纪小，我还不明白她含含糊糊说的是个什么。我陪着她一路咳嗽，走过田园，走过大路口，再到她住的村中大房门外。时已深夜，我的咳嗽声惊起了全村一片狗吠。

进屋之前她拉住我求一句话，说今晚的事情就咱们俩知道，千万别跟别人提起，特别不要跟李家俊说，一句都不提，行吧？我说好的。

"我要是先认识你就好了。"她说。

她拿眼睛盯我，我赶紧躲开。她的眼睛很亮。

我回到宿舍，李家俊并不在里边。隔天我出工去了，回来时他独自在床上睡觉。我们谁都没提起汤子，以及肖玉华。他没问，我当然更不会自己说。

后来我们相继回城工作，她跟李家俊最终没成，她出国去了，现在在澳大利亚。我和李家俊至今生活在我们这座城市，各自娶妻生子，偶有见面。我始终不知道那天晚上被我们关在汤子门外的是不是有他。许多年过去了，前些时候我跟几位旧日知青朋友一起回乡下看看，我去了汤子，意外地发现那里已经有一条水泥路，盖起了一座温泉度假村，是一位台商投资盖的，可供百十号人洗温泉浴。我特地买了张票到里边泡了回澡，说实在的，设备很先进，感觉不怎么样。

已经没了当年那个浴后女孩头发上肥皂的香味。

我不知道她在遥远的澳洲会不会偶尔回想起那一个夜晚。

（原载《福建文学》2016年第5期）

---

**作者简介**

杨少衡，男，祖籍河南省林州市，1953年生于福建省漳州市。1969年上山下乡当知青，1977年起，分别在乡镇、县、市和省直部门工作。西北大学中文系毕业。现为福建省文联副主席、福建省作家协会名誉主席。出版有长篇小说《海峡之痛》《党校同学》《地下党》《风口浪尖》《铿然有声》；中篇小说集《秘书长》《林老板的枪》《县长故事》《你没事吧》等。

# 国 欢 寺

◎ 黎 晗

一

女儿要去北京上大学前几天，陈秋萍下班回家，带回了国欢寺重修开光的消息。"我们晚饭后去国欢寺散步吧，"陈秋萍的声音里透着一股兴奋，"他们都说那里新修了一个公园，这回政府终于发善心，肯拿钱出来修公园了……"

"我说嘛，大城市有的，咱们这里都会有。慢慢来，你得让政府先急后缓。"黄楼鹤正在跟女儿下五子棋，有点答非所问。

"你们爷俩真逗，一副五子棋从幼儿园下到了大学。"陈秋萍走过来，站到女儿背后，边说边捧起女儿的头发拿在手上玩着。

"妈妈你别捣乱，我马上就把爸爸困死了！"女儿反手到脑后把头发从陈秋萍手里抢了回来。

"你这丫头！你还想把你爸困住，你妈努力了半辈子都没困住他呢！"陈秋萍瞄了一眼黄楼鹤，笑呵呵走开了。

"困住了，困死了，屠城啦！"黄楼鹤从椅子上站起来，双手高举，做出了投降的姿势。

"老爸你怎么放弃了，不是还有突围的机会吗？"女儿凝神盯着棋盘，一副还不过瘾的样子。

"败局已定,识时务者为俊杰。"黄楼鹤双手前伸,做了个扩胸的动作。

"你爸这是智慧。"陈秋萍又走过来,接话道。

"你妈就喜欢总结人生哲理。"黄楼鹤叨咕一句,转身去了卫生间。

"你们俩鬼扯什么黑话啊!"女儿嘟着嘴说。

"没有没有,"陈秋萍哈哈大笑,"哎,我说你们爷俩,要不要去国欢寺散步啊,他们都说挺好看的那里。"

"我才不去,哪有晚上去寺庙散步的!"女儿撇撇嘴。

"不是去寺庙,是去寺庙外面的公园……"陈秋萍有点被噎住的样子。

"其实可以去看一看的,"黄楼鹤从卫生间出来,他已经在里面擦干了手,但还是忍不住甩了甩了双手,"国欢寺是千年古刹,唐中和元年,公元881年始建,你想到现在多少年了?"

"就是个古寺嘛……"女儿小声嘀咕了一句。

"说起来国欢寺跟咱们老黄家还有点小关系呢,"黄楼鹤继续说道,"国欢寺的开山祖师妙应禅师,是咱们莆阳黄氏族人,按族谱里记载,是入莆第五代。妙应禅师俗名黄文矩,他弟弟本寂禅师,俗名黄崇精,兄弟俩一起把祖宅贡献出来做了寺庙。你马上要去大学读中文系了,其实,是蛮需要了解一下家乡的传统文化的。"

"对啊,让你爸教教你,你爸可是大专家。"陈秋萍在旁插话。

"古人那么可爱啊,那他们把自己家房子贡献出来了,他们自己住哪里,他们的家人住哪里?"女儿用手遮住嘴巴,打了个哈欠。

"出家人四海为家嘛!"黄楼鹤乐了,心想自己女儿虽然考了个名牌大学,可除了教科书别的真是啥都不懂,"再说,和尚哪有后代家人啊!"

黄楼鹤这么说着,妻子和女儿都笑开了。停了停,陈秋萍突然说道,"也不一定啊,俗话不是说'和尚无婆子孙多'吗?"

"'和尚无婆子孙多',不是说和尚娶妻生子传宗接代,是指佛家弟子弘扬佛法,绵绵不绝……"说到这里,黄楼鹤突然想到了什么,他看了一眼妻子,停住不说了。

陈秋萍看见他略带怀疑的眼神,突然明白过来,嘴角偷偷一咧,有点调皮地笑了。

"可是,晚上去寺庙散步,总是怪怪的。"女儿嘟囔道。

"好吧好吧,那就白天有时间再去。反正国欢寺待在那一千年了都好好的,现在更不会长腿跑掉。"陈秋萍挥挥手准备晚饭去了。

"老爸,要不你再说说国欢寺有什么好玩的典故?"女儿打完哈欠,有点振作的样子。

"国欢寺啊,说起来也真是有点奇妙……"黄楼鹤边说着边往阳台走去。

女儿跟了上去。黄楼鹤走到阳台角落,双手抓住防盗网的栏杆,身体就势前倾出去,黄昏的轻风吹动了他薄薄的衣衫。那一刻,他有点走神,等发现女儿贴近他站着时,才长吁了一口气,又说了开来。

"虽然说那个时候佛教兴盛,可同胞兄弟成就高僧大德,在历史上还是非常罕见的。传说妙应禅师出生的时候,他们家灶洞里开出了两朵莲花。他们兄弟俩后来也真的表现不俗,妙应禅师是个民间奇僧,书上是这么说他的,'莲瑞兆生,训虎表异,狱平而参,谶解后事,洞精地脉……种种灵迹,不可思议'。妙应出家前是个狱卒,脾气坏得很,后来皈依了,变成一个很有趣的和尚,他法力超人,会驯服老虎,会看风水,还预言了好多未来发生的事情。他弟弟本寂禅师呢,更了不起,开创了禅宗的一个流派,叫'曹洞宗',在佛教史上地位很高。"

"这么厉害呀,我怎么都不知道?"

"佛法本是世间法。你一心读书求功名,哪管人间春与秋呀……"黄楼鹤一只手继续抓着防盗网,另一只手伸过来摸了摸女儿的脑袋。

二

最早的时候,那时他们刚刚在县城安家,黄楼鹤从乡下学校调到方志办写文史，陈秋萍还在郊区工厂上班，黄楼鹤经常开着摩托车去接她下班，每回经过国欢寺前面那片小树林，黄楼鹤都想跟她说，"你知道吗？其实那个寺庙跟咱老黄家有点关系的……"但是他从未说出来过，陈秋萍是个好奇心很重的女人，黄楼鹤知道，他要是这么说了，陈秋萍一定要他带着到树林里去看。"可是为什么就不能陪她去看一眼呢，那时候的国欢寺就是再破，也应该有着所有破庙宇的特别韵味吧？"后来黄楼鹤想起这件事时，自己也说不清楚，那到底是一种什么心思。"是一份特别的崇敬吗，害怕陈秋萍嘻嘻哈哈的，对祖师不恭？"也许有一些这方面的顾虑，陈秋萍就是一副直通通的铁姑娘模样。而黄楼鹤自己呢，后来研究地方文史有些时日了，可以说对国欢寺的来龙去脉和各种杂七杂八的传说，已经熟悉得不能再熟悉了，却也从未走到郊区的这个古寺里去看一看。再过了些年头，发生了那件陈秋萍斥之为"荒唐"的事儿，黄楼鹤终于对实地探访国欢寺彻底失去了兴致。

然而这并不影响黄楼鹤对国欢寺的特别推崇。黄楼鹤在方志办上班，从一个年轻科员一直干到了主任，虽然年纪不是很大，头上也未长满白发，但待的时间长了，加上别人也不爱钻故纸堆，慢慢他就把自己修炼成了地方的一个文化权威。政府需要编制一些对外宣传品，一般会请他来参与撰稿或一起把关。大多时候，如果不是由黄楼鹤执笔，国欢寺总会被年轻的文案人员忽略掉。这也不奇怪，国欢寺在郊区，环城路旁边，环绕它四周的不是工厂，就是民房，它的名头甚至不如背后的省第五监狱响亮。政府的外宣画册和资料，叙事重点在招商，国欢寺不属于任何景区，没有奇山异水相伴，从旅游产业角度看，当然就没什么开发价值。遇上人家把国欢寺遗漏的时候，黄楼鹤会特别较劲，怎么着也要把几句文字或一张图片塞进去。偶尔也会碰到个别志满意得的领导，喜欢在一些细节上体现绝对的权威，这个时候，黄楼鹤就会抬出省里某位黄姓部级领导，细数这位领导与这座寺庙的关系。大意就是，国欢寺是妙应和本寂二高僧献宅而建的，如果他们的分量还不够重，他们背后的那个莆阳黄氏家族，也足以代表这个地方的文化高度。"一门五学士""闽中文章初祖"，等等，都是著名的文化典故,这个家族是闻名遐迩的"科举世家",历代以来,簪缨不绝,出了好几百进士,而那位省领导,就是这个家族的后裔……

如果这样还不能说服领导,黄楼鹤就会说出国欢寺开山祖师的某句谶语。他举得最多的例子是妙应禅师关于大宋江山谁做主的预言。黄楼鹤不看领导淡漠的脸色,梗着脖子说下去,他说,妙应禅师坐化之前,预言了许多身后事,比如禅师说:"生吾前非圣人,生吾后非圣人。吾去世六十年后,当有无边身菩萨来治此国。"领导听不懂黄楼鹤说什么鬼话,脸上渐渐挂不住。黄楼鹤也不管他,继续说道,妙应的禅谒说的是,他所处的是乱世,前前后后没有一个圣人。等他去世六十年后,会有一个"无边身菩萨"来坐江山。佛教里说的"无边身",是指身躯广大无边无际,比喻尊者智慧神通,法力和慈悲空前。"无边身菩萨"能保护虔诚念佛之人,使恶鬼恶神不敢扰乱,日夜常得安稳……果然,妙应禅师坐化六十年后,大宋取代了分裂成五代十国的晚唐。"他预言的那个人,就是明君宋太祖赵匡胤。"黄楼鹤说。宋太祖赵匡胤,领导再不读书也听说过,可是大宋离得太远,领导才不管他,只是黄楼鹤提到了菩萨神鬼,领导就有点敬畏了,刚要点头表态同意,黄楼鹤又掉了书袋,"那赵匡胤笃信佛教,曾派遣僧人到西域拜求梵本的经文……"领导终于忍不住打断了他,"那就提一提,不要太突出,政府又不是佛门寺院……"

别人起初不是很在意黄楼鹤对国欢寺为什么会那么推崇,以为那是文化人的通病,后来知道了他和黄妙应是郊区那个黄巷村的黄氏族亲,人家在背后就会撇撇嘴说,谁都护着自己的老祖宗啊,多少年前的事了,就是黄氏后裔,也一代代掺水掺得稀稀薄薄的了。"搞地方文化研究的,都这么神神道道的。那个黄楼鹤,那么早就是个副科了,组织以前让他下乡镇锻炼,当个宣传委员副镇长什么的,他推三推四都不去。他呀,就爱守着那些废铜烂铁。也好,所有人都跑去当镇长当局长了,这个方志办要挑个主任也不容易。废铜烂铁也不能扔了,也得有人看着嘛!"人家在背后议论起黄楼鹤,有领导就这样评价道。

这样的话辗转传到黄楼鹤那里,他往往是一笑而过。下基层锻炼?黄楼鹤在心里对自己说，哄小年轻还差不多。他已经是副科了，再平调去乡镇锻炼，锻炼什么呢？锻了炼了，能做什么用？这样有关自己仕途的选择，黄楼鹤从来不跟陈秋萍商量。陈秋萍虽然不是个随大流的人，虽然在关键时候，也是颇能拿得起放得下的，但他就是不想让她掺和。他就是要让陈秋萍一直觉得，他天生就是干这个的，从来就没有能做别的选择的机会。

就这样，黄楼鹤在机关大院那个偏僻角落的方志办，一口气坐了二十年。这二十年里，他年轻时候一起入职的小伙伴，有的已经官至七品、八品，当上了正处、副处，一个独辟蹊径的民主党派人士，甚至已经是准三品的厅官。更多的同事，无论怎么锻怎么炼，到最后无非跟他一样，也就是个正科或享受正科待遇的主任科员，按古代官职换算，什么品都够不着。这个过程中，半途而废、中途夭折、深陷囹圄的，也有若干。所以到了后来，人家细细琢磨起来，还是觉得黄楼鹤有定力，不管怎么说，起码这二十年里，他还是有了一些专业上的业绩和名气，最让人羡慕的是，他一心一意带孩子，最后不声不响地把孩子送进了北京的名牌大学。

"是不是妙应禅师偷偷给了你们什么法力？还是你们黄家人就是会中状元登进士？"人家这样开黄楼鹤玩笑。

"菩萨保佑运气好。"黄楼鹤轻轻一笑。

黄楼鹤不敢轻师慢法，说出对祖师不敬的什么话，但是他心里明白，女儿的高考佳绩，跟"莆阳黄氏"一点关系都没有。这么多年来，由于工作需要，他撰写了关于这个家族的一些考据文章，有时候他还会不惜顶撞领导来推介国欢寺，人们都以为他对"莆阳黄氏"有着特殊的感情，甚至把他当作"莆阳黄氏"的代言人。实际上，除了他和妻子陈秋萍，没有人知道，虽然他对国欢寺念兹在兹，但他一次都未曾亲身探访过。国欢寺虽然残破寥落，初一、十五和两位祖师的诞辰日，附近还是会有少量信众前往烧香祭拜的，而他却从未给祖师磕过一次头，烧过一根香。这是他和陈秋萍的秘密，陈秋萍就是再急性子，也不会对外透露，他家的先生虽然是个地方文化权威，但是在对待国欢寺这件事上，他做的就是文字里的游戏和口头上的文章。

陈秋萍提起要去国欢寺散步的这个晚上，黄楼鹤默默在心里想了想当年那段所谓的"荒唐事"。"荒唐事"？是的，当年陈秋萍就是这么说他的。而如果不发生那件事，他应该会经常去国欢寺吧？

是 1998 年还是 1997 年，黄楼鹤已经记不清了，那一年办公室刚刚装了网络，他每天看文史资料疲乏的时候，就会到当地一个叫"莆阳吧"的论坛上去玩。他记得自己在那个论坛的第一个化名是"花老虎"。在那个论坛上，他跟一些起着稀奇古怪网名的网友狂聊过，也跟好几个脾气古怪的人打过嘴仗，直到有一天他认识了一个化名"本寂"的网友。

"兄弟你怎么会起一个这么有意思的网名？"

"为什么不可以，你不是也可以叫'花老虎'吗？"

黄楼鹤想自己叫"花老虎"就是顺嘴瞎编的，他叫"本寂"，倒叫人好奇。这个网名激起了黄楼鹤掉书袋的欲望，他拉"本寂"进入了私聊空间，把国欢寺的由来一本正经地说了一通。"那时候修寺庙可不像现在这么随意，是要朝廷批的。国欢寺报批时，正处五代十国时候，我们这边归闽王王审知管，王审知刚刚得了个孙子，正高兴着，就赐这个庙名为'国欢'，寓意举国同欢……"黄楼鹤一改平日在办公室的古板样子，在电脑键盘上一下子变成了话痨子。

"真的吗？我现在和国欢寺就隔一片树林呀，怎么不知道那里出过这样的高人？禅宗的事我不懂，倒是那个会预言的妙应禅师，好有意思呀，请老夫子说来听听。"

黄楼鹤很受用这个"老夫子"的称呼，就跟他聊起了妙应禅师驯服老虎的故事。聊着聊着，自然就聊到了妙应禅师的禅谒。

"'小月走烁烁，千落及万落。处处凤高巢，家家种葵藿。'你知道这是说什么吗？是有人问妙应禅师，禅师呀，世道这么乱，以后谁来做皇帝，谁给我们好日子过啊？妙应禅师就说了这几句话。当时的人们不解其意，后来等到赵匡胤坐了江山，人们才恍然大悟，哇，禅师已经预言过了，'小月走'，不就是

'赵'吗？'小月走烁烁，千落及万落'，那是指皇恩如月照四方，'处处凤高巢，家家种葵藿'，说的是太平盛世啊！"

"你真博学，崇拜！忽然有个感觉，你也姓黄？跟妙应和本寂是本家？""本寂"突然问。

"是的。"黄楼鹤没有骗他。

"难怪你这么熟。刚才你说妙应禅师法力高超，驯服了两只老虎，那你叫'花老虎'，跟这有关系吗？"

"那倒没有，"黄楼鹤犹豫了一下说，"我刚来这个地方不久，还没去国欢寺拜过我们的祖师爷……"

"为什么，是因为有什么禁忌吗，还是你有别的什么信仰？""本寂"问。

看到屏幕上不断出现"本寂"二字，黄楼鹤忽然有一种异样的感觉，他脱口说道，"我没什么本事啊，这辈子就这样了，所以懒得去沾老祖宗的光。"

这样说出来时，他突然觉得特别舒服。难道不是吗？他想，要不是费尽周折辗转通过家族关系，请那位省里的高官出面，这个时候，他一定还在乡村中学任教，陈秋萍一定还在工厂里打工。

"你有逆反心理！人家都抢着拜祖宗吹大牛，哪有你这样见着祖宗躲开来的。对了，那我是'本寂禅师'，我的辈分应该比你要高好多好多吧？""本寂"说。

"本寂禅师是和尚，他哪来后代？呵呵。"

"'和尚无婆子孙多'嘛，""本寂"说，"反正我的辈分比你高，以后你见我要叫我姑奶奶！"

"不会吧，你是女的？"

"姑奶奶不骗你，嘻！"

"若是如此，叫你姑奶奶还不够尊重，我应该叫你'神姑'。嘻！"黄楼鹤也学会了在网络上用"嘻"这样的语气词。

"不是啦，实话告诉你，我不姓黄，我姓'小月走'。"

"真的吗，这么巧，你居然姓'赵'！那我以后叫你'小月走'美眉还是'赵姑娘'？"黄楼鹤感觉自己在网络上像变了一个人，说起话来特别大胆。

"'小月走'，那我走啦？"她这样回复。

"别！"明知她是开玩笑，他还是飞快地打出了这个字。

"'赵姑娘'？呀，土土土！"她又抗议。

"那……'小月'？"敲出这句，他忽然觉得心里一片温暖。

"傻瓜，这还差不多。"网络那边，他想，她的脸上一定有了笑意。

"不过我还是好奇，你为什么要叫'本寂'呢？"停了停，他敲出了这句话。

她没有马上回复，但是把自己的名字改成了"本来不寂寞，现在寂寞"。黄楼鹤想都不想，也改了自己的网名，叫"花老虎遇上了小猎人"……

这是黄楼鹤唯一的一次网恋经历，没过几天，他已经和"小月"成为无话不谈的知己。半个月后的一天下午，她发来了她的近照。她的美貌让他震惊，他为此有点失态地在办公室里轻呼了一声。

他们约好了一起去国欢寺的具体时间。陈秋萍突然出现在他办公室门口时，他电脑的鼠标还在那张照片上。他唯一来得及掩盖的是，把那张照片删除了……

陈秋萍在他的电脑前坐了下来。陈秋萍一声不吭地把他和即将见面的"小月"半个月来的私聊记录看了好几遍。

"我倒是有点奇怪，你为什么不删了呢？我是说这半个月里的聊天记录？"陈秋萍抬头问他。

"我呀，做文史研究的，改不了爱保存资料的毛病。"黄楼鹤冷不丁冒出了这么一句。

"原来你也懂幽默啊！"陈秋萍笑了，笑着笑着，眼泪飞溅了出来。"妈的，太荒唐了！"

## 三

女儿出发去北京之前,陈秋萍不再提议去国欢寺散步。即便提议了,女儿可能也不会呼应她。不知道为什么,女儿突然心事重重起来。黄楼鹤默默看在眼里,等着陈秋萍先发问,偏偏陈秋萍忙着为女儿打理行李,压根没发现她脸上日渐浓重的愁绪。"怎么啦闺女?"出发前那天上午,黄楼鹤趁陈秋萍出去的时候偷偷问她。

"爸爸,你跟我说实话,你会不会跟妈妈离婚?"女儿看着他,泪水慢慢注满了眼眶。

"离婚?你怎么会这样想!"黄楼鹤脸上布满了惊恐。

"我在网络上看到一条消息,说很多中年人,就是你们这样的,彼此忍了很多年,一直忍到孩子上大学,他们就分开了……"女儿这样说的时候,泪水滴落了下来。

"瞎说!爸爸怎么会和妈妈分开呢!"黄楼鹤听了心里顿时好一阵酸楚。

"我不想春节回来,不知道要去哪个家过年……"女儿越说越伤心,泪水不断从她掩住脸蛋的双手指缝间冒了出来。

"胡说!爸爸跟妈妈感情好着呢……"黄楼鹤突然发现自己在这方面的语言如此贫乏。

好在女儿哭了一会,在陈秋萍回家前已经平稳了情绪。"爸爸你要答应我,永远不要跟妈妈分开。不管怎样,妈妈都是最辛苦的……"女儿最后这样跟黄楼鹤说。

黄楼鹤听女儿这样说,赶紧点了点头,脑海里却一片空白。

女儿去北京上学后,家里一下子空了下来。之前的两年,陈秋萍去女儿学校附近租住陪读,他一个人过,当时家里也是空的,但是那种空和现在的空比起来不太一样。那两年,妻子、女儿不在身边,虽然他一个人在家里,下班后自己做饭、洗衣服、收衣服、拖地板、清理垃圾，但是从未感到心里是空的。每天晚上，在女儿吃过晚饭去学校自习后，他都会给陈秋萍打个电话，这个电话时长时短，大多跟女儿的学习状态相关。进入高三以后，女儿的成绩渐趋稳定，陈秋萍在有一次他过去看她们时跟他说，坚持了一年，女儿成绩起来了，胜利在望了……"但是，"犹豫了一会，陈秋萍吞吞吐吐说，"现在是我的问题，我有点熬不住了，好想回去上班啊！"陈秋萍从工厂调出来，到黄楼鹤他们政府下属的水务公司上班，当年享受的是科级干部家属的照顾政策。这十来年，工作虽则清闲，但毕竟到了政府系统，视野开阔了许多，加上她本来性格就开朗，自然结交了不少新朋友，如果不是要过来陪读，每天陈秋萍在家里是过得很充实很有节奏的。黄楼鹤理解她的孤独，想了想说，"要不我也搬过来一起住？""那怎么行，女儿需要清静，你来了还不给她添麻烦。"

"没事的，没事的，我自己想办法。"陈秋萍伤感了一会，很快就振作起来。

过几天，陈秋萍打电话回来说，她找到消遣寂寞的办法了，她到附近小区门口学广场舞了。

"好！"黄楼鹤想象不到陈秋萍跳广场舞的样子，但是心里暗暗佩服她快速摆脱孤独的能力。

高考结束，妻子、女儿回来，家里有了久违的欢欣。女儿走了，黄楼鹤和陈秋萍白天各自去上班，回来感到从未有过的空疏。

黄楼鹤挺奇怪陈秋萍不再提议去国欢寺散步。如果陈秋萍还在为那个寺庙前新修的公园兴奋，他准备告诉她，其实，他早就知道这件事了，而且他知道的内情远比那些因为一个小公园而兴奋的人们要多得多。

是先有国欢寺重修，才有国欢寺公园的兴修的。工程在陈秋萍全身心陪护女儿备战高考的那两年全力推进，国欢寺获得的不是简单的装修，而是彻底的修葺，除了保留大雄宝殿主体，其他原来倾颓的侧殿、僧舍等，全部推倒重来。是一位女企业家独家出的善款,听说别的信众也有这份诚心,但是被这位虔诚的女施主挡住了。黄楼鹤一直没有告诉陈秋萍,在国欢寺重修工程开始以后,他曾受邀参加那位女施主召集的一个饭局。女施主姓黄,她逢人便说,某一天她得到了妙应禅师的托梦,为了这个佛缘,她将倾尽全力光复国欢寺。黄楼鹤知道他们数百年前出自同一个家族,《莆阳黄氏族谱》上面,她被作为黄氏后裔成功人士进行了重点介绍。她是此地有名的企业家,有人说她可能是这里的女性首富,甚至放在男性富豪榜上,也能名列前茅。在那个饭局上,黄楼鹤听她自己讲到,为了重修国欢寺,她没少召集各类饭局。她的饭局看似随意,实则颇见成效。每一个饭局都是应古寺重修之需,从某种意义上说,这些频繁的夜宴,替代了本应由政府文化部门组织的研讨会和论证会。"我老是晚上骚扰别人,可是白天我要赚钱啊,现在生意多不好做!"女施主大大咧咧地说,"而且,别人不敢讲我敢讲,政府开会能解决什么问题?政府能解决问题,国欢寺就不需要我这个粗人来修了!"黄楼鹤当时听了不禁莞尔。实际上,在那个临时被邀约的饭局上,他算是个闲人。本来女施主的秘书辗转找到他,是要他帮忙去寺里走一趟,看看侧殿一堵墙上的那几幅老壁画,到底有没有保留的价值。"我们老板说,这个要文化人定,文化人说留,就不惜一切代价留。""不然呢?"黄楼鹤问。"不然整个殿都要拆了。你不知道吗,那个侧殿,就剩下一堵墙了。"黄楼鹤不好意思说,身为这个地方的文化人,他连国欢寺都没进去过,只好略作沉吟道,"这样吧,我晚饭前过去再看一眼。然后我们边吃边聊……"饭局之前,黄楼鹤并没有特意去往国欢寺,他想好了应对的话语,但一直没有机会在饭局上表达出来。整个饭局期间,大家分享的都是女施主亲历的种种有关国欢寺的神迹,至于壁画议题,自然被饭局的喧闹和欢腾气氛冲散了。黄楼鹤刚开始时有点着急,心想他之所以出现在这里,就是为了对老壁画提出保护意见,如果不说几句,显得有点像吃白食。后来他转念一想,殿都倒得只剩下一堵墙了,壁画留着又有何用?如此想来,便安下心来,听女施主叙说她的心迹。

就是在那个看似随意的饭局上,黄楼鹤第一次听说了妙应禅师的另一个谶语:"锦江兴,县城平,黄巷成街市,我佛再返程。"这座县城原来一面枕山一面临海,在最近几年政府经营城市的大动作中,滩涂被填平,山丘被挪走,如果要说是"平",也是实情。而黄氏入莆祖地黄巷村在郊区山包上,政府兴修的环城路已经逼近村庄,一家央企地产集团相中了那块地,整个村庄即将搬迁。那里成为街市,看来也是指日可待。"有一天我就梦见了妙应禅师,他的法相就是国欢寺里供奉的样子,他就跟我念了这句诗……"女施主兴致勃勃说道,"'锦江兴',说的不就是我们家吗,我们公司从一开始就叫'锦江'的。这就是说我跟祖师的佛缘到了啊!"

黄楼鹤听了有点惊讶,我怎么不知道这句谶语呢?他不好意思当面问女施主,这个疑问就暂时留在了心里。

## 四

女儿离开一周以后,黄楼鹤和陈秋萍终于决定去一趟国欢寺。"要不,我们还是去国欢寺那里看看吧,他们都说挺热闹的。"晚饭后,蹲着收拾垃圾的陈秋萍忽然这样说。"好吧。"黄楼鹤很干脆地回答。"我们真是奇葩一对啊,在这里住了这么多年,女儿都上大学了,居然连国欢寺都没去过!"在门口换鞋子时,陈秋萍突然感叹了一句。"一座破庙而已。"黄楼鹤很快地接道,他从鞋柜深处捞出了久违的拖鞋。"难得呀,你终于肯穿拖鞋出门了!"陈秋萍挽住了他的一只手臂。黄楼鹤一只脚还没套进拖鞋里,被她拉了一个趔趄。他顺势挣出她的手,搭住了她的肩。她靠过来,待他穿好拖鞋,又挽住了他的手臂,扯得更紧了。"这就对了,女儿都上大学了,不要老是那么一本正经了。"

夜风徐徐吹来,黄楼鹤和陈秋萍在路口垃圾桶那里扔掉垃圾,慢慢向城市边缘走去。没走几步,他们就遇见了市场上卖海鲜的一位老板娘,陈秋萍亲热地叫她"阿芬"。"你老公一看就是读书人!"阿芬笑嘻嘻道。"难怪孩子那么会念书!"她又朗声道。一定是陈秋萍上市场买菜时透露过了,阿芬看来对他们家情况已经多有了解。"寒假你们家女状元一回来,我就要让我家那三只土猴子去熏一熏文气。"黄楼鹤刚想解释说,我们闺女也就是考得不错,但并不是什么状元,可是不待他出口,阿芬变了一种语气,突然很沉重的样子,"你说我们这代人什么苦没吃过啊,我们现在这么拼命,还不是为了孩子们将来过得好!""好的好的,我家丫头北京一回来我就告诉你!"陈秋萍满口答应了阿芬半真半假的请求,顺手还捋了捋阿芬刚刚染过的红头发。"哪里做的头发呀,好看呢!""哎呀呀,羞死人了,我就是个土包子,满身都是鱼腥味!"

"你这是要去哪里呀?我记得你好像不是住在这条街。"陈秋萍忽然问道。

"我到国欢寺那里跳广场舞啊,你不知道吗,那里可热闹呢!"阿芬的语气听起来挺兴奋的样子。

"你们去看看!"阿芬笑呵呵去了。陈秋萍靠近黄楼鹤,近乎耳语道,"你知道吗,阿芬很厉害的,一个人带三个孩子,还买了两套房子,第三套房又在看着……""是吗?她老公怎么了?"黄楼鹤不经意地随口问道。"不知道犯了什么事,听说判了好多年,最小的孩子都要上小学了……"夏末的路灯显得特别亮,黄楼鹤眯上眼,瞥了一下阿芬离去的身影,刚好阿芬转过身子来,翻了翻额前的刘海,对他盈盈一笑。黄楼鹤装作没看到,轻轻搭上了陈秋萍的腰,转过身子,和她亦步亦趋往前走去。

没走几步,他们又停了下来,陈秋萍遇上了原来工厂里的一位老同事。那位大姐看来与陈秋萍久未联系,她们在擦肩而过时,不约而同停住了脚步,同时做出了互相辨认的神情。"哎呀,是你啊,你怎么还是个小姑娘的样子!"大姐有着和她年龄极不相称的一副娃娃音,听着黄楼鹤心里怪怪的。"美莺大姐啊,你怎么会在这里?"陈秋萍的声音里透着一份惊喜。两个人都快人快语的,没聊几句,黄楼鹤很快就知道,美莺是陈秋萍曾经的师父,后来工厂在陈秋萍调走后破了产，美莺和她丈夫出走广东，没几年，生意有了起色，本来他们想着就在广东安居乐业的，但是春天里美莺的身体出了点问题，就举家撤了回来。"我都做奶奶了！里奶奶外奶奶都做了咯咯咯！"美莺的声音真是太特别了，如果不看她的脸，别人一定会以为是个小女孩在学大人讲话。很快地，美莺获知他们家闺女考了个好大学，"哎呀呀，我们小姑娘做了状元妈了哈！"美莺发出了银铃般的笑声。

"你都当奶奶啦，我孩子才上大学呢！"陈秋萍脸上突然有了一份娇羞。

"哎呀呀，你跟我比这个，你在我眼里就是个小姑娘不是！"美莺又笑了起来。她们师徒二人又头挨着头聊了一会家常。黄楼鹤插不上话，就走到街边去抽烟。这时候，他远远看见父亲生前的好友老林，正一个人慢慢向他们这边踱步而来。老林是黄楼鹤父亲的老同学，后来也随孩子进城搬到他们这条街生活。和父亲一样，他们都是中年刚过丧的偶，来到城里以后，几乎就是最亲密的伙伴了。在过去的十几年里，老林和黄楼鹤的父亲每天早上一起送孙子上学，之后一起去市场买菜，再一起走回来，晚饭后两个人也几乎是每天都要并肩在街头散步几圈。父亲去世后，每当看见老林一个人在街头形单影只的样子，黄楼鹤心里总是好一阵难过，如果能躲，他都会躲开来。这天晚上，黄楼鹤决定不躲他，况且老林迎面走来，虽然走得慢，黄楼鹤也几乎躲不开了。

黄楼鹤远远地迎了上去。看见他，老林有些虚弱地笑了。老林看来已知他家闺女高考的情况，见到黄楼鹤，自然少不了一番祝贺之类的话语。黄楼鹤掏出烟来分给他，他接了过来。烟点着时，老林叹了一口气，哎，你阿爸要是还在，他该会多高兴！你看小时候，你阿爸送孙女上学，两个人一路上有说有笑的。你阿爸做过老师，有耐心，你女儿打了很好的底……黄楼鹤愣了愣，伸出双手过去抓住老林的手，用劲握了握。老林也紧紧握住了他的手，两个人一时竟有了一份奇怪的郑重感。

"你们这是要去国欢寺吧？那里不错，我也刚刚去散步回来。"握过手，老林叨咕了一句,又朝陈秋萍挥挥手,继续慢慢踱步去了。望着他的背影,黄楼鹤的眼前又浮现出了父亲与他并肩行走的情景,顿时心里有了一份难言的感伤。没等陈秋萍跟美莺说完话,他一个人边抽烟边慢慢走出了一段路。

"咦,你怎么一个人走了?"陈秋萍快步赶了上来。"刚才你跟谁说话啊?"

"老林。"黄楼鹤把烟蒂扔了。

"哦,老林啊……老林老了好多,满脸都是老人斑,看着好可怜……"陈秋萍的声音低沉了下去。"哎,你说美莺当年去广东时,也就是我现在这样的年纪。刚才你走开了,她告诉我,是妇科方面,子宫都切掉了……不过,她很乐观,她说每天晚上都到国欢寺那边去走走……"陈秋萍轻轻叹了一口气,黄楼鹤主动挽住了她贴着的手臂。

"对了,我想起来,老林的孙子和我们闺女是同学,也不知道考到了哪里,你也忘了关心人家。"陈秋萍压低声音道。

"是啊……"黄楼鹤沉吟道,"我记得老林以前好像也不抽烟的。"

"哎,他以前跟阿爸那么好。阿爸去了三年,我看他一下子老了好多……要不你明天打个电话给他,关心一下他家孙子?"陈秋萍说着在黄楼鹤的一只手上面轻轻抚摸了几下。

"嗯……好。"黄楼鹤沉吟了一下,另外一只手伸到口袋里掏出了烟盒。

"不准抽,不准抽。刚才都抽了一支,别以为我没看到!"陈秋萍嚷道。

黄楼鹤一只手被陈秋萍挽着,另一只握着烟盒,一时有些不知所措。这时候,一阵风来,他听到了不远处传来的昂扬的舞曲。"哇,凤凰传奇,《月亮之上》!"陈秋萍也听到了,忽然很开心地跟着哼唱起来:"我在仰望,月亮之上,有多少梦想在自由地飞翔——"

"你会跳吗?"黄楼鹤忽然问道。

"会啊,我这一年把什么舞都学会了哈哈!"陈秋萍松开拽着黄楼鹤的双手,快速做了一个雄鹰展翅的动作。

"快快快,我们赶紧过去看,他们说得没错,真的热闹……'昨天遗忘,风干了忧伤,我要和你重逢在那苍茫的路上——'"陈秋萍像个小孩一样边哼着歌边扯着黄楼鹤小跑了起来。

## 五

陈秋萍迷上了广场舞。头两天,美莺大姐晚饭后都来等她。美莺大姐的身体尚在恢复中,步子迈得慢,走一小段还要停下歇一歇。陈秋萍原本风风火火的,这些年,尽管琐碎的家务活和机关干部家属的身份,多少对她的个性有所改变,但要适应美莺大姐这样康复养生的步子,一路上就必须时时顾盼处处迁就。这样,美莺大姐就不肯再跟她一起走了。晚饭后,美莺大姐一个人早早地从家里出发,走走停停,停停走走,慢慢移步到了国欢寺那里。她不跳舞,就在旁边看着,有时绕着寺庙围墙外走一两圈,走着走着就不见了。陈秋萍在广场上跳舞,偶尔瞥见美莺大姐的身影,就向她招招手,美莺大姐也轻轻举起手扬了扬,这就算是打过招呼了。美莺大姐的体贴让陈秋萍有些不忍,"你不知道,大姐以前对我有多好……"她时不时地会在黄楼鹤跟前叨一句。

"阿芬呢,她不是也喜欢跳舞吗?"黄楼鹤问。

"阿芬不赶趟,她要回家督孩子读书,总是早去早回。"

"哦。"

"要不你陪我去?我跳舞你散步。你也是需要运动的。"陈秋萍边扒拉饭粒边问。

"不去,闹。"黄楼鹤头也不抬,"你去吧,我负责整理垃圾,完了就在楼下转转。"

"那好吧,不准抽烟哦!"陈秋萍放下碗,一溜烟换了跳舞用的宽松衣裤和平底鞋,脚步轻快地去了。

黄楼鹤拿出手机,点开微信,看到女儿朋友圈里发的朝气蓬勃的大学生活，在评论里点了个微笑的表情。哪天给女儿发个她妈妈在国欢寺那里跳广场舞的照片吧！他的心里闪过这样的念头。

其实，国欢寺的重修工程是很壮观的，第一次和陈秋萍去的时候，虽然是晚上，寺门已经关闭，但是一个殿一个殿井然有序地高出围墙，一对对檐角燕子尾翼一般飞翘着，在夜色和路灯交织的夜空里，国欢寺有了庄严和灵动兼具的气魄。黄楼鹤有点佩服那个同宗的女企业家了，没想到她大大咧咧的，居然能做成这样的大事。也算是妙应祖师真的跟她有佛缘吧？政府的城建部门这回也拿出了真本事，他们借国欢寺重修的机会，顺势而为，一举清理了周围的杂地，以寺庙为中心，建成了一个小型公园。原来靠近马路的那些龙眼树，被分散移植了开来。建设者又裁土堆坡，让公园有了高低错落盘旋迂回的格局。树下再杂以灌木花丛及绿色草坪，鹅卵石曲径贯穿其间，俨然有了江南园林的味道。

最获得民心的自然是寺庙大门外的那个广场，第一次近距离观察广场舞，黄楼鹤直觉得头皮好一阵发麻，哪来的这么多人啊！他暗自叹道。广场旁边灯柱上有路灯，但并不很亮，照得场上挤挤挨挨全是人影。一曲终了，一秒钟都不肯停歇，新的一曲又起。"曾经柔情似水为爱而沉醉，掏心挖肺毫无保留盲目地给，曾经忍气吞声痛难以入睡，歇斯底里意冷心灰却心留慈悲——""这什么歌啊？"黄楼鹤惊道。"啊，你好OUT！"陈秋萍哈哈笑了，"还是凤凰传奇啊，叫《天下的姐妹》，广场舞无凤凰不传奇，你不懂！"

陈秋萍站在广场边上，嘴里跟着音乐唱，身子慢慢随节奏扭动了起来。"女人们一个个都反了天了，整天埋怨想要自由还要地位！究竟把男人放在眼里了没，我每天当牛做马不说累！就这么点权利你还要反对，不给你点颜色你不知道后悔——"

"呵呵，这歌太应景了！"黄楼鹤在陈秋萍背上发力，把她推向了已经接近鼎沸的人群。

"有种你就试试看是谁吃亏，天下的姐妹，放开你的美！让他们感受你温柔的包围！天下的姐妹，放开你的美！让他们领教你霸道的权威——"黄楼鹤穿着拖鞋慢慢在鹅卵石小道上绕着寺院走，耳朵里凤凰传奇的歌声不断地冲击进来。他极力抗拒着那种让人血液加速流动的旋律，可是走着走着，步伐却不知不觉间轻快了起来。在他感觉到自己的腰肢也要随广场舞曲扭动起来时，他果断地停了下来。

在一棵龙眼树下，黄楼鹤点了一根烟。他正对着的是国欢寺的后围墙，其实说是围墙也不准确，就是寺庙大雄宝殿的后墙，用石头密密实实垒起来，一整排很巍峨地立着，把寺庙和外面的俗世隔离了开来。在他点烟的瞬间，墙上一扇小窗的灯亮了，里面传出了一个老者的咳嗽声。很快的，灯又灭了，国欢寺又沉入了无边的静穆之中。"寺里有和尚吗？"黄楼鹤疑惑道，"现在的寺庙，会是怎样的人在当和尚呢？"

黄楼鹤慢慢踱着步，虽然穿着拖鞋在鹅卵石路上走着不太赶脚，但是走着走着，脚底渐渐适应了石子的凹凸状况，他的脚步终于稳定了下来。广场上的音乐声虽仍不断涌来，他也几乎不受其节奏影响了。再绕过一个弯，省第五监狱灯火通明的院子出现在了眼前。原来第五监狱和国欢寺仅一墙之隔，而且两者之间用的并非水泥实墙，而只是铁栏杆，栏杆上爬满了三角梅一类的藤类。黄楼鹤停了下来，向栏杆那边张望了几眼。他并没有看见托枪夜巡的哨兵，也没看到穿警服的人员出现，监狱那边的路灯比这边要亮，院子里却静得出奇，让人疑惑那里根本就不是监狱，而是一个高级酒店的后花园。这时他突然想到在哪本杂志上读到一篇文章，说是一个姓俞的诗人曾经就关在这里接受改造，出来后诗人发表了一大堆与这所监狱有关的诗文。"只有你未曾爱过我"，他想起来，那篇对诗人的访谈，标题用的就是这个据说很著名的诗句。

诗人都这么自信吗？黄楼鹤试图回想杂志上那位诗人的面容，一会儿从纸上浮现出的是一个络腮胡子的胖脸，一会儿却是一张粉嫩粉嫩的小白脸。正愣怔间，忽然从院子深处传来了武警战士呼喊口号的声音，武警战士整齐而嘶哑的吼声让他没来由地想到，说不定那个卖海鲜的阿芬的丈夫，就是关在那里面接受着日复一日的改造。晚风习习吹来，他想起刚才阿芬在街灯下转过身子来、翻了翻额前的刘海、对他盈盈一笑的模样。这时候，他突然想到，当年那个叫"小月"的女网友，如果她像正常人一样生活，她的孩子应该也很大了吧？她应该就是阿芬那样的年纪，每天也在这座县城的哪条街上走着，走得慢的时候像美莺大姐，走得快起来，就像阿芬那样……她说她离国欢寺就隔着一片树林，莫非，她就在神秘的第五监狱里担任狱警？他无法想象她穿着警服拎着警棍教训犯人的样子，却又放任思绪飘散开来，把她和妙应禅师皈依前的狱卒身份联系到了一块。她会皈依吗，如果她真的就是一个狱警？"为什么要皈依的是狱警，而不是你？"想到这里，他兀自笑了。他又听到了节奏奔放的广场舞曲，这时候，他开始相信，无论她是不是狱警，她一定也在那喧闹广场的人群中，像陈秋萍那样忘我地舞蹈，沉浸在如痴如醉的旋律里。

黄楼鹤知道，当年，如果他自己不肯放弃，即便是当着陈秋萍的面，他再把所有联系办法删了，还是能在网络上找到那个叫"小月"的女网友的。终归不是他舍不舍得放弃的问题，而是他并未把自己放到是取还是舍的抉择之间。

那天晚上，黄楼鹤绕着国欢寺走了十八圈。他本来并没有非得要走多少圈的打算，考虑到陈秋萍那么喜欢跳舞，舞曲又一直不肯歇气地响着，他就一个人一圈又一圈地走了下去。在顺着同一个方向走了三圈后，他忽然想起在哪本书上看到的，说是一定还要逆着走三圈，这样可以比较好地把身体内部的磁场调整过来。就这样，他顺时针走三圈后，又逆时针走了三圈，一圈又一圈，慢慢走完了十八圈。这时候，他忽然又想起来，这好像是与佛教有关的某种默契了，他记得《本寂禅师传灯录》里提过，有情众生有六根、六尘、六识之困，合起来称十八界，意指十八种苦厄。而只要每天绕着寺庙转十八圈，就能去掉这一日滋生的十八种烦恼……呵呵，想到这，他暗自笑了，可我哪来那么多烦恼啊！然而，在他不经意地走完十八圈后，他还是不由自主走到了国欢寺的大门前,面对紧闭的寺门,双手合十,认认真真作了个揖。躬身低首的时候,他在心里说道,二位祖师,对不住,弟子来迟了。

广场上的舞曲终于停了下来,他走到广场边上,陈秋萍满头大汗从人群里冒了出来。"明天要换平底鞋来了,这鞋子跳不了!"陈秋萍把手搭在他肩膀上,很轻松地把脚提起来,用手摸了摸脚后跟。

黄楼鹤扶住陈秋萍的腰。在散开的人群中,他看见一张似曾相识的脸,闪了闪,消失在了斑驳迷乱的灯影里。她真的也在这里跳着广场舞吗?他把脸转了开来。

回来的路上,黄楼鹤暗暗下了决心,他再也不来国欢寺了。

(原载《十月》2016 年第 3 期)

---

**作者简介**

黎晗,男,原名黄黎晗,1969 年出生。中国作家协会会员,福建省作家协会副主席。在《十月》《大家》等刊发表小说、散文作品,入选数十种选刊、选集、排行榜和年度选本,出版有小说集《朱红与深蓝》、散文集《流水围庄》。短篇小说《朱红与深蓝》获十月文学奖,《晚期》入选美国 MerwinAsia 出版社《中国新短篇小说》。

# 纸 农 场

◎ 李迎春

## 一

宏狗被孔副镇长从云香茶叶店拉出来时,满脸不高兴,一边走一边朝他狠狠地瞪了一眼。孔副镇长脸一红,不自然地耸耸肩。这个二十八岁的小伙子虽然已是镇领导,但还不习惯跟农民打交道。他抓住宏狗的手不放,直到被宏狗用力一甩,才尴尬地松开来。

宏狗穿着白衬衫黑裤子,早晨出门时还人模人样,白衬衫绑在皮带里面,脚下的黑皮鞋干净发亮。可一钻进云香茶叶店,和那帮人打起麻将来,翩翩风度就瞬间消逝,立马被一张张票子打回原形。如今,衣冠不整的宏狗站在茶叶店门外的太阳底下,不耐烦地问孔副,怎么啦,有屁快放!

孔副就是孔副镇长,他的脸涨得通红,语无伦次地说,张老板,张老板,农场的事情麻烦了,你赶快跟我去一趟镇政府,有事商量。

张老板就是宏狗,原名张宏图。乡下的规矩名字要叫贱,所以从小就被家里人宏狗宏狗地叫,直到四十多岁大家还是叫他小名。

一说农场就来气,宏狗像一只气急败坏的小狗,孔副,你要搞清楚,把农场搞麻烦的是你们狗屁的政府,关我什么屁事!

孔副急忙说，不关我们政府，是省农业厅领导要下来调研你的农场！

调研？正好啊，等那些领导一来，我就往死里告你们，看你们还得意什么？宏狗一听，高兴地差点笑出声来。

你告什么告，我们之间已经两清了！孔副大喊起来，企图用气势压倒他。

宏狗一声冷笑，你这个娃娃懂什么，你想两清，你叫陈其中和钟宝来跟我说什么叫两清！

陈其中是上任青田镇党委书记，现在是县农业局局长。钟宝是现任青田镇党委书记，在青田工作也近十年。

孔副辩不过宏狗，想着自己大小也是一个镇领导，却连一个破落地主都搞不定，不禁气冲冲地说，那就等着瞧吧！如果不想闹出麻烦，现在就跟我去镇政府，书记在办公室等你。

宏狗并不像孔副预期的那样，跟随他一起走，却义无反顾地转过身，大踏步返回茶叶店。

宏狗很不屑镇里的行为，与其去看钟宝一张臭脸，不如在茶叶店看老板娘小叶的大胸。

宏狗的午餐极其简单，一人一盒泡面，是茶叶店准备的。今天的手气很好，除了被孔副干扰一阵外，他连着游金进账，看着小叶的大胸在面前晃荡，心里十分舒坦，一时乐得忘乎所以。如果不是派出所的王所长走进来，他根本不记得上午孔副交代的事。当然，他根本也不想去找钟宝。他奶奶的，凭什么要他主动，钟宝不会自己来。他不愿去想农场的事，那些伤心的往事让他无法面对今天的自己。既然不想见到钟宝，他理所当然就没有必要记得这些鸟事。

王所长单枪匹马闯进茶叶店，让所有人都措手不及，但高大的身躯似乎忙不过来，只将宏狗一人堵在店里。宏狗一抬头，看到王所长宽阔的胸膛，感觉他的胸比小叶的还要大，只是他的胸是有肌，被称为胸肌。他感觉有一丝气恼，这不是断了他的财路吗，气愤中带着一丝恐惧，为什么只堵我一人？

因为其他人我都堵不住，只能堵住你啊。王所长略带讽刺地回答，微笑着俯视宏狗，跟我回所里吧，听候处理。

宏狗不敢多说，与其被他抓兔子似的押回派出所，不如雄赳赳气昂昂地走在前头，于是他挺了挺胸，果断地向派出所走去。

王所长一时反应不过来，跟着他回派出所。不过，宏狗想像个男子汉一样无所畏惧，却又怕赚到的钱被王所搜个精光，免不了有些气短。

幸而好像王所长的目标不在赌资，不等宏狗捂住口袋，他就质问，你这个狗崽子，为什么书记叫你来镇里，却还在那里死赌烂赌？是不是敬酒不吃吃罚酒？

宏狗装着委屈的样子，哭丧着脸，钟书记叫我来镇里，无非是农场的事，可我哪里还有农场啊，难道连我那点老本也要刮了去？

少废话，我才不管老本不老本，反正你现在给我老老实实到书记那里报到，我的任务就完成了。

宏狗一句话不说，往钟书记办公室走去。

## 二

钟宝和宏狗算是老相识。十年前宏狗的青田农场红红火火，当时还是农业局副局长的钟宝没少往青田农场跑，也为宏狗争取了不少项目，每年宏狗农场最好的鸡鸭总是为钟宝留着。后来，钟宝提拔到青田镇当镇长，宏狗一时扬眉吐气，感觉靠山壮实了不少。然而蜜月期还没过，他就和钟宝结下梁子，随后分歧越来越大，现在成了死对头。

钟宝是个斯文人，修长挺拔的身材配上一副黑框眼镜，在南方的五短身材人群里犹如鹤立鸡群，引人注目。宏狗矮小瘦弱，皮肤黝黑，眼睑下垂，总是一幅不开心的样子。两人的鲜明对比似乎宣告了双方的未来走向，钟宝的仕途坦荡，顺风顺水；宏狗的农场惨淡经营，支离破碎，现在只剩下十几亩果园，勉强维持生计。宏狗显然没看清自己的猥琐长相，将一切归罪于钟宝他们，好像调他们到青田来就是为了镇垮他宏狗似的。他想，如果不是这帮打劫鬼，小叶早就跟他上床了。

如今，一切都覆水难收，只能跟阿Q一样叫着"曾经阔过"。宏狗这么一想，又气势磅礴起来，故意将地板踩得咚咚响，大摇大摆地走进镇党委书记办公室。

钟宝露出儒雅的微笑，从大班椅上站起来，招呼宏狗坐下喝茶。宏狗不讲话，等着钟宝提出话题。他觉得纳闷，同样一个人，以前看怎样都顺眼，觉得既有文化又有魅力，现在看怎样都虚伪，一言一语总让人不放心。他奶奶的，我宏狗在青田也算是个角色，属于高智商里的佼佼者，谁料十年河西，成了落水狗。宏狗不讲话，将头朝对面墙上那幅《念奴娇·赤壁怀古》书法望去，他看不懂歪歪扭扭的字，却看得很认真。

钟宝一边泡茶一边对宏狗说，宏图，听说你天天往小叶的茶叶店跑，是不是搞上了？

宏狗当然听得出钟宝想把气氛搞轻松一些，但他没心情陪钟宝玩，直接就将话扔过去，我哪里有你的本事啊，书记大人想搞谁就搞谁！

钟宝一怔，知道宏狗的话里有话，他当农业局副局长时，常常带着一个女下属来，有次喝醉了还在农场过夜。宏狗像个丑陋的仆人忙前忙后，还偷偷听到屋里快乐的叫声。不过，这种事只有一次，钟宝很注重自己的前途，以后再也没有在农场住下，两人之间也就心照不宣，从来没有提起过。钟宝觉得宏狗来者不善，还是曲线救国为好，不能弄得两败俱伤。

钟宝诚恳地说，今年的农场补助款下来了，你等会到孔副那里办理一下，我们镇里一分不留，全部给你发展生产！他将重音放在"一分不留"四个字上，声音特别大，说得自己心中滴血。

宏狗一阵狂喜，但立刻意识到没有免费的午餐，只有布满杀机的鸿门宴。他装着无所谓地说，我都没农场了，还给我什么钱？难道你钟书记的钱用不完了？我现在小日子过得舒服，你别给我诱惑，我这种农民，很容易被拉下水的。

钟宝并没有尴尬,面对宏狗他还是有胜算的,他知道抓住了钱就抓住了问题的牛鼻子,农场没有就没有了,再也不可能长回去,只要有钱,不菲的钱,宏狗决不会无动于衷。他告诉宏狗,这次的补贴有二十万,全部拿去,但不能在外张扬。

宏狗一惊,二十万可不是个小数目,当年农场被征时也只补到四十万,现在空手就有二十万,不动心才是真傻瓜。不过,他还是故着平静地说不要,他要等待钟宝说出底线。

钟宝叹一口气,决定将牌底公开,好吧,宏狗,我们将钱给你,你只须做一件事,配合镇里做好省厅领导的调研就行。钟宝接着说,刚刚接到县农业局电话,省农业厅的张副厅长将于后天到青田调研,要实地察看青田农场的发展项目。宏狗一向是青田农场的负责人,虽然青田农场已经名存实亡,但因为几年来一直以青田农场的发展项目申报补助,所以必须让宏狗一起接待调研组一行。

宏狗一听,说农场都没有了,接待个卵啊?

钟宝告诉他,农场的事由县里和镇里解决,只要他出面接待,按照镇里的口径汇报就行。

宏狗抓耳挠腮,一时没了主意,是屈膝投降还是坚贞不屈,他还没有权衡好。他说明天答复钟宝,将松散的衬衫重新掖回裤带里,双手故意大摆着走出书记办公室。

钟宝追出来,告诉宏狗抓紧决定,别像个娘们似的优柔寡断,这是他翻牌的唯一机会。

三

二十万,对于宏狗来说确实是一个翻牌的机会,而且机会稍纵即逝。他明白这里的分量,自从走出书记办公室就开始翻江倒海,心潮澎湃。他奶奶的,办农场时需要资金投入,可每次的项目资金都被镇里吃掉大半,自己只喝一点残羹剩菜。现在天上掉馅饼,无端来个二十万,真是天助我也。可是一想起钟宝,想起陈其中,就不是滋味,此仇不报非君子啊!

青田农场原来是个知青农场,二十世纪七十年代初由厦门知青在距离镇政府十公里的青田山上开发出来的,有住房有果园,还有鱼塘和部分稻田。知青返城后,由于远离村庄,农场一度荒废,只有地段较好的稻田和鱼塘被附近的村子接管过去。宏狗的父亲曾当过知青农场的党代表,属于又红又专的那种类型,被公社派到农场协助党支部书记管理那些知青。利用这层关系,二十世纪九十年代初宏狗开始打知青农场的主意,和镇里口头协议将知青农场交给他管理。他上过县里的职业高中,学过果树种植和管理,于是将农场的上百亩山林开垦出来后,种上成片的柑橘、柚子等果树,并将家也安到了山上。整个九十年代,宏狗并没有赚到钱,那时农业项目不死不活,而且风险极高,往往一年赚一年亏,算来算去除了投资基本就是维持生活。直到新千年后,国家重视"三农",青田农场才开始有起色,各级补助也逐渐多起来。很快青田农场成为镇里的重点农业项目,在县里也是数一数二的农业产业化典型。宏狗成为张老板,与镇里和农业部门的关系也日益密切,穿上西装打上领带,也偶尔做做慈善事业,每年重阳节请村里六十岁以上老人吃饭,发五十元红包。宏狗的个人形象在此时达到顶峰,常常面对卧室里明亮的通身镜傻笑不停。

宏狗,宏狗!死到哪儿去了?又去找那个骚包了吗?老婆在叫吃饭,宏狗一句也不想回。房间里一团漆黑,他从下午一直坐到晚上,脑子里像蒙太奇电影,农场的日日夜夜,人生的悲欢离合,在这个孤寂无人的时光里纷至沓来。就像父亲死时,他一个人守夜,想到一生清贫的父亲,连像样的衣服都没穿过一件,泪流满面,发誓一定要让家人过上好日子。可好日子就像天上的流星,还没看清是什么模样,又从时光的缝隙里溜走了。

他奶奶的,如果不是那条高速公路,宏狗的好日子还将继续发扬光大。2008年,从厦门通往深圳的高速公路开通,其中青田农场附近就有一个互通。这下好了,青田农场由原来的狗不理变成了炙手可热的庆丰牌,谁都想吃一口。最高兴的当然是宏狗，经营十多年的农场突然变得四通八达，处在交通要道上，刚好此时兴起的乡村旅游，青田农场的果树正是丰产期，幸福的日子像扭着腰姿的小叶向他招手。然而，人算不如天算，不久镇里就来通知，说互通出口处按规划要建一个加油站，需要征青田农场的地。青田农场从本质上来说还是镇里的，宏狗只是实际使用人，甚至连合同都没有订。以前没有用途，谁也不会上心，现在政府要征用农场的地还不是自家碗里的肉。宏狗找到镇党委书记陈其中和镇长钟宝，他们都表示这是县里的规划用地，无法更改，更何况青田农场属于集体土地，镇里也不好多说什么。幸好才十亩地，宏狗一得到正常的青苗补助款，就被迅速征用。然而，一旦口子被撕开，就像溃决的堤坝，堵也堵不住。加油站才建起来，县里和镇里共同引进的一个旅游休闲项目又看中了青田农场，结果被活生生占去七十亩。可怜的青田农场只剩下二十亩山坡地，宏狗的梦想就像彩色泡泡彻底破裂。宏狗以为和陈其中、钟宝一帮人关系铁，怎么也不会打农场的主意，没想到事关自己的时候，一个个比敌人还凶，他们之间的梁子就此结下。

灯突然亮了起来。老婆一声惊叫，你是人还是鬼？宏狗坐在藤椅上不动，有力无力地说，你看过这么无能的鬼吗？老婆冷笑一声，是的，鬼还会唱大花，你连大花都唱不了。宏狗起身到阳台上收衣服，准备去洗澡避开老婆。房子建了几年，阳台连个栏杆也没有。他失了魂似的挪动步子，不料一脚踩空，整个人从二楼掉了下去。老婆一听响声，赶紧从房间出来，看见宏狗掉到一楼，三步并作两步去救他。幸好楼下是一堆沙土，他拍拍沙子站起来。老婆不停地问，怎么啦？怎么啦？他说，你不是骂我连鬼不如吗，还不如死掉算了。老婆一听，再也不敢多说一句。

就像一个无证驾驶的人，无论你驾驶技术多少娴熟，只要交警想罚你，永远有他的理由。青田农场本来就属于镇里的，从理论上说，镇里想收回就收回。但宏狗不服，他认为和镇里是有交易的，虽然不往镇里交租金，但镇里通过青田农场争取项目，宏狗只能得到十之一二，其余都归镇里统筹使用。宏狗觉得这就是租金,他和镇里已经形成一种契约关系,现在征用青田农场完全是一场阴谋,就是要搞垮他宏狗。后来,他常常感叹树大遮阴,挡了别人的阳光。叶子讥笑他算什么大树,还不是一棵荫山树见光死。

宏狗当然不想这么乖乖地听钟宝的话,二十万不是个小数目,钟宝肯将项目款全部拿出来,说明他宏狗的作用很大。既然这样,宏狗还想博它一博,看看他们的底牌是什么。

## 四

如果不是陈其中打电话来,钟宝根本没想到宏狗会跑到县城宾馆找张厅长。在钟宝心里,今日的宏狗已今非昔比。自从青田农场被征掉,镇里补偿他集镇一块地和现金,他便把家安在镇上,整天无所事事,很快将补偿款挥霍一空,听说大部分输在麻将桌上。所以,钟宝蛮有把握地把二十万当作诱人的蛋糕送给宏狗时,已能感觉到他心脏激烈地跳动。说实话,一开始钟宝还不想将二十万全给,要不是陈其中不容置疑的口吻,最多给他十万了事。

在很长一段时间里,钟宝还是对宏狗怀着内疚之情。如果不是自己急功近利,不是因为上头有人打了招呼,青田农场是可以保全下来的。退一步说,如果自己说说话,让宏狗占有一定股份也是可以的。但是,在对方庞大的关系网面前,宏狗就如一只落水狗,只有挨打的份,最后还是自己拍板在集镇给他一块有店面的地块。征完地后,宏狗将怨恨发泄到自己身上,还死赌烂赌,慢慢地就对他改变了态度。

青田农场的事不是一天两天了,钟宝总是感到不安,不知道什么时候会爆发。宏狗经营农场的时候,镇里借助农场争取了不少项目,虽然大部分被镇里挪用,但总算还是有实物的。后来,农场名存实亡,每年镇里仍然用各种名目争取补助,如果叠加起来将是一笔不小的数目。作为农业主管部门,当然清楚青田农场的实际情况,但局长是陈其中,争取项目的事都是他们一起同意的,所以也没出过什么破绽。据说省里、市里也提出过要察看青田农场的项目实施情况，但都被他们巧妙地回应过去，于是在一年年的报告中青田农场越做越大，成为农业项目带动的典范。

前天，陈其中打电话给钟宝，叫他马上到农业局来一趟。在局长办公室，陈其中焦急地告诉他，张厅长要来青田调研，这次一定要看，不看不行。张厅长其实是副的，名字叫张青田。他们第一次去找张厅长时，厅长就高兴地说，和青田有缘分，就该帮你们这个忙。不过，名字是巧合，更深层的原因是张厅长那时还只是个处长，他的领导王厅长插队时就在青田农场当知青，对青田农场有感情，对宏狗的父亲也心存感谢，所以争取项目非常顺利。后来，张处长提拔成张副厅长，王厅长也退休了，但青田镇和他们的关系一直保持着。在青田农场被征用之前，王厅长和张厅长都来过，对这个地方很满意。陈其中后来由镇党委书记调任县农业局当局长，也多少跟这些有关系。

陈其中说，王厅长生病住院了，张厅长去看望他时，表示想看看青田农场，于是张厅长要亲自到青田农场拍些照片拿给老领导看，了却他的心愿。按照行程安排，张厅长到县里后，第二天先参加一个全省性的农业现场会，第三天就到青田农场调研。

怎么办，小钟？钟宝比陈其中年轻，又曾是他的镇长，私下都是叫小钟。

这麻烦了，哪里去将青田农场复原啊？钟宝也乱了套，一时没有主意。

不急，总会有办法，眼下先将宏狗稳住，不能让他乱说话，而且要他出面接待厅长。

那怎么行，宏狗和我们闹得那么僵，他会答应吗？钟宝心里没谱。

有钱能使鬼推磨，你将这次省里的补助资金全部给他，让他乖乖听我们安排。还是陈其中老谋深算。

钟宝只好点点头。

至于农场，陈其中安排了另一处农场，当作青田农场因高速建设而实施的异地搬迁项目，到时候让宏狗到那里就行。其中原因，他会借机向厅长解释。

没想到宏狗贪心不足蛇吞象，还想玩大的，偷偷跑到县城来找厅长了。今天上午会议开始不久，刚好出来打电话的陈其中在走廊碰到鬼头鬼脑的宏狗，被他一把揪住，拖着就往电梯间走去。宏狗一时被陈其中的气势吓住，不敢声张，随着他走出了宾馆。

五

宏狗的计划落了空，被陈其中带回农业局办公室。

刚到宾馆时，宏狗不知道是太激动，还是太害怕，总感觉宾馆到处是眼睛，到处是钟宝和陈其中布设的眼线，导致他不断地搓手，不断地整理宽大的西服。找不到会场，他问宾馆服务员，却遭到不信任的询问。幸好，他假借尿急，躲进了卫生间里。隔着门板听到没有声音了再偷偷出来，他故意装着熟练的样子坐上电梯，一层一层地查找。宾馆的走廊又长又压抑，整个人有点晕乎乎。没想到，出师不利，他刚找到会场就撞到陈其中的枪口上。

陈其中可不是钟宝，经验丰富且老谋深算。他在乡镇工作二十年，对宏狗他们的秉性摸得很清楚，只要是软硬兼施，没有不乖乖就范的。

宏狗一副死猪不怕开水烫的架势，心里却在打鼓，一边后悔行事不周，一边寻思着陈其中葫芦里卖得什么药。

陈其中坐下来，不急不忙地点上一根烟，本来脸就黑，这时笼罩在烟雾中感到更黑了。宏狗，你想来城里告我和钟宝的黑状吧？

你哪里需要我告啊，你们自己做了什么上面还不清楚吗？

上级当然清楚，上级不清楚，我敢做违法犯罪的事啊？你用自己的猪头想一想，和我们斗，你行吗？你自己有几斤几两还不知道？我们给你面子，你不要热脸贴冷屁股！

我想和厅长拉拉家常，向他汇报汇报青田农场怎样变成一堆垃圾场的。宏狗知道，青田农场被征用后，旅游休闲项目马上就轰轰烈烈地开工建设，然而将地块圈起来只建了几栋房子就半死不活地停在那里，一直没有进展，成为县里镇里令人头痛的烂尾工程。于是，他也想激激陈其中。

我告诉你，宏狗，你不要狗急跳墙！青田农场上的项目是县里的重点工程，由县项目办负责。青田农场正在异地搬迁，我们将在青峰农场挂上青田农场牌子，到时候厅长参观的就是青峰农场。

你敢骗厅长？宏狗睁大了眼睛。

不是骗，是我们现在正实施的一个项目。陈其中果断地回答他，鉴于你是前青田农场的负责人，所以我们给你这次机会，厅长由你接待，我们拨给你二十万项目经费，你可以投入到现在青峰农场占一定股份，也可以自己重新搞种植项目。

陈其中说得头头是道，把宏狗听得一愣一愣。

如果我不同意呢？

那就直接叫青峰农场的石头佬接待，说你宏狗重病在床，已将农场转让出来了。陈其中吐出一口烟圈，在空气中久久不肯散去。

宏狗真感觉自己要得重病了，身子骨就要塌下来，陷在陈其中柔软的沙发里。

正在这时，钟宝带着孔副镇长火急火燎地赶到。陈其中对钟宝说，将宏狗带回去吧，不要让他再"咬人"了。

宏狗本想不起来，就将陈其中的沙发坐穿。可他看到陈其中眼珠子里射出不容质疑的目光，就不由自主地从沙发地拔出身子，沮丧地跟着钟宝走出局长办公室。

## 六

天上没有一丝云彩，太阳光直挺挺地打在镇上，路旁的洋槐花刺目地怒放着。秋天一来，宏狗就难受，干燥的气候使他的鼻炎变得更加严重，不时从鼻子里发出浓重的"咳咳"声。

宏狗无精打采地走进小叶的茶叶店，正午时分店里没有外人，小叶也正困得眼皮打架。

怎么啦,宏狗?和老婆相打了?小叶正想伏在麻将桌上眯一会。

宏狗不讲话,在小叶的对面坐下来。好一会才说,钟宝要给我二十万。

什么?二十万?小叶一惊,声音大起来。

嗯,但我不想要。宏狗差点要哭了。

你这个死鬼,中邪啦?哪里有送你二十万还不要的?小叶冲着他喊。

其实小叶挺同情宏狗的。年轻时家里穷得叮当响,喜欢小叶却自卑得根本无法开口。等赚了钱时,他已结婚,小叶刚离婚,经常死皮赖脸地在她面前晃悠。她也曾动心过,不仅是情,也为钱。但刚刚思量和他好,却赶上农场被征。没有了农场,他一蹶不振,就在小叶的店里赌博过日。每次他赌红了眼,小叶就在桌底下狠狠地用脚踢他,用手拧他,他却更加疯狂,直到输个精光。

小叶的身子往前倾,大大的胸脯压在桌上,问他怎么回事。

宏狗没有被她的大胸吸引,有气无力地将事情说了个大概。

你这个死鬼,有钱赶紧拿来就是,还等什么,再过两天,那个厅长走了,你就什么也没有了!小叶兴奋地叫起来。

宏狗还是说容我想想。小叶忍不住起身,跑到他旁边,将胸脯压在他手臂上,伏在他耳朵边,大声一喊,你是不是吃错药了?

宏狗用手挠了挠头发,说,好吧,我去找钟宝要钱。

小叶笑了起来,就是嘛,见钱眼开才是你宏狗的性格,穷光蛋一个还装什么逼!

## 七

穷光蛋宏狗决心要钟宝的二十万,钟宝却反悔了。钟宝想,既然农场都可以做假,那么要不要宏狗还有什么关系呢?

宏狗昂首挺胸走进钟宝办公室的时候,钟宝正在剔牙。中午吃过的肉丝还残存在牙缝,经过一个午睡也还坚决地躺在里面不肯出来,钟宝决心好好修理一番,努力让讨厌的肉丝远离他。宏狗的到来影响了钟宝水平的发挥,肉丝被挑得支离破碎，还有一小块坚决不肯就范。钟宝一时气急将牙签折断了，他用力地将断了的牙签往茶几上一扔。宏狗吓了一跳，预感事情有些不妙。

宏狗镇定地坐下来，对钟宝说：好吧，你把钱给我，我听你们安排。

钟宝不讲话，突然发起飚来，你不是要去厅长那边告我吗？去告啊！那么有志气，要这二十万做什么！

宏狗反应不过来，才两个小时，怎样态度突然一百八十度大转变，发什么神经！他也提高声音：钟宝，你别弄错了，给钱是你自己说的，求着给我的，现在你又要赖，你什么意思？你以为我不敢啊，我前脚踏出你房间，后脚就去城里找厅长，看你还威风什么！

钟宝愤怒地抓起茶几上的一个烟灰缸，"砰"的一声摔在地下，脱口而出一句他妈的，塞在牙缝里的最后一片肉丝从张开的嘴巴飞出，落在烟灰缸的碎片旁。

宏狗并没有被震住，继续发挥着，你以为我不知道你们弄虚作假啊，不消说青田农场还有时，你们得到了多少补助，就是我的农场被你们没收了，每年还向上级要钱，要项目。我宏狗名义上是青田农场的负责人，但我得到了什么，你们要来的钱有多少是用在了青田农场上？莫要说你们用现在的二十万来封我的嘴，就是白白地补偿我也不为过。你看，我现在像个什么样子，人不像人，鬼不像鬼，你以为集镇上给我一块地皮就心安了？钟宝，你凭良心想想，你将我的后半生都毁了啊！

宏狗说着竟然哭了起来，将双手捂住了脸庞，头埋了下去。

办公室的小李听到响声，赶紧来到书记办公室，看见眼前的景象不知如何是好，怔怔地站在那里。钟宝一见，怒火中烧，大叫一声：滚！小李脸色发白，飞似地逃出房间。

钟宝稍稍平复情绪，叹了口气，对宏狗说，你哭什么，你以为我愿意这么做啊，我也是风箱里的老鼠，两头都受气。你说，现在青田农场没有了，签下的项目又没有实施，如果不是迫于无奈，我们会那么傻啊。我和你交情本来不错，到如今分道扬镳，你以为我开心吗？你也为我想想，帮我们度过这一关。以后你东山再起，我和陈局长一定助你一臂之力。

宏狗停止哭泣，仰起头说，那好，你现在就将钱给我。

钱还在农业局，陈局长那儿，我和他商量一下。

那讲个述啊，原来还没准的事儿！宏狗像泄了气的皮球。

钟宝不理宏狗，抓起手机往里面的套间走去。宏狗听出来了，他正和陈其中在通电话。不一会儿，他走出来，告诉宏狗今天先给十万，剩下的十万等厅长调研结束后马上给。

别讲话不算数啊，宏狗有点不放心，但又没有更好的办法。商业规则吗，现在一般都是这样付款的，像《今日说法》里买凶杀人也是事前付一半，成功后再付另一半的。他懂，于是不再说什么。

钟宝叫来镇里的财务，告诉他将十万块打入宏狗的账户。接着，叫宏狗一起去青峰农场。

一路无话，二十分钟就到了青峰农场。宏狗从本田 SUV（越野车）出来，看见孔副镇长正在挂牌，原来青峰农场的牌子换成了青田农场。青峰农场规模比青田农场小，放在以前宏狗根本就看不上眼。这几年青田农场没了，青峰农场倒是越做越大，看得宏狗眼热心肝痛。西装革履的石头佬看见党委书记的车到了，赶紧出来迎接。宏狗目不斜视地从石头佬旁边走过，大踏步走进农场。钟宝在背后叫住宏狗，说要手把手地教他如何应付张厅长。宏狗显得满不在乎，心里在说，这点戏路还用彩排吗，太看不起我张某人了。当年王厅长和张厅长来青田农场时，宏狗显出一幅憨厚实干的模样，赢得了他们的赞许，当场就拍板果园浇灌喷洒项目由省厅全额出资。不过，宏狗还是被钟宝折腾了半个多小时才算过关。宏狗的心思不在彩排上，却偷偷地将它和自己的青田农场对比，发现这个昔日的野花野草已经亭亭玉立，早已超过最风光时的青田农场。宏狗的情绪低落下来，看着刚刚挂上的牌子，真想一拳头砸个稀巴烂。

青峰农场的门口种了一排的白玉兰，秋风一吹花香扑鼻，沁人心脾。宏狗故意不让香气进入气管，反而被气息呛住了，好一会才舒缓过来。

## 八

宏狗没想到钟宝竟然不让他回家，叫他住在镇上的宾馆，和孔副镇长同住一房间。宾馆距离他家不过一百米，却偏偏要住进宾馆，这不是软禁是什么？钟宝不多解释，说都是为了大家好，也让大家都睡个好觉，集中精力做好明天的接待。

宏狗说要回家拿衣服洗澡，还要吃饭，孔副高度紧张，说钟书记交代从现在起我们必须形影不离。宏狗反问他，那我们是什么关系？孔副不理解，一头雾水的样子。宏狗说，只有同志关系才形影不离，如果我们是同志关系，那就还要加上一个词——生死相依。孔副，今天晚上我们就是生死相依的关系了，万一，我是说万一，万一我想不通要跳楼，我一定会拉上你一起跳，这样才不辜负钟书记的教诲。

孔副涨红了脸，大声说，宏狗，你别开玩笑，这种玩笑会死人的。

宏狗反而轻松起来，拖长声音说，现在我是想死都死不成，还有利用价值呢。

孔副说要回去可以，我陪你一起走。两人一前一后走着，街坊邻居看了奇怪，问宏狗是不是因嫖娼被孔副抓了。宏狗并不争辩，回答说是和孔副一起，做完了没钱，两人一起回家拿钱。大家哈哈笑起来，孔副却急得说不出话来。

宏狗在家里磨磨蹭蹭地拿衣服，泡茶，吃饭，还悠闲地吹起《哥哥想妹泪花流》的口哨。孔副目不转睛地盯着宏狗，生怕一个闪失就把他弄丢了。

宏狗和孔副回宾馆的路上，孔副拐进小超市里买一盒快速面。就在付钱的时候，宏狗突然说，孔副相不相信，我现在撒腿就跑，你追不上我。孔副立即放下快速面，就要抓住宏狗。宏狗笑笑说，逗你玩的，你真相信啊？

孔副走出超市，一本正经地对宏狗说，你别乱来啊，只要明天一结束，你走你的阳关道，我走我的独木桥，我再也不想见到你了。

宏狗斜着眼看他，将手背在后面，跨几个大步走到面前，对他说，孔副，你先整明白，你来青田当镇长，我自始至终没找过你吧，倒是你三天两头找我。我是你的谁啊，凭什么得听你们指挥？老子搞青田农场是有功的，王厅长对我千恩万谢，都是你们这帮兔崽子干了坏事，把我害苦了！

孔副不好意思起来，你破产跟我没关系。

宏狗冷笑两声，没关系，好啊，这两年的报告是不是你打的，青田农场的补助款是不是你和钟宝到省厅跑下来的？你说有没有关系？小心你的公职都不保！你以为我宏狗是傻瓜啊？

孔副自知失言，不再讲话。宏狗又吹起口哨，呜咽似的不知是什么丧曲。

到了宾馆，两人无所事事地看电视。宏狗烦躁地踱着步，嚷嚷要去茶叶店打麻将。孔副不让，宏狗叫他一起去。孔副说你那是赌博，他去不合适。正在这里，小叶的电话打过来，宏狗立即兴奋起来。

怎么样，钱拿到了吗？小叶难得有的温柔声音。

拿了十万，还有十万等厅长走后再打到账上。

那钟宝会不会赖皮，事情一完就翻脸？

不知道啊，不过钱在陈其中那里，还要农业局拨下来。

在农业局吗，那好办，到时候我叫陈其中要，不过，你得给我好处啊？

只要你肯，我什么好处也愿意。宏狗听得热血沸腾，仿佛看到小叶穿着性感的衣服做着各种动作，高兴起来便有点忘乎所以。想着美事，他安静下来，独自一人躺在床上装睡。

## 九

孔副不到六点就叫宏狗起来，简单吃过早饭后就来到青峰农场待命。秋天的乡村还是一片葱绿，只是偶尔吹来的凉风带着一丝冷意。宏狗揉揉睡眼，想想还是办农场的时候这么早起过。奶奶的，现在一切都完蛋了，只剩下个睡死命。

青峰农场现在应该叫青田农场，两边不锈钢大门上方悬挂着一对空飘，分别挂着两条标语，一边是"政策到位农村变美"，另一边是"美丽青田生态青田"。走进大门，对面就是农场办公楼，墙上有一块LED屏，播放着"热烈欢迎省厅领导莅临指导"的字样。不一会儿，一辆皮卡车上下来十多个穿着演出制服的铜鼓乐队。宏狗定睛一看，原来是镇里专门为丧事、庙会等吹奏的幸福乐队，他们是专门请来欢迎张厅长一行的。

宏狗无所事事地在农场周围晃悠，孔副忙碌个不停，就怕哪个环节没有衔接好。不一会儿，钟宝也来了，说九点整张厅长就会到。于是，孔副赶紧召集幸福乐队整装待发，作最后的彩排。钟宝叫石头佬跟在宏狗的旁边，作为他的副手，如果宏狗有讲不清楚的地方，由石头佬补充。宏狗看着石头佬郁闷的样子，有一丝得意，感觉出了一口恶气。

九点过一刻，车队终于来到青田农场，幸福乐队一起奏起《在希望的田野上》。奏这首歌是钟宝的创意，他说现在规定不能有欢迎仪式，所以我们得换一种形式，就在歌曲上做文章，不用欢迎曲，而是反映我们农村美好的生活的曲子。一曲未完，车队开进农场在大院依次停稳，一个个领导从乌黑发亮的轿车里走出来，张副局长、陈其中局长、罗副县长……只是不见张厅长的身影。大家都觉得奇怪，难道张厅长还在后面？奏乐停下来，陈其中告诉大家，张厅长因为临时有事，先赶回省里，让县里替他作个调研，然后将情况上报。说完，陈其中领着罗副县长一行走进农场大楼的接待室。

宏狗站在农场大院，一时不知所措，觉得进也不是退也不是，脑海一片混乱。他想，张厅长说死了要来，怎么又临时变卦了呢？现在关键人物没来，他就算没发挥作用，那么剩下的十万块会不会耍赖不给呢？一想到这里，他的肚子翻腾不止，突然腹部一紧，尿意立刻上来，赶忙小跑着去找卫生间。小解完舒服了许多，他又自我安慰着，幸好先给了十万，不管怎样，这十万是不会打水漂了的。

宏狗一走出卫生间，就听见孔副在叫他。陈其中和孔副站在大院里，等着他过来。陈其中对他说，宏狗，张厅长临时有重要会议要参加，所以没法到农场调研。不过不要紧，我和钟书记答应给你的钱，一分不会少，剩下的十万明天我就叫财务转到你账上。另外，有一件事你也应知道，王厅长昨天晚上病故了。张厅长交代拍几张青田农场的照片，特别是烈士墓的照片要拍清楚。所以，等会你和孔副先到青田农场拍照片。说完，陈其中还特地伸出手，和宏狗重重地握了一下。

宏狗坐上孔副的摩托车，十来分钟就到了青田农场。下得车来，只见到处杂草丛生，一片狼藉。以前，青田农场最红火的时候，宏狗最喜欢站在青田山上往下看，连绵起伏的小山包一片翠绿，一树树柑橘压弯了腰，到处是工人采摘的场面。他经常骑着一辆本田125摩托车，沿着弯弯的山道巡查，不时加大油门像参加拉力赛的车手一样冲锋陷阵。那时老婆不仅贤惠，而且温柔，看见宏狗像孩子似的疯狂，站在家门口开心地望着，等他玩腻了回来吃饭。可不过几年工夫，青田农场不复存在，只剩一片萧败。宏狗望着被侵占的地方，长着歪歪扭扭的几株柑橘，和杂乱的工地、冷清的粗胚房混在一起，到处是土黄土黄的毫无生气。

宏狗没好气地对孔副说，你拍吧，多拍些，把那些乱七八糟的都拍进去。孔副说，你以为真要拍这些啊，农场的照片就用青峰农场的，我们现在只要烈士墓的照片。哎，为什么要拍烈士墓啊？宏狗不理他，只管往前走。

爬上一片小山坡，在仅存的果林里，宏狗找到一个简易的墓地。他用手将周围的杂草除去，土堆里露出一块不大的长方形石碑，上面工工整整地刻着"烈士吴美丽之墓"，下面的落款是"青田农场全体知青"。宏狗对孔副说，就是这个。孔副认真地将相机对准墓地，咔嚓咔嚓地拍着。

宏狗在旁边的草丛坐下来，对孔副说，你知道为什么要拍这个墓吗？不等孔副回答，他接着说，这个吴美丽是和王厅长一起插队的知青，也在青田农场。1972年，在扑灭一场大火时，吴美丽为救陷入火海中的王厅长而失去了生命。吴美丽后来被评为烈士，是当时知青中的英雄。王厅长一直对青田农场照顾有加，最重要的是有这么一段经历。

哦，孔副没想到这里还有悲壮的故事。

王厅长离开农场后，曾嘱托我父亲每年替他祭祀烈士墓。后来，我和陈其中、钟宝去找他，得知我的身份后，青田农场就成了镇里的摇钱树。以前是父亲来祭祀，现在换成了我。每年清明，我们都把她当作亲人祭拜。干活的是我，得好处的是你们。你说，孔副，我是太善良还是个大傻瓜？

不知道，不知道，我都被你们搞糊涂了。孔副一时也迷茫起来，你知道吗，宏狗，张厅长为什么会不来？

为什么？不是临时要开会吗？

刚才，我听见陈局长和钟书记神秘地说，第一方案起作用，张厅长果然回去了。

一阵难堪的沉默。青山如黛，在宏狗看来似乎变成一片毫无生气的暗灰色。

他奶奶的，我敢情只是个备胎。宏狗一把抓起草地上的泥巴，用力甩出去，扬起的灰尘在眼前散开又被风吹回，扑在自己脸上。他躲闪不及，呛得直咳起来。

（原载《福建文学》2017年第5期，获福建省32届上榜作品奖）

**作者简介**

李迎春，男，1974年出生。中国作协会员，福建省作协第七届全委会委员，福建省作协青委会副主任，现供职于龙岩市委党校。自20世纪90年代初开始文学创作，主要作品有长诗《生命的高度》《落雪的和声》，红色少年小说《红星别动队》，中短篇小说《大名府》《百发百中》《失踪家族》《纸农场》等多次获省政府百花文艺奖、省优秀文学作品奖、省中长篇小说双年榜等文学类奖项。

# 我　相

◎ 杨静南

叶家愚到小区9号楼的时候,那个平时用作唱歌、打乒乓球的大房间里已经有十几个老人了。他在玻璃门外,透过人群缝隙,看到叶其武坐在一个烫波浪头的老太婆旁边。叶家愚进去时,叶其武看到了他,招了招手,示意叶家愚到他们那张桌子去坐。

农历正月廿九是当地的拗九节,这个节日叶家愚以前听说过,出嫁了的女儿这一天要给娘家的老人送粥,有祝老人健康长寿的意思。叶家愚不是当地人,女儿又远在广州,不可能给他们送"拗九粥"。以前老伴在的时候,女儿一两年还回来一趟,但自从他老伴去世以后,女儿还没有回来过。

叶家愚没喝过拗九粥,他觉得自己也不稀罕。一碗甜粥有什么好喝的,难道喝了真的就能长寿吗?叶家愚不信这一套。所以叶其武给他打电话,说业委会要请小区里的老人喝拗九粥,问他看没看到电梯里的公告时,他还觉得麻烦,不愿意下去。

"你下来!我有一件新闻想跟你讲。"叶其武说。

"新闻"是他们老家土话,大概就是新奇的事情的意思。有什么新闻电话里不好讲?叶家愚觉得,叶其武有点儿故弄玄虚。

叶家愚是一年多前在小区门口的便利店里碰到叶其武,才知道这个小时候就认识的老乡跟他住在同一小区的。那时候,叶家愚的老伴还卧病在床,叶其武到他们家来看望过两三次。虽然对重病以后变得有点神经质的老妻有点儿厌恶，但叶家愚对这个老乡还是心怀感激的。

老年人虽然很多，但除了叶其武，并没有叶家愚熟悉的人。相比于和他们一起唱红歌、晒太阳聊天，叶家愚更喜欢一个人在家里待着。那个大房间里摆了七八张桌子，叶家愚小心地迈着步，不想让自己被塑料凳子给绊倒。

"好长时间没看到你了。你多下来玩玩，别老一个人待在家里。"叶其武说。

叶家愚点了点头，刚想问叶其武要跟他说什么"新闻"，几个中年女人就从里面一个房间出来，开始给桌子摆上碗筷。老人们说话和欢笑的声音似乎更大了。紧接着，又有两个穿厨师服的男人抬出来一个冒着热气的不锈钢大铁桶，放在墙角的凳子上。在一片掌声中，一个据说是业委会主任的男人上台，给大家讲了一通孝老睦邻之类的话。老人们噼噼啪啪地鼓掌后，不锈钢铁桶的盖子被打开，甜粥浓郁的香味一下子弥漫了整个房间。

甜粥是用荸荠、红枣、花生、桂圆和红糖一起熬成的。叶家愚一边吃，一边打量着同桌的那几个老人。叶其武介绍说，他们几个经常在一起"打四色"、唱歌，他指了指身边那个烫卷发的老太婆，说是他们的声乐老师。

那个老太婆原来在艺校教书。她穿着红色的羽绒服，看上去挺时髦的。喝了几口甜粥，老太婆又开始说话。她说的是春节时她女儿带她去欧洲旅游的事情，另外几个老人带着点羡慕的神情听着她讲。

"你要给我讲什么'新闻'？"粥快喝完时，叶家愚碰了碰叶其武胳膊，小声地问他。

"哦，是这样的。"叶其武对着他的耳朵说，"前两天，我和我外孙一起去省博物馆游玩，在那里看到了一个肖像展，一个人，连续拍了六十年照片，每年一张……"

"那和我有什么关系？"叶家愚心里想。

"我觉得那个人……"

叶家愚盯着叶其武。

"那个人怎么了?"

"他,他长得有点儿像你祖父。"叶其武说。

祖父!叶家愚的心脏突然收缩了一下。他有点儿吃惊。这几年来,祖父越来越频繁出现在他的记忆里。叶家愚脑海中浮现出祖父的面容。小时候,叶其武家和他们家在同一条街上,叶其武应该是见过他祖父的。可是,祖父的照片怎么会跑到博物馆里去,而且还连续六十年?

"时间隔了这么久,博物馆里又没有照片主人的信息,我不懂会不会看错了。你什么时候有空,赶紧去那里看看。"叶其武又接着说,仿佛是怕自己说了错话。

那天晚上,手机响起来的时候,叶家愚在他小时候住过的院子里。

喝㧅九粥回来以后,他就沉浸在以前的回忆里。那个当年被他决绝地批判过的院子犹如沉船的碎片般一点一点地浮现了出来。他不仅影影绰绰看到了柱础和屋梁上的雕花纹饰,吸一吸鼻子,似乎还能闻到后院里那棵白玉兰树特有的香气。

他祖父出现了,祖父站在院墙投下的荫翳里。这么多年过去,祖父一点都没有变化,他仍然穿着那件黑蓝色的长衫,手里握着他的那个烟斗。

这个院子后来又搬进了好几户人家,他们家只剩下不到原来四分之一的地方。那时候,叶家愚刚从上海读书回来,他看到,一些院子之间的过道被堵起来了,搬进来的人家在天井和走廊上搭盖了厨房,衣物就晾晒在随意拉扯的绳子上。他从小在巷子深处的这座大宅里长大,一开始,他是喜欢这座宅子,特别是它的后花园的。但后来,他改变了观点。从上海回来以后,叶家愚对家里的变化并不惊讶,他进了一家工厂,开始了自己的新生活。

他表现得很积极,经常加班,别人干不来的技术活他会干,别人不干的累活、脏活他抢着干。递交入党申请书以后,他们厂的党支部书记亲自找他谈话。

"你们家里还有没有什么问题?"书记问。

叶家愚想起来,自从新人家搬进来以后,他的长辈们几乎不再从宅子的正门出入,而是只走旁边的一个小门,好像是为了避免和其他住户碰面。他觉得,这是一个态度问题。

"很好。还有没有什么其他的?"年轻的书记又问。

公私合营后,他家里的产业都交给了政府,祖父早就不管事了,他父亲那时也只是里面一个普通的职员。

书记目光炯炯地看着他。夜里,工厂的办公室很安静,偶尔会听见远处江面上轮船的鸣笛声。

他终于想起来,他曾经看到过家里面来了陌生人。祖父和那个头上叉着几把银簪的老女人在他的书房里,透过窗缝,他看到祖父把一个金戒指给了那个女人,老女人从衣服侧襟里摸出一些钱,点过后放在祖父桌上。

后来,那个老女人又来过。他把他看到的事情如实报告了。书记很高兴,伸出手拍了拍他肩膀,说他一定能经受住时代的考验。

祖父又出现在叶家愚面前,他的脸因为生气而憋得通红,面部肌肉和嘴唇都在不断地抽搐。叶家愚觉得害怕,但他还是鼓起勇气对祖父说,坦白从宽,你坦白了就没有问题了。祖父没有理睬他,只是用愤怒的目光看着叶家愚。

手机铃响起来后,祖父消失了。叶家愚睁开眼睛,才发现他是躺在自己床上,而不是在那个院子里。他没有关卧室的门,床铺对面,电视机里还在播着一个电视剧。叶家愚接起手机。

"你是不是已经睡了?"叶卫东问他。声音里有些不耐烦。

"还没有。"

"你年纪大了,晚上要早点睡觉。"

"你晚上会过来吗?"叶家愚问。

中午,叶家愚给叶卫东打了一个电话,问叶卫东晚上有没有空,要他过来一下。叶卫东原来在供销社上班,后来和朋友一起开了间小工厂,专门做来料加工的鞋子。叶家愚懂得他很忙，所以虽然住得不算远，他也很少向叶卫东提这种要求。

"晚上太晚了，就不过去了。你有什么事情？"叶卫东问。

中午时，他也问叶家愚有什么事情，叶家愚没有说，他想等叶卫东来家后，坐下来慢慢说。现在，他想还是说了吧。

"呃，是这样的，听说省博物馆里面有一个展览。"

"爸，你这是怎么了？你这么晚了不睡，提博物馆里的展览干吗？"叶卫东的声音有点大。"我哪里有空管什么博物馆！你知道，现在厂里生意不好做，那些工人又刁得很，可云在澳洲一年就要开销二十多万，你就别拿这跟我们没一点关系的事情来烦我了。"

可云是叶家愚的孙女，她前年冬天去澳洲读书了，现在，叶家愚一年只能看到她一次。小时候，孙女有一段时间住在他们家里，但上初中以后，她就来得少了。孙女在这边的时候，他老伴还愿意做一些好吃的，孙女出去以后，老伴好像对吃没了兴致，做的饭菜也越来越差。后来老伴去世了，叶家愚只能自己凑合着做一日三餐，生活越来越糟糕。

叶家愚把早上喝拗九粥时叶其武说的"新闻"复述了一遍。

"不懂是不是真的，他说有点儿像我爷爷，也就是你太爷爷的照片。"

"太爷爷？"叶卫东迟疑了一下，说，"我连我爷爷都没有印象，还说什么太爷爷？"

叶卫东才不到一岁，他爷爷，也就是叶家愚的父亲就自杀了。叶卫东基本上可以说是没见过爷爷。

"你小时候在你太爷爷身边待过，也许会有一点儿印象。"叶家愚说。

"那时候太小，记不得了。你也从来没跟我聊起过他们。"叶卫东说。

叶家愚张着嘴巴，想说什么，但最后，他只是叹了口气，对叶卫东说，"家里面的事情，一言难尽啊！"

"要不然还是先睡，展览的事情，等什么时候有空了，我带你过去看一下。"叶卫东语气缓和了一些。

"明天早上就去好不好？我怕时间长了，展览结束了。"

"我明早先去厂里头看看，能走得开就带你去。"叶卫东说。

挂掉手机，叶家愚慢慢地爬起来，在床边用脚勾到棉拖鞋，摸摸索索地去了下洗手间。

虽然叶家愚一直要向组织靠拢，但几年以后，他还是被划为"右派"，被下放到山区去接受改造。临走的时候，祖父、父亲都没有露面，只有他母亲送他去了车站。叶家愚现在还记得母亲站在火车站月台上那个孤单的样子。

这天晚上，叶家愚没有再睡着。祖父、父亲、母亲，他们家的老房子，他在山区的痛苦生活，机械厂，那个已经被拆迁彻底改变了的县城，他的子女叶卫红、叶卫东，还有在澳洲的孙女叶可云，众多的人和事不断涌现到他眼前。

叶家愚躺在黑暗中，望着似乎比他还要年轻的祖父他们，心里面有一种时空颠倒的奇怪感觉。

早上起来，外面下起了小雨，楼下紫红色的羊蹄甲花瓣落了一地，在湿漉漉的黑色沥青路面上格外显眼。叶家愚站在阳台上，呆呆地看了好久。

没有睡好，叶家愚头有点儿晕。他给自己测了血压，收缩压已经超过160mmHg。时间并不匀速，叶家愚给自己多拿了一片降压药，他想，小时候，时间过得很慢，他刚进工厂那段，时间简直是在飞驶，在山区改造时，时间又慢了下来，简直可以用度日如年来形容。现在一眨眼，他已经退休将近二十年了，这是怎么回事？

吃过蛋和麦片，叶家愚走到房间的写字台前。早餐时他想起来，祖父好像确实有本相册，小时候，他还跟祖父一起去照相馆里照过相。老家县城的那个照相馆离他们家不远，走路就可以到。他记起来那个光线很暗的照相室和一个蒙着黑布的带三脚架的大照相机。祖父那本相册后来哪去了？叶家愚不知道，他甚至完全忘记了曾经有这么一本相册的存在。

写字台抽屉里放着他自己的家庭相册，他取出其中一本，一页一页慢慢翻着。前面是他读书时期的照片，他穿着黑色的学生装，有时候也穿西装，一副意气风发的样子。后面照相的机会就不多了，有一张他在工厂里的照片，那时候他刚参加工作，站在机床前，袖子卷得高高的，手里面举着个扳手，他记得那是摆拍的；有他在山区拍的照片，那时候，他才到那里一两个月，正好是除夕，他们几个人在村里分给他们的小屋里聚餐；有他和老伴结婚时拍的照片，他穿着白衬衣，头发三七开，她梳着两根辫子，两个人都很瘦，因为出身不好，他很迟才结婚；接下来那张照片是在山区县城的照相馆里拍的，他抱着叶卫红，他老伴抱着叶卫东，坐在照相馆的靠背椅上，那是他们一家人头一回在一起过春节；再之后，有一张他们全家人和他母亲的合影，每个人胸前都别着一枚毛主席像章，叶卫东头上还戴着一顶雷锋帽。

二十世纪七十年代末，他回去的时候，老家那幢大宅子已经面目全非。一天午后，趁着没有什么人，他到老宅子里走了一圈，最后还穿过堆满杂物，已经是破烂不堪的侧院，走到祖父曾经住过的东厢房那里看了下。祖父去世的时候，尽管收到了母亲的电报，但他没有回去，他对这件事情有些后悔。

隔着肮脏的窗玻璃，他看不清灰暗的房间里的场景，听姑妈说，那间屋子已经租给人了，里面住的是一个外地来的穷学生。再后来，城市拆迁改造后，那幢房子就彻底消失了。

熟悉的铃声响起来时，叶家愚居然没弄懂那是他的手机在响，等他从回忆中醒过神来，被落在餐桌上的手机已经不响了。叶家愚站在那里，想着要不要过去把手机拿过来。

过了几分钟，手机又响了起来。

"早上没办法了。临时有客户来，要陪他们去莆田走一趟。"叶卫东说。

"能不能先去博物馆，下午再陪他们去莆田？"叶家愚有点怕叶卫东生气，犹豫了一下才说。

"你什么时候变得对上辈人这么重视了？"叶卫东话里含有点讥诮，他说，

"这几个是大客户,现在,接一个大单很不容易的。"

"那我们什么时候去博物馆?"叶家愚固执地问。

"等我回来再说吧。"叶卫东说完,挂断了手机。

叶家愚沮丧地坐在写字台前,把台面上的相册放回到抽屉里。相册旁边,是他平生所得到的各种荣誉证书。望着那些大小不一的红色本本,叶家愚突然间觉得百无聊赖。这有什么意义?所有的这些到底有什么意义?他又一次强烈地意识到,在前面等着他的唯有死亡。谁知道在他死后,他精心保存着的这一摞东西会流落到哪里?

看了看腕上的手表,叶家愚又犹豫了一会儿,才拨通女儿的手机。

叶卫红从小就不在他身边长大,师专毕业后,她先是在老家教书,三十多岁时跟她老公一起辞职去了广州。现在,他女儿也已经当婆婆了。

女儿似乎在一个有点儿嘈杂的地方,叶家愚"喂"了两声,才听到叶卫红的声音,叶家愚断断续续,把照片展的事情说了。

"有人说是你太爷爷的照片,也不懂是不是真的。"他说。

手机那边,叶卫红愣了一下。过了半晌,她幽幽地说:"这么说就对了,你知不知道,昨天晚上,我梦见了我太爷爷。"

"是吗?"叶家愚吓了一跳。

"太爷爷笑笑地,还拿了一块花生糕要给我吃。我刚要接过来,梦就醒了。"

"你还记得他?"叶家愚问。

"怎么不记得?小时候,你把我一个人放在老家,我常常到他房间里去的。"

听女儿这么说,叶家愚心里一阵刺痛。

"我不是故意的。"他说。

电话那边安静下来,女儿好像走到了另外一个地方。

"听其他长辈说,你以前做过不利于他们的事情。"她突然转换了一个话题。

这一直是个禁忌。虽然叶家愚也曾经设想过孩子们会知道，但他从来没想到过，他们会以这样的方式来面对这事情。其他长辈？叶家愚心里想，那个长辈是谁？是一个人还是几个？他们是怎么对叶卫红说那些事情的？

"时代的力量太大，有时候，人不知不觉就迷糊了。"他说。

"这么多年过去了，你现在还是这样想的吗？"女儿问。

他没有作声。

"我打电话是想告诉你有这么个照片展。"隔了一会儿，他说，"每个人都有自己的难题，那时候我很年轻，不懂得社会和政治，我不是故意的。"他有点儿气喘，停顿了一下，又接着说，"而且，我也受了很大的折磨，这一辈子都不幸福。"

"爸，我能不能说说我的想法？"女儿问。

他有点儿害怕，好像看到了他祖父的目光。

"你说吧。"

"你受了折磨，你痛苦，并不等于你没有伤害他们。我觉得，你欠他们一个道歉。"

他握住手机，靠在墙壁上，没有办法回答她。

"老窦母亲生病，我现在在医院里照顾她。照片展你叫卫东先带你去看一下。"女儿说，"这几天如果走得开，我也会赶回去的。"

一开始，叶家愚是想跟叶卫红抱怨下她弟弟的，现在，他只有忍住了。

虽然知道省博物馆在小西湖那一带，但叶家愚从来没去过。他转了两趟公交，路上又问了几个人，才找到梦山路边的那条木栈道。沿着小西湖岸边走了一段路，他终于望见树木掩映中省博物馆圆球形的穹顶了。

时间已是中午，在大厅一个工作人员指引下，腿脚有些发软的叶家愚在博物馆二楼找到了那个照片展。展厅正对门是一幅巨大的展板，展板上面两个黑色的人头剪影彼此相对，旁边写着两个大字：我相。叶家愚没有细看，匆匆忙忙就朝展厅里面走去。

真是祖父的照片！只看第一眼，他就在心里面确认了。虽然隔了这么多年，但祖父的神态他是不会忘记的。

"爷爷，我看你来了。"叶家愚对着展厅里面的那些照片说。

照片被放大过，按时间顺序悬挂在墙壁上。最早的一张照片，祖父穿着马褂，头上戴着瓜皮小帽，还是一个瘦弱少年的样子。叶家愚知道祖父少年时曾经作为仆从，跟随老家的一个清朝大员赴英国履驻英大使职务，这张照片是不是就是出洋那年拍的？第二张照片有些特别，祖父穿着短裤背心，手里举着对哑铃，在镜头前面秀着他的肌肉。头两张照片并不连贯。从第三张照片开始，祖父变了许多，他身材高大，穿着西装，脸上的表情也不再拘谨，甚至有些潇洒。照片下面的文字标明，从这一年起，相主每年为自己留影一帧，连续六十年不辍。这张照片是1903年拍的，叶家愚算了下，那年祖父二十周岁。

祖父跟那个大员在英国待了几年，回来以后就在省城做事，关于祖父的事情，叶家愚只隐约知道一个大概。过去他没想了解那些事，后来想知道，却完全没有机会了。他带着内疚，又有一点探询的心理望着眼前这些照片，仿佛小时候，趁祖父不在，溜进了祖父的房间。照片全都是黑白的，祖父的神情通常也很儒雅。他一年拍一张照片，每年虽然会有一点变化，但总体而言，都是那副温和洁净的模样。叶家愚想起昨天所看自己相册里面的照片，心里觉得惭愧，和祖父相比，他的照片要难看许多。

看到中间，亢奋感过去，叶家愚才感觉到真的累了。他的两只脚开始打颤，有一下子，小腿突然一软，他差点儿就要跌坐在地上。展厅里的工作人员走过来，问他需不需要帮助。在她搀扶下，叶家愚小步走到展厅外面的椅子上坐下，他喝了几口水，吃了带来的香蕉，又坐了好长一段时间，才重新觉得有力气了。

重回展厅时，叶家愚认真读了下展览的前言。前言说，这套照片的主人有出洋背景，估计其当年在西方接触并喜爱上了流行于西方社会的摄影术。难能可贵的是，从1903年到1962年，照片主人每年为自己拍一帧照片，并在照片下面简单题字，持续了整整六十年时间。照片主人的个人留影跨越晚清、民国与新中国，于个人影史之中折射时代风云，可观可感。前言最后，展方特意说明，这套照片是由北京一位收藏家提供的，如此完整、连续的个人照片相当珍贵，但由于照片流转多手，目前无法查找到相主本人信息，亟望有关人士在看到照片后，能和博物馆方面联系云云。

要不要和博物馆里联系，告诉他们自己就是照片主人的长孙？叶家愚问自己。他有点激动，可同时又有点害怕。还是等等再说吧，他想。

他拖着疲软的脚步走进展厅，从前面中断了的地方再次看起。

1949年，祖父特地选择在10月1日，中华人民共和国成立的当天去照相馆拍照，祖父坐在椅子上，拍了一张正在读报的照片。叶家愚想，那张报纸的头版肯定刊登着新中国成立的消息。他在这张照片前停留了一会，才继续往前走。

1952年，出现了一个例外，本来该悬挂照片的地方被一张剪影取而代之，这张剪影叶家愚已经看到过，就是展厅门口的那个人头剪影。剪影旁边，祖父用毛笔写道：

1952年，在余为污浊之年。故特用黑纸剪影以资警惕。本年"五反"时被长孙检举曾代亲友售金，此事虽经登记坦白，免于究责，然总以生平无作恶贪污而蒙不洁之罪名，殊为憾事。并志悔过不忘之意耳。

看到那几行字，叶家愚枯瘦的脸涨红了。他的手微微颤抖。"在余为污浊之年，……殊为憾事。并志悔过不忘之意耳……"时隔将近六十年，他又一次体会到了祖父的不解和愤怒。他确实深深地伤害过他们。

叶家愚闭上眼睛。

"你欠他们一个道歉。"叶卫红在他耳朵旁边说。

"我错了，爷爷。我有罪。"叶家愚站在那副黑色的剪影前，双腿并拢，对着祖父的剪影深深鞠了三个躬。午后的展厅里面没有多少人，两个正在看展的小年轻不经意间远远望到了叶家愚的举止,都有点儿吃惊。

  祖父的照片拍到1962年他去世为止,那一年祖父七十九岁,和现在的叶家愚刚好同龄。最后那十年左右时间,从母亲断断续续的来信中,叶家愚大体知道,祖父经历了丧子、丧妻之痛,一只耳朵失聪,又做过一个胆囊切除手术。但就是这样,祖父还是保持他原来的想法,每年到照相馆里拍一帧留影,仿佛是在履行一个什么诺言。看着祖父生命最后的那几张照片,叶家愚眼泪落了下来。

  展览最后,是一面和祖父照片一样大小的镜子。叶家愚知道,只要走过去,自己的影像就会出现在镜子上。他想了一会儿,最后,还是挪步过去,在镜子前面仔细地审视着自己。

(原载《上海文学》2018年第5期)

---

**作者简介**

  杨静南,福建莆田人。作品散见《收获》《人民文学》《青年文学》《上海文学》《北京文学》等刊物,入选若干选本,著有中短篇小说集《杜嫩的可疑生活》《火星的呼吸》。现居福州。

# 我们的故事

◎ 鸿 琳

一

中秋节中午,我、瑜、小锐、雄鹰去紫嫣的母亲虞老师家过节,回来时我们都有点醉昏昏的。到新华都超市门口,紫嫣说要去看看婚纱,见我醉眼迷蒙的,就叫雄鹰陪她去了。

到了瑜的宿舍,我一头就栽在沙发上,打起了呼噜。

也不知睡了多久,迷迷糊糊间听到门被拍得山响,我起身拉开门,雄鹰像一只雄鹰般飞扑进来。

你们怎么没一个人接电话?虞老师死了!雄鹰哭着说。

我一下跌坐在地,酒也醒了大半。

怎么就死啦?!刚才还好好的。瑜弹簧般从床上蹦起来,一边穿外套一边去扯还在呼呼大睡的小锐。

就刚才紫嫣接到她母亲学校打来的电话,叫她马上到医院去。

我们跳上瑜的那辆三菱吉普拉响警笛朝医院冲去。赶到医院,紫嫣正伏在她母亲身上哭得死去活来。

虞老师今年四十七岁,永远给人一种文静、温柔的感觉,她就紫嫣这么一个掌上明珠。紫嫣的父亲是个高级工程师,十年前,在扩建市殡仪馆竣工那天被一块从天而降的水泥预制板砸碎了脑袋,成了第一个被送进新殡仪馆火化的人。

我得告诉大家一点的是,虞老师是用一张割胡须的双面刀片割断左腕上的动脉,流尽鲜血而死的。据住在她对门最先发现的林老师说,虞老师坐在藤椅上把左手搁在茶几上一个很大的凉水杯上,殷红的鲜血盛满了凉水杯又从杯里溢出来,然后再从茶几上滴到地板上。虞老师死得很安详,脸上挂着一丝蒙娜丽莎般神秘的微笑,而且这种微笑一直凝固在她脸上。在医院看到时我感到很不可思议。

那种情形大家可以去想象,因为我实在不忍心损坏虞老师在我心目中美好圣洁的形象。中秋节那天中午,她兴致勃勃地给我们烧了许多菜,在我们吃饭喝酒时,她还给我们弹了一段钢琴,是莫扎特的曲子。当时我们一点也没看出有什么端倪和异样。

过了一段时间,我听说那天我们走后,学校的校长有找虞老师谈过一次话,虞老师回家后就自杀了;另外又听说有一个年轻的男教师被调到离市区很偏远的一个小镇教初中去了。

我知道的就这么多,这也许说不上是什么原因。我曾有好几次强迫自己把虞老师和那个被调走的年轻男教师联系起来想一想,但只要一接触到这个问题我就感到灵魂卑鄙思想龌龊。所以当紫嫣提出要去找那个年轻的男教师时,我表示坚决反对。

我对紫嫣说世上许多事情都是个谜,并且显得非常神秘,但如果你把这个谜解开了,也许你就会感到非常的失望。

## 二

我敢肯定,紫嫣怎么也不想认为自己心爱的母亲同那个年轻男教师有什么瓜葛。

紫嫣和她名字一样,长得很美丽,皮肤白皙,长发飘飘,似水如烟。虞老师曾说紫嫣是她年轻时的翻版。我和紫嫣认识七年,相爱三年,原本我们已经决定在元旦结婚。

紫嫣从小就酷爱画画,她比我小两岁,是我大二那年考上四川美术学院的。我初中毕业时考上市一中,虞老师在学校教音乐,我家庭经济拮据,是学校的助困生,常受到虞老师的接济,上大学后放假回来我都要抽空去看望她。那个暑假我去虞老师家那天,紫嫣正好接到了大学录取通知书。

记得那是一个下午,天边响着闷雷,窗外有乌云翻滚,一场暴风雨眼看就要来临。紫嫣坐在客厅的沙发上,面前的茶几上放着那张录取通知书。这时的紫嫣双手插进浓密的秀发里,两肘支在茶几上,脸上一点表情也没有。虞老师在弹钢琴,琴声叮叮咚咚,很优美。

过了许久,紫嫣抬起头,眼睛看着黑沉沉的窗外说我不想上美院了,真的不想。

为什么?我问。

不为什么。紫嫣说完大滴的眼泪就顺着脸颊滚了下来。

这件事对我一直是个谜。紫嫣很任性也很好强,她不想讲的事你怎么也别想让她开口,或许根本谈不上有什么理由。直到去年在紫嫣二十五岁生日的那天夜晚,紫嫣才对我提及,当时我一听眼泪就滚了下来。这件事在下面如果有必要的话,我会单独阐述。不过在这里请大家注意一点的是我说的是"如果",这是一个假设的概念。

后来紫嫣还是上了四川美术学院,她对我说得来的东西来之不易,谁也摆脱不了命运的安排。

紫嫣学的是油画,毕业后考入市文化局搞专业创作,这是两年前的事。她的房间挂着一幅题为《思想》的油画:一块白布上杂乱无章地涂满五颜六色的油彩。我横看竖看不明所以,她就说你不会懂的永远也不会懂。说这话时她表情黯淡。我承认我的感觉太差,经常面对那幅画胡思乱想,情绪不佳。

当时紫嫣为了参加省里的一个人体油画展,一直想从我们哥们几个中找个人当人体模特,挑来挑去只有瑜胜任。瑜在我们当中块头最大,一米八四,常练拳,肌肉异常发达,不愧是当过特警的料。我反对紫嫣这样做,紫嫣就说我心眼太小。

瑜是第一次在成熟女性面前毫无保留地展示自己强壮的裸体,况且还是在紫嫣面前,那种尴尬劲儿大家都可以想象。最后的结果是瑜抱着衣服从画室里冲出来,满脸涨得通红地叫唤,我受不了啦,我不干啦!

在紫嫣画画的时候,我同小锐就坐在画室外面的天台上下象棋,平时下棋特臭的小锐把我的老帅将得走投无路。我的眼睛不时盯着画室那扇虚掩的门,暗下决心只要听到紫嫣的叫声,比如"流氓""畜牲"什么的,就破门而入,不管瑜的螳螂拳练得再怎么炉火纯青,也得揍他个屁滚尿流。

当看到瑜夺门而出时,我才为自己刚才的想法羞愧不已,瑜的献身精神令我汗颜。后来我看到手里握着画笔的紫嫣热泪盈眶从画室里走出来,她走到瑜的面前说瑜,谢谢你,你真是好人。

当时我和瑜都觉得不对头。

瑜后来对我说当他赤裸裸地站在紫嫣的面前时,羞愧使他下意识地用手去捂胯下那东西。他说也真他妈奇怪,那东西始终都是软不拉叽的,根本没有一丝不干净的想法。紫嫣当时怔怔地看了他一会,眼泪就滚滚而落,哽咽着说瑜,男人都像你这样就好了。

我那时已经和紫嫣确定了恋爱关系,瑜就问我是不是经常对紫嫣动手动脚,霸王硬上弓?

其实紫嫣是个十分传统的女孩,平日里我们在一起她也顶多让我牵牵手,抱一抱,就是接吻时也是点到即止,从不让我有更进一步的企图。紫嫣越是这样越让我感到她的纯洁无瑕,从不敢去做违背她意愿的事情。我曾向她发誓这辈子一定要好好爱她疼她,不让她受半点委屈。听了我的解释,瑜就说他有点想不明白。

在紫嫣的一再坚持下,我和她在虞老师死后一个月后在一个偏远的小镇找到了那个年轻男教师，当时他正在给学生上课。

那男教师长满络腮胡，留着长头发，鼻梁高挺，眼睛深邃，很有些艺术家的气质。年龄我说不准，说二十四五岁可以，说三十五六岁也行，对我们的到来他一点儿也不感到奇怪。他说关于虞老师的死有好多人都找过他，前些日子还来了个凶神恶煞般的警察。男教师把我们领进他住的那个小阁楼就开始抽烟，他烟瘾特大，很少说话。我发现他只有在看紫嫣时眼里才会有一丝火苗闪过。请相信我的观察力，这同我的记者职业有关。我东拉西扯一直想接触那个敏感的话题，可我实在没有勇气，我几乎忘记此行来的目的。

你为什么会调到这里来？我总算亦步亦趋，尽管绕了个大圈子。

年轻教师实行城乡交流，为期一年。他眼皮都没眨一下。

你知道我母亲为什么要自杀吗？紫嫣紧盯着他的眼睛问。

你能告诉我吗？他反问。烟呛得他咳嗽起来。后来，男教师就不说话了，他隐藏在烟雾后面的眼光落到窗台上愈发变得迷离不清。

窗台上摆着一盆昙花，肥绿的叶片上吊着五六个倒卵状的花骨朵。这些花骨朵有着弯曲的长柄，外面一层是呈红晕的淡琥珀丝衣，里面的花瓣洁白如莹。以我的经验，这些昙花今晚肯定要开。紫嫣家的阳台上就种了两盆昙花，每年都会开上好几回的花，虽然花期甚短，只是昙花一现，但那股凛冽的芳香沁人心脾。那是虞老师的最爱，平时总是精心侍理。花开的时候我和紫嫣陪着虞老师守在阳台上看花开花谢，那短暂的灿烂愈发显得美丽。想不到在这偏僻小镇竟然能见到如此生意盎然的昙花，我情不自禁起身走过去，不经意间发现临窗的桌上摊着一张便笺，上面写着这样一句话："终于明白在真正的爱情面前是没有理智的，不在乎她是谁，不在乎过去未来。正如昙花，只要开过，就不在乎花期的长短。"

男教师看我盯着那张便笺看，冲我笑了笑，很从容地将那张便笺折了两折，用打火机点燃，凑到嘴边去点烟。黄色的火苗在他修长的指尖跳跃着，很快就成了灰烬。男教师倚在窗边，将手伸出窗外，那灰烬就从他指尖无声地飘落，像只黑色的蝴蝶。

窗外是一棵高大的紫薇，那一团团的紫，串串成穗，开得热闹澄亮。

后来我和紫嫣就离开那座小镇，可以说一无所获，虞老师的死因依旧是个谜。

## 三

我没想到瑜会一个人去找那个年轻男教师了解情况，瑜也从未在我面前提及。从小镇回来后我曾问瑜，瑜不置可否，说那只是例行调查而已。我问有什么线索吗？瑜眯着眼看了我半天，然后说你问出什么名堂吗？我说没有，瑜就笑了说我也没有。

瑜是三年前转业到市刑警队的，他说他最辉煌的事就是在云南边陲用匕首捅死过一个武装贩毒团伙的头目。

那带齿的匕首捅进那家伙的胸脯时，我听到了肋骨折断的声音，我顺势把匕首搅了搅，一股热血喷了我满头满脸。每当瑜讲到这里，雄鹰就会"哇"地一声大叫，惊羡之情溢于言表。

瑜当刑警似乎是一种必然，他的形象除了高大魁梧外别的我不敢恭维，在当今社会大多女性都喜欢暖男的时代，瑜的外表粗糙得就像未打磨过的鹅卵石，我第一次见他时觉得他的长相有点像好莱坞的动作影星杜夫·龙格尔，但瑜说他肯定比杜夫·龙格尔长得帅气。我曾问他这么一个粗人怎么会取那么一个文绉绉的名字，他说他也不知道，他的父亲是个文盲，但就是给他取了这个名。人的名字和形象往往成反比，这在瑜身上体现得淋漓尽致！我是去采访他擒拿劫持人质的抢劫犯的事迹和他认识的，后来我和他竟成了铁哥们。他当时一拳就把那个和他一样强壮的家伙从三层楼的落地窗打飞出去，伴着玻璃的碎片，那家伙惨叫着栽下楼，"叭"地摔在了车水马龙的大街上，断了一只胳膊和五根肋骨。在街上行走的人们半天没回过神，都以为是在拍电影搞的特技，当时香港一个影视公司正在我们这座小城拍电影，经常都拉些群众演员上镜头。瑜后来即上报纸又上电视，还被评为我们市年度十大杰出青年，着实风光了好一阵。雄鹰就是在这个时候认识瑜并为之倾倒的。

雄鹰在一家外企做总经理助理，而小锐是那家公司营销部经理。雄鹰同瑜的认识就是因为瑜从持枪抢劫犯手里把做人质的她毫发未损救了下来。雄鹰爱上瑜应验了那句俗透了的老话叫作"美女爱英雄"，瑜后来也爱上了雄鹰，糟糕的是小锐当时苦恋着雄鹰到了死去活来的地步。所以这里面就有了一种非常难堪和难于调和的矛盾。更为糟糕的是这时瑜在闽西的老家已有一个未婚妻。

小锐当时真如热锅上的蚂蚁，好几次在我面前说瑜不够哥儿们，吃在碗里的看着锅里的。我不知道该说什么，只能保持沉默。

有个周末小锐酒气冲天来找我，恰好瑜和我正在宿舍喝啤酒。小锐借着酒疯大骂瑜不是人，骑在兄弟头上屙屎拉尿算什么本事。瑜一句话也不说，只是一个劲地喝酒。后来小锐越骂越激动，操起一个酒瓶"咣"地砸在瑜的头上。冒着白沫的啤酒和着红红的血水从瑜的额头流下来，瑜一点反应也没有，连眼都没眨，仍旧喝酒。瑜喝酒从来不脸红，脸色发青。

小锐看着那殷红的血滴到酒杯里，瑜又把它喝下去时就呆了，像个做错事的孩子，怔怔地站在那儿垂着手。

后来瑜站起来搂住小锐说，好兄弟，强扭的瓜不甜，世上所有的东西我都可以给你，唯有雄鹰不能，真的不能，原谅我。说完瑜头也不回地走出门去。

外面下好大的雨，刮好大的风。

小锐呆呆地站了足有两分钟，我看见他一开始眼泪慢慢地从眼眶里流出来，后来就愈流愈多，愈流愈快，泪如泉涌此时用在小锐身上最合适不过。

再后来，小锐"啊"地嚎了声，抓起桌上的水果刀，"咚"的一声就把自己的左掌扎在桌上。

在水果刀穿透手掌的那一刹那，我看到有一泊鲜血飞溅，有一滴还热乎乎地溅到了我的脸上。后来那被刀插在桌面上的手掌惨白，却没有一滴血流出来。

我坐在藤椅上一动不动盯着小锐的眼睛看,小锐一开始还目不转睛地和我对视,后来他把眼睛转向别处。

我站起身点燃一根烟塞进小锐的嘴里说我们上医院吧。小锐没吭声,拔出水果刀,把左手插进裤袋随我走出门去。

大家一定以为经过这件事,瑜和雄鹰的爱情不会更改,但事情的发展却出人意料,没过不久,瑜突然回老家同那个客家姑娘结了婚。

在瑜说他要回去完婚时,我们都如五雷轰顶,包括小锐。这时的小锐已经想通了,也知道世上什么都可以强求唯有感情不能这个道理。

那个客家姑娘给瑜打来电话,说她怀孕了,有四个月了,爹和娘都催他赶快回去完婚,要不就来不及了。

什么时候的事?我问。

春节,回去探亲,就那么一次,想不到。瑜拼命抽烟,他没想到播种的水平和他枪法一样,命中率特高。

有什么可以解决的办法?比如说人流,给她一笔钱,私下里了结?

不行,我也想过,要是那样她会死的。我们客家人把这方面看得很重,生是你的人死是你的鬼。何况这些年我瘫痪的老娘都是她照顾着,她早把自己看成是我张家的媳妇了。我曾听瑜说,他老家是著名的中央苏区,第二次国内革命战争时期,有上万客家子弟随红军长征后,无数妇女一等就是几十年,她们忠贞不贰的性格一直延续至今。

那雄鹰怎么办?你想过她没有?

瑜没再说话,过了许久,他抬起头来,这时的瑜已经是热泪盈眶。我第一次发现瑜也会哭,之前我一直以为像他这种人没有泪囊。

瑜去找雄鹰时,雄鹰已经显得非常平静了。瑜低着头坐在雄鹰面前拼命地吸烟,整个房间烟雾腾腾。

后来还是雄鹰先开口说你别说什么了,我理解你的难处。说完就"嘤嘤"地哭了。

过了好长时间，雄鹰擦干眼泪说你是我第一个爱上的人，我要你像对待你媳妇一样对待我一次。说完就开始脱衣服，不一会儿呈现在瑜面前的是一个丰满白皙的胴体，雄鹰所有女性的神秘毫无保留地展现在瑜的面前。

不，不，我不能。瑜连连后退。

我愿意，真的，你不要负责。此时的雄鹰身上散发出一股热浪，瑜可以看到她白里透红的皮肤下蓝色的血管里波涛汹涌。

瑜这时已不能说话，他靠在墙上仿佛虚脱了一般，他就那么怔怔地看着雄鹰有好几分钟。后来他走上前去，捡起衣服裹住雄鹰，说我已经错了一次了，我不能再错。说完头也不回走出门去。

瑜第二天就回老家完婚了。六个月后他儿子出世，他回去住了半个月。现在瑜的儿子都过周岁了，瑜有时还用手机和儿子视频，看着儿子咿咿呀呀的可爱，脸上就流出十分快乐的神情。

## 四

虞老师死后，学校给她开了个追悼会，可以说还有点隆重。本来这样死的人无论怎么说都不是很名正言顺，但是她的学生及许多同事都记起她生前的好，许多人都流了泪，至于怎么死为什么死对于他们来说并不是很重要。

追悼会由校长主持，那是个矮小、秃顶，眼睑松弛的老头。他的心情显得很沉重，这是实实在在的，我能感觉得到。

我很想弄清中秋节那天这校长找虞老师谈了些什么，那个年轻的男教师对虞老师的死因似乎一点都不知情，最值得怀疑的就是这个校长了。可紫嫣似乎对这位校长很反感，她告诉我说这位离了婚的校长曾追求过她母亲。但我觉得这不能算是反感的理由。所以，毫无所获地从那个小镇回来后，我就找到了那位校长。

当我面对面和这个校长坐在一起时，我才明白紫嫣因何对他会反感了。面前这个小老头，脸色苍白，下巴光滑得如同抹了油，声音又尖又细。他的秃顶是脑门上秃了碗口大的一块，而四周毛发则茁壮成长，围成一个怪可笑的圈，像个锅盔。我曾听说前额秃是用脑过度的表现，而顶门秃是纵欲过度的表现，我不知道这个离了婚的校长是不是还有过度的性生活。

校长对我异常热情，他操着娘娘腔说那天找虞老师谈话是准备让她去三亚疗养的。每年市里会组织一批优秀教师去疗养，名额很少，是我力争来的。校长朝我指了指，当时虞老师就坐在你现在的位置上，她一直说我不想去，让别的老师去吧。我说不行，你已经让过好多次了，这次无论如何都轮到你。虞老师说我不想去，校长你安排别人去吧。说完她就站起身走了，那天谈话不到五分钟，门都敞得开开的。校长把最后一句话强调了一遍。

虞老师回去后就自杀了是不是？我追问。

是，噢，不不不！怎么就死了呢？校长语无伦次地搓着手，早知会这样，我就不找她谈话了。

离开校长后，我的脑海里不断产生些稀奇古怪的想法，我努力梳理得出这样一个结论：校长对虞老师早已垂涎三尺，那天的谈话只是一个借口，很有可能他已经觉察到虞老师同那个年轻男教师之间的暧昧关系，以此为要挟，想逼虞老师就范。虞老师不从，但把柄又捏在校长手中，最后极要面子的她只好选择了自杀。

我将这个想法告诉紫嫣，紫嫣半晌没说话，过了许久才说我们再也不要去追究母亲的死因了，我实在受不了了，让我们过几天安静的日子吧。

是啊，就算证实了虞老师的死因又有什么用呢？只能增添我们的心理负担。人终究是自杀了（这在公安局勘验报告上明确了这一点），功名利禄，褒贬毁誉对死人来说一文不值，还是让虞老师在九泉之下安静些吧。

可我总想替虞老师自杀找出一个能让大家认可理由。好几次我都想找瑜探讨这个问题，可瑜这一段也不知道在干什么，经常见不到他的人影。过了不久，那位校长被捕了，罪名是引诱骗奸女教师、女学生数名，这是瑜告诉我的。

从那时起，我就常常失眠，半夜三更瞪着双眼苦思冥想到天亮。

其实在小说开始不久我就已经安排好了虞老师死因的线索，我想只要大家随便注意一下就会顺着这条线索走下去，这似乎比较容易思考又合乎逻辑。写到这里，我想再傻的人也明白我说的这条线索是什么，所以在这里我设想了一段故事情节，这样便于我的小说向纵深发展。

时间可以定在中午也可以是在黄昏，但最好是在放学以后。学校教研室里静悄悄的，只剩下虞老师和那位年轻的男教师，双方都在埋头备课或者批改作业，最好的是两个人的办公桌还要面对面（这一点后来我有了解，虞老师和那位男教师的确是面对面办公）。在这里我权且假设是虞老师在偶然间抬头看见对面的男教师在某些地方——比如是头发或者面相同自己死去的丈夫有一些相似之处，出于对丈夫的深深怀念，她目不转睛地盯着那位男教师，一种久违了的情愫难于抑制地开始在脑海中翻腾，虞老师不禁眼泪滚滚而出。那位年轻的男教师大概听到了饮泣声，一抬头就看见虞老师脸上雨打梨花，男教师很惊讶地张大了嘴。后来虞老师不知道向他诉说了什么（这里我们可以忽略不论），那位男教师很可能被她的情绪所感染，站起来绕过办公桌走到虞老师身后，双手轻轻地扶着她的肩说我能理解，虞老师你别哭。

后来事情的发展就水到渠成，没必要再说了。

写到这里，你们肯定会说我真是胡编乱造，虞老师比那位男教师至少大二十岁，怎么有可能？

我也曾怀疑这个十恶不赦的设想是否站得住脚，但是我总认为世界上什么都有可能发生，何况感情这东西。感情这东西最好解释也最难解释。当然这只是一个假设的概念，在这篇小说里玩类似哲理性的深沉并非我的本意，况且我还一直想绕开这个诱人的陷阱。

好了，下面的事我就不必再讲了，大家尽可以绞尽脑汁往下想，最简单的想法应该是这样：虞老师同那个男教师的暧昧关系终于有一天被人察觉，于是学校领导找她谈了话，虞老师羞愧难当，最后选择了自杀这条路。

你们尽可有千万种的想法，但结局只有一个，反正虞老师的的确确是自杀了。

他妈的，我真想扇自己几个响亮的耳光。

## 五

记得我在前面说过人的名字和形象往往成反比，这在瑜身上体现得淋漓尽致，用在雄鹰身上也合适不过。雄鹰人不是长得特别漂亮，但却十分的娇媚，她的娇媚与生俱来，是从骨子里往外渗的，无人可比。雄鹰比紫嫣小一岁，认虞老师作干妈。虞老师死后，雄鹰给虞老师买了一个楠木骨灰盒，她说要让妈住舒适一些。

雄鹰原来在一个房地产公司做售楼小姐，最大的成果就是她以比市场价低得多的价格给自己买了一套房。两年前，新加坡一家跨国公司在本市开办一家大型生产保健品公司，要招收一批文员，雄鹰就跳了槽，成了该公司的总经理助理。去年年底她公司搞尾牙年会，雄鹰邀请我们去参加。在晚会上我第一次认识雄鹰的总经理，那总经理姓程，是个五十岁左右的外籍华人，风流倜傥，一副精明之气。后来雄鹰陪程总经理过来给我们敬酒，也不知怎么地，走到紫嫣面前程总经理手里的酒杯突然就"咣当"掉在地上，溅了紫嫣一裙摆的酒，程总经理一再赔不是，弄得大家很尴尬。在一旁的雄鹰连连自责说是她不小心碰翻了程总经理的酒杯，当着大家的面自罚三杯。程总经理走后，小锐说我和程总经理长得很像。小锐有一个爱好就是很喜欢把两个风马牛不相及的人扯在一起，并且总能发现他们的相似之处，他的这种莫名其妙的爱好常常让我们笑话。我问瑜小锐说的是否可信？瑜却答非所问说，雄鹰真是个十分称职的助理。

后来因为工作关系我和程总还有几次接触，他为人温文尔雅，还能弹一手好钢琴，对我十分客气，有时还会让雄鹰约我去喝茶。为此我还从他公司替报社拉来一大笔的广告费。

学校给虞老师开追悼会的那天，程总也来了。那天下着毛毛细雨，来的学生和老师很多，我是在人群中发现程总的，他穿着一身暗蓝西装，撑着一把黑伞，悄悄地来又悄悄地走。我后来就这事问雄鹰，雄鹰说大概是出于礼貌吧，毕竟死去的是她干妈。我想了想，好像也是这个道理。

雄鹰自从瑜结婚后仿佛就像一个悟透世事的高人，对生活的态度变得波澜不惊，很少有让她觉得悲伤和高兴的事。她很忙，总是陪着程总经理天南地北地飞，回来时就会约我们吃个饭见个面怎么的，她说这世界上有我们这帮兄弟真好。

有一天半夜雄鹰打电话给我，说想和我聊聊，没说几句她就哭了，这倒把我吓了一跳。后来她抽泣着说她把瑜当大哥，把小锐当弟弟，把我当朋友，她更愿意和我说些心里话。我不知道那天晚上雄鹰是不是喝醉了酒，语无伦次，她后来不知怎么就说到了她和程总经理的事，她告诉我说程总经理已经调回新加坡总部了，然后又说她被程总经理压在身下的时候竟然会想到我。我笑说雄鹰这种事你还让我背黑锅啊，冤死我了。雄鹰就说你的确有点像程总经理，特别是那双眼睛，我总能从他的眼里看到你的影子。我哈哈大笑起来，把眼泪都笑出来了。

那天晚上，我躺在床上，有月亮从窗台爬进来，房间洒满一片蓝幽幽的光，窗外有小虫儿的呢喃和微风轻拂树叶的沙沙声。

也就是这样一个有明亮月光的晚上，在紫嫣那柔软粉红色的床上，紫嫣第一次把我变成一个真正的男人。我当时急不可耐又操之过急，虽然早有这样强烈的欲望可却笨拙得要命。紫嫣在我的重压下呻吟着，强烈地扭动着柔软而又坚硬的身体。尽管我千方百计寻找突破口，可却比做任何事都艰难。最后还是紫嫣帮我导航，才使我顺利地进入她的身体。就在那铭心刻骨的一瞬间，紫嫣尖叫了一声。

我明白这是怎么回事，焦急地问，你疼吗？

可不曾想到的是，紫嫣的头在枕上轻轻摇了摇说，不。

我又问了一句，怎么不呢？

紫嫣那双大而黑的眼睛紧紧地瞪着我，慢慢地，两滴又大又圆的泪珠在眼眶里滚动，极像轴承间的滚珠。待那泪珠夺眶而出时，她说我早就不是处女了。

我当时的样子一定非常滑稽可笑，仿佛被迎头泼了一盆冷水，一哆嗦，全身收缩就定格在那里了。后来紫嫣是怎样翻起身又是怎样把头伏在我胸前到现在我也想不起来。

想听故事么？紫嫣问。

我想了想说好。

紫嫣说六年前，有个姑娘，当时只有十八岁，为了考美院，拜一个画家学画，那画家名气很大，经常要那姑娘当人体模特。有一天晚上，那画家在作画时，趁机把那姑娘强奸了。那姑娘忍气吞声谁也没告诉，后来以优异成绩考上四川美术学院。

紫嫣讲这个故事时已显得非常平静。她一讲完，我的眼泪便哗哗落了下来。

后来，我圆瞪双眼，一动不动地望着天花板，天花板上有个用冲击钻钻过的洞，不知怎么又用水泥糊起来了，那一块灰色的糊迹极像一副男性生殖器。

过了很久，我捧起紫嫣的脸说我永远都爱你，谁也不能把我们分开。

紫嫣听了"哇"的一声，伏在我身上号啕大哭。紫嫣哭够了，蜷缩在我怀里睡着了，极像一头可怜的小猫。现在想起来都让我感到十分心酸。

就在我和雄鹰半夜聊天后一个晚上，我把雄鹰约出来，在酒吧喝得烂醉，的士司机不知我们要去哪里，最后把我们拉到一家宾馆。

当紫嫣敲开房门时，我和雄鹰衣裳不整地躺在床上，我的脸上还有两个红红的唇印。面对紫嫣惊讶不解眼神，雄鹰显得有点惊慌失措，她垂着手站在紫嫣的面前一个劲地说，紫嫣，对不起，真对不起，我喝醉了，不知干了什么。

紫嫣静静地看着我，她的鼻翼和嘴唇在微微抖动着，她的眼睛里荡漾着晶莹剔透的液体。紫嫣拼命仰起头想阻止眼泪流出眼眶，但她的努力无济于事，我看见她的眼泪顺着耳垂吧嗒嗒往下掉。然后紫嫣慢慢地一步步后退，退出门去。

我追出去拉住紫嫣说，我喝醉了，我不知道怎么会在这里，你原谅我。

紫嫣甩开我的手，你别碰我，脏！

紫嫣是接到一个神秘的电话知道我在宾馆的，当时紫嫣正满世界找我，我的手机不知怎么一直打不通。

瑜后来问我究竟是怎么回事，我说不知道，那天我和雄鹰都喝醉了，我们究竟干了什么我到现在都说不清。

瑜让我去找紫嫣，求她原谅我。

我说就算紫嫣能原谅我，我也不能原谅我自己，我是个男人就得为自己犯下的错误负责。

瑜看了我半天，没有再说话。

## 六

报社有一个援藏名额，为期二年，总编正愁不知派谁去时，我的自告奋勇解了他的难题。我终于可以名正言顺离开这座城市。

我真说不清在这蒙蒙细雨的夜晚怎么会有月亮而且是一轮很明亮的月亮。我其实选择这么一个夜晚走就是不想让人来送我。

新建的动车站富丽堂皇，华灯闪烁，在车站广场的那颗大榕树下，我看到了倚在树上吸烟的瑜！

我和瑜默然相对，许久，我说瑜，想听我再讲一个故事吗？

瑜看了我一眼说好。

二十七年前，有一对年青的大学生相爱了，后来女大学生怀孕了，但当时大学生是不允许谈恋爱的。在寒假的一个晚上，女大学生在一个小镇的旅馆里生下一个男婴，随即那男婴就被裹在一件破棉袄里遗弃在路边的一个凉亭里。这男孩后来被一过路的乡下农民捡回家。那年下好大的雪，天地间白茫茫的一片。

后来，这男孩上了大学，毕业后成了一名记者，还有了一个如花似玉的女朋友。瑜接过我的话说，本来这男孩有一个很好的前程，可一个偶然的机会他认识了一个外企公司的老板,这老板正是这男孩的亲生父亲,而男孩女朋友的母亲就是这男孩的亲生母亲。当男孩知道真相后,他怎么也无法接受和面对这一残酷的现实,他痛恨把他遗弃的父母,他无颜面对他的女友——也就是他同母异父的妹妹,这在道德上说属于乱伦。男孩的岳母——也就是他的亲生母亲面对男孩的一次次质问,她无言以对,她无法挽回几十年前的过错,又要保全儿女的脸面,极度的自责让她承受不了良心的谴责最终选择了自杀。

我抬起头来吃惊地看着瑜。

瑜接着说,其实我一直都在悄悄寻找虞老师自杀的原因,可虞老师毕竟是自杀的,这在法律上也无法追究谁的责任,所以我也一直在为你保守这个秘密。你还记得那次尾牙年会程总经理的酒杯掉落在地上的事吧,他就是看到了紫嫣,因为虞老师曾说过紫嫣是她年轻时的翻版。从那时起程总经理就开始关注你们,正好雄鹰在他手下,得以他通过雄鹰对你有了进一步的了解。由于你和程总经理某些地方长得有些相像,出于怀疑程总经理鬼使神差在你不知情的情况下用你的头发去做了亲子鉴定,证实了你就是当年被他们遗弃的孩子。他必须阻止你和同母异父的妹妹恋爱,在离开大陆前他把实情告诉了你。这对你来说无异晴天霹雳,你愤怒,你羞愧,但你的自尊和颜面让你要掩饰这天大的秘密,你要找理由让紫嫣离开你,但你又不能把真相告诉紫嫣。所以你在雄鹰根本不知情的情况下利用了雄鹰对你的信任,在雄鹰的酒里下了药,让雄鹰人事不省,然后导演了一场和雄鹰开房的戏。你很清楚只有足够的伤害和刺激才能让深爱你的紫嫣对你产生厌恶,和你分手。其实那天晚上紫嫣接到的那个电话是你打的,我查过那个电话,就是你开房那个房间的固定电话,你在贼喊捉贼。其实你什么也没对雄鹰干过。虞老师自杀后,你也一直在受良心的煎熬,下意识你一直想为虞老师的死找一个与你无关的自杀理由,以求得心里的慰藉。

我说,瑜,我做错了吗?

瑜看着我半天没说话。

这时动车像一条白色的鳗鱼无声地滑进了站台，瑜站在车门口，在车要开动那一刹那，我听到他说，兄弟，保重！

(原载《泉州文学》2018年第4期)

---

**作者简介**

鸿琳，原名刘建军，1965年8月出生于福建宁化，祖籍长汀，中国作家协会会员，2014年结业于鲁迅文学院福建中青年作家班。作品散见于《中篇小说选刊》《小说选刊》《小说月报》《福建文学》《草原》《解放军文艺》等省内外报刊，出版过长篇小说《血师》《刘虎从军记》和长篇叙事散文《翠江谣》等。曾获福建省第27届优秀作品一等奖，福建省第七届百花文艺奖二等奖。

# 亲爱的父亲

◎ 颜全飚

一

我醒来时,月亮正好搁在打开的那扇窗户上,随着风在那儿滚来滚去,暗香涌动,窗户下边油菜花开满了,这可是我去年的劳动成果。室内贴在墙壁报纸上的文字也跟着一深一浅地浮动着,好似活字雕版印刷术,大大小小的方块字满屋子奔跑着。呵,却是月上柳梢头了,一丝丝风寒里,耕种时节很快到来。我父亲更早醒来,笨手笨脚的,弄得厨房里叮叮当当作响,好像有许多人在吵架似的。过了一会,只听到水龙头的流水声,哗啦啦地,流往油菜地。父亲是急坏了,把关水龙头这等大事给忘了。我听到沉重的脚步声上来,像伤病员在战壕里爬着,父亲来敲门。我不爱搭理他。

昨夜没有死去吧!若活着,就赶紧开门!我还是不搭理他。下楼梯倒是轻快,三步并做两步,像是个竹筒子往下滚去。

于是,一块结实的土块打到窗户,月亮一下被关在窗外。我不理他。

他用一根长长的晒衣竿将窗户挑开,月亮沉下去了一截。父亲黑乎乎的一团子,在油菜花地上,他正弯下腰去捡拾土块,想继续往上扔。

你想做什么?我把绑着红头绳的那把油彩笔扔了下去。你又想作恶多端去!这一大早的。

什么做恶,都是为了你好。

那把笔正好缠在父亲的脖子上,父亲放心地走了,晒衣竿压倒了一大片花朵。父亲穿着一套军装,背着好多年没洗的帆布背包,他那顶镶有红五星的军帽准是藏在包里了。这下,被折腾受伤的,是我这片油菜花了。

## 二

父亲总算给我留了一碗饭,完成早餐。我开始规划今年的工作,这是多年来的习惯。我运用高中地理学到的知识,把自家耕地用等高线划出海拔高度、地形、河流平面图,并一一标出地名,海拔高的一如既往种水稻,高处生长周期长,谷粒结实饱满。海拔低的,穿插种,玉米、花生、地瓜、大豆、小薯、辣椒及其他瓜果都得种些,这样生活才丰富多彩,我把农作物的形象图案标识在它们应当生长的地图方位上。这些规划,我全记在笔记本上。我父亲有他的人生志向,天天忙着他自己的事业,不管耕作之事,因此,远一些土地,我一个人是管不过来的,就让它荒在那儿;也有人欲租种,我没答应,荒就让它荒在那儿,土地也要休息的,人们为何让它不得安宁呢?也有人盯上我遗忘在田里的稻草堆,想挑了去,我一把火点着它们,化为灰,化为泥,谁也甭想占便宜。

虽然我已整整十五年没有出过村庄了,我甚至忘记了它的名字叫岩坑。可你不能说我两耳不闻窗外事,我看报纸,我积攒点钱,每年订阅一份我们当地的报纸。年前腊月二四扫尘,我就把报纸糊到房间四壁和天花板上,一年一年累着,墙壁可是厚厚的一层,屋子的空间越来越小,可是我喜欢这种状态。除了四季耕作,我主要任务温习高中时的教科书,可我不参加高考的,现在考上了人家也不包安排工作,但温故而知新,这事我乐意干。

不远处是个水磨房,已荒废多年了,只剩下流水翻过老水车时发出的声音,那水车还在转,已是破损了好几块木板,仍永不停歇地,在那儿发出独有的声音。听说,我母亲就在磨房里椿米时生下了我,母亲用布袋子把我装回了家。先前，磨房倒是特别干净，纤尘不染，夏夜炎热，我父亲常常独自一人跑到那儿睡觉，享受凉快，一夜不归。现在一切都废了，磨房内灌木、水草丛生，蜂、蝶、老蛇出没其间。

我一眼认出我高中同学，他带着他的手下绕过磨房往我家走过来。他嘴里叼着一根烟，步履轻快，他的手下像一只哈巴狗紧随其后。他算是我在这个世界上唯一有交往的一个人。

我同学身上发热，将羽绒服扣子打开，里头露出一条雪白的围巾，像民国时期的知识分子，只是他几颗参差不齐的大门牙被香烟岁月熏着，像田埂上被人随意扔弃的几粒黑石子镶嵌着。他的手下小年轻，单衣敞开，里头仅穿着一件秋衫，心不在焉地，眼珠子四处转。同学给我递了一支中华烟，我说，没抽。这烟好，试试。我说，不试。

我同学站着跟我说话。我想，站着好，当乡领导，小肚子也大了，站站好。我没让他坐。

我同学说，最近易经研究到几段了？我说，没研究。没研究做啥？我说，种地。种地哪来有的吃？我说，不吃地里的吃啥？我同学倒是被我问住了。我同学又问，我们好像都属马的吧，这年过来，都快四十了，你还不相亲？我说，这事你别问，要有缘。什么缘？你整天一个人待着，谁与你有缘。你不会还想着吕清芳吧！人家日语毕业，在上海工作，娘西皮的厉害。

我知道，我同学关心什么来着。我同学说，你父亲呢，一大早消失了？我说，是呀，早早出去了。我同学说，你得管着他，年纪大，别乱跑。我说，我哪管得着。他若再次到北京去，公安抓他拘留劳教去，到时我也帮不上忙。我说，他爱作恶多端，当管教管教。老同学，这不是跟你玩笑，是真心话，我们是老同学，不然，我是不管这事的。我说，你别为他费心，让他关进去，我一个人清静些，这世界已经够热闹的了。

能劝还是劝劝他老人家。我同学剩下半截的烟嘴在半空中划了一个弧线，掉到油菜花丛中。这花长得可是热闹。我同学撂下了话，心情大不为快地走了。

同学刚走，邮递员送报纸来了。十多年来，他也开始背驼了，我们之间言语少，也许他快退休了。老邮递员把报纸递到我手上说，今天天气好，报纸上说，全国两会开幕了。我没有应他。

三

夜特别沉静，可以听到窗下油菜花劈劈啪啪绽开的声音，我在翻报纸。我听到厨房里有一个细微的声音，通过土地往柱子向上传递，瓜蔓一般攀爬到了屋瓦，像一只老鼠那样轻巧，却是左顾右盼、犹豫不决那样。

厨房灯没开，父亲坐在那儿生火，鲜活的火光集中在他的脸上，父亲一束长长的白胡须折射出油亮刺目的光芒，父亲还蓄一头长发，偶尔也扎着马尾巴辫子。我父亲看起来似乎有点文化人的味道，自信满满的样子，其实他内心脆弱，不堪一击的，他不曾认得多少个字。就他现在样子，我知道他受伤了。父亲双脚架在火塘上，裤腿高高卷起，他弯着腰，双手在搓着右腿，像运动员参加比赛前做着某种姿势。

还没吃饭吗？

吃过了，春来天气变化大，脚又不好使了，烧点水烫一烫，我敢保证，明天有雨。

就让它不好使罢了，省得你东奔西跑。我返回了房间。

他若这下没回来，若这下只是一只老鼠在厨房觅食的声响，说不准他睡到哪家寡妇的床铺上。

这下，来自于下边的脚步似乎更加敏捷轻快，好像明目张胆的贼，上了楼梯。我打开了门。

人都在，还需要拴着吗？父亲坐下来，一只脚在门框上不停地搓。

把户口本给我找来，记得我一代身份证也夹在里头。

还用找吗？就在我的樟木枕头内。你又想什么鬼东西？眼下春耕在即，这多年来，你关心过地里的活儿吗？尽是吃我的。

这倒是让我想起来了，枕头里借点钱，我这次要远行，需要车费。

贪得无厌。这钱，是订报纸用的。

我这是为你好，以后，你就有很多钱。

钱做什么用？我不缺吃穿的。

今天没有做成，到了火车站，被你同学张副书记挡住，说是帮忙退票，结果，身份证被骗走了，说是弄丢了，会帮忙到派出所补办一张，他是故意丢的。瞧瞧人家同学，混到了领导位置，你尽玩些没用的。

你认他当儿子好了。

这回让他付出更大的代价。你把枕头的钱给我，这回我搞大来。父亲换了一只脚在柱子上搓。

有本事，你拿走我的订报钱。我跳下去，一切都是你的了。

我父亲抱着枕头盒子，像是抱着骨灰盒，惊呆了。我站到了窗台上。

好了好了，我不要这钱，好不好。没出息的。我父亲抱住我的双腿，呜呜地，好像在哭，他很假，装着伤心。

月亮上来了，探着头。我站在窗台上，多美好的月夜呀，她真的在上海吗？

你不下来，我们一起跳。父亲也跟着爬上来。你害苦我了，你以为当真，你真的当真，你这没良心的。父亲自言自语地念叨着，像唱歌一般。

不跳，作贱了长势正好的油菜花。我被父亲抱着下来。我父亲这辈子总算抱了我一回。

父亲有些沮丧，把身份证藏到了他天天背的帆布包里。把灯关了，早点睡觉，灯也花钱的。父亲把灯关了，咚咚咚下楼去，他腿脚恢复得真快。

四

父亲失踪有些日子了，这回我不必担心，其实我早已不去操这份心了。多年前，我父亲失踪了两个月，那一次，我倒是担心他彻底完蛋了。父亲回来时,我真的一时认不出来,父亲形销骨立,头发变长了,遮住了眼睑,他的胡须也长长的,衣衫褴褛,像一只老山羊趴在厨房地板上。父亲虽然有气无力,却是高兴得像一只青蛙在水里游泳,四肢拍打着地板。我问他这是在乐什么了?他说,我回家了!我找到家了!你给我弄点吃的,我这就去床铺上好好睡一觉,好久没在床上睡过一回安稳觉了。

父亲一阵狼吞虎咽过后,心满意足地讲着他的精彩故事。

父亲这回可是大开眼界了,他与另处两个外乡的朋友一起到了北京,就在回来的北京西客站候车厅等那一趟开往厦门的火车。父亲内急,去了卫生间,父亲第一回被别人带着闯荡北京,这可是大地方,父亲失去了方向,完事后找不到他们了,火车开走了,那两个王八蛋外乡朋友把父亲的一包行旅一起带上了火车。父亲两手空空,身上一分钱也没有,用父亲的话说,他口袋里一个子儿也没了。父亲可是一路乞讨回来,但他开了眼界。他说,北方的地可是大,他走了好几天,走不出那无边无际的麦田。父亲穿过武夷山时,我想,他一定是穿过了武夷山脉,父亲说,北方那儿山全是灰的,树光光秃的,河流结冰,麦苗细若缝衣针,可是看衰了眼。这下看到桃花李花盛开,河水活泛活泛的,山绿油油的,水雾飘呀飘的,父亲眼花缭乱。父亲知道快到家了,他快乐地跳到河里洗了个澡。我说,真的跳进河里了?父亲说,一个多月没洗澡了,身上长满了虱子。父亲说,那些走在街上的女人都比北方长得漂亮,个个可亲可爱的,像是自己人一般。我父亲看到一辆本地的货车在装货,父亲用地瓜话试着与他言语,搭上了顺风车。父亲好久没说地瓜话了,他憋在肚子里的话儿全倒给了老乡,父亲没花一个子儿车费就到家了。父亲从北京一路沿着铁路往南走回来,这次坐上汽车,像是坐在棉花堆里一样舒坦,汽车的橡胶轮子像弹棉花般弹呀弹的,弹回到了家。

此后,父亲蓄了长发和胡子。父亲说,这是对那次美妙旅行的纪念。每每心情舒畅时,父亲一边搂着胡子一边给别人讲他那次旅行的故事,有的一再重复,但都有不同的细节展示,我父亲一下成为村庄里的神。

## 五

　　我先听到的是父亲一声响亮的喷嚏声,随后四下里欢声笑语一片,好像娶新娘子进门似的,喜气洋洋,热烈饱满。他们一声长一声短的,老刘呀,老刘呀,回家就好,回家就好了。我老同学的声音,老刘呀,一路数千里奔波劳累,喝碗热茶,早点休息。我们也被你折腾得累坏了。我老同学一声掷地,热闹戛然而止,人群如潮水退去,无声无息了。

　　父亲来敲门,还没睡呀。

　　你们在吵闹,我如何睡去?

　　我父亲穿着没到脚尖的长长军大衣,像一只小仓鼠,神情得意地从长长的衣袖中举起一只小爪子。这是他们给买的。父亲又打了一个响亮喷嚏,墙壁上糊的报纸跟着颤抖了一下。父亲满怀欣喜,这次成了,那北京的冰河,您可不知它有多少温暖。父亲用您称呼我,他是乐坏了。父亲随手把灯关了,月光盈室,空气里有温暖的风在回旋。

　　温暖的冰河?

　　北京的风可是锐利,刮得人鼻子掉下来了,一进入冰窟窿里,就一阵阵暖意袭来。

　　你去那儿游泳了?

　　是呀,一堆外国佬也在看着我表演。可是,两个冬泳爱好者很快把我从水里送上岸,没游成。

　　你这是掉进河里了。

　　掉进去也好,到河里游也好,反正事给办成了,你同学和法院的人来接我,答应重审我们的案子了。

　　儿子,这事成了,你会幸福的,这多年来的损失一并让他赔偿给我们。

　　你等着吧,我是不会用你的钱。你把钱给那个寡妇得了。

　　不用也好,要用也罢,留给你就是了。哪个寡妇?你不要听别人乱说,你爸是本分人，不会去招惹别人。父亲打了个喷嚏，他双手抱着军大衣，深深地弯下腰去，他的长头发也跟着往下垂着，弯了一阵子，父亲站起身来。我看到了，父亲笑得比外边的月亮更灿烂。

早点休息，我晕车，就晕他们政府的小车，坐数千里，吐得肠子都翻出来了。父亲蹬蹬蹬地下楼去了。在厨房里，父亲连续打了数个喷嚏，像孩子在呜呜呜地哭，嚎了一阵子，平静了。

有一只兽一样的玩艺在油菜地上动，轻缓地呼吸着，但被我发觉了。他慌慌张张地，一路小跑回去，水磨坊那儿人影攒动，不是那个眼珠子四处转的小伙子嘛，都是我同学干的好事，他怎么越来越像一个贼了。

## 六

水磨坊那儿水车在翻转着，扬起高高的水花，水花上头有一片低低的湿漉漉的云朵，太阳打以其上，顿时蓬松柔软起来，慢腾腾膨胀着，像一个梦幻在生长。我母亲从那团云朵里探出头来，我没发现她是我母亲，等她到了油菜花地，我才认出她来了，我母亲依然那样瘦小，她老了许多，头发泛白干涩，她的头发比父亲短，十多年了，我没再见到她，我没有喊她，她拎着一个尼绒袋子站在院子里东张西望，神情飘浮不定，她没有走进里屋。院子里隐隐约约回旋着父亲上气不接下气的含混的咳嗽声，母亲好像在寻找声音的来源。

我与母亲的目光对视上了，我朝母亲做了个鬼脸，用手指了指父亲的屋子。

你躲在楼上干吗呢？母亲抬着头，声音细如蚊蝇，阳光正好打到她高高的额头上。

我说，他在那儿。

母亲认认真真地巡视了一遍我的房间，荡漾起一丝笑容，她额头上的皱纹拧成一团。母亲挪了挪我的被子，坐了下来。我等着她说话。

你没带他去看病吗？

他去看了，回来说，没事的，休息休息就好了。

年前听说，隔壁乡里有一家姑娘，年龄也大了，去看看，适合不适合？

太远的事，没有谱。

没去看，不好说。

太远了。

又是父亲的声音。母亲从尼绒袋子掏出两件新衣服，大的给你穿，小的你拿给父亲。母亲垫起脚跟，扯了扯我的衣领，你试试看，合不合身？她艰难地微笑着，很是不安，她想碰碰我，我却与她亲近不来。母亲内心深处荡漾着春水般的涟漪散去了，她安静了一会儿说，带我去看看你父亲。

父亲的房间昏暗无比，母亲没有开灯，她推开了背着后院的窗户，一片光进来，屋子里打了蜡似的，橘黄色的光在飞舞。父亲在呼吸着。房间四周的墙壁上挂满了衣物，有两个老式笨重的方形木柜，上头堆满了复印件材料，半空中停留着一股若有若无潮湿温暖的怪味。我依稀记得，父亲的床铺底下放着一木箱子半成品的炸药，米黄色的东西糜烂在那儿，犹如一堆被踩过一脚的泥巴。我也不知哪一年里的哪一天曾经进来过这间屋了。

父亲想说话，紧接着一阵急促地咳嗽，他说不出话来。父亲颤抖着，从被窝里伸出一只手来，他想向母亲表达一种久违的亲密吗？母亲静静地看着他，并没有伸出手去。

父亲坐了起来，弓着身子，没完没了地咳着，他想说，可是言语被咳嗽堵着，气得双手舞动，捶打着自己的胸。

父亲用哀求的眼神指着橱柜上的一个杯子，他是让我为母亲倒一杯水。父亲咳嗽停歇下来，他大口呼吸着，胸部一上一下起伏着，像贴在墙壁上的一只蝉蜕，僵硬无语。世界终于安静下来，我似乎闻到了母亲身上的气息，她在出汗的味道，有别于我儿时她身体散发着挥之不去的乳香。我早就不恨她了，她身上的味道我已陌生。

父亲对母亲说，这些年，我对公不对私，我从没反映我们之间的事情。

母亲没有言语,我倒是替母亲说:这些年,你已经够张扬的了。母亲去取父亲挂在墙壁上杂乱无章的衣物,一件件秩序井然地取下来,我随着母亲走出了房间。母亲对我说,阿贵,你的那些衣服也去拿出来。

母亲将所有的衣服全部洗好,挂到院子里的晾衣竿上,空荡荡的院子好像有许多小孩子在奔跑。母亲午饭也没吃就回去了,她没跟我说什么,也没跟父亲打招呼,她匆匆忙忙地走了。我想,她再也不会回来了。

## 七

这个春天有些漫长,春寒料峭,淫雨霏霏,就在中午太阳露出脸来的短暂瞬间,我父亲起来了,他坐在院子里悠闲自在地晒太阳,父亲披头散发的,他正抓着一把梳子在梳头。父亲不再咳嗽了,梳妆好后,他把那些复印好的信访材料拿出来晒,仔仔细细地,排满一走廊。

父亲大概晒了两个多小时,太阳也就收了,天空又开始酝酿着新一场雨水,父亲收好信访材料就进房间了。父亲让我为他烧一桶水泡脚,他感觉双脚老是热不起来。

父亲坐着,双脚伸进热水里。父亲告诉我说,他大概是躲不过这场病了,这些信访材料让我保管好,若法院没给赔偿,让我继续上访。他掏出一个小本子,上头记满了他上访时认识的人的名字,他让我到时联系他们,就懂得了。

父亲似乎还有话说,但声音越来越小,无法说全了,我听到类似门被关上的一个声响从父亲的咽喉处出来,紧接着父亲往后倒在床铺上,他踢翻了水桶。我过去一把将他抱了起来,父亲的眼睛始终睁着,他断气了。慢慢地,他的长长胡子往上翘起来,直至坚硬。

我用手去抹他的双眼,父亲终于闭上了眼,我帮他穿上母亲为他买的新衣服。

## 八

邮递员弯着背,他吃力地抬着头与我说话。

我明天就退休了,这是最后一天的活,明天由一个姓林的年轻人给你送报纸。他揣住报纸不放,絮絮絮叨叨地。

你父亲走了,这下大家都皆大欢喜了。

是的,一切总算平静了。

乡里的干部都在说笑话。你父亲喜欢到处写标语,骂法官是腐败分子,贪赃枉法。特别是每逢县里开大会,他就在会场大门上写。这次闹大了,写到北京去,在北海桥上写,谁也不知道什么原因他掉到冰河里了,还好有人帮他打捞上来。后来,乡里的领导把他接了回来。你父亲是把魂丢在了北海里,若去那儿把魂请回来,也许他不会走得这么快。

北京太远了,我做不到。

你父亲走了,最开心的人是你同学,他说,早该死了,早死早平静。你同学在酒馆里举杯庆祝呢。

你也跟着去喝一杯?

我没去,我从来不沾酒。我也完成了我的使命,十多年来,为你送报纸,我当讨你喝一杯酒的。尽是圆满,今天全国两会闭幕。你看看,今天报纸上火红一片,欢天喜地的。

人走了,死者为大,本是不应去批评他。可是你父亲认定的事儿不对,他在说谎。你父亲说,被法院执行给你母亲的房间里头有玉枕头、红木床铺、箱子里有黄金。你父亲把房子写给你母亲了,可是他赖着不搬,离婚了,两个人如何居住在一块?自从你母亲改嫁后,你父亲开始上访,告法院偷了他的黄金白玉,他就这样多年来赖住法院,法院围墙外边洗不掉的字,全是你父亲写的。

你在讲故事,我不爱听,我最不想听别人讲故事,那些没完没了的东西,我最讨厌别人的两片嘴唇不停地往外冒泡。

不听算了。从明天开始,我也不会再来眷顾你了。那姓林小伙子可是能说会道的人才,他会讲更多的故事给你听。

他这样一直歪着头说话却不累,他还舍不得离开,在水磨坊停留了好久,呆呆地盯着那永不停歇的水车,像是在看一场精彩的演出。

### 九

一切都是别人说的,具体情况我不太清楚,那时,我在县里读高中,除了寒暑假,很少回家。我父亲母亲住在这老房子时好好的,自从建了新房以后,我父亲开始变态了,我父亲在母亲洗澡时,他会跑进卫生间,将母亲的另一桶洗澡水提走,他认为多洗一桶热水浪费柴火。我母亲多点一会灯,他就发飙,他怕电费高了。除此之外,我父亲尽善尽美。离婚以后,我父亲不劳动了,天天翻阅那一堆信访材料,跑来跑去。我父亲会从政府那儿获得一点困难资助,全部花在跑来跑去的费用上了。此外,我养了父亲十几年,这下,他走了,我也算是解放了,我喜欢一个人安安静静活着,这全村子的人都知道。

(原载《福建文学》2018年第3期)

---

**作者简介**

颜全飚,男,福建大田人,福建省作家协会会员,曾在《福建文学》《天涯》《滇池》等杂志发表小说、散文作品,出版个人散文集《在故乡》。

# 饺　子

◎ 李师江

梗概：一个想要逃脱现实的"我"，用花瓣治疗噩梦；逃成功融入自然的傅先生，以"醒花"延续自然的生命，但不得不用大便沾染风景得意保全；一个温情善意就像掉在地上的饺子的余先生。三人的生活有一点交叉，荡起一点点生活的涟漪……人到中年，处境恰似沾满尘土的饺子……

## 一

每年春节前夕，南漈的梅花会有一个高潮。赏花者各有眼光，一是赏花，二是拍照，有的拍出繁茂壮观，有的拍出孤枝独秀。我有个朋友，余先生，好摄影，喜欢拍斑驳的枝干，拍出苍凉。总之，赏花者在朋友圈一晒，越来越多的人晓得梅开的讯息。

只有一株是在水潭边的，姿态最是挺拔俊俏，一树粉花天光水色相映成趣。潭边石径往南，十来米处的山坡上，有三株，可称为路边的梅花。长得较低的花枝，往往被人折去，譬如命数。更高的山坡上，应该有十余株，与其他的树交杂相长，只有在花季，会脱颖而出。其他的时节，谁也不知道那是梅树，还是李树，总之不会有人侧目了。而且那个山坡上，总有一股异味，一般人会掩鼻止步。

我来的时候，赏花的人绝少。第一，这是上班时间，一般人没有周末的闲情雅致了；第二，花已经落了一地了。这正是我想要的。

　　有几天没下雨了，水潭浅了许多，石崖上注入的水变成细流，那种细是极可爱的，像一个在风中瑟瑟发抖的瘦弱少年。水瘦而透明，夕阳的光打在水面，一层层晃荡，介于有与无之间。水潭清淤过几次，几乎没有鱼，或者说，我没有见过一条溪鱼。对于偌大的水潭，没有一条鱼，这有点不讲道理，但事实如此。夏天，我曾经在水潭里游过，每天下午有不少人游过，有男有女，有的游得特别矫健，岸上的游人站在白玉兰树下观赏，头上挂着白色花瓣，直到索然无味，继续往寺庙方向走。我游过几次，并且下定决心，要从夏天游到秋天，再游到冬天。这样，我也许就成为另一个人了。无奈，这只是一个构思，我冬天从未在此游过。每每想起自己下定的决心，便觉得不可思议。

　　我从水潭边俯身，开始捡花瓣，落在方石上的花瓣，还未沾上尘土，栩栩如生。当然，即便飘落草上的花瓣，也是极洁净的，只要没有被踩过。花瓣装在圆筒状的布袋里，本来是装茶杯的一个勒口布袋，厚厚的，藏青色，与花瓣是相得益彰的。一个游人百无聊赖地站在水潭边，有心事吧，总之浑身散发的孤寂，可以与潭水的温度媲美。他大概好奇一个男人何以如此细致地捡拾花瓣，不可思议。他瞥了我一眼，无暇细思，便一动不动地盯着水面，他自己有满腹心事，像一头冬日的水鸟。如果我能捡完这满坡的花瓣，相信他会一头扎进水里。

　　傅先生是从南边石阶上捡过来了，那里的石阶并不平坦，错落，布满苔痕。我在那儿滑过一跤，屁股撞击温润的石头，疼痛过后又有一阵莫名其妙的舒爽，不禁让我想起什么，是过去的哪一段经历吧。傅先生身材高大，有一米八以上，骨架宽大身材瘦高，脸色苍白，岂止是脸色，可能全身都是苍白的。留着大胡子，脸就越苍白了。他冬天穿着不多，围着一个透明塑料围裙，给人的印象，就像个野人。这么大个子一个男人，提着篮子捡花瓣，别提多可笑了。

　　我们俩在弯腰的时候，互相感觉到对方，抬头。那情景，就这么说吧，像两头埋头觅食的熊,抬头间狭路相逢了。发现了竞争对手,我们加紧了手中的动作,花瓣密密麻麻落了一地,完美的、没有被碾碎和打湿的并没有想象中的多。当然,也许很多,多到我们捡一天都捡不完,只是我们想象得并没那么多。

有一对亲密的年轻情侣从溪流的石阶上来,看见两个男人撅着屁股,男孩子叫了一声:操!他不忍直视,拉着女孩子匆匆走过。少年人看待中年人,难免厌烦。

有一种人,你偶尔会见到他,也听过一些传闻,但并不真正了解他。我对傅先生便是如此。

待在小城的时候,我会从家里穿过鹤峰路,进入南漈公园门口,进门五六十米,沿着右侧的古官道上山。有时候你想想这些石阶是古人走过的,就觉得凡事没什么大不了。走到半山腰环路,便沿着环路往龙溪方向走。就在这一段,有时候就撞着傅先生了。傅先生领着一只跟他一样瘦的藏獒,瞧不出藏獒的威风了,不细看,一条骨骼宽大的田园犬而已。藏獒背身两侧系着两个蛇皮袋子,傅先生一路上捡拾垃圾,往袋子装,这两个行走的垃圾袋,使得藏獒又像一头细驴。

"嘿,你好呀。"在山上走路或者慢跑的人,打着满不在乎的招呼。傅先生都没那正眼瞧上一眼。

我也这样打过招呼,也得到这样的冷遇。我才为我的漫漶的招呼惭愧——好像你问候一位环保主义者,便觉自己也是环保人士一样,这样的幻觉着实可耻。

我只知道傅先生来自台湾,住在南坡的仿古小屋里。也就是在梅花往下三十米之处。小屋顶很气派,飞檐走壁,古香古色,墙面已经陈旧,有一间正厅,左手边两间厢房,约有十几年了。屋前的流水,用瓦罐连接,别有趣味。

有一次我经过此处,别有意趣,想要拜访,刚刚登上石阶,一只土狗窜出来,吓我一跳。如果不是被拴住,狗今天就可以吃人肉了。山屋似乎不欢迎任何来访者。

我的头快要撞上傅先生的头,我们同时站了起来,一阵轻松。弯腰是很累的。今天石径上的落花,已经捡得差不多了。要有完美的,需等到明天。我们相视一笑,这是最友好的一次招呼了。人不亲艺亲,我们都是拾花瓣者。

"泡茶吗?"我问道。

他皱眉,摇头,又指了指嘴巴,我才知道他是个哑巴。他小心地提着篮子,走下石阶,我跟了下去。说实在,我对那小屋太好奇了。

我想跟着进屋子,被他拦住了,屋里头是必须神秘的。对了,他好像跟女儿住,我见过两三次。那个女孩介于小孩和大人之间,穿着古典。院子里既有流水,也有他收拾的好多东西,像个花园又像个垃圾场。院子有点放个石桌,桌上写个牌子"免费茶水"。他出屋后,便陪我喝茶了。

院子前头有一个池塘,现在没水了,池塘边长满了草。看来他不喜欢养鱼。我是喜欢养鱼的,相对于养鸟,我更喜欢养鱼。小时候我把中国斗鱼养在罐头瓶子里。我总是想,如果我长大了,要离开家了,这些鱼没人换水,没人照顾,该怎么办?事实是,斗鱼为了不麻烦我,没等我长大,就寿归正寝了。

池塘下面的石阶,弯弯曲曲,恰被一块半人高的巨石拦住,这一遮拦,趣味被拦出来了。好像是有意设计,其实不然,不过谁知道呢。

我盯着那块石头,忍俊不禁,脑海里回想起一些细节,笑得不能自抑。傅先生给我斟了半杯茶,停了下来,意在询问。傅先生左脸颊有道疤,看起来不像天生。我本来不想描述,可是现在面对面细看,太显眼了。

"我年轻的时候,跟着一个女人散步到那边。夏天晚上嘛,燥热,虫子的叫声呀,就像贝多芬莫扎特肖邦柴可夫斯基一帮人喝醉了酒一块耍起来,又静谧又热闹的感觉让我心里扑通扑通地跳。想想,我怎么会跟一个陌生女人呢。对了,那时候我还是大学生,暑假回家嘛,去新华书店楼上的舞厅给朋友们占座。我自己不跳舞,不会跳,只是给哥们占座。跳完一曲,男士得找个地儿坐,喝着饮料,跟舞伴谈谈心,感情才有得发展。可是人多位子少呀,我就干占座这种傻事。有一个少妇,我也不知道多大了,三十岁到五十岁之间,我看女人不太准,她跟不同的男人跳舞,耗了不少力气,我把座位好几次让给她休息。跳完了,她请我吃冰棍,我们舔着冰棍一路聊开,特别投机,就上了山。

"那时我二十岁左右,总想干一点与众不同的事。像这样,跟着一个陌生的女人聊天,向她吐露心中的郁闷,好高骛远的梦想,她能频频点头,略显关心,感觉美妙不过,相当独特,我感觉跳出同龄人的趣味。"

"特别自然,我把她抱起来放在石头上,就像把一条平鱼放在平底锅里。没两下子,她发出几声类似于野兽的叫声,就休克了。我年轻,不懂事,不知她是死是活,吓坏了,甚至有过一跑了之的念头。理智阻挡了我,我把她抱下来,放在草地上,使劲抽她耳光,一边流泪一边生气,也不知道生气什么,大概是,生活不该如此待我。在我快绝望的时候,她一口气出来,终于转醒。那个样子,我记得清清楚楚,她就跟睡了一小觉似的,悠悠醒来。我都气坏了,她却说这他妈的太正常了,她一做这事,就是死去活来的,但只有她自己知道死不了。"

"那是我第一次干这种事,胆子都吓破了,但现在想起来却如此可笑。他妈的这就是生活。那个女人,我会想起来,但是忘记了她确切的面容。临走时我问她叫什么,她说,年轻人,我告诉你,你也会忘掉的。"

反正哑巴开不了口,你可以肆无忌惮地聊。另外,潜意识中,其实是希望哑巴能蹦出一句,蹦出个奇迹。是的,每日里我都在寻找奇迹的小事,以摆脱平凡、平淡、平常、平庸。有些夜里,我已经上床,但我发现这一日乃是在重复往日的生活,毫无新意,我便会起床,到深夜的街巷其逛上一圈,哪怕只看见几个鬼鬼祟祟的夜行者不明所以。

傅先生从兜里掏出纸和笔,写了一个纸条,熟练程度就如用舌头说话。

"你结婚了吗?"他问道。

"离过三次婚了。"我说出这句话,如此地爽快,生活似乎被我舌头操纵了。我可以从任何纠结的状态中抽身而出。

他带着个女儿在这儿生活,按照常理,也是明了姻缘聚散的滋味。

我又侃侃而谈了一会儿,到后来,我有点无趣。跟一个哑巴聊天,就是一场单相思。院子里有竹枝伸进来,上下晃动。我条件反射,伸出手去折一枝。若插在书房的细腰瓶里,再妙不过。

傅先生的扫帚先是落在我的手上,接着是背上,头上,我落荒而逃。看他娴熟的样子,打架必不生疏。这个小气鬼,好像那一根细细的竹枝是他的胳膊,脾气真是古怪得很。院子里的土狗也跟着叫起来,狗仗人势,叫的是逐客令。我突然想起他脸上的那刀疤,想必跟操起家伙这么娴熟是有关的。

梅花铺在米筛子上,放在通风处风干。不能放在阳光下暴晒,水分须从叶表缓慢逸出,才不至于变形,扭曲。风干之后,塞进枕头芯,能治头病,这是余先生告诉我的偏方。

余先生前七八年得了病,不得了的虚症,没有活力,去了半条命。余先生死皮赖脸,跟单位请了一个长假,很长的假,没有截止日期。余先生对上司说,如果你不让我请假,我可以每天来办公室,但是跟死人一样,什么也干不了,就这样一直耗到死。你给我假期养病,等我活过来就来上班,到时候给您当牛当马。面对的是一副快要垮掉的身体,一张蜡黄的脸,一头秃顶的头,上司是一个人事经验丰富的家伙,盯着他光秃秃的脑门,看到脑门里仅有的智慧,那是他身上唯一有价值的东西。上司晓得,智慧这东西,不可奴役。这一场假,请了两年多,他回去上班的时候,椅子都朽了。须得仰赖前些年的公务员政策,按现在,这是万不可能的。余先生活了过来,久病成医,颇懂养生。我有头病,这头病并非偏头疼,而是一种恐慌,只觉得睡在此处是极不安全,容易起噩梦,觉得应该睡到别处去。余先生说,花瓣养心,心静神宁。我信其有,并非从医学角度,而是从心理学上,或者,讲得更高一点,从宗教角度。

二

有朋友叫喝茶,便去了。我打余先生的手机,有些疑问在心头,想在茶局里想一问究竟。余先生在电话说自己在医院,有家人住院,不便细聊。听他的口气,焦虑孤独,像森林被淹没后一只停在高处的鸟。

喝茶的地方就在我家楼下,往右拐两百米。原来我喜欢喝红茶,养胃,后来喝白茶,清热洗肺。事实上我并不知道有没这个效果,但信其有比不信要好些。要是什么都不信,这日子便过于漂浮。年轻的时候,什么都不信,杀开一条血路,去寻找值得相信的庞然大物,后来发现,前方不过是茫茫一片。

煮了一大壶白茶,第一道,洗杯。茶盘嵌在茶桌上,流茶水处,木格有两条已经腐朽。坚硬的木头,也禁不起长年累月的冲刷。权且用着,朋友并无心思再去整一个新的。喝茶的地方叫"一本酒行",是个卖茶卖酒的小店,顾名思义,就是一本万利的意思。初衷是好的,但是现在的利润薄得像南方山头的积雪。原来店铺在斜对面的公安局楼下,属于公安局的门面租房,一排店铺,每月的房租也颇为可观。八项规定后,四周门面被收了回去,不出租了。单位的店门面收益不能当小金库了,统一到市里财政管理,单位多一事还不如少一事。"一本酒行"被迫搬到红绿灯对过,对面是人民银行。凡是约朋友喝茶,不认识地址的,就说"人民银行对面",显得财气十足。酒行的老板,我们叫他一本,叫着叫着,本名也忘了。生意稀稀落落,赚个店租,一本主要时间就是陪朋友喝茶,以摆脱渺茫不清的蹉跎。他很怀念前些年的江湖,一个电话打来:"红酒给我送十箱来!"

门前不断有人经过,熟识的人,便探了探头,发现有人喝茶,便拐进来喝一杯,看看有没有可以插进来的话题。我正要问南山古屋的事,刚好有一人知道,便笑谈开来了。小城无秘事。

南山古屋是当年拍电视剧《聊斋》用的外景。当年《聊斋》有在南潦取景,倒是听说,就是忘了具体在哪一集,哪些场面。杀青之后,这个外景屋留着。后来,南潦山作为一个市区公园,被某个公司买断四十年,用以商业经营,开始收门票。门票不贵,好像就五块钱,但是着实让市民不爽,特别是那些经常爬山的人。公园里建了一些小景观,租用于婚纱摄影。那个外景古屋,也被人租用了。这件事发生在二十世纪九十年代,总之,这座山被人承包了,游者寥寥无几,绝少有外地的游客来,估计一直在赔本经营。大概是承包近十年后,有了一个契机,该公司的老总英年早逝,其继承人眼见再赔下去不是办法,便跟当地政府提前解约,于是南漈再次成为市民免费公园。

该人津津乐道于南漈公园经营的来龙去脉。我问他台湾的傅先生何以会居住在此,他就一无所知了。小城的人,特喜欢了解大事,比如公园哪块石头的字是哪个名人题的,哪个国家领导人曾经在哪一年到此一游。至于所住小区的那个清洁工来自何处,并无心知晓。

喝茶的人来了一拨,走了一拨。期间我接到儿子的电话,他脆生生地问:"你几点回来呀?"我说:"有事吗?等我回来,你应该睡着了。"他说:"哦,我没事。"就把电话给挂了。他平常不爱和我聊天,只有极无聊的时候,跟我通个话。十岁的孩子,你根本不知道他的无聊。喝茶喝到腹中叮当作响,便起身,在回家的路上,我心中一念,便过了小区的门而不入,到幽暗的街巷中逛一圈再说。这一日如同昨日,也如同前日,总得去发现一点什么。

实际上我什么都没发现。如果你不热爱这座城市,如果你不热爱这种平常的话,真的,这座小城,十年前人们这样生活,现在依然如此。在二院附近的一个巷口,我看见一个男人从黑乎乎的巷子里出来,一脸疲惫,脚步匆匆,像一个谜面。也许他干的是很繁琐的工作,这会儿事情才告一段落,得以回家,家人该是翘首以盼了。也许他只是个嫖完娼回去睡觉的孤身男人。谁知道呢!总之这个面目可疑的瘦弱男子,让我有几许收获。

盯着一些陌生的可疑的面目,权且当成我的工作的。原来我也是有正经工作的,做报纸,做出版,什么的,但总觉得是权宜之计。后来步步退让,什么都干不了。"用普通但准确的语言,去写普通的事物,并赋予这些普通的事物——管它是椅子、窗帘、叉子,还是一块石头,或者女人的耳环——以广阔而惊人的力量"。有一天我看到了雷德蒙·卡佛的这句话,吃了一惊。天哪,这正是我想要做的事情,终于可以理直气壮地无所事事了。

把自己的生活从现实搬到纸面,算不算一种本质的逃离?几年来我一直无法回答。

次日傍晚,我信步上山,沿着逼仄的石阶,经过古屋的时候,看见傅先生正在忙活,我停了下来。傅先生正把花瓣洒在石槽上,看样子是今天新拾的。石槽里的水是竹子引来的泉水,很清,简直可以看见水的骨头,花瓣在其上打转,似乎活了一样,从傅先生流光溢彩的眼神中可见。实际上,在傅先生的眼神里,笑容中,这些花瓣是活的,也许比在树上时更有活力。水槽里的水沿着底部的水孔,流到罐子里,再由罐子嘴流到下一个罐子,水景接力,别有趣味,但花瓣并不流下来,在水面打转,漫步,并且因为水的滋养,更有活力。总之,说傅先生在放牧一群兔子或者绵羊更为恰当。

我问傅先生这是作甚。傅先生处于喜悦之中,显然忘了昨天的事,他麻利儿从围裙兜里掏出纸笔,写了两个字给我:醒花。

这些年,我有一半时间漂泊在外,一半时间居住小城,我无法长时间住在一个地方。呆住小城的时候,我没事就会爬山。很少有城市,就在居民区,就有一座后花园一样的山,这是得天独厚的。另一方面,是人到中年的缘故,登山譬如吃药。

其实,环城有三座山峰公园,一曰南漈,一曰龙溪,一曰镜台。南漈与我缘分较深,我所就读中学就在山脚下。我从傅先生的小屋往上,也就是几十步台阶,便有一景,一块巨石昂然睡卧,在巨石上俯瞰全城,恰逢其中。巨石后面是溪流中石缝中出来,落入小潭。潭中左上,有尊陆游像,比真人略高,白灰为表。每隔数年,白灰渐渐暗淡,逢着好年景,又被重新上了一道,石像又精神起来。石像前有石碑,为陆游简介,但我从未记住,有一次我怔怔看着,竟然忘了陆游是哪个时代的人,那种感觉也是很好的。

有一年,初中的时候,我们班上几个同学,就是胆子大、什么事都干得出来的,不知从哪里弄了半扇狗肉,就在这里烤肉吃。有一个恰是我同桌,邀我来,想分杯羹给我,这样他就可以理直气壮偷看我的试卷。我想起我妈说过,小孩子吃了狗肉,以后就长不高了。我坚决不吃,我想将来至少要长得玉树临风的。我也是真能忍,忍住了阵阵的香味扑鼻,忍住了他们连连叫好。没吃完的狗肉,他们带回教室,藏在抽屉里,教室里都是肉香味。也就是那一天,那是秋天的某一天吧,我放学后回到宿舍,我妈来找我。她绝少来学校找我,她把我拉到一边,哭哭啼啼地说:"我要离开你爸,离开这个家,我实在受不了了。"说着她就走了。

我的心翻江倒海了一个晚上,为了让自己接受事实,第二天早上,有个词笃定地落到我心上:逃离。那是我学会思考的结晶,以是年少痛苦的解脱之道。

中学的时候,我想尽快毕业。到了大学,我想更快地离开。我已经不适合在任何一个集体里待下去,真的觉得很烦。毕业后我到了福州,接着逃到北京,接着逃到广州,接着又是北京,又是故乡小城。如此往复,逃离已经成为习惯。

我母亲后来告诉我:孩子,神说你是个薄情的人。我赞许:抛弃比拥有更令我着迷。一个时刻想逃离的人,心里怎住得下深情。

傅先生在池边醒花,神态令我侧目,好像那一片片花瓣是他刚生下的一群婴儿。我突然觉得有必要把自己的语言变得更认真,我瞧了瞧竹栅栏,傅先生看着我,我说:"傅先生,我没有离过三次婚,我只不过闹过三次离婚,没离成。夸大其词,对不起。"

## 三

再次见到余先生,是在他处理完丈人的丧事之后。一个卧床多年的老人走了,活着的人精神为之一振,无关哀伤。余先生的光头铮亮,特别是前额部分,反射出城市的倒影。我们在煤炭厂路口相遇,时值中午,街上的人步履匆匆,我在人群中注意到那颗光头,正从城隍庙的巷口闪出来。

"什么时候出去?"余先生见面即问,他们都知道我难以久居一个地方。

"我也不知道。"我说。我没有计划,也许头一天心血来潮,次日便走了。

余先生下班回来,下班他愿意走小巷,从西门到南门,巷子里有些古宅,或者那种高高的自建房,巷子上方布满了电线,楼与楼之间相隔咫尺,阳光绝少射进来,除非是正午,夏天穿行其间倒是两块,冬天冷飕飕的。他像一个幽灵,以步行增加运动量。

我也没什么事,或者说,我的事,无非是说长道短,满足一些无用的好奇心。我陪着他往南漈的牌坊走。进入牌坊,就是一条直直的巷道,通往南漈公园门口。通往景区门口的必经之路,这条路过于狭窄,两边的是充满烟火气的铺面,一家挨一家,小吃铺挺多。有一家牛肉粉,比较有名,占用相邻的两个铺面,牛肉粉是不错,牛肉汤有味儿,肉片有嚼劲,也是余先生带过我来说。吃过一碗后,心满意足,但是需要用牙签在牙齿间折腾好一阵子。其他还有杂货铺、猪肉铺、肉丸摊子、水果摊,对了,还有一家老木匠铺,我曾经花了一千二在那里打了一张两米长的桌子,当书画桌,实际上不值当,木头不好,一拿回来就开裂,样式也拙笨,老木匠脾气还很大,大概当初我只是喜欢传统手艺而已。老实说,这条直直的巷道我觉得像一段直肠,里面熙熙攘攘,五味掺杂,被相交的鹤峰路截成两段。余先生的家就在鹤峰路上,我们结伴行走至此,余先生便要进去做饭。他妻子和女儿倒是经常在食堂吃,而他必须做饭,在身体恢复之后,他极为注意养生,坚持把每一餐吃好,至少要吃得干净。这一点与我相反,我觉得吃饭是一件极好打发的事。

从煤炭厂到他家这一段路程,我得知以下讯息:

余先生就是在南坡古屋里养病的。拍完电视剧后,古屋被歌舞团的一个朋友租了下来,余先生在那里熬药,睡觉,呼吸山里的空气,乃至种花、养鱼,一直住了两年才下山。期间古屋也是朋友们的聚会、喝茶之所。傅先生是歌舞团朋友的朋友,来过几次。傅先生不会说话,眼观四路,在屋子周边逡巡。在余先生病体恢复离开古屋之后,漂泊不定的傅先生搬了进去。但是古屋的租期已经到了,公园的保安来驱赶过傅先生,双方发生争执,甚至动起手来,也有过报警。傅先生屡败屡战，坚定地待在屋子里，即便被拖走了还是返回，不屈不挠。还有一点，因为傅先生是台胞，有个对台政策的导向问题，导致公园方也不敢采取更严厉手段，怕引起事故。傅先生占据之后，把周边的树木花草都列为自己的保护对象。公园的管理人员，为了防止台风掀到树木，曾经在古屋周围砍掉树枝，为其瘦身，但被傅先生阻挡。傅先生不许任何人砍树，一切凭造化，不可人工干扰。这又是一次激烈冲突，导致他脸上留下伤疤。

据点滴消息，对于傅先生的出处，知道个大概：他在台湾，原是个生意人。后来生意失败，恰巧又碰到房子拆迁，与政府争执了几年，争不过，性情大变，流离失所。

余先生说，傅先生可能不是哑巴，只是不想说话。

不管是不是哑巴，总之他不说话之后，变本加厉地利用文字加强话语权。周围的树上，零零碎碎挂满他的标语牌，诸如"树木如人，不可折枝"此类，甚至还有一些诅咒的话，想来是不堪被人破坏，着急了。梅花上坡是一片竹林，有游人去挖笋，特别是春天的时候，春笋冒出来，相当可观。傅先生亲自拉了许多大便，涂抹在笋上，大概是过度防御，一年四季，那片竹林总是异味扑鼻。

我想起傅先生"醒花"的时候，一边看着花瓣儿打转复活，一边朝我伸出七个手指。当时不明其意，现在想来，应该是在水中醒来的花瓣，至少能活七天吧。

我睡上了梅花枕头，若不在意，并闻不到花香。只有用心的时候，隐隐有沁人心脾的意味，便觉得枕上了一座春山。前言说过，因我从中学开始，便与这座山有不解之缘，由此常常想想起一些忘却的往事，微妙的情愫，不论是甘还是苦，似觉得丢失的生命被捡到了。但头疼的是，总有一种梦境挥之不去。离开学校后，我重复做这样的一种梦：我在准备考试的前夜，是的，很重要的考试，应该是高考，只此一役，我就能逃脱一种生活。但是就在前夜，一只鬼来骚扰我，要我害怕，要我离开，要我考不成试。我看不见，倒知其用意，它用各种恐怖的声响来吓唬我,要我逃离。在同类的梦中,那只鬼有时候是一个猪八戒,拿着钉耙在追我,我却施展不出任何手段。醒来一身汗,手脚瘫软,并庆幸方才是在梦中。

这几年,我喜欢都在某一个陌生的小城市写作,没有什么朋友,或者有一两个,偶尔才见一面。一个人被抛在一个陌生的地方,人群和环境都是陌生的,就如刚刚从子宫里一样,没有过往,没有伤害,无所谓悲喜,制造一种彻底逃离的幻象。我以为是一种逃脱术。

回来的间隙,跟余先生有过几次周末出游,带着孩子。不是去什么景点,而是往山野乡村。有一次经过一个山村,碰到几只大大小小的土狗,于是停车,孩子们跟狗玩得不亦乐乎,甚至和一只通人性的小母狗交上了朋友。余先生背着一个单反相机,寻寻觅觅,左拍右拍,很快消失在一片山野之间,最后与自然融为一体,不知所终。许久,他的女儿宁儿问我:"我爸爸呢?"我说:"他丢了。"宁儿天真问道:"大人怎么会丢呢?!"

前一个月,我处理完琐事,和余先生一同驱车往敬老院。余先生带了一壶鸡汤,一袋水果,一些治疗关节痛的膏药。城市往东扩张以后,原有的滩涂被一步步开发,现在的敬老院,在又加塘村一个山坡上,依山势而建,花园式的,视野极好,可以目睹潮起潮落,只不过离城市远了点。车过大门的时候,余先生跟保安报了探望亲人的床位和名字。保安招了招手,叫我把车开进去停下,他有话说。

保安让我们下车,道:"老人上午到门口,一定要出门,说要去买药。我们是不能让老人出去的,跟她说里面有药买。她就跪下来,哭着求我们,我们跟她说你要是跑出去,我可是要被开除的。我拦得死,她知道出不去,哭哭啼啼往回走,想从坡上往下跳。"门口往上是个斜坡,越过栏杆跳下去,就到了下面的马路了。

我们跟保安致歉之后,便往里开,这样的处境,真的是很苦涩。

前两个月,余先生的母亲脑梗,一个人在家,还好邻居的通知,经过四小时,到达医院抢救。人是救了过来,只不过舌头打转,话都讲不清楚了。出院之后,余先生各种权衡之后,把老母亲安排在敬老院,为半护理。

"你跟老人家做思想工作,不要着急,我等你。"我对他说。

他沉思不语。到了七号楼,他下车,我跟在后面。进入走廊,他母亲正坐在蓝色的塑料椅子上,与另一老人聊天。虽然不知道是不是聊得开,但这一段时间,她的说话能力在慢慢恢复,至少不像以前只吐出个囫囵音。母亲站了起来,脸上的表情不知是惊还是喜。进入两人住的宿舍,余先生把东西放下之后,出来道饭桌上,把鸡汤给她喝。我不便打扰他们交谈,便出了门,在周边遛一遛。视野是极佳,俯瞰滩涂池塘,远处岛屿,不知道这些风景老人家是否兴趣。院子里最大的感觉就是静,草坪是静的,运动器械是静的,不远处停车位上停着一辆电瓶车,安静地像已经开不动了。长廊的美人靠的木头,静,硬。为什么我觉得从前做过的一些木头是软的呢,不可思议。当这些空旷之处见不到人时,便是孤寂。

我听到里面传来他母亲的哭声,非常大声的,而且是撕心裂肺的。根据后来余先生对我的转述,其时他们之间的交流出现了障碍。余先生对母亲商量:"你现在随时都有脑梗的危险,肯定不能一个人独住了,这里是最好的归宿,弄个床位都不容易,价格也不便宜,你就珍惜点。我自己身体也不好,还要上班,只能做到这个份上,安心住下来。"母亲突然发作,闹着一定要回去,激烈的程度,已经是哭天抢地了。

等我进去的时候,她母亲的鸡汤已经喝完,还带着激动的情绪,一个护工过来,安慰着牵走她了。我劝余先生再待会儿,余先生哭丧着脸,又有些小小激动,道:"走吧,老母亲不讲道理了,越待越麻烦了。"

车出来的时候,余先生再一次向保安致谢。不管如何,一路的情绪还是不佳,但我们都晓得,我们的人生都不该被不佳的情绪控制住。我说:"肯定是你小时候不听母亲的话,现在轮到老母亲不听话了。"余先生苦笑了一下。我去过余先生的老家,一栋二层的老式的木楼,小时候孩子楼上楼下捉迷藏,童年乐趣不少。

  车穿过师院,穿过火车站路口,进入市区,我们转移了话题,不知不觉,又聊到傅先生。余先生说,有一年除夕,挺冷的,他做了饺子,拿着一碗给傅先生送去。他没有沿着正门走,而是从南漈新村的小路上来,爬上坡,半山腰右边是菜地,穿过菜地,再穿过一条小溪,就到了古屋了。下过雨,到了菜地,余先生滑了一跤,饺子都打翻了。打开手电看了一下,饺子撒了一地,有的都滚到坡下去了,还冒着香气。但几乎每个饺子都沾上了沙土,覆水难收。余先生站在山坡,俯瞰城市星星点点,除夕夜的焰火冲天炸开,看了一会儿,他就下山了。

(原载《青年文学》2018年第8期,《小说月报》2018年10期转载)

---

**作者简介**

  李师江,小说家,诗人。2005年华语文学传媒大奖获得者。出版有长篇小说《逍遥游》《福寿春》《中文系》《中文系Ⅱ:非比寻常》等。在中国台湾出版有小说《畜生级男人》《福寿春》等五种。

## 被判处死刑的鸭子

◎ 林筱聆

她别扭地曲着双腿,半脱在大腿处的裤子支在那里,屁股上黏糊糊的也湿漉漉的,滞留其上的尿液像一条条不知死活的鱼,带着她的体温顺流而下,流向她的腰部——在那里纠结成群,挠着她,咬着她,啄着她。屁股是她的脸。她万万没想到——不到她这步田地,不会得出这令人诧异的结论。她不愿意自己的脸污秽时,还不得不被打量——哪怕是自己的丈夫。她要他端来水拿来毛巾,她必须要把自己清理干净。可是,蘸湿的毛巾拿在手上,她才发现不知如何才能够得着自己的屁股。她摔伤的明明是腰,却似乎连带着把手也摔残了。要抬起右手伸到腰部是困难的,要把它再往下移几乎是不可能的。自己的屁股明明就在这里,就在躯体的那个地方,却显得那么遥远,她甚至连想抬起它都是困难的。

哎呀你这个人啊,别逞能了——他抢过毛巾,掰开她的两腿,把她的裤子再往上一拨,她拼尽全身的力气让自己的双腿尽量并拢,哪怕只有一点点,同时死死抓住自己的裤子,让它停在那儿。毛巾滑过那个最敏感的部位,瞬间抵达屁股。她倒抽着冷气看着他。如果忽略头顶处那一小圈微微发着黑的半黑半白,他几乎可以算是满头白发了。当然,被白色包围着的那圈黑正在一天天地稀疏、稀释;脸颊上随处可见大大小小的老年斑,有深有浅,每一颗都在生长,每一年都更凸显;拿过手枪丢过手榴弹的手臂上不知从什么时候开始长满了小白斑，密密麻麻，像是他偏暗肤色上不小心喷溅了白灰。已经是七十几岁的老男人了，所有青春可以炫耀的资本已经不复存在了。

她刚摔倒的那一会儿，身为骨科主任的儿子要他们先去拍个片子，一看，尾椎有裂缝，再加上原本就有的骨质增生，只有躺是硬道理。躺在床上吃，躺在床上喝，躺在床上拉，切忌下床！儿子在电话里一遍一遍地叮嘱她又叮嘱他。说实在话，这情形想让她下床也是根本不可能的。起码从一个星期前开始，她吃不下饭、睡不好觉。那天看到窗户上的那个蜘蛛网在她眼里晃来晃去时，起先是想让他上去擦，或者干脆任它去，偏偏这个时候他说了一句："它在那里又没碍着咱什么，干吗一定要现在擦？"她火了，腾腾就爬了上去。擦也擦完了，从阳台下来时一跳，就滑倒了。她怀疑从阳台上摔下的那一瞬间，她摔裂的不仅是身体的尾椎骨，还是她七十年人生的尾椎。每根骨头，捆扎骨头的每块肌肉都疼得像要裂开。只要一动，那种痛感就千军万马般奔来。当年生孩子，痛也不及这十分之一。

他从来没有照顾过人，如果自己就此躺倒不起——这样的念头一生出，她立马就冒出一身冷汗。

嘴是唯一不疼的区域，她必须以最快的速度从那里装上止疼的弹药。她盯着他，言语中灌进了风夹进了冰倒进了醋。让你刘大局长来做这种事真是委屈你了！我早死你早解脱啊！我告诉你，我不会轻易让你得逞的！就是死我也拖死你！

他不耐烦地将手上的毛巾往盆里一丢，用力把支在她大腿上的短裤往下拉。他没掌握好力度，也没控制好方向，拉了几次才让短裤勉强遮到她杂草的区域。

不知哪里来的力气，她咬牙拨开他的手，自己揪住短裤往身上拉。

他索性甩手不管了，一手抓起脸盆急急往外走。脸盆里的水溅了出来，地上的红砖像被染了黑，这儿乌一片那儿暗一片。

就知道你肯定烦我，你肯定烦我！她转不过身去，只能朝着天花板说话。

我告诉你，刘荣祖！如果你去找了别的女人，我做鬼都不会放过你！我做鬼都会回来找你！

怕我找别的女人，你就好好活着，看着我，跟着我，管着我！别动不动就死不死的！走到房门口的他又折了回来。有本事你现在就自己起来，不要我伺候！

他不想多说什么，他也不必再多说什么。他将一盆污水泼了出去，把搪瓷脸盆往架上一丢。她听见"吭—愣—哐—啷"的声响在老房子里回响了老半天。如果不是有那个脸盆架钩着拦着，刘家祖上传下来的老房子估计会被砸出一个洞来。老房子的正中间有个小天井，天井里种着石榴树、桂花树，树下摆着各种兰花，有高的，有矮的；有宽叶，有窄叶。天井张着大大的口，半小盆的水连流动都没有了机会，而愤怒却还是郁积在他的心里。时间磨蚀了她的容颜，更磨蚀了她的思想。曾经的冰雪美貌曾经的纯真可爱曾经的善解人意已经全额支付给了她的过往，留下的只有猜疑只有间隙。在文化局的二十年，特别是他当上分管剧团的副局长后，她对他的猜疑愈发具体了。原本他是侦察连的领导，他却成了被她侦察的对象。他去洗澡，她会偷查他的手机；晚上带队下乡演出或者观看彩排，她会"碰巧"出现在现场；他去酒店喝酒晚回，她会给同桌喝酒的人挨个打电话。猜疑就像阳光里的各种色线，明明无处不在，却又要仔细分离才能完整提取。这种状况一直延续到退休，延续到他几乎没有饭局才变成间歇性发作，直到他们去上海照看孙子才彻底停止。孙子上了小学后，有高楼恐惧症的她执意要回老家居住，两个月前他才选择了妥协。

今天这情形，他是怎么都不想妥协的。他搬了把藤椅半躺着，将二郎腿翘得高高的，就这么踢着晃着摇着，任藤椅"吱吖吱吖"地响着，那响声钻进沟沟缝缝，填补了一院子的清净，他想对她说的话都在那声音里。

一个人的时间如此难熬。

一个人艰苦躺着的时间加倍难熬。

一个人艰苦躺着的时间被那"吱吖吱吖"声拖着拽着切着割着，像是窗台上的那只带壳的蜗牛，粗粗地喘气，好半天才走出半步路。她听出来了，他现在是越来越不让着她，越来越不能忍她了。刚结婚那会儿，他多疼惜她啊！他夸她的眼睛里都是水，他被她淋湿了；他夸她的眉毛像是柳树叶子，比文工团里的女兵拿眉笔描的还好看；他夸她的大辫子真黑啊，像发亮的黑瀑布……他的表述是她闻所未闻的字眼，她只觉得城里人就是不一样啊，真会说话啊，观音岩的人是从来不会这么说的，他们从来就是统一的"这姑娘真美啊"。她心里受用着，嘴里却打着转地说"你们城里人说话嘴上像抹油"。后来，女儿出生了，他嘴上的油少了。再后来，儿子也出生了，他嘴上再揩不出一滴油来，甚至连话都少了。

荣祖啊，怎么这么逍遥啊！一个软得没骨头的声音幽幽地传了进来，声音里抹的不是油，是蜜。那声音甜得发腻。银娘呢？

她知道，他那个又温柔又贤惠的嫂子来了。

在屋里躺着呢！他答着话，该是立马就起身了，"吱吖"声密集地响。不一会儿，两人一同进了屋。

银娘啊，给你熬了碗鸡汤，趁热喝吧！他嫂子身子未到跟前，话已先到耳边。不用担心，去了油的，很清淡的！

不想吃！她双手作势在床上撑了两下，终是连上半身都显示不出什么动静的。

不想吃怎么行？这老人家伤筋动骨是最麻烦的事，一定要补钙！他嫂子抓了把椅子在床边坐下，打开汤罐说，荣祖啊，你去拿把汤匙来，我来喂！

汤匙很快拿来了，他递上后站在嫂子身边说，一直麻烦你，真不好意思！

自家人怎么说得这么客气！嫂子我可不爱听！他嫂子说得娇娇嗲嗲的，接过汤匙时把头转了过去，似乎是突然才想起。对了，今天刚好兰花分盆，我帮你多分了一盆放在楼梯口，你自己去拿一下！末了，又多解释了一句。我刚才手里拿汤带不来！

没事，没事！我自己去拿！他急急转身往外走，几乎要一路小跑的样子。没事，没事，我自己去拿！

如果他嫂子的身子没有挡住她的视线，她相信他嫂子刚刚转过去横他的那一眼里不知充满着多少暧昧。如果他尾椎上的那根尾巴长出来，她相信此刻那根尾巴一定会摇来摇去摇得不知多么欢腾。原来他嘴上的油还在啊，只不过流向不是她。

两个上了七十岁的女人有一句没一句地说着话。他嫂子情绪饱满地谈论她三个孩子的各种孝顺、各种优秀、各种好，她听出的只有落差只有失意。上了这样的年纪，他嫂子仍有几分她所不曾有过的风韵——或许那就是县城气吧。除了他大哥几年前去世让她守了寡，我还有什么可以与她相比拟？她有三个孩子，我才两个。她的两个女儿住在县城，有事没事三天两头地往家跑，住在厦门的儿子隔个两三周也会回来一次。自己呢？碰上这事，女儿在西藏援建，远在美国出差的儿子只是每天一个电话地询问，人却是要一个星期后才能赶回来的。怎么跟人比？他嫂子话语的落点在子女上，她把受力点调整到了那碗汤上。汤本是好汤，在她，终是寡淡无味的。论厨艺，他嫂子确实是一把煲汤好手。简单的一碗鸡汤，不仅被她捞得一点多余的鸡油都没有，还被她调配出了令人愉悦的色彩，三两粒红红的枸杞，再加七八段绿绿的葱花，顿时活色生香。可她知道，她此时需要的不是一碗汤，而是一碗好听的话——当然，厨师必须是他。

他终于又进屋了，她也不喝了。他没有端来好听的话，只是与他嫂子谈起了兰花的种养，什么施的什么肥啊，什么用的什么土啊，什么春季早晨才能移盆啊……她听得有些厌烦了，说，我累了，想休息一下，你们去客厅泡茶吧！

他们就真的去客厅泡茶了。她听得很清楚，他们继续兴致高涨地谈论那些花花草草，甚至谈到了花草的生命。他和她离开老屋去上海的这些年，天井里的这些花花草草都是他嫂子帮着打理。虽然是嫂子，却还是小了他一岁，他们曾经是邻居，还同过桌——搞不好还传过小纸条呢！半个小时，他们居然还在滔滔不绝地说着话——话里还时不时地渗出笑、渗出开心。他们哪来的那么多话?他跟自己一天讲不上一两句话,讲起来的多是柴米油盐之俗事,哪来的这些花啊草啊生命啊之雅事。

她后悔了。她千不该万不该,不该给他们创造单独相处的机会啊!

荣祖——她叫。她同时听到了客厅里传来那个女人说得几分神秘的话。这回怕真是要拆了!

她没有听到他对她的回应。但她又分明听到他压低了声音回应了那个女人很长很长的话。她不知道他为何突然压低了声音,他怕她听到什么?他在防着她什么?四十七年前,刘家老房子还算是很好的居所,那时刘家兄弟还住在同一个房子里。二十世纪八十年代末,兄弟俩分家,身居供销社主任要职的大哥将分得的隔开十几米远的一处老屋翻盖成了两层楼,后来又加盖了一层。而他,只在儿子结婚那年重新粉刷了老房子,大小与格局则一直处于原地踏步。拆迁的说法几年前就在传,时传时停。那个女人有个亲戚在镇政府当一把手,这消息该是相对准确。有人帮他们估算过,房子虽是老房子,一旦碰上拆迁,起码城中心两间店面、三套房子。他一定怕她知道他有这么多身家。她冷笑。是啊,以这样的身家,他想要什么样的女人没有?

女人?那个女人!她的心又揪紧了。一旦碰上拆迁,那个女人最起码是两间店面,六套房子。如果他们两个整到一起,那可真是强强联手门当户对珠联璧合啊!

她为自己这个疯狂的想法而沸腾再难冷静再难平息。她死死盯住桌上的小时钟,强忍着——再过两分钟,一分半钟,一分钟,他们再不停,我可就叫了!

刘荣祖!分针正正地指向"9",她像得了特赦扯开嗓子喊。刘荣祖!刘荣祖!

她听到他们起身的声音,听到那个女人嗲嗲地说,那我先走了啊!还听到他拖鞋拖磨在红地砖上的几分不舍,几分不愿。

自己老婆都快死了，你倒是和别的女人聊得很开心啊！她估摸着他已走经到了门口，就迫不及待地泼出一大串的话语去迎接。你是不是巴不得我赶紧死啊！一个鳏夫一个寡妇，还是青梅竹马的，多合适啊！

真是莫名其妙！他索性就不进屋了，勒住自己已经跨过门槛的脚往回一收，在门槛上重重一踢。亏你也在县城生活了几十年，亏你也到大上海见过世面，怎么就改不了乡下人的狭隘？！

是啊，我是乡下人，你是城里人，她是城里人，你们都是城里人！她像是找着了可以入刀的地方，一句接着一句，噼里啪啦地砍着杀着。嫌弃我们乡下人你当初就不要找乡下人啊！又没人逼你！后悔了是不是？还来得及，还有机会啊！

真——他把剩下的"受不了你"几个字也紧急逼停了，几乎是跑步出了老屋。很多时候，他觉得，他就像是她的砧板，她随时想切想剁操刀就来，不分时间，不用缘由。他知道除非他硬成刀枪不入的钛金板，如果只是硬成钢板铁板，激发的只能是她的"斗"志，她会剁得更凶更狂，他会受更重的内伤。只有当他软成棉花，她才会收了乱拳。很多时候，他会怀疑，她还是四十多年前那个美丽、可爱的她吗？当年年轻的他们分居两地，一切多么美好！难道是年轻和距离掩盖了一切？什么时候发现她变得这么掉渣的土？应该是退伍回城的第一年吧？那年，他出差到省城，给她买了一件橙黄色的羊毛衫，胸口有一朵牡丹刺绣。他看中的是那朵纯手工的牡丹刺绣，多雅致多美啊！这恰是她讨嫌的。穿着那么大朵花，谁敢走出去？她皱着眉头说。

怎么不敢走出去？人家好多城里人穿的可比这个花色艳多了！

花心的女人才穿这么花！她拿手抠着牡丹花，仿佛那是一块抠得掉的污渍。我又不是坏女人，才不穿这种会让花心男人看花眼的衣服。

就一件羊毛衫就一朵花，怎么就扯到女人男人上了？至于吗？

我说错了吗？你说城里女人是不是比较花？你说你是不是被城里女人迷惑了？

对话就这么搁浅了，那件羊毛衫便也顺理成章地搁浅在她的柜子里。他问了很多次，她终于穿上了。穿上的那天，他惊呆了。你——那朵牡丹呢？

我把它剪掉了！她回答得倒也干脆，一点没有遮掩，甚至还颇有成就感地仔细描述她如何一剪一刀地剜掉那朵花，如何剪破了口子，又如何把口子缝上。

自此开始，他再没给她买过任何一件衣服，哪怕只是一方手帕。她倒是经常给他买，衣服、裤子、鞋子，买的多是地摊上的便宜货。他不穿，她就酸溜溜地说他骂他。他还是不穿，她只能是不买了。

一天天，一年年，她土她的，他洋自己的，居然就过了四十七年，日子居然还没发霉。

午餐吃的是菠菜瘦肉粥。他出去转了半个多小时，十二点之前还是回来了。粥熬得足够黏稠，菠菜切得足够短，瘦肉也剁得足够碎。她怀疑他是不是出去给谁取了经，"手不动三宝"的他居然也能下厨，居然也能熬出一碗像模像样的粥来。不知是这种出乎意料打开了味蕾，还是几番发泄着实耗费了体力，一口接一口，她居然吃下了将近一碗粥。

他还是不怎么说话，像机械手一样一口接一口地喂着。她的心情莫名地就好了许多。连午后照进屋内的阳光也跟着明媚了起来，大半个屋子都暖和了。他不仅拉开了窗帘，还打开了整扇窗户。

美丽怎么还没来？好心情软化她，她主动打破沉默。

不知道。他一开口便是再化不了的简式。

她的兴致连同汤匙和纸巾一起被他收进了碗里，目光却粘在他的身上，粘在他的脚步声里。这个曾经那么老那么矮的小老头，似乎只是提前攒下了他的老，真到了该老的年纪反倒不怎么老了。背还是那么直，脚步还是那么矫健。头发是四五十岁就白了一大半的，现在也无非多白了没几根；身高是永远不可能再往上长的了，与她航空母舰般的胖身体凑在一起，她的身高放大着她的肥胖，而他的身高与他的精瘦倒是搭配得恰到好处，哪一块肉都不会是多余的；眼神里的光芒是弱了是淡了，却多了几分成熟的沉稳。一种强大的成就感像他眉角的那根长寿眉不知什么时候从她心底冒了出来。

她最想见的人还是迟迟没出现，倒是先后来了几拨她不是特别想见的客人，有他的亲戚，有她的朋友，有他的同事，有她的工友。不论想见不想见，她跟他们他跟他们这说说那说说，她总算把一个下午较多的时间熬了过去。

那个叫美丽的女人直到将近五点才出现。确切地说，出现的只有她的声音——更确切地说是她笑的声音。她的笑声是跟随着一只鸭子的"嘎嘎"声一起到来的，两种声音交织着"扑扑"声花盆倒地声桌椅移动声脸盆摔在地上的声音在天井里在客厅里转啊绕啊飞啊，就是一直不见人。偶尔有他不知是咸是淡是酸是甜的一两句声音，他的声音被所有声音夹得细细的扁扁的薄薄的，压在了声音的最底层，或者塞在了夹缝里。

银娘啊，我真要笑死了！咯咯咯——外面各种杂音好不容易消停的时候，那个叫美丽的女人终于进了屋。她一进屋，就将整个屋子塞满了叮叮当当的笑。你不知道啊，鸭子原本老老实实地待在一只竹笼里，你们荣祖非说那竹笼里都是鸭屎，非要把鸭子抓出来洗一洗。那只鸭子一被解放便反了天，张开翅膀在天井里绕着圈地跑，我和荣祖就在天井里跟在鸭子屁股后面追啊追。好不容易快追上，它又跑到了客厅大闹了一番。要不是最后荣祖拿了你们的桌罩罩住它的头，还不知道要怎么折腾……她捂着肚子笑得花枝乱颤。哎哟哎哟，笑死了，你是没看到，那场景，好玩死了！它站到花盆上，荣祖一扑，嘎嘎嘎——它便扇着翅膀往下跳。荣祖一扑，咯咯咯——差点趴到地上……

看那个叫美丽的女人笑了半天，她才听明白了。那个叫美丽的女人不仅带来了她交代买的二两燕窝和三十只虫草，还抓来了一只会飞的鸭子。为了这只会飞的鸭子，他们两个人在天井里在客厅里玩了一出大戏，一出让人笑破肚子的大戏。

可是她笑不出来。她非但觉得这没有一丝笑点，还直接被戳中了痛点。她将那二两燕窝和三十只虫草紧紧攥在手里，咬着牙说，煮熟的鸭子都会飞，何况是一只大活鸭。

你说什么？那个叫美丽的女人还沉浸在自己的笑里，没听清楚她说的话。

我说我这几天才算是彻底想明白了，女人只懂得对男人好不懂得对自己好点最傻，从明天开始，每天一只虫草、一片燕窝……

这就对了！对别人再好都是徒劳，对自己好才是根本。男人没一个好东西——说到男人，那个叫美丽的女人就关不上话匣子了。她使劲地谈起她无情无义的前夫如何花天酒地、如何朝三暮四，又谈起她孝顺的儿子如何带她周游列国又给她买了什么什么，接着又谈到这次在东南亚的吃和玩，谈她通过新加坡电视新学的舞蹈。兴之所至，她居然亮开嗓子扭动腰肢又是唱又是跳了起来。

那个叫美丽的女人已经换了几个谈话的频道，她却还停留在刚才的话题里。你不知道他是一个多么无情的人，我如果死了，过不了几天，他肯定会去找别的女人！

你怎么会这么想？那个叫美丽的女人这才收了腰肢，收了笑，收了脸上丰富的表情。你只是摔了骨头，又不是得什么治不了的病！

我知道我一定得了什么不好的病，不然也不会查不出什么来！

你这是什么理论？查不出什么就没关系啦，怎么就有不好的病啦？

查不出来才可怕呢！我感觉得到，那些病菌最近肯定一直在我身体里扩散……你不知道，他年轻的时候啊……

你这样想可不对！那个叫美丽的女人打断了她的话。我跟荣祖说一下，改天让他带你到大医院去查一查！

我才不去查呢！她一边轻松答着话，一边沉重地觉出了那个叫美丽的女人话里的不对。他是我的丈夫,什么时候轮到你龚美丽"荣祖"长"荣祖"短地叫?什么时候轮到你龚美丽让他带我去医院了?她后悔自己以前怎么跟这个所谓的老闺蜜说了这么多,让人家有了插入的缝隙。年轻的时候,她们是厂里的两朵花。一朵是城里的玉兰,小巧芬芳,一朵是乡下的番薯花,大气质朴。而现在呢?现在呢?她无法往下接话了,目光粘在龚美丽伸过来的那只手上,再一点点往她身上爬。那手真是细嫩啊!她手腕上的那个翡翠镯子被那细嫩的手映衬得翠流欲滴、水光漾荡。毕竟她是大上海南下干部的女儿,毕竟以前她当大官的前夫让她养尊处优过多年,离婚的时候她也要了他好多资产,她的手还像年轻时那么细嫩,手背那么白手心那么软;一定是什么低密度高密度胆固醇的缘故,或者是她每天吃的田七粉起了作用,她脸上的皮肤还那么紧致那么有弹性,没有任何一颗老年斑;她比自己小了不过四岁,年轻时是在一条起跑线上的美,现在看起来却似乎年轻了十岁以上;她每天都在跳广场舞,上午跳,晚上跳,走起路来还能生出风来,而自己呢,现在只能在这儿躺着呢!哎——他一直让她跟着去跳广场舞,他经常说,看人家美丽的身材,看人家美丽的气色……

刘!荣!祖!她把三个字切成一段段,肆意碾着。

不用叫他,你要做什么,我来!龚美丽赶紧起身。

刘!荣!祖!她不管,用了更大的力气在叫。

来了——他应承着进了屋。要干什么?

我要小便!她挺得直直的,捏着拳头说。

他赶紧从床底下抓了尿壶出来,递给龚美丽说,你先帮我拿一下,我帮她把裤子脱了。说着,就要来掀被子。未料,她紧紧地揪着被角不放手。

你干什么?他试图掰开她的手指头。你不是要小便?被子不掀怎么小便?

她的目光直视着他,嘴巴却朝着龚美丽的方向呶了一下说,让她出去!

没关系!没关系!自己姐妹有什么关系?龚美丽笑着说。我可以搭个帮手!

她手上的力度一点都没有减弱,目光也还紧紧咬着他。他就什么都知道了。他伸手接过尿壶说,给我吧!你到外面去坐一下!

眼看着龚美丽已经出了房门,可她手上还在犟着气。他也来气了。人家都出去了,你到底要不要小便?

我不要!她的眼睛在他身上叮着。我知道,人家漂亮!

你——亏你说得出这样的话!他索性丢了抓在被子上的手。该化验的也化验了,该拍的片也拍了,该做的检查都检查了,你还要我做什么?我看你是闲得慌才会七想八想!

她的眼睛在他身上咬着啃着绞着,执意咬出血来啃出洞来绞出汁来。我知道,人家忙人家能干!不像我大闲人一个!

他索性把尿壶往床底下一丢,大阔步出了房间。这回,她的目光再无处下手了。但她仍不甘心,朝着他的后背狠狠地抛出了一句——我知道,人家还骚!眼睛骚、嘴巴骚、屁股也骚,赶紧找骚的去吧!

他不再回应她。像是突然咬到了一粒沙子,老宅里的空气突然卡住不流动了。这种安静让她心慌着,飘在空中落不到地上。这个时候,她如此迫切希望那只刚洗过澡的鸭子能发出什么声音,闹出什么动静。可它偏不配合。它似乎也闻到烟火的气息,老实得非常不是时候。

过了好一会儿,她听到客厅开始有一句没一句地传来他跟龚美丽说话的声音。他没走。龚美丽也没走。他们压着嗓音。她竖起耳朵。嘤嘤嘤——嗡嗡嗡——轰隆隆——耳鸣恰在这时犯了。火车开来了。蜜蜂飞来了。一只只。一群群。窃窃地交流着有关她的什么信息,窃窃地说着她的什么坏话,窃窃地摇头,窃窃地安慰。偶尔有他的咳嗽声揪得人心绷。偶尔有她的吴侬软语软得人酥心。窃窃地说。窃窃地笑。老婆都已经躺在床上半死不活了,他居然还有心跟人聊天?他居然还笑得出来?他的手是不是已经拍到她肩上了?她的头是不是已经靠到他的怀里了？是啊，现在的他们是如此般配啊！一个娇小精致，一个精瘦干练。在她身边，他是高大的，斯文的。在他身边，她是柔美的，需要依靠的。他们一个是水，一个是墨，轻轻一勾一描一画，就一幅什么韵味的水墨画出来了。她受不了了！她受不了了！

刘！荣！祖！刘！荣！祖！刘！荣！祖！她握紧拳头喊。喊得床在摇窗在晃，喊得房间里的空气都在发狂地打颤。

她听到他和龚美丽一同进的屋。龚美丽先走到了床前，她挑着拣着，调配着每句话的酸碱度。美丽啊，不好意思啊！不能让你们俩好好说个话！

说哪的话呢！我也要回去了！龚美丽拉拉她的手。银娘姐你好好休息，我过几天再来看你！

哦，要回去了啊！荣祖你送送美丽啊！她觉得她还是有必要提一下那只造次的鸭子。人家送你的鸭子，你还是拿回去自己炖汤喝吧！

我又不会弄！龚美丽边往外走边对送在身后的他说，让荣祖弄好了，到时喊我来喝一碗就可以了！

好一个"荣祖"！好一个"不会弄"！她恨得把牙齿都咬出了响声来。龚美丽先出了屋，他一脚刚迈过门槛，她便又忍不住了。刘荣祖，刘荣祖！我要大便！你快过来！

你去忙你去忙，我先走了！龚美丽的小碎步走得比他还快，她听到大门"嘎吱"了一声，他也才来到床边。她拿手当梳往头上梳耙了两下，拉过被子把自己的身体盖得更加严实，再斜斜地瞟了他两眼。他刚才一定进过卫生间了。他一定在卫生间里拿水沾过头发了。那三七分界线是如此明显，如此整齐清晰，没有任何一根头发过河越界。它们一根根骄傲地朝着两边各自领地叩拜匍匐，尽管是白的，却有着异样的光泽。每次要参加隆重仪式，他都会把自己精心打扮一番，像要去赴什么约会。

她什么都不说。他也不说。就这么一个躺着，一个站着，中间塞满了各种东西。"嘎——嘎""扑棱——扑棱"天井里传来有规律的声响。关在竹笼里的那只鸭子又要造反了！

晚上想吃什么？他问。

吃什么？吃鸭子！吃龚美丽的那只鸭子！把它给我宰了！现在！马上！

市场宰杀点都已经收工了，要不明天再弄吧？

不行！我今天就要吃！你马上把它给我宰了！给我杀了！给我枪毙了！

他看看她，又看看那只在天井里"嘎嘎"叫得正欢不知死期将近的鸭子，走了出去。

天色和空气同时沉了下来。

（原载《啄木鸟》2018年第11期，《小说选刊》2018年第12期转载）

**作者简介**

林筱聆，福建省作家协会副主席。已著有长篇小说《香见》《茶王》《心弈》《女镇长》及中短篇作品集《秘密》等。作品散见于《人民文学》《北京文学》《啄木鸟》《山花》等文学期刊，多部中短篇小说被《小说选刊》《中篇小说选刊》等转载。

## 回 形 针

◎ 张漫青

记得那栋房子的形状像一个回形针，回形针中的一条针并排着几户人家，每一户人家都是从客厅开始的，一个客厅通向一个卧室，再通向另一个卧室，而每户人家的厨房都孤零零地被安置在另一条针上，正对着各自的客厅。当她母亲在厨房炒菜时，父亲刚刚下班，站在客厅门与厨房门之间的过道上，可以闻到炒蛋的味道。父亲能准确分辨出炒鸡蛋和炒鸭蛋的味道，他喜欢鸭蛋，原因是鸭蛋个儿大，味儿鲜。父亲认为的"鲜"在母亲看来却是"腥"。

今天又是炒鸡蛋。父亲脱下外套，卷起袖子，把棋牌摊开，屁股还没触到椅子，他的脸已被棋子勾出一种熟悉而迷蒙的表情。

母亲时常数落父亲的不是，"总是那么古怪，没见过那么爱吃鸭蛋的人，很难找到这种人啦"。心情不错的时候母亲会在菜市场买鸡蛋时顺便买几个鸭蛋。但她的心情好过几回？

回形针上其中一户人家，是一对年轻夫妻，夫妻俩爱和邻居搞好关系。女的身材高挑，笑声大，隔三岔五来家里串个门，跟母亲熟了，她们会窃窃私语，笑到一起去。男的是英语老师，满身肌肉，她的同学王秋丽说他的脸是硬的。

王秋丽比她早熟，会涂红指甲，会判断哪个男人心里有鬼。王秋丽管她叫"阿猫"，因为她一看见猫咪两眼就发光。阿猫喜欢跟王秋丽在一起，因为放学后王秋丽会买两只油饼,其中一只分给她吃。如果上体育课,课后王秋丽就带她绕过两栋教学楼,跑到学校小卖部里买两瓶汽水,一人一瓶,对嘴咕噜咕噜喝尽,想来阿猫能一口气把整瓶啤酒喝掉的绝技就是从这儿练出来的。喝完两人肚子气鼓鼓,相视而笑,我看你汗湿的刘海黏在额头,你看我眼睫毛上挂起小晶粒。

高中毕业后阿猫在郊区读野鸡大学,而王秋丽考上北方的名牌大学。大一放暑假时,王秋丽约她见面,她装病不去。之后每年,每次,都有新鲜的理由逃避见面,一逃就是十几年。阿猫觉得自己一无是处,除了善于拒绝。

王秋丽大学毕业后在省城大银行工作,后来留学英国,回国后,在更厉害的银行里上班,平步青云。这些信息通过拐弯抹角的嘴巴传到阿猫的耳朵时,阿猫已经像失踪人口一样极其不耐烦地隐形了很多年。人们偶尔会打听阿猫的消息,大概是她的杳无音讯易于激发一点同情心和好奇心。

若去回形针房子寻,便会发现那房子里如今装着别人。阿猫全家人都不在,若有心打听,便会勉强得到不确定的零星回复:阿猫的爸啊,在哪个婆娘家里,哪个哪个啊,听说在隔壁县有一套大房子的那个。阿猫的妈啊,早就不在了,哪一年啊,不记得喽。阿猫啊,黄毛丫头啊,瘦得一把骨头,可怜哦……

年轻有为的王秋丽,下属亲切地叫她王行长。王行长的老公也是年轻有为,大家亲切地叫他胡总。令人羡慕的夫妻俩住在高档小区,一人一部奔驰,女儿上贵族双语幼儿园,一个学期的学费三万,虽然有点贵,但成果显赫,五岁的小嘴,会说一口流利的英语。

有一次,那时阿猫还没彻底失踪,她父亲还在回形针房子里日日下棋,王秋丽的妈妈,一个粗壮有力、脸上蝴蝶斑飘飘欲飞的中年妇女,堵住阿猫回家的路。她只问了阿猫一个问题,却引出了许多问题。你在哪里上班?哪里?哪个兴业银行?哪个兴业银行后面的哪个公司?哪个公司做什么?做什么文员?文员做什么?王秋丽的妈妈饶有兴致想了解阿猫的一切,她的活力集中于紧凑的五官，她的嘴唇是五官之王，薄如蝉翼的两片，啄木鸟一样不知疲倦的精气神。透过她，阿猫依稀能望见王秋丽的爸爸，那个瘦弱沉默、眉头在脸上打了死结的男人。

阿猫像犯错的小学生一样支支吾吾，逃脱王秋丽的妈妈的追问之后，后颈冒出一层整齐的汗液。王秋丽的妈妈绝不会放过任何炫耀女儿的机会。她遇见阿猫，如同遇见自己女儿的反面，如同遇见白天鹅旁边的水鸭子，或是鹤女身边的一只鸡，尽管鹤女已飞去了另一个国度，尽管这只鸡瑟瑟发抖，拔了毛做汤都嫌瘦。

王秋丽比她富有，比她高，比她美，甚至比她大方得体，比她健康向上，王秋丽的妈妈替阿猫着急，想帮她寻找平衡感。老天这么安排，定是另有深意吧。有那么一瞬间，阿猫盯着王秋丽的妈妈脸上展翅欲飞的蝴蝶，看到了王秋丽的未来构图。而她不必为自己的命运着急，她的母亲早早退场，因此她没有任何可供构想的未来。

王秋丽在地球另一端深造的同时，阿猫在这一端打工。首先是一份叫文员的工作，"文员"这份工作似乎总是适合女性，对学历要求不高，对长相要求也不算苛刻，仿佛是最低门槛工作。阿猫如果被一家公司辞退，理由不会千奇百怪，很简单的，"你明天不用上班了。"结果即理由，因为编造理由也浪费时间。被一家公司辞退后，阿猫大概会顺便搬一次家，有时顺便搬到另一个城市。这段时期，阿猫不算懒，脸上甚至绽放一种三天三夜没睡觉的回光返照似的美。

她从来没有真正缺钱过，因为只要口袋里的生活费马上要耗尽时，她总能找到另一家文员的工作。她也没有放弃尝试更多领域的工作，比如，在烧烤摊卖啤酒，穿着酷似网球装的制服，客人喊一声："喂，啤酒妹！"她就抬一箱啤酒过去。客人的眼睛会停留在裸露于制服之外的肉上，包括半片胸脯和两条腿。虽然客人的眼睛寻找没被啤酒妹制服覆盖的地方，但如果没有制服，裸露的地方就不值一提。阿猫是这么理解的，但珍珍不这么看，珍珍是老牌啤酒妹，她的热情就像随时会亲你一口的宠物狗，更像是喷薄而出的啤酒泡沫。珍珍认为性感是女人的唯一优势，因此她将男客人的猥琐目光当作赏赐。珍珍有更多的肉和长盛不衰的力气，她搬整箱啤酒毫不费力，鞋跟尖长也不是问题，阿猫不行，她的鞋跟只能维持一定高度，她抱啤酒箱就像抱一个炸药包。

珍珍喜欢吃，所以客人请她坐下来吃喝她不介意，甚至不介意男客人把手伸进她的制服里。珍珍还喜欢说话，她说的都是自己的事。她十六岁就生过孩子，并不知道孩子的生父是谁，她堕过三次胎，她现在的男人是一个工地的包工头，答应给她买房子，暂时还没兑现，包工头在乡下有老婆和孩子，珍珍也不介意。珍珍有说不完的话，当她想说的时候，并不在乎听众是谁。珍珍没有说她的孩子现在何处，阿猫没问，由此珍珍发现阿猫并不关心，于是她有点不高兴，但三分钟后她又乐呵起来。阿猫和珍珍一起合租房子，这几个月，受珍珍的感染，阿猫也每天莫名地高兴，后来她琢磨自己高兴的理由，只找到一个：贱。

珍珍不觉得自己贱，她从来不想这个问题，她很忙，除了工作，她还要逛街，买衣服、鞋子和化妆品，每天要跟孩子通一次电话，通完电话要哭几分钟，隔天要去找包工头睡一觉，她说那个男人离不了她，她沉浸在一种杂色的光晕里，厚嘴唇时常合不拢，放肆打开时总会露出深红色的牙花。每当她从包工头那里回来，阿猫就会闻到一股石灰粉混进榨菜肉丝里的味道。

珍珍在认识包工头之前，有另一个男人，他们是在火车上认识的。那个男人说他的哥儿们开了一家餐馆，他可以介绍她去餐馆里工作，于是珍珍和他一道下车。他们是在半夜下的车，男人把她带到一间霉味很重的屋子里。他一路上都在夸珍珍聪明、勇敢，他说他从没见过这么干脆有魄力的女孩。珍珍喜欢被人夸，为了证明自己如他所说的那样，她不敢有一丝懈怠，当她被他压在屋子里的简易行军床上时，辨认出鼻子里的是煤气味，等性交完成，她才跟他探讨霉味和煤气味的不同之处，而他累得呼呼大睡，她就睁眼躺到天明。

第二天他带她去找那个开餐馆的哥儿们，但是那家餐馆已经倒闭了，而他的那个哥儿们在另一家餐馆做厨师。等厨师下班后他们三个在路边摊吃卤鸭头喝啤酒。那是珍珍第一次喝啤酒，以前在乡下她只喝过白酒和自家酿的米酒。她说她喜欢啤酒，厨师夸她可爱。等到半夜，整箱啤酒喝完，厨师就开始夸她性感。那天晚上他们两男一女睡一张床。珍珍回忆往事时，表情憨厚。阿猫突然意识到珍珍的智力可能在正常值以下。

所以阿猫猜不透珍珍的底线在哪里。有一次珍珍把包工头带到她们合租的房间里。子夜两点，他们三个人围着一个矮桌吃卤味配啤酒。酷热天，屋里没有空调，有一个硕大的锈迹斑斑的电扇发出呼哧呼哧的声响。房子只有一扇小窗，是违章搭盖的铁皮屋顶，冬冷夏热，包工头抱怨这儿比工地还热，脱了上衣，露出被晒红的精瘦身体。珍珍似乎从不抱怨，她咧着大嘴用浮夸的笑声装饰这个夜晚。

阿猫说，白天热，晚上闷，活着就是受罪。包工头立刻对珍珍说，你的朋友太悲观了。珍珍说，是啊，要像我这么乐观才好嘛。然后他们就一杯一杯地越喝越振奋，还唱起了《香水有毒》《两只蝴蝶》这类的歌。阿猫看着珍珍和包工头不停地擦汗。她想，乐观使人多汗。阿猫也流汗，她闻到屋子里的酒臭和汗臭，还有几天没洗头的酸味儿，她想吐，但感觉下半身已经嵌进塑料椅里，甚至整个人一点一点沉下去，好像一闭上眼，就会马上被蒸发掉一样。

如果起身，她就得独自爬到走道的公用厕所里。这太难了，太遥远了。她捏了把自己的大腿，不疼，狠狠再捏一下，才有一点点疼。麻木至此，莫非在梦里？"怎么让你亲自捏呢？这种事情应该我来嘛……"回形针上突然立了一个男人，正如王秋丽所说："他的脸是硬的。"

醒来，听到老鼠叫，还有珍珍的叫，包工头的哼。上下铺的铁床，摇摇欲坠。她感到羞耻，为自己吃过的每一碗饭感到羞耻，为自己读过的每一页书感到羞耻。她想回到回形针里去，却怎么也回不去。

到了另一个夏天，她在另一个城市。她吃饱了肚子，用万金油抹了太阳穴，人中以及耳后，似乎就能让自己打起精神，赶往下一个地点。当她认为这些年自己浪费太多时间（一个又一个夏天在消散），她也意识到没有回头路，除了年岁增长，她也不知道自己还能怎么活。满大街的工作，满大街的劳动人民。每一次换工作，她都笃定地对自己说：你没有选择权，让工作来选择你吧。

后来一个茶楼老板选了她，因为"她看起来不那么俗"。她穿上中式对襟袍子，翘起兰花指沏茶。茶楼里几乎都是男客，几乎都喜欢高谈阔论，台面上都斯斯文文。比起其他茶艺姑娘，她显得沉默安静。有一个茶楼常客注意到她，说她有一股哀怨气质，仿佛画中人。这个人开了一家贸易公司，想让她去做秘书。她没有立即答应。

等到她不小心得罪茶楼老板娘被炒了鱿鱼之后，她打电话给那个开贸易公司的，得到的回复却是"你来晚了，秘书职位已有安排"。半小时后他再打来一个电话，说可以安排另一份工作给她，并且马上接她去吃饭。

她一直丧失着选择权，习以为常得像命运的俘虏。她接受的仿佛是一个命令，必须如此。陪未来的老板吃饭，非如此不可。她能预见接下来会发生什么，甚至思考着自己如何抵抗。她照见镜子里的自己，那仅存的青春，即将被榨干的残余青春。如此上不了台面的破烂货，谁要谁拿去罢了！她诅咒般地打量自己。描了眉，涂了口红，穿上一条从地摊上买来的白色连衣裙，钻进一部黑色小轿车里。

车子在马路上行驶，拐来拐去。她不认路，也丝毫不在乎去向何方。

"你不怕吗？"

她回答："怕什么？"

"把你带到可怕的地方。"

"不怕。"

"我可不是什么好人。"

她笑了笑，不说话。他的侧脸不难看，甚至有点好看，头发浓密，刚吹过的发型，脑门高，下巴微翘，不笑也像笑的唇形。

"你为什么笑？"

"因为可笑。"她冷淡地说。

"是在笑我吗？"

"笑所有的一切，你、我、车子、马路、马上要黑的老天……还有马上要吃的晚饭。"

"你可真有意思。"他猛地踩油门，车子开始颠簸起来。"我说，你能不能靠过来闻闻我身上的味道？"

她说："车开得太快了。"

"没见过你这么不懂保护自己的女孩。"他的声音带风。

"谁说的？"

"我刚才喝了酒，"车速慢了下来，"你居然闻不到我身上那么浓的酒味，我告诉你，你麻烦大了。"

"你在寻找刺激。语言上的刺激。"

"我果然没看错人。你跟其他女孩真不一样。"

"怎么不一样？"

"你假装活得跟她们一样，但其实偷偷跳开她们，脱颖而出。"

她只得使劲捏自己大腿，以防御突然降临的虚幻、颓丧、麻木、兴奋、幸福杂糅在一起的不适感。

"你看过不少书，"他继续说，"尤其看那种不切实际的文学书，你不用否认，你的气息骗不了我。"

"酒好喝吗？"她问。

"不好喝。"

"为了麻痹自己？"

"我像你这个年纪的时候，想问题也这么简单。"他转弯把车子驶上山路。

"我在你这个年纪的时候，应该已经死掉了。"她说完这句，就像找到什么解脱之法那样轻松起来。

"没那么简单吧?将来的事不好说。"

"就这么简单。"阿猫说完这句就闭嘴了。今天的话有点多,是不祥之兆。她觉得自己被生到这个世界必有其深意,否则为什么总活得那么上气不接下气?她被遴选出来承受一些特殊的痛苦,而这痛苦甚至不能称之为痛苦,因为它伴随着不可言喻的羞耻感和无从诉说的悲伤。在那个回形针似的房子里,她早已学会了忍耐、咀嚼,并像局外人一样冷眼盯着自己。

车子开到山上的一家农家菜馆。他看起来是这家的常客,跟老板娘开玩笑,把对方逗得咯咯笑。他不看菜单就顺溜点了几个菜,荤素搭配,农家鸡是主菜,蕨菜算野味,小河虾、猪肚莲子汤、山药炒木耳、鸡蛋韭黄。

"你要多吃一点,吃胖一点。"

阿猫正往嘴里塞一块鸡肉,听他这么说,就抿嘴笑了笑,心里却觉索然无味,一句话足够暴露一个人的平庸无奇。但转念又想:本来嘛,谁告诉你眼前这个人有奇异之处?他能带我到山上吃土鸡就够傻了,我全身上下哪里值得上这一顿饭菜?

很多年以后,也是一个夏天,在另一个城市,阿猫终于邂逅了王秋丽。那是一个大超市,她们面对面走着,一眼就认出了对方。王秋丽立即睁大眼睛说:嗨,嗨。她眼睛本来就大,涂了眼影就显得更大了,大得就像时时刻刻都保持对世界的惊奇。寒暄是免不了的,王秋丽的热情也分明是真的。"我就知道会有这一天,"阿猫显得矜持一些,甚至目光多少有点躲闪,然而她掩饰得很好,"却没想到是今天。"

几天后,在王秋丽的盛情邀请之下,阿猫去她家做客。两百多平方米的大房子,装修得高档而又有品味,楼中楼,客厅在一楼,又大又亮堂。阿猫大致看了一圈,其他的不说,单单一个洗手间,就大得可以住普通人一家几口了。她本来想开个玩笑来消解自卑心理,但憋住了。想来不同阶层的人长期在不同的语境里,未必有相同的幽默感。

王秋丽沏茶，阿猫东张西望。没多久，一个穿着米色棉麻衫的戴眼镜的男人从楼上走下来，这就是王秋丽的丈夫，胡总。中等身材，笑容谦和，左手戴着佛珠。

保姆买菜回来了，埋进厨房做了一桌子菜。主要是海鲜，各种鱼和虾。胡总说海鲜一定要新鲜，所以保姆每天要坐一个小时的公交车专门去海鲜市场买菜。王秋丽说，没那么远啦，最多四十五分钟。阿猫说，相当于一节课。王秋丽就笑说，你还是老样子，爱开玩笑，跟你爸越来越像啦。阿猫问道：我在开玩笑吗？我爸爱开玩笑吗？胡总，你也觉得我在开玩笑吗？

胡总停了停手中的筷子，礼貌而认真地看了看阿猫，陷入了思索。王秋丽忙解释道，你别理他，他就这样，这属于他的幽默，装腔作势。胡总立刻接嘴道，幽默，幽默，不动声色的幽默。阿猫暗自为这对中产阶级夫妇的腔调感到别扭。

保姆收拾碗筷，之后从厨房走出来，边解围裙边跟王秋丽说："王行长，我儿子今天情况不太好，我可以先回去吗？"沙发的一角胡总先于王秋丽开了腔："回去吧。"他说话时脸上有一种轻松的神色，宽宽的额头覆盖着一层光晕，也许他长期擅长营造自己的亲切感，从而显现出一种毋庸置疑的得意。

保姆离开后，王秋丽亲自弄了一个水果拼盘，摆在茶几上，颜色艳丽。三个人聊了聊天气、物价和城市发展，期间王秋丽站起来接了几个电话。胡总望着妻子的背影，说："你看，王行长比我还忙，别人都羡慕我们，他们哪里知道我们的苦啊，说出来不怕你笑话，我们连造小人的时间都没有啊。"

"造小人……"阿猫似懂非懂，于是重复了这句。

"就是夫妻生活嘛，数量和质量都跟不上。"胡总双眼射出幽幽的光，喉咙里发出的声音低沉而含混。他似乎以为文绉绉的暧昧之语能给自己的成功者身份打上柔光，阿猫觉得自己该适当领情，于是哈哈大笑起来，笑声有些豪放，脸却没有一丝一毫的笑意。胡总的目光落在她半身裙上的某一朵花上十秒钟，而后她用手将那朵花覆盖。

为了感谢那桌丰盛的海鲜大餐，阿猫对王秋丽在客厅屏风处走来走去接电话的身影报予浅笑，也在与胡总的交谈中找到了古怪的乐趣，她突然想把自己的命运和盘托出，跟同学的丈夫，一个几乎陌生的男人，带着恶狠狠地嘲讽。

她用"穷困潦倒""颠沛流离"这命运安排给她的词语，来进攻胡总踌躇满志的幸福生活。

"很多年前，我差点死了。一个男人把我带到山上吃土鸡，他喝了很多酒，酒精荷尔蒙和土鸡在他身体里发作，我没事，下山的时候，他向我道歉，把我送回家。后来我看新闻才知道当晚他的车被一个巨型货车压扁了。"这个故事一气呵成，是因为它在阿猫心里发酵了许多年。

"他死了？"

她笑而不答。这次她露出了酒窝。王秋丽比她高、美、成熟、大方、事业有成，但没有酒窝。

王秋丽走过来，从茶几拿了一片苹果，还没坐下，手机铃声又响起，"今天怎么回事嘛？"她抱歉地对阿猫笑了笑，按下接听键，"喂……"

阿猫离开沙发，因为她的视线被落地窗旁边的一棵文竹吸引。她从来对植物视而不见，珍珍曾给她取绰号"睁眼瞎"，她的确配得起这个绰号，有时候在街上走，跌跌撞撞就迷了路，裙子在那儿弄脏也不知道。这棵文竹长得很稀疏，瘦瘦的枝条，细细的叶子，仿佛被剥离了感情，一副生无可恋的样子。

"真可怜啊。"她说。

胡总也走过来。"可怜？哈哈哈，文竹就是这个样子，这是它的美。"

由于靠得近，她闻到他身上洗衣粉、洗手液、沐浴露和洗发香波的味道，她没有闻出其他气味，连海鲜在牙齿里的腥甜都估计被牙膏清洗过，她依稀记得饭后他和王秋丽各自在洗手间里待了至少十分钟。那是她见过的最大最豪华的洗手间，雪白的双人浴缸，金灿灿的马桶，一整面墙镶嵌着一个巨大的梳妆镜，每一块鹅黄色的瓷砖都明晃晃的，每一块都能透射出自己的卑微。这哪里是洗手间，这简直是一个舞池，又或者让普通一家五口人在这里生老病死，就是一个黄粱美梦了。

"操！"她忍不住，声音虽然压得很低，但胡总听得真真切切，显然他心领神会，这仿佛是他压在心底的呐喊，却被一个刚刚认识的女人念出来。

她不明白生活到底干了什么，让王秋丽嫁给这样的男人。那个在回形针似的房子里的王秋丽难道是另一个人？那年她十三，王秋丽十二，她们都未开始穿胸罩，放学后常钻进回形针房子的某一间。在这个房间里，她们跟戴眼镜满身肌肉的男老师玩一种纸牌游戏，谁输了，谁就要接受惩罚。其中一种惩罚就是赢的人给输的人挠痒痒，直到后者笑瘫在地上。地板是上过漆的，滑溜溜的，不像自己家里没上漆的地板那么粗糙。王秋丽输得最多次，她穿的小背心被老师咯吱咯吱挠了几次，就扯落在地板上，刚刚发育的小乳房肆无忌惮地裸露着。老师问阿猫："你们俩谁大？"阿猫回答："我比她大一岁。"

王秋丽跟老师总是靠得近一些，那段时间几乎天天去他回形针房子里做功课，老师的妻子学历不高，时常在工厂里加班。阿猫对王秋丽说："厂长看上了老师的老婆，每天把她抱在腿上玩呢。"王秋丽半信半疑，伸出食指刮了刮她的小鼻子。

"真的，老师老婆的腰身看着细，摸起来是圆的。"

回形针里的邻居们爱站在走廊上扯皮聊天，东一点西一点传入阿猫的耳朵，她脑子里天生有一套把零星素材打乱重组编排的系统。"她看着瘦，其实很重，厂长瘦瘪瘪的，抱不动也憋着，青筋一条条在脸上爬，像专门吃青菜的虫子。"

有一次，阿猫放学经过老师家，门半掩着，里面传出男女嗓音勾芡得很动听的笑声，她把耳朵贴近，忽然撞见老师半裸的蛤蟆肉，她皱起鼻子就往前走，就像做错事，低溜着脑袋，气鼓鼓地跨进家门。

老师教的是高中英语，而阿猫和王秋丽还在读初中。王秋丽功课不错，她父母希望她更加优秀，希望她考上名牌大学，光宗耀祖。老师的教学水平出类拔萃，年年被评为优秀教师，还得过市里的表彰。王秋丽的妈妈为了女儿能得到这免费的英语培训，巴不得王秋丽天天钻进老师的房间。

　　王秋丽妈妈梳着齐耳短发，骨相有点凶，她喜欢阿猫跟自己女儿玩在一起，源于阿猫总能把她女儿衬托得更加白天鹅。成年人的眼睛和嘴巴在孩子们面前常常不藏锋芒，两个初中女生一起走在放学的路上，王秋丽收到的热切和阿猫收到的冷漠几乎呈正负两极的对称。

　　"小丽越来越漂亮了。"

　　"你怎么老穿裤子，不穿裙子？"

　　成年人从不称呼阿猫的名字，用"你"就够了。王秋丽家境好，长得美，成年人懒得在孩子面前掩饰自己的势利。阿猫身上的衣裤几乎是亲戚家姐姐的旧衣，或是母亲的衣服改小给她穿，她没可能挑剔。长大后她对裙子的执念，约莫源于此。王秋丽的存在，加固了她对自己丑小鸭的身份认同。无论多少年过去，无论异性贪婪的目光如何惊扰她，她都大胆怀疑并小心翼翼地绕过。

　　英语老师的脸是硬的。王秋丽告诉她，不仅如此，他的手也是硬的，全身都是硬的。阿猫想反驳她，其实他的手掌又厚又软。她还想告诉王秋丽，其实老师对她们俩做了同样的事。这么多年过去了，王秋丽变成了王行长，阿猫站在她家富贵而有品位的客厅里，站在一棵细瘦的文竹前，感受着来自她丈夫手掌的厚度和温度。文质彬彬的胡总同样配置着又厚又软的手掌，而他那用高档洗手液清洗过的高贵的手指还会在她的掌心挠痒痒。她忍着恶心，无声地笑。无人知晓的笑，是黑暗中的涟漪，又瞎又哑的涟漪。

　　陈年往事在她肚子里发芽生根，如今另有一桩子事正沿着腹腔、喉管，探入了口腔，她把嘴唇努力闭合，就怕一不小心，吐出一个可怕的东西，破坏了宇宙大和谐。

　　珍珍有时还会主动联系她。包工头因拖欠薪水，被手下的建筑工人打断一条腿，之后回老家盖新房去了。此后珍珍没让自己闲着，寻找没干过的工作，集邮一般越陌生的领域越感兴趣，然而每份工作都不长久，主动或被动地跳入另一个行当，保险业务员、房产中介、按摩师、美甲店小妹，足浴城待得最久，据说薪水略高，如果客人给的小费加上，简直比天堂更美。阿猫在电话里取笑珍珍"在地狱里待太久够不着天堂的一根毛"。智商不太高的珍珍有时也语出惊人，"我高兴就是天堂，我难过就是地狱。"

阿猫想起有一次珍珍在卡拉 ok 包间被灌酒的情景，心里被针扎了一下。珍珍跨坐在一个初次见面的老板模样的男人大腿上唱歌，表情是那么投入，"你身上有她的香水味……"也许较低的自尊感使珍珍活色生香，但阿猫只想立刻挂断电话，免得眼泪冲出来。

王秋丽终于坐回到沙发。她穿家常的衣服，也不失银行行长的架势，阿猫记得那天在超市遇见时她穿一件束腰的褐色连身裙，因发福而横向扩张的腰部在皮带的强调之下更显粗壮。她继承了她妈妈的蝴蝶斑和不认输的韧劲。不过她对阿猫的态度大体是温和的，一种成功者高高在上的温和，甚至体贴，"咱们算发小，幼儿园就认识了吧，"王秋丽黑噗噗的大眼睛朝斜上方探去，沉陷回忆的姿态，"二十几年，一晃就过去。你还是老样子，真奇怪。"阿猫知道自己的外貌看起来不像王秋丽的同龄人，她有不显老的优势，"是吗？你这些年飞黄腾达，而我呢，几乎冷冻着。"

"唉，你这些年到底是怎么过的？藏在谁家的冰箱里？"

"除了吃饭睡觉，就是发呆。发呆就跟做梦一样，一下子，时间没了。"

王秋丽笑了起来，"你太像你爸了，对了，叔叔现在哪里？还是每天下棋？"

"跟他新的老婆在一起。"

"唉……我记得他一看见我就开玩笑，一看到棋盘就整个人石化了。"

"你那么光彩照人，人见人爱那种。"

"是吗？不过青春太短暂……你是个例外，挺奇怪你是怎么保养。"

"我刚说过，就是发呆啊，发呆时光是虚度的，虚度就等于没度。"

"好啦，好啦，你跟你爸一样擅长诡辩。"

阿猫问："我怎么不知道我爸擅长诡辩？"

"你是当局者迷。"

"那你记得英语老师吗？"

王秋丽问："哪个英语老师？初中的，还是高中的？"

"他没有教过我们，你放学经常去他家玩。"

"有吗？不记得了。"

"你不记得了吗？他可是年年评先进的优秀教师呢，就住在我家隔壁，后来他全家移民到国外去了，优秀人才总是前途无量啊。"

"噢，时间太久，想不起来了。"王秋丽说。

"嗯，我知道每个人记忆里的东西不一样，所以有人总说记忆不可靠，除非、除非有证据。"阿猫说。

"证据？"

"对，我有证据，而且是铁证。你肯定没想到，你之前写给我的信，还有明信片，好些我都留着呢。"

"哇……"王秋丽的眼睛跟记忆中一模一样，它们绝对配得上"心灵窗户"这种比喻。

王秋丽的那些信一直放在阿猫的一个牛皮档案袋里，这个袋子里还有一些属于别人的东西，比如一个纸钱包、当年的明星杂志残片、其他人的信件、旧照片。每搬一次家，她就打开看一次。舍不得丢掉，这或许能证明她是念旧的。

胡总的名片在阿猫的钱夹里，每次看见都想丢掉，她也不知道为什么没丢。她记得胡总跟她一起看那棵文竹时说了一句话，"你很像它。"她努起嘴问："凭什么？"胡总就顺势发挥了作为文化人的特点，"看起来柔弱，其实铮铮铁骨，是小型的母老虎，俗名猫。"

阿猫心里翻腾了一下，对这种显得高级的调情方式，她既反感又不舍得戳穿。想看他怎么往下演。有一瞬间，她甚至产生了恨意。如果我是这家的女主人，如果我是女行长，如果睡在他枕边的是我……当然没有如果，只有因果，行为铸造后果。

一个月之内，胡总约了阿猫三次，三次阿猫都回绝了。"你不想出来吃饭，唱卡拉 ok 总可以吧？"她眼前浮现珍珍穿着吊带衫被抱在醉醺醺男人怀里，那时她把一杯酒泼在一个男人身上，抓起包就走。她原本想拉上珍珍一起走，但看到她陶醉的样子，就放弃了。

大学一年级时王秋丽在给阿猫的信上写道：我的初吻和初夜都献给了老师。我庆幸那时我只有十二岁，在你们什么都还不懂的年纪。

大一的暑假，王秋丽回家看望老师，人去楼空，原来他们举家出国了。

"我要出国留学，我要追随着他"。在另一封信里，王秋丽写道。

王秋丽大学期间交了五六个男朋友。"一个不如一个，乏味幼稚。"王秋丽失望的表情仿佛落在信纸上。

王秋丽还写道：

"他叫我野孩子，比起小天使、白雪公主这类外号，我更喜欢野孩子。我如今可以和盘托出那些往事，是因为我可能永远都不会再见到他了。世界其实非常大，他在地球的哪个犄角旮旯，只有老天知道。"

"我是他的小俘虏。虽然第一次很痛，又流血，我还害臊得哭了，但是他好温柔，马上把香烟熄灭，摩挲我的头，我爸从来都不摸我头，我觉得我可能缺乏父爱，不过我并不是喜欢所有年长的男性，相反，我爸的有些成年男性朋友的眼神，简直猥琐，好像要扒光你，吃了你。他跟他们不一样，虽然有些书说跟未成年人发生性关系是不道德的，但只要有爱情，就无所谓道德吧？"

对于王秋丽的问号，阿猫不记得自己是怎么回复的，当时她在一所差劲的大学里浑浑噩噩，不痛不痒地苟活了三年，一次恋爱也没谈。不仅如此，她还被当成了怪物。有一个品貌都被公认不错的男生追求她，她一边拒绝一边勾引，把他折磨得半死，"我是一个高傲的丑小鸭"。她恍惚记得自己给王秋丽的回信中有这么一句。

她还记得那个男生穿得总比别人干净，即使一件普通的T恤，也比其他邋遢男生要穿得挺括整洁。他也戴眼镜。她对戴眼镜的男人总会多出一分好感，然而演绎一段时日，也增添一分反感。

"每个人都是独特的，流氓也个个不同。"阿猫像缔造警句一样写满了一个笔记本。

"那个男生是无辜的，他是一个牺牲品，而我是另一个牺牲品，未来会有属于他的牺牲品。"阿猫不记得这句话是否写在给王秋丽的回信里，多年以后翻看笔记本看到这句，她自己都感到触目惊心。

她记得那天在王秋丽家，她用轻松愉快的语气跟胡总诉说自己的生活状态，她把贫穷描述得生动活泼，富于感染力，她说珍珍的厚嘴唇跟她的脑子是绝配，可以桃花满面地活吃一只老鼠，她说自己租的房间隔音不好，错把隔壁老太婆病痛呻吟当成叫床，她说早餐完全可以不吃，因为公用厕所的马桶每个清晨都会贡献一条新鲜的屎橛子，吃什么都会吐，不如索性不吃。胡总说，长期不吃早餐对身体不好。胡总说，换个地方住吧，找个男人帮帮你。看着胡总一脸认真，她就笑得停不下来。

"我同情流氓。"她没忘记补充这句。胡总一定觉得把"流氓"挂在嘴边的女人很骚，他极度地想贴近流氓这个角色，他的教养摇摇欲坠，他一定认为自己有能力拿捏人性。

"老师大腿上有一颗痣。摘掉眼镜他的眼睛像两颗黑豆，他的下巴比烟盒还长，他上身像一个巨型癞蛤蟆，小腿却瘦得跟麻花似的。老师其实很丑。"阿猫没有把笔记本上的这段话寄给王秋丽，更加不会告诉她老师对她们干了同样的事。

"我同情老师。他是个多汗多毛的怪物，他跪在地上，手脚忙乱，没有比这个更加令人同情了。"

"老师成全了你，却把我给毁了。"

在胡总最后一次打来的电话里,阿猫恶狠狠地说:那个带我去吃土鸡的男人被大货车压得扁扁的,扁得像一张大鬼扑克牌,当时还下雨,他身上有些烂肉被和进泥巴里。

哦,忘了告诉你,胡总,你跟他长得太像了,我第一眼看见你,还以为你就是那张大鬼扑克牌呢。

王秋丽离婚那年,约阿猫见了一面,她们共同干掉了一瓶红酒。阿猫半醉归去,在路上呕吐,弄脏了丝巾,风很大,丝巾在她手中展翅高飞,恶心的感觉从质地稀疏的丝绸缝隙里泄漏出去,就像难闻的煤气,只欠一把火。

鬼知道过了多久,王秋丽突然给阿猫打手机。王秋丽说老家的房子要拆迁了,问她要不要一起回去看看。"毕竟是故乡,童年的记忆都在那里啊。"王秋丽说。

阿猫吐了一口烟,在脑海里使劲回忆那栋回形针一样的所谓"故乡"。柯教授往阿猫酒杯倒满酒,"多喝一点,故乡也好,童年也好,就都现形了。"他在房间里散步,背部像一把弓,随时准备发射什么。自从认识他,他的房间就涨满了各种形状怪异的音乐,从不退歇。那些旋律有时候像海底多角生物,爬上她的长发,撕咬在一起。

柯教授在一所大学里教书,离异,无孩,每周去两次健身房,自由得就像一个神秘人物。他太自由了,以至于他遇见的每一个人都充满着无限可能性。阿猫是其中一种可能,或者,叫做试验品。柯教授说,阿猫啊,你怎么不堕落呢?阿猫问,什么是堕落,吃喝嫖赌抽吗?柯教授说你可真肤浅啊。

阿猫抽他的烟,喝他的酒,听他的音乐,就是为了让他取笑自己肤浅。阿猫讨厌他的眼镜,讨厌他的完美身材,讨厌他的教授身份,毋宁说她喜欢这一切。她连喜欢和讨厌都分不清,是一个最佳试验品。因为无论什么试验,她都没有答案。

"遗忘使人进化。故乡没有意义。"柯教授说。

柯教授是阿猫目前脑子里最新鲜最饱满的记忆,这使她看他的眼睛里闪出一点泪光。阿猫问柯教授:"老师,难道我的记忆出现了差错?"

老师说:"世界上怎么可能会有一栋房子像回形针呢?"

柯教授陷入泄漏进房间的夕阳的阴影里,他的脸是硬的。他低头时,阿猫可以看到他头顶毛发仍旧茂密,衰老的迹象将来未来。事情仿佛只能这样:老师有一个坚硬的脑袋,而阿猫有一把坚硬的铁锤。阿猫举起锤子的那一瞬,时间没有凝固,而是一轮一轮地眩晃,她耳里泛出熟悉的男女嗓音勾茨得很动听的笑声,笑声凹陷处,是那栋回形针似的房子……她知道自己的人生只能是一个试验品,无论通往未来,还是回到过去,都只有死路一条。

(原载《上海文学》2018 年第 12 期,《中华文学选刊》2019 年第 2 期转载)

**作者简介**

张漫青,女。写诗,写小说。现居厦门。出版有诗集《失眠犯》,小说集《壁虎大街》,长篇小说《此处死去几页》《走米》。

# 传 彩 笔

◎ 陈春成

叶书华是我们县的作家。他是我爸的老友,我叫他老叶叔叔。我和他儿子是初中同学。

每个县都有几个作家。他们多半在体制内工作,业余喜欢写上几笔,写的多是乡土风物、生活记趣、童年回忆之类,有时也讴歌盛世。他们在艺术上野心不大,下笔平和端正,但文笔往往不错,那是一种年深日久的自我修养。老叶叔叔就是其中之一,他也写那种老式的散文,花上两三千字来描绘清晨散步时的遐想、公园里一条小径四季的变化、当知青时吃过的野菜等等。这种文字,对一般读者来说,不够有趣味性,没销路;在文学圈的人看来,又不够有深度,太陈旧。但他的文笔尤其好,能看出对文字的温情和耐心,我一度很喜欢看。他在县文化馆工作,散文只在地方刊物上发表过,所谓名不出闾里。在小县城里,大家对这样的人是有几分敬意的,但也不太多,只有在家中小孩作文成绩不好时,才想起有这么一号人。

大学时我念的中文系,免不了迷过一阵子文学。我自己也写了几年,不得其法,明白没有天分,于是作罢了。有一年为完成论文,我啃了好多现代派名家的作品,他们大都写得怪诞、沉重、扭曲,用迷离的呓语架构出一种貌似深刻的东西,我看得头疼欲裂,眩晕不已,差点就厌恶起文学来。寒假回家,我偶然拿起厕所中的一本地方刊物,看到了叶书华的名字,便睡眼惺忪地翻看起来。那是一篇描写在乡村一株柿子树下观看晚霞的散文。那些字句安宁、疏朗，如冬日的树林。语感真是好极的，让人不禁跟着低声念诵起来。我一下子就看进去了，很多年没从文字中获得这样的愉悦了。大学之后，我终日游走于西方大师之间，说实话，对这种乡土刊物上的乡土作家，是不太瞧得上的。这时，我却像从一家重金属摇滚乐肆虐的酒吧里逃出来，在后巷里呕吐之后，听到了天边清远的笛声。

从此我很爱看他的散文。得知他有个博客后，常追着看，有时还抄录一些段落。他的博客叫大槐宫，点击量很少，除了我以外好像也没什么人看。

后来他突然不写了。我身在异乡，自然不知原因，在博客上留言，他也没回复。和我爸在电话里闲聊时，谈及此事，我爸说："这不很正常嘛？都老了，我以前爱打乒乓现在也不打了，膝盖受不了。"

今年九月，一个秋雨绵绵的周末下午，我午睡起来，打开电脑，无所事事地刷了一会豆瓣。想清一下浏览器的收藏夹，就点开来，一条条地删。瞥见老叶叔叔的博客地址，躺在收藏夹里好多年了，就顺手点进去瞧瞧。竟然有一篇没看过的博文，阅读为二，评论零。我看了一下，是篇小说。他好像从没写过小说。语言风格也大不一样。我把原文贴在这里：

我不记得谈话如何开始。我不记得我怎么来到了这里，坐在这亭子下，听着石桌对面的老人娓娓而谈。他在谈论文学。声音很遥远，仿佛来自晋朝的某个清晨，又像在光年外的太空舱里同我通话。嗓音有一点沙，带着黑胶唱片的杂音。在我生活的小城中，平日没什么人和我聊这个，此时和他一聊，真是痛快极了。那些沉埋在我脑海深处的观点，像残破的瓷片，被他灵巧地拾捡起来，合拢成一只圆满的碗。我正听得入迷，忽然意识到这是一个梦。因为他引用了一句诗，这是我中学时写在课堂笔记背面的句子，连同那本子一并遗失了，不可能有人知道。

我们坐在公园山顶的小亭子下。公园笼在浓白的雾中，仿佛与世隔绝。我的梦从山脚开始。我看见小径边的茶花，几团暗红，湿漉漉的。我先是看见花，随后想到花是香的，香气这才翩然而至。沿着小径往上走时，我记起山头上有个亭子，于是亭子的轮廓在雾中冉冉浮现。这公园许多年没有来过，似乎丝毫未变。松树的姿态，虫鸣的节拍，石上青苔的形状，甚至松果掉落的位置都未曾更改。只是雾大得有点出奇。登上山头，见亭下站着一人。是个老人，穿着略显破旧的灯芯绒夹克，微微秃顶，眼袋有点像王志文。他很自然地同我说起话来。我并不认识他，但也不觉奇怪。梦嘛。就朦朦胧胧地应着。云雾漫上亭子，堪堪没过脚面，我们像仙人般凌虚而坐。好像是他提议，我们来聊聊文学吧。我说好，聊文学。于是聊起来。

不知话题如何盘绕，他忽然说起韩愈的"小惭小好，大惭大好"。他说，无论一部作品在文学史上的地位如何，如果作者自己不满意，那么对他来说，这作品就是失败的。我点头同意，说《随园诗话》里有个说法，叫"可以惊四座，不可适独坐"，不能取悦自己的文章，再怎么让世人惊佩也没多大意思。他说，是的，反倒是作者越用心得意处，越不容易被人留意到。所谓"诗到无人爱处工"。我说，那就够了，"清香未减，风流不在人知"嘛。我从没和人聊得这么投机过，他也很高兴的样子，他说，我觉得像你写的"兴到闲拈笔，诗成懒示人"，这个状态就很好，介于"不示人"和"欲示人"之间，有个微妙的平衡。这时一缕奇异感让我寒毛直竖，这年少时的诗句我早已忘记。我明白身在梦中，且想起这公园早就不存在了，山头已被铲平，此处现在是个商场。我回忆起睡前我在修改一篇新写好的散文，文中试图描写竹林间的落日。我想写出余晖在竹叶间明灭不定的模样，却无论如何也不满意。这些年来，我已逐渐接受有许多事物无法用文字来形容这一事实。美景当前，人所能做的只有平静地收下这份美，连同那种无力感，试图付诸笔墨，多半是徒劳。抛下笔，我带着疲惫和怅然入睡。然后就飘坠进这座早已消失的公园。

意识到是梦后，周身的一切都暗下来，行将瓦解冰消。"如果你可以……"

老人的声音响起，又把我牵扯回来，公园亭子，石桌石凳，重又明朗。他没来由地问："如果你可以写出伟大的作品，但只有你自己能领受，无论你生前或死后，都不会有人知道你的伟大——你愿意过这样的一生吗？"

我想了想，问道："你说的伟大，是那种孤芳自赏的意思吗？"

"不是，是绝对的伟大，宇宙意义上的伟大。伟大到任何人看到你的作品都会倾倒、折服、迷醉。但没有人会看到，这就像一个交换条件。"

我已到人生的中途，写作三十余年，自认为天分并无多少，但对文学的虔诚却少有人及。何况，这是个假设。我故作旷达地一笑，说："当然了。为什么不愿意？"

他听了，点点头，从怀中掏出一物，缓缓地说："这支笔是你的。拿好了。"我伸出手时，发觉我的右手散发着莹润的光，像灯下的玉器。疑惑间，他已把一支奇怪的笔向我递来，我接过它。过程毫不庄重，像接过一支烟。我端详起来。这笔只略具一个笔的样子，一头钝一头尖，材质不明，却像有虹霓在里边流转不停，光色莫定，绚烂极了。又像一根试管，盛满液态的极光。迷幻的色彩在笔杆上交叠又舒展。我盯着看了一会，似要被吸进去一般，连忙把笔插进衬衫口袋，抬头看时，老人已无踪影。亭子溶解在雾中，我醒来。

起床后，觉得神清气爽，精神饱满。回味了一番刚才的梦，我走到书桌前，拿出昨夜的稿纸。才看了几行便已羞愧难当，我敏锐地觉察到其中的杂质、裂痕和磨损之处。笨拙得像中文初学者的习作。我把它揉成一团，在另一张稿纸上疾书起来。早饭前就完成了。我用了两个结实的自然段就捕捉到了竹林中的落日，轻松地像摘一枚橘子，阐明了竹叶、游尘、暮光、暗影和微风间的关系，删掉了多余的排比和不克制的抒情。如果世上有且只有一种方式能如实留存住我在那个黄昏的所见所闻，那么方才我已然做到。昨夜我觉得满纸字句像铁栅栏一样困住我，左冲右突而不得出；此刻却仿佛在星辰间遨游，探手即是光芒。

早饭后我把文章输入电脑，发邮件给当地报刊的编辑，在陶醉中构思新的文章。一小时后他回了邮件。他说叶老师你是不是选错附件了，是空白的。我再发了一遍。他说还是空白的，是不是版本问题？不详的预感在上空盘旋。我拿着稿纸去厨房找妻子。在递给她的一瞬间，我看到纸上的字尽数消失了，像莲叶上失踪的朝露。她问我干吗。我失魂落魄地走开，才走了几步，字迹又布满了稿纸。我猛然领悟了昨夜的梦境。当旁人的目光触及，我的文章就会消失。我试着将它念诵，却张口无声。我甚至用相机拍下稿纸，照片在旁人眼中依然了无一字。我暗自琢磨了几天，认定这是一种代价，惩罚我窃取了某种秘奥（也许是仓颉的奥秘）。多年后，我觉得这更像是一道屏障，以维持宇宙间固有的平衡。我的理解是，对宇宙而言，任何形容词都无效，宇宙既不美也不丑，因此全宇宙的美与丑应是等量的，二者之和应为零。而那支笔将扰乱这一平衡，所以只能封印在创作者的精神领域，不能落实到现实当中。当然只是猜想。

但这些都不重要。重要的是文章。我不知这状态能持续多久，于是立即开始写新的，或者说旧时想写却没能够写出的文章。最初的阶段大约花了两年。我先把那座不存在的公园的一石一木都描摹出来，让它们在文字中不朽。然后干脆复原了整座县城二十世纪八十年代的旧貌，所有店铺所有面孔，声音气味，无不传神。具体文字我已忘记，只记得写得优美极了，明澈极了。有时一篇只写一种野花，一个池塘，有时几个自然段就写尽了周边的群山。你就算从未到过那个县城，只消读上几页，诸般景象便会在眼前升起，仿佛已在其中生活了几世几代。

头几年中，练习越多，我的笔力提升得越是惊人。我能精确地形容出草叶的脉络，流水的纹理，夜半林中的声响，月出时湖面一瞬间的闪光，露水如何滴落，草茎如何弯曲又弹起。我能工笔写照，也能一语传神；能镂刻尘埃，也能勾勒出星河的轮廓。即便是少年人最微妙的情绪，在我笔下也会像摩崖石刻般展露无遗。没多久，我就厌倦了描摹现实。让我倾心的自然景观差不多写尽了，故乡和回忆都已拓印在纸上。情怀得到满足后，技巧上的野心就骚动起来。我意识到表达的畅快来自于阻碍和阻碍的消除，而当我的笔无往不利，思路开阔无碍，那种畅快也就不复存在，一切只是熟极而流的操作。我不得不制定更难的写作计划。

　　我先是试着写了一秒钟。也就是说，我写下了这一秒钟内世界的横截面。蜻蜓与水面将触未触，一截灰烬刚要脱离香烟，骰子在桌面上方悬浮，火焰和海浪有了固定的形状，子弹紧贴着一个人的胸膛，帝国的命运在延续和覆灭的岔口停顿不前而一朵花即将绽放……我试图立足于有限的时间里，来用文字笼络住无穷的空间。用去半年，写了几万字，文体难以命名。然后我又写了一立方米。也就是说，写了过往岁月中这一立方米内发生过的一切。填满过它的有黑暗、海水、坚冰、土壤。一只雷龙的嘴部在其中咀嚼银杏叶子。岩浆在其中沸腾。雪峰的尖顶在其中生长。头盔上的红缨。刀剑的光芒。蝴蝶在其中回旋了片刻。一支箭，一只隼，一抹云，一道闪电穿透过它。一对情侣的唇在其中触碰，又分离。现在它就在我书桌上，被一盏台灯的光给注满……但这些仍不能让我满意，笔力得不到充分的驰骋。我明白主题并不重要，歌颂英雄的功绩和赞美冬夜的被窝并无高下，重要的是主题的完成是否完美。我开始考虑文体的问题。

　　这几年里，一个我在纸上勇猛精进，另一个我在现实中却耐着诸般苦恼。首先，我变得太过敏锐，任何感触在我这都像洞穴中的呼喊，无端被放大数倍。再轻微的细节也印在心上，好似雪地留痕。我自己申请调去一个闲职，人际关系越简单越好。另外是构思时的浑浑噩噩、文章写成后的自鸣得意，这两者我写作多年来虽已习惯，但人间文字和天仙词句终究不同，反应强了数倍，酝酿时如中邪，搁笔后如醉酒，我花了不少时间来适应，日常举止仍不免有些古怪。自从那场梦后，我不再有作品示人，相识的编辑都以为我放弃写作了，这也正常不过，中年后放弃写作的大有人在。有一天朋友开玩笑说我是不是江郎才尽了，我恍然大悟，第一次明白了这个成语的含义。

　　江淹的故事传反了。真实的故事和我们熟知的版本几乎是镜像。我查阅了几本书（那些文字在当时的我眼中自然已是拙劣不堪，我硬着头皮读下去），很快就琢磨明白了。江淹曾在梦中得到一支彩笔，从此文采俊发，后又在梦中将笔交还给人，此后再无佳作，世称才尽。给他笔的人，有的版本说是郭璞，也有说是张协的，这无关紧要。在我看来，真相是这样：江淹原本就才华横溢，传世之作都写于得笔之前，因此才有得笔的资格（也许他的右手也会发光）。得了那支笔后，他成了真正的天才，写出了伟大的诗，但无法示人，因此被误解为才尽。他也许失口对人说过那支笔的存在，世人根据他的创作经历，曲解了故事的原委。想到自己能有和江淹一样的遭遇和资质，我简直喜不自禁。彩笔就在我的梦中，别在我衬衫的口袋上。我不知道给我笔的老人是谁，但我不会再把它交给任何人。

　　得笔的第三年，我终于着手写一些真正不朽的东西。我意识到散文的美在于舒展与流动，像云气和水波，但这也注定了它的形式不够坚固。再精致的散文，也总有一些字可以增减。想要那种不可动摇的圆满，只有求诸诗歌。我要写这样的诗歌：它的语言应是最优美的现代汉语，不应求助于古诗的格律，但音韵和结构要如古诗般完美。文笔要节制而辉煌，吟咏的对象包括但不限于整个世界。鉴于诗歌和漫长是相当程度上的反义词，因此这不是一首长诗，而是一组诗，但每首之间相互关联、呼应，像星体环绕着星体，水裹着水，花枝连缀着花枝。一旦我完成并记住这组诗，全宇宙就包含在我体内。所有山岳和星斗，所有云烟，所有锦缎和烛光，所有离别，所有帝王的陵墓，古往今来每个春天豪掷的所有花瓣，这些事物都将隐藏于我体内某个神秘的角落，并在我无声的吟诵中逐一闪烁。

　　制定好计划，就开始动笔。起初，我的脑子像一面巨大的中药柜，词汇分门别类地躺在无数抽屉里，我清楚它们的位置，熟练地抓取需要的文字，配成需要的句子。该芬芳的芬芳，灿烂的灿烂。到后来，文字纷纷扬扬从天而降，我像在雪中舞剑，总能在万千雪花中击中最恰当的一朵。当我要使用比喻时，我仿佛洞晓了万物之间隐秘的联系，凭一个比喻就能将彼此接通。所有意象都蹲伏在肘边，听我号令。斟酌音韵就像编织花环一样容易。我熔铸月光，裁剪浮云，掣长鲸于碧海，我统治天上的星星……

两年后，我完成了组诗的四分之三。但问题已初露端倪。这种通灵般的写作状态对生活的影响，在我完全可以忍耐，难以忍耐的是写作之后的狂喜。这狂喜无人可以分享，直到拖垮成一种疲倦。写作诚然能带来最澎湃的快乐，但他人的认同能让这份快乐变得确切，从滔天的浪涛变成可以珍藏的珠玉。我确实越写越好了，即便是现在，也已足够伟大，但这伟大无人见证。这并非无关紧要的事。我年轻时有许多次类似的经验：自以为写出了杰作而狂喜，隔了些时候再看，不过敝帚自珍罢了，一场蜃楼。我穿越了一万重蜃楼才奔走到如今，如今我确信这不是幻觉，眼前是真正的琼楼玉殿，可此时的狂喜和当时似乎并无不同。一样是胜事空自知。我指着天边的蓬莱幻境欢呼雀跃，所有人都视而不见；仙乐自云中降下，唯我如痴如醉，他们却充耳不闻。有时我突然动摇起来，怀疑一切又是一场错觉。我渴望听到别人的评价，来将这狂喜落到实处。有时我甚至想，要是当初没有得到这支笔，凭着仅有的一点天分努力下去，似乎也会有一个不错的人生。我尽力写一些还过得去的东西，得一点肯定，再踏实地写下去。那种欢乐虽然细碎，毕竟是细碎的珠玉。

动了这念头之后，我又开始做关于那支笔的怪梦。梦中我怀揣着彩笔，飘荡在夜空中，幽灵一样，俯瞰人间的屋顶。我寻找那些手指间有光的人。我能透过屋顶看见那些微光，然后飘落下去，穿进那个人的梦里。每个人梦中的场景都不同。有的在山洞里，有的在马背上，有的在潜水艇中。我挨个问他们当初那老人问过我的问题。他们都表示不愿意，将我请出或轰出了他们的梦。毕竟人在梦中没法说谎和逞强。我像个失败的推销员，四处游荡。后来我遇到一个少女。她戴着圆形眼镜，五官看起来很温驯，但眉眼间有一点执拗。"如果你可以写出伟大的作品，但只有你自己能领受，无论你生前或死后，都不会有人知道你的伟大——你愿意过这样的一生吗？"我熟练地问出来。"嗯，我愿意。"她有点怯怯地说。这来得猝不及防。像特工对上了暗号，齿轮合上了齿轮，我似乎听到黑暗中咔嗒一响，有什么开始运转起来。我把笔给了她，不舍又释然。

醒来后，我打算继续前一天的工作。组诗即将完成。打开笔记本，我目瞪口呆，随即想起昨夜的梦。纸上一字也无。我只是动了不想要笔的念头，并没有决意要舍弃，却已在梦中诚实地交了出去。仿佛那笔容不得一丝不虔诚。我无法形容我的懊恼。我试图回忆那些诗句，脑中空空荡荡，像从群仙的会饮中骤然离席，再也想不起琼浆的滋味和霓裳的色彩。我强行挤出了一些文字，却无法卒读。我把它们展示给朋友看。多年的呕心沥血之后，总算有人看见了我的文章，我有一种终于抵达的倦意。他们都表示赞赏，且说比我当年写的还要好，但我并无喜悦。我像从云端跳伞，挂在了崖边树上，形成了一种不上不下的风格。我领受过伟大作品的伟大，便无法再满足于这种残次品。饕餮过诸神的盛宴，从此人间脍炙都索然无味。我不再写作了。当时那种通灵般的笔力荡然无存，眼界却似乎并未降低。我知道现在敲下的每一个字都粗粝不堪，这种折磨细小而绵长，像鞋中永远倒不出的沙粒。我忍耐着把这个故事记录下来。

我不再写作，甚至也不再阅读了，我知道真正伟大的文字都存放在我们目光无法触及的地方，古往今来都如此。我对不从事写作的人肃然起敬，因为他们都有可能曾经拥有，正拥有，或将要拥有那支笔，在无人知道的地方书写各自的杰作。因此那支笔无处不在。它正在某个人的梦里发光，从一个人的梦里传到另一个人的梦里。人会死，文明也可能覆灭，唯独它是永生的。

我并非一无所获，我还有这些年用过的笔记本，一抽屉，一书架都是。打开来，全是空白的。但我知道，当本子闭合时，隔绝开所有目光，那些字句会重新显现。黑暗中，它们自顾自地璀璨。我把本子放在枕下，临睡前摩挲一番，枕着我几乎就要拥有的整个宇宙，然后坠入日常的、琐碎的梦中。

老叶叔叔的这篇博文发表于2011年11月，也就是他去世前两年左右。风格和他以前的散文大不相同，我看完很吃惊。过年回家，我找了个略牵强的理由，约老叶叔叔的儿子吃饭。他儿子现在也从事写作，算是子承父业，而且成功得多。前几年网络小说兴盛时，他在某网站写过玄幻、修真、种马、穿越和宫斗小说，都挺受欢迎，其中一部正在洽谈影视改编权。如今他经营一个公号，好几篇文刷爆朋友圈，单是给电影、红酒、空气净化器写写软文，一年收入就很可观了，比他父亲一辈子的稿费还多。菜上齐了，我们喝了几杯。我说起前阵子看了老叶叔叔的博文，一个挺有意思的小说。他说，是嘛？他还会写小说？我真不知道。我以为他只会写那种老套的散文，写写乡土风光什么的。他吃了一筷子菜，突然叹口气，说："你知道吗？其实我爸去世前好几年，脑子就有点不太清楚了。他一下班就把自己关在房里，说在写一个厉害的东西。趁他去上班，我偷偷翻了他的本子，你知道写着什么吗？"我摇头。"什么都没有。全是空白的。我都有点毛骨悚然，不敢告诉我妈。后来他好像突然好了，不闷在房里，出去跟人下下象棋，和你爸遛遛弯，精神也好多了。谁想到心脏有毛病。"我问后来那些本子呢？"放在家里看着膈应，清明节都烧掉了。怎么了？"他有点奇怪地看着我。

（原载《特区文学》2019年第2期，《中华文学选刊》2019年第5期转载）

作者简介

陈春成，男，福建宁德人，1990年生人，现居泉州，作品散见于期刊及网络平台。出版短篇小说集《夜晚的潜水艇》。

# 选编后记

在充分吸收《福建文艺创作60年·短篇小说》成果的基础上,选编《福建文艺创作70年·短篇小说卷》,有关选编原则如下:

一、本卷入选作品,重点展示近10年来福建作家优秀短篇小说的创作成就,同时兼及前60年各历史时期的代表作家代表作品。

二、入选作品在省级和省级以上重要文学期刊上发表,或被重要文学选刊转载,或入选重要文学选本,或获得省级和省级以上文学奖项。

三、每位作家入选短篇小说一篇,2万字以内。

四、以作品发表(出版)时间先后顺序编排。

五、篇末所附作者简介,大多由作家本人提供,少数作家联系不上,其简介摘自辞书资料。

本书在选编过程中,得到了相关作家和部门的大力支持,在此致谢。因篇幅和选编者视野局限,难免有遗珠之憾,敬请广大作者和读者谅解。

《福建文艺创作70年·短篇小说卷》编辑组